HEYNE BÜCHER

Von A. E. Johann sind
als Heyne-Taschenbücher erschienen:

Schneesturm · Band 01/5247
Weiße Sonne · Band 01/5297
Steppenwind · Band 01/5347
Am Rande der Winde · Band 01/5407
Im Strom · Band 01/5562
Das Ahornblatt · Band 01/5603
Aus dem Dornbusch · Band 01/5633
Menschen an meinen Wegen · Band 01/5693
Gewinn und Verlust · Band 01/5757
Abenteuer der Ferne · Band 01/5804
Die Wildnis · Band 01/5828
Das dunkle Ufer · Band 01/5904
Unterwegs · Band 01/5923
Mit 20 Dollar · Band 01/5973
Wälder jenseits der Wälder · Band 01/6046
Der unvollkommene Abenteurer · Band 01/6065
Die Leute von Babentin · Band 01/6146
Hinter den Bergen das Meer · Band 01/6183
Die wunderbare Welt der Malaien · Band 01/6231
Am Ende ein Anfang · Band 01/6267
Westwärts nach Oregon · Band 01/6324
Irland · Band 01/6388
Elefanten, Elefanten · Band 01/6497
Das Glück des Reisens · Band 01/6522
Das Haus am Huronensee · Band 01/6742
Vom Yukon zum Rio Grande · Band 01/6835
Nach Kanada sollte man reisen · Band 01/6899
Wo ich die Erde am schönsten fand · Band 01/7104
Die Bergwelt Kanadas · Band 01/7247
Amerika ist eine Reise wert · Band 01/7253

A. E. JOHANN

SOHN DER STERNE UND STRÖME

Roman

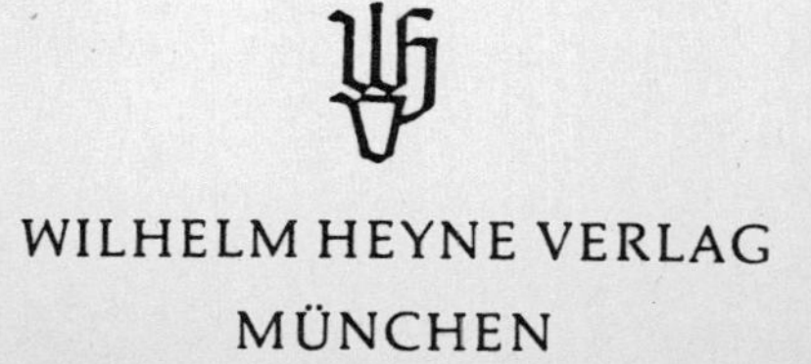

WILHELM HEYNE VERLAG
MÜNCHEN

HEYNE ALLGEMEINE REIHE
Nr. 01/6978

Genehmigte, ungekürzte Taschenbuchausgabe

Printed in Germany 1988
Umschlagfoto: Bildagentur Mauritius / De Foy, Mittenwald
Umschlaggestaltung: Atelier Ingrid Schütz, München
Gesamtherstellung: Elsnerdruck, Berlin

ISBN 3-453-00752-2

YUKON

Lange genug habe ich diese Sache mit mir herumgetragen.

Um es gleich vorweg zu bekennen: ich habe nicht alle Rätsel gelöst, welche mir die verwirrende Geschichte aufgab. Vielleicht habe ich nicht einmal alle Rätsel erkannt, die sich hinter den Ereignissen verbargen.

Dies Buch schreibe ich, um ein paar anderen Menschen zu berichten, inwiefern das merkwürdige Unglück vor Inishgarve Head an der Nordküste Irlands unvermeidlich war.

Es war kein bloßer Zufall, daß damals der Tod in der grünen, brüllenden Brandung nur die Frau ereilte, während der Mann, der mit ihr im gleichen Boot gekentert war, sein Leben zum zweiten Male geschenkt bekam. Es war mehr als Zufall. Verhängnis war es!

Ich habe der Frau niemals von Angesicht zu Angesicht gegenübergestanden. Trotzdem sehe ich ihren blassen, schmalen Kopf, die großen blauen Augen, sehe ihre Stirn unter der dunklen Gloriole des ebenholzschwarzen Haares so deutlich vor mir, als hätte nicht mein Freund, jener Sohn der Sterne und Ströme, Herz und Leben an sie verloren, sondern ich selbst.

*

Annähernd ein Jahrzehnt nach der Katastrophe, von der ich eben sprach, fuhr ich im späten Herbst den Yukon aufwärts. Ich war der einzige Passagier an Bord, der für die ganze lange Reise von Fairbanks am Tanana in Zentral-Alaska über Dawson nach Whitehorse gebucht hatte.

In Dawson im kanadischen Yukon-Territorium sollte der Dampfer an Land geholt werden. Das kleinere Schiff, auf das ich in Dawson umstieg, um den Oberlauf des großen Stromes hinaufzureisen, würde in Whitehorse aus dem Wasser und aufs feste Land gezogen werden, sagte man mir.

Es war das letzte Schiff in diesem Jahre, bevor der tiefe arktische Frost einsetzte. Im Winter frieren in diesen Breiten am Polarkreis auch die wildesten Wildflüsse zu. Erst im Mai sprengt die schwellende Strömung den meterdicken Panzer – mit ungeheurer Gewalt Gebirge von Eisschollen türmend; wehe dann dem Schiff, das im Herbst zuvor nicht an Land geholt wurde, das winters im Eis gefangen saß: es wird zu Splittern und Fetzen zermahlen im Eispack, wie kräftig seine Borde und Planken auch gefügt sein mögen.

Von Fairbanks im Herzen Alaskas geht es über Nenana den Tanana abwärts, der gegenüber der Siedlung gleichen Namens in den großen Yukon mündet. Dort wendet das Schiff nach kurzem Aufenthalt und wühlt sich fortab mit seinen mächtigen Schaufelrädern den kalten, stillen Hauptstrom empor.

An der Einmündung des Porcupine von Norden her in den Yukon verließen uns die letzten Passagiere: Pelzjäger, die auf dem Wege zu ihren Jagdgründen waren; sie hatten nicht mehr viel Zeit zu verlieren, wenn sie ihre Fallenstrecke noch rechtzeitig vor dem ersten Schnee auslegen wollten. Ich sehe noch die Männer in den großen Kanus davonpaddeln, die bis hart an die Kante im Wasser lagen, schwerbeladen mit Proviant, stählernen Fallen, kleineren für Marder, Wiesel und Füchse, größeren für Wolf, Luchs und die gefährliche Wolverine, den Vielfraß, dazu mit Gewehren und Kisten voll Munition, mit Nägeln und Werkzeug; Schlafsäcke aus Pelz erkannte ich noch, eine Eisenplatte für den Herd, Kanister mit Petroleum, natürlich auch einen Kasten

Whiskey für besonders kalte Tage. Über, zwischen und auch halb unter dem wirren Haufen in den schön geschwungenen Booten heulten und bellten ein dreiviertel Dutzend halbwilder Schlittenhunde und schickten einen so höllischen Lärm zum blaßblauen Himmel, daß es von den stillen Wäldern am Ufer widerhallte.

Ich verbrachte fast meine ganze freie Zeit bei dem Kapitän auf der Brücke. Von hier, dem höchsten Standort auf dem ganzen Schiff, konnte ich zu dem hölzernen Bug hinunterschauen, der sich rastlos und rauschend durch die schnelle Strömung stemmte. Von hier aus gesehen fuhr ich über den Grund einer flachen, goldenen Schüssel, von deren sacht erhobenem Rand der große Yukon mir entgegenströmte, leer, weit, eine stille, fließende Straße durch die königlichen Einöden des Nordens.

Ja, golden leuchtete das Land in der blassen, verschleierten Sonne dieser lautlosen Tage. Zuweilen kreuzten wohl ein paar Hirsche oder Elche das Fahrwasser, die wirren Geweihe über ihren Häuptern durch den Strom tragend wie blattloses Dickicht. Ein Adler zog hoch oben seine weiten, vollkommenen Kreise. Ein Bär fischte sich in der Mündung eines kleineren Gewässers mit den Pranken die Lachse aus der klaren, flachen Flut; er wurde vom Dampfer, der sich dicht unter dem Ufer vorangearbeitet hatte, überrascht und erstarrte gleichsam vor Schreck und Erstaunen mit hochgezogener rechter Vordertatze, rührte sich auch nicht mehr, solange ich noch von meiner hohen Aussicht her die zottige Bestie wahrzunehmen vermochte.

Unendlich friedvolle Tage, wie nur die Wildnis sie zu spenden vermag –!

Verzauberte Tage des Indianersommers, in denen das Laub bunt und prachtvoll schimmert an den Birken und Weiden, die den Strom begleiten. Die sternklaren Nächte atmen schon Kühle aus. Jeden Morgen glänzen die Gräser und Büsche in eisigem Tau; es tropfen schwer die ewigen, niemals endenden Regimenter der nordischen Föhren an den Hängen der grauen Gebirge. Oder die Wälder glitzern schon himmlisch abweisend, rein und spröde im Reif.

Der indianische Sommer war es nicht allein, der mich auf die Brücke der »Arctic Circle« bannte. Ich hatte mit dem Kapitän schon in Fairbanks im Hotel Bekanntschaft geschlossen, zunächst allerdings nur eine jener oberflächlichen Beziehungen angebahnt, wie sie sich in leeren, fernen Ländern über einem Glase Bier oder Whiskey und in der Aussicht auf eine lange, einsame, gemeinsame Reise leicht knüpfen lassen.

Wir fuhren den ewigen Strom hinauf, der noch rauscht und rinnt wie am ersten Tage, fuhren manchmal bis tief in die Nacht hinein, denn es war um die Zeit des Vollmonds, und der Fluß führte reichlich Wasser. Zuweilen tasteten wir uns mit riesigen Scheinwerfern die reglos ruhenden Ufer entlang, bis wir irgendwo an einer flachen Stelle, wo die Strömung gemächlich heranschlich, für den Rest der Nacht vor Anker gingen – mitten im Strom stets, der dann, wenn die Schaufelräder schwiegen und das Schiff in Schlaf gesunken war, mit leisen, sachten Lauten voller Schwermut und Verlassenheit rastlos an den hölzernen Borden vorüberzog.

Ich fragte den Kapitän viel, denn ich spürte, daß er sich gern über den großen Strom ausließ und über sein Schiff. Da ich selbst mit eigenen Erlebnissen aus der Fremde nicht geizte, erfuhr ich bald, daß der Kapitän schon den Mississippi befahren hatte und auch den Kongo. Eines Nachts, als schon Land unter kanadischer, nicht mehr amerikanischer Oberhoheit den Strom an seinen beiden Rändern begleitete, als wir schon mitten im Flußbett vor Anker gegangen waren, die Lichtmaschine unten im Kesseldeck nicht mehr arbeitete und nur noch der abnehmende Mond sein silbernes Geisterlicht auf die blanke, unruhige Fläche des Wassers schüttete – damals erfuhr ich in knappen, aber festen Umrissen die Schicksale, die ich in diesem Buche aufzeichnen will.

Vor einigen Jahren ist MacReanna, wie ich in Erfahrung bringen konnte, auf eine einigermaßen sinnlose Weise umgekommen: er lehnte sich auf dem Kesseldeck, während er sich mit zwei Passagieren freundschaftlich unterhielt, an eine der starken Eisenketten, die über dem Bug des Schiffes an Stelle einer Reling das Deck zu sichern bestimmt sind. Diese Ketten sind so kräftig gehalten, daß man einen Elefanten daran aufhängen könnte. Doch als Andrew sich an eine von ihnen stützte, löste sich ihre vielleicht schon lange rostende Verankerung aus der Stirnwand der Aufbauten. MacReanna stürzte rücklings in den Strom; er ist sofort unter den Kiel gezogen worden. Die großen Schaufelräder haben ihn erschlagen, noch ehe er ertrank.

Was MacReanna mir in den stillen, kalten Nächten über dem großen Yukon erzählte – daß es wert war, aufgeschrieben zu werden, spürte ich damals schon. Aber so sehr mich die dunklen Schicksale auch von Anfang an verlockten, mir fehlte der Mut, sie allein nach dem knappen und zurückhaltenden Bericht des Freundes wiederzugeben.

Noch hatte ich damals die Landschaften nicht selbst erlebt, in denen sich MacReannas Geschick geballt, entwirrt und schließlich sonderbar folgerichtig, um nicht zu sagen zwangsläufig, gerundet hat:

Auf dem schnellen, glasigen Yukon in der Heimat der Nordlichter lernte ich Andrew MacReanna kennen. Er verriet mir einmal halb im Scherz, daß sein Name etwa »Sohn der Sterne« bedeute.

»›Sohn der Ströme‹ würde besser zu dir passen«, sagte ich gleich. Aber er fand das eine wie das andere überflüssig sentimental, es genierte ihn.

Den großen Kongo, auf welchem MacReanna jene Frau gewann (oder ihr verfiel, wie man will), befuhr ich im vierten Jahr nach meiner Yukon-Reise, noch vor dem zweiten Weltkriege.

Die tückischen Strömungen im Sunde von Hork (der Name der Insel lautet in Wahrheit anders), wo MacReanna seine Frau versinken sah, erlebte ich nach dem Kriege etwa um die gleiche Zeit, in welcher mein Freund Andrew in Alaska vom Leben zum Tode kam.

Die Schauplätze seiner Schicksale sind mir nun alle aus eigener Anschauung vertraut.

Zuerst will ich von dem Aufgang seiner Beziehung zu der Frau berichten und von der Schuld, in die sich MacReanna dabei verstrickte. Dann will ich zu erzählen versuchen, wie die Liebe unterging, für die MacReanna einen so hohen Preis bezahlte.

Der Bericht, den MacReanna mir in den sternendurchfunkelten Nächten über dem stillen Yukon gab, war nicht ohne innere Widersprüche. Das empfand ich damals schon und sprach mit ihm darüber. In den ersten Morgenstunden des gleichen Tages, an dem wir uns in Dawson (an der Mündung des Klondike in den Yukon) trennen mußten – wir hatten wieder bis weit nach Mitternacht geredet –, sagte er mir zum Abschluß ein paar Sätze. Ich habe sie mir nach meiner Gewohnheit damals notiert. Sie verfolgen mich bis zum heutigen Tage und bilden ein passendes Motto zu diesem Buch.

Andrew meinte: »Logische Erklärungen, weißt du, reichen nicht aus. Es bleibt hinter dem, was geschehen ist, noch vieles im Dunkel. Es geschah alles, weil es so geschehen sollte. Eine Tat zog die andere nach sich. In dieser Welt gibt es kein Entrinnen. Aber ich vermute, daß es noch eine andere Welt gibt, in der auch ein Mensch wie sie zur Ruhe kommt. Was konnte sie schon dafür, daß sie so geschaffen war, wie sie war! Unsere Welt dreht sich sausend durchs Leere, und wir klammern uns ängstlich an ihr fest. Aber wir sterben alle früher oder später und purzeln ins Nichts. Es mag aber auch sein, daß alles nur ein Vorspiel ist und erst mit unserem Tode das Eigentliche beginnt.«

Nun ist also auch er auf der Wanderschaft von dieser Welt in jene andere, mein Freund Andrew MacReanna –

KONGO

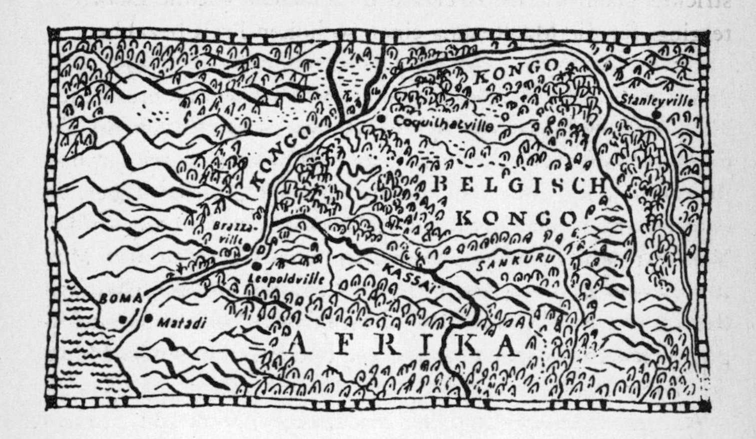

I

Wenn jemand den Namen Andrew MacReanna trägt, dann darf man ihn für einen Schotten halten. Der Mann sah auch ganz so aus, wie man sich manchmal, und nicht zu Unrecht, Schotten vorstellt:

Die Farbe seines Haares spielte ins Rötliche; das fiel besonders auf, wenn die Sonne seinen Kopf beschien. Doch stellte die Haut seines Gesichtes nicht jenes sommersprossige Weiß zur Schau, das rothaarigen Leuten fast immer eigentümlich ist. MacReannas Haut war anders: sie bräunte sich leicht und kräftig und glich dann frischgegerbtem Leder. Die Augen, die unter hellen Brauen aus dem hageren Antlitz blickten, zeigten das gleiche durchsichtige Blau, das man zuweilen in stillen Winkeln einer Felsenküste erlebt, wenn die Flut ihren höchsten Stand erreicht hat und der Tag warm und windstill war.

Dieser Andrew stammte – um es genauer zu sagen – von den Inseln vor der schottischen Westküste. Schon mit jungen Jahren hatte er das Patent für große Fahrt erworben, da er ein von Natur besonnener, in mancher Hinsicht auch begabter Mann war, der seinen Verstand zusammenzuraffen wußte, wenn es darauf ankam; so hatte er sein Steuermannsexamen als Zweitbester mit »Sehr gut« bestanden. Ihm schien vorbestimmt, schneller als andere zu avancieren, Kapitän zu werden und ein mehr oder weniger braves Schiff über die sieben Meere zu führen.

Es liegt auch durchaus kein Grund zu der Annahme vor, daß etwa die Vorgesetzten des Andrew MacReanna auf See oder die Reeder seiner Schiffe an Land nicht mit ihm zufrieden gewesen sind. Ganz im Gegenteil: Andrew wurde schon in einem Alter zum »Ersten« befördert, in dem andere Steuerleute froh sind, wenn sie irgendwo bescheiden den Rang eines »Dritten« erklommen haben. Der breitschultrige Schotte fuhr damals auf einem Dampfer, der die Route um das Kap zur afrikanischen Ostküste bediente, und hielt sein Schiff in musterhafter Ordnung.

Aber dann brach vor ein paar Dutzend Jahren einer jener erdumspannenden Stürme los, die sich bösartiger und vernichtender auswirken als Hurrikane, Blizzards und Taifune. Aus Gründen, die man hinterher mühsam und stets unzulänglich zusammenklaubt, fingen die Geschäfte an, nachzulassen. Handel und Wandel gingen allenthalben zurück; die Leute kauften nicht mehr soviel wie zuvor; die großen Firmen bestellten nur noch zögernd; der gleichmäßige Umlauf des Geldes stockte, als sei Sand in eine wunderbar schnell und lautlos umlaufende Turbine geraten.

Dieser kommerzielle Wirbelwind also, der weltüber ein böse schäumendes Kielwasser von Bankerotten und Bankerotteuren hinter sich herstrudelte, ist für uns hier bedeutsam, weil einer seiner Ausläufer auch in das Dasein des Andrew von den schottischen Inseln einbrach, das Leben des Mannes aus den Angeln hob und in eine völlig neue Richtung lenkte.

Als Andrew sich umsah, hatte seine Reederei ihren Dienst nach der afrikanischen Ostküste eingestellt; der Dampfer, der ihm schon zur zweiten Heimat geworden war, wurde aufgelegt und bot fortab nur noch einem alten, ungewaschenen Wachmann mit einem Holzbein Obdach und Unterhalt. Andrew saß auf der

Straße – und das ist in London, wo einer den anderen nicht kennt, kein sehr gemütlicher Verbleib.

Wie die Schotten es im allgemeinen für richtig halten, hatte auch MacReanna stets einen Teil seiner Einkünfte auf die hohe Kante gelegt, so daß er sich wohl ein paar Monate oder auch ein Jahr lang vor dem Hunger nicht zu fürchten brauchte. Er hätte in seine Heimat zurückkehren können; er liebte die kühlen, windigen Inseln. Aber was sollte er dort anfangen? Den Vater hatte schon viele Jahre zuvor die See mitsamt seinem Kutter verschlungen; die Mutter war aus Kummer darüber gestorben, sein jüngerer Bruder im Kriege mit einem Patrouillenboot untergegangen; der väterliche Hof war langfristig verpachtet; die drei Schwestern aber hatten Männer geheiratet, die ihm in der Einfalt ihres nie gesprengten Horizonts nicht behagten.

Außerdem hatte MacReanna damals beinahe zwei Jahrzehnte schon die Meere befahren, hatte die Düfte der Tropen, die Dünste verschlammter Häfen, hatte lähmende, glühendheiße Windstillen und graugrimmige, gierige Orkane erlebt; auch lag ihm der Lärm und das Geklirr so mancher seltsamen Kneipe im Ohr, die scheinbar schnell vergessen wird, wenn das Schiff seine Nase wieder in die erste freirollende See bohrt und der Bug sich hebt zu einer neuen Reise – und die dich dann noch viele Jahre lang zu beunruhigen vermag, weil der Geruch ihres nassen Schanktisches dich heimlich verfolgt und der Schimmer eines Lächelns, das dir aus einem Winkel des dämmernden Gastraums zublühte.

Du ahnst nicht und wirst nie erfahren, wer das dunkeläugige Wesen war, das dich anlächelte, weil plötzlich ein geheimer Funke der Zuneigung den Weltenabgrund zwischen ihr und dir übersprang. Ewig glüht nun dies Lächeln in dir nach, und du glaubst, in der Tiefe zu spüren, daß damals der Pfeil der großen Leidenschaft auf schon gespannter Sehne bebte, in die blaue Höhe zu steigen. Warum du die fünf Schritte zu jenem Tisch in der Ecke nicht wagtest, sondern wie aus Holz die kostbaren Minuten verstreichen ließest – ach, die Chancen des Glücks huschen schnell wie Nachtgetier vorüber. Erst wenn sie ins Dunkel fortgeflattert sind, merkst du, daß sie nur darauf warteten, von dir ergriffen zu werden.

All diese zugleich sanften und gewaltsamen Einflüsse hatten mit feinen, zähen Wurzeln längst das Herz des Andrew MacReanna durchwoben. Der enge Umkreis seiner Heimat bot ihm nichts Lockendes mehr. –

Nun also hatten ihn die schlechten Zeiten aus der Bahn geworfen; sie erschienen indessen seinem schottischen Gemüt nicht schlecht genug, als daß er ihretwegen sein Sparkonto um hundert Pfund oder gar mehr erleichtern mochte. Er hätte sich einfach ein wenig Ruhe gönnen und abwarten sollen, bis ihn seine bisherige Reederei auf einem anderen Schiffe unterbrachte. Daß man ihn gern berücksichtigen wollte und auch so bald wie irgend möglich, war ihm versprochen worden; tüchtige Seeleute wie ihn ließ man nicht gern zu anderen Gesellschaften abwandern.

Doch Andrew MacReanna besaß nur geringes Talent dazu, seine Unrast zu zügeln. Er besuchte, treppauf und treppab, jedes Schiffskontor in ganz London. Die leiseste Aussicht schon, irgendwo als Vierter oder Dritter Offizier eine neue Heuer zu ergattern, erfüllte ihn mit frischer Hoffnung. Zwischendurch machte es ihm nichts aus, auch weniger standesgemäße Gelegenheiten wahrzunehmen und ein Pfund oder zwei zu verdienen, wenn er sich sicher fühlen durfte, daß er dem Ansehen in seinem Beruf dadurch nicht schadete. Aber London ist riesengroß, und wer sich dort nicht entdecken lassen will, der braucht sich keine große Mühe zu geben.

An einem häßlichen und regnerischen Herbstabend, wie sie so häßlich und regnerisch nur bei den Docks im Osten Londons sein können, nahmen die Bemühungen Andrew MacReannas eine Wendung, die – was der Mann an jenem mißmutigen Tage nicht ahnte – sein eigentliches und ihm speziell zugedachtes Schicksal erst einleiten sollte.

MacReanna hatte sich in Ost-Greenwich bei einer Witwe ein bescheidenes Zimmer gemietet. Von dort hatte er es nicht weit zum Greenwich-Tunnel, der ihn unter der Themse an das Südende der Isle of Dogs, zu den Westindia-Docks und dem Londoner Chinesenviertel brachte, ohne daß er erst Geld für die Straßen- oder Untergrundbahn auszugeben brauchte.

Manchmal, wenn ihn die Einsamkeit und die Kette der täglichen Enttäuschungen besonders bitter drückten, erlaubte er sich, in »Charley Brown's« Gasthaus an der Ecke der Garford Street einzukehren und an der mahagonidunklen Bar zum Trost ein Glas Rum mit einer bittersauren Lemone oder auch das kräftige Getränk seiner Heimat zu genießen; er tat dies stets langsam, nachdenklich und spürte es gern, wenn ihm die Wärme der gebrannten Wässer allmählich in die kalten Glieder drang.

An jenem Abend war es in »Charley Brown's« besonders voll; das schlechte Wetter hatte manch einen seebefahrenen Mann hereingetrieben, der sonst wohl einen anderen Weg genommen hätte. Von drei Gästen bei Charley Brown sind immer zwei seebefahrene Leute; das ist schon von jeher so gewesen.

Angesichts des Gedränges an der Bar fühlte MacReanna sein Unbehagen wachsen. Er gehörte nicht zu den Menschen, die sich in einer gesprächigen Menge wohl fühlen, wo Schulter sich an Schulter reibt. Ihm war es lieber, wenn er über genügend Platz für seine Ellbogen verfügte.

Ganz gegen seine sonstige Gewohnheit verstand sich also MacReanna dazu, an einem der winzigen Tische Platz zu nehmen, die der Bar gegenüber die Wand entlang standen. Er bestellte nur ein Glas Guiness Stout, da sich der Abend ohnehin nicht anließ, wie es sein sollte. Die Gäste an den Tischchen nebenan beachtete MacReanna nicht, wie er seinem Wesen nach auch nicht erwartete, von ihnen beachtet zu werden.

Es ist also nicht verwunderlich, daß Andrew sehr überrascht war, als sich plötzlich ein kleiner, beweglicher Mann mit schwarzen Haaren vor ihm aufbaute, der ein Glas Portwein in der Hand hielt und ihn mit einem liebenswürdigen französischen Akzent in seinem Englisch wortreich begrüßte. »MacReanna! Ja, Sie sind es, wenn Sie keinen Zwillingsbruder haben! Und davon hätten Sie mir sicherlich etwas erzählt! Um alles in der Welt, wo kommen Sie her? Und sitzt hier in seinem Vaterlande ganz allein an einem Tisch, als kenne er keine Menschenseele, mit ihm ein

Gläschen zu trinken und ein wenig zu schwatzen! Dazu sollte doch ich nicht erst aufzutauchen brauchen – von so weit her, zum Teufel! Dabei kennt er mich wohl gar nicht mehr, dieser rothaarige Dummkopf!«

Und ob MacReanna den Mann nicht auf der Stelle wiedererkannte –! Andrew war aufgesprungen und schüttelte dem zierlichen Herrn im dunkelblauen Anzug mit schwarzer Krawatte vergnügt die Hand. All sein Verdruß war so plötzlich vergangen und vergessen, als hätte er ihn nie als ekligen Geschmack auf der Zunge verspürt. Er rief: »Dubois! Nicht möglich! Aber ich kann Sie mit viel besserem Grunde fragen, wie Sie hierher kommen, als umgekehrt. Als ich das letzte Mal in Matadi war, verrieten Sie mit keiner Silbe, daß Sie nach Europa fahren wollten!«

»Ach, mein Guter, setzen wir uns erst einmal und sagen wir: Prost! Das Weitere wird sich finden!«

Es fand sich auch. Vier Monate erst war es her, daß der Schotte und Dubois in Matadi an der schwelend heißen Kongomündung bei vielen lauwarmen Getränken einen freundschaftlich heiteren und unbeschwerten Abend gemeinsam verbracht hatten. Dubois war Wallone, stammte aus Charleroi und hatte es zum Hafenmeister von Matadi gebracht, dem wichtigsten Port der belgischen Kongokolonie. Dort saß er und stritt sich mit den Ersten Offizieren der Dampfer herum, die in Matadi festmachten. Denn die »Ersten« sind für die Ladungen verantwortlich, und in Matadi ist es so heiß, daß jedermann nur allzugern aufbraust und explodiert, wenn er nicht gerade wie eine matte Fliege dicht daran ist, vor sengender, schwüler Glut den Geist aufzugeben.

MacReannas Schiff hatte den Hafen Matadi regelmäßig angesteuert. Der Schotte war dabei eines Tages in die Verlegenheit geraten, dem kleinen, raschen Belgier einen wesentlichen Dienst zu leisten:

Ein griechischer Kapitän war mit seinem rostigen Kasten im Strom an die Ankertonne gegangen, dann aber ins Treiben geraten, als er sechs Stunden später die Trosse loswarf, um zum Laden an die Pier zu verholen. Die machtvolle, wirbelnde Strömung des Kongo, der sich vor Matadi dicht unterhalb gewaltiger

Schnellen noch einmal zu majestätisch großartiger Bosheit entfaltet, hatte sich den armseligen Dampfer gegriffen und ihn voller Hohn über so viel Unfähigkeit ans Ufer gedrückt und auf einen Felsen gebacken. Da saß er hoch und trocken als Totalverlust, eine Pein für die Augen und ein Witz für alle, die vorüberfuhren. Kapitän und Reeder des unglückseligen Schiffes aber machten den Hafenmeister für die Strandung verantwortlich; Dubois – so argumentierten sie in dem Schadensersatzprozeß gegen das Hafenamt – hätte wissen müssen, wie gefährlich das Fahrwasser vor Matadi vorwitzigen Kapitänen mit schwachen Schiffen werden kann; Dubois hätte warnen und den Beistand eines Hafenlotsen erzwingen müssen.

Dubois behauptete steif und fest, daß er die Warnung ausgesprochen, den Lotsen sogar dringlichst vorgeschrieben hätte; der griechische Kapitän aber, der Matadi zum ersten Male anlief, hätte gemeint, die teure Lotsengebühr könne er sich sparen; er wäre schon mit schlimmeren Häfen fertig geworden.

Vor Gericht jedoch beschuldigte der Kapitän den Hafenmeister, dieser hätte ihn und sein Schiff ohne ein Wort ins Unglück schwimmen lassen. Aussage stand gegen Aussage. Da die Unterhaltung zwischen dem griechischen Kapitän und dem belgischen Hafenmeister unter vier Augen stattgefunden hatte, keiner der beiden also Zeugen für die Wahrheit seiner Angaben zu benennen vermochte, stand die Entscheidung auf des Messers Schneide. Es hatte sogar den Anschein, als ob die Richter geneigt wären, den Aussagen des Kapitäns mehr Glauben zu schenken als denen ihres vielleicht allzu hitzköpfigen Landsmannes; denn einem alten und erfahrenen Kapitän wie diesem Griechen war so viel Leichtsinn, wie der Hafenmeister glauben machen wollte, gar nicht zuzutrauen. Erschwerend kam hinzu, daß Dubois in der Nacht vor dem Unglück kräftig gezecht hatte und nach mehrfachem Zeugnis seiner Sinne kaum noch mächtig gewesen war. Wie auch immer die Sache ausging: Dubois war seine Stellung schon so gut wie los.

MacReanna hörte von der peinlichen Sache, als er viele Monate nach dem Tage der Katastrophe wieder einmal mit seinem Schiff an der Pier von Matadi lag. Er mochte den kleinen Hafenmeister gern und war stets gut mit ihm ausgekommen; denn der Schotte von den Inseln ließ sich nicht leicht aus der Fassung bringen, mochte der schwarzhaarige Wallone auch noch so aufgeregt und schwitzend umhertänzeln. MacReanna entsann sich sofort, daß er bei jenem nun so belastenden Saufgelage mit von der Partie gewesen war, entsann sich auch, daß er den dunkelhäutigen Mann bewundert hatte, weil Dubois trotz großer Mengen Alkohols bis zum Schluß der Geburtstagsfeier Haltung und Witz bewies; »seiner Sinne nicht mächtig«, wie es jetzt behauptet wurde, war Dubois bestimmt nicht gewesen.

Für den Ausgang des Prozesses entscheidend aber war, was MacReanna unverzüglich vor Gericht zu Protokoll gab:

MacReanna hatte damals das Kontor des Hafenmeisters wegen einer zu hoch berechneten Liegegebühr aufgesucht, den guten Dubois selbst aber nicht angetroffen. Der Schotte war dabei in ein Zimmer geraten, hinter dessen Schreibtisch, der mit einer Anzahl von Papieren bedeckt war, niemand saß; MacReanna sagte sich, Dubois werde sicherlich in wenigen Minuten zurückkehren, sonst hätte er Tisch und Zimmer nicht offenstehen lassen. Der Schotte im steifgestärkten weißen Anzug – der Schädel brummte ihm noch von der vergangenen Nacht – ließ sich auf einem Stuhl in der Ecke nieder, um zu warten. Das Dämmerlicht im Zimmer, das Summen von zwei großen Fliegen, das Halbdutzend Stunden, das ihm an der Nachtruhe fehlte – es war fast unvermeidlich, daß ihm schon nach wenigen Minuten das Kinn auf die Brust sank und ein tiefer Seufzer ihn in die Gefilde des Schlafes entführte.

MacReanna wurde von zwei lauten Stimmen geweckt, von denen er die eine sofort als die des Hafenmeisters erkannte. Die andere Stimme radebrechte das Englische mit vollen Vokalen auf jene weiche, singende Weise, die stets auf einen Sohn des Mittelmeeres schließen läßt. Der Hafenmeister sprach sachlich von den Schwierigkeiten der Navigation in den Gewässern vor Matadi, die sich in jenen Tagen besonders heimtückisch benahmen, da der Kongo gewaltiges Hochwasser aus dem Innern des Kontinents heranführte und über die Küstenstufen meerwärts donnern ließ. Er, der Hafenmeister, ordne daher nachdrücklichst an, daß der Kapitän – ja, wie hieß er doch? MacReanna erinnerte sich nur noch, daß der Name des Mannes auf »-ulos« oder »-olos« geendet hatte –, daß also der Kapitän Philipopulos oder Adrianopulos, oder wie immer er angeredet worden war, den Hafenlotsen gleich mit aufs Schiff nähme, um seinen Dampfer zu dem bezeichneten Ladeplatz zu verholen. Der Kapitän aus Griechenland war daraufhin in ein stolperndes Französisch verfallen, von dem MacReanna nichts verstand. Deutlich war nur, daß der Grieche Ausflüchte machte. Dubois erwiderte so gereizt in seinem französischen Englisch und mit solcher Lautstärke, daß es dem unbeweglich lauschenden Schotten zuviel wurde; sein schwerer, noch immer vom Alkohol durchdunsteter Schädel vermochte soviel lärmvolles Temperament keineswegs zu vertragen. MacReanna wurde daher des Streites im Nebenzimmer überdrüssig, erhob sich leise und verließ das Haus, um es erst wieder zu betreten, nachdem der Grieche daraus entwichen war. Ohnehin ging es ihm gegen den Strich, ohne Erlaubnis irgendwo und irgendwann den Lauscher an der Wand oder hinter der halboffenen Tür zu spielen. –

Der Prozeß zwischen der griechischen Reederei und der belgischen Hafenbehörde war nach dieser Aussage des Andrew MacReanna im Handumdrehen entschieden. Dubois war glänzend gerechtfertigt daraus hervorgegangen.

Es verstand sich von selbst, daß MacReanna jedesmal, wenn er wieder in Matadi auftauchte, begeistert gefeiert wurde. Die Wünsche, die er wegen des Liegeplatzes oder der Ladezeiten seines Schiffes vorbringen mochte, waren stets schon erfüllt, bevor er sie noch ausgesprochen hatte. Und allmählich erwachte sogar seine kühle und bedächtige Natur zu der Erkenntnis, daß Dubois ihm – allerdings unter mannigfachen Wortschwällen verschleiert – die Freundschaft antrug. Denn wenn MacReanna zu der Menschensorte gehörte, die ihre Gefühle verbirgt, indem sie möglichst wenig darüber spricht, war Dubois seinem Wesen nach zu jener anderen Art zu rechnen, die viele Worte macht und so verschleiert, was sie fühlt. Ohne daß je darüber geredet wurde, wußten mit der Zeit die beiden Männer, daß sie sich aufeinander verlassen konnten und daß sie sich gern mochten und schätzten – obschon natürlich ein solcher Gedanke niemals die Erlaubnis erhielt, mit deutlichen Schritten durch ihr Hirn zu spazieren.

Es wurde ein bewegter Abend. Dubois hatte unerwartet Europaurlaub nehmen müssen, weil ihm daheim in Charleroi eine Erbschaft zugefallen war. Höchst feierlich hatte er in schwarzem Gehrock am Grabe seiner schon Wochen zuvor dahingeschiedenen, ehrwürdigen Tante gestanden und dann ebenso ernsthaft und mit der gebührenden Trauermiene verfügt, daß die erfreulichen Pfandbriefe und Hypotheken wieder im Geldschrank des Notars verschwanden, worin sie bislang für die Tante des Hafenmeisters gewissenhaft Zinsen ausgebrütet hatten, wie sie fortab auch für Dubois Franken hecken sollten.

Da Dubois die bürgerlich wohlanständige Langeweile seiner Heimat nicht mehr gewohnt war, da sie ihn wie schon in seiner Jugend vielmehr rebellisch machte, hatte er nach der Abreise aus der Heimat einem alten Wunsche nachgegeben, sich einmal das große London gründlich und durchaus nicht nur von der respektablen Seite anzusehen. Es stellte sich heraus, daß der findige Dubois mancherlei von der grauen Weltstadt erkundet hatte, wovon MacReanna sich nichts träumen ließ – was dann wiederum den Schotten zu der Bemerkung veranlaßte, ihm stände zur Zeit wirklich nicht der Sinn danach, zu tingeltangeln oder gar nach allen Regeln der seefahrenden Zunft zu sumpfen – er hätte nämlich kein Schiff mehr – und eine Erbschaft stände auch nicht für ihn in Aussicht –, und jedes Glas Bier oder Whiskey müßte er sich schwer von seiner sparsamen Seele abringen.

Dubois tröstete den Freund, er hätte in ihm den ersten vernünftigen Menschen getroffen, mit dem er die Erbschaft angemessen feiern könnte. Denn betrauert hätte er die Heimgegangene würdig und ausführlich genug; an diesem glorreichen Abend gingen die Getränke und der Verzehr auf seine Rechnung. »Mac, lassen Sie nicht den Kopf hängen! Sie verderben mir die ganze Wiedersehensfreude! Verdammt noch mal, es gibt noch mehr Schiffe unter der Sonne und mehr Reedereien als Ihre alte, die Sie so schmählich im Stich gelassen hat! Kommt Zeit, kommt Rat! Sie glauben gar nicht, Mac, wie ich mich darüber freue, daß wir uns endlich mal eine vergnügte Nacht um die Ohren schlagen können, in der es nicht so barbarisch heiß und schwül ist wie am unteren Kongo. Und wie froh bin ich, daß man hier nicht von dummen, faulen Schwarzen halb zu Tode geärgert wird und daß es nicht nach schwarzem Schweiß stinkt, sondern so schön europäisch nach weißem und nach Whiskey und nach Lagerbier. Was ist es nicht schon allein für eine großartige Sache, daß wir uns hier im dunkelsten London bei Charley Brown in der Eisenbahnkneipe getroffen haben! Draußen regnet's und ist kalt, und das heiße, verdammte Affenland ist weit! Die Macs sollen leben! Prost!«

Was blieb dem Mac anders übrig, als aus seinem Mißmut aufzutauchen und dies Fest zu feiern, wie es fiel. Es war auch wirklich etwas Neues, sich einmal im kühlen Norden unter lauter wackeren, dunkelgekleideten Männern mit Dubois lustig zu machen, als immer nur in jenem brütendheißen Tropenhafen auf knapp sechs Grad südlicher Breite.

Allerdings wob sich schon nach kurzer Zeit ein anderer Ton in das Gespräch der beiden Männer: hatten sie anfangs den kühlen Norden gelobt und die gute Gelegenheit, die sie gerade hier zusammengeführt hatte, so beschworen sie bald mit portwein- und whiskeyfeuchten Zungen die Wunder der Tropen, den Zauber des Südlichen Kreuzes am nächtlichen Himmel und die heitere Lässigkeit der Neger, Quell unendlicher Scherze und Geschichten.

Und als die Mitternacht geschlagen hatte, bekannte der eine der beiden Kumpane ganz offen, er hätte sich vor sich selber gefürchtet, denn wie leicht hätte die Erbschaft ihn verführen können, in Charleroi klebenzubleiben – und der andere stöhnte, der Norden wäre ja ganz schön, aber nur, um sich darin ab und zu vom Süden und von Übersee und den wärmeren Breiten zu erholen. Und schließlich sprachen sie beide unverblümt aus: für das tüchtige Europa verdorben zu sein; der gute alte Erdteil – man soll sein Geld von dort beziehen, sich dort verheiraten, wenn dies nicht zu umgehen ist, und schließlich seine alten Tage dort verträumen – natürlich mit Erinnerungen an bessere Länder!

An den Gesprächen der beiden war also – wenn einer mit kühler Stirn zugehört hätte – nichts Außerordentliches zu vermerken. Denn wer erst einmal ein paar Jahre zwischen den Wendekreisen zugebracht hat, der weiß zwar fortan, daß das Land im gemäßigten Norden seine Heimat bleibt, daß aber Herz und Sehnsucht dem Süden gehören, wo die Sonne stark ist wie ein großer Gott und der Sommer ewig wie die Verdammnis.

Da die Londoner Tage des Jean Dubois schon gezählt gewesen waren, als Andrew MacReanna den Belgier in »Charley Brown's« wieder traf, blieb dem Schotten nur noch übrig, seinen Freund an Bord des Dampfers zu geleiten, der ihn zum Äquator entführen sollte. Andrew gestand sich nicht ein, wie schwer sein Sinn war, als das Schiff sich von der Mauer löste, die Schlepper tuteten und die Schrauben zögernd im schmutzigen Wasser zu mahlen begannen.

Wochen vergingen, und Andrew von den Inseln war der vielen kahlen Vor- und Wartezimmer und der endlos vergeblichen Rücksprachen gräßlich müde. Wenn große Worte auf ihn gepaßt hätten, so wäre es richtig gewesen zu sagen, daß er von schierer Verzweiflung nur noch um eines Haares Breite entfernt war. Nichts nämlich schien ihm unerträglicher, ja unheimlicher als Untätigkeit und der Mangel an einem vernünftigen Ziel und einer verständlichen Aufgabe.

Unerwartet reichte ihm die Zimmerwirtin an einem grauen Novembermorgen einen Brief durch den Türspalt, auf dem er sofort eine Marke aus dem Belgischen Kongo erkannte. Der Absender auf der Rückseite des Umschlags machte vollends zur Gewißheit, wer an ihn geschrieben hatte; da stand: »Jean Dubois, Autorité du Port, Matadi, Congo Belge«.

MacReanna wog den Brief einen Augenblick unschlüssig in

der Hand. Was wohl der gute Dubois, den er fast wieder vergessen hatte, ihm zu schreiben haben mochte? Er riß den Brief auf und las:

»Mein lieber Mac und André!

Natürlich weiß ich nicht, ob dieser Brief Dich überhaupt noch in London unter der Adresse von damals erreicht. Vielleicht hast Du inzwischen irgendwo eine Heuer bekommen und bist längst wieder auf See. Aber da die Zeiten sich inzwischen nicht wesentlich gebessert haben, wirst Du Dir wohl immer noch auf dem Londoner Pflaster die Stiefelsohlen abwetzen und bei Deinem nur gering entwickelten Talent für Faulheit von fürchterlichen Stimmungen geplagt werden.

Ich wage es daher, Dich auf eine Möglichkeit aufmerksam zu machen, die Dir sonst wohl nur ein mitleidiges Lächeln abnötigen würde. Vielleicht kündigst Du mir sogar die Freundschaft, weil ich Dir überhaupt dergleichen zutraue; aber ich riskiere es, weil nach meiner Meinung ein Süßwasserspatz in der Hand besser ist als eine Salzwassertaube auf dem Dache.

Du wirst wohl kaum wissen, daß bei uns eine große Transport-Gesellschaft mit ihren Flußdampfern den Personen- und Frachtverkehr auf dem Kongo und seinen wichtigeren Nebenflüssen versieht. Ob Du es glaubst oder nicht: diese Gesellschaft hat Bedarf an Flußdampferkapitänen. Es will offenbar kein Mensch auf dem Kongo hinauf und herunter fahren, immerzu hinauf und herunter, und sich außerdem noch dafür verbürgen, mit seinem großen, flachen Kasten nirgends anzustoßen. Die Gesellschaft ist neuerdings sogar bereit, auch Ausländer mit Steuermanns-Patent einzustellen und anzulernen, wenn sie nur eine Erklärung unterschreiben, daß sie nach fünfjähriger Tätigkeit gewillt sind, die belgischen Bürgerpapiere zu beantragen.

Die Bezahlung ist nicht schlecht, und in fünf Jahren kann sich viel ereignen. Vielleicht bist Du dann längst Kapitän eines Luxus-Passagierdampfers nach New York und weißt dann etwas, wovon Du des Abends beim Diner den dicken, brillantenstrotzenden Millionärinnen aus Chicago erzählen kannst: von Deiner Zeit als abenteuernder Flußkapitän auf dem großen Kongo, von

Krokodilen, Papageien, Brüllaffen und mitternächtlichen Negertrommeln bei Vollmond.

Ich habe einen guten Freund in Léopoldville bei der Hauptverwaltung. Wenn Dir mein Vorschlag einleuchtet, schicke mir ein Telegramm. Ich fahre dann nach Léopoldville hinüber und bereite die Sache vor.

Natürlich mußt Du ein paar Tage bei mir bleiben, bevor Du ins Innere entschwindest.

Und wenn Dich dieser Vorschlag in Deiner salzigen Seemannsehre gekränkt haben sollte, so kannst Du mir gestohlen bleiben.

Dein Jean Dubois.«

Immerhin dauerte es einen Tag und zwei Nächte, ehe Andrew MacReanna sich entschloß, das vorgeschlagene Kabel abzusenden. Vielleicht ahnte ihm doch im innersten Gemüt, daß er – dessen Vorfahren seit undenklichen Zeiten nie etwas andres geatmet hatten als Salzluft – im Begriffe stand, ein Leben zu beginnen, in dem er unablässig seine Lungen mit Düften und Dünsten füllen würde, wie sie tief im Innern großer Erdteile, fern der hohen See, schwer und schicksalsträchtig die bunten Weiten durchwehen.

Als aber die Depesche aufgegeben war, erfaßte den einsamen, ein wenig verstörten Mann im großen London heftige Unruhe. Am liebsten hätte er gleich am selben Tage ein Schiff bestiegen und wäre südwärts losgegondelt. Aber so schnell war es beim besten Willen nicht zu schaffen.

Diese Unruhe entließ den Mann auch nicht aus ihren Krallen, als er zwischen Weihnachten und Neujahr einige Tage bei Dubois in Matadi verbrachte. Die Hitze setzte Andrew fürchterlich zu. In solch einem engen Tropenhafen zwischen hohen Bergen an Land zu schlafen und nicht auf dem obersten Deck eines Dampfers über bewegtem Wasser, das war eine Schweiß und viele Flüche kostende Anstrengung, besonders, wenn man aus dem winterlichen England kam. Auch stand Andrew wie unter einem Zwange, so bald wie möglich mit seiner neuen Aufgabe handgemein zu werden.

Dubois war daher von seinem Besuch ein wenig enttäuscht

und ließ ihn nach Léopoldville mit der trockenen Bemerkung abdampfen: »Also gut, Mac! Hoffentlich hast du in einem Jahr bei deinem nächsten Urlaub wieder menschliche Züge angenommen!«

II

In Léopoldville, der Hauptstadt der Kolonie, verdämmerte Andrew ein paar Tage in der halbdunklen Halle des höchst bescheidenen »Hôtel Anvers«. In London war es feucht und kalt gewesen, und MacReanna hatte jeden Abend aufgeatmet, wenn er nach seinen vielen vergeblichen Wanderungen die Füße ans wärmende und trocknende Kaminfeuer strecken konnte. In Léopoldville war es statt dessen feucht und heiß, und MacReanna wußte schon aus früherer Erfahrung, daß sich auf die Dauer »feucht und kalt« leichter ertragen läßt als »feucht und heiß«.

Nein, so hatte er sich die Hitze nicht vorgestellt – und nicht nur die Hitze! Als ein Mann, der sich den größten Teil seines erwachsenen Daseins auf der hohen See umhergetrieben hatte, waren ihm zwar viele Tropenhäfen vertraut – und ohne viel darüber nachzudenken, hatte er wie die meisten Seeleute geglaubt, daß die Länder hinter den Häfen nichts anderes zu erleben bieten als die Häfen mit den gleißenden Wasserflächen und den faulig süß riechenden Lagerhäusern.

Léopoldville war zwar auch ein Hafen, ein großer dazu; Lagerhäuser, Schuppen und Kais gab es auch; die Ratten fühlten sich offenbar ebenso munter und wohl darin wie in den Häfen, in welche die Gezeiten ihren mächtigen Puls hineinquellen lassen. Aber dieser Hafen am großen Stanley-Pfuhl war bestürzend anders, als der Schotte von den Inseln Häfen bisher erlebt hatte. Manchmal beschlich ihn in den langen Tagen des Wartens eine Art geheimer Panik. Dann hätte er sich wohl auf den leisesten Vorwand hin gewendet und wäre dieser neuen, zugleich üppig strotzenden und schwermütigen Welt entflohen. Noch nie in seinem Leben – an einem leeren Abend rechnete er es aus – war er so weit von der hohen See entfernt gewesen, der freien See, auf der man in jeder Richtung der Windrose überall woandershin entweichen kann.

Aber solch ein zuweilen ganz unvernünftig ersehnter Vorwand ergab sich nicht. Ganz im Gegenteil: Dubois hatte in seinem Brief nach London nicht zuviel versprochen; MacReanna war ohne viel Federlesens angestellt worden; die Reederei hatte nicht gezögert, ihm einen guten Vorschuß auf seine erste Heuer zu gewähren. Man hatte ihm auch von den erfreulichen Aussichten gesprochen, die sich ihm für eine Laufbahn bei der Gesellschaft böten, wenn er nur bei der Stange bliebe. (Offenbar blieben nicht viele bei der Stange.) MacReanna hatte auf dem Reedereikontor ein paar freundliche Leute kennengelernt – wenn es auch nicht wenig zu seiner täglich steigenden Verwirrung beitrug, daß er hier in eine Welt geraten war, in der französisch oder flämisch gesprochen wurde. Das Englische galt als »fremde Sprache«, unglaublich! MacReanna mußte sich also auf sein kümmerliches Französisch besinnen und sich im übrigen an Umstände gewöhnen, mit denen er sich noch ein Jahr zuvor schwerlich abgefunden hätte.

Einen britischen Paß zu besitzen, galt in Léopoldville nicht ohne weiteres als ein Abzeichen höchster Menschenwürde, und das allein war nicht nur sonderbar, sondern auch peinlich.

Ja, hatte es weiter geheißen, man habe vorgesehen, ihn dem Kapitän John Corlay mit auf die Reise zu geben, damit er bei ihm »den Fluß erlerne«. Zweierlei Gründe wären es, welche die Gesellschaft bewogen hätten, ihn, den Neuling, gerade diesem Corlay anzuvertrauen: erstens wäre Kapitän Corlay ein halber Engländer, und zweitens gäbe es keinen anderen Mann stromauf und stromab, der in unzähligen Renkontres mit dem Kongo so selten den kürzeren gezogen habe wie Corlay. Der Inspektor der Reederei, ein behäbiger, kahlköpfiger Mann mit klugen, farblosen Augen und einem ironischen Lächeln um den Mund, das wie festgefroren schien, beendete seine Weisungen mit folgenden Worten: »Wissen Sie, MacReanna, dieser Kapitän Corlay unterhält mit dem Kongo eine Art intimer Feindschaft, die ihn für den Umgang mit normalen Menschen einigermaßen verdorben hat. Sie werden es nicht ganz leicht auf der ›Albertine‹ haben. Wenn aber Corlay Sie entläßt und uns bestätigt, daß er Ihnen nichts mehr beibringen kann, dann wissen wir ganz genau, daß wir Ihnen ein Schiff geben können. Und, glauben Sie mir, Sie werden dann kaum allzulange auf ein entsprechendes Kommando zu warten brauchen!«

Bei diesen Worten vertiefte sich das anzügliche Lächeln um den Mund des ungefügen Mannes. MacReanna fühlte sich zum Narren gehalten – wenn auch in freundschaftlicher Weise –, ohne zu wissen, warum und wieso – und er fühlte sich zugleich von der albernen Empfindung beherrscht, daß ihm heimlich der Boden unter den Füßen schwankte. Obendrein hörte der Inspektor auf den für MacReannas Zunge vorläufig unaussprechbaren Namen Jan van Baestaelaer.

Andrew MacReanna erwiderte also nichts weiter als: »Dann weiß ich ja Bescheid, Inspektor! Hoffentlich läßt die ›Albertine‹ nicht auf sich warten!«

Er stülpte sich seinen frisch erstandenen Tropenhelm auf, dies unbequeme Möbel, und wanderte in sein dumpfes »Hôtel Anvers« zurück. Wie jeden Tag, seit er in Matadi an Land gegangen war, ärgerte er sich auch jetzt wieder, daß er schon nach einer kurzen Strecke Weges in Schweiß gebadet war, ihm unter seiner weißen Leinenjacke das Hemd am Leibe klebte und das Innere seiner Handflächen sich feucht anfühlte. Er zerrte das Taschentuch aus seiner Hose, wischte sich unter dem Helm die Stirn und knurrte wütend: »Soll doch dies verfluchte Land der Teufel holen! Ständig bin ich wie zerschlagen von der Schwüle, und mein Chinin habe ich wieder vergessen einzunehmen.«

Als er aber erst eine Weile in seinem verdunkelten Zimmer auf dem Bette gelegen und sich ein klein wenig abgekühlt hatte, gewann seine klare Vernunft langsam die Oberhand, und er sagte sich: Mit Gewalt geht nichts in dieser Gegend; dazu ist es zu heiß, Andrew! Du mußt die Zügel ein wenig lockerer lassen als auf See oder daheim, sonst holst du dir vor der Zeit einen Sonnenstich! Muß mir doch heute abend, wenn es kühler geworden ist, einen von diesen lächerlichen Dampfern näher ansehen.

Denn dieser Schotte von den Inseln mochte zwar leicht in Wallung geraten, und die Galle stieg ihm schnell; aber zugleich war er ein zäher Bursche, der niemals nachgab und sich um so grimmiger in eine Aufgabe verbiß, je widerspenstiger sie sich bewies.

Und außerdem – stolperten des ruhenden Mannes Gedanken schläfrig weiter –, was will ich eigentlich? Ich brauche nicht mehr in London die Türklinken der Schiffskontore abzunutzen. Für die nächsten zwölf Monate verdiene ich erst einmal mein Geld sicher. Und die Hitze –? Nun, was hundert oder tausend andere aushalten, daran werde ich mich schließlich auch gewöhnen. Aber ist es zu glauben, daß es ein Jahr dauern soll, bis man diesen blödsinnigen Strom »gelernt« hat, wie sie sagen? Es gibt weder Gezeiten auf dem Strom noch Brandung, weder Sturm noch Navigation. Auf einem Fluß kann man sich nicht viel verfahren. Und des Nachts bleiben die Schiffe sowieso liegen, da das Fahrwasser natürlich nicht befeuert sein wird. Was kann also schon passieren? Sie machen sich wichtig, diese Süßwassermatrosen! Weiter nichts!

Mit diesem beruhigenden, sein seelisches Gleichgewicht wiederherstellenden Urteil war er eingeschlafen, der ahnungslose Andrew von den Inseln.

Als es einige Stunden später an seine Tür klopfte, wußte er – noch halb im Schlaf – zunächst überhaupt nicht, wo er sich befand. War es noch die Zimmerwirtin in Greenwich, die da klopfte? Die alte, gute Tante hatte ihm ständig überflüssige und zwecklose Bestellungen auszurichten gehabt, und er hatte sich nicht dagegen wehren können, denn sie meinte es gut; sie war ja auch eine Schottin gewesen und stammte aus Inverness.

Oder war es der Mann von der Brücke, der ihn für die nächste Wache wecken kam? McReanna hatte sich auf See niemals große Mühe zu geben brauchen, munter zu werden, selbst wenn er die miserable Hundewache gehen mußte – im November, und der Kasten rollte durch einen Sturm aus Nordwesten wie betrunken.

Andrew MacReanna fuhr erschreckt hoch, als er zwischen den halbgeöffneten Lidern weder das besorgte Witwengesicht der Zimmerwirtin noch die langweilig ehrlichen Mienen eines britischen Seemanns aus Stepney erblickte, sondern eine braunschwarze afrikanische Maske über einem knallgrünen Hemde. In den Augen blitzte das Weiße, ein prachtvolles Gebiß entblößte sich grinsend, und die Nüstern an einer breiten Nase blähten sich. Für einen harmlosen, gerade aus dem Schlaf erwachenden Europäer sah es zum Fürchten und Gefressenwerden aus. Aber es bedeutete nichts weiter als pure Freundlichkeit und die Bitte um Entschuldigung.

»Was willst du, Kerl? Wie kommst du hier herein?« wollte MacReanna einigermaßen erbost wissen.

»Ich klopfte schon so lange, Herr! Und dann machte ich Tür auf, kleinen Spalt breit; war nicht verschlossen, Herr! Und machte ich Tür zu und klopfte wieder, kräftig. Und dachte ich, als alles nichts half: jetzt gehst du hinein und weckst Herrn, sonst er nicht mehr rechtzeitig zum Abendessen; und dann muß er à la carte, und das teurer!«

Dabei sah der schwarze Mann in dem giftgrünen Hemde und den lächerlichen Khaki-Höschen, aus denen unbeschreiblich muskelbewehrte Oberschenkel hervorquollen, so treuherzig drein, daß der verdrossene Schotte sich nur im rotblonden Haar kratzen und brummen konnte: »Teufel, ist es schon so spät? Habe ich den ganzen Tag verschlafen? Ich sollte mich duschen und andere Wäsche anziehen. Vielleicht werde ich dann wieder frisch.«

»Wenn Herr mir geben Kofferschlüssel, kann ich inzwischen alles bereitlegen und Schuhe putzen.«

MacReanna kramte schon in seiner Hosentasche, als ihm plötzlich einfiel: »Verdammt, das kann ich ja auch selber machen. Wer bist du eigentlich? Gehörst du zum Hotel? Und warum sprichst du englisch?«

Der Schwarze stand mit einem Gesicht da, als hätte man ihn bei einem dummen Streich ertappt. Er stotterte: »Ich war Hausboy bei englischem Ingenieur, drei Jahre lang. Aber dann er Malaria kriegen und fahren nach Hause. Er niemals mehr Chinin einnehmen; hat er immer Ohrensausen. Er denken, Whiskey auch gut. Aber nicht gut! Ich kann alles! Ich bin guter Boy. Ihr könnt mich nehmen auf Probe. Dann mich ganz bestimmt nehmen, Herr! Fünf Franken die Woche, Herr! Fünf kleine Franken!«

»Fünf kleine Franken – was du dir so denkst! Wer hat dir überhaupt verraten, daß ich hierbleibe? Ich habe mich mit keiner Silbe nach einem Diener erkundigt, und ich brauche auch keinen. Wer schickt dich her?«

Der Schwarze, dessen albernes, kurzärmeliges Hemdchen von den mächtigen Schultern so prall gefüllt wurde, als wäre es aufgeblasen, lächelte verschmitzt und fuhr sich mit der Zunge einmal schnell über die Lippen: »Oh, ich weiß alles, weiß ich immer alles, Herr! Aber ich niemals reden ungefragt. Mister Brown mich einpauken!«

»Das ist ja sehr erfreulich! Sehr lobenswert, mein Junge!«

MacReanna, der die letzte Benommenheit seines abgrundtiefen Schlafes inzwischen abgeschüttelt hatte, sah sich den nicht wenig das Zimmer füllenden, schwarzen Herkules in bubenhaften Höschen nachdenklich an. Er kratzte sich nochmals leise am rotblonden Hinterkopf und sagte sich lautlos: ja, mein Leben wird jetzt anders, erstaunlich anders als früher. Vor sechs Wochen war ich noch ein stellungsloser Bevölkerer von Vorzimmern, und jetzt soll ich selber für »fünf kleine Franken« diesen Leibgardisten und Kammerdiener engagieren. Er fragte: »Wie heißt du denn, mein Sohn?«

»Ich heiße Saka Nganmsuata, Herr!«

»Wiederhole das!«

»Saka Nganmsuata!«

»Na gut! Vergiß es nur nicht. Ich behalte es bestimmt nicht.«

»Mister Brown immer bloß brüllen: Saka! Dann ich gleich kommen. Sonst er furchtbar wild!«

»Es geht nichts über eine strenge Erziehung, Saka. Also fünf Franken die Woche willst du haben. Aber ich brauche gar keinen Boy.«

»Ohne Boy kein Herr, und kein Mensch auf Schiff werden gehorchen, Herr! Und andere Boys nur sprechen französisch!«

»Ich muß mir die Sache erst überlegen, Saka. Du kannst jetzt verschwinden.«

»Ich bin immer nicht weit von Hoteltür und werde warten, bis Herr ›ja‹ sagt.«

Der Schwarze drehte sich auf den breiten, kurzen Füßen und machte sich lautlos davon.

Zum ersten Male hatte das große Tropenland dem Manne aus dem Norden einen Menschen zugesandt, der ihn ganz unmittelbar und persönlich angesprochen hatte. Bis dahin war MacReanna so stark mit sich selbst beschäftigt gewesen, daß er die Schwarzen, die ihm seit seiner Ankunft in Matadi auf Schritt und Tritt begegnet waren, nur als selbstverständliche Statisten genommen hatte. Neger in allen Schattierungen waren ihm längst nichts Neues mehr; sie gehörten zu Afrika wie die Palmen am Strand oder wie zu England der Regen. Aber sie waren offenbar mehr als das, waren Menschen mit Gesichtern, und man hatte mit ihnen im Guten und im Bösen fertig zu werden. MacReanna machte sich klar, daß dieser Saka offenbar entschlossen schien, sein »Boy« zu werden, und daß wahrscheinlich kein Kraut dagegen gewachsen war; auch hatte ihm der verschmitzte, gutmütige Mann nicht schlecht gefallen.

MacReanna zog die Vorhänge am Fenster seines Zimmers beiseite. Die Sonne stand schon so tief, daß die Hauswand bereits im Schatten lag. Er hätte sich gern aus dem Fenster gelehnt; aber das ging nicht, denn die Fenster waren dicht mit Moskitogaze verkleidet. Das engmaschige, blaue Drahtgeflecht verwischte das Bild, das sich ihm draußen bot, als sähe man es durch einen leichten Rauch: die Reihe einstöckiger Gebäude gegenüber, Ladengeschäfte mit gemächlichem Betrieb, kichernde Negerinnen davor in schreiend bunten Baumwollfähnchen; und Kontore kleiner Gesellschaften mit stämmigen Türhütern, die man anscheinend nur unter Leuten von allerdunkelster Couleur auswählte.

Riesige Bäume, deren Namen der Schotte nicht kannte, ließen

ihr blaugrünes Laub an mächtigen Ästen weit über die Dächer und die Straße schatten. Ein solcher Baum, Macs Zimmer gerade gegenüber, war ganz und gar mit elfenbeinfarbenen, jasminähnlichen Blüten bedeckt. Ein seltsames Geschwirr ging in diesem Baume um, als wirbelten winzige Propellerchen in der Luft und zuckten hierhin und dorthin.

Es dauerte eine geraume Zeit, bis MacReanna sich darüber klar wurde, daß Tausende von kleinen Faltern dort drüben durch die Zweige schossen, berauscht wohl von dem Nektar der abertausend Blüten.

Unter seinem Fenster, ohne daß der Mann von den Inseln sie erblicken konnte, schwatzten zwei Schwarze in den weichen, runden Lauten ihrer unverständlichen Sprache; zuweilen lachten sie genießerisch auf, glucksend und kullernd und merkwürdig hoch. Vielleicht ist es mein Saka Unaussprechlich, der mich da unten ausplaudert, dachte MacReanna.

Als der Schotte sich über sein Waschbecken beugte, um sich darin das Gesicht abzuspülen und die Hände zu waschen, hatte sich in dem allzu glatten Gefäß ein kleiner Skorpion gefangen. Das winzige Drachentier hob sofort kriegerisch den Schwanz mit dem Stachel, bereit, zuzustechen, falls das mächtige Wesen, das sich zu seiner Fallgrube niederneigte, ihm etwa zu nahe träte.

Andrew MacReanna hatte noch nie einen Skorpion erlebt; aber er erkannte das Tier sofort, ohne einen Augenblick lang unschlüssig zu werden. Er hob die Kanne vom Boden auf und ersäufte das sagenhafte Wesen; dann schüttete er Wasser und Leichnam in den Schmutzeimer.

Fast vergaß er darüber, daß er sich erfrischen wollte; er mußte sich belächeln, als es ihm wieder einfiel, und holte es prustend nach.

Er trocknete sich den Oberkörper ab. Eine leichte Kühle fächelte ihm wohlig die Haut. Plötzlich hielt er inne und stand eine unwägbare Minute lang vollkommen regungslos, als lauschte er mit äußerster Anspannung. Aber er lauschte nicht nach außen – er horchte nach innen.

Ein jäher Schnitt hatte ihm die Binde von seinem inneren Auge gelöst, die ihn bis dahin hatte im dunkeln tappen lassen. In diesen sachte zerwehenden Sekunden wurde er der ungeheuren Bühne inne, auf die er nun gestellt war, ein noch nie geprobtes Spiel zu beginnen. Wie ein leichter Rausch überkam ihn das Bewußtsein, daß er den Eingang zu einer ungeahnten Welt durchschritten hatte, einer Welt von Skorpionen und seltsam schwirrenden Falterflotten, von mädchenhaft kichernden schwarzen Giganten, von Düften, so schwer und eindringlich, daß man immer im Zweifel war, ob sie aus Blüten stammten oder Verwesung anzeigten; ja, als er mit dem Zuge von Matadi nach Léopoldville gefahren war, hatten am Bahndamm Ananas gestanden, wild gewachsen wie stachlige Kohlköpfe, faustgroß manche und manche wie Kinderschädel. Andrew hatte mit nicht ganz reinem Gewissen eine der Früchte gepflückt, mit dem Taschenmesser geteilt und gekostet: so unbeschreibliche, würzige Süße glaubte er noch nie geschmeckt zu haben wie diese der am Boden gereiften Ananas; und kein Mensch schien sie zu beachten; die Früchte wuchsen am heißen Bahndamm zu Hunderten und Tausenden wie Unkraut – und vielleicht waren sie sogar Unkraut in diesem üppigschweren Lande, in dem so ahnungslosen Leuten wie ihm giftige Untiere in die Waschschüssel fielen, weiß der Himmel, woher!

Und die Bahn – sie umgeht die brüllenden Stromschnellen, die den Unterlauf des Kongo von seiner Mündung trennen. Der Kongo, den er befahren sollte, dem noch in seiner bergumwallten Mündung unterhalb Matadi die Flut der hohen See nichts anzuhaben vermag: er fließt immer landaus, läßt sich von keiner Flut umkehren, der ungeheure Strom, der Kongo! Es gibt keinen zweiten Strom unter der Sonne, der sich so wie er mächtiger zeigt als das Weltmeer. Der Kongo – alle Gespräche, die MacReanna bisher geführt hatte, seit er in Matadi an Land gegangen war, hatte der dunkle Name des Stroms durchwaltet wie eine niemals endende, eintönig machtvolle Grundmelodie.

Andrew von den Inseln regte sich wieder und rieb sich den Rücken vollends trocken. »Kongo –!« murmelte er vor sich hin und fuhr nochmals fort: »Kongokongo – es klingt wie der Hall von einer Zaubertrommel. Auf was für verrückte Ideen man hier kommt! Dabei bin ich noch gar nicht richtig da!«

Doch, er war da! Von dieser stillen Minute ab war er am Kongo; fortab war ein dichter Vorhang niedergelassen, der ihm verbarg, was hinter ihm zurückblieb.

In dem Manne Andrew war ein Wandel vorgegangen, dessen er selbst zwar kaum gewahr wurde, den aber der Barmann gleich erspürte, als MacReanna vor dem langen, messingblinkenden Schanktisch erschien, um sich vor dem Abendessen einen kleinen Whiskey zuzubilligen. Denn der Schotte scheute sich mit einem Male nicht mehr, ein Gespräch zu beginnen, und gab auch bereitwillig Auskunft, als Pieter Heyst von ihm wissen wollte, was ihn »hinter die Kristallberge« geführt hätte.

»Wieso ›hinter die Kristallberge‹?« wollte Andrew wissen, als er die Neugier des Barmannes gestillt hatte.

»›Hinter den Kristallbergen‹ – das sind wir hier im Innern. Sie wissen ja, MacReanna, daß der Kongo die Kette der Kristallberge durchbrechen muß, bevor er kurz vor Matadi etwa Meereshöhe erreicht und für Seeschiffe befahrbar wird. Was draußen ist, die ganze übrige Welt, das ist ›vor den Kristallbergen‹. Unsere Welt liegt ›hinter den Kristallbergen‹. Sie gehören nun auch dazu, MacReanna!«

»Ja, ich gehöre dazu!« antwortete Mac. Eine Sekunde lang wurde ihm die Kehle trocken. Wie ein Hauch auf einem Spiegel glitt es über sein Gemüt: warum gehöre ich schon dazu? Er wußte es nicht; er brauchte es nicht zu wissen. Auch der Barmann fand offenbar nichts Verwunderliches an MacReannas wie selbstverständlich getroffener Feststellung und fuhr fort: »Kennen Sie Corlay schon, bei dem Sie den Fluß lernen sollen?«

»Nein! Ich warte hier auf ihn. Er soll in diesen Tagen mit der ›Albertine‹ eintreffen.«

»Er müßte sogar schon hier sein nach meiner Rechnung. Corlay verspätet sich eigentlich nie. Ein sonderbarer Bursche, dieser Corlay! Aber was den Strom anbelangt – den kennt keiner besser als er. Fast alle jüngeren Kapitäne haben bei ihm gelernt.«

»Er soll ein ziemlich grober Patron sein, hat man mir auf der Gesellschaft angedeutet.«

»Grob? Na ja, man kann es auch so nennen!« entgegnete Heyst, der Barmann, gedehnt, und um seine Mundwinkel spielte ein Lächeln, das dem Schotten von den Inseln auf der Stelle das Gesicht des Reederei-Inspektors ins Gedächtnis zurückrief, in das er am Vormittag des gleichen Tages hatte blicken müssen, als er noch in seiner Vergangenheit lebte und nicht in der Zukunft wie jetzt.

Eine Weile sog MacReanna wortlos an seinem Whiskey, und Heyst nippte scheinbar abwesend an seinem Glase Eiswasser, in das er sich ein paar Tropfen Angostura-Bitter gespritzt hatte. Dann fuhr er leise wie aus dem Hinterhalt fort: »Hat man Ihnen auch erzählt, MacReanna, daß Corlay verheiratet ist?«

»Nein!« Der Schotte begriff den Ton keineswegs, in dem die Frage gestellt war; er fuhr fort: »Warum auch? Viele Kapitäne sind verheiratet. Wo lebt Corlays Frau? In Belgien? Oder in England? Ist Corlay eigentlich Engländer oder Belgier?«

»Viele Fragen auf einmal! Corlay ist Belgier. Sein Vater war ein Wallone aus Bouillon, wenn ich nicht irre, einer der ersten Weißen hier hinter den Bergen, als Stanley erst einmal dies finstere Afrika entdeckt hatte. Ein Satan muß er gewesen sein; die Schwarzen am Mittelkongo sollen sich immer noch Schauermärchen von ihm erzählen. Wissen Sie, Kongogreuel et cetera. Davon redet natürlich heute kein Mensch mehr. Wir leben längst in einer zivilisierten Musterkolonie – hier am Kongo. Oder zweifeln Sie etwa daran, MacReanna?«

»Keinen Augenblick!«

»Wollte ich Ihnen auch nicht geraten haben, Mac. Corlay ist sehr empfindlich in dieser Hinsicht. Seine Mutter war nämlich eine Schottin, die mit irgendeiner Untersuchungskommission hierher kam; im Namen der Menschlichkeit und so weiter. Man weiß nie, wo die Liebe hinfällt. John Corlay, Ihr zukünftiger Lehrmeister, war die Frucht dieser Liebe, wie man so schön sagt. Allerdings muß er schon damals ziemlich giftig gewesen sein, denn seine Mutter ist an ihm gestorben, als er geboren wurde.

Der gute Corlay verkörpert also gleich beides in seiner unheiligen Person: die Greuel und die Vergeltung der Greuel; und ich glaube, er weiß nie genau, ob er nach rechts oder nach links gehört.«

»Vorläufig sprechen Sie für mich in Rätseln, mein Lieber. Aber ich werde mit der Zeit noch dahinterkommen. Ich fragte nach Corlays Frau. Wo hält er sie versteckt? In Belgien oder in England oder gar in Schottland?«

»Weder – noch, mein guter MacReanna. Aber mit ›versteckt‹ haben Sie ahnungslos das passende Wort gewählt. Er hält sie nämlich auf seinem Schiff versteckt, auf der ›Albertine‹. Sie scheinen nicht zu wissen, daß es den Kapitänen auf dem Kongo erlaubt ist, ihre weißen Frauen – wenn sie solche haben und sie ihnen nachweislich angetraut sind – also, was ich sagen wollte: ihre Frauen mit auf die Schiffe zu nehmen, ihnen eine schöne Kabine einzurichten und mit ihnen immer stromauf und stromab zu gondeln, immer stromauf – und stromab. Und wenn Sie in einem Jahr oder so, mein verehrter Mac, Kapitän geworden sein sollten, so können Sie auch für Ihre Frau – wenn Sie bis dahin eine weiße, wohlgemerkt, haben sollten oder vielleicht sogar in England schon eine sitzen haben –, ja, was ich vorschlagen wollte, so können Sie auch für die verehrte Frau Gemahlin einen Deckstuhl auf der Kommandobrücke aufstellen lassen und probieren, wer auf dem Schiff mehr zu sagen hat, Sie oder Madame.«

MacReanna war so verdutzt, daß er eine Weile brauchte, ehe er sich entschloß zu murmeln: »Ich kenne Sie noch nicht genug, Heyst, und muß mich erst langsam an die Bären gewöhnen, die Sie mit todernstem Gesicht Ihren Gästen aufbinden.«

Die Reihe, erstaunt zu sein, war an dem Barmann. Heyst wiederholte: »Ich verstehe Sie nicht. Es ist tatsächlich der Fall, daß die Frauen der verheirateten Kapitäne in fast allen Fällen mit auf den Schiffen hausen und ihren Männern die Socken stopfen. Allerdings verstecken die meisten Kapitäne ihre Frauen nicht so ängstlich wie Corlay. Vielleicht hat er seine Gründe. Lange ist er ja noch nicht verheiratet. Ich habe Frau Corlay nur zweimal gesehen. Er wohnt immer mit ihr im Grand Hotel. Mir wurde es ein klein wenig bange, als ich die beiden beobachtete.«

»Bange? Warum bange?«

Heyst wußte keine richtige Antwort zu geben. Er wand sich unsicher hin und her: »Ach, wissen Sie, MacReanna, er ist mindestens fünfzehn Jahre älter – und sie hat Augen, merkwürdige Augen, und kann einen so lange damit anstarren, daß einem ganz anders wird. Na, Sie werden es selber merken, wenn Sie sie zu sehen kriegen, Mac!«

»Wird kaum zu vermeiden sein!« sagte MacReanna, zahlte, grüßte und ging.

Abseits von der Hoteltür hockte Saka, der stellungsuchende Neger, auf einem leeren Blechkanister.

Obgleich MacReanna noch die Unruhe in allen Fasern spürte, die der Barmann Heyst in ihm aufgerührt hatte, konnte er nicht umhin, eine Sekunde lang das Geschick des Schwarzen zu bewundern, sich zwar in geziemendem Abstand, aber doch in erreichbarer Nähe zu halten. MacReanna wußte noch nicht, daß er damit eine der angenehmsten Eigenschaften der schwarzen Rasse entdeckt hatte: ihren natürlichen Sinn für menschlich klugen Takt.

Aber diese Einsicht huschte schnell vorüber. Und als Saka sich erhob und eifrig herzutrat, winkte MacReanna ab; er wollte allein sein: »Jetzt nicht, Saka!«

Der Schwarze hielt sofort inne und blieb zurück, ohne ein Wort zu sagen.

Es zog den Schotten von den Inseln zum Wasser hinunter. Er gab damit nur einem uralten Instinkt nach, dessen Wurzeln tief in die Abgründe zu längst verschollenen Vorfahren hinabreichten: wenn irgend etwas sich nicht ordnen wollte, wenn Gefahr drohte, floh man zum Strand hinunter, wo die Boote lagen, wo sich nichts Fremdes oder Ungewisses verstecken konnte.

Am Wasser wehte es kühl; MacReanna fröstelte; er hob die Schultern und knöpfte sich die weiße Leinenjacke zu. Der Wind stand sanft von Westen herüber, von den Kristallbergen, der gläsernblau dämmernden Schranke vor der hohen See; von ihnen her weht jeden Abend die Kühle nach Léopoldville.

Die Sonne war soeben im Westen zerschmolzen. In den östlichen Himmel schwebte violenfarben die Nacht hinauf. Die Wasserfläche des mächtigen Stanley-Pfuhls aber, zu dem sich der Kongo gewaltig aufstaut, bevor er durch die kristallenen Wälle sich brüllend und schäumend seine Gasse zum Meere bricht – ja, der weite Spiegel des großen Gewässers gehörte noch für ein paar Minuten dem schnell vergehenden Tage.

Der Wind legte sich mit einem letzten kühlen Seufzer. Die Kräuselung auf der Seefläche erstarb zu einem öligen, unbestimmten Wallen, als sei eine nicht zu stillende Unruhe im Wasser verborgen und würfe von innen her blanke Buckel auf. In den Kurven dieser sich unaufhörlich wandelnden und wechselnden flachen Hügel spielten purpurne, ziegelrote und königsblaue Lichter, schlangenhaft weich, schwerelos bunt wie Schmetterlinge, als hätte der Tag, bevor er starb, zu guter Letzt all seine Farbenschalen verschüttet.

Andrew MacReanna hatte nie daran gedacht, den Anspruch zu erheben, als Fachmann für Sonnenuntergänge oder ähnliche lyrische Ereignisse zu gelten. Aber fast zwanzig Jahre auf See hatten ihn viel zu gründlich gelehrt, die tausendfach wandelbaren Abenteuer der Atmosphäre zu beobachten, als daß er nicht mit stockendem Atem diesen überkühnen Aufruhr des Regenbogens wahrgenommen hätte.

Niemals – so wußte er – hatte er dergleichen an oder auf den Meeren erlebt. Nein, dies war die Luft der üppigen, duftenden, dünstenden Erde auf Hunderte und Tausende von Meilen im Umkreis! Hier drängte das Lebendige, das Atmende, Gebärende, Strotzende, Sterbende von allen Seiten heran. Dies war nicht mehr die sehnsüchtige Leere der hohen See –!

In dieser drängenden, sich überquellend ewig neu erzeugenden Welt – ohne Frauen sein, oder – ohne Frau?

War das überhaupt möglich?

MacReanna dachte den Gedanken nicht zu Ende. Es war eher eine Welle in seinem Blut als ein Gedanke. Er holte ein paarmal tiefer Atem als sonst, ohne es zu wissen.

Der Farbentanz auf dem Kongosee erlosch zu einem rundum spielenden Geriesel von Taubenblau und stählernem Grau. Aus dem höchsten Himmel schon rieselte die Tropennacht. Die fremden Sterne blühten am samtenen Gewölbe: eine unerschwinglich stolze Auswahl des himmlischen Juweliers.

Zwei Flamingos, die sich verspätet hatten, zogen auf trägen, schweren Flügeln dem letzten Glimmen des Tages nach, um irgendwo in den Papyrusdickichten der ferneren Ufer ihr Nachtquartier zu suchen.

Tief unterhalb des immer noch starrenden, harrenden Mannes von den Inseln flappte ab und zu eine Welle faul an die schleimig glatte Kaimauer.

Von jenseits des großen Sees blinkten matt durch den Dunst die Lichter von Brazzaville herüber, der Hauptstadt von Französisch-Äquatorial-Afrika.

MacReannas Augen blickten schärfer. Denn vor den Lichtern der fernen Stadt am Nordufer des Stanley-Pfuhls bewegten sich andere, deutlicher werdende Funken. War es die Fähre, die von drüben zurückkehrte? Oder war es ein Dampfer, der noch mit letztem Licht den großen See kongoabwärts erreicht hatte und nun seinem Endhafen Léopoldville zustrebte? Vielleicht die »Albertine«?

MacReanna wandte sich ab und wanderte wieder seinem Hotel zu. Er verspürte Hunger auf ein ausführliches Abendbrot, denn das Mittagessen hatte er verschlafen.

Zudem versprach er sich nicht das geringste davon, etwa in dieser Nacht noch der »Albertine« und ihrem Kapitän zu begegnen.

Lieber wollte sich MacReanna noch einmal nach jenem Saka erkundigen. Denn wenn es die »Albertine« war, die er hatte herandampfen sehen, dann blieb ihm vielleicht nicht mehr viel Zeit, einen besseren Diener ausfindig zu machen.

III

Am nächsten Vormittag saß Andrew in der Halle seines Hotels und überlegte, ob es angemessen wäre, nach der »Albertine« und ihrem Kapitän zu fragen. Am besten war, er verfügte sich auf das Reedereikontor und erkundigte sich dort.

Während er noch zögerte, hielt vor dem Hotel ein Auto.

Das mußte Corlay sein! Die Goldstreifen am Ärmel verrieten ihn. Der Kapitän wandte sich schnellen Schrittes von der Eingangstür her zum Schalter des Hotels, stellte eine Frage und blickte sich dann nach dem Schotten um, der sich aus seinem Sessel erhoben hatte. MacReanna spürte den Blick aus den kalten, grauen Augen wie einen leichten elektrischen Schlag. Er raffte sich zusammen und ging dem nur wenig über Mittelgröße messenden Offizier entgegen.

Einen Herzschlag lang schätzten sich die beiden Männer ab. Corlay mochte etwa zehn Jahre älter sein als MacReanna. Sein ursprünglich wohl sehr dunkelbraunes, fast schwarzes Haar färbte sich bereits zu Pfeffer und Salz, war aber, wenn auch schon grau, so doch noch dicht und legte sich in leichten Wellen um den festen, schmalen Kopf. Die Haut verriet nichts von der kränklichen Fahlheit mancher Europäergesichter in den Tropen, sondern zeigte ein tiefes bronzenes Braun. Um die Stirn des Mannes zog sich ein hellerer Strich: dort saß der Tropenhelm auf.

Zwei Augenpaare bohrten sich für Sekunden ineinander: keiner gab nach und schwenkte ab. Aber MacReanna wußte, was sich gehört. Auch war er der Jüngere und bis auf weiteres zum Untergebenen bestimmt. Er sagte – und mußte sich zu seinem Ärger Mühe geben, seiner Stimme einen gleichmütigen Klang zu verleihen –: »Kapitän Corlay? Sie suchen wahrscheinlich mich. Mein Name ist Andrew MacReanna.«

»Ja, ich suche Sie. Ich habe unterwegs Maschinenhavarie gehabt und mich um zwei Tage verspätet. Wir haben nicht viel Ladung stromauf. Wir legen morgen früh noch vor dem Morgengrauen wieder ab. Packen Sie Ihr Zeug und kommen Sie an Bord.

Sie haben sich hoffentlich schon einen Boy gesucht? Ich kann von meinen Leuten an Bord niemand entbehren.«

»Jawohl, ich habe bereits einen Boy gefunden.«

»Gut! Hoffentlich taugt er etwas! Wenn ich nicht an Bord sein sollte, wenn Sie ankommen, machen Sie sich mit dem Schiff vertraut. Der Bootsmann ist ein Mischling; er wird Ihre Fragen beantworten. Der Ingenieur ist Inder. Weiße sind sonst nicht an Bord – außer gelegentlichen Passagieren. Übrigens, was ich noch fragen wollte: Sprechen Sie nur englisch? Wie steht es mit Ihrem Französisch, Herr – wie war der Name?«

»Andrew MacReanna, Herr Kapitän! Im Französischen bin ich nicht besonders firm. Auf dem Kontor sagte man mir –«

»Ich weiß. Baestaelaer ist sehr besorgt. Bei mir an Bord wird nur französisch gesprochen. Auch ich werde in Zukunft nur französisch mit Ihnen reden.«

»Jawohl, Herr Kapitän!«

»Gut! Danke! Von morgen früh ab stehen wir also gemeinsam auf der Brücke. Richten Sie sich darauf ein! Guten Tag!«

Corlay drehte sich auf dem Absatz um, stülpte sich den Tropenhelm auf, den er in der Hand gehalten hatte, und war schon durch die Tür ins grelle Sonnenlicht entschwunden, bevor er den Helm noch ganz zurechtgerückt hatte. MacReanna hatte nicht einmal Zeit gefunden, den mager-höflichen Abschiedsgruß zu erwidern. Auch nicht der Schatten eines Lächelns hatte Corlays Züge erhellt, während der Kapitän der »Albertine« seinem zukünftigen Kongolehrling diese Salve von Anordnungen hatte um die Ohren pfeifen lassen – anders kann man es nicht nennen, stellte MacReanna fest; ein kurzangebundener Herr, dieser Corlay, weiß Gott! Ein einziges nettes Wort hätte er mir gönnen können; es wäre ihm kein Stein aus der Krone gefallen deswegen! Der Fluß scheint noch verrücktere Kapitäne auszubrüten, als die hohe See es fertigbringt.

Andrew rief sich zur Ordnung; er durfte sich nicht gleich zu Anfang verwirren oder etwa reizen lassen. Es kam jetzt darauf an, mit entwaffnender Promptheit auszuführen, was ihm befohlen wurde. Zwanzig Jahre auf See hatten ihn darüber belehrt, daß es kein besseres Mittel gibt, mit schwierigen Kapitänen fertig zu werden; denn gegen einen Kapitän gibt es unterwegs keine und danach kaum eine Revisionsinstanz.

Als MacReanna die Treppe hinaufgehen wollte, sah er den Barmann Heyst am Pfosten stehen; Heyst war offenbar auf dem Wege, seine Theke zu öffnen, und hatte den kurzen Auftritt Corlays mit angesehen.

»Guten Morgen, Heyst!« sagte MacReanna.

»Guten Morgen, MacReanna!« sagte Heyst und lächelte ebenso merkwürdig, wie er am Tage zuvor gelächelt hatte. Der Schotte merkte, daß ihm ein plötzlicher Zorn die Ohren heiß machte. Aber er hielt an sich und sprang mit ein paar Sätzen die Treppe hinauf. Ach, auf alle Fälle war das tatenlose Umherhokken in Hotels endlich vorbei; er hatte eine funkelnagelneue und sicherlich nicht ganz einfache Aufgabe vor sich und würde sich hundertfach bewähren müssen. Das war die Hauptsache! Seit er diesen Corlay erlebt hatte, kam ihm der Kongo gar nicht mehr einfach vor, gar nicht mehr einfach! Aber dieser Bästler oder Bestie, oder wie der verdammte Inspektor auch immer heißen mochte, und dieser Windhund von Barmann – sie sollten bald keinen Grund mehr haben, ihr Gegrinse spielen zu lassen.

MacReanna fing an, seine Habseligkeiten zusammenzuwerfen. Nach einer Weile erst fiel ihm ein: das sollte eigentlich Saka besorgen. Hoffentlich war der überhaupt noch da! MacReanna hatte sich noch nicht nach ihm umgesehen. Seine Antwort an Corlay war nur Bluff gewesen; er hatte den Vorwurf abwenden wollen, nicht auf der Stelle bereit zu sein, seinen Dienst und die nächste Reise anzutreten. Wo steckte der Bursche?

MacReanna trat ans Fenster und hielt Umschau, soweit es die Drahtgaze gestattete. Saka war nicht zu entdecken. Aber Andrew hörte zwei Neger abseits im Schatten halblaut schwatzen; er glaubte, in einer der beiden Stimmen den Tonfall zu erkennen, der ihm an diesem Saka aufgefallen war.

Der Schotte stieß einen dreistufigen Pfiff aus, der ihm in seiner Knabenzeit auf den Inseln als Erkennungszeichen gedient hatte.

Dann rief er halblaut ins Freie: »Saka –!«

Eine Stimme erwiderte englisch: »Komme, Herr!«

Wenige Augenblicke später stand der Schwarze im Zimmer; er trug immer noch sein giftgrünes Hemd zu den bräunlich-gelben, albernen Höschen. MacReanna sagte: »In diesem Aufzug kannst du herumlaufen, wenn du Urlaub hast und auf deine Braut Eindruck machen willst, Saka.«

Der Schwarze grinste verschämt, wobei zwei Schneidezähne zum Vorschein kamen, die spitz zugefeilt waren.

»Hier hast du zehn Franken, Saka! Kaufe dir weiße Leibchen und Hosen, die genügend weit für dich sind und bis hierher reichen.« MacReanna bezeichnete den unteren Ansatz des Oberschenkelmuskels.

Der Schwarze strahlte, daß ihm fast die Augen aus dem Kopf kugelten: »Ja, Herr!«

»Jetzt hilf mir beim Packen. In einer halben Stunde bringst du das Zeug auf die ›Albertine‹. Dann hast du eine Stunde frei, um dich neu einzukleiden. Morgen früh geht die Reise los!«

»Jawohl, Herr!«

»Vergiß nichts! Schaue in jeden Schubkasten. Ich muß jetzt noch einmal aufs Reedereikontor.«

»Jawohl, Herr!« schrie Saka und hob die schwere Seekiste MacReannas aus Weißblech auf den Tisch, als wäre sie aus Pappe.

MacReanna hatte bisher noch keine Gelegenheit gehabt, einen der großen, seltsamen Raddampfer des Kongo aus der Nähe zu betrachten. Die Fahrzeuge wiesen so geringe Ähnlichkeit mit den Schiffen auf, die der Schotte von der vertrauten See her gewohnt war, daß es ihm sauer fiel, die drei- oder viereckigen Kästen überhaupt »Schiffe« zu nennen.

Die merkwürdigen Gebilde besaßen überhaupt keine Bordwand und auch keinen Bug, der der Erwähnung wert gewesen wäre. Die Aufbauten – von »Decks« konnte man schwerlich sprechen – fingen schon einen halben Meter über der Wasserlinie an. Die Stockwerke – ja, ganz einfach Stockwerke waren es, nicht ehrliche, echte »Aufbauten« – waren nach außen offen. Die Kessel und Maschinen lagen ohne Schutz vor unberufenen Augen da; jeder konnte in den Maschinenraum blicken, wenn die Schiffe am Ufer lagen, oder auch in die Kabinen im ersten und zweiten Stockwerk, wenn er als Neugieriger am Flußrand hoch genug auf den Böschungen oder auf der Kaimauer stand.

Das schwimmende Bauwerk kam dem an solide; stählerne, hochbordige Schiffskörper gewöhnten MacReanna wie ein unzulänglich mit vielen dünnen Streichhölzern abgestütztes Kartenhaus vor, aus dem oben zwei dünne, lange Ofenrohre, die Schornsteine, hoch hervorragten.

Der Bug dieser Mißgeburt war höchstens auf einen oder anderthalb Meter über die Wasserlinie hochgezogen und zeigte sich flach und rund, als wäre er gar kein Bug, sondern ein Heck. Glücklicherweise konnte kein Zweifel daran aufkommen, wo hinten an den vermaledeiten Fahrzeugen war – es widerstrebte MacReanna durchaus, auf diese treibenden Schachteln den ehrlichen Ausdruck »achtern« anzuwenden. Hinten war, wo in einem mächtigen Kasten die beiden riesigen Heckräder umliefen und mit ihren flachen Schaufeln das ganze übrige Gebilde vorwärts schoben oder gelegentlich auch rückwärts zogen. MacReanna hatte mehr als einmal aus der Ferne die Dampfer den großen Stanley-Pfuhl durchpflügen sehen und versucht, ihre Geschwindigkeit zu peilen; er hatte geglaubt, auf zehn Knoten schätzen zu müssen. Doch lachte er sich aus danach: daß soviel Fahrt in ihnen steckte, mochte er den schwimmenden Gerüsten durchaus nicht zubilligen; lieber mißtraute er seinem Geschick, richtig zu peilen.

MacReanna hatte noch einmal auf dem Reedereikontor vorgesprochen, um sich abzumelden. Van Baestaelaer hatte ihm zum Abschied mitgegeben: »Sie dürfen Ihrem Kapitän nichts übelnehmen, Mac! Er ist schon zu lange in den Tropen. Außerdem hat er privatim ein paar üble Erfahrungen gemacht. Das ist zwar schon Jahre her. Aber ab und zu fällt es ihm wieder ein, und er trinkt dann mehr, als ihm gut ist. Kümmern Sie sich nicht darum! Der Dienst hat noch nie darunter gelitten. – Also gute Reise! Und melden Sie sich, wenn Sie in einem Monat wieder hier sind!«

Als sich MacReanna die dunkle Treppe des weitläufigen Bürohauses hinuntertastete, meinte er zu sich: der Inspektor ist in Wahrheit gar nicht übel; er ist auf alle Fälle nicht mein Feind, wie ich anfangs dachte, ist nur sehr mißtrauisch und hat wahrscheinlich seine Gründe dazu.

MacReanna hatte sich genau beschreiben lassen, wo er die »Albertine« finden würde; in dieser ausgedehnten, locker gebauten Stadt, deren Häuser in den dunkelgrünen, üppigen Wogen der Natur beinah verschwanden, konnte man sich leicht verlaufen.

Da lag es also, sein Schiff, am Ende der langen Pier! Langsam wanderte Andrew auf der Mauerkante dem dreistöckigen schwimmenden Gebäude entgegen, das lediglich aus einigen großen, überdachten Veranden zu bestehen schien. Ein Mißbehagen, stärker denn je zuvor, beschlich ihn: er, der sein Leben auf richtigen Schiffen verbracht hatte – er sollte sich also in Zukunft daran gewöhnen, diese viereckigen Schachteln ernst zu nehmen?

Du kannst noch kehrtmachen, Andrew von den Inseln! Dein Instinkt sagt dir nichts Falsches. Du paßt nicht hierher. Leute wie du sollten die hohe See nicht verraten!

Aber mochte sich Andrew auch rückwärts gezogen fühlen wie von Gummiseilen, er pflegte nie im Stich zu lassen, was er einmal beschlossen hatte. Er schritt gleichmäßig weiter, und kein noch so genauer Beobachter hätte ihm angesehen, daß er unschlüssig war wie noch nie in seinem Leben und von zwiespältigen Empfindungen hin und her gerissen. Aber dergleichen zeigt man nicht – und man richtet sich auch nicht danach.

Widerwillig gestand sich Andrew zu, als er dem Liegeplatz mit jedem Schritte näher kam, ob er wollte oder nicht: ein Schiff muß es sein; denn wenn eine Reise nach Stanleyville und zurück fast einen Monat in Anspruch nimmt – das ist ja länger als von Liverpool nach New York und zurück; und unterwegs im großen Kongowald wird es wahrscheinlich genauso wenige Werften oder Docks geben wie auf dem Atlantik, nämlich gar keine! Und wie sie da laden und die Fracht auf dem Unterdeck verstauen, das geht eigentlich nicht viel anders zu als auf Salzwasserfrachtern auch.

Wie hoch der Kahn aus dem Wasser ragt! Sein Tiefgang kann höchstens fünf, sechs Fuß betragen. Aber nach Fuß rechnet hier keiner. Unten auf dem Kesseldeck werden also Fracht und Post verstaut – und die schwarzen Passagiere dazu. Darüber ein Deck mit Kabinen, das achtere Ende wohl noch für Stückgut bestimmt; und ganz oben sicherlich das Privatquartier des Herrn Kapitäns, nur etwa ein Drittel der Länge des Schiffes einnehmend; die restlichen zwei Drittel bilden das Promenadendeck für den Herrn Kapitän nebst Familie. Auf der Stirnseite vor den Kammern und dem Salon des Kapitäns die Kommandobrücke auf dem gleichen obersten Deck. Schön bequem hat er es, der Herr Kapitän; kann wahrscheinlich gleich aus dem Bett kontrollieren, was auf der Brücke vorgeht. So: über die allgemeine Geographie des Kastens weiß ich jetzt Bescheid. – Was machen die Brüder da? Das nimmt kein gutes Ende!

Ein halbes Dutzend Neger bemühte sich mit viel Geschnatter, eine sicherlich bleischwere Kabelrolle an Bord zu bugsieren. Aber das Ladedeck lag einen Fuß tiefer als die Kaimauer. Die Schwarzen hatten zwei starke Bohlen von der Mauer zum Deck hinuntergelegt, über die sie die Rolle aufs Schiff gleiten lassen wollten. Die Burschen überlegten aber anscheinend nicht, daß die mächtige Rolle einen unaufhaltbaren Schwung gewinnen, zerstörerisch das Deck überqueren und auf der Gegenseite durch die schwache Reling ins Wasser brechen würde, um auf Nimmerwiedersehen im sumpfigen Grund des Stanley-Pfuhls zu verschwinden. Die Rolle mußte vorsichtig mit Seilen und Bremsklötzen aufgehalten werden; sie durfte nur ganz sachte und langsam bewegt werden, wenn sie kein Unheil anrichten sollte.

MacReanna zögerte nicht, auf der Stelle einzugreifen; es war schon »sein« Schiff; er schrie: »Stop! Seid ihr vom Teufel besessen! Die Rolle bricht euch durch die Reling! Wo ist der Bootsmann?«

Die Schwarzen horchten auf und hielten inne. Ein riesiger,

braunschwarzer Mann, der nichts weiter als ein verdrecktes kurzes Höschen trug, seine herkulischen Glieder zu decken, sah MacReanna finster und fragend an; offenbar hielt er sich für den Anführer der ungeschickten Rotte. MacReanna fuhr fort: »Ihr müßt ein starkes Seil durch das Loch in der Mitte ziehen und die Enden um die beiden Poller hier schlingen, zweimal oder dreimal. Dann könnt ihr die Rolle ganz langsam hinuntergleiten lassen, versteht ihr?«

Aber die Schwarzen begriffen anscheinend gar nichts; sie standen mit offenen Mündern da; ein paar grinsten dumm und vertraulich, und alle starrten den großen Mann mit dem rötlichen Haar an, als wäre er eines der sieben Weltwunder.

Die schwere Kabelrolle schwebte immer noch auf der Kante der Kaimauer, und ein kleiner Stoß schon war imstande, sie in ihr Verderben zu senden. Da sich keiner der Schwarzen rührte, packte MacReanna zu und rollte sie unter Aufbietung all seiner Kraft zwei Schritte weit zurück, so daß wenigstens die unmittelbare Gefahr beseitigt schien. »Dummköpfe«, knurrte er – vollkommen ratlos, wie er den Burschen beikommen sollte.

In diesem Augenblick tauchte unten an Deck ein milchkaffeefarbener Mann auf, nicht weiß, nicht schwarz, mit einem merkwürdig ebenmäßigen, wie maskenhaften Gesicht, aus dem braune Augen unter schmalen, schwarzen Brauen blitzten. Der Mann trug einen ehemals weißen, jetzt aber unbeschreiblich verschmutzten Tropenanzug. Das mußte der Mischling sein, der Bootsmann, von dem der Kapitän gesprochen hatte. Andrew fragte: »Sind Sie der Bootsmann?«

»Das bin ich. Und wer sind Sie?«

Die Frage klang unverschämt, aber Andrew gestand sich, daß sie nicht unberechtigt war. Er wußte nicht, ob der Kapitän der übrigen Besatzung sein Kommen angekündigt hatte.

»Mein Name ist MacReanna. Ich bin diesem Schiff ab sofort zugeteilt. Warum sind Sie nicht auf dem Posten, um das Stauen zu überwachen? Die Burschen hier hätten um ein Haar Unheil angerichtet.«

Das Gesicht des zierlich gebauten Mannes verzerrte sich einen

Augenblick lang und wurde plötzlich zu einer abweisenden, verächtlichen Fratze. Der Bootsmann sprang mit ein paar katzenhaften Sätzen über den Laufsteg auf die Mauer; er baute sich einen Augenblick lang vor MacReanna auf: »Die Stauer hätten Ihnen gehorcht, wenn Sie französisch mit ihnen gesprochen hätten. Ich verstehe auch kein Englisch. Auf diesem Schiff spricht niemand englisch!«

Der Mann rasselte diese Sätze in einem harten Französisch herunter, während er bis dahin in einem leidlichen Englisch mit starkem, französischem Akzent geantwortet hatte. Er ließ MacReanna einfach stehen und fiel mit einer Flut von Schimpfreden in der Sprache der Eingeborenen über die schwarzen Stauer her. Die Kerle erwachten so jäh zu eifrigem Leben, als hätte sie jemand unversehens mit heißen Nadeln gezwickt, zogen ein starkes Tau durch das Loch in der Mitte der Kabelrolle, schlangen seine beiden Enden um zwei kräftige Poller und senkten das ungefüge Gebilde ganz sachte über die Planken an Deck, indem sie vorsichtig das Seil um die Poller nachgeben ließen.

MacReanna wandte sich ab. In der offenen Schiebetür eines Lagerschuppens nahebei stand der Kapitän und blickte dem Schotten mit einem schiefen Lächeln entgegen. Andrew hatte keine andere Wahl, als zu grüßen und eine Erklärung abzugeben: »Die Rolle drohte sich selbständig zu machen. Der Bootsmann war nicht da. Ich glaubte ein Unheil verhüten zu müssen, Herr Kapitän!«

Das Lächeln auf dem Antlitz Corlays wurde schiefer noch. Der Kapitän sagte: »Auf diesem Schiff spricht niemand englisch. Ich hoffe, Sie gewöhnen sich doch mit der Zeit daran, mein Lieber!«

Damit drehte sich der Kapitän auf dem Absatz um und war in der tiefen, blaubraunen Dämmerung des Speichers verschwunden; er hatte natürlich französisch gesprochen.

MacReanna hätte sich ohrfeigen mögen. Verflucht!

Als er dem zweiten Laufsteg zuschreiten wollte, der von der Mauer in sanfter Steigung auf das untere der beiden Wohndecks hinüberführte, hörte er auf dem oberen Deck, wo der Kapitän seine Kammern hatte, eine Tür ins Schloß fallen, aber es war niemand zu sehen. Als Andrew über den Steg an Bord wippte, fragte er sich, ob noch jemand anders außer dem Kapitän Zeuge der blamablen Abfuhr geworden war, die er erlitten hatte.

Ach, hol's der Geier!

Das freundliche, eifrige Gesicht Sakas tauchte die schmale Treppe empor, die von dem Fracht- und Maschinendeck heraufstieg. MacReanna atmete ein wenig freier: endlich eine Menschenseele, die ihm nicht von vornherein übel gesonnen war. Hoffentlich hatte Saka schon erkundet, wo die Kammer lag, die ihm in den nächsten Monaten als Quartier dienen sollte; dann brauchte er den elenden Bootsmann nicht von der Arbeit abzurufen und ihn um Auskunft zu bitten. Saka hatte bei seiner Vorstellung am Tag zuvor nicht zuviel versprochen; auch diesmal »wußte er immer alles«.

MacReanna fragte, unwillkürlich flüsternd – worüber er sich im gleichen Augenblick ärgerte: »Weißt du, wo ich hier wohnen soll, Saka?«

»Ja, Herr! Ich schon alles Gepäck in Kammer gebracht, auch schon eingeräumt, soweit ich wußte Bescheid.«

Auch Saka hatte leise gesprochen, als verriete er ein gefährliches Geheimnis. MacReanna sagte, während die beiden fast gleichgroßen Männer das Deck entlangschritten: »An Bord darf kein Englisch gesprochen werden, Saka!«

»Ich weiß, Herr!« flüsterte der Schwarze zurück. »Ich werden immer ganz leise sprechen, wenn vielleicht einer hören kann. Sonst immer reden französisch.«

»Kannst du das auch, Saka?«

»Ein bißchen, Herr. Kongofranzösisch!«

»Na, viel mehr kann ich auch nicht!« murrte Andrew und seufzte.

Dies mußte die Kammer sein; neben der Tür stand sein Blechkoffer.

»Kammer ist gut; nicht über Kessel wie weiter hinten; da furchtbar heiß, Herr!«

Ja, Saka hatte recht. MacReannas Kabine lag an Backbord hinter der Stirnwand des Decks, in die auch ihr Fenster eingeschnitten war. Der Bewohner der Kammer vermochte also den Fluß voraus zu übersehen. Die Tür öffnete sich auf einen der breiten Laubengänge, die an beiden Seiten des Schiffes vor der Doppelreihe der Kabinen entlangführten. Achtern endeten die Gänge vor dem hölzernen Kasten, worin die beiden mächtigen Schaufelräder darauf warteten, sich durchs Wasser zu wühlen, sobald der Dampf in die Ventile gelassen wurde. An zwei Stellen war die Doppelreihe der Kabinen durch schmale Durchlässe unterbrochen, welche die Gänge an den zwei Seiten des Decks miteinander verbanden.

Gleich neben MacReannas Kabinentür stieg ziemlich steil die Treppe zum Kapitänsdeck und zur Kommandobrücke empor, während die Treppe vom Kesseldeck her das Kabinendeck am Achterende erreichte. Wer also von dem untersten Deck die Kommandobrücke erreichen wollte, der mußte das Mitteldeck der Länge nach abschreiten, ehe er gleich hinter MacReannas Tür den Anstieg zum Oberdeck gewann.

Die Kammer, in der Saka schon ein wenig Ordnung geschafft hatte, war geräumiger, als der Schotte sie von manchem Hochseeschiff her gewohnt war. Auch zeigte sie sich leidlich eingerichtet – und nichts war festgeschraubt oder festgehakt oder auch nur dazu eingerichtet, festgehakt zu werden; auf diesen Gewässern gab es keinen Seegang; die Schiffe rollten und schlingerten nicht, und die Tische brauchten nicht am Fußboden verankert zu werden.

Andrew erklärte halblaut seinem Saka, wie und wo er die Wäsche und seine sonstigen bescheidenen Habseligkeiten eingeordnet haben wollte. Er freute sich über die klugen und schnellen Antworten und Gegenfragen des Schwarzen. Andrew zweifelte nicht mehr daran, daß er mit diesem Saka einen guten Griff getan hatte. Seit der Bursche ein weißes Leibchen trug, sah er auch ganz manierlich aus. Andrew fragte: »Wie bist du untergebracht, Saka? Bist du zufrieden?«

»Ja, Herr! Ich schlafen mit Boys von Ingenieur und Kapitän in kleinen Kammer bei Maschine unten. Und gut zu essen auch.

Küche gleich daneben und Koch von mein Volk Niam-Niam, Herr!«

Saka grinste und zeigte seine spitzgefeilten oberen Schneidezähne.

»Lauter alte Menschenfresser, was, du Schurke?«

»Ja, früher Menschenfresser!« grinste der Schwarze, als gäbe es nichts Vergnüglicheres auf der Welt, und deutete mit langem Zeigefinger auf seine spitzen Zähne: »Sonst keine spitzen Zähne, Herr!«

»Solange du bei mir im Dienst bist, Saka, bitte ich mir aus, daß du dich ehrlich von Schweinefleisch und Hirse nährst, verstanden? Oder du wirst fristlos entlassen!«

»Jawohl, Herr!« Der Schwarze schien das Gespräch ungeheuer zu genießen; wahrscheinlich war auch er überzeugt, einen guten Griff getan zu haben.

»Warst du schon auf dem oberen Deck, Saka?«

»Nein, Herr! Schwarze dürfen nicht auf Kommandobrücke, wenn nicht von Kapitän befohlen!«

»Hm!« Nach einer Weile fuhr Andrew fort: »Ich muß noch ein paar Kleinigkeiten ergänzen, bevor wir abfahren. Ich schreibe sie dir auf einen Zettel. Du sollst sie besorgen. Dann magst du für heute frei haben. Abends bist du wieder da. Ab morgen früh sind wir unterwegs!«

»Jawohl, Herr!«

MacReanna notierte auf einem Stück Papier, was ihm für die nächsten vier Wochen noch zu fehlen schien – ja nicht zu vergessen ein paar möglichst große Taschentücher, die man sich um den Hals binden konnte, wie es auf See die Maschinisten und die Heizer tun: damit nicht immer der Schweiß von der Stirn und vom Gesicht in den offenen Hemdkragen läuft.

Als Saka gegangen war – der muskelschwere Mann lautlos auf seinen nackten Sohlen –, stieg MacReanna vorsichtig die Treppe neben seiner Tür zur Brücke empor.

Es beruhigte ihn sehr, daß die Brücke nicht anders aussah, als er es von seinen früheren Schiffen gewohnt war. Es gab sogar einen Kompaß vor dem Ruder. Das Ruderrad war mit zwei Haken festgelegt. An den beiden über die unteren Decks hinausragenden Brückenenden hingen die länglichen, hölzernen Kästen für die Positionslaternen, sauber gestrichen – der Kasten hielt sich also wirklich für ein Schiff: Backbord rot und Steuerbord grün, wie es sich gehört; das war sehr trostreich. Da stand auch ein Tisch für die Seekarten, grün mit Wachstuch bezogen und mit einer blanken Messingschiene darauf, einem ebenso blanken Dreieck und einem Zirkel; nicht für Seekarten, verbesserte sich Andrew im stillen: für Flußkarten! Im Schubkasten des Tisches war sicherlich das Journal des Schiffes verwahrt. Und das Messinggehäuse des Chronometers in der Mitte der Deckenleiste an der Stirnwand der Brücke blitzte genauso makellos blank wie das Kompaßgehäuse.

Ja, es war alles da: das Sprachrohr zum Maschinenraum, jetzt säuberlich mit einem glitzernden Deckelchen an schlanker Kette verschlossen; und der Maschinen-Telegraf mit dem Hebel vorschriftsmäßig auf »Full Stop«. MacReanna lächelte: die Maschine stammte also aus einer englischen Fabrik und reagierte nur auf englische Kommandos – und das war immerhin etwas auf diesem Schiff, wo das Englische so sehr verpönt war. Und auch eine wunderbar geputzte Schiffsglocke schwang leise an einem Lederriemen von der Decke – die Luft wehte kräftig und ein wenig kühlend durch die breiten, offenen Fenster, von denen schräg angehobene Schirme den Sonnenschein abwehrten.

Ja, dies war ein Ort, an dem sich MacReanna sofort heimisch fühlte.

Mit der Brücke auf gleicher Höhe lagen weiter nach achtern unmittelbar anschließend die Räume des Kapitäns. Aber ein Durchgang von der Brücke zum Kapitänsquartier war nur an Steuerbord offengelassen. Der überdeckte Gang vor den Räumen an dieser Seite war von der Brücke durch eine halbhohe, weißgestrichene Gitterpforte abgetrennt, an der ein schwarzes Täfelchen hing. Auf dieser Tafel standen in drei weißen Zeilen übereinander zierlich gemalt die Worte: »Kapitän. Privat. Kein Zugang.« Aber wenn MacReanna vorn am Stirnfenster stand und dem Schiff vorausblickte – wie viele Stunden um Stunden waren ihm vorbestimmt, dort zu stehen! –, dann brauchte er dies dumme Täfelchen nicht wahrzunehmen; sah nur den rauschenden Bug des Schiffes unter sich in der Tiefe das Wasser spalten, der großen Strömung entgegen – morgen schon!

Dem Schotten wurde für einen Augenblick lang das Herz weit. Er blickte dem ruhenden Schiff voraus über den weiten Stanley-Pfuhl mit seinen Schilfinseln und verwirrenden Papyrusdickichten. Unbekannte Gewässer warteten auf ihn; das spürte er und war froh darüber.

Andrew vernahm ein Geräusch hinter der hölzernen Wand, die das Kapitänsdeck an der Backbordseite gegen die Brücke bis fast unter die Decke abschloß; nur ein ellenbreiter Spalt für die Zugluft und den Fahrwind war offengelassen. Es war, als ginge eine Türe hinter der Wand, als würde ein Liegestuhl gerückt. Andrew drehte sich nicht um, aber er dachte unbestimmt: das muß da fast über meiner Kammer sein; an Backbord führt ja auch die Treppe hoch.

Es kam unten jemand eilig den Gang entlanggeschritten auf harten Absätzen, stieg die Treppe herauf zur Brücke: der Kapitän! MacReanna grüßte. Corlay warf einen mißtrauischen Blick über die Brücke. Er beantwortete den Gruß nicht, schaute den Schotten eine Sekunde lang mit zusammengezogenen Brauen aus kleinen Augen an, als wollte er ihn im nächsten Augenblick eines schweren Vergehens anklagen. Aber er sagte nichts weiter als: »Nun?«

»Ich habe mich mit der Brücke vertraut gemacht, Herr Kapitän. Ich will mich jetzt weiter auf dem Schiff umsehen. Darf ich fragen, wann und wo gegessen wird?«

»Sie bekommen Ihre Mahlzeiten in Ihre Kammer oder hierher auf die Brücke. Wenn Passagiere an Bord sind, können Sie mit ihnen in dem kleinen Speiseraum auf Ihrem Deck zusammen essen. Aber meistens werden Sie keine Zeit dazu haben. Ich esse stets allein hier oben. Machen Sie sich jetzt mit den Maschinen vertraut. Sprechen Sie mit dem Ingenieur; er ist zuverlässig, aber langsam. Kontrollieren Sie die Ladung! Ordnen Sie die Frachtpapiere und vervollständigen Sie die Frachtenkladde – dort im

Schrank neben dem Tisch. Ich habe dem Bootsmann angesagt, daß er Ihnen in allen Dingen untersteht, die nicht mit der Navigation zusammenhängen. Behandeln Sie ihn scharf. Morgen früh um halb fünf kontrollieren Sie die Kessel. Um fünf erwarte ich Sie hier auf der Brücke. Um Viertel nach fünf legen wir ab. Haben Sie noch Fragen?«

»Nein! Alles klar, Herr Kapitän!«

»Danke!«

Weiter sagte Corlay nichts, drehte sich kurz auf dem Absatz um, wie MacReanna es schon einige Male erlebt hatte, zog die Pforte auf, an der »Kein Zugang« stand – sie knarrte –, und schritt um die Aufbauten, die seine Wohnung bildeten, davon, so eilig, als würde er verfolgt.

IV

Auf den Schlag genau zehn Minuten vor vier Uhr erwachte MacReanna, als hätte der Mann von der Hundewache soeben an die Tür geklopft, um die Leute der Morgenwache zu wecken.

Aber Andrew sank gleich wieder auf die Polster zurück; er hatte noch eine Viertelstunde Zeit, wenn er erst um halb fünf die Kessel und den Dampfdruck kontrollieren sollte. Auch hatte er mit den Händen beim Aufrichten sogleich das Moskitonetz berührt und mit einem Schlage gewußt: hier gab es keine Hundewache; hier roch es nicht nach Salz und See, sondern eigentümlich süßlich nach den Stapeln frischen Brennholzes, die gestern abend unter eintönigem Singsang von der Mannschaft an Bord geschleppt worden waren; das Schiff hatte an einen Platz verholt, wo ganze Gebirge von Feuerholz für die Dampfer getürmt lagen.

MacReanna hatte des Nachts unmäßig geschwitzt, hatte kaum atmen können unter dem dichten Moskitonetz, das den Luftzug, der durch MacReannas Kammer spülte, so gut wie völlig ausschloß. Denn er hatte zwar nur den Rahmen mit der Drahtgaze vor das Fenster gelegt und von den beiden Türen nur die Gazetür geschlossen. Aber der weiße Tüllkäfig um sein knarrendes Bett war so eng und feinmaschig gewebt, daß sicherlich kein Moskito, aber auch kaum ein Hauch frischer Luft hindurchschlüpfen konnte.

Unter ihm auf dem Maschinendeck wurde schon rumort. Andrew hörte die Kesseltüren klirren und die eisernen Schürstangen rasseln. Eine tiefe Stimme gab undeutlich einen lauten Befehl; es war wohl nicht besonders laut; es klang nur so in der Stille der späten Nacht. Der indische Ingenieur trieb seine Leute an. MacReanna hatte sich schon am Tage zuvor über seine tiefe Stimme gewundert.

Es ging wohl alles, wie es gehen sollte. Andrew schloß noch einmal die Augen; er dachte nicht daran, es mit dem Inder zu verderben, der auf den Namen Bimlipotam hörte, wenn MacReanna richtig verstanden hatte; aber natürlich konnte er sich auch verhört haben. Nein, was sollte er den Mann kränken, indem er allzu früh und ausführlich bei seinen Kesseln umherkroch –!

MacReanna war noch einmal eingeschlafen, wie er auf See stets wieder sofort entschlummert war, wenn die gelinde Unruhe der wechselnden Wache nicht ihm gegolten hatte. Er erwachte so plötzlich, als hätte ihm ein bösartiger Bootsmann einen Rippenstoß versetzt. Ehe er noch wußte, wo er war und was er tat, hatte sich Andrew schon aus dem Mückennetz befreit, die Hosen angezogen, die Schuhe zugeschnürt – ohne wahrzunehmen, welchen Glanz ihnen Saka noch am Abend zuvor verliehen –, hatte das Hemd übergestülpt und zugeknöpft. Dann erst fand Andrew Zeit, nach der Uhr zu sehen. Teufel! Drei Minuten vor halb fünf!

Blitzschnell fuhr sich Andrew mit dem nassen Waschlappen übers Gesicht, um den Schlaf abzuwischen. Das Rasieren mußte warten; er konnte es nachholen, wenn er wieder von den Kesseln nach oben kam; die Kontrolle war sowieso nur eine Formsache. Auf alle Fälle aber keine Minute zu spät antreten! Der Kapitän war imstande, oben mit der Uhr in der Hand zu lauschen, ob MacReanna pünktlich den Befehlen nachkam.

So war es wohl auch, denn als MacReanna eine Minute vor halb fünf die Gazetür seiner Kammer hinter sich zufallen ließ, vernahm er über sich vom oberen Ende der Treppe ein deutliches Räuspern. Er tat so, als hätte er nichts gehört, wanderte eilig den Gang entlang und tauchte im trüben Licht einer leise flackernden Glühbirne über die Treppe am Achterende zum Maschinendeck hinunter. Für den nächtlichen Himmel und den in vollkommener Stille ruhenden Stanleysee hatte er keinen Blick.

MacReannas Kammer lag an der Backbordseite der »Albertine«; das Schiff war aber steuerbords an der Mauer vertäut. MacReanna hatte also in seiner dem Wasser zugewandten, dem Ufer abgekehrten Kabine nichts von dem Gewühl und dem Getümmel, das seit Mitternacht neben dem Dampfer auf der Pier friedlich, aber ohne Unterlaß brodelte, gehört.

Andrew stieg die Treppe vom Mitteldeck zum Unterdeck hinunter, blieb aber auf der vorletzten Stufe entsetzt stehen. Eine Sekunde lang huschte ihm der verrückte Einfall durchs Hirn, daß ein Schwarm rebellischer Wilder sich nächtlicherweile des Schiffes bemächtigt hätte, um es, weiß der Himmel für welche finsteren Zwecke, zu mißbrauchen.

Mit Sack und Pack drängte sich das schwarze Volk zwischen und über die Kisten und Ballen der Ladung, breitete sich über die Stapel des Feuerholzes und wäre gewiß auch zwischen die Kolben, Kessel und Ventile im Vorderteil des Schiffes geflutet, wenn sich nicht ein kräftiger Gitterzaun mit spitzen Zinken dem schwärzlichen Schwall entgegengestemmt hätte. Und auf der Kaimauer – von ein paar Lampen kümmerlich überglimmt – drängten sich noch Dutzende von dunklen Männern, Frauen, Mädchen und Kindern, die alle darauf warteten, über die schmale Laufbrücke an Bord gelassen zu werden. Zuweilen blitzte aus der schattenhaften Menge ein Augapfel weiß oder auch der Schmelz auf einem blendenden, kräftigen Gebiß, wenn sich der Widerschein der Schiffslaternen darin verfing.

Ein Geruch, halb nach Raubtier, halb nach Zimt, durchwogte das Deck; dem Schotten wurde der Atem eng. Die Ausdünstung vieler schwarzer Leiber – er nahm sie zum ersten Male mit solcher Stärke wahr: süßlich, kraftvoll und ein klein wenig widerlich.

Eine schon wohlbekannte Stimme hinter Andrew: »Warum gehen Sie nicht weiter?«

»Ich – Lassen sich so viele Leute überhaupt hier unterbringen? Man kann ja kaum treten. Guten Morgen, Herr Kapitän!«

»Sie werden sich daran gewöhnen! Zählen Sie, wie viele Fahrgäste an Bord sind. Mehr als fünfundsiebzig Erwachsene nehme ich nicht mit. Wenn es mehr sind, soll sie der Bootsmann von zwei, drei kräftigen Leuten wieder an Land setzen lassen und dann den Laufsteg einziehen. Ist die Post schon an Bord? Wieviel weiße Passagiere haben wir oben?«

»Die Post –? Passagiere? Ich weiß es nicht, Herr Kapitän.«

»Mir ist auf dem Kontor gesagt worden, Sie wären als Erster Offizier gefahren. Warum verhalten Sie sich nicht entsprechend?«

»Ich habe mich nach Ihren Befehlen gerichtet, Herr Kapitän!«

»Lassen Sie das ewige ›Herr Kapitän‹, wenn ich bitten darf. Wir sind hier auf dem Kongo und nicht auf einem Kriegsschiff. Kapitän – Kapitän – wenn Sie sich nur nach Befehlen zu richten wissen, Herr, werden Sie nie Kapitän. Erledigen Sie das Notwendige! Mit dem Ingenieur rede ich selbst!«

»Jawohl, Herr Kapitän!« erwiderte MacReanna und biß sich gleich danach auf die Lippen. Er drängte sich durch die Menge. Zum Überlegen kam er nicht in der Sturmflut schwarzer Leiber.

Neben dem Ende des Laufstegs auf der Kaimauer hatten sich der Bootsmann und der riesige Schwarze postiert, der am Tage zuvor die Stauer an der Kabelrolle angeführt hatte. Die beiden Männer ließen die schwarzen Fahrgäste nur einzeln passieren, sonst hätten sich die Einsteigenden sicherlich von der nur durch zwei schwanke Latten geschützten Gangplanke ins Wasser gedrängt. MacReanna rief hinüber: »Haben Sie gezählt, Bootsmann, wieviel Leute Sie an Bord gelassen haben?«

»Nein! Wozu? Es steigen immerfort noch Fahrgäste von der Wasserseite zu; aus Booten!«

Ja, natürlich, dann war es zwecklos, am Laufsteg zu zählen.

MacReanna hätte es sich selbst sagen sollen. Er machte sich ans Zählen. Aber genausogut hätte er sich vornehmen können, die Ameisen in einem durcheinander wuselnden Haufen zu zählen. Schwitzend und wütend versuchte er von einer großen Kiste her sein Bestes. Aber da ihn niemand beachtete und keiner auf seinem Platze blieb, auch ständig sich weiteres Volk an Bord schob, so war sein Vorhaben aussichtslos.

Es ginge doch mit dem Teufel zu, wenn der gemächlich schnatternde Haufen nicht zu zählen sein sollte! MacReanna spürte plötzlich einen so wilden Zorn in seinem Innern toben, daß es ihm nicht mehr darauf ankam, irgendwem die Zähne zu zeigen. Auf alle Fälle war schon viel zuviel von dem Gesindel an Bord. Er schrie zu dem Bootsmann hinüber: »Schluß jetzt, Bootsmann! Sperren Sie ab! Es sind zehn Leute zuviel an Bord! Greifen Sie die letzten zehn und wieder an Land damit! Und du da! Wenn noch einer von der Wasserseite aufs Schiff steigt, dann sollst du was erleben, das kann ich dir sagen!« brüllte er einen Mann von der Besatzung an.

MacReanna war selbst erstaunt darüber, daß sich ein vollkommen neuer Klang in seine Stimme gemischt hatte. Erst in diesem bedrängten Augenblick gewann er seine volle Selbstachtung zurück, die ihm in den langen Monaten der erzwungenen Untätigkeit fast verlorengegangen war. Er nahm sein Schicksal in die Hand; und so leicht sollte es ihm keiner streitig machen.

Der Bootsmann parierte sofort. MacReanna forderte etwa ein Dutzend schwarzer Männer und Frauen, die sich auf dem Deck in der Nähe des Laufstegs drängten, mit kurzen Worten auf, das Schiff zu verlassen; sie gehorchten stumm und auf der Stelle. Dann befahl der Schotte, das Achterende des Schiffes zu räumen. Zwischen dem Bootsmann und sich ließ er einen nach dem anderen der schwarzen Passagiere passieren, wobei er, je mehr Menschen sich hinter ihm sammelten, desto weiter zur Mitte des Schiffes vorrückte. Nach fünf Minuten wußte er, daß einundsiebzig Erwachsene und fünfzehn Kinder an Bord waren.

MacReanna schritt schnell über den Laufsteg an Land: »Du! Ist das deine Frau? Ja? Zwei Kinder, gut! Geht an Bord! Du!

Ohne Frau? Gut! Gehe an Bord! Du da? Dein Kind? Ja! Keinen Mann? Gut, gut! Geht an Bord! – Schluß! Ihr andern müßt auf einen späteren Dampfer warten!«

So einfach war es also, wenn man zu befehlen verstand. Er fragte den Bootsmann: »Ist die Post an Bord?«

»Ja!«

»Wo ist sie? Zeigen Sie mir den Raum!«

In einem verschlossenen, fensterlosen Raum lagen die Säcke mit den schwarz-gelb-roten Streifen der belgischen Post gestapelt. Auf einigen der Pappanhänger las er die Bestimmungsorte: Bolobo, Loukolela, Coquilhatville, Nouvelle Anvers, Lissala, Bassoko, Stanleyville. Bald würde er die Wirklichkeit hinter all diesen Namen mit eigenen Augen sehen. Er ließ sich nicht anmerken, daß ihn für einen Augenblick eine verrückte Freude packte, Freude, daß ihm noch nie Erlebtes bevorstand. Er händigte dem Bootsmann den Schlüssel zur Postkammer nicht wieder aus; er legte selbst das Schloß vor und steckte den Schlüssel in seine Tasche, als müßte es so sein.

Es mußte so sein. Der Bootsmann zuckte mit keiner Wimper in seinem glatten, blaßbraunen Gesicht. MacReanna fragte weiter: »Ist noch Fracht an Bord gekommen?«

»Ja! Zwei Elektromotoren in Kisten, zwei Kisten mit je hundert Flaschen Wein und das große Gepäck der weißen Passagiere.«

»Wie viele? Wohin?«

»Einer nach Coquilhatville, zwei nach Stanleyville.«

»Das nächste Mal rufen Sie mich, wenn noch nachträglich Frachten oder Passagiere eintreffen.«

»Jawohl!«

Es war vier Minuten nach fünf, als MacReanna auf der Brücke erschien und mit knappen Worten über Fracht, Passagiere und Post Meldung erstattete. Der Kapitän lehnte am Kartentisch, hörte sich den kurzen Bericht an, als hörte er nichts, und sagte: »Ich habe Sie um fünf Uhr auf die Brücke gebeten. Es ist jetzt sechs nach fünf!«

MacReanna wagte einen kameradschaftlichen Tonfall: »Ich

war mir noch nicht sicher, wie mit den Negern zu verfahren ist, Kapitän. Aber ich werde es lernen. Ich muß mich erst daran gewöhnen.«

Die Antwort kam kalt: »Wenn ich Sie um fünf Uhr auf der Brücke sehen will, dann erscheinen Sie um Punkt fünf Uhr. Nicht früher, nicht später! Ich bitte Sie, sich in Zukunft danach zu richten.«

»Jawohl, Kapitän!«

»Machen Sie das Schiff bereit zum Ablegen!«

Corlay lehnte weiter am Kartentisch und folgte jeder Bewegung des Schotten mit abschätzenden Augen. MacReanna ließ den Laufsteg einziehen und die Haltetaue lockern. Er klingelte »Achtung!« zum Maschinenraum hinunter und horchte auf die bestätigende Antwort. Er kontrollierte die Positionslichter: Topplaterne, Steuerbord- und Backbordlampen brannten. Ein Schwarzer stand stumm und regungslos am Ruder und blickte starr geradeaus in die Dunkelheit.

MacReanna meldete: »Schiff ist bereit, Kapitän!«

Corlay blickte auf seine Uhr. Es war vierzehn Minuten nach fünf. Corlay trat neben den Rudergast an das offene Stirnfenster. Ohne sich umzudrehen, sagte er: »Lassen Sie loswerfen, MacReanna!«

»Leinen sind los, Kapitän!«

Die Trossen fielen klatschend ins Wasser.

»Geben Sie: Backbordmaschine ganz langsam rückwärts!«

»Backbordmaschine ganz langsam rückwärts!« Vom Kesseldeck klingelte die Bestätigung zurück.

Zum ersten Male vernahm MacReanna, wie sich das riesige Schaufelrad am Backbordende des Dampfers knarrend und fauchend in Bewegung setzte. Es drehte sich so sachte, daß man jede der mächtigen Schaufeln einzeln aufs Wasser schlagen hörte. Ganz langsam zog das Rad den Bug des Dampfers von der Kaimauer fort. Dann ließ der Kapitän die Backbordmaschine stoppen und die Steuerbordmaschine anlaufen, »ganz langsam vorwärts«, und das Ruder auf Backbord legen. Das Schiff löste sich langsam von der Mauer. Als es etwa einen knappen Steinwurf weit davon entfernt war, hieß es: »Beide Maschinen langsam voraus!«

»Beide Maschinen langsam voraus!«

Der Dampfer kam allmählich in Fahrt über den Bug. Das Ruder schwang auf mitschiffs. Die Mauer, die dunklen Lagerschuppen, die blassen Lichter der Stadt Léopoldville verschwanden und vergingen schnell im Dunst des Ufers.

»Beide Maschinen volle Kraft voraus!«

»Beide Maschinen volle Kraft voraus!«

Das schäumende Rauschen vom Achterende des Dampfers schwoll zu einem gleichmäßigen, großartigen Gesang zerwühlten Wassers; ein leises Zittern teilte sich dem Leib des Dampfers mit und blieb fortab darin haften. Die silbernen Zeilen der Bugwellen, deutlich schimmernd in der klaren, späten Sternennacht, zogen an Backbord und Steuerbord über die makellos stille Fläche des Sees davon wie Gefieder eines riesigen Pfeils.

MacReanna gestand sich, daß er nur selten ein vollkommeneres Manöver erlebt hatte. Er verharrte bewegungslos hinter dem offenen Stirnfenster der Brücke, rechts vom Rudergast, der Kapitän links von dem Schwarzen, ebenso still. Der Fahrwind umwehte MacReanna so kühl, daß ihn fröstelte.

Die Nacht schwebte groß und hoch über dem ruhenden Gewässer, das wie die Fläche eines ungeheuren Kristalls, aus Festem, nicht aus Flüssigem bestehend, einen stumpfen, dunklen Glanz auszustrahlen schien. In der blauschwarzen Wölbung des Himmels schwebte das Kreuz des Südens, eine einsame Fackel. Die Nachtluft, die sich in MacReannas Lungen drängte, duftete schwer nach tausend wilden Wäldern. Das Schiff unter MacReannas Füßen bebte leise unter der treibenden Kraft der gewaltsam wirbelnden Schaufeln am Heck. Das stürmisch vibrierende Schäumen der Heckwelle, das sanftere, aber nähere Rauschen um den vorwärts drängenden Bug des Dampfers – alle anderen Laute wurden von diesem, seit jeher schwermutsvollen Lied zerwühlten Wassers verschlungen.

Der Kapitän hatte das Schiff auf einen ostnordöstlichen Kurs legen lassen; es glitt schnell und scheinbar mühelos dahin. Von den Ufern war nichts zu erblicken in der Finsternis. Trotzdem wußte MacReanna, und sein Seemannsverstand wehrte sich noch einmal dagegen: dieser Kurs bringt uns landein, entfernt mich von der hohen See, von den sieben Meeren, mit denen ich vertraut bin; vor mir liegt das ungeheure, weglose Gewoge der Urwälder, aus dem nicht so leicht zurückfindet, wer sich einmal darin verlor. – Er dachte es nicht ganz so klar, dieser MacReanna, Seemann von den schottischen Inseln, aber in den dämmernden Hintergründen seines Wesens regte sich unbestimmt die Furcht.

Klar dachte er ganz etwas anderes: wenn ich jetzt nicht bald eine heiße Tasse Tee in den Magen kriege und das Fenster schließen darf, dann hole ich mir im Handumdrehen den schönsten Schnupfen.

Aber er rührte sich nicht, da auch der Kapitän auf der anderen Seite des Mannes am Ruder sich nicht rührte, sondern unverwandt vorausstarrte.

In der Ferne, scheinbar genau auf dem Kurs des Schiffes gelegen, wollte ein Lichtfunken aufglimmen. Als kein Zweifel mehr daran bestehen konnte, daß es wirklich eine Leuchtbake war, die sich voraus bemerkbar machte, regte sich endlich der Kapitän und sagte durch das Dämmerdunkel, das von der abgeschirmten Lampe über dem Kompaßgehäuse kaum erhellt wurde: »Halten Sie auf einen Strich Backbord an dem Feuer dort vorbei. Wenn Sie das Feuer auf neunzig Grad dwars haben, rufen Sie mich, MacReanna!«

Corlay wartete nicht ab, daß Andrew seinen Befehl wiederholte, sondern drehte sich eilig durch die weiße Gittertür, welche die Brücke von seinem Quartier trennte. Bald darauf, als MacReanna das Fenster dicht gemacht hatte, um den kühlen Fahrwind auszuschließen, vernahm er den Laut nackter Füße, die vom Mitteldeck her die Treppe heraufstiegen; es war der Bursche des Kapitäns; auf einem mit gestärktem, schneeweißem Leinen gedeckten Tablett brachte er das Frühstück dampfend und duftend aus der Küche, wand sich vorsichtig durch die Gittertür, an der »Kapitän. Privat. Kein Zugang« geschrieben stand, schwebte lautlos an den Türen auf der Steuerbordseite vorbei, um dann weiter hinten um die Aufbauten herum zu verschwinden. Jenseits der hohen Holzwand auf der Backbordseite der Brücke klirrte es leise von Tellern und Löffeln. Dort richtete der Schwarze sicherlich das Frühstück für den Kapitän.

Der Schwarze am Ruder, der sich bis dahin kaum geregt hatte, beugte sich jetzt zu MacReanna vor und flüsterte: »Jetzt gute Zeit für heißes Frühstück, Herr! Da ist Klingel zu Boys. Saka – er wird schon warten.«

MacReanna entdeckte den Klingelknopf neben der Kante des Kartentisches. Aber Saka mußte schon auf dem Wege gewesen sein. Er tauchte bereits aus der Tiefe empor, als MacReanna sich eben erst von der Klingel fortwandte, um über das Wasser hinweg zu visieren, ob der Kurs des Schiffes auch noch richtig lag.

Saka lächelte vertraulich und einladend, während er die Mahlzeit auf dem Kartentisch bereitstellte, und Andrew dachte: ein guter Kerl, dieser Saka, und ganz gewiß nicht dumm! Er nickte dem Schwarzen freundlich zu. Saka verschwand lautlos über die Treppe in die Unterwelt.

MacReanna legte seine kalten Hände um die Tasse heißen Tees (er hatte gefürchtet, daß ihm Kaffee serviert werden würde; vom Tablett des Kapitäns hatte er Kaffee gerochen; aber Saka hatte natürlich vorausgeahnt, was er einem Herrn aus dem Bereich der englischen Welt schuldig war!).

Andrew trat, erfrischt schon von den ersten Schlucken des heißen Getränks, mit der Tasse wieder an das Stirnfenster der Brücke – und hielt im gleichen Augenblick den Atem an, denn vor ihm am östlichen Himmel erwachte der Morgen.

Der Horizont, der bis dahin im blauschwarzen Samt der Nacht verborgen gelegen hatte, war mit einem Male erkennbar geworden, haarfein gezeichnet; darüber hob sich ein Streif durchsichtigen, edelsten Jadegrüns, stieg langsam aufwärts, als höbe sich ein dunkler Vorhang, nahm smaragdenen Schimmer an. Noch waren die Sterne nicht erloschen. Gerade am oberen Rande des grünen Zauberscheins funkelte der Sirius noch. Aber nicht lange mehr. Er verblaßte ebenso schnell, wie das Leuchtfeuer verglühte, dem der Dampfer in eiligem Gleichmut entgegenzog. MacReanna faßte am Horizont einen leicht erhöhten Punkt ins Auge, der genau über dem eben noch erkennbaren Richtungslicht sich abzeichnete; ihn konnte er anpeilen, wenn das Leuchtfeuer im Lichte des werdenden Tages vergehen würde.

Plötzlich quoll von Osten her eine lautlose Flut taubengrauen Lichts heran; die zögernde Nacht floh sachte in den Zenit des Himmels, ließ sich dann von dort in den Westen verjagen, wo das Dunkel noch eine Weile violenfarbig wogte, um schließlich auch dort grünlichen Tönen zu weichen.

Mit einem Schlage war zur Welt gebracht der ganze See, den die Nacht bisher unter ihrem velvetenen Mantel verhüllt gehalten hatte. Das taubengraue Licht über dem Wasser gebar einen fliederfarbenen Hauch, der mit unwirklich lautloser Schnelle ins Pflaumenblaue hinüberspielte. Schon enthüllten sich ferne große Inseln über der amethystenen Flut. Zwei merkwürdig breite Vögel mit plumpen, schweren Schnäbeln flogen träge, als wären sie noch verschlafen, auf langsamen Flügeln dem Lande zu; waren es Pelikane? Andrew wußte es nicht.

Der Osten entzündete sich zu einem rostigen Rot, das über Karmin ins Purpurne aufloderte, um schließlich ins Goldrote und dann in reines, glühendes, brennendes Gold zu zerschmelzen.

Und schon blitzte der erste Strahl der Sonne über die Kimm. MacReanna mußte die Augen abwenden. Das Gestirn schwoll ungeheuer aus dem Osten herauf.

In weniger als einer Viertelstunde hatte sich die Nacht in den vollen Tag verwandelt.

Der Tee in MacReannas Hand war lau geworden. Hatte er nicht schon Hunderte von Malen auf See die Sonne aufgehen sehen, wenn er die Morgenwache ging? Gewiß – aber was er nun erlebte, war etwas anderes: war die Sonne aus den dunkelblauen Urwäldern, denen sein Schiff entgegenfuhr.

Da war sie, die Feuersonne, an Steuerbord schräg voraus. MacReanna schlang schnell sein Frühstück hinunter, ohne zu wissen, was er aß. Er sollte melden, wenn die Tonne genau neunzig Grad seitab lag. Könnte nicht lieber Saka das Tablett –; da tauchte er schon auf; der Schwarze schien stets genau zu wissen, was von ihm erwartet wurde. Lautlos stellte Saka die Reste des Frühstücks auf dem Brett zusammen und stieg, der riesige, muskelbewehrte Bursche, wie eine Katze so leise, die Treppe wieder hinunter.

In wenigen Minuten würde die Tonne querab vorüberziehen. Durfte Andrew selbst die abweisende Pforte durchschreiten, hatte er selbst die befohlene Meldung zu machen? Er blickte halb unbewußt den schwarzen Rudergast in dunkelblauer Matrosenbluse und kurzen, gelben, verwaschenen Hosen über den stämmigen, nackten Waden und Füßen fragend an. Der Schwarze nickte zur Seite, mit dem roten Pompon über seinem dunkelblauen Wollkäppchen auf die Klingel weisend, und murmelte: »Zweimal, Herr! Kommt Brückenläufer!«

MacReanna drückte zweimal kurz hintereinander auf den Klingelknopf. Gleich darauf hörte er nackte Sohlen über das mittlere Deck hastig herantraben und die Treppe zur Brücke emporspringen. Ein junger, fast ebenholzschwarzer Mann stellte sich vor MacReanna in Positur; Andrew nahm verwundert wahr, daß die Gesichtszüge des Burschen beinahe europäisch geschnitten waren. Schwarze Augen blickten ihn ruhig und aufmerksam an. Andrew fragte: »Wie heißt du? Bist du der Brückenläufer?«

»Ja, Herr! Mein Name ist Loto.«

»Loto, melde dem Kapitän, daß wir die Feuertonne auf neunzig Grad seitab an Steuerbord haben.«

»Feuertonne neunzig Grad an Steuerbord, ja, Herr!« wiederholte der Schwarze gewissenhaft; er war gut erzogen.

Die Gittertür knarrte, als Loto in den Bezirk des Kapitänsquartiers eindrang. MacReanna hörte eine undeutliche Bewegung hinter der Holzwand, Loto erschien wieder auf der Brücke und stieg die Treppe abwärts irgendwohin davon, wo ihn das Klingelzeichen wahrscheinlich sofort erreichte. Der Kapitän trat auf die Brücke. Er schloß das Schränkchen auf neben dem Kartentisch, holte eine Karte hervor und breitete sie aus. Er winkte MacReanna heran: »Hier haben Sie eine Karte des Stanley-Pfuhls und der stromauf anschließenden etwa ersten sechzig Kilometer des Stromes bis Lischa, wie Sie sehen. Die Karte ist genau. Die Tonne, die wir eben passiert haben, finden Sie hier verzeichnet. Wie Sie weiter sehen, müssen wir von hier Nordnordost halten, um diesen Punkt auf der Karte zu erreichen. Der Strom führt noch – allerdings auslaufendes – Hochwasser. Wenn Sie den Punkt hier« – der Kapitän wies auf ein Bleistiftkreuzchen vor der Einmündung des Zelai in den Stanley-Pfuhl – »etwa überschritten haben, machen Sie mir Meldung!«

Nun, es war keine schwere Aufgabe, die »Albertine« über die weite, vom Frühwind leicht gekräuselte Fläche des Sees, der nach der Karte auf diesem Hauptkurs überall tiefes Wasser hatte, vor die Einmündung des Zelai und weiter vor das große Tor zu führen, durch das der Kongo in den Stanley-Pfuhl einströmte.

MacReanna fühlte sich in seinem Element, bestimmte den neuen Kurs genau, wies den Rudergast entsprechend ein und wartete, bis das Schiff gehorsam auf den neuen Kurs schwenkte und richtig anlag. Dann faßte Andrew wieder rechts von dem Rudergänger vor dem Stirnfenster Posto. Denn der Platz links vom Ruder schien dem Kapitän vorbehalten zu sein; Corlay stellte sich stets dort auf, wollte es dem Schotten scheinen, auf jener Seite also, an welcher die Treppe abwärts zum Mitteldeck führte; Andrew hatte die weiße Gitterpforte zum Kapitänsquartier im Rücken.

Die Sonne war noch kaum eine Handbreit über die östliche Kimm gestiegen, als sie schon Kraft gewann und zu wärmen begann. MacReanna hob das Fenster wieder hoch und hakte es unter der Decke fest; der Fensterrahmen hing an seinem oberen Rande in Scharnieren. Die Luft strömte in wunderbarem, frischem Schwall herein. Sie ist süß, diese Luft, dachte Andrew, süß und weich – und wenn das Schiff sich nicht bewegte, wäre sie vielleicht auch schwer.

Ab und zu drang aus der Tiefe von den Kesseln undeutlich das Rasseln der Stahltüren und Schürhaken herauf, wenn die Feuer neu beschickt wurden. Gleichmäßig rauschend und schäumend dröhnten die Schaufelräder am Heck; schräg unterhalb Mac-

Reannas in der Tiefe sangen die beiden Silberharfen der Bugwelle. In dem Spanndraht, der sich von der Spitze des Bugs zu dem kleinen Mast über der Brücke dehnte, summte der Fahrwind. Das kaum überfächelte Wasser blitzte. Die Hügel, die sanft geschwungenen Berge an den fernen Ufern schimmerten in einem unbeschreiblich tiefen Ultramarinblau. MacReanna spürte mit einem tiefen Seufzer, den er nicht zu unterdrücken vermochte, wie sein Herz sich dehnte: Er fuhr!

Er fuhr, er fuhr und stand auf der Brücke!

Manchmal warf er einen Blick auf den Kompaß. Das Schiff wurde offenbar leicht vom vorgeschriebenen Kurs abgedrängt. Der See mußte Strömung haben. Natürlich hatte er Strömung. Der Kongo floß hindurch. Der Pfuhl war ja nichts weiter als das Staubecken, in welchem der Tropenstrom sich fing, ehe er meerwärts weiter durch die Kristallberge brach. Und gleich unterhalb von Léopoldville saugen die Fälle von Ntamo, über welche die ungeheuren Wassermassen zehn Meter tief abstürzen, die Strömung schon gewaltig an.

MacReanna berichtigte den Kurs mit leisen Worten.

Drüben stand der Kapitän nun wieder und starrte über den Spiegel des Gewässers voraus. MacReanna hörte hinter seinem Rücken nur wenige Schritte entfernt eine Tür mit leisem Laut ins Schloß fallen. Und dann war ihm auch, als vernähme er leichte Schritte auf dem hölzernen, glatten Deck, aber nicht leiser werdend und sich entfernend; nur drei- oder viermal war der Laut fremder Füße zu vernehmen gewesen, hinter dem Gitter, auf dem Gang vor den Räumen des Kapitäns an Steuerbord.

MacReanna stand plötzlich wie auf Kohlen. Der große See, die Sonne, der sprühende Gischt der Bugwelle – das alles war mit einem Male ausgelöscht, als wäre es nie gewesen. Nichts weiter war in diesen Augenblicken auf der Welt als das leichte Klirren der Tür und das sanfte Geräusch weniger Schritte. Irgendwer, der bis jetzt dort hinter ihm, hinter der Gittertür geschlafen hatte, war in den Morgen und an die Reling getreten, um die helle Luft zu atmen und den Wind auf der Haut zu spüren, die Frische der lilafarbenen Wasser zu genießen.

Wäre Andrew allein auf der Brücke gewesen, hätte er sich wahrscheinlich umgedreht, um zu erkunden, wer hinter ihm das Deck betreten hatte. Aber es lag in der Luft, daß er sich nicht umwenden durfte. Wenige Schritte ihm zur Linken blickte der Kapitän unverwandt über das milde, gekräuselte Wasser, als hätte er nichts gehört, als wäre er mit seinen Gedanken ganz woanders.

Wie viele Minuten so vergingen, das wußte MacReanna hinterher nicht anzugeben. Sein Nacken wurde starr wie Holz unter dem Zwang, sich nicht wenden zu dürfen. Er stand, blickte vor sich aufs Wasser, ohne etwas zu sehen, und horchte. Aber er vernahm keinen weiteren Laut; das Sausen des Fahrwinds verdeckte alle anderen Geräusche. Aber zugleich spürte er in allen Fasern: jemand betrachtet mich aus dem Hintergrund, mustert mich ganz genau von oben bis unten. Ihm war, als wanderte eine leichte Hitze über seine Haut vom Hinterkopf bis hinunter zu den Fersen – war das der Aufprall der Blicke, die ihn abtasteten?

Dann bewegte sich der Kapitän, beugte sich noch einmal über die Karte, drückte auf den Klingelknopf und sagte – für Andrew kaum vernehmlich – zu dem Läufer Loto, der sofort danach auftauchte: »Frühstück für Madame!«

Corlay kam zu Andrew hinüber, stellte sich neben ihn, wies mit dem Finger voraus und gebot mit überflüssig lauter Stimme, wie es Andrew scheinen wollte: »Wenn Sie die Ostspitze jener Insel dort und die deutlich erkennbare Mündung des Zelai da drüben in einer Geraden haben, legen Sie den Kurs auf Nordnordost zu Nord, bis wir mitten vor dem Kongomund stehen. Dann lassen Sie mich wieder rufen! Hier haben Sie mein Glas!«

MacReanna wiederholte kurz den Befehl und dachte: wozu er mir alles dreimal sagt – ich habe gefährlichere Kurse gesteuert als diesen! Geht er endlich? Da ist schon der Junge mit dem Frühstück.

Aber Corlay verschwand noch nicht, obgleich MacReanna bald den Boy hinter der Backbordwand mit dem Geschirr klappern hörte.

Corlay wandte sich plötzlich MacReanna voll zu und zwang den Schotten so, ihn anzusehen. Mit ironischer Schärfe sprach er dann: »Im übrigen, MacReanna, möchte ich Ihnen den guten Rat geben, in Zukunft nicht mehr unrasiert auf der Brücke zu erscheinen. Es könnte peinlich für Sie werden!«

Andrew faßte sich unwillkürlich ans Kinn. Es stimmte: er war nach der dummen Verspätung beim Aufstehen nicht mehr dazu gekommen, sich zu rasieren; selbst wenn er es nicht einfach vergessen hätte, war er doch seit halb fünf Uhr nicht mehr Herr seiner Zeit gewesen, nicht eine Minute. MacReanna fühlte, daß er von der Stirn bis in den Hals errötete. Aber als er eben eine Entschuldigung murmeln wollte, hörte er schon das Gittertürchen knarren, gleich darauf Stimmen, eine männliche und eine weibliche. Er verstand nicht, was gesprochen wurde, aber daß es englisch war und nicht französisch, erkannte er am Tonfall.

Gleich darauf klang ein kurzes Gelächter aus einer weiblichen Kehle auf, warm, volltönend, wenn auch verhalten, ein wenig spöttisch oder eher – mitleidig. Ja, mitleidig, das war es.

Der Schwätzer hat ihr das gleich erzählt, dachte Andrew, und die Kehle war ihm wie zugeschnürt; oder sie hat ohnehin verstanden, was er mir gesagt hat!

Die Stimmen entfernten sich schon und waren kaum noch zu vernehmen, denn der Fahrwind sauste und sang, und die hohe Holzwand schloß an Backbord das Kapitänsquartier viel zu dicht und hoch gegen die Brücke ab, als daß man wahrnehmen konnte, was sich dahinter abspielte.

Doch glaubte Andrew zu spüren, daß sich jenseits der Trennwand ein Zwist entspann, ein Streit, ein Zank, der mit leisen, gedämpften Worten hin und wider flog.

Er schämte sich gar nicht, daß er horchte, daß er bewegungslos stand, die Hände um die untere Kante des Fenstervierecks gekrampft, und mit äußerster Anspannung lauschte. Aber er vernahm nichts weiter, als daß ein Löffel zu Boden fiel. Schließlich ging hinter ihm wieder die Tür, deren Klang er schon zu erkennen glaubte. Andrew atmete wie erleichtert auf, ohne es zu merken.

Es erschien von neuem Ngolo, der Boy des Kapitäns, und holte das Geschirr.

Beinahe versäumte MacReanna, den Dampfer rechtzeitig auf den neuen Kurs zu legen; die Einmündung des Zelai – auch im Glas keineswegs so deutlich zu erkennen, wie Corlay behauptet hatte – sank schon an Steuerbord zurück.

V

Noch einmal an diesem ersten Vormittag der Fahrt erschien der Kapitän auf der Brücke. Er nahm die Frachtpapiere an sich und die Frachtenkladde; er ließ sich von Andrew zeigen, wo und wie er die einzelnen Güter verbucht hatte. Da Andrew sich genau nach den früheren, sehr sorgfältigen Eintragungen des Kapitäns gerichtet hatte, war er seiner Sache sicher; allerdings stachen seine harten, großen Buchstaben auffällig gegen die zwar glasklare, aber zugleich zierlich spitze Handschrift des Kapitäns ab. Andrew hatte sich die Handschrift angesehen und gedacht: Corlay schreibt beinahe wie eine Frau, aber von einer Frau mit solcher Handschrift möchte ich keinen Brief bekommen.

Der Kapitän hatte mit dem offenen Buch in der Hand eine Sekunde lang zu Andrew aufgesehen und ihn gemustert; dann fragte er wie nebenbei: »Muß ich das Buch mit den Frachtstükken unten vergleichen oder kann ich mich auf Sie verlassen, MacReanna?«

»Ich habe die Papiere genau mit den Frachtgütern und ihren Aufschriften abgestimmt – und dann nach den Papieren gebucht. Die Ladung muß also stimmen!«

»Muß stimmen! – Wir sind am Kongo, mein Herr, hinter den Kristallbergen – und nicht im prächtig aufgeräumten Liverpool.«

Corlay schlug das Buch zu und stapfte damit ohne ein weiteres Wort in die Tiefe. Vom Fuß der Treppe zum Mitteldeck her drang gleich darauf der Lärm einer breitspurigen Begrüßung an MacReannas Ohren: »Ah, sieh da, Kapitän Corlay! Wie geht's, mein Bester? Alles in Ordnung mit der unchristlichen Flußschiffahrt? Wo will denn das große Buch mit Ihnen hin? Was macht die verehrte Frau Gemahlin? Sie trinken doch einen mit, wie?«

Zwei weitere fremde Stimmen mischten sich ein. Aber was der Kapitän erwiderte und was sonst gesagt wurde, das verstand MacReanna nicht mehr. Der Stimmenschwall entfernte sich und verging. Der Salon für die Passagiere lag vorn an Steuerbord des Dampfers unterhalb der Brücke, zu der aber auf dieser Seite keine Treppe hinaufführte.

Gleichmäßig zog die »Albertine« ihre Bahn. Der Feuerball der Sonne stieg in weißer Glut der Mittagshöhe entgegen. Die Kühle des Morgens war längst vergessen. Der Rudergänger hatte bereits zweimal gewechselt. MacReanna stand immer noch auf der Brücke. Die Berge auf dem Nordostufer des Pfuhls rückten allmählich näher heran, während die großen Inseln im Westen langsam zurücksanken.

Andrew wischte sich von Zeit zu Zeit den Schweiß von der Stirn. Sein Taschentuch hatte sich in einen feuchten Lappen verwandelt. Ob er sich die weiße, harte Leinenjacke ausziehen durfte? Sie war alles andere als luftig; zuviel Stärke steckte in dem dauerhaften Gewebe.

Aber hinter ihm auf dem Gang jenseits der Gitterpforte hatte abermals jene Kabinentür geknarrt. Wie zögernd diesmal – oder täuschte er sich? Auch Schritte danach? Oder nicht? Schließlich drehte er sich um. Der Kapitän steckte ja immer noch unten irgendwo im Schiff. – Aber der Gang hinter MacReannas Rücken lag leer und still. Sie wird sich hinter der Holzwand in einen Deckstuhl gelegt haben; dort wird es luftig sein, vielleicht einigermaßen erträglich. Herr des Himmels, den ganzen Tag auf diesen zwanzig oder dreißig Metern Decks – nichts weiter –? Und immer nur mit diesem schwierigen Corlay zusammensitzen –? Aber vielleicht zeigte er sich ihr von einer freundschaftlicheren Seite. Auf alle Fälle behalte ich meine Jacke lieber an. –

Je mehr sich der Dampfer der Einmündung des Kongo in den Stanley-Pfuhl näherte, desto kräftiger versetzte ihn die Strömung aus dem vorgeschriebenen Kurs. Der Schwarze, der jetzt am Ruder stand, war nicht so aufmerksam und geschickt wie sein Vorgänger. Andrew hatte ihn häufig zu berichtigen.

Der Kapitän stapfte wieder die Treppe empor, verschloß die Frachtenkladde im Schrank, sagte kein Wort weiter und drehte sich durch die knarrende Gitterpforte. Andrew schnupperte: für den Bruchteil einer Sekunde hatte er den Alkohol gespürt, den der Kapitän mit den Passagieren genossen haben mußte. Obgleich MacReanna kein Kostverächter war, spürte er einen leisen Widerwillen in sich aufsteigen.

Eine Viertelstunde später erschienen Ngolo und Loto mit dem Mittagessen. Andrew wußte mit einem Male, daß ihn schon seit geraumer Zeit der Hunger plagte. Seit über sieben Stunden stand er jetzt auf der Brücke; er hatte dem Frühstück nicht die Aufmerksamkeit gewidmet, die ihm gebührte – und ein zweites Frühstück hätte er sich wohl eigens von Saka heraufbringen lassen müssen.

Es verging noch eine gute halbe Stunde, ehe der Kapitän wieder zum Vorschein kam. Die Boys hatten das Geschirr schon abgetragen. Andrew war zu erschöpft, als daß er den Vorgängen im Kapitänsquartier noch die gleiche gespannte Aufmerksamkeit hätte schenken können wie früh am Morgen. Er merkte nur, daß aus den Zügen Corlays die letzte Ahnung, ja, auch nur die letzte Möglichkeit zu einem Lächeln gewichen war, als er den Mann anblickte. Er meldete: »Wir werden in etwa zehn Minuten vor dem Kongomund stehen, Kapitän. Die Strömung versetzt das Schiff ständig nach Westen.«

»Gehen Sie zum Essen!« murmelte der Kapitän, als fiele es ihm gräßlich schwer, die Lippen voneinander zu lösen. »Seien Sie in zwei Stunden wieder auf der Brücke. Wir kommen heute abend nicht weiter als bis Diu. Wenn wir erst im Couloir sind, machen wir kaum noch drei Meilen in der Stunde!«

Als MacReanna endlich die Treppe hinunterstolperte, sagte er sich: es hat beinahe menschlich geklungen, was er zuletzt gesagt hat, trotz seines steinernen Gesichts. Was, zum Deubel, ist ein »Couloir«?

Aber wichtiger war zunächst, daß der gute Saka mit einem Handtuch und frischer Wäsche bereitstand. Andrew hatte den Duschraum am Achterende des Decks für sich allein. Die Passagiere mochten sich schon zu ihrer Siesta zurückgezogen haben. Das Wasser, dem See entnommen, schien in die Haut zu beißen, so kalt wirkte es. Erst nach einer Weile, wenn der Körper sich abgekühlt hatte, merkte man, daß es beinah lauwarm war.

MacReanna setzte sich, nur mit einer kurzen Hose bekleidet, in seiner Kammer an den gedeckten Tisch. Saka hielt den Bademantel bereit und brummte fürsorglich: »Nicht ohne Kleid im Wind sitzen, Herr! Sonst gleich Rheuma. Hier ist Mantel!«

Saka hatte recht: Andrew empfand sofort, daß es der Haut angenehmer war, nicht ungeschützt dem feuchtheißen Zugwind ausgesetzt zu sein.

Als Andrew das kräftige Mahl beendet hatte, rief Saka: »Jetzt schlafen, Herr! Zu lange auf Brücke stehen bei arme, böse Kapitän Corlay. Und nichts essen bestellt! Zu lange, zu lange!«

»Stimmt, Saka! Jetzt eine Stunde schlafen! Warum sagst du: armer, böser Kapitän?«

Aber Saka zuckte nur die Achseln: »Weiß nicht. Aber Ngolo auch sagen und Loto auch.«

»Gut, gut! Ihr scheint erstklassige Schwatzbasen zu sein. Wecke mich um halb vier, Saka!«

»Um halb vier, Herr! Auf Bett legen, Herr! Ich stopfen Moskitonetz zu.«

»Ist mir zu dumpfig! Laß nur!«

Andrew lag flach auf dem Rücken in der Koje und wartete auf den Schlaf. Ihm fiel halb im Hinüberdämmern ein: er hat lauter winzige Fältchen um die Augen; man gewahrt sie nur aus der Nähe. Und im Weiß der Augen sind rote Äderchen zu erkennen. Hat er die gestern auch gehabt oder erst heute mittag, nachdem er getrunken hatte? »Arme, böse Kapitän Corlay« – Blödsinn!

Was, zum Teufel, ist ein Couloir? Habe ich in meinem ganzen

Leben nicht gehört, den Ausdruck. Auf See gibt's keine Couloirs.

Damit war er eingeschlafen.

Eine Frau lachte warm, reich und tief –; ein wenig Mitleid war auch in ihrem Lachen verborgen. Wo hatte dies Lachen, in das man sich hüllte wie in den warmen Schal einer Mutter, schon einmal sein Herz freundlich umflattert? Ja, damals – er noch jung – ein Bursch – eben frisch von der Steuermannsschule, mit dem backwarmen Examenspapier in der Tasche – in einem fremden Hafen – wo war es doch? War es nicht in Irland gewesen? In Dublin? Nein! In Cork? Ja, in Cork! Er war auf Abenteuer aus gewesen. Aber wie meistens waren sie alkoholisch zerronnen, ehe sie noch recht begonnen hatten. Die Hand einer Frau hatte über sein Haar gestrichen in jener dunkelbraunen Bar, in der es so schön nach schwarzem, echtem irischen Guiness-Stout gerochen hatte. Ja, über sein Haar gestrichen: er fühlte sie noch, die weiche, warme Hand; und eine Frau hatte gesagt: »Was für schönes, fuchsiges Haar der Junge hat – und braune Haut dazu! Aber leider ist er vollkommen blau!« Und dann jenes Lachen, warm und reich und tief – und ein wenig mitleidig, fast ein wenig mütterlich. Ja, so war es gewesen; er hörte es noch in den hintersten, verborgensten Hintergründen seines Herzens widerhallen und wußte die Worte – eben erst klangen sie an sein Ohr –, wenn er auch nicht einmal mehr ahnte, wie er damals auf sein Schiff zurückgelangt war. Wahrscheinlich hatte sie dafür gesorgt. Natürlich, das konnte gar nicht anders sein!

Andrew dehnte sich, flüsterte im Halbschlaf des Erwachens: »Leider vollkommen blau!« Er fuhr sich mit der Hand übers Gesicht, um den Traum und den letzten Schlaf fortzuwischen. Wie sie kratzten an der Innenfläche seiner Hand, die Stoppeln!

Mit einem Schlage war er hellwach: Rasieren! Und stand schon aufrecht vor seinem Bett. Neben dem Waschbecken dampfte eine Kanne heißen Wassers. Vielleicht hatte Saka sie gebracht und ihn trotz aller Vorsicht aus dem Schlaf gestört. Es war zehn Minuten vor halb vier.

Als Andrew vor dem Spiegel stand, knurrte er durch die Wolke von Seifenschaum, die ihm Kinn und Mund bis zur Nase, zu den Ohren und den Augen verhüllte: »Hinter mir – oben auf der Brücke – heute früh – hat wieder eine so gelacht – wird mir nicht mehr vorkommen – unrasiert auf der Brücke – hat aber nett gelacht – nicht böse! – Genau wie damals!«

Um halb vier erschien Saka mit einer Kanne Tee und einem kräftigen Imbiß. MacReanna ließ nichts auf dem Teller zurück. Er war, frisch rasiert, frisch gebügelt und ausgeschlafen, wieder mit sich einig. Aber was, zum Teufel, war ein Couloir?

Der Kapitän stand am Stirnfenster auf der Backbordseite der Brücke, als hätte er sich nicht gerührt, seit er Andrew nach dem Mittagessen abgelöst hatte. Andrew meldete sich zurück.

Wie stets nahm der Kapitän von MacReannas Meldung kaum Notiz. Er sagte: »Sehen Sie sich die Karte an. Wir sind im Couloir. Nehmen Sie selbst das Ruder. Sie werden von jetzt ab möglichst dauernd selbst am Ruder stehen. Es gibt kein besseres Mittel, das Verhalten des Schiffes in der Strömung ins Gefühl zu bekommen und den Fluß zu erlernen. Hoffentlich haben Sie nicht geglaubt, die Sache hier wäre stets so einfach wie heute vormittag auf dem tiefen, weiten Pfuhl? Sie haben sich beinahe einbilden dürfen, Sie wären auf See, nicht wahr?«

Konnte der Kapitän wirklich nicht auf diese billige Ironie im Ton verzichten? Wozu diese überflüssigen Nadelstiche? Vielleicht hält er sie für witzig? Schließlich war ich bester Laune, als ich hier heraufkam. MacReanna erwiderte: »Beinahe, Kapitän! Über den Pfuhl zu steuern, war ein Kinderspiel!«

»Die ganze Seefahrt auf See, wo man so viel Platz hat, ist ein Kinderspiel. Jetzt sind wir im Fluß, mein Verehrter! Strömungen, Wirbel, Rückstau, ewig veränderliches Fahrwasser, Sandbänke, Unterwasserfelsen, schwimmende Inseln, Sog, treibende Stämme, tückische Stoßwinde – Sie werden sich wundern. Glauben Sie nicht, daß Sie schon irgend etwas gelernt haben. Sie besitzen das Patent für große Fahrt, nicht wahr?«

»Jawohl!«

»Meinen Sie, daß ich es auch besitze?«

MacReanna hatte sich noch nie danach gefragt. Fühlte sich Corlay so unsicher, daß er damit prunken mußte? Oder war er so eitel? MacReanna wich einer geraden Antwort aus:

»Es ist mir klar, daß die auf hoher See gesammelten Erfahrungen hier auch dann nicht viel nutzen, wenn man das Patent für große Fahrt erworben hat!«

»Danach habe ich nicht gefragt. Aber, damit Sie es wissen, ich besitze das Patent für große Fahrt. Es ist mir hier auf dem Kongo gerade so viel wert!« Er schnippte bei dem Worte »so viel« mit den Fingern.

MacReanna fing erst jetzt an, sich umzublicken. Seit er aufgewacht war, hatte er sich angelegentlich bemühen müssen, rechtzeitig auf der Brücke zu erscheinen.

Das Bild ringsum, voraus, an den Seiten und nach achtern, hatte sich völlig gewandelt. Die weiten, stillen Wasserflächen des großen Stanley-Pfuhls mit ihren gemächlich treibenden Schilf- und Papyrusinseln waren verschwunden, als hätte es sie nie gegeben. Nun kämpfte sich die wackere »Albertine« einen mächtigen, auf beiden Ufern von dunklen, steilen Bergen eingeengten Wasserlauf hinauf, der ihr in ungezügeltem Ansprung entgegenschoß. Dies also war ein Couloir: der Paß, den sich der Strom durch eine Gebirgsschwelle genagt hatte.

Eine oder anderthalb Meilen breit zog der ungeheure Strom zwischen den Bergwänden heran, wallend, strudelnd, voll namenloser Unruhe, wie von innen her sich wölbend und dehnend, kein Wasser, sondern ein wildes, riesiges, nie gezähmtes, unheimlich lebendiges Tier.

Obgleich die Maschinen und Kessel ihre letzte Kraft hergaben – MacReanna spürte es, denn der Schiffsleib vibrierte heftiger und mühevoller als auf dem glatten Pfuhl –, betrug die Geschwindigkeit kaum noch mehr als drei, vier Knoten, jagte doch das Wasser mit wesentlich höherer Eile die Stromfurche talab.

Wenn auch der Fahrwind beständig die Brücke durchspülte, empfand Andrew doch die Schwüle, die zwischen den blaugrün schimmernden Bergen über den tausendfigurig kreiselnden

Wassermassen lastete. Der Himmel hatte sich mit einem milchigen Dunst überzogen, der die glühende Sonne verschleierte, ohne ihre sengende Kraft zu mildern. Im Osten, schrägab vor dem Bug des Dampfers, gebar dieser Dunst schwarzblaue Wolkenberge, die sich anschickten, maßlos übereinander hinauszuquellen in einem sich ungeheuer bauschenden, dunklen Farbenspiel.

Die »Albertine«, allein auf der unfest quirlenden, wallenden Straße, wühlte sich mit jagenden Schaufeln unermüdlich weiter stromauf. Als der Mann am Ruder abgelöst wurde, schickte der Kapitän den neu antretenden Schwarzen, denselben, der frühmorgens am Ruder gestanden hatte, wieder hinunter: »Halte dich bereit, Muata! Ich schelle dreimal, wenn ich dich brauche.«

Der rote Pompon auf Muatas Käppchen tauchte wieder die Treppe hinunter. MacReanna nahm ohne weitere Aufforderung die Speichen des Ruders in die Hand. Sie waren noch warm von der Hand des abgelösten Rudergängers, der mit Muata lautlos und ohne ein Wort in die unteren Regionen des Schiffes entschwunden war. Der Kapitän mochte niemand auf der Brücke dulden, der dort nichts zu tun hatte.

Ja, nun spürte es MacReanna in seinen Fingern, in den Armen, bis in die Nackenwirbel, wie die Strömung am Leibe des Schiffes, am Ruderblatt achtern zwischen den Schaufelrädern preßte und sog. Das Schiff benahm sich wie ein ungebärdiges Pferd, das schäumend und nur widerwillig an der Kandare geht und bereit ist, jeden Augenblick auszuscheren, auszukeilen, das Gebiß zwischen die Zähne zu nehmen, sich herumzuwerfen und davonzujagen. Die Launen der wie berauscht zu Tal taumelnden, sich in sich selbst überstürzenden Strömung spielten unberechenbar. Es war kein braves, gemeinhin von selbst am Kurse bleibendes Schiff, das Andrew in den Speichen des Ruders zerren fühlte: es war ein lebendes Wesen, das sich verzweifelt gegen die drängende, schlürfende Strömung mühte und am liebsten klein beigegeben, sich treiben gelassen, sich aufgegeben hätte.

»Der Strom läuft hier im Kanal – man nennt den Abschnitt vom Pfuhl bis etwa zur Kwamündung auch Kanal – noch mit mindestens zwei, drei Metern über Mittelwasser. Das schlimmste Hochwasser ist schon abgeflossen. Wenn wir erst aus den Bergen in das Kongobecken vordringen, werden wir kaum noch etwas vom Hochwasser merken. Halten Sie mehr steuerbord! Bleiben Sie immer an der Innenseite, wenn der Flußlauf eine Kurve beschreibt. Das heißt: nur, wenn Sie sicher sind, auch dort tiefes Wasser zu haben oder wenigstens genügend tiefes. Sonst nehmen Sie lieber die heftige Strömung in der Außenkurve in Kauf!«

»Mehr an Steuerbord halten!« wiederholte Andrew mechanisch und wunderte sich, daß ihm der Kapitän die Belehrung gewährt hatte, ohne gleichzeitig zu sticheln – eigentlich zum ersten Male. Ich glaube, ich irre mich nicht, dachte Andrew: zum ersten Male! Was will ich überhaupt? Ich kenne Corlay erst seit gestern. Und die Leute erzählen viel, am meisten in den Kolonien.

Die beiden Männer waren auf der Brücke allein. Der Fahrwind summte und sang in den Streben und Winkeln der Brücke. Irgendwo achtern flappte ab und zu das lose Ende einer Persenning träge gegen Eisen, hallend wie eine schlaffe Pauke. Manchmal verschluckte sich einer der hastig treibenden Wirbel im Strom und gluckste dumpf und wütend. Die Wolkengebirge im Osten hatten schon den ganzen Himmel in pomphaft böser Kulisse umstellt, quollen aber immer noch maßlos fort. In ihre Farben aus dunkelstem Stahlblau und gedämpftem, bleiern fahlem Grau schlich sich unversehens ein sandiger, gelblicher Ton. Ein Blitz segelte hoch oben von einer Wolke zur andern: ein riesiges, goldenes Insekt, das durch den Äther geisterte.

Ganz ohne Übergang versiegte plötzlich der Fahrwind. Andrew erschrak: stand der Dampfer mit einem Male still? Nein, er schaufelte sich bebend weiter durchs Wasser. Aber genau von achtern mußte plötzlich Sturm aufgestanden sein, der hinter dem Dampfer herlief.

Jetzt erst wurde Andrew der grauenhaften Schwüle vollkommen inne. Die Luft schien um das Schiff zu wabern; und wenn der Sturm etwa den Dampfer von hinten her überholte, so merkte man auf der Brücke nichts davon, denn die Aufbauten und Wände des Kapitänsquartiers schirmten jeden Luftzug von achtern ab. Die schwüle, ferne Hitze brach so erstickend herein, daß Andrew im Nu in Schweiß gebadet stand. Auch der Kapitän nahm sich die Mütze ab, zog sein Taschentuch und wischte sich die Stirn, fuhr sich auch mit dem Tuch zwischen Hals und Hemdkragen entlang.

In dieser Gebärde erstarrte er mit einem Male. Andrew, der am Ruder zwei Schritte rechts schräg hinter Corlay stand und ihn von dorther ungestört beobachten konnte, nahm es auf der Stelle wahr. Corlay stand wie aus Stein, mit dem Finger und dem Taschentuch zwischen Hals und Kragenrand. Andrew begriff sofort: Corlay lauschte, horchte mit jeder Fiber. Und gleich vernahm es Andrew auch:

Da die Luft mit dem Schiffe mitlief, wurden auch die leiseren Geräusche nicht mehr wie zuvor verweht. Ein paar Neger gikkerten irgendwo in der Tiefe, ein Kind plärrte und verstummte. Aus dem Salon der Passagiere eine Treppe tiefer an Steuerbord drang der Schall eines unbekümmerten Männergesprächs. Die Schaufelräder ächzten und stöhnten unter den sie rundum treibenden Kolben, wie Galeerensträflinge gestöhnt haben mögen.

Aber das alles waren die Laute nicht, auf die der Kapitän so angespannt horchte, als wäre sein ganzer Leib nichts als Ohr. Nein, das Geräusch, dem auch MacReanna gleich verfiel, machte sich unbestimmter und auch – ja, unabsichtlicher bemerkbar; aber zu verfehlen war es nicht, wenn man es einmal erfaßt hatte:

Hinter der hölzernen Wand, die an Backbord die Brücke von dem Kapitänsquartier trennte, wanderten kurze Schritte auf und ab, auf und ab, rastlos wie die strudelnde Strömung, wie getrieben, wie heimlich gejagt. Unverkennbar war es der hohle, an ein Xylophon erinnernde, harte Klang hochhackiger Damenschuhe. Auf und ab, patt, patt, patt, wie ein Tier auf zierlichen Hufen im Käfig, patt, patt, patt.

Sie ahnt nicht, daß wir sie hören – fuhr es dem Schotten durch den Sinn. Beinahe, als sähen wir sie – so ist es!

Andrews Herz schlug plötzlich bis zum Hals; er mußte

schlucken. Sie scheint nicht einmal diese fürchterliche Schwüle zu merken –; wie ein zierliches Tier im Käfig –!

Gott sei Dank, da ist er wieder, der Fahrwind! Kühle fächelte neu herein, sauste und summte wieder in den Drähten und im Treppengeländer. Fortgeblasen waren die leisen, die verräterischen Laute. Corlay wischte noch einmal zwischen Hals und Kragenrand entlang, senkte den Arm, behielt das Taschentuch in der Hand und wandte sich langsam, als wäre ihm plötzlich der Nacken versteift, nach Andrew um. Andrew bemühte sich um eine unbefangene, sachlich angespannte Miene; doch konnte er gewiß nicht umhin, Corlays Blick zu erwidern. Beinahe verlor Andrew für eine Sekunde die Maske der Gleichgültigkeit, denn das Antlitz des Kapitäns war erdfahl; nicht ein Tropfen Blut schien unter der Haut noch zu verweilen; nur die Narbe am linken Unterkiefer glühte als ein roter Strich. Aus den grauen Augen stach eine nackte, eisige Drohung: du hast nichts gehört, Mann da am Ruder! Du – hast – nichts – gehört!

Andrew zog seine Fühler ein, die sich kaum hervorgewagt hatten. Um alles in der Welt: es lag ihm weltenfern, in fremder Leute Bezirke einzubrechen! Andrew ließ seine Augen wieder auf den Strom gleiten.

Was war das? Ferne voraus war mit einem Male die unruhige, gelblichgrüne Tönung der Oberfläche des Stromes fortgewischt; ein gleichmäßig eisengrauer Fleck breitete sich dort aus, als würde eine flache Mulde ins Wasser gedrückt; Schaum, Dunst, Gischt umsprühte ihre Ränder. Und dann zog sie, die silbern wallenden Muster der Strömung in sich verschlingend, rasend schnell heran, dem Schiff entgegen.

Andrew hatte den Kapitän im Nu vergessen.

»Eine Fallbö, da! Zehn Grad an Backbord!«

Corlay war in der gleichen Sekunde wieder bei der Sache. Er schrie durch das Brausen des heranfegenden Sturmwirbels: »Halten Sie die Nase gerade hinein! Wenn uns die breitschiffs packt, schiebt sie uns auf die Felsen!«

Andrew ließ das Ruder durch die Hände kreisen. Irgendwo hörte man die Rudermaschine fauchen, der in wenigen Sekunden das Äußerste abverlangt wurde. Die »Albertine« schwenkte den Bug nach Backbord hinüber – schwenkte ihn zu weit, denn da sie die Nase nicht mehr genau voraus dem Fluß entgegenstreckte, bot sie der Strömung größeren Widerstand und gewann das Bestreben, quer zum Strom zu treiben. Andrew steuerte mit aller Macht dagegen an. Es gelang ihm, die »Albertine« so weit nach Steuerbord zurückzuzerren, daß sie mit der geringsten Angriffsfläche in die Bö hineinprallte.

Wie ein Fausthieb krachte der Sturmkeil gegen das Schiff. Einen Augenblick stand es still, in allen Fugen ächzend. Dann verschlang das wahnwitzige Geheul der Windsbraut alle anderen Laute. Aus dem Unterdeck flatterten zwei rotgelbe Tücher, vom Mitteldeck ein Stapel Zeitungen hoch empor und verschwanden, wie an einer Schnur fortgerissen, achteraus.

Ein blendend grelles Licht, ein berstender, knatternder Donnerschlag unmittelbar darauf; einen Augenblick duftete es durchdringend nach Ozon. Und schon rauschte der Regen ungeheuer, eine geschlossene Wand aus Wasser; stürzte unermeßlich über das Fahrzeug herein, kaum noch eine halbe Schiffslänge voraus Sicht gewährend. Vom Verdeck der Brücke schoß das Wasser in gurgelnden Sturzbächen. Der Kapitän riß am Maschinen-Telegrafen: »Halbe Fahrt!«

»Halbe Fahrt«, antwortete es gehorsam aus der Tiefe herauf. Das Schiff stand zitternd mitten im Strom; die Maschinen machten gerade noch so viel Umdrehungen, daß die »Albertine« der Strömung standhielt.

Andrew drückte den Bug wieder sanft in den Fluß, denn der Regen versiegte schon, rauschte noch, trommelte nachgebend, sprühte, verging. Achteraus zog die bleigraue Wand davon.

»Full steam ahead!«

Himmlische Frische wogte durch die Fenster. Die Bläue des gewaschenen Himmels: so tief, so schimmernd hoch. Zwei letzte Wolkentürme darin wie üppige Blumen des Weltenraums – von der Abendsonne königlich bestrahlt; sie hatten ihre Gewitter schon verschüttet.

Der Kapitän sagte, seine Stimme war gleichmütig, sachlich:

»Sehen Sie die Hütte dort? Wo die zwei hohen Palmen wie ein X gegeneinander stehen? Das ist Diu, unser Liegeplatz für heute nacht! Wenn wir angelegt haben, werden wir sofort unser Kesselholz ergänzen. Der Ingenieur wird Ihnen Bescheid sagen. Stellen Sie genau die Menge fest, die wir an Bord nehmen. Achten Sie jetzt darauf, mit welchem Manöver ich das Schiff an den Landeplatz bringe. Muata zum Loten an den Bug, Loto hierher für alle Fälle!«

Er drückte auf den Klingelknopf.

MacReanna zählte die Stapel Brennholz, die an Bord geschleppt wurden; die Moskitos fraßen ihn beinahe auf.

Bei voller Dunkelheit ging der Kapitän mit einer hellgekleideten Dame von Bord; er half ihr achtsam über den schmalen Laufsteg.

Wann das Paar wieder zurückkehrte, hätte Andrew nicht anzugeben vermocht. Er schlief wie ein Toter, mochte auch unter seinem Moskitonetz die Luft schwer und dicht lagern wie Watte.

VI

Der aus dem Innern des Kontinents südwestwärts drehende Kongo erreicht die Berge oberhalb des Stanley-Pfuhls etwa bei der Siedlung Tschumbiri. Das Land ist alt. Der Strom nagt lange schon an seiner Rinne durch das Gebirge; die Schnellen und Fälle, die hier einmal bestanden haben müssen, sind schon von der unablässig schürfenden Strömung fortgeräumt – anders als bei dem Durchbruch des riesigen Gewässers durch die Kristallberge unterhalb des Stanley-Pfuhls, wo die unvorstellbar ungeheuren Wasserberge über zweiunddreißig verschieden hohe Stufen dem Meere entgegenstürzen.

Zwischen Tschumbiri und dem Pfuhl überragen die Talwände den eingeengten Strom zuweilen hoch wie Domtürme; in dem zwanzig und mehr Meter tiefen Bett gleitet der riesenhafte, oben abgeflachte Leib der Urweltschlange Kongo unwiderstehlich und rastlos zu Tal. Das gewaltige Tier beachtet nicht die wenigen Dampfer und vorwitzigen Boote, winziges Gewürm nur, das auf seiner Oberhaut mühsam und tollkühn zugleich hinauf und hernieder gleitet; aber ebenso achtlos wischt es die Schiffe wie lästiges Ungeziefer zuweilen von seinem Leibe.

Wenn MacReanna, mit Vornamen Andrew, von den schottischen Inseln stammend, wo alle seine Vorfahren in einer ewigen Auseinandersetzung mit der hohen See gestanden und jeder zweite oder dritte, so er männlichen Geschlechts gewesen, sein Leben dabei verspielt hatte – wenn also dieser in das innerste Innere eines meerfern brütenden Erdteils voll von Bergen und Ebenen, Urwäldern, glutheißen Steppen und fahlen Wüsten verschlagene Kelte in seinem Salzwassergemüt vielleicht noch bis dahin das heimliche Vorurteil gehütet hatte, daß die Flußfahrt, verglichen mit der Seefahrt, im Ernst kein Geschäft wäre, eines Mannes und seiner Kühnheit und Zähigkeit würdig – wahrlich, dieser Andrew von den Inseln wurde schon in den ersten Tagen, seit er auf der »Albertine«, Doppel-Heckrad-Dampfer, Kapitän John Corlay, 450 Tonnen, 2 Meter Tiefgang, den Hafen von Léopoldville stromaufwärts verlassen hatte – in der Tat: Andrew MacReanna wurde eines Besseren belehrt!

Mag die See ein Weib sein, ein herrisches, launenhaftes, spielerisches – dieser Strom war ein reißendes Tier. Gab es nicht auf See viele Stunden, manche Wachen, ja ganze Tage, an denen Mac eigentlich nur auf der Brücke spazierengegangen war? Der Dampfer schaukelt seinen schnurgeraden Kurs auf tiefem Wasser; klare Sicht weithin – die Sonne scheint – fliegende Fische schwirren aufs Deck – die Mannschaft pinselt an den Aufbauten und singt, wenn sie sich nicht vor lauter Schönwetter langweilt. Wird ein Hafen angelaufen und drohen in der Flußmündung unbekannte Strömungen, so steigt rechtzeitig ein ortskundiger Lotse an Bord und geleitet das Schiff sorgsam an seinen sicheren Liegeplatz.

Der Kongo dagegen lag immer auf der Lauer. Selbst wenn er

nicht mit unvorhergesehenen Tücken, wie einem irgendwo festgetriebenen und verkeilten Baumstamm, einer plötzlich verlegten Fahrrinne, einer unvermutet aufgespülten Sandbank, aufwartete oder einem Unterwasserfelsen, den nur deshalb noch keiner vermerkt hatte, weil noch kein Schiff darauf aufgelaufen war – denn die Schiffe mochten bis dahin einen anderen der vielen Arme des Stromlaufs benutzt haben –, selbst wenn der Strom reichlich Wasser führte und doch kein verderbliches Hochwasser, wenn nur sanfte, duftgeladene Brisen die kreiselnden, wandernden Wassertafeln fächelten, wenn an Steuerbord und an Backbord sich genügend Raum zu den Ufern dehnte, daß die »Albertine« gut dreimal hätte mit bequemem Radius wenden können – selbst dann durfte der Mann auf der Brücke des Schiffes dem Strome nicht trauen.

Denn überall, immer und ungewiß umfluteten von den Seiten und von unten her die ziehenden, saugenden Stränge und Flechten der Strömung den Schiffsleib. Und der Mann da oben auf der Brücke, dem sich kleine Gebirge von Frachtgütern und ein Schwarm von Menschen eigentlich unbegreiflich sorglos anvertraut hatten, durfte seine Augen nicht mehr als ein paar Atemzüge lang von der rastlos heran-, vorbei- und von dannen wallenden Oberfläche der Strömung abgleiten lassen; denn die rollenden Wasser spielten ihre hintersinnigen Tricks stets gerade dann aus, wenn die Achtsamkeit des Widersachers auf der Kommandobrücke für Sekunden erlahmt war – und um stets neue, raffinierte Schliche und Anschläge war der große Kongo nie verlegen. Hundertmal sagte sich in diesen ersten Tagen MacReanna von den Inseln: hier habe ich keine tausend Faden Wasser unter dem Kiel – und wie das Strombett auf dem Grunde unter mir gestaltet ist und welche Wirbel und Strudel es der Strömung mitteilt, das weiß ich nicht.

Was tief – oder oft nur allzu dicht – unter der weich und wirr wallenden, wandernden Fläche des Wassers verborgen war und dem Schiff gefährlich werden konnte mit plötzlichem Zustoß und splitterndem Riß – das glaubte Andrew anfangs ebensowenig ahnen zu können, wie er sich vorzustellen vermochte oder auch nur versuchte, welche Untiefen wohl die leise, aber ständig federnde Unruhe hinter der hölzernen Trennwand an der Backbordseite der Brücke verbergen mochte. Als strahlte ein seltsamer, nicht faßbarer Unfriede durch die Wände vom Kapitänsquartier auf die Brücke hinüber – so war es! Sobald Andrew morgens die Brücke betrat, umfing ihn dies unsichtbare, aber bis tief ins Hirn und ins Herz spürbare Spannungsfeld. Und als er nach ein paar Tagen auch noch merkte, daß der rückwärtige Teil seiner Kabine, in dem sein Bett stand, unter den vordersten Backbordraum des Kapitänsquartiers reichte und daß man mancherlei durch das hölzerne Deck, wenn auch nur undeutlich, vernehmen konnte, da hatte sich jenes unmeßbare, aber dennoch unerhört wirkliche Spannungsfeld so weit gedehnt, daß es nun auch noch Andrews Quartier mit in sich einbezog – insbesondere des Nachts, wenn die Schaufelräder ihre gewaltsam rauschenden Riesenwellen nicht mehr zu drehen brauchten.

Aber was ging es ihn an! Er war nichts als Lehrling auf diesem Schiff mit den zwei dünnen, qualmenden, nebeneinandergestellten Schornsteinen, und er hatte viel zu lernen. Ihn ging es wirklich nicht das geringste an, was hinter der Wand leise und heftig sich abspielen mochte. Noch hatte er seinen Sinn und Willen auf gar nichts anderes gerichtet als nur darauf, die Ränke des Stroms zu ertasten. Noch schien ihm nichts weiter erstrebenswert, als jenen Instinkt zu entwickeln, der ihm die Listen des großen Tieres schon im voraus verriet. Der Kapitän besaß diesen sechsten Sinn in einem fast unheimlichen Maße.

Auch war Andrew des Abends so müde, wenn ihn der Dienst endlich entließ, daß er wie ein Stein im Teich auf den Grund des Schlafes sank, sobald er seine Tabletten hinuntergespült und sein Moskitonetz rundherum unter der Matratze mehr oder weniger sorgsam festgestopft hatte.

Auf der Brücke also, wo niemand weiter Zeuge war oder zuhörte – es sei denn ein unsichtbarer Lauscher hinter der Holzwand –, war MacReanna nichts weiter als Lehrling – und es blieb ihm nichts erspart, was das Dasein eines Lehrlings zur Qual macht;

selbst dann zur Qual macht, wenn er von dem Lehrmeister liebreich behandelt wird. Und MacReanna wurde nicht einmal liebreich behandelt.

Außerhalb der Brücke aber hatte Andrew die zahlreichen Pflichten und die wenigen, leider recht belanglosen Rechte eines Ersten Offiziers übernehmen müssen. Auch in dieser Hinsicht ersparte der Kapitän seinem Gehilfen keine Erfahrung, keine praktische Bewährung. Corlay war unerbittlich; er wußte alles, und jedes stets zur rechten Zeit, was auf dem Schiffe vorging, vom untersten Aschenkasten an den Kesseln bis zu dem großen Scheinwerfer und dem dünnen Mast über der Kommandobrücke. Er verließ sich auf niemand anders als sich selbst, prüfte jede Kleinigkeit, ließ nie auch nur den geringsten Fehler durchgehen, ohne ihn festzunageln und zu rügen, und nahm auch scheinbar alberne Nebensachen zum Verzweifeln wichtig. Andrew sagte sich, daß sich ein Kapitän auf diesem Schiff, auf dem er ständig seine Autorität gegenüber Farbigen durchzusetzen hatte, nicht anders geben und verhalten durfte. Die Reederei wußte schon, was sie tat, wenn sie ihre Kapitänsanwärter zu Corlay in die Lehre schickte.

Aber schließlich war er, Andrew MacReanna, doch kein Farbiger, war doch, in gewisser Hinsicht, ein Gleichberechtigter, ein späterer Kollege des Kapitäns. Warum konnte Corlay seine Belehrungen nicht kurz und sachlich von sich geben?

Statt dessen:

Kapitän: »Wir sind seit zwei Tagen aus dem ›Kanal‹ heraus, falls Sie es noch nicht gemerkt haben sollten, MacReanna! Das Couloir reicht nur bis Tschumbiri. Die Flußpferdinsel haben wir auch schon passiert, den tiefsten Punkt des Beckens. Ich hoffe, Sie wissen, was das bedeutet?«

MacReanna: »Wir haben kein tiefes Wasser mehr unter dem Kiel.«

Kapitän: »Kiel –! Ha! Kiel! Unsere brettflache Kiste hat keinen Kiel! Keine Spur davon! Das zum ersten! Und zum zweiten steuern Sie leider so, als ob wir zwanzig Faden Wasser unter dem Bauch hätten.«

Andrew tastete mit den Augen abermals die glatte Wasserfläche voraus sorgfältig ab, ob sie ihm irgend etwas Verdächtiges verriet. Hier und da kräuselte der sanfte Frühwind den breiten glänzenden Spiegel; aber sonst vermochte er beim besten Willen keine Andeutung einer Gefahr zu entdecken. Verzweifelt rekapitulierte er alle die Regeln, die er sich schon eingeprägt hatte; aber keine wollte auf das friedliche Bild vor seinen Augen passen. Er war natürlich drauf und dran, irgend etwas falsch zu machen, ohne zu ahnen, was. Er wußte, was nun kommen mußte; – da kam es schon:

Kapitän, in gleichgültigem und zugleich verächtlichem Ton: »Wenn Sie, mein Herr mit Hochsee-Patent, noch weiter auf den gelockten Wasserfleck dort zuhalten, sitzen wir in zwei Minuten hoch und trocken fest und können uns als Schiffbrüchige etablieren.«

Kapitän macht eine Pause von einer Sekunde und fährt eisig fort: »Halten Sie auf drei Strich an Steuerbord an dem Flecken vorbei, Haben Sie keine Augen im Kopf? Sandbank, höchstens zwei Fuß unter Wasser! Tiefes Wasser ist dort! Mindestens drei Meter! Vollkommen deutlich! Sie steuern uns freundlicherweise auf die Sandbank!«

MacReanna drehte am Ruder; das Schiff gehorchte willig in der seit zwei Tagen um so viel sanfteren und gleichmäßig schleichenden Strömung. Der Dampfer wich in gestreckter Kurve der verborgenen Untiefe aus und zog dann weiter und stieg stromauf. Andrew sah es nun selbst: die Riffelung über jener gefährlichen, verborgenen Bank war wirklich »bouclé«, gelockt, zu nennen; diese ausgefallenen französischen Ausdrücke bereiteten Andrew nach wie vor nicht geringe Schwierigkeiten, und er erfaßte ihren Sinn immer erst dann, wenn ihm der Befehl unerwartet wie ein Knüppel zwischen die Beine geworfen wurde. Wo nur der Wind aufs Wasser traf, da »kräuselte« es sich, »lockte« sich aber nicht. Und dann: die Kräuselungen wanderten bald hierhin, bald dorthin, wie die Launen der Brise es wollten; jene gefahrverkündenden, eigenwilligen Locken verharrten stets auf der gleichen Stelle.

Seit sich die »Albertine« nicht mehr langsam und keuchend die enge Furche des Couloirs stromauf bemühte, seit nicht mehr wie zwischen den blaugrünen Bergen des »Kanals« die Strömung ihr bestienhaft zerrendes, tosend raunendes Geplänkel um den Leib des Dampfers tanzen ließ und MacReanna das Schiff nicht mehr gegen deutlich fühlbare Gewalten und Kräfte zu behaupten und am Kurse zu halten hatte, war ihm die letzte Brücke der Erinnerung an die hohe See unter den Füßen zerfallen. Die Berge hatten ihn wohl noch an Meeresküsten, die herrische Strömung an Brandung, Sturm und Ozeandünung gemahnt. Jetzt aber rauschte der Dampfer durch eine unbeschreiblich andere, mit keinem früheren Bilde vergleichbare Welt: die unabsehbare Regenwaldküste im Innersten des dunklen Erdteils. Träge zerfloß der Strom in viele Arme, als wüßte er noch gar kein Ziel. Manchmal war auch hier Strömung zu spüren; aber gemach nur wanderte sie unter den grünen Wälderwänden dahin, wie selbstvergessen, zufällig nur und traumverloren, aus den Urgründen dieser grünen, höllenschwülen Paradiese eben erst geboren.

Die Hochwasserwoge, die unter dem Dampfer hinweg den »Kanal« hinunter meerwärts gezogen war – hier war sie schon abgeflossen, und der große Kongo lahmte stockend, knapp noch Mittelwasser führend, durch hundert müde Gassen südwärts, ein schläfriger Schlagetot. Seine Wasser lebten nicht mehr, wallten nicht mehr von innen her; ihr gieriges, rastloses Strudeln – hier auf dem Boden der gewaltigen Schüssel des innerafrikanischen Beckens war es erstickt. Wie Spiegel glatt dehnten sich oft die Wasser, und wo ihnen wirklich Bewegung innewohnte, da vollzog sie sich heimlich unter dem gleißend polierten Metall der Oberfläche. Schilfinseln segelten ganz sachte vorbei oder ein Baumstamm, im Wasser halb verborgen, blank gerieben, ohne Rinde, gleich einem toten, auf dem Rücken gondelnden, riesenhaften Krokodil, das nach dem vielen Fraß seines Daseins nun in allmählichem Gefressenwerden die gelblich-weiße Unterseite der erbarmungslosen Sonne zukehrte. MacReanna hatte mit sonderbarem Abscheu eine solche tote Echse treiben sehen, als die »Albertine« oberhalb von Tschumbiri aus den Bergen ins

Flachland vordrang und jenen Gürtel üppiger Baumsavanne durchquerte, der erst zwei Tagereisen weiter stromauf etwa bei Lukolela sein Ende findet.

Der Kapitän schien den großartigen Wechsel der Landschaft an den Ufern des Stroms nicht oder nicht mehr wahrzunehmen. Mit einem wie gebannten, feindseligen Mißtrauen beobachtete er den Strom vor dem Bug seines Schiffes. Daß MacReanna, der diese glühende Welt zum ersten Male erlebte, zuweilen die Blicke abschweifen ließ, um die Wunder einzuheimsen, die an Lianen über den Ufern schaukelten, sich durch das Blattwerk der himmelhohen Urwaldriesen schwangen, auf den gelben Sandbänken im Strom sich märchenhäßlich sonnten – solch ein Abgleiten der Aufmerksamkeit schien der Kapitän überhaupt nicht zu begreifen. Er machte auch nie den Versuch, MacReanna irgend etwas zu erklären, was nicht unmittelbar mit dem Verhalten des Stroms oder der Navigation zusammenhing. Zusammenstöße zwischen den beiden Männern, die Stunde für Stunde miteinander allein auf der Brücke standen, waren unter solchen Umständen fast unvermeidlich.

MacReanna mochte es sich nun eingestehen oder nicht: es wurmte, ja es peinigte ihn bitter, daß es ihm nicht gelingen wollte, auch nur ein einziges Wort der Anerkennung aus John Corlay hervorzulocken. Wie er sich noch nie in seinem Leben bemüht hatte, so bemühte sich MacReanna nun, die Listen und Finten des tückischen Riesendrachen, der das Schiff auf seinem Rücken trug, rechtzeitig zu erkennen und ihnen Schach zu bieten. Kaum jemals brauchte der Kapitän dem Schotten eine Erklärung oder Anweisung zweimal zu erteilen. Da Corlay jede seiner Lehren dem wehrlosen Untergebenen mit einer gehörigen Dosis Pfeffer in die empfindliche Haut rieb, ging keine davon verloren.

Andrew spürte undeutlich, daß Corlay häufig erstaunt war, wie schnell sein Lehrling begriff, worauf es ankam. Aber das bewog den Kapitän nicht nur nicht zu einem freundlichen Wort oder auch nur zu einer beifälligen Geste, sondern schien den kalten, freudlosen Mann nur noch unfreundlicher zu stimmen, wenn er dem Manne am Ruder ein weiteres Fetzchen seines Wissens und seiner Erfahrung preiszugeben hatte.

Manchen Abend knirschte MacReanna mit den Zähnen, wenn er in seiner heißen, schwülen Koje lag und der Schlaf auf sich warten ließ wie eine allzu dringlich ersehnte Primadonna, anstatt sich dem gewöhnlich bis in die letzte Faser und den feinsten Nerv erschöpften Manne zu gesellen, knirschte und murmelte wohl: »Könnte mir gelegentlich ein anerkennendes Wort gönnen! Und sollte seine Stimme mäßigen, wenn er mich schon anpfeift!«

Das war es! Da saß ihm nämlich eigentlich der Dorn im Fleisch: Anpfiffe war MacReanna gewohnt; auf See pflegt man sich nicht mit Glacéhandschuhen anzufassen. Aber auf See gab es keine fremden Ohren, die mit anhörten, wie man abgekanzelt wurde; dort blieben die Scheltworte sozusagen »unter Männern«.

Auf der »Albertine« lagen die Dinge anders. Nie wurde Andrew das Bewußtsein los, daß hinter der dünnen, hölzernen Trennwand ein weibliches Wesen saß und lauschte. Andrew fing oft genug verstohlene Geräusche auf, die ihm die Anwesenheit einer dritten Person in seinem Rücken verrieten. Aber sich umzudrehen, wagte er nach wie vor nicht, solange der Kapitän neben ihm stand. Eine harmlose Frage zu stellen, war erst recht unmöglich. Der Kapitän verhielt sich so, als gäbe es außer dem Schiff, der Navigation und dem Kongo nichts weiter auf der heißen Welt. Mit einer Frage in private Bezirke vordringen zu wollen, schien ganz undenkbar.

Andrew sagte sich zuweilen: irgendwann wird er ja wohl nicht drum herumkommen, mich mit ihr bekannt zu machen. Der Kapitän schien diese Meinung keineswegs zu teilen. Was hinter der weißen Gittertür »Kapitän. Privat. Kein Zugang« lag, was sich hinter der Holzwand an Backbord verbarg, das war tabu – das gab es nicht, solange das Schiff den Strom durchfurchte; und wenn es abends vor seinen festen Leinen am Ufer stille lag, dann hatte Andrew auf der Brücke nichts mehr verloren. – Ein einziges Mal hatte Andrew den Versuch gemacht, sich abends auf der Brücke niederzulassen. Dort war es sicherlich sehr viel eher luftig und frisch als in seiner Kabine auf dem Mitteldeck, aus welcher die Hitze des Tropentages sich gewöhnlich erst nach Mitternacht verzog. Aber der Kapitän hatte die Schritte MacReannas auf der Brücke sofort vernommen; er tauchte hinter dem Gitter an Steuerbord auf und heftete seine Augen unverwandt auf den Schotten, ohne eine Miene zu verziehen oder ein einziges Wort zu äußern. Andrew ließ es darauf ankommen und sagte zu Saka, der ihm die Treppe herauf gefolgt war: »Ich glaube, du stellst mir den Liegestuhl am besten hier dicht an die Reling, Saka!«

Der Schwarze gehorchte eilig und verschwand, als wäre ihm der Boden unter den Füßen heiß geworden.

Ehe MacReanna sich in den Stuhl sinken ließ, verleitete ihn seine Unsicherheit, es noch einmal auf menschliche Weise mit Corlay zu versuchen: »Sie haben hoffentlich nichts dagegen, Kapitän, daß ich mich ein wenig hier ausstrecke? Es ist noch entsetzlich heiß und drückend in meiner Kammer.«

Es schien dem Kapitän schwerzufallen, die zusammengepreßten Lippen voneinander zu lösen; er knarrte schneidend: »Merkwürdige Schiffe müssen es gewesen sein, auf denen Sie gefahren sind –! Soweit ich weiß, ist es nicht üblich, die Brücke als Promenadendeck zu benutzen.«

MacReanna gab den ungleichen Kampf ohne weiteres auf und stapfte die Treppe wieder hinunter. Natürlich mußte das die Frau mit angehört haben! Dem Schotten wurde es heiß unter dem Hemdkragen.

Sonderbar: Andrew verfiel keinen Augenblick auf den Gedanken, die Frau des Kapitäns könnte vielleicht damit einverstanden sein, wie sich der Herr und Gebieter dieses lächerlichen Kongodampfers benahm; ein solcher Gedanke hätte doch nahegelegen –?

Woher Andrew wußte, daß die Frau des Kapitäns das Verhalten ihres Mannes nicht billigte, das machte er sich nicht klar, hätte es auch nicht anzugeben vermocht. Andrew wußte sogar noch mehr: es bereitete ihr Pein, der Frau da hinter der Bretterwand, wie der Kapitän den Allmächtigen spielte, den Allwissenden, den großen Könner und Fachmann, wie er den steinern

Sachlichen, den boshaft Überlegenen herauskehrte. Ja, sie war es leid, die Frau da auf dem Kapitänsdeck mit dem leichten Schritt, von der Andrew MacReanna, obwohl er nun schon zwei Wochen lang zehn, zwölf Stunden lang am Ruder stand und den Strom voraus abtastete, den gleißenden, daß ihm die Augen schmerzten, ach – jene Frau, von der Andrew bisher nichts weiter wahrgenommen hatte als den Schatten, als den Nachhall ihres Schrittes, als den vagen Umriß der Gestalt, wenn sie an größeren Stationen mit dem Kapitän abends an Land ging; stets aus der Ferne sah er sie dann, während er im Halbdunkel der Uferbäume die Klafter Holz abzählte, die von den Kesselnegern mit näselndem, stöhnendem Singsang über die wippende Planke an Bord geschleppt wurden.

In der Tat: es erbitterte den Schotten viel heftiger, daß eine Frau ständig Zeuge davon war, wie er eine Demütigung nach der anderen einstecken mußte, als daß er überhaupt bösartig und oft genug ungerecht getadelt wurde. Heimlich jedoch und ohne daß es ihm deutlich zum Bewußtsein kam, wuchs in ihm die Genugtuung; sie ist nicht damit einverstanden; es ist ihr peinlich; sie steht – jawohl, er spricht es ruhig aus, er glaubt es doch genau zu spüren –: sie steht auf meiner Seite! Nicht auf der ihres Mannes –!

Hatte er nicht mehr als einmal verhaltenen Unfrieden hinter der Holzwand vernommen? Zwar waren niemals einzelne Worte oder etwa ganze Sätze zu verstehen gewesen; auch wurden die Stimmen niemals über das Alltägliche hinaus laut; wer sie nur einmal oder zum erstenmal so hinter der Trennwand vernahm, der mochte sich kaum bewogen fühlen, aufzuhorchen. Doch Andrew wußte es schon, noch ehe er diese Erkenntnis bewußt zu formen vermochte: zwischen den beiden ist ein endloser, liebloser Streit, ein geheimer Hader im Gange.

Die beiden schienen unter sich nur englisch zu reden; das erriet Andrew aus dem unverkennbar englischen Tonfall ihrer Gespräche, der sich von den klingenden Läufen des Französischen so deutlich unterscheidet. Warum durfte auf dem ganzen Schiff nur französisch gesprochen werden, während der Kapitän selbst –?

Verstand vielleicht die Frau kein Französisch –? Oder behielt sich der verrückte Corlay das Englische als »Privat«-Sprache, die nur hinter dem »Privat«-Gitter gesprochen werden durfte, ausdrücklich vor?

Wenn die beiden sich hinter der Holzwand stritten – stritten, Andrew? Ja, natürlich, stritten! Man kann sich auch streiten, ohne die Stimme zu erheben; oder etwa nicht? – Dann wollte es Andrew scheinen, als schwänge auch nicht mehr der leiseste Nachklang einst gewesener Vertrautheit, Liebe oder Zärtlichkeit in den hin und her prallenden Sätzen, den verstohlen zustoßenden Worten.

Gestern erst hatte MacReanna hinter verschlossener Gazetür unter seinem Moskitonetz gelegen – nackt natürlich, um der Haut auch nicht den bescheidensten Anhauch von Kühle zu verwehren, der durch die offenen Fenster wehen mochte –, und der Schlaf hatte sich von keinen Bitten erweichen lassen, durch die Maschen vor der Tür, an den Fenstern, um das Bett hereinzuschlüpfen. So viel hemmende Gaze aus Draht und Zwirn mochte ihm nicht behagen. Andrew war todmüde; auch glühte sein Körper kaum noch; alle seine Muskeln und Nerven ächzten und bettelten um Schlaf. Aber die Trommeln draußen am Uferdamm, zweihundert Schritte stromab, träufelten ihm ihre zerrenden Rhythmen unermüdlich in die Ohren und zerhämmerten ihm leise, aber bestimmt jede Bereitschaft zur Ruhe.

Es war Vollmond in dieser Nacht; in den Dörfern der Basoko am Ufer unter den schweigenden, schweren Wänden des Urwaldes loderten dunkelrot große Feuer, und die Trommeln pulsten dumpf, als schlüge darin das Herz der nächtlichen, lianenverhangenen, schwülen Tropenwildnis – und als wären es nicht die zuckenden, langfingrigen Hände behexter Schwarzer vom Stamme der Basoko – von den eigenen Synkopen behext –, die den straffgespannten Tierfellen über den Trommelbäuchen die unermüdlich davonkollernden Töne entlockten.

MacReanna war seinem Saka, der ihn aufgeregt für die Nacht um Urlaub gebeten hatte, für eine Weile gefolgt, nachdem er endlich den letzten Rundgang durchs Schiff gemacht und alles für die Nacht verwahrt, bewacht und vertäut gefunden hatte.

Die träge flackernden Flammen sogen aus groben Kloben alten Holzes rotes Leben; sie tauchten die schweißblanken Leiber der Tänzer und Tänzerinnen in ein unsicher düsteres Licht. Die Glieder zuckten hölzern und sonderbar pendelnd im stoßenden, eintönigen Takte der Trommeln, als wären sie nicht aus Fleisch und Blut, sondern gehörten Gliederpuppen an und hingen in blechernen Scharnieren. Dabei sangen die Tanzenden im Rhythmus des Paukenorchesters, und die Zuschauer klatschten und stampften den Takt: hoo – sokosoko – se – se; hoo – sokosoko – se – se; immerwährend, ohne jemals einzuhalten: hoo – sokosoko – se – se; so oder ähnlich klang es MacReanna in den Ohren.

Während Andrew stand und horchte und starrte, die Dünste der vielen schweißtriefenden, braunen Leiber ihn wie eine schwere Wolke umwogten, die Glanzlichter rot über zuckende Muskeln, schwingende Hüften, bebende Brüste hüpften – während der große Mond sein bleiches Feuer in einer zitternden Silberbahn über den Kongo schleppte (der sich so breit hier dehnte wie ein Meeresarm, dem die Ebbe davonläuft) –, während die Trommeln mit ihren hetzend gedehnten und hastig zögernden Takten an die dünne Haut seiner Schläfen klopften, daß ihn das schrille Keckern eines irgendwo erschreckten Nachtaffen so heftig zusammenfahren ließ, als träfe ihn ein Stich – während alldem kam es MacReanna mit einem Male so vor, als sei die ganze nächtliche Welt von diesem irre eintönigen »hoo – sokosoko – se – se« verschlungen und aufgesogen, eingeschluckt. Der Boden dröhnte, der Staub wölkte; wie besessen schrie einer auf und stürzte. Eine ungeheure Erregung schüttelte den Schotten plötzlich; eine fliegende Hitze fuhr ihm in die Haut, als stände er nackt vor einem Riesenbrand. Erschrocken über sich selbst hatte er sich gewaltsam gewandt und war – geflohen. Geflohen – anders konnte man es nicht nennen; er nannte es selbst mit diesem Wort.

Auf dem Schiff – über dem Maschinendeck – in seiner Kabine – hinter doppelter Gaze fühlte er sich sicher. Aber sobald er die Augen schloß, tanzte vor seinen Lidern rotes Licht über schweißnasse Rücken und wogende Hüften. Und die Trommeln drangen ihm aus der Ferne ins Hirn, in die Haut, in die Adern. Andrew legte die flache Hand in seine Seite; die Haut war von außen ganz kühl und trocken; aber darunter! Darunter brannte es.

Schritte kamen das Deck entlang, schwere und leichtere, schwollen an und an seiner Tür vorbei und stiegen die Treppe hoch: der Kapitän und seine Frau kehrten von ihrem Landausflug zurück. Der Schall der Schritte verging für einige Sekunden, in denen die Trommeln wieder die Herrschaft antraten, klang dann abermals, wenn auch dumpfer, über Andrews Kabine auf. Den beiden da oben war es offenbar noch zu früh oder zu heiß zum Schlafengehen. Stühle schurrten. Sie haben sich gleich hinter der Trennwand niedergesetzt, dachte Andrew.

Das Schiff lag stille nun. Die schwarzen Passagiere, soweit sie nicht zum Tanz ins Basokodorf gegangen waren, schliefen schon – und ebenso schliefen die weißen Passagiere, soweit es ihnen nicht ähnlich erging wie MacReanna: daß nämlich die Trommeln sie nicht schlafen ließen.

Der große Strom aber, der in den flachen Ebenen des innersten Afrika nur sachte hinkriecht, in viele breite Arme sich spaltend, als wollte er das Meer vortäuschen, das hier vor alters seine Wogen träumerisch bewegt hat – der große Strom schlich katzenleise an den Schiffswänden entlang, ohne sich ein Geräusch zuschulden kommen zu lassen, und sei es nur ein mattes Glucksen. Manchmal sprang ein Fisch aus dem Wasser und fiel mit einem ungebührlichen Klatsch, der die fort und fort quellende Stille seltsam fremd für einen Augenblick zerstörte, wieder in sein dunkles, auch bei Nacht noch träge lebendiges Element zurück. Dann zerklirrte der Silberspiegel des Mondlichts auf dem Wasser lautlos in hundert blitzschnell davonspringende Scherben, die aber schnell von der Tiefe verschluckt wurden; und gleich war die blankpolierte Bahn des Nachtgestirns wiederhergestellt.

Von diesen nächtlichen Zauberspielen nahm Andrew nichts wahr; er lag bewegungslos in der lichtlosen Gruft seiner Koje und horchte.

Die beiden großen Schaufelräder am Heck, deren gewaltsam

angetriebenes Rauschen sonst die bescheideneren Geräusche überdeckte – und das sind fast alle –, ruhten nun, tropften nicht einmal mehr nach, sondern trockneten schon – von den drei, vier Schaufeln abgesehen, die gerade ins Wasser hinunterreichten. Andrew hatte bis dahin noch nicht erfaßt, daß er des Nachts, wenn alles still war, vernehmen konnte, ob über seiner Kabine ein Gespräch im Gange war. Was gesprochen wurde, verstand Andrew nicht, nur daß und wie gesprochen wurde, drang an sein Ohr.

Die Trommeln in der Ferne holten ein paar Minuten lang Atem – was selten ist in solcher Vollmondnacht. Noch deutlicher war jetzt das leise Murren der Stimmen über Andrews Kammer zu vernehmen. Rede folgte auf Widerrede; es klirrte so viel Bitterkeit in den unverständlichen Sätzen, daß dem lauschenden Schotten ein kalter Schauer über die bloße Haut lief. Andrew zog sich das Leintuch über die Brust.

Stahl sich nicht ein bittender Klang in die Stimme des Mannes? So unglaubhaft schien es – es war doch der Kapitän, der da sprach –, daß Andrew, um besser hören zu können, sich halb aufrichtete. Ja, er täuschte sich nicht: nicht nur ein bittender – ein fast schon bettelnder Ton war unverkennbar. Der Mann kann also auch –, selbst also der Kapitän muß zuweilen –

Andrew MacReanna kam nicht dazu, den Gedanken zu Ende zu denken, denn plötzlich wurde über seinem Lager ein Stuhl zurückgestoßen. War es nicht, als stampfte ein Fuß auf? Schnelle, leichte Schritte entfernten sich; eine Tür auf der Steuerbordseite fiel hart ins Schloß. Stille dann, vollkommene, atemlose Stille!

Andrew ließ den Kopf wieder auf sein hartes Kissen zurücksinken. Ein unbestimmtes Mitleid flatterte auf: der Kapitän –: er hockt nun da oben über dem nächtlichen, mondbeglänzten Kongo, den er so sicher zu beherrschen glaubt – totenstill, allein!

»Nein!« sagte Andrew halblaut ins Dunkel. Was er eigentlich verneinte, wußte er nicht recht. Wollte er ablehnen, sich in die Schicksale anderer Leute zerren zu lassen? Was ging es ihn an, ob sich der Kapitän und seine Frau miteinander stritten! Er hatte auf diesem Schiff »den Strom zu lernen«, weiter nichts. Und der

Kapitän verstand sich auf sein Handwerk, und man konnte in seiner harten Schule alles lernen, was man brauchte. Aber Mitleid–? Nein, Mitleid verdiente dieser Lehrmeister nicht; er hätte wohl auch keines erwartet. Nein, wenn hier einer Mitleid verdiente, dann war es jemand anders.

Die Trommeln hatten in der Ferne einen neuen Gesang angestimmt, in einem jagenden, aber immer wieder nach wenigen Takten zerrend zögernden Rhythmus, so daß stets ein wenig der Atem stockte, ob das Lied sich auch fortsetzte; ja, es setzte sich fort; brach gleich darauf abermals in die hetzenden Wirbel aus.

Andrew hatte den neuen Anfang der Trommeln zunächst nicht wahrgenommen; er horchte noch nach oben; dort rührte sich nichts; dort hockte also der Mann mit den kahlen grauen Augen und der Narbe am linken Unterkiefer in seinem Stuhl und starrte zu den schattenschwarzen Wälderwänden hinüber, die den Wasserarm am anderen Ufer begrenzten, hockte in seinem Lehnstuhl und bewegte sich nicht; die Fältchen um die Augen und die roten Äderchen darin – hockte über dem lautlos gleitenden Kongo, trostlos und einsam.

Allmählich vertropften die pulsenden Trommeln ihre Kraft – wie aus einem kranken, überhetzten Herzen pulsend –, ihre bebende Unrast versiegte zögernd. Andrew wälzte sich auf die Seite, halb schlafend schon. Er wußte nicht, als ihm am nächsten Morgen unbestimmt der Kiefer schmerzte, daß er die halbe Nacht mit den Zähnen geknirscht hatte.

In den späteren Stunden jenes Abends übrigens, an dem MacReanna mit seinem Deckstuhl von der Brücke verwiesen worden war, hatte er sich vor lauter Ärger und in der Unlust, sich sofort in seine stickige Kabine zurückzuziehen, mit einem der Passagiere in eine Unterhaltung eingelassen. Sonst hatte er in den ersten zwei Wochen die Gesellschaft der weißen Fahrgäste gemieden; er war froh, daß er sich allmählich an die Sprache des Kapitäns gewöhnte und ihm das einfache, wortarme Französisch der Schwarzen kaum noch Schwierigkeiten bereitete.

Vielleicht war das Französisch, in welchem der Kapitän seine

Anweisungen erteilte, doch von dem Englischen gefärbt, das er in seinem privaten Dasein hinter der hohen Holzwand allein zu benutzen schien – MacReanna verstand ihn wenigstens viel besser, als er die nur französisch redenden Passagiere verstand, deren klirrende Passagen ihm zuweilen ihren Sinn ganz und gar verbargen. Außerdem war er so pausenlos und angestrengt mit dem Schiff und seiner Aufgabe beschäftigt, daß ihm an holperigen Gesprächen mit Fremden gar nichts lag.

Als er aber an jenem Abend die Treppe von der Brücke herniederstapfte und vor lauter hilflosem Zorn am liebsten irgend etwas zerschlagen hätte, lief Andrew gerade einem Passagier in die Arme, der – wenn ihn nicht alles täuschte – schon einige Male versucht hatte, sich mit ihm bekannt zu machen. Der beleibte, aber trotz seines Fettes leicht bewegliche Mann hatte sich offenbar auf dem Mitteldeck ein wenig die Beine vertreten; er fragte: »Immer noch nicht Feierabend? Haben Sie selbst noch in der Dunkelheit da oben zu tun?«

Der Ärger verleitete den Schotten zu dem Bekenntnis: »Ach was! Feierabend habe ich längst. Wollte mich bloß da oben ein wenig lüften. Ich störe bestimmt niemand. Aber Monsieur le Capitaine ist der Meinung, daß außerhalb der Dienststunden auf der Brücke die Leere des modernen Schlachtfeldes vorzuwalten hat, sacré nom d'un chien!«

Der dicke Mann lachte gluckernd: »Sieh da, sieh da! Mit einem Male spricht er vor lauter Wut Französisch wie ein Wasserfall. Trösten Sie sich: es hat schon mancher vor Ihnen geflucht auf diesem Schiff und ist nachher ein guter Kongo- oder Ubangi- oder Kassaï-Kapitän geworden.«

MacReanna war so über sich selbst erstaunt, daß er beinahe seinen Zorn vergaß; halb mürrisch noch, halb lachend schon knurrte er: »Nun ja, mal muß die Ader platzen! Theoretisch verstehe ich ja genug von der Sprache der Grande Nation.«

»Solche geplatzten Adern müssen begossen werden, damit sie nicht gleich wieder zuheilen. Meinen Sie nicht auch?«

»Meine ich ganz gewiß! Mein Name ist übrigens André MacReanna!«

»Philippe Marvejols, wenn Sie gestatten, Inspektor der Königlichen Post im Bezirk Oberkongo. Aber darf ich Sie Monsieur André oder Monsieur Mac nennen? Es ist so viel einfacher!«

»Wenn ich mich mit Monsieur Philippe revanchieren darf –?«

»Dürfen Sie, dürfen Sie auf der Stelle! Kommen Sie! Was wollen wir trinken? Die übrigen Passagiere sind alle an Land. Hier ist jeder bei jedem zu Gaste. Das wissen Sie wohl noch nicht, wie?«

»Nein, das wußte ich noch nicht. Es ist meine Jungfernfahrt, und der Strom frißt mich vorläufig noch mit Haut und Haar. Warum sind Sie dann aber an Bord?«

»Ach, der Gastgeber hier an Land hat keine Frau im Hause. Da wird furchtbar gesoffen. Das ist nicht mein Fall. Deshalb ist auch der Kapitän auf dem Schiff geblieben.«

Die beiden Männer zogen sich zwei leichte Stühle auf das Deck vor den kleinen Salon für die Passagiere. Aus dem Nichts tauchte Loto auf, der Brückenläufer, der zugleich den Bar-Steward zu machen hatte, und stellte einen großen Siphon mit klarem Mineralwasser auf den Tisch. Die Flasche lief sofort von außen an; bald perlten Tropfen von ihren Seiten; sie kam aus dem Eisschrank. Die elektrische Birne über dem kleinen Klapptisch brannte trübe. Marvejols rief: »Drehe die elende Birne aus, Loto! Der Mond scheint hell genug. Das Zwielicht aus elektrisch und Mond ist scheußlich!«

Andrew war es recht. Der Mond schien so hell, daß man hätte lesen können. Blutrot war die riesengroße, schon ein wenig angenagte Scheibe über dem Strom aufgestiegen, hatte sich dann, schnell zu silbrigem Weiß vergilbend, über die Wälder am Gegenufer gehoben und schimmerte nun, die Sterne beinahe alle löschend, als eine frei durch den Himmel schwebende Ampel unendlich milde und geisterhaft auf das Schiff, den einsamen, leeren Strom und die beiden Männer hinter der eisernen Reling hernieder.

MacReanna nahm des Gespräch wieder auf, nachdem Loto sich in den Hintergrund zurückgezogen hatte: »Der Kapitän steht also in dem Rufe, ein mäßiger Mann zu sein, wenn ich Sie recht verstehe, Monsieur Philippe? Oder geht er seiner Frau wegen nicht an Land, wenn Gefahr besteht, daß scharf getrunken wird?«

Der Postinspektor nahm einen Zug aus seinem Glase Rotwein, in den er sich vorsichtig einen Schuß kalten Mineralwassers hatte spritzen lassen. Dann erwiderte er mit einer Stimme, der MacReanna anzumerken glaubte, daß sie absichtlich gedämpft wurde: »Ich sehe, Monsieur André, Sie wissen nichts. Ich vermute, daß Leute Ihres Schlages im allgemeinen nicht viel von dem Klatsch zu hören bekommen, mit dem sich die Leute in den Kolonien die Zeit vertreiben. Aber manchmal erleichtert der Klatsch das Dasein, und fast immer macht er es amüsanter.«

»Finden Sie –?« fragte Andrew gedehnt dagegen.

»Ja, ich bin so schamlos, das zu finden. Denn hätte man Ihnen nämlich schon berichtet, daß der Kapitän John Corlay im allgemeinen – im allgemeinen wohlgemerkt – ein nüchterner Mensch ist und mit dem Alkohol gut fertig zu werden weiß. Seine Frau nimmt der Kapitän nur an Land, wo er mit einem anderen Ehepaar zusammentreffen kann und wo es gesittet zugeht. Da ich nicht beweibt bin, habe ich bis auf einen einzigen, heimtückisch erschlichenen Augenblick noch nicht das Vergnügen gehabt, Frau Corlay zu begegnen. Haben Sie Madame schon kennengelernt, Monsieur Mac?«

»Durchaus nicht! Manchmal kommt es mir so vor, als hielte er das kostbare Wesen absichtlich unter Verschluß.«

»Das kommt nicht nur Ihnen so vor, Mac. Aber Corlay hat wohl keinen großen Erfolg damit. Wenn ich mich nicht täusche, gehört Frau Corlay zu jener Art von Menschen, die nur schwer daran zu hindern ist, zu tun und zu lassen, was sie will.«

»Und was tut sie und was läßt sie?« wollte Andrew wissen.

Philippe Marvejols drehte mit seinen gut gepolsterten Fingern an seinem Glase und meinte zurückhaltend: »Ich wüßte nicht, daß sie schon irgend etwas getan oder gelassen hätte, was sie nicht vor Gott und der Welt verantworten kann. Ihr Französisch ist sehr unvollkommen, habe ich mir sagen lassen. Viel unvollkommener als das Ihre, Mac. Der Kapitän kann übrigens ein besinnungslos jähzorniger Mann sein; er ist unheimlich stark. Die Narbe an seinem Kinn haben Sie sicherlich schon bemerkt. Das ist auch so eine Geschichte –«

MacReanna machte keine Anstalten, nach dieser Geschichte zu fragen, wie vielleicht von ihm erwartet wurde; und der dicke Postinspektor schien keine Neigung zu haben, sie unaufgefordert zu erzählen. Andrew tastete mit seinen Gedanken in eine ganz andere Richtung: »Wenn sie nicht französisch, sondern nur englisch spricht, dann ist sie also keine Belgierin?«

»Nein! Corlay hat sie sich von einem Europaurlaub mitgebracht. Weder sie noch er haben jemals erzählt, wie und wo sie sich kennengelernt haben. Ihrem Mädchennamen nach muß sie aus Irland stammen oder wenigstens einen irischen Vater haben.«

Andrew wollte wissen: »Woher weiß man ihren Familiennamen, wenn die beiden verheiratet hier ankamen?«

»Er mußte ihn in seinen Papieren bei der Reederei angeben. Sonst könnte sich jeder Kapitän ein freundliches Mädchen an Bord nehmen und sagen, sie wäre seine Frau. So einfach ist das nicht; die Reederei hält auf Ordnung und verlangt den amtlich abgestempelten Trauschein. Wo kämen wir sonst hin hier bei der Hitze am großen Kongo. Nein, so einfach ist das nicht!«

»Wie heißt sie denn?«

»Maureen O'Toole.«

»Maureen O'Toole –«, wiederholte Andrew langsam; ja, das klang wie aus einem alten irisch-keltischen Liede. So hießen die Leute auf seinen heimatlichen Inseln auch – oder so ähnlich. Eine ganze Weile saß Andrew still und starrte in die mondblasse Nacht: Maureen O'Toole – Und hier auf diesem Schiff, hinter der Holzwand, über dem Kongo: Maureen O'Toole.

Mit einem Schlage zerfiel die brütende, dunkle Welt ringsum; statt dessen stieg die Vision grün anrollender Brandung auf: silberne Schaumstreifen, die einen gelben Strand hinaufzischen, ein hellblauer Himmel, weiße Wolkenberge darin, zartblau der Kamm eines Gebirges jenseits der Meeresbucht; und ein sausender, seliger, kühl duftender Wind von der weiten See aus Nord und West.

Der Postinspektor schien zu ahnen, was den Mann an seiner Seite mit einem Male still und unbeweglich machte; er sagte mit gespieltem Gleichmut: »Irland und Schottland, das ist nahe benachbart. Das ist beinahe ein Land, nicht wahr?«

»Ja, sehr nahe!« erwiderte Andrew von den Inseln leise. Er hatte das Gefühl, als sei plötzlich eine große Veränderung geschehen. Welche? Nur wegen des Namens?

Maureen O'Toole –

Andrew war nicht mehr besonders bei der Sache. Er beteiligte sich an dem weiteren Gespräch nur noch mit halbem Sinn. Als eine Stunde später die anderen Passagiere lärmend und alkoholisch beflügelt auf dem Uferdamm herannahten, schützte er Müdigkeit vor und die Pflicht, die ihn schon vor Tagesanbruch wieder aus dem Bett holen würde, und zog sich in seine Kabine zurück.

Verwundert stellte er fest, was ihm schon an zwei vergangenen Tagen unwillkürlich aufgefallen war: die Schwarzen für sich allein lärmen nie so in der Dunkelheit. Wenn sie nicht mit dem Schall der Trommel die Finsternis in Schach halten, dann haben sie Ehrfurcht vor der Nacht und reden leise. Die Weißen dagegen finden die ungeheure, unermeßliche Stille über diesem Ozean wegloser Wälder nicht weiter beachtlich.

Als das Schiff wieder zur Ruhe gelangt und nichts weiter mehr zu hören war als das Fiepen einer der nächtlicherweile Insekten jagenden Fledermäuse, kehrte zu dem einschlafenden Andrew der Name zurück, den er erfahren hatte: Maureen O'Toole –

Die kühle Schwermut seiner Heimat wehte ihn an – beinahe körperlich spürbar.

»Ich muß die Augen offenhalten«, murmelte er vage, schon halb im Schlaf. »Sie ist so ganz allein am wildfremden Kongo –: Maureen O'Toole!«

VII

Es war nun schon »wie alle Tage«. Jeden Morgen eine Stunde vor Sonnenaufgang, also gegen fünf Uhr hier am Äquator, wo es keinen Sommer und keinen Winter gibt, klappte Saka kräftig mit der Gazetür, wovon MacReanna auf der Stelle erwachte. Saka setzte seine Kanne heißen Wassers neben dem Waschbecken ab, trat an Andrews Bett, zerrte das Moskitonetz unter der Matratze hervor, schlug den Tüllschleier hoch und verkündete: »Warm Wasser zum Rasieren, Herr! Soll ich eine Tasse guten, starken Tee bringen, Herr?«

»Danke schön, Saka! Nach dem Rasieren!«

»Jawohl, Herr, nach dem Rasieren!« erwiderte Saka, kicherte ein wenig ohne jeden ersichtlichen Grund und verschwand auf geräuschlosen, nackten Sohlen.

Es vollzog sich diese Zeremonie jeden Morgen genau nach dem gleichen Ritus. –

Andrew wußte längst, daß er den indischen Ingenieur nicht zu kontrollieren brauchte. Herr Chandra Bimlipotam aus Madras war so zuverlässig wie seine Kessel und seine Maschinen mit ihren handfesten Kurbel-, Schub- und Kolbenstangen – oder vielmehr: seine Maschinen so zuverlässig wie er. Wenn Andrew eine Viertelstunde nach fünf im erbärmlichen Licht der wenigen schwervergitterten Glühbirnen zum Kesseldeck hinuntertappte und wie jeden Morgen dachte: Verdammt, die Lichtmaschine könnte auch mal überholt werden, sie gibt kaum Strom her, der diesen Namen noch verdient! – dann konnte er gut und gern sein halbes Monatsgehalt darauf wetten, daß der schwärzliche Mann aus Madras mit dem runden, klugen Schädel vor den Dampfdruckmessern stand und sie regungslos anstarrte: ein Fakir, der sich große Mühe gibt, eine Kobra zu beschwören, und dabei so aussieht, als würde er statt dessen von der Schlange beschworen – ja, konnte man im Halbdunkel des untersten Decks nicht wirklich die beiden glotzenden Skalenscheiben der Manometer mit der weißlichen Brille am geblähten Halse einer Kobra verwechseln?

Aber wenn sich dann Herr Bimlipotam dem von seinem morning-tea angenehm ermunterten Schotten zuwandte, dann war da nichts weiter mehr von einem Schlangenbeschwörer, sondern nur noch der eifrig tüchtige Mann aus Indien, der auf nichts stolzer war als auf sein Zertifikat aus dem Handelsministerium in der Mark-Lane in London. Dort hatte er mit gutem Erfolg sein Examen als Schiffsingenieur abgelegt, »zu Urkund dessen ihm dieses Zertifikat ausgefertigt« worden war. Nun hing es unter Glas und Rahmen und in der rechten unteren Ecke mit einem sich langsam fortfressenden Stockflecken geziert in Bimlipotams Kammer neben den Maschinen auf der »Albertine«; der Inder gestattete sich keinen weiteren Schmuck in seiner stets peinlich sauberen und aufgeräumten Kabine, die Andrew allerdings nur einmal halb aus Versehen betreten hatte.

Herr Bimlipotam erschien niemals auf den oberen Decks. Wer etwas von ihm wollte, der mußte sich in die Tiefe bemühen oder durch das Sprachrohr von der Brücke mit ihm verhandeln. Aber das galt als aussichtslos, da Herr Bimlipotam nur sozusagen ein Maschinenbau-Französisch sprach und keinen Wert darauf legte, seinen Wortschatz über den Kessel- und Manometerbezirk hinaus zu erweitern.

Andrew hatte den stets überaus höflichen Mann, der seinen Kolben und Ventilen hörig war wie glücklichere Menschen einer Geliebten, schon nach wenigen Tagen schätzen gelernt; aber er wußte nichts mit ihm anzufangen. Dazu wurde es ihm schnell ein wenig unheimlich, daß Herr Bimlipotam offensichtlich des Schlafes nicht bedurfte, den er, Andrew, in der ewig gleichen, schwülen Wärme weniger denn je entbehren konnte. Kam Andrew einmal abends spät zurück, nachdem er sich vor der Bettruhe noch ein wenig die vom vielen Stehen knarrenden Knochen vertreten hatte, so bastelte der Ingenieur sicherlich irgendwo lautlos zwischen dem Gestänge der Maschinen an irgendeinem Lager oder einer Schraube, die sein ewig waches und anscheinend nie zu stillendes Mißtrauen erregte. Stieg aber Andrew morgens die Treppe hinunter, so stand, wie gesagt, Herr Bimlipotam vor den Manometern und behexte sie.

Er pflegte sich dann langsam nach Andrew umzuwenden, sah genau so aus, als hätte er überhaupt nicht geschlafen, verbeugte sich leicht und sagte in seiner gemessen liebenswürdigen Manier: »Guten Morgen, Herr MacReanna! Maschinen sind abfahrbereit. Wir haben reichlich sechzehn Atmosphären auf den Kesseln!«

»Vielen Dank, Herr Bimlipotam!«

Es wäre Mac nie eingefallen, den madrassischen Ingenieur anders als bei seinem vollen Namen anzureden oder etwas anderes zu erwarten als »reichlich 16 Atmosphären«, wobei der Zeiger in den Manometern dicht vor dem roten Strich stand und bebte.

Über und neben und zwischen der Fracht ruhten schlafend die schwarzen Passagiere. Der Atem aus vielen Mündern mischte sich zu einem warmen, sanften Wehen, das eigentümlich dem Schnurren einer großen, zufriedenen Katze ähnelte. – Und oft genug hockte im Halbdunkel eine schwarze Mutter, halb schlafend – die Lider sanken ihr ab und zu noch über das perlmutterfarben schimmernde Weiß der Augen –, und reichte ihrem schwarzen Säugling die Brust, ganz ohne Scheu, den weißen Mann auf seinem Rundgang durch das Schiff überhaupt nicht beachtend.

Was an Fracht und Passagieren an Bord gelangt war, hatte sich stets schon am Abend zuvor eingefunden.

Wenn Andrew die Brücke betrat, fand er den Kapitän regelmäßig vor. MacReanna meldete das Schiff abfahrfertig. Aber gewöhnlich dauerte es noch zehn Minuten, bis die Wasserfläche in allen ihren feinen und bedeutungsvollen Einzelheiten auf hundert Meter voraus zu erkennen war, was gewöhnlich nicht eher als kurz vor dreiviertel sechs eintrat.

Während dieser zehn Minuten standen die beiden Männer stumm an den Stirnfenstern der Brücke und blickten über den Strom hinweg voraus in die schnell vergehende Nacht. Wenn es überhaupt in den vierundzwanzig Stunden des Kongotages eine kurze Spanne der Kühle gab, so waren es die dreißig Minuten vor Sonnenaufgang.

Was sie dachten in diesen stillen Minuten über dem wartenden

Schiff, wenn der schattenblaue Samt der Nacht von den Wundern des ungeduldig aufdrängenden Morgens verzehrt wurde, wenn die reglosen Riesenbäume voraus über dem Ufer sich allmählich aus den silbernen Nebelschleiern lösten, mit denen die Stunden nach Mitternacht sie umwoben hatten, was sie dann dachten, die beiden weißen Männer auf der Brücke der »Albertine«, die den Tag erwarteten, das stammte gewöhnlich aus den dunklen Verstecken unterhalb der Schwelle des Bewußtseins.

An jenem Morgen nach dem Gespräch mit dem beleibten Postinspektor wollte MacReanna in den Minuten vor dem Licht kaum wagen, den Namen zu denken, der ihm verraten worden war. Aber dann glitten ihm die sanften Silben doch durchs Hirn, und er erschrak, als hätte der Kapitän sie hören können. Aber davon schien keine Rede zu sein. Corlay räusperte sich und befahl: »Lassen Sie die Leinen loswerfen und bringen Sie das Schiff in den Strom!«

Es geschah an diesem Morgen zum erstenmal, daß der Kapitän das Ablegemanöver allein seinem Lehrling anvertraute.

MacReanna zuckte mit keiner Wimper. Er klingelte den Rudergast herauf; denn da er mehrfach an das äußerste Ende der Brücke treten mußte, um sich zu vergewissern, ob die Leinen losgeworfen waren und wie schnell der Bug des Schiffes in den Strom schwenkte, konnte Andrew nicht mehr selbst das Ruder bedienen. Muata erschien so prompt, als hätte er auf der untersten Stufe der Treppe zum Brückendeck gesessen und gewartet. Muata hatte stets die Frühwache; seit der Abfahrt von Léopoldville aber war ihm ein gemächliches Leben beschieden gewesen, da Andrew fast ohne Unterbrechung am Ruder gestanden hatte.

Der Kapitän sagte kein Wort weiter, blickte sich auch nicht um, sondern starrte scheinbar unbeteiligt voraus wie immer. MacReanna zögerte keinen Augenblick. Wenn er jetzt das geforderte Manöver nicht haargenau und ohne zu fackeln zustande brachte, dann bewies er sich nicht nur in den Augen des Kapitäns, sondern auch in den eigenen als ein jämmerlicher Versager; ganz abgesehen von dem Sturzbach bissiger Bemerkungen, der dann auf ihn herniederprasseln würde.

In jenem kargen Ton, der dem Schwarzen sofort begreiflich machte, wie die Dinge standen, befahl MacReanna: »Nimm das Ruder, Muata!«

Der Schwarze stellte sich breitbeinig hinter das Rad, legte beide Hände um die Speichengriffe, warf einen Blick auf den groben, bronzenen Zeiger vor seinem Stand und meldete leise: »Ruder steht mitschiffs.«

MacReanna konnte es aus alter Gewohnheit nicht unterlassen, wiederholend zu murmeln: »Ruder mitschiffs, danke!«

MacReanna trat in die kleine Kanzel an Backbord, mit welcher die Brücke hier und an Steuerbord über die Schiffswände hinweg auslud. An Land warteten Loto und ein zweiter Neger, die Trossen von der mächtigen Tamarinde zu lösen, an der über Nacht das Schiff vertäut gelegen hatte. MacReanna rief halblaut zum Ufer hinüber: »Bugleine loswerfen!«

Er legte den Hebel des Maschinen-Telegrafen auf »Achtung!«; die Bestätigung klingelte sofort zurück. Andrew hob den an sein blankes, gelbes Kettchen gefesselten Deckel vom Sprachrohr zum Maschinenraum, legte den Mund an die metallische Öffnung und schickte die Worte in die Tiefe: »Lassen Sie die Backbordmaschine ganz langsam voraus anlaufen, Herr Bimlipotam!«

»Backbord ganz langsam voraus!«

In der Frische des Morgens, wenn die Bäume des großen Regenwaldes, die ungeheuren, wenn die Pflanzenwirrnisse unter ihren himmelhohen Kronen noch kein Blatt, keine Blüte regen, wenn das Papyrusröhricht an den Ufern der sumpfigen Seitenarme des Kongo, wenn die fruchtbaren Palmen in den unabsehbaren Wildnissen über den sanften Wasserscheiden zwischen den nord- oder südwärts strebenden Nebenflüssen noch mit keiner Feder, keiner Rispe zu flüstern wagen, ach, und wenn die milchweißen, königlichen Reiher in den Sumpfdickichten, die stolzen, krächzenden Bananenfresser und die königlich bunten, elfenzierlichen Honigsauger, die Nektarinen, noch wie Traumgebilde mit leicht gesträubten Federn verharren; und dann die Affen in den Baumkronen, wenn sie, noch frierend ein wenig, ihre mageren, nackten Jungen an den haarigen Brüsten bergen und noch ohne Lust sind, es mit der stille lockenden Liane als Schaukel in den tausendjährigen Baobab zu versuchen und an seinen großen mehligen Früchten den Hunger zu stillen – ja, in den Minuten vor dem großen Licht, wenn selbst die durch kein anderes Wesen gefährdeten Elefanten am Rande menschenferner, undurchdringlich verwachsener Windbrüche im Gewoge der Wälder nicht einmal mehr die riesigen, schiefergrauen Ohren regen –

wenn selbst der große, der ewige Kongo sanfter dahinzugleiten scheint, als hielte selbst er wie alles Seiende sonst vor dem schöpfungsneuen Wiederaufgang der Königin Sonne für ein paar ungeheure, erdenweite Herzschläge lang den Atem an –,

dann wird in dieser von Leben wie ein pralles Euter strotzenden, von Geburten und Toden und Wiedergeburten namenlos übersiedenden Welt am Äquator die Stille so groß, daß sie die Ohren, sie beinahe sprengend, zu füllen scheint wie der dröhnende Klang aller Register einer himmelhohen Orgel. –

In eben diese makellose Stille hinein wühlte sich, ganz langsam anlaufend, das Schaufelrad der »Albertine« an Backbord. Zuerst vernahm Andrew klar den Dampf, der in die Zylinder einströmte, durch die Dichtungen zischte und allmählich die Kolben in Bewegung setzte; gleich darauf übertönte anlaufend das Ächzen und Knarren des mächtigen Schaufelrades am Heck die Geräusche des Dampfers in den Maschinen. Wasser rauschte: »wlubb«, sagte die erste Schaufel, die in den Strom tauchte: »wlubb« die zweite und dann immer schneller: wlubb – wlubb – wlubb, wlub, wlu, wl, wl, wl, wl –

Der Bug des Dampfers fing, unmerklich erst, an, vom Ufer fortzuscheren. Andrew beugte sich über das Brückenende, und ehe noch das Schiff Anstalten machte, an den Tauen zu zerren, schrie er – die Stille war doch dahin! –: »Heckleinen los!«

Die Seile klatschten ins Wasser. Der Dampfer war frei. Die beiden Schwarzen, die die Leinen losgeworfen hatten, sprangen affengeschickt auf das schon abgleitende Schiff hinüber. Die Backbordschaufeln schwenkten die Nase des Schiffes weiter vom Lande fort; die Strömung drängte sich zwischen Schiffsleib und

Ufer und drückte den Dampfer seitlings über Steuerbord ins freie Wasser.

»Beide Maschinen langsam voraus!«

»Kurs Mitte Strom!«

»Beide Maschinen volle Kraft voraus!«

Die »Albertine« zog rauschend und schäumend mitten in die Glutmeere des Morgens. Sie hatte den Tag schon vorweggenommen, noch ehe die Sonne sich über den östlichen Horizont emporwarf; sie bestimmte, wann die heilige Stille der Frühe ihr Genüge zu finden hatte, wann Tag war und wann nicht.

Jeden Morgen von neuem verspürte Andrew Scheu, den lautlosen Zauber der erwachenden Wildnis zu zerbrechen, jeden Morgen nur einen Herzschlag lang; denn vor dem ersten lauten Kommando, das Andrew hören ließ, zerstob die wunderbare Täuschung, daß für eine schmale, schwebende Spanne Zeit aus den Dickichten am Ufer der unsichtbare Opferrauch zum keuschen Morgenhimmel wölkte, mit dem das Geschaffene seine ewig neue Wiedergeburt zu loben unternimmt; für einen Augenblick schwebte jener namenlos süße Geruch über den der Sonne entgegenzitternden Weiten, der so fein ist, daß er nicht mehr von den Sinnen, sondern nur noch von unserer Ahnung wahrzunehmen ist. –

Der Kapitän verharrte, während Andrew die »Albertine« in den Strom brachte, scheinbar unbeteiligt und regungslos auf seinem Platz. Der Kapitän äußerte nicht eine einzige tadelnde Silbe; das bildete die höchste Form des Lobes, deren er fähig war.

Das Schiff rauschte in den Morgen, die mächtig emporschwellende Sonne wenige Strich nach Backbord über dem Bug. Hinter dem Dampfer her zog das gleichmäßig schöne Brausen der großen Schaufelräder am Heck. Die Bugwellen und die Heckwellen wanderten als ein preisloses, flüchtiges Geschmeide aus Silber, Glanz und Regenbogen zu den stillen Ufern hinüber und meldeten dort mit geschwätzigem Flüstern, daß die »Albertine« auf dem Wege nach Stanleyville soeben vorübergeglitten wäre.

Aus den Wälderwänden am Südufer vor dem Schiff schossen zwei Einbäume, lange, schmale, schwankende Fahrzeuge. Andrew zuckte einen Augenblick zusammen: wollten die von je acht, neun Männern stehend geruderten Boote vor dem Bug des Dampfers den Strom kreuzen? Schon zuckte Andrews Hand nach dem Maschinen-Telegrafen; aber im gleichen Augenblick nahm er das Antlitz Corlays wahr, ließ auch einen Blick über die dunklen Züge Muatas gleiten: seine beiden Gefährten auf der Brücke rührten sich nicht; so ließ er seine Hand wieder sinken. Er bemerkte auch gleich, daß seine Sorge überflüssig gewesen war, denn die Kanus, wohl sechzig Fuß lang, aus einem großen Urwaldstamm kunstvoll geschnitten und gebrannt, kehrten sich sofort stromauf, nachdem sie aus dem Seitenarm auf die große Wasserfläche des Hauptstroms ins Freie geglitten waren. Die bis auf einen schmalen Hüftschurz nackten Schwarzen, die mit bewunderungswürdiger Geschicklichkeit in den kaum schulterbreiten Einbäumen aufrecht standen und wie besessen ruderten, steuerten einen Kurs, der in ganz gedehntem, spitzem Winkel dem Kurse der »Albertine« zustrebte.

Wie die Muskeln unter der samtbraunen Haut spielten, über die in schmalen Glitzerbändern der Schweiß abwärts perlte! Wollen die Burschen mit dem Schiff um die Wette rudern? fragte sich Andrew. Die rasende Bemühung der dunklen Leiber brachte die beiden Boote dem Schiffsleib ständig näher; nun stoben sie noch einen Steinwurf weit, nun bloß noch einen halben, jetzt nur noch eine Armspanne entfernt neben der Bordwand her, ein atemberaubendes Schauspiel. Ein Seilende flog vom Kesseldeck zu den beiden vordersten Ruderern hinüber, die es auffingen und eilig und vorsichtig zugleich straffzogen, so daß sich die Kanus ihrer ganzen Länge nach an die Schiffswand legten; der gleichmütig seine Bahn hinziehende Dampfer hatte die Boote ins Schlepptau genommen, ohne auch nur eine Sekunde seine Fahrt zu mindern.

Andrew blickte aus den Augenwinkeln zu dem Kapitän hinüber, denn ihn plagte die Neugier, was die beiden Kanus bedeuten sollten; seit die Boote dicht an den Schiffsleib geschwenkt waren, konnte Andrew sie von seinem erhöhten Standpunkt nicht mehr erblicken.

Der Kapitän hatte keine Miene verzogen. Man hätte ihn für leblos halten können, wenn er sich nicht von Zeit zu Zeit über die Reling der Brücke nach vorn durch das Fenster vorgeneigt hätte, um Loto unten einen Wink zu geben, mit dem Ausloten des Strombetts fortzufahren. Der Strom verlor sich hier in weite, unbestimmte Arme und Kanäle; auch in seiner Hauptrinne zog die Strömung so lustlos dahin, daß die Wassertiefe ständig abgesteckt werden mußte, wenn das Boot nicht auf eine der fortwährend über den Flußgrund pendelnden Sandbänke auflaufen sollte.

Denn die Wasseroberfläche verriet bei der Langsamkeit der Strömung nur wenig davon, ob und was für Unebenheiten das Strombett barg. Andrew für seine Person mochte sich die Augen aus dem Kopfe starren; zwar schien sich auch ihm die Oberfläche der gemächlich wandernden Wasser nicht überall gleich zu verhalten; aber ob es sich nur um ein Spiel leichter Wirbel der schon sich erhitzenden Luft, um die unsicheren Spiegelungen der fernen Ufer oder aber um die lautlos warnenden Anzeichen einer Untiefe handelte, das zu unterscheiden wollte Andrew noch keineswegs gelingen.

Aber er paßte auf mit allen Sinnen, wann und wo der Kapitän den Kurs verlegen ließ. Und auch Muata schien den Fluß gut lesen zu können, denn oft drehte er schon am Ruderrad, wenn der Kapitän vielleicht erst durch eine winzige Wendung des Kopfes oder ein leichtes Zusammenziehen der Augenbrauen verriet, daß er etwas Verdächtiges bemerkt hatte. MacReanna wunderte sich manchmal darüber, daß der Kapitän dann nicht den zornigen Einspruch erhob, den er sofort erhoben hätte, wenn etwa Andrew auf den Gedanken gekommen wäre, eigenmächtig den Kurs des Schiffes abzuändern. Muata wurde offenbar von dem Kapitän als erfahrener Kenner aller geheimen Siegel und Zeichen des Stroms respektiert.

Loto stand unten über dem offenen Bug des Schiffes mit der langen, von Fuß zu Fuß schwarz und weiß wechselnd bemalten Lotstange und stach damit weit voraus ins Wasser, wenn ihm der Kapitän zwei Stockwerk höher das Zeichen dazu gab. Wenn die

Stange Grund faßte, so wartete er, sie locker durch die Hand hochgleiten lassend, bis das vorrückende Schiff sie in zwei, drei Sekunden senkrecht aufgerichtet hatte, und las an den vom Wasser noch nicht erreichten schwarzweißen Marken die Wassertiefe ab. Auf eine eigentümlich heisere, gedehnte Weise sang er dann die Tiefe aus, die ihm die Stange anzeigte. Dieses Aussingen schien er lange geübt zu haben, denn schon am Klang seiner Stimme war zu erkennen, ob das Schiff reichlich Wasser unter dem Boden hatte oder ob es gerade eben noch schwamm. Sang Loto: »Kein Grund!«, mit der Stange sich vorwärts stakend, so brauchte er eine tiefe, beruhigende Tonfarbe. Hatte er dann mit »Zwölf Fuß!« eben Grund erreicht, so war seine Stimme schon ein wenig höher geklettert und lauter geworden; und gelangte er wirklich einmal bis zu sieben oder gar sechs Fuß, so schrillte seine Stimme wie in höchster Verzweiflung, denn die »Albertine« hatte etwa fünf Fuß Tiefgang. Dann war es allerdings höchste Zeit, den Kurs zu ändern oder die Schaufeln auf »Rückwärts« zu beordern. –

Wenn auch der Gleichmut des Kapitäns und Muatas dem Schotten bewies, daß die wie Piratenboote längsseits geschossenen beiden Einbäume nur von friedlichen Absichten geleitet wurden, so wollte Andrew doch gerne wissen, was die Boote am Schiffe verrichteten. Auch ärgerte er sich, daß der Kapitän es nicht für notwendig hielt, ihm auch nur ein Wort der Erklärung zu gönnen.

Andrew hatte seinen Standplatz, wenn er nicht das Ruderrad bediente, hinter dem Stirnfenster der Brücke an Steuerbord; und an Steuerbord hatten sich die beiden Boote neben das Schiff gelegt. Andrew trat also mit zwei, drei Schritten zur Seite und beugte sich über die Reling.

Aber im selben Augenblick wurde sein Wunsch, zu wissen, was unten am Kesseldeck vorging, von einer anderen, stärkeren Empfindung verdrängt. Denn während Andrew sich der Reling zuwandte, hatte er wahrgenommen, daß weiter hinten im Gang an Steuerbord sich vor den Kapitänskabinen eine weibliche Gestalt gleichfalls über die Reling beugte und nach den Einbäumen an der Bordwand Ausschau hielt. Der Anblick schickte einen elektrischen Schlag durch MacReannas Hirn. Er hatte keine Tür gehen oder ins Schloß fallen hören. Sie war es – sie mußte ganz leise und vorsichtig ins Freie getreten sein. Sie stand so weit am hinteren Ende des überdachten Ganges vor dem Kapitänsquartier, daß der Kapitän, der wie gewöhnlich von der Backbordseite der Brücke her den Strom voraus beobachtete, sie um die Ecke mit der Gittertür unmöglich entdecken konnte, auch wenn er sich umgeblickt hätte.

Aber der Kapitän blickte sich nicht um; er dachte sicherlich nicht einmal daran. Andrew streifte sein Gesicht mit einem schnellen Seitenblick und wurde eines verächtlichen Zuges inne, der sich um Corlays Lippen gebreitet hatte; wahrscheinlich bezog sich die Verachtung darauf, daß Andrew seiner Neugier nicht widerstanden hatte und an die Reling getreten war.

Andrew aber spürte gleich einem winzigen Stoß ein Gefühl des Triumphes; es huschte blitzschnell, aber auch ebenso deutlich wie ein Blitz vorüber: grinse du nur verächtlich, Kapitän! Du weißt nicht, daß ich jetzt zum ersten Male deine Frau sehe, ohne daß du es ahnst und ohne daß deine Augen mich kontrollieren. Blicke du nur weiter geradeaus, Kapitän! Das ist das Beste, was du tun kannst, und denke, wie albern es ist, daß das Gehandel und Geschwätz da unten, wo die Männer aus den Booten den schwarzen Passagieren Bananen zum Frühstück und gebratene Hühner und Fische zum Mittagessen verkaufen, mich wie einen überflüssigen Touristen amüsiert!

Andrew schaute, die Hände auf die Reling gestützt, zu dem schnatternden Markt hinunter, der sich schaumumrauscht zwischen Boot und Bordwand entwickelt hatte. Aber wie von einem sanften Magneten angezogen, glitten seine Augen langsam die Reling entlang nach achtern, begegneten dort zwei weißen, langfingrigen Händen, fanden unmerklich zögernd den Weg aufwärts über einen halbnackten Arm und trafen in zwei andere Augen, die, gleich den seinen halb unbewußt, den Weg zu ihm gesucht hatten.

Das war sie also: Maureen O'Toole –

Sie trug an den Füßen leichte Pantoffeln und hatte einen dünnen, dunkelroten Morgenrock umgeworfen, mit großen, schwarzen Blumen darauf. Vielleicht hatte sie das jagende Wettrennen der beiden Boote von ihrem Bett aus durch die Gazetür wahrgenommen und sich von der bescheidenen Abwechslung ins Freie locken lassen. Denn zwar zog ewig sich wandelnd die Kulisse der tropischen Wälder an dem Schiff vorüber, aber zugleich war sie von so erdrückender Eintönigkeit, Tag für Tag und Stunde für Stunde, ohne Sommer, ohne Winter; zwölf Stunden Helle, zwölf Stunden Dunkel, 28 Grad um die Mittagszeit, gegen 22 oder 23 Grad um die Mitternacht, immer gleich, niemals wechselnd. Wie dankbar wurde jede kleine Besonderheit aufgefangen und genossen – und wenn es nichts weiter war als das tollkühne Ruderstückchen zweier Einbäume, die den Überschuß der Felder eines der am Ufer versteckten Dörfer an die schwarzen Passagiere des Dampfers zu verhökern kamen.

Die beiden Augenpaare, beide stahlblau, das eine unter rötlichem, das andere unter ebenholzschwarzem Haupthaar, hielten einander stand. Der Abstand zwischen ihnen: so tief und so breit wie ein Meeresarm; aber in beiden blinkte ein Funke auf wie von zwei Leitfeuern vor einem Hafen, die den Weg ins Freie weisen, in tiefes Wasser.

Andrew hielt für ein paar Herzschläge lang den Atem an; eine zarte Wärme pochte von innen her an seine Schläfen. So mußte aussehen, wer so irisch hieß wie sie, Maureen O'Toole: schwarzhaarig, blauäugig, weißhäutig – und von zierlich festem Wuchs. Zwischen dem Rande der Pantoffeln und dem unteren Saum des Morgenrocks schimmerte matt die blasse Haut schmaler Knöchel.

Ein plötzlicher, kreischender Aufschrei unten ließ die beiden Menschen, die sich zum ersten Male bewußt erkannt hatten, die Augen voneinander lösen. Der kaffeebraune Bursche, der an straffgespannter Leine das vorderste Kanu am Dampfer festhielt, war mit einem der von oben unsichtbaren Passagiere auf dem Maschinendeck in Streit geraten. Mit einem Male flog vom Schiff her dem Manne im Boot eine große Wassermelone an den Kopf, die wahrscheinlich der Gegenstand des Zanks gewesen war. Wenn der Bursche sie nicht fing, klatschte sie ins Wasser und war verloren; der Unglückselige griff zu; aber im selben Augenblick sauste ihm auch schon der Strick, an dem er das Boot neben dem Schiff gehalten hatte, aus der Hand.

Auf der Stelle scherte das Boot heftig vom Schiffe fort und trieb im Nu achteraus. Die acht Männer darin fuchtelten wild mit den Armen, um ihr sehr bedrohtes Gefährt im Gleichgewicht zu halten. Das gelang auch; nur der Bursche, der seine Melone hatte fangen wollen und dadurch den allzu plötzlichen Abbruch der Beziehungen zwischen Schiff und Kanu bewirkt hatte, war aus der Lotrechten gestoßen, stand erschreckend für ein, zwei beklemmende Sekunden auf einem Bein, während das andere verzweifelt nach der schwindenden Balance angelte, und sauste dann kopfüber in die Fluten. Aber ehe noch die Krokodile am Uferrand Zeit fanden, sich von ihrem Staunen zu erholen und auf den Unglücklichen Jagd zu machen, hatten schon ein paar Fäuste zugepackt und den Triefenden wieder ins Boot gezerrt.

Das winzige Drama hatte sich schneller entfaltet, geballt und gerundet, als man gebraucht hätte, eine Scheibe der großen Melone zu verzehren. Erst als das Kanu längst im Kielwasser des Dampfers weit zurückgefallen war und nur noch einem Spielzeug gleichsah, löste sich der anfängliche Schrecken in Erleichterung auf.

Andrew und Maureen blickten einander an, und das Lächeln, das eigentlich dem unfreiwilligen Bad des Melonenverkäufers galt, mündete in das Becken des anderen Herzens.

Dann geschah, was Andrew in der Brust spürte wie das Eindringen eines sanften, seltsam schmerzlosen, ja angenehmen Pfeils:

Die Frau im roten, seidenen Morgenrock, unter dem sich die Kurve der Hüfte und eines Knies verstohlen zeichnete, hob mit einem Lächeln, das nicht mehr dem schon verschollenen Einbaum, sondern nur noch Andrew und ihr selber galt, den Finger vor die Lippen: nichts verraten, du da vorn, nichts merken lassen!

Andrew lächelte zurück; seine Augenbrauen zuckten lautlos bestätigend, als vermittelten sie nicht zum ersten Male solch eine heimliche Übereinkunft.

Die Frau ließ die Hand sinken, faßte den Ausschnitt des losen Morgenrockes, der auseinanderzufallen drohte, über der Brust zusammen und zog sich – auf den weichen Pantoffeln ohne jedes Geräusch – wieder hinter die Tür ihrer Kabine zurück.

Der Gang jenseits des weißgestrichenen Gitters lag leer und glatt. Als Andrew sich wieder seinem Platz am Stirnfenster der Brücke zuwandte, überkam ihn für einen Augenblick die Frage: was soll ich verschweigen? Ja, dies war es: daß er sie und sie ihn einen Augenblick lang ohne Aufsicht betrachtet hatte.

Andrew vermochte sich nicht zu versagen, einen prüfenden Blick zu dem Kapitän hinübergleiten zu lassen. Corlay konnte sicherlich nichts gemerkt haben; selbst er vermochte nicht um die Ecke zu blicken; aber von der Seite sah es genauso aus, als hätte sich ihm eine finstere Falte zwischen die Augenbrauen gegraben; gewiß hätte er einen giftigen Verweis abgeschossen, wenn MacReanna auch nur um Sekunden länger seine Aufmerksamkeit den Bananenkanus anstatt dem Fahrwasser voraus geschenkt hätte.

Das Strombett hatte sich verengt; die Strömung zog dem Schiffe ein wenig munterer entgegen. Der Kapitän beugte sich vor, entließ den Mann mit der Lotstange über dem Bug durch einen Wink von seinem Posten und drückte auf den Klingelknopf. Als das wollige Haupt Ngolos im Treppendurchlaß auftauchte, befahl der Kapitän: »Frühstück, Ngolo!«

Dann richtete er das Wort an MacReanna: »Wir haben von hier ab für etwa drei Meilen tiefes Wasser. Nehmen Sie wieder das Ruder. Sie brauchen nur Mitte Strom zu halten. Sollten Sie indessen darauf aus sein, von dem nächsten Urumbukanu ein Brathuhn zu erstehen, so lassen Sie die Maschinen stoppen und den Anker fallen, damit wir nicht inzwischen das Ufer rammen.«

Das war als Hohn, nicht als Scherz gemeint. Andrew wagte es zum erstenmal, den Hohn wie bloßen Scherz zu parieren. Er tat nichts weiter, als todernst zu wiederholen: »Maschinen stoppen, Anker zu Grund, zehn Faden Kette, wegen Brathuhn!«

Corlay, der schon den Rücken gekehrt hatte, um sich durch die weiße Gittertür zu schleusen, hielt für einen Augenblick inne und stand regungslos, als hätte er nicht recht gehört. Er wußte natürlich nicht, daß Andrew plötzlich die Vorhand gewonnen hatte, aber vielleicht ahnte er es in diesem Augenblick. Er setzte seinen Weg fort, ohne sich umzusehen oder zu antworten.

Muata war auf seine lautlose Art verschwunden, und MacReanna hatte an seiner Stelle das Ruder genommen. Saka brachte ihm sein Frühstück, und bald danach erschien auch Ngolo mit dem Frühstück für das Kapitänsquartier.

Die endlich wieder gelockerte und zugleich aufsässige Stimmung Andrews hielt an: wenn ich am Ruder stehe, kann ich kein Frühstück essen. Fällt mir nicht ein! Er klingelte nach Muata. »Nimm das Ruder für eine Weile. Ich will mein Frühstück verzehren, Muata!«

Der Schwarze zögerte unmerklich; aber es traf ihn ein so bestimmter Blick des Schotten, daß er ohne ein Wort in die Speichen des Rades griff.

MacReanna verzehrte sein Frühstück unweit der hölzernen Wand, welche die Decksveranda des Kapitäns von der Brücke trennte; er tat es wohl unabsichtlich.

Er vernahm undeutlich die Laute eines Gesprächs hinter der Holzwand. Der Kapitän erzählte etwas, die Frauenstimme fiel für eine Weile ein, dann wieder der Kapitän. Plötzlich lachte die Frau hell auf, wie Andrew es, seit er das Schiff betreten, noch nie von ihr gehört hatte. Lachte sie heiter? Oder lachte sie belustigt? Das war nicht zu unterscheiden. Der Kapitän antwortete mit einem gedämpften Gelächter.

Andrew spürte eine merkwürdige Ernüchterung. Er ließ sein Frühstück, halb verzehrt nur, wieder hinunterbringen. Mit einem Wink des Kopfes schickte er Muata hinterher und nahm von neuem selbst das Ruder in die Hand.

Vielleicht war alles ganz anders. Wie wollte er wissen, was wirklich hinter der hölzernen Wand vorging? Er war wie in seine

Schranken zurückgewiesen. Hier bestimmte der große Tropenstrom das Dasein, und die Luft floß ewig warm um Brust und Hals wie eine laue, streichelnde Flut. –

Er war mit einem Male jämmerlich wenig mit sich einverstanden.

Er wunderte sich, daß nach einer halben Stunde die Stimme Lotos vom Bug unten heraufdrang:

»Kein Grund! Kein Grund!«

Dann, leicht erhoben: »Zwölf Fuß!«

MacReanna erwachte aus seinem mißmutigen Dämmerzustand. Hatte Loto aus eigenem Antrieb damit begonnen, das Fahrwasser voraus abzutasten, oder gehorchte er nur einer früher erteilten Weisung des Kapitäns?

Das Flußbett hatte sich vor dem Schiff abermals geweitet. Ganz unerwartet erkannte MacReanna, daß die Kräuselungen auf der wieder sehr sachten Strömung nicht alle gleich aussahen; plötzlich begriff er, worauf es ankam. Tagelang hatte er sich bemüht, die Unterschiede zu erfassen; es war ihm nicht gelungen; jetzt schenkte sich ihm die Kenntnis mit einem Male.

Er vergaß, was ihn beunruhigt hatte, vergaß, daß der Kapitän längst wieder neben ihm stehen müßte. Er war allein auf der Brücke und ließ den Dampfer so sicher dem unberechenbar über die Breite des Strombetts pendelnden tiefen Wasser folgen, als hätte er eine genaue Karte und dicht gelegte Fahrwasser-Marken vor sich. Er hörte kaum hin, daß Loto von unten sang: »Kein Grund! Kein Grund!«

Auch ohne das Lot wußte er, daß er das Schiff sicher durch tiefes Wasser steuerte. Er war also fähig, den »Strom zu lernen«, auch ohne daß er ständig gegängelt wurde –!

Der Kapitän schritt so leise hinter ihm vorbei an seinen gewohnten Platz vor dem Backbordfenster der Brücke, daß MacReanna ihn erst wahrnahm, als er sich dort wie immer aufgebaut hatte: die beiden Hände auf die Oberkante der Reling gelegt, die Augen starr geradeaus gerichtet, den Nacken ein wenig vorgebeugt, als sei er auf der Hut und zum Ansprung bereit – zum Ansprung gegen den stets unzuverlässigen Strom, über dem die

Vormittagshitze brütete ohne einen Hauch Wind; der Fahrwind allein täuschte auf der Brücke ein wenig Kühlung vor. Über den Rändern des Urwalds am Ufer flirrte die Luft und waberte glühend; es fiel den Augen schwer, dort hinüberzublicken.

Von fern her fegte ein anderer Heckdampfer heran, mit der Strömung gut doppelt so schnell wie die sich stromauf schaufelnde »Albertine«. MacReanna hatte schon mehr als einen Dampfer talwärts vorbeiziehen sehen; aber keiner war der »Albertine« so nahe gekommen wie dieser, denn das Fahrwasser war besonders schmal, so weit sich der Strom hier auch in die Breite ergoß – oder gerade deshalb. Die beiden dünnen Schornsteine über der Brücke des anderen stießen schwarzen Rauch aus, der als zwei lange Fahnen über die Wasserfläche nachschleppte. Vor dem Bug rauschte silbern die Welle; die Decks schwebten als luftige, hohe Schachtel darüber. Auf der Brücke waren als Schattenrisse die Gestalten eines Mannes an Backbord und undeutlicher eines Mannes am Ruder erkennbar, nicht anders als auf der »Albertine« auch. Mit einer knappen Schiffslänge Abstand gondelten die Schiffe aneinander vorbei. Die riesigen Räder am Heck schaufelten hastig und mit einer gleichsam erzürnten Rastlosigkeit silbernen Schaum aus dem Strom hinter sich her zu einem flachen, schimmernden Berg, der gehorsam und unermüdlich den Dampfer verfolgte.

Andrew dachte: so sehen wir also selbst aus; so fahren auch wir dahin: ein wenig grotesk und nicht ohne Pomp. Aber er wußte schon: so muß es sein in dieser weitentlegenen Tropenwelt, wo allein die Flüsse und Ströme die unermeßlichen, weglosen Urwälder mit ihren silbernen Fäden durchdringen.

Der Kapitän sagte, noch ehe die beiden Dampfer aneinander vorbeigezogen waren: »Pfeifen Sie zweimal!«

MacReanna griff nach dem polierten Messingring, der halbrechts vor ihm von der Decke herniederragte, und grüßte den passierenden Dampfer mit zwei brüllenden Stößen der Dampfsirene. Zwischen den Schornsteinen des Schiffes drüben fuhr ein schneeweißes, spitzes Wölkchen in die Luft; gleich darauf prallte der dazugehörige Schall aus der Schiffspfeife von drüben an Andrews Ohr; der Dampfer gab so den Gruß zurück und fuhr schon achteraus.

MacReanna steuerte weiter; er verstand nicht mehr, wie er jemals die Kräuselungen auf der Oberfläche des Wassers, die der spielende Wind bewirkte, mit den von innen her wallenden Wirbeln hatte verwechseln können, die ihm ein gut Teil von der Beschaffenheit des Flußgrundes verrieten.

Wenn für eine Zeitlang sich vor dem Dampfer ein klarer Kurs erstreckte, so ließ Andrew zuweilen seine Augen zu dem Kapitän hinüberschweifen, dessen Profil sich deutlich vor dem Hintergrund aus Wasser und Hitzedunst abzeichnete. MacReanna besaß keine große Erfahrung darin, die Gesichter und Mienen anderer Leute zu durchschauen; aber sein Beruf hatte ihn gelehrt, scharf zu beobachten. Was er jetzt beobachtete, war: die Nasenflügel des Kapitäns dehnten sich zuweilen; manchmal zuckten die Brauen in dem harten, braunen Gesicht; manchmal umspannten die Hände das Holz der Brüstung so heftig, daß die Haut über den Knöcheln weiß wurde. Zögernd wagte Andrew zum ersten Male den Gedanken: der Mann quält sich mit einer heimlichen Not, mit der er trotz zähester Anspannung nicht fertig wird. – Und diesem Gedanken folgte gleich ein zweiter: dabei hat doch Corlay deutlich gelacht vorhin, als er noch hinter der Holzwand beim Frühstück saß; ich kann mich nicht getäuscht haben.

Es paßte durchaus zu diesen Überlegungen Andrews, daß der Kapitän sich plötzlich vernehmen ließ: »Das haben Sie also inzwischen gelernt –!«

Es klang, als wäre es etwas Unrechtes, daß sich MacReanna ohne unmittelbare Hilfe des Kapitäns ein Stückchen Kongoweisheit erobert hatte. Andrew gab keine Antwort; er steuerte das Schiff weiter, ohne den Mann neben sich zu beachten; er gab keine Antwort.

Nach einer Weile fing der Kapitän von neuem an: »Sie sind natürlich der Meinung, Sie hätten nun nichts mehr zuzulernen, wie? Der Strom wird Ihnen sehr bald das Gegenteil beweisen. Ich schätze, in spätestens einer halben Stunde –«

Andrew gab keine Antwort. Die Reihe war an ihm, starr geradeaus zu blicken und das Fahrwasser mit gespannter Aufmerksamkeit abzutasten.

»Lassen Sie das Schiff auch nur ein einziges Mal den Grund berühren, so ist Ihre Laufbahn in diesen Breiten erledigt! Verstanden? Erledigt! Dafür werde ich sorgen!«

Der Kapitän hatte sich plötzlich herumgerissen und diese Worte dem Schotten so heftig an den Kopf geworfen, daß Andrew unwillkürlich zusammenschreckte. Der Kerl ist nicht bei Sinnen, schoß es ihm durch den Sinn. Er hatte sich aber an diesem Tage so weit in der Hand, daß er seiner Ironie Ausdruck zu leihen vermochte, indem er abermals so tat, als wiederholte er einen Befehl: »Schiff Grund berühren lassen. Laufbahn erledigt. Jawohl!«

Er blickte weiter geradeaus und legte den Kurs des Schiffes ein wenig mehr nach steuerbord. Dann fuhr er mit scheinbar gleichmütiger Stimme fort: »Ich begreife Sie nicht, Kapitän. Sie müssen doch merken, daß ich mir jede nur denkbare Mühe gebe, Ihre Befehle zu befolgen, Ihre Lehren zu begreifen. Ich glaube, nicht ganz ohne Erfolg. Ich werde Ihnen weder jemals Ihre Stellung streitig machen noch werde ich jemals Ihre Meisterschaft in der Hohen Schule der Schiffahrt auf diesem großen Strom bestreiten. Trotzdem behandeln Sie mich fortwährend derart en canaille, als legten Sie es darauf an, mich zu Tätlichkeiten zu verleiten. Wenn Ihnen der Ton Spaß macht, Kapitän John Corlay, meinen Segen haben Sie! Über den Geschmack ist nicht zu streiten. Ich bin hier auf diesem Schiffe Ihr Untergebener und weiß, daß ich Sie so zu ertragen habe, wie Sie es für richtig befinden. Ich möchte Ihnen nur sagen, daß ich zu Tätlichkeiten mit Vergnügen bereit bin, aber erst, wenn ich ausgelernt habe, keine Minute früher. In diesem Sinne: Fauchen Sie ruhig weiter!«

Corlay war unter seiner Bräune erbleicht. Er stand halbschräg vor MacReanna, hatte die Hände in den Jackentaschen vergraben und den Kopf ein wenig vorgeschoben. Man hätte meinen mögen, er wollte sich im nächsten Augenblick auf MacReanna stürzen. MacReanna war einen halben Kopf größer als Corlay, breit in den Schultern, aber vielleicht ein wenig langsam; Corlay war behende, zähe, blitzschnell und sicherlich erbarmungslos.

Als Andrew die Augen des Mannes auf sich gerichtet sah, die roten Äderchen darin röter noch hervortraten, schoß ihm als ein kalter Schrecken die Einsicht durchs Hirn: der Mann haßt mich!

Warum, um alles in der Welt?

Ich habe ihm nichts getan! Und gleich darauf leise, aber unverkennbar deutlich der böse Widerhall: aber ich werde ihm etwas tun, wenn ihm etwas daran gelegen ist.

Eine winzige Ewigkeit lang glühten die Augen der beiden Männer ineinander.

Es ist ebenso unerklärlich, wo und wann Liebe entsteht, wie es unbegreiflich ist, wann und wo der Haß zwischen zwei Menschen seine dunkelglühende Fackel erhebt.

Aber das Ruderrad schwebte dazwischen, das den Dampfer durch die Untiefen des großen Stromes lenkte, der hier, nicht mehr allzuweit unterhalb der Stanleyschnellen, um diese Jahreszeit gefährlich Niedrigwasser führte: das Ruder, das MacReanna nicht loslassen und das der Kapitän nicht gefährden durfte, das Ruder, das diesen beiden Steuerleuten für große Fahrt längst zum Inbegriff ihres Daseins geworden war. Das Ruder war es, das Andrew zwang, seine Augen aus denen des Kapitäns zu lösen, als könnte er ihrer Drohung nicht standhalten; aber das Gefühl – fast war es ein Instinkt zu nennen – zeigte dem Schotten leise an, daß der Dampfer aus dem gesetzten Kurse ausscheren wollte; also hatte Andrew die Augen nach vorn zu nehmen, um den Lauf des Schiffes zu berichtigen.

In diesem Augenblick begann eine weibliche Stimme hinter der Holzwand ein Lied zu trällern, übermütig fast und ganz deutlich. War es ein Zufall? Galt es den beiden Männern? Hatte die Frau mit angehört, wie die Männer miteinander stritten? Über wen machte sie sich lustig? Über Andrew? Über den Kapitän? Über beide? Ja, über beide sicherlich!

Andrew fand sich selbst, den Kapitän, diese ganze alberne Hahnenwut mit einem Male abgeschmackt. In den Augen des

Kapitäns erlosch der Zorn, wie eine Kerze ausgeblasen wird – und danach ist es dunkel. Die Stimme sang das schottische Lied:

»Maxwellton braes are bonnie,
where early fa's the dew,
and it's there that Annie Laurie
gie'd me her promise true.«

Annie Laurie – nichts als der blanke Hohn! Hohn? Auf wen? Als Andrew wieder zu dem Kapitän hinüberblickte, wollte es ihm scheinen, als wären die Züge des braunen Gesichts mit den harten Kanten plötzlich verfallen, alt, müde! Ja, und die Augen waren erloschen. Der Kapitän sagte, während er sich merklich aufraffte, um davonzugehen: »Lassen Sie mich sofort durch den Brückenläufer rufen, wenn Ihnen auch nur die geringsten Zweifel wegen des Fahrwassers auftauchen!«

Dann klappte die Gittertür hinter ihm zu.

»Gie'd me her promise true,
which ne'er forgot will be;
and for bonnie Annie Laurie
I'd lay me doun and –«

Vor dem letzten Wort »dee« verstummte das Lied wie abgeschnitten.

Das alte schottische Lied – wen hatte sie verspotten wollen? Ihn, den Schotten? Oder den anderen mit dem bretonischen Namen?

Annie Laurie – und ringsumher der gleißende Strom der brütenden Tropen auf vielleicht 1 Grad nördlicher Breite – Krokodile in den undurchsichtigen, braunfarbenen Wassern – Flußpferde, schnaubend des Nachts wie undichte Dampfventile – Affen in den Bäumen, kreischend, häßliche Kobolde – unwahrscheinlich bunte, schimmernde Zwergenvögel, Honigsauger – die Riesenschlange neulich im Geäst des halb schon vom Wasser unterspülten Uferbaums, wie eine unsauber aufgeschossene armdicke Manilatrosse – und die schwarzen Frauen am Ufer mit schlaffen, leeren Brüsten und blanker, brauner, wie polierter Haut, so gut wie nackt – und lassen die nackten, braunen Kinder auf der Hüfte reiten – und die milchweißen Zauberreiher im raschelnden Papyrusröhricht um die Inseln im Strom – und dann aus dem Schottischen Hochland: – bonnie Annie Laurie –

Sie hieß doch Maureen O'Toole. Der Kapitän – verrückt ist es; aber ob ich will oder nicht: er tat mir wieder beinahe leid, als er fortging vorhin –

Ach, hol das alles der Geier! Er hält mich schon für fähig, das Schiff allein zu steuern, trotz Niedrigwasser und unsicherer Fahrrinne – das ist schließlich die Hauptsache.

Denn Andrew zweifelte im Grunde nicht einen Augenblick daran, daß der Kapitän die Brücke nie im Stich lassen würde, trotz Wut und Haß und Liebe, wenn er das Ruder nicht in guten Händen wüßte. Andrew hätte sich nicht anders verhalten.

Zuerst glaubte Andrew an eine Sinnestäuschung, wie sie das ungeheuer starke, gewaltsame Licht des Tropenmittags zuweilen bewirkte. Es sah aus, als läge ein blanker, silberner Balken quer über dem Fahrwasser, als sei ein wenig schräg zur Strömung ein gleißendes, sich hier und da ein wenig bauschendes Band über das träge heranwallende Wasser gespannt. MacReanna hatte schon so viele seltsame und unerwartete Spiegelungen auf der Oberfläche des Kongo erlebt, hatte das Licht mit der bald wilden, bald nur heimlich sich regenden ewigen Unrast der Wasser so unerhörte Spiele und Tänze aufführen sehen, daß er sich nach den ersten aufreibenden vierzehn Tagen seiner Lehrzeit nicht mehr allzu leicht verwirren ließ. Er steuerte also die »Albertine« unverwandt der gleißenden Barriere entgegen und war gewiß, daß das Rätselbild bald von selbst sein Gefieder aus Licht und Luft und Zauberdunst auseinanderschütteln und sich in all seiner Harmlosigkeit als noch nicht erlebte Spielart einer Fata Morgana offenbaren würde.

Der Strom war hier sehr breit, zerfloß fast zu einem weiten See; die Ufer standen fern und ungewiß hinter den flirrenden

Schleiern der siedend aufwirbelnden Lüfte. Die Karte verriet, daß die Wassertiefen in diesem Abschnitt häufig wechselten und daß bei Niedrigwasser große Vorsicht geboten war, da der Fluß dazu neigte, auf seinem Grunde unberechenbare Sandbänke aufzuwerfen, die ihre Lage und Gestalt manchmal in einer Nacht vollkommen veränderten. Weiter gab die Karte einen Felsenriegel quer zur Strömung an – in durchaus ungefährlicher Tiefe allerdings; keine Stufe des Erdreichs; lediglich eine Stelle, an der sich die steinernen Rippen der Erde ein wenig bemerkbar machten.

Solch ein Riegel – dachte Andrew – mag wohl geeignet sein, bei faulem, langsamem Niedrigwasser der Bildung von Sandbänken Vorschub zu leisten. Die ziemlich groben Karten zeigten nur ungefähr an, wo der das Strombett querende Felsenriegel zu erwarten war; auf die halbe oder auch nur auf die ganze Meile genau ließen sie den Ort des verborgenen Riffes nicht erkennen. .

MacReanna wurde unruhig; der blanke Balken löste sich, je näher ihm die »Albertine« rückte, in eine dichte Kette von unruhig miteinander verbundenen Wallungen auf, deren blanke Oberflächen das Licht gleißend spiegelten; von ferne betrachtet, mochten sie wohl zu dem Trugbild eines polierten, runden, quer zum Strom liegenden Wasserbalkens zusammenrinnen. MacReanna konnte kaum noch daran zweifeln: quer über die ganze Breite des Strombettes, soweit es von der Brücke aus zu überblicken war, legte sich ein Unterwasserhindernis, in das er die »Albertine« nicht hineinjagen durfte. Wahrscheinlich hatte das niedrige, träge Wasser über oder dicht unter dem Felsenriegel Sand angespült, hinter dem dann, weiter stromab, sicherlich eine tiefere Furche quer über das Flußbett ausgespült oder ausgewühlt war. Solange man also den Bänken unter der Oberfläche nicht allzu nahe kam, schwamm das Schiff gefahrlos in ausreichend tiefem Wasser.

MacReanna stand wie auf Kohlen. So weit das Auge reichte, an Steuerbord und an Backbord, war der sonst glatte Wasserspiegel zu einer schmalen, glitzernden Parade fortwährend von innen her nachquellender Wallungen aufgerührt, die nirgendwo dem Schiff einen Durchlaß gewährten.

Der Loter unten über dem Bug sang gleichmäßig und gleichmütig die Wassertiefen aus, zumeist: »Kein Grund!«

Keine zwanzig Schiffslängen weit war die »Albertine« noch von der Barriere entfernt, die sich nun mit aller nur wünschenswerten Deutlichkeit abzeichnete. Irgendwo mußte ein Durchlaß stromaufwärts zu finden sein, sonst hätte ja der Dampfer aufgelaufen sein müssen, der talwärts an der »Albertine« vorbeigezogen war. Doch die gleißende Schranke dehnte sich ungebrochen den fernen Ufern zu, querab zu beiden Seiten des Bugs.

Ich muß den Kapitän rufen! Er wird mich hochnehmen wie noch nie! Ich kann das Schiff nicht in die Bänke hineinsegeln lassen – es reißt sich den Boden auf; oder wir sitzen tagelang fest, und dann bin ich erledigt, ja, »erledigt«, »Laufbahn erledigt!« Jetzt ist es also soweit. Der Bursche hat es mir prophezeit.

Wir haben höchstens noch fünfzehn Schiffslängen weit tiefes Wasser vor uns. Ich muß die Maschinen stoppen lassen, damit die Fahrt aus dem Schiff kommt. Verdammt, irgendwo ist bestimmt ein Durchlaß! Aber wo? Ich sehe keinen! Ich klingle jetzt! Kann das Schiff nicht in Gefahr bringen.

»Loto! Schnell! Meldung an Kapitän! Flußbreites Hindernis voraus! Ich bitte den Kapitän dringend auf die Brücke!«

Der Brückenläufer ließ die Gittertür laut hinter sich einfallen; gleich darauf hörte Andrew, wie hinter der Holzwand die lächerlich glucksende Negerstimme aufgeregt die Meldung erstattete.

Weiter war nichts zu vernehmen.

Es erfolgte auch nichts. Der Kapitän ließ sich nicht blicken, wenn auch Andrew zu spüren glaubte, daß hinter der Holzwand jemand mit ein paar Schritten an die Reling getreten war und vielleicht sogar um die Holzwand herum nach vorn blickte. Doch MacReanna wagte nicht, sich umzusehen.

Noch zehn Schiffslängen bis zu der Barriere im Strom! Unheimlich lebendig wallten vor dem Bug die Wasserwirbel.

Er kommt einfach nicht. Er läßt mich aufsitzen. Er irrt sich. Ich trage jetzt die Verantwortung. Es ist niemand sonst auf der Brücke.

Er griff hinüber und riß den Maschinen-Telegrafen auf »Achtung!«. Die Bestätigung klingelte sofort herauf. Herr Bimlipotam mußte schon vor der Signalanlage gewartet haben. Guter Bimlipotam!

Andrew hielt das Ruder mit der linken Hand fest und hob mit der anderen den Deckel vom Sprachrohr zum Maschinendeck: »Stoppen Sie beide Maschinen, Herr Bimlipotam, bis die Fahrt aus dem Schiff gewichen ist. Dann lassen Sie ganz langsam wieder anlaufen, daß das Schiff eben in der Strömung steht!«

Herr Bimlipotam vergaß – wahrscheinlich vor Aufregung –, eine Wiederholung des Befehls auch nur anzudeuten.

Zwei Sekunden später versiegte plötzlich das leise Vibrieren, das die stampfenden Kolben der Maschinen sonst dem Schiffsleib mitteilten; das Rauschen der Schaufeln am Heck verstummte.

Die »Albertine« hatte noch soviel Fahrt, daß sie erst knapp zwei Schiffslängen vor dem nun unerträglich gleißenden Hindernis zum Stillstand kam. Aber ehe sie noch mit der Strömung abzutreiben begann, ließ Herr Bimlipotam vorsichtig wieder Dampf in die Zylinder strömen; die Schaufeln am Heck begannen von neuem ihren schaumigen Singsang. Die »Albertine« stand in der Strömung, gerade eben dem Ruder gehorchend. Andrew wußte nicht, was er tun sollte. Er konnte das Ruder nicht im Stich lassen. Weder der Kapitän noch Loto, der Brückenläufer, den er ins Kapitänsquartier gesandt hatte, waren bisher zum Vorschein gekommen. Es rührte sich nichts hinter Andrews Rücken.

Da stehst du, Andrew MacReanna, und hältst dein Schiff mit der Nase in die Strömung. Vor dir die beißend blendende Wasserschranke, die Untiefe, die gefährliche, deren du nicht Herr zu werden vermagst, weil sie dich weder an Steuerbord noch an Backbord passieren läßt! Hinter dir, Andrew MacReanna, die Straße, die du gekommen bist, aber erst ein einziges Mal – und stromab in jagender Fahrt wird sie schwerer zu befahren sein! Du stehst still im Strom, Andrew! Aber das hast du nicht der eigenen Geschicklichkeit zu verdanken, sondern der des Herrn Bimlipotam, der jetzt, genauso wie du hier oben, unten an dem Maschinendeck neben dem Telegrafen steht und zu der grellen Schranke hinüberstarrt und nicht weiß, ob die Herren oben auf der Brücke den Verstand verloren haben.

Wilde Vorstellungen jagten sich im Hirne MacReannas: konnte nicht hinter der verdammten Holzwand irgend etwas Entsetzliches passiert sein? Irgend etwas Böses ging dahinter vor; das hatte er von der ersten Stunde an auf diesem verdammten Schiff geahnt! Wenn der Kerl vor lauter Wut einen Hitzschlag bekommen hat –! Ein Wunder wäre es nicht bei dieser höllenhaften Temperatur. Dann sitze ich da mit meinem Talent, kann drehen und wieder nach Hause fahren. Erledigt, Andrew! »Laufbahn erledigt!« Wie lange warten wir jetzt schon vor dem verfluchten Hindernis. Ich muß mich entschließen, etwas zu tun. Muß ich – Plötzlich eine ganz ruhige Stimme neben Andrew, eisig, verächtlich: »Nun, mein Herr, worauf warten Sie? Warum fahren Sie nicht weiter? Warum haben Sie abgestoppt?«

Andrews Fäuste krampften sich um die Sprossen des Ruderrades. Der Bursche hatte ihn also ganz bewußt und absichtlich in diesen hilflosen Zustand hineinsegeln lassen. Andrew brachte die Zähne nicht auseinander; es war ihm unmöglich, zu antworten. Wieder die höhnisch alltägliche Stimme hinter seiner Schulter: »Darf ich Sie darauf aufmerksam machen, daß es einer Befehlsverweigerung gleichkommt, wenn Sie Ihrem Kapitän nicht die geforderte Meldung über Zustand und Kurs abgeben!«

Mich bringst du nicht aus der Fassung, mein Guter! Andrew meldete mit einer Stimme, die vor Erregung so heiser war, daß er sie selbst nicht kannte: »Hindernisse zwei Schiffslängen voraus, quer über das Fahrwasser. Habe stoppen lassen, da Passage unmöglich scheint!«

»Erscheint Ihnen unmöglich, wie? Waren Sie nicht schon überzeugt, den Strom mit allen Schlichen und Pfiffen zu beherrschen, Herr? Haben Sie mir nicht daraufhin Händel angeboten? Feine Methoden, mein Herr! Der Strom wird Ihnen noch manche Nuß zu knacken geben. Wie lange gedenken Sie noch, hier mitten in der Strömung still zu liegen? Glauben Sie, die Gesellschaft zahlt das Holz für die Kessel, damit Sie es hier auf der Stelle tretend verpulvern? Zeigen Sie doch, was Sie können! Sie werden sich doch vor dieser elenden Barre nicht blamieren! Sehen Sie nicht, daß das Flußbett im großen eine Kurve von Südosten nach Westen beschreibt, daß also der Hauptsog auf der nördlichen Kante liegen muß? Sehen Sie das alles nicht? Und daß wir selbst hier noch beinahe genug Wasser haben, die Barre zu passieren? Und daß der Dampfer auf dieser Seite der Barre mindestens in einer Breite von drei, vier Schiffslängen tiefes Wasser hat, Sie das Schiff also ohne jede Gefahr über dwars nach backbord drücken können, bis Sie eine Passage mit tiefem Wasser finden? Das sehen Sie alles nicht, nein! Sie sind vor lauter Hochseeweisheit blind und treten munter auf der Stelle!«

Plötzlich brüllend: »Rühren Sie sich endlich! Fahren Sie weiter, zum Teufel!«

MacReanna, bebend vor Zorn, begriff natürlich nicht, daß ihm der Kapitän mit seinen bissigen Fragen begreiflich machen wollte, wie das Schiff aus der beängstigenden Falle zu erlösen war. MacReanna zitterte am ganzen Leibe; er spürte nichts weiter als den ätzenden Spott, mit dem er bedacht wurde. Der Schurke stellte ihn vor die Wahl, entweder in das arbeitslose Elend des Londoner Hinterzimmers zurückzukehren oder den ständigen Schimpf weiter zu ertragen. Was hatte er eben geschrien? »Fahren Sie doch weiter!« Warte, du, ich lasse mir kein zweites Mal sagen, daß ich deine Befehle nicht ausführe!

Und schon hatte MacReanna den Hebel des Maschinen-Telegrafen auf »Beide Maschinen volle Kraft voraus!« gerissen.

Ehe vom Maschinendeck noch die Bestätigung heraufklingelte, war der Kapitän schon an das Sprachrohr gesprungen und zischte in die Tiefe: »Befehl zurück! Backbordmaschine stopp! Steuerbordmaschine halbe Kraft voraus!«

Jetzt klingelte die Bestätigung sofort herauf. Der Kapitän trat neben MacReanna und sagte, plötzlich ganz ruhig: »Sie scheinen an akutem Wahnsinn zu leiden. Geben Sie mir das Ruder! Passen

Sie auf, wie's gemacht wird. Ich zeige Ihnen das Manöver nur einmal.«

MacReanna trat beiseite; er war völlig verdutzt. Der dienstliche Ton, in den der Kapitän plötzlich hineingefunden hatte, traf ihn unvorbereitet. Hatte er sich in dem Manne getäuscht? Hatte er sich vor lauter Ärger verhört? Oder hatte es der Kapitän plötzlich mit der Angst zu tun bekommen, zu weit gegangen zu sein? Doch das war ausgeschlossen, denn im Falle einer Verhandlung vor der Reederei würde stets der Kapitän das letzte Wort behalten.

Aber MacReanna kam nicht dazu, sich weiter den Kopf zu zerbrechen, warum der Kapitän so ohne Übergang aus dem krassen Hohn in einen sachlichen, dienstlichen Tonfall abgeschwenkt war. Über der vollendeten Meisterschaft, mit welcher der Schiffer jetzt den Dampfer tanzen ließ, vergaß MacReanna seinen Zorn. Wider seinen Willen und nicht zum ersten Male stahl sich Bewunderung für diesen zerrissenen, niemals heiteren Mann in seinen Sinn.

Das mit halber Kraft laufende Heckrad an Steuerbord drückte den Bug des Dampfers, nachdem die Backbordmaschine zum Stillstand gekommen war, sachte nach Backbord hinüber und hatte zugleich das Bestreben, den Schiffskörper vorwärts zu treiben. Je weiter nun aber der Bug nach Backbord abdrehte, desto stärker faßte die Strömung das Schiff breitseits an Steuerbord. Indem nun der Kapitän das Ruder hart nach Steuerbord legte, hob er die Wirkung des nach Backbord drückenden Steuerbordrades und der von vorn und von Steuerbord angreifenden Strömung so weit wieder auf, daß als erstaunliche und fast wie Hexerei erscheinende Resultate all dieser verschiedenen auf den Schiffsleib einwirkenden Kräfte nichts weiter übrigblieb als eine gemächlich gleitende Bewegung des Schiffes nach Backbord in voller Breite. Es war fast wie ein Wunder, und MacReanna hielt den Atem an, als sich der Dampfer, die Nase stets um eine sichere Schiffslänge von der Barriere im Strom entfernt, sehr langsam nach Backbord abfallen ließ, sanft von der bisherigen Senkrechten zu der Unterwasserschranke abgewinkelt. Das Schiff bewegte sich nicht vorwärts und nicht rückwärts; es machte nur seitwärts über seine Backbordflanke sachte Fahrt auf das ferne Nordufer zu, stets in dem sicheren, tiefen Wasser dicht unterhalb der Stromschwelle. Die Dwarsbewegung der »Albertine« vollzog sich mit einer so selbstverständlichen Leichtigkeit, das Schiff folgte dem Willen seines Meisters mit so spielerischer Genauigkeit, daß jedem alten Fahrer und Führer von Schiffen das Herz vor guter Freude springen mußte. Es war, als bewöge ein guter Reiter durch sanften Druck des rechten Schenkels und einen ganz leisen Ansatz des rechten Sporns, zugleich aber durch einen milden Zug am linken Zügel sein gutes, verständiges Pferd, sich seitwärts zu bewegen.

MacReanna war solch ein alter Fahrer und Führer von Schiffen, und er war es gern und mit Leidenschaft – wie hätte er jetzt nicht trotz des hilflosen Ärgers, der in ihm bohrte, bestreiten mögen, daß er kaum je ein so vollkommen und leichthin ausgeführtes Manöver erlebt hatte wie dieses des zähen, eher zierlichen als robusten Mannes vor ihm am Ruder.

Der Kapitän handhabte das Ruderrad so vorsichtig und geschickt, als hätte er nicht die kräftig gedrechselten Speichen, sondern den Hals einer Geige in der Hand. Wenn die »Albertine« ahnen ließ, daß sie sich auf die wallende Barriere zuschieben wollte, ließ der Kapitän das Ruder ein wenig nach mittschiffs nachgeben; gleich faßte dann die Strömung um einen Bruchteil stärker an und hemmte die Vorwärtsbewegung, während sie die Dwarsbewegung verstärkte. Und drohte das Schiff, über den Stern Fahrt aufzunehmen, so minderte das um eine Handbreit nach Steuerbord schwenkende Ruder sofort den Anprall der Strömung von vorn, indem es den Schiffsleib einige wenige Grade spitzer gegen den Strom stellte.

MacReanna stand, von der hohen Kunst des Schauspiels gefesselt, halbrechts hinter dem Kapitän. Keiner von beiden sagte ein Wort. Das Nordufer des Stromes war bereits deutlich näher gerückt. Aber noch immer erstreckte sich das dichte Geschmeide der gleißenden, blendenden Wallungen weit nach beiden Seiten vor dem Bug des Dampfers, ohne daß irgendwo stilleres Wasser einen Durchlaß stromauf erkennen ließ. Der Kapitän meinte dann, wie halb zu sich selbst: »Wenn wir auch nur einen halben Faden mehr Wasser hätten und nicht gerade dieses niedrigste Niedrigwasser, würde von der Unterwasserschwelle kaum noch etwas wahrzunehmen sein. Wir brauchten uns keine Passage erst mühsam zu suchen.«

MacReanna erwiderte nichts. Er hatte sich das gleiche schon klargemacht. Aber er dachte: Corlay hat den Streit schon vergessen; er freut sich über das, was er tut; er ist stolz auf seine Kunst; im Augenblick ist er mit sich einig, was ihn auch sonst bedrücken mag. Der Kapitän fuhr fort: »Die Passage wird sich erst dicht am Ufer bieten, wo die Kurve des Stromverlaufs die Strömung etwas zusammendrängt und dadurch beschleunigt. Es könnte allerdings auch –«

Der Satz wurde ihm abgeschnitten; denn in diesem Augenblick, in dem die beiden Männer sich in der stummen Eintracht ihres Dienstes und ihrer Aufgabe zu finden schienen, klappte hinter ihnen hart die Gittertür. Ein leichter Schritt ertönte, und hinter MacReannas rechter Schulter sprach eine weibliche Stimme hell und klar die Sätze: »Entschuldige, John! Aber ich sehe, daß ihr beide allein auf der Brücke seid. Auch eure Debatten scheinen sich zur Zeit etwas beruhigt zu haben. Da dachte ich, es wäre gute Zeit und Gelegenheit, daß du mich endlich einmal mit unserem neuen Schiffsgefährten bekannt machst, John!«

Sie hatte das in dem liebenswürdigen Tonfall einer Dame von Welt gesagt, als verstünde es sich von selbst, daß der Kapitän nun auf der Stelle sein Rad im Stich ließe, sich umwendete und mit einer angemessenen Verbeugung Herrn Andrew MacReanna seiner Frau vorstellte.

Wenn ein Blitz neben dem Schiff ins Wasser gefahren wäre, hätten die beiden Männer nicht heftiger erschrecken können. Diesen Augenblick hatte sie also gewählt: MacReanna zwar stand mit freien Händen da, aber der Kapitän war an das Rad so gut wie gefesselt und durfte seine Augen nicht vom Strom lösen!

Einen Augenblick lang erfolgte gar nichts; die Männer waren

zu überrascht. Andrew drehte sich langsam um. Ganz nahe vor ihm stand Maureen O'Toole, die Frau des Kapitäns. Es wetterleuchtete kaum merklich um die großen blauen Augen unter der schwarzen, glatten Wolke ihres Haares, als wollte sie ihn heimlich wieder ins Vertrauen ziehen wie mit jener Geste des die Lippen verschließenden Zeigefingers. Ihr Hals stieg schön aus dem weiten Ausschnitt ihres hellgrünen, bastseidenen Kleides. Der milde Luftzug der Dwarsfahrt des Schiffes ließ den Stoff ein wenig wehen, so daß er die Glieder der Frau – verbarg zwar – aber zugleich auch verriet.

MacReanna nahm diese Einzelheiten – und dazu die milchige Frische der Haut, die von der Kongoglut noch nicht verdorben schien – kaum als solche wahr; aber soviel helle, beinahe kühle Anmut einer weißen Frau, und dazu noch in ein heimliches Komplott eingeladen zu werden, das sie ihm durch dies kaum spürbare Lächeln um die Augen anzeigte – er war gewonnen und verloren, ehe er auch nur ahnte, ob überhaupt etwas und was im einzelnen von ihm erwartet wurde.

Als der Kapitän keine Antwort gab, drehte sich MacReanna nach ihm um. Zwar vermochte Andrew das Gesicht seines Vorgesetzten nur von der Seite und einigermaßen undeutlich zu erkennen, aber er bemerkte sofort, daß Corlay keinen Tropfen Farbe mehr unter seiner braunen Haut im Antlitz behalten hatte; auch zeichnete sich leicht ein Muskelstrang auf der Backe ab, als bisse der Kapitän die Zähne zusammen. Als Corlay endlich Worte fand, klang seine Stimme mühsam beherrscht: »Ich bitte dich, Maureen! Ich kann das Ruder für die nächsten zehn Minuten nicht aus der Hand geben. Ich bitte dich, laß uns noch für eine Viertelstunde allein. Ich muß dieses schwierige Manöver erst beenden, dann –«

Maureen unterbrach ihn, während sie Andrew unverwandt mit jenem heimlichen, kaum zu ahnenden Lächeln um Augen und Mund anblickte: »Ja, dann, dann! Immer schiebst du es hinaus wegen irgendwelcher Pflichten gegenüber diesem langweiligen Schiff. Du und ich, wir kennen uns ja ohnehin –« Sie lachte. »Und mit deinem neuen Mitarbeiter, oder wie ich ihn nennen darf –«, wieder lachte sie leise auf, »kann ich mich schließlich auch allein bekannt machen.«

Sie bot MacReanna die Hand: »Herr MacReanna, nicht wahr? Ich bin Frau Corlay! Aber das wissen wir ja längst, wenn auch mein guter Mann stets im Dienst ist und weder am Tage noch bei Nacht die strenge Kapitänsmiene ablegt. Manchmal muß ich mich wirklich fragen, ob er mit dem Kongo verheiratet ist oder mit mir.«

MacReanna hielt die trockene, warme Frauenhand in seiner Rechten; die war feucht. Er stammelte – auf englisch, denn er war englisch angeredet worden –: »Frau Corlay –!« Beinahe hätte er »Maureen« gesagt, denn in Gedanken hatte er sie nie anders genannt als beim Vornamen. »Frau Corlay, Ihr Mann muß in der Tat das Schiff gerade jetzt über einen sehr schwierigen Abschnitt führen. Ich muß Sie um Verständnis dafür bitten. Aber natürlich freue ich mich sehr, Sie kennenzulernen!«

Er sagte das alles ein wenig ungeschickt; aber es klang sehr liebenswürdig. Die Frau entgegnete laut und unbekümmert – und ließ weiter ihre Augen hell und groß in denen MacReannas brennen: »John, hast du gehört: ›freuen‹ hat er gesagt, ›freuen‹! Und er hat recht. Ich habe dir hundertmal gesagt, daß es wirklich unhöflich ist, uns so lange nicht miteinander bekannt zu machen. Um so mehr, als wir zwei doch Landsleute oder mindestens enge Nachbarn sind. Oder wissen Sie das noch gar nicht, Herr MacReanna?«

Andrew konnte nicht verhindern, daß sich ein Schimmer der Freude auf seinem Gesicht verbreitete. Den Kapitän, der an das Ruder gefesselt war und nicht einmal nach seinem Belieben den Blick wenden konnte, beachtete Andrew kaum noch. Dies war seine Chance, und er nahm sie wahr ohne Bedenken, denn der Kapitän hatte bisher keine Sekunde lang versucht, seine Freundschaft zu gewinnen. Andrew antwortete: »Wenn ich es bis dahin nicht gewußt hätte, so wußte ich es, seitdem ich Sie ›Annie Laurie‹ habe singen hören. Ich stamme von den westlichen Inseln.«

»Und ich aus Donegal. Wir sind also wirklich enge Nachbarn. Beinahe könnten wir gälisch miteinander sprechen.«

»Ja!« lachte er. »Kein Mensch würde uns verstehen! Aber ich bin froh, daß ich wenigstens wieder englisch reden darf.«

Als sie darauf antwortete, zitterte Spott in ihren Worten: »Das dachte ich mir doch. Deswegen habe ich diese Sache auch selbst in die Hand genommen, da mein Mann ständig behauptet, es vertrüge sich nicht mit der Disziplin auf einem Schiffe und so weiter, wenn die Frau des Kapitäns mit dem Ersten Offizier Bekanntschaft schließt. Ich hoffe, Sie werden meinem Manne von jetzt an nicht den schuldigen Gehorsam aufkündigen, Herr MacReanna!«

»Oh, durchaus nicht, Frau Corlay. Ich bin ja erst ein Anfänger und habe noch sehr viel zu lernen. Und ich glaube sogar, daß ich es nirgendwo besser lernen kann als hier auf diesem Schiff!«

Die Frau trat einen Schritt vor, so daß sie zum ersten Male MacReanna aus ihren Blicken entließ, und sprach ihren Mann an: »Siehst du, John, die Menschen sind viel vernünftiger, als du denkst. Das mit der Disziplin ist einfach eine fixe Idee von dir. Ich sage es dir stets! Genauso eine fixe Idee wie deine Anordnung, daß auf diesem Schiff nur französisch gesprochen werden darf. Das Englische ist dem Kapitänsehepaar vorbehalten, eine ›verheiratete‹ Sprache also. Ich verstehe nicht viel Französisch. Um so lieber spreche ich auch einmal mit jemand anders englisch. Wir werden jedenfalls in Zukunft auf englisch miteinander verkehren, nicht wahr, Herr MacReanna?«

Andrew verbeugte sich leicht und meinte: »Das kommt darauf an, Madame, ob Ihr Mann, der Kapitän dieses Schiffes, es uns gestatten wird –«

Sie lachte heiter auf. Es bedurfte schon sehr scharfer Ohren, um den leisen Unterton von Härte und Widerwillen in diesen Lauten herauszuhören; dem Schotten entging er nicht; es war ihm, als flöge ein kalter Hauch über seine Haut. Madame erwiderte: »Ach, keine Sorge, mein lieber Landsmann von den Inseln. Ich hoffe doch, daß auch auf diesem Schiffe gilt, was schon von manchem anderen Schiff in diesen schwülen Breiten gesagt worden ist: der Kapitän befehligt zwar das ganze Schiff; aber die Frau befehligt den Kapitän. Oder glauben Sie etwa, Herr MacReanna, daß auf diesem Schiff der Kapitän den Befehlen seiner Frau nicht zu folgen braucht?«

»Ganz im Gegenteil, Madame! Ich glaube vielmehr, daß der Kapitän sich glücklich schätzen kann, Ihren Befehlen folgen zu dürfen.«

Es kam ganz ehrlich heraus, beinahe bieder. Die Frau lachte abermals hell auf, und Andrew spürte, daß diesmal ihr Spott nicht nur dem Kapitän, sondern auch ihm selbst galt. –

Während der ganzen Unterhaltung hatte Andrew auch nicht mehr mit einem Blick den Strom beachtet. Das schöne, beunruhigende Wesen in dem blaßgrünen Kleide vor ihm nahm ihn vollkommen in Anspruch.

Als jetzt die Stimme des Kapitäns hörbar wurde, wie von weit her, ganz fremd, aber in schneidender Schärfe, fuhr MacReanna zusammen, obgleich Corlay beinahe nur halblaut sprach: »Maureen, verlasse, bitte, die Brücke sofort! Ich kann dich jetzt hier nicht gebrauchen. Wir sprechen nachher weiter. MacReanna, ich ersuche Sie, Ihre Aufmerksamkeit wieder dem Schiff zuzuwenden. Wir haben die Passage über die Schwelle erreicht. Nehmen Sie das Ruder!«

Es gab keinen Widerspruch und kein Ausweichen. Ehe Andrew hinter das Ruderrad trat, streifte er mit einem bedauernden Blick das Antlitz der Frau – und erschrak heftig!

Denn plötzlich war auf dem Gesicht keine Spur mehr von der heiteren und spöttischen Überlegenheit zu entdecken, die es bisher gezeigt hatte, sondern nichts als – Angst! Ja, Angst! Als Andrew die Speichen des Rades in die Hand nahm, wußte er mit einem Male: eine Art von verzweifelter Tollkühnheit ist es in Wahrheit gewesen, von der Maureen O'Toole auf die Brücke getrieben worden ist; sie lebt in Angst; aber sie ist nicht feige. Daß sie hier aufzutauchen wagte, damit bewies sie einen unerhörten Mut! – Mut? Mut wozu, wogegen?

Andrew kam nicht mehr dazu, die Antwort auf diese Fragen mit sich selbst zu erörtern, denn jetzt stand er wieder am Ruder und hatte seine Augen, seinen Willen und seinen Sinn auf den Strom vor dem Bug zu richten.

Der Dampfer hatte sich inzwischen vor der rastlos überwallten Barre quer über den Strom geschwungen und stand nun am Nordufer, nicht mehr als einen guten Steinwurf weit davon entfernt. Wie der Kapitän vorausgesagt hatte, lief hier an der Außenseite der flachen Kurve des Flußlaufs die Strömung heftiger, so daß sich unter Wasser über der wohl auch hier noch anzunehmenden Steinrippe keine sandige Untiefe hatte bilden können. Die wallende Barriere war an Steuerbord zurückgeblieben. Klar und ohne verdächtige Wirbelungen zog die Strömung hier dem Schiff entgegen.

Der Kapitän hatte, gleich nachdem er das Ruder an MacReanna abgetreten, für beide Maschinen »Volle Fahrt voraus« gegeben. Einen Augenblick lang drohte die Strömung, die Nase des Schiffes der turmhohen, stummen Wälderwand des Ufers zuzudrücken, dann bekam Andrew den Dampfer in die Gewalt; die nun wieder mit höchster Kraft umlaufenden beiden Schaufelräder am Heck trieben das Schiff bald vorwärts. Die »Albertine« ließ den langen, sich silbern weit über die Breite des Stromes hinstreckenden Strich der gefährlichen Wallungen an Steuerbord neben sich liegen und folgte mit schäumender Bugwelle schnurgerade dem nun wieder eindeutigen Fahrwasser. Der Kapitän, der seinen Platz am Brückenfenster auf der Backbordseite eingenommen hatte, sagte, als läge ihm viel daran, MacReanna sachlich zu belehren: »Manchmal fängt sich in solchen Passagen bei Niedrigwasser ein treibender Baum oder dergleichen. Gewöhnlich verrät er sich durch ein paar Strudelungen oder Äste, die über die Wasseroberfläche hinausragen. Es ist natürlich ratsam, diese Stämme nicht zu rammen. Zwar sitzen sie gewöhnlich nicht sehr fest und können dem Schiff nicht viel schaden; aber sie geraten manchmal beim Abtreiben in die Schaufeln am Heck und zerbrechen ein Brett oder verbiegen eine Stange.«

Andrew wunderte sich; selten nur hatte der Kapitän ihn so ohne jeden bitteren Beigeschmack über Einzelheiten der Flußfahrt aufgeklärt. Er steuerte den Dampfer allmählich wieder der Mitte des Stromes zu. Auf der morastigen Bank am Ufer – so viel hatte Andrew mit einem schnellen Seitenblick noch festgestellt, war er doch erst ein Neuling auf diesem heißen Strom – hatten Krokodile, riesige Echsen, im Schlamm gelegen, kreuz und quer, wirr, ohne eine Ordnung, wie ein Haufen alten, borkigen, stinkenden Treibholzes nach versiegter Flut.

Er hätte den Dampfer längst wieder allein steuern können; aber der Kapitän stand immer noch an seinem Fenster, stumm, regungslos, blaß unter der braunen Haut.

Eine unbestimmbar lange Zeit verging so. Die Sonne neigte sich schon in den Nachmittag. Lange können wir nicht mehr unterwegs sein, dachte Andrew müde – wir werden schließlich Stanleyville erreichen, das Ziel. Und dann dort einen oder zwei Tage Liegezeit, und stromab dann schneller als jetzt, viel schneller –!

Der Kapitän rührte sich; er wandte sich dem Schotten am Ruder zu. Er sagte mit einer vor Heiserkeit kaum verständlichen Stimme: »MacReanna, meine Frau – Meine Frau haßt den Strom. Wenn es Ihnen Spaß machen sollte, sie darin zu bestärken – tun Sie es nicht, tun Sie es, bitte, lieber nicht!«

Er ließ die Gittertür mit hartem Klappen hinter sich einfallen.

Bis zum Abend hatte Andrew Zeit, darüber nachzudenken, ob dies »Tun Sie es nicht!« eine flehentliche Bitte oder eine böse Drohung gewesen war.

Zu später Stunde – als alles verrichtet war, was verrichtet werden mußte – zog sich MacReanna endlich in seine Kammer zurück. Der Kapitän hatte ihm ganz allein überlassen, das Schiff für die Nacht und die Reise des kommenden Tages zu richten. Andrew war so müde, so überreizt, so schlaff vor Hitze und Nervenqual – an diesem Tage hatte, was selten vorkam, kein Gewitter die Luft erleichtert –, daß er kaum die Hälfte seiner Abendmahlzeit hatte bezwingen können, obgleich er gegen seine Gewohnheit mit einem steifen Whisky nachgeholfen hatte. Sein Bursche Saka war eine Weile um ihn herumgestrichen, als wollte er noch irgendeine Neuigkeit oder Frage loswerden. Aber Andrew hatte ihn nicht dazu ermuntert.

Nun lag das Schiff endlich ruhig und still vor seinen Leinen.

Andrew ruhte unter seinem Moskitonetz. Ihm brannten die Augen vor Müdigkeit. Aber er konnte nicht einschlafen. Er horchte auf das leise murmelnde Geräusch der Unterhaltung über seiner Kabine auf dem Kapitänsdeck.

Lange Pausen dazwischen. Waren sie jetzt still und schlafen gegangen? Nein, da waren die Stimmen wieder.

Mit einem Male wurden sie laut und hart.

Er verstand keines der klirrenden Worte.

Ein Stuhl wurde zurückgestoßen, fiel krachend um, ein zweiter!

Eine Frau schrie leise auf – verstummte gleich wieder.

Schritte, schnelle, leichte, rannten davon.

Eine Tür fiel ins Schloß.

Ein Mensch ließ sich oben schwer in einen Stuhl fallen, daß der Decksboden leise dröhnte.

Dann blieb es still!

Andrew war mit beiden Beinen aus dem Bett gefahren, als der Schrei schrillte – wenn auch nur verhalten und gewaltsam gedämpft.

Aber die Tür fiel ins Schloß; nichts regte sich mehr. Er zog die Beine unter das Moskitonetz und stopfte die Gaze wieder unter die Matratze, sehr sorgsam in der Dunkelheit.

Am Rande des Urwalds über den hohen Uferbänken keckerte höhnisch und zugleich wie irrsinnig vor panischer Furcht ein Nachtäffchen.

VIII

Stanleyville also –! Auf nicht ganz 1 Grad nördlicher Breite; dem Äquator so nahe, daß man sagen kann, es läge darauf. Auf ein paar Kilometer kommt es hier wirklich nicht an.

Breite Straßen. Weiße, angenehme Häuser hinter dichten

Hecken voller großer Blumen in allen Farben des Regenbogens. Affenbrotbäume so ungeheuer, so mammuthaft dick, so gewaltig ausladend, als trügen sie ein Jahrtausend in ihren dunkelgrünen, weithin schattenden Kronen – und oft genug mag es mehr sein als ein Jahrtausend. Palmen, niedrige, büschelig wedelnde, raschelnde und hohe, wiegende, rauschende in den Gärten und an den Straßen, den breiten, sauber gepflegten.

Die Weißen alle in makelloses Weiß, die Schwarzen in bunt und buntere Tücher und Hemden und Hosen, vor allem aber in ihre wunderbar samtbraune Haut gekleidet. Vergnügt und wichtig und geschwätzig scheinen sie alle und bereit zu niemals endenden, glucksenden Gelächtern. Die Weißen mit roten oder blassen Gesichtern bewegen sich langsam und warten auf die Kühle der Nacht am Strom.

Und der Strom selbst hier unterhalb der Stanleyschnellen ist auf einen oder anderthalb Kilometer zusammengedrängt und fließt eilig, tief und machtvoll. Die Schiffahrt findet für die 160 Kilometer der Stromschnellen und flachen Fälle stromauf ein Ende.

Für die aus einem kerzengraden Urwaldbaum geschnitzten Kanus der eingeborenen Stämme an den Ufern des großen Stroms, der oberhalb der Stanleyfälle nicht mehr Kongo, sondern Lualaba heißt, bilden die Stanleyschnellen kaum ein Hindernis. Die schwarzen Ruderer verstehen es meisterhaft, bis zu zwei Dutzend aufrecht in den schmalen, endlos langen »Pirogen« stehend, ihre Boote über die schäumenden, breiten Riegel der Schnellen stromauf zu schieben, mehr stakend als rudernd, oder stromab durch die engen Kanäle dahinzuschießen, die Boote dann einer riesigen, schnellenden Harpune vergleichbar, gefiedert mit braunen, nackten Männern, die wie von Dämonen besessen paddeln, damit das Boot nicht quer vor die urmächtige Strömung treibt und kentert.

Alle diese Stämme bringen tierhaft geschickte Ruderer hervor; sie höhlen sich ihre unverwüstlichen Kanus so sorgsam aus den harten Urwaldbäumen, daß die Bordwände, die stehenbleiben, nicht dicker mehr sind, als ein Finger breit ist; nur am Boden, am Kiel, erhalten die erfahrenen Bootsbauer das Holz in doppelter oder dreifacher Fingerstärke, vor allem, damit die runden Einbäume unten schwerer werden als an den Seiten, kippeln und kippen sie doch bei ihren glatten, runden Wänden sowieso allzu leicht und gern.

Die Stämme hier, wo von Süden der Loleke, der Lukumbe und der träge, mächtige Lomami, von Norden und Osten der schnellenreiche Aruwimi, der Lindi und Tschopo, der Lubundu, der vielfach geschlängelte Lowa und der Lulindi dem Hauptstrom zustreben – die Stämme in dieser verwirrend üppigen, drängenden, feuchtschwülen Welt tragen lächerlich klangvolle, wie ausgedachte Namen: Bamboli heißen sie oder Topoke, Turumbu oder Vuagenia, Bakumu oder Wasingira.

Hier mitten im innersten Herzen sollte es sogar eine Bahnlinie geben; sie umgeht die Stanleyfälle und bringt Reisende und Güter nach Ponthierville, von wo an aufwärts der Lualaba wieder für Dampfer schiffbar wird. MacReanna glaubte es, denn er sah, wie Menschen und Frachten über den vor Stanleyville wieder eilig wallenden Strom gerudert wurden und andere herüberstrebten vom fernen jenseitigen Ufer; die Frachten kamen zum Teil gleich längsseits zur »Albertine« und mußten übernommen werden; auch meldeten sich Passagiere für die Rückreise nach Léopoldville. Die zumeist fahlgesichtigen Männer unter ihren Tropenhelmen blickten erstaunt, wenn MacReanna sie in Empfang nahm: ein neues, noch unbekanntes Gesicht! Alle, die da frisch an Bord stiegen, schienen als ihr gutes Recht zu beanspruchen, daß MacReanna ihnen sofort ausführlich über das Woher, Wohin und Wieso Auskunft erteilte. Andrew enttäuschte sie vorläufig.

Der Kapitän hatte gleich nach der Ankunft mit seiner Frau die »Albertine« verlassen. Als der Dampfer schon aus dem Strom auf die noch kaum erkennbaren Liegeplätze der Schiffe am Ufer zuschwenkte, hatte Corlay zu MacReanna, der wegen des bevorstehenden Anlegemanövers das Ruder an Muata abgegeben hatte, im Tone des Befehls folgende Sätze gerichtet: »Ich wohne in Stanleyville stets in der ›Résidence Silva‹. Ich habe mit der

Agentur und einigen Verladern verschiedenes abzusprechen. Wir fahren wahrscheinlich am Morgen des dritten Tages, von heute gerechnet, wieder ab. Sorgen Sie für das Löschen der gesamten Ladung. Alle Passagiere, schwarze wie weiße, gehen noch heute von Bord, ohne Ausnahme. Morgen lassen Sie das Schiff von oben bis unten scheuern. Der Bootsmann Bourgand versteht sich darauf. Bimlipotam soll die zwei angebrochenen Schaufeln am Backbordrad auswechseln. Ngolo macht das Kapitänsquartier gründlich sauber. Dann nehmen Sie die neue Fracht über. Das meiste wird schon in der Halle neben unserem Kai warten. Frachten mit unvollständigen oder fehlerhaften Papieren weisen Sie zurück. Wenn Sie mir etwas mitzuteilen haben, geben Sie mir durch Loto Bescheid; Loto kennt sich in der Stadt leidlich aus. Ich erwarte, daß Sie stets auf dem Schiff zu finden sind, wenn man Sie braucht. Spätestens übermorgen abend werde ich mich davon überzeugen, ob das Schiff abfahrbereit ist. Alles klar?«

»Alles klar, Kapitän!«

»Also in der ›Résidence Silva‹! Loto weiß mich zu finden!«

Danach war der Kapitän in sein Quartier verschwunden und hatte es dem Schotten überlassen, die »Albertine« an die Mauer zu legen und festzumachen. MacReanna hatte gleich nach der Ankunft alle Hände voll zu tun. Er war gerade damit beschäftigt, am Achterende des Schiffes auf seiner Liste die Postsäcke abzuhaken, die von Bord gingen, als er weiter vorn im letzten Licht des Tages den Kapitän und seine Frau von Bord gehen sah. Ngolo schritt als erster über den Laufsteg an Land, Maureen folgte als zweite, der Kapitän machte den Beschluß. Der Kapitän wendete sich für einen Augenblick zurück: einer der Passagiere, die in Bumba an Bord gekommen waren und nach Kindu weiterreisen wollten, hielt den Kapitän für eine Minute auf, um sich von ihm zu verabschieden – oder was sonst er noch von ihm erfragen wollte. Maureen schien den Aufenthalt sofort wahrzunehmen. Sie hielt auf dem Laufsteg inne und blickte suchend zum Achterende des Dampfers hinüber. An MacReanna blieben ihre Blicke haften; ihn hatte sie also gesucht in dieser winzigen Spanne Zeit, in der kein Aufpasser hinter ihr herschritt.

Andrew trug die auf ein Brettchen geklammerte Postliste in der Beuge des linken Arms; in der rechten Hand hielt er den Rotstift, mit dem er die Säcke abstrich, die über eine Planke an Land glitten.

»Zwei Sack nach Bafwasende«, hatte der Bootsmann gerufen, und Andrew hatte sein rotes Häkchen durch die »2« und »Bafwasende« geschlagen. Aber als der Bootsmann weiter ausrief: »Drei Sack nach Irumu!«, vergaß er seine Häkchen. Es war noch hell genug. Und gerade ließ auch Bimlipotam das elektrische Licht aufflammen. Ihn blickte sie an, die weiße Frau da unter dem großen Hut. Er konnte ihre Augen im Schatten der breiten Krempe nicht erkennen. Aber daß Maureen ihn ansah, gerade ihn, während der Kapitän abgelenkt war, daran brauchte er keine Sekunde zu zweifeln.

Und jetzt, jetzt hob sie ihre herabhängenden Arme ein klein wenig vom Körper fort, wobei sich ihre Handflächen halb nach vorn wandten; und kaum merklich hoben sich ihre Schultern und senkten sich wieder: eine rührende Gebärde der Vergeblichkeit: Was soll ich tun? Ich kann nichts tun. Ich bin hilflos.

Andrew spürte, wie ihm die Kehle eng wurde; heiß wurde ihm um den Hals, so daß er sich unwillkürlich mit dem Finger unter dem Kragen entlangfuhr, ohne zu merken, daß er sich dabei mit dem Rotstift einen Strich auf die Backe zog. Was, um alles in der Welt, hatte die Gebärde ihm erklären wollen?

Was?

Das winzige Zwischenspiel war von niemand sonst bemerkt worden als vielleicht von ein paar Negerweibern am Ufer, denen aber die Bedeutung einer abendländischen Geste wohl ewig ein Buch mit sieben Siegeln bleiben würde. Das verstohlene Zeichen klammerte sich mit feinen Widerhaken im Innern MacReannas fest.

Maureen und der Kapitän waren schon im lockeren Menschengewühl am Ufer verschwunden, als der Bootsmann Pierre Bourgand bemerkte, daß MacReanna die Säcke, die er ausrief, gar nicht mehr abhakte.

Mit deutlich verstärkter Stimme wiederholte er also: »Drei

Sack nach Irumu!«

»Ein Sack nach Kasenyi!«

»Ein Sack nach Mahagi!«

Andrew erwachte, warf seine Häkchen aufs Papier. Was ging ihn das an: Mahagi, Kasenyi –? Maureen wollte etwas von ihm oder wollte ihm etwas mitteilen. Aber was, was, was?

Die weißen Passagiere, die bald darauf ebenfalls von Bord gingen und sich von Andrew verabschiedeten, nahmen keine allzu freundliche Kunde von dem »Neuen«, dem »Schotten«, mit sich in ihre Urwälder, ihre Palmöldepots, ihre Kaffee- oder Sisalplantagen. MacReanna gönnte ihnen ein nur karges Lebewohl und schien es wenig bemerkenswert zu finden, daß die meisten dieser Männer einem langen, lähmenden Jahr im grünen Dämmerdunkel der Tropenwildnis entgegensahen; kein Wunder, daß am gleichen Abend schon an den Hotelbars in Stanleyville als Tatsache verbucht wurde: Corlay auf der »Albertine« muß sich jetzt mit »einem wahren Bock von einem Schotten herumärgern«. Und hier und da fügte einer oder der andere hinzu – denn eine Kolonie ist ein großes Dorf voller Klatsch –: »Na, Corlay, der eifersüchtige Esel, mag vielleicht ganz einverstanden sein, daß ihm die Reederei solch einen dürren, schottischen Hornochsen zugewiesen hat. Da braucht er immerhin nicht seine Zustände zu kriegen.«

Aber im Hotel »Eden Parc« saß Monsieur Philippe Marvejols, der Postinspektor, unter den Lästernden und sagte: »Ich weiß nicht, ich weiß nicht, Kinder! Diese halb rothaarigen Schotten von den Inseln, die sind mindestens ebenso schlimm wie die Iren: wild, unberechenbar und sentimental, daß Gott erbarm! Und Säufer, meistenteils heimliche Säufer!«

Der dicke Mineningenieur Gaston Watteyne, der am Tag darauf die lange Reise durch die dumpfigen, heißen, stickigen Wälder nach Kilo antreten mußte, der ewig schwitzende Watteyne brummte: »Wer bei Corlay in der Lehre ist, der kann von früh bis spät nicht aus den Augen gucken, ob er nun Schotte oder Ire oder Chinese ist. Dafür sorgt der Satan schon!«

*

MacReanna ahnte nicht einmal, daß er Gegenstand vieler Gespräche und mancher schnell aus dem fruchtbaren Kolonialboden wuchernder Gerüchte und Erzählchen geworden war, denn nicht nur Andrew konnte, wenn er in seiner Kabine lag, sich zur Not zusammenreimen, was über ihm vorging – auch die Passagiere brauchten ihre Ohren nicht besonders zu strapazieren, sobald der Kapitän auf der Brücke einem seiner Tobsuchtsanfälle erlag.

Es war schon beinahe Mitternacht, als MacReanna schließlich die letzten Pflichten auf dem Schiff erfüllt hatte. Er traute dem Kapitän nicht über den Weg; der brachte es fertig, noch am gleichen Abend oder um Mitternacht anzutanzen und einen Höllenkrach zu schlagen, weil der Aufgang zum Mitteldeck nicht abgesperrt oder die Flußkarten auf der Brücke nicht sämtlich sorgsam verwahrt und verschlossen waren.

Die dumpfe Kabine lockte Andrew nicht. Auch kam es ihm so vor, als sei das Schiff merkwürdig tot hier im Endhafen zwischen zwei Reisen. Es war ihm stets ähnlich ergangen, als er noch zur See fuhr. Oder empfand er die Leere und Leblosigkeit des Schiffes nur, weil er genau wußte, daß für die nächsten Tage keine heimlichen Türen mehr in seinem Rücken gehen, keine heimlichen Augen ihm im Nacken brennen würden, während der Kapitän geradeaus starrte, immer geradeaus, als wollte er den tückischen Strom behexen, den Strom, von dem längst er behext war; und über seiner Kammer würde des Nachts kein leiser Schritt mehr hörbar sein – und erst recht kein unterdrückter Schrei oder ein zurückgestoßener Stuhl.

Andrew sagte zu dem indischen Ingenieur, der vor seiner Kammer hockte und im Schein einer flackernden Glühlampe in einer uralten Ausgabe der »Madras Mail« die Anzeigen studierte, als hinge sein Leben davon ab: »Ich bin soweit fertig, Herr Bimlipotam! Ich sehe mir noch für eine halbe Stunde die Stadt an. Sie gehen ja wahrscheinlich noch nicht schlafen?«

Der Inder hatte sich erhoben; es sah fast so aus, als läge ihm daran, die Zeitung hinter sich auf dem Rücken zu verbergen. Er erwiderte sehr eifrig und höflich: »O nein, Herr MacReanna, ich gehe noch nicht schlafen. Ich bleibe bestimmt wach, bis Sie wieder an Bord sind!«

»Vielen Dank, Herr Bimlipotam!«

»Keine Ursache, Herr MacReanna!«

Die nächstbeste Straße, von der sich Andrew in die Stadt hineinführen ließ, war noch von einer milden Geschäftigkeit erfüllt. Er wunderte sich, daß so gut wie überhaupt keine Schwarzen mehr unterwegs zu sein schienen, es sei denn bei den Hotels oder in Begleitung eines Weißen. Dann fiel ihm ein, daß für die größeren Städte des belgischen Kongo eine sicherlich vernünftige Anordnung getroffen ist, nach welcher vom Einbruch der Dunkelheit an die Weißen nicht mehr die Wohnviertel der Schwarzen und die Schwarzen nicht mehr die Stadtviertel der Weißen betreten dürfen.

Andrew konnte sich also einbilden, durch eine »weiße« Stadt zu schlendern, eine wunderbare Stadt mit breiten Alleen von Mangobäumen und Ölpalmen. Unbeschreiblich süß und angenehm dufteten blühende Mandelsträucher. Im ungewissen, laubverhangenen Licht der Straßenlaternen breiteten Baobabs, die Elefanten unter den Pflanzen, die Spender des »Affenbrotes«, die mächtigen Kronen aus, verstellten mit ihren unförmlichen, faßdicken, kurzen Stämmen die Fußsteige, wahre Urweltungeheuer.

Aus der Halle eines Hotels, eines Klubs, oder was immer sich in dem weißen Haus mit den Säulen davor niedergelassen hatte, drang der wirre Lärm von Männern, die den Augenblick verpaßt haben, von welchem an es sich empfiehlt, weitere alkoholische Getränke zu meiden.

Andrew spürte nicht das geringste Verlangen, Anschluß an irgendeine vergnügte Kumpanei zu suchen, in der er keine Menschenseele kannte und deren Sprache er noch keineswegs so weit beherrschte, daß er einem schnellen Gespräch standzuhalten vermochte.

MacReanna konnte sich nicht erinnern, je so allein gewesen zu sein wie in dieser stillen, warmen Tropennacht unter den Alleen von Mangobäumen, deren Kronen im Nachthimmel verdämmerten. Die Ölpalmen reckten ihre großen, harten Wedel so vollkommen bewegungslos ins Dunkel, daß man sie für körperlose flache Schattenrisse halten konnte. Um die seltenen Laternen schwirrten Nachtfalter, eine zuckende Wolke. Durch die tiefen Schatten zwischen den Bäumen und hohen Sträuchern, in deren Laubgewoge die Häuser wie in einer großen Flur versanken, flatterten gleich schwarzen, weichen Tüchern jagende Fledermäuse.

Diese nächtlich stille Stadt, eine winzige Lichtung nur in den unermeßlichen Wäldern, die schon nach einem Jahr wieder zugewachsen wäre, wenn man nicht Tag für Tag den niemals zögernden Pflanzenfluten Einhalt geböte –! Andrew stand still an einer Straßenkreuzung. Er war sich plötzlich über die Richtung im unklaren, die er zu nehmen hatte, um wieder den Strom und sein Schiff zu finden. Es war sehr still. Andrew trat auf die Mitte der Kreuzung, denn nur dort konnte er die Sterne sehen, die ihm vielleicht verrieten, nach welcher Seite er sich zu wenden hatte.

Tausend Meilen war er hier von der hohen See entfernt, tausend wilde Meilen, durch die nur der Kongo eine breite, im Vergleich mit den Unermeßlichkeiten an seinen Ufern allerdings kaum haardünne Straße legte. Noch nie hatte sich Andrew von so viel Land, nichts als Land, Erde, Wald umgeben, umzingelt, ja eingekerkert gefühlt. Noch nie war er der hohen See so fern gewesen. In dieser weichen, ewig trächtigen Luft war ihm das Fleisch seines Leibes schwer und spürbar wie noch nie. Hier atmete nicht nur die Lunge, hier atmete die ganze Haut ein und aus; und durch alle Poren drang unablässig, wenn auch ganz sanft, das süße Gift des ewig sich aus sich gebärenden Lebens und Lebenwollens. Andrew wußte mit einem Male ziemlich genau, was er in dieser Nacht getan hätte, wenn die Stadt eine Hafenstadt gewesen wäre, wie er sie bisher in seinem Seefahrerleben kennengelernt hatte. Aber er war so allein hier unter den schattenschweren Tropenbäumen, umfächelt von schweren, weichen Düften und einer warmen, samtenen Luft, wie er nicht einmal im großen London allein gewesen war. Wahrlich, dies war die fremdeste Fremde, die fernste Ferne.

MacReanna raffte sich auf: es war Zeit, ins Bett zu finden; morgen fing der Tag wieder früh an. Er setzte seine Schuhe fest auf: der ganze Tropenkram konnte ihm im Mondschein begegnen. Aber es war kein Mondschein; nur die Sterne schienen hell und groß, auch sie üppiger hier als anderswo.

Andrew hielt vor einem Schild an einem Gartentor inne, das sein Auge von ungefähr wahrgenommen hatte. Eine Laterne schräg gegenüber ließ die Aufschrift auf der Tafel gerade erkennen. »Résidence Silva« stand da in verschnörkelten Buchstaben.

Hier wohnte also der Kapitän mit seiner Frau »in Stanleyville stets«, wie er sich ausgedrückt hatte. Andrew hielt eine Sekunde inne. Das Haus lag dunkel und halb versteckt hinter seinen Hekken und Blumenbäumen. Kein Fenster schien mehr Licht zu haben, soweit Andrew von der Straße aus erkennen konnte. MacReanna fühlte sich für ein paar Herzschläge lang versucht, das weit offene Gittertor zu durchschreiten und das Haus aus der Nähe zu betrachten. Résidence Silva – John Corlay – Maureen O'Toole – ein Zimmer – Dunkel – Atem zweier Menschen –

Andrew fand den Rückweg, ohne weiter darüber nachzudenken. Er hatte kaum vom Innern seines Gazekäfigs her das Moskitonetz unter den Polstern festgestopft und sich ausgestreckt, so schlief er schon. Durch seinen ersten Traum geisterte Herr Chandra Bimlipotam mit einer großen Zeitung in der Hand und Augen, die vor lauter Schlaflosigkeit leuchtend rubinrot gerändert waren. Denn als MacReanna wieder das Schiff erreichte, hatte der indische Ingenieur noch genauso dagesessen und die Anzeigen in der »Madras Mail« auswendig gelernt, wie Andrew ihn verlassen hatte, überaus höflich, gräßlich müde und noch unlustiger, schlafen zu gehen. Allmählich verzog sich dann Herr Bimlipotam aus Andrews müdem Hirn und machte einem anderen Traumgebilde Platz; zwei halb nach von gekehrten Händen, die an schlanken, nackten Armen sich zu einer Gebärde – oh, so rat- und hilflos! – ein wenig hoben – ohne einen Leib, zu dem sie gehörten, ohne ein Gesicht.

Und tief im Schlaf schwitzte Andrew vor Anstrengung, die Frage zu beantworten:

Was, was?

Was hatten sie ihm sagen wollen, diese Hände an den nackten, matt herniederhängenden Armen?

Als MacReanna am nächsten Morgen die Augen aufschlug – er hatte eine gute Stunde länger schlafen können als sonst; das tat gut! –, wirtschaftete Saka bereits lautlos in der Kabine umher und schaffte Ordnung. Dann deckte er den kleinen Tisch mit einer weißen Serviette, an der die Plättfalten glänzten, stellte den Stuhl bereit und verschwand so leise wie ein Schemen, ein großer, stämmiger, dunkelbrauner Schemen. Zwei Minuten danach drehte er sich abermals durch die Gazetür, vorsichtig ein beträchtliches Tablett balancierend. Er richtete auf dem vorbereiteten, blütenweißen Tisch das Frühstück an, ohne zu merken, daß MacReanna ihn aus halbgeschlossenen Augen beobachtete.

Andrew war mit Saka zufrieden; nicht nur das: er mochte mit der Zeit den schlauen, guten, geschickten Kerl auch gern. Er begriff nun, was er schon oft von Männern gehört hatte, die »aus dem Innern« kamen: diese Schwarzen wußten alles, beobachteten scharf und untrüglich, besaßen einen unbedingt sicheren Instinkt dafür, ob man ihnen ehrlich wohlwollte oder nicht. Wer auf menschliche Weise mit ihnen verkehrte, dem lohnten sie es mit ebenso menschlicher, treuer Ergebenheit. MacReanna hatte Saka noch kein scharfes Wort zu sagen brauchen. Der Schwarze schien stets im voraus zu wissen, was von ihm erwartet wurde.

Als Saka über das schmuck hergerichtete Frühstück einen prüfenden und zugleich stolz zufriedenen Liebesblick warf, der zu dem muskelbepackten Athleten in ergötzlichem Gegensatz stand, vermochte sich Andrew hinter seiner Mückengaze eines Lächelns nicht zu erwehren. Dieses Lächeln schwebte ihm noch um die Lippen, als Saka herantrat, um seinen Herrn und Gebieter zu wecken.

Er merkte sofort, daß Andrew ihn schon eine ganze Weile beobachtet hatte; aber gleich flammte wie im Widerschein auch in seinen dunklen Zügen ein breites Lächeln auf, und seine spitz gefeilten Menschenfresservorderzähne blitzten harmlos gefährlich.

Er kicherte kullernd: »Warum nicht noch schlafen, Herr? Heute mehr Zeit. Und Kapitän nicht auf Schiff. Wir können sprechen englisch! Und Bootsmann unten passen auf alles mächtig. Bootsmann schon ganz früh bei Fracht und schwarze Passagiere für Rückreise. Er gerne nehmen kleines Pourboire für guten Platz!«

Andrew richtete sich auf und kratzte sich den dichten Schopf. Was man so alles zu hören bekam am frühen Morgen! Den Begriff »Trinkgeld« schien Saka nur auf französisch ausdrücken zu können, nicht auf englisch; offenbar hatte es dergleichen bei seinem vergangenen Brotgeber nicht gegeben. Andrew brummte: »So, so – Pourboire –!« Es empfahl sich sicherlich nicht, dieser Sache allzu nachhaltig auf den Grund zu gehen. Schlafende Hunde soll man nicht wecken. Und Bourgand bezog gewiß nur eine jämmerliche Heuer.

Während Andrew darauf wartete, daß Saka ihm einen Ausgang aus seinem Tüllkäfig freizupfte, durch den er mit den Beinen und dann mit dem Oberkörper ins Freie fahren konnte, erhob Saka abermals die Stimme und redete seinem noch ein wenig schlaftrunkenen Herrn gut zu, als wäre er eine freundlich grobe Amme: »Heute so gut wie Feiertag. Heute bloß Fracht vom Schiff runter und Großreinemachen. Heute erst Frühstück essen, ganz gemütlich, und dann erst duschen und rasieren. Herr Bimlipotam gehen heute auch an Land. Hat er kleine Freundin in Stanleyville. Kommt er morgen früh wieder. Kann er wieder schlafen, armer Herr Bimlipotam!«

»Du bist ein altes Tratschmaul, Saka! Ich glaube dir kein Wort. Herr Bimlipotam besteht nur aus Kupferrohren, Kesselwasser und alten Ausgaben der ›Madras Mail‹, nicht aus Fleisch und Blut!«

Saka lachte unmäßig, daß es ihn schüttelte; er gluckste so hinreißend, daß auch Andrew lachen mußte. Saka kluckerte weiter: »Ach, nein, Herr Bimlipotam, er viel Fleisch und Blut, viel Blut! Zu viel! Kann er immer nicht schlafen! Aber er nur zu Fräulein Mohammed gehen, wenn Kapitän nicht an Bord!«

»Hör auf, altes Waschweib! Ich werde mich doch zuerst rasieren. Jeden Augenblick kann der Kapitän an Bord erscheinen, und dann ist der Teufel los, weil wir noch nicht voll im Gange sind.«

Saka ließ sich keine Sekunde darin stören, an der Bereitung dessen, was er sich unter einem »gemütlichen Frühstück vor dem Rasieren« vorstellte, in aller Ausführlichkeit fortzufahren. Er brummte vergnügt: »Er nicht kommen an Bord heute, der Kapitän Corlay. Er nicht! Vielleicht morgen! Heute nicht!«

»Woher willst du das so genau wissen, Bursche? Bist du ein Medizinmann oder ein Hellseher?«

»Hi, hi, hu! Ich nicht Hellseher. Aber ich wissen, Kapitän liegen betrunken in Bett im Hotel, ganz betrunken, wie Stein. Und erst morgen wieder aufstehen. Und dann dicke Kopf, so groß wie dicke Flaschenkürbis!«

»Bist du nicht recht bei Trost, Saka? Wer hat dir diesen Bären aufgebunden?«

»Nichts aufgebunden und nichts Bär! Ngolo mir schon lange sagen, daß bald wieder große Saufen fällig. Und auch Loto und Muata mir erzählen. Er vorher immer ganz wild. Und dann trinken er und trinken, bis keine Besinnung, und dann wegtragen und dann wieder gute Kapitän fünf Wochen oder sechs und dann wieder verrückte Zeit anfangen. Und kann er schließlich doch nicht aushalten, und säuft er wieder sich ganz voll an einem Abend. Und er schon ganz verrückt letzte vierzehn Tage. Und gestern geht er gleich weg mit Madame; wir alle wissen: er nicht essen und trinken, bloß saufen Schnaps und Wein bis Mitternacht und dann umfallen. Madame bleiben bei ihm, bis wieder aufgewacht. Madame gut! Aber heute er schlafen und schlafen wie Stein. Ngolo gestern schon wissen; er spät abends noch hingehen mit geplättete Hemd. Aber Madame ihn wegschicken. Er Boy von Hotel fragen und wissen Bescheid. Ngolo schon weggelaufen; hat er kleine Freundin bei St. Gabriel; und auch Loto und Muata; alle Boys von Kapitän. Kapitän trinken, Boys weg, und Herr Bimlipotam bei Fräulein Mohammed. Kapitän wieder aufwachen und alle wieder da. Und jetzt gemütliche Frühstück!«

Aber dem Schotten war die Gemütlichkeit einigermaßen vergangen. Er setzte die Tasse heißen Tees ab, nachdem er kaum einen Schluck zu sich genommen hatte. Er sagte, obgleich er plötzlich wußte, daß er die Wahrheit gehört hatte: »Du träumst, Saka.«

Der Schwarze beteuerte heftig: »Nein, Herr können selber sehen, alle schon weg. Bloß Bootsmann noch da und Koch. Gibt immer ein ganz klein wenig zu verdienen.«

MacReanna sagte eine ganze Weile gar nichts. In seinem Kopfe wirbelten die Fragen und Gedanken so wirr umher, daß er ihrer nicht richtig habhaft werden konnte:

Der Kapitän ein – ja, was? Ein Quartalssäufer? Deshalb seine Wutanfälle in den letzten vierzehn Tagen? Und seine Frau nimmt er mit? Sie paßt auf ihn auf? Und die Gebärde ihrer Hände? Hat sie vielleicht gemeint, ich wüßte Bescheid? Die roten Äderchen in den Augen? Hätte ich nicht längst darauf kommen müssen? War dies etwa der erste Trinker, dem er auf Schiffen begegnete?

Ach, keineswegs!

Saka erzielte mit seinem »gemütlichen Frühstück vor dem Rasieren« nicht den erwarteten Erfolg. Er hatte gehofft, seinen Herrn zu einem munteren Schwatz zu verführen; aber auch das mißglückte ihm völlig. So einsilbig hatte er seinen Brotgeber überhaupt noch nicht erlebt. Er zog sich schließlich leicht gekränkt zurück.

Es stimmte jedes Wort, das Saka gesagt hatte. Bourgand beteuerte, er sei gewohnt, alles allein zu machen. Nur wenn der Agent mit den Frachtpapieren auftauchte, dann würde er ihn zu MacReanna schicken. Der Kapitän käme heute nicht an Bord, sagte auch Bourgand; er läge krank im Hotel, vielleicht mit einem Malaria-Anfall. Der glattgesichtige, milchkaffeefarbene Bursche mit den kalten, braunen Augen lächelte anzüglich bei dieser Feststellung. Er würde schon für die übliche, gründliche Säuberung des Schiffes sorgen; MacReanna brauchte sich nicht zu bemühen; es genügte, wenn er am Schluß einen Kontrollgang machte.

MacReanna wagte nicht zu widersprechen. Er trug auch kein Verlangen danach, neue Methoden auf diesem Schiffe einzuführen; dazu war er auch gar nicht fähig. Und plötzlich spürte er, daß er von den Strapazen und der fortgesetzten Anspannung der

Nerven auf dieser ersten Reise stromauf wie zerschlagen war. Er ließ sich einen Deckstuhl auf die Brücke bringen und so aufstellen, daß er im Liegen das Ufer, die Strandpromenade und den Weg zur Stadt im Auge behalten konnte. Aber er verschlief den ganzen Vormittag und wachte erst richtig auf, als ihm Saka auf dem Kartentisch das Mittagessen servierte.

Nach dem Essen wanderte Andrew auf der Brücke hin und her, hin und her, wie er es von mancher langen Wache auf See gewohnt war. Kein klarer, fester Gedanke wollte sich in seinem Kopfe bilden. Es widerstrebte ihm, wie die andern das Schiff zu verlassen; auch hielt ihn der einmal erteilte Befehl. Wenn die Katze aus dem Hause ist, tanzen die Mäuse auf dem Tisch. Nun gut – mochte zu den Mäusen gehören, wer wollte; er jedenfalls nicht.

Der Agent erschien und brachte einen Haufen Konossemente zum Abzeichnen. MacReanna sprach sein dürftiges Französisch. Der Agent machte sich nach einigen vergeblichen Ansätzen zu einer privaten Unterhaltung mißmutig davon.

Der Kapitän erschien an diesem Tage nicht. Es fragte auch keiner nach ihm. Aber am Abend kurz vor Sonnenuntergang, als Andrew dem gesäuberten Schiff bereits seinen Segen erteilt hatte, erschien am Ende der langen Ufermauer: Madame!

Sie kam langsam die schweren Steinquadern herangeschritten, wie zögernd. Sie war allein. Sie trug ein leichtes Kleid mit einem Gürtel, das die Arme und, in einem großen, spitzen Ausschnitt, den Hals freiließ, dazu den breiten Hut aus weichem Stroh mit lockerer Krempe. Sie trug Schuhe mit mäßigen Absätzen; ihr Gang war hoch und frei, eine Ahnung nur federnd, wie manche Tiere schreiten, die schnell flüchtig werden können.

MacReanna sprang aus seinem Stuhl. Er trat tiefer in den Hintergrund der Brücke, um nicht gesehen zu werden und sie gleichzeitig ungestörter zu betrachten. Ging sie nur spazieren oder war ihr Ziel das Schiff? Eine Art Panik faßte ihn; noch konnte er seine Kabinentür hinter sich verriegeln und so tun, als hätte er das Schiff verlassen. Der Kapitän wäre sicherlich wütend und wild, wenn er wüßte, daß Andrew hier seiner Frau begegnete, wäre es aus Angst, aus Eifersucht, aus einer verrückten Vorstellung von »Disziplin«. Aber der Kapitän – lag im Bett und schlief seinen Rausch aus. Andrew zuckte in einer Art von verstecktem Spott die Achseln und wartete ab, ob Maureen aufs Schiff käme oder nur vor der vollen Dunkelheit einen Abendspaziergang machte. Es sollte ein Gottesurteil sein: wenn sie nur vorbeiginge, wollte er sie nicht beachten. Wenn sie aufs Schiff käme, wollte er ihr nicht ausweichen.

Sie kam aufs Schiff. Er hörte sie auf dem Laufsteg zum untersten Deck mit dem Bootsmann sprechen, seltsam unbekümmert, wie er es vorher nie vernommen hatte. Er hörte, wie sie über das Mitteldeck heranschritt, wie sie ihren Fuß auf die Treppe setzte und zum Kapitänsdeck emporstieg. Sie trat auf die Brücke und stand vor ihm. Die letzte Glut der versinkenden Sonne bestrahlte sie rötlich, verlieh ihrer Haut lebhafte Farben. Das Blau ihrer Augen schimmerte so tief, daß sie beinahe schwarz erschienen. Hinter ihr tauchte der Bootsmann auf; er war nicht zu hören gewesen; er trug weiche Segeltuchschuhe. Andrew verbeugte sich leicht, etwas ungeschickt.

Als wäre es das Selbstverständlichste auf der Welt, reichte sie Andrew die Hand: »Guten Tag, Herr MacReanna! Ich hoffe, Sie haben sich heute etwas ausruhen können. Die Stromaufreise war ziemlich anstrengend für Sie, nicht wahr? Ich bin nur gekommen, mir einige Gegenstände aus meiner Kabine zu holen, die ich gestern in der Hast vergessen habe. Mein Mann entschloß sich etwas überraschend, das Hotel aufzusuchen. Ich bin natürlich immer sehr dankbar dafür, wenn ich für ein paar Tage festen Boden unter den Füßen fühlen darf. Aber das verstehen Sie wohl kaum. Sie haben wahrscheinlich den größten Teil Ihres Lebens auf Schiffsplanken verbracht.«

Die Sonne war versunken, und die Frau vor Andrew wirkte mit einem Male blaß. Ihre Augen waren tiefblau, fast schwarz; ja, vor Abspannung! Um die Augen her schwebten dunkle Ringe. Was sie gesagt hatte, konnte einen Hintersinn enthalten – oder auch nicht. Andrew erwiderte stockend und unbeholfen: »Doch, Madame, ich glaube, ich verstehe das ganz gut.«

»Das freut mich! Das ist nett von Ihnen. Ich danke Ihnen. Entschuldigen Sie mich jetzt bitte!«

Sie schleuste sich durch die Gittertür. Andrew hörte sie den Schlüssel in das Schloß ihrer Kammer stecken und herumdrehen. Der Bootsmann war auf der Brücke zurückgeblieben und wartete, an die Steuerbordreling gelehnt. Er blickte MacReanna nicht an. Es verging eine ganze Weile. Dann erscholl ihre Stimme: »Bourgand!«

Der Bootsmann beeilte sich, ihrem Rufe zu folgen. Andrew hörte weiter: »Tragen Sie das hinunter, Bourgand, und packen Sie den Leinenanzug hinzu, den Ngolo gestern fertiggeplättet haben wollte. Ich komme gleich nach. Ich habe noch für meinen Mann einen Brief herauszusuchen.«

Andrew machte sich mit den Frachtpapieren zu schaffen, die auf dem Kartentisch ausgebreitet waren. Der Bootsmann verließ die Brücke hinter seinem Rücken – zögernd, wie es Andrew scheinen wollte. Andrew lauschte: ja, der Bursche tappte über das Mitteldeck davon.

Als ob auch sie auf diese Schritte gelauscht hätte, so gleich danach trat sie auf die Brücke, ohne die Gitterpforte einfallen zu lassen. MacReanna stand mit der Kehrseite an den Kartentisch gelehnt, mit den beiden Händen an der Tischkante, als müßte er sich daran festhalten. Sie blieb zwei Schritte vor ihm stehen. Ihre Augen brannten in den seinen. Ihre Lippen lächelten nicht. Sie sagte – auf englisch: »Ich muß Sie um Entschuldigung bitten, Andrew. Ich darf Sie so nennen. Wir sind Landsleute. Mein Mann ist nicht gesund. In den letzten zwei, drei Wochen war er unerträglich. Ich hätte Sie hier auf dem Schiff gern als unseren Gast behandelt. Aber es ging nicht. Mein Mann – Er ist krank – Sie müssen entschuldigen – Er hat bittere Erfahrungen hinter sich. Deshalb –«

Ihre Stimme stockte, und wieder jene Gebärde: die beiden Hände an den nackten Armen hoben sich, halb nach vorn gekehrt, ein wenig vom Körper fort und fielen dann schlaff herab. Es ist alles vergeblich. Ich weiß nicht mehr weiter, flüsterte die Gebärde.

Andrew war solchen Bitten und Geständnissen kaum gewachsen. Die Kehle war ihm zugeschnürt. Mit großer Anstrengung stotterte er: »Entschuldigen? Ich bitte Sie, Maureen! Ich bin das gewohnt! Von See! Es gibt noch viel gröbere Kapitäne. Und er versteht seine Sache. Das ist das Wichtigste.«

Sie erwiderte kaum hörbar: »Ich dachte mir, daß Sie so antworten würden. Auch die Reederei sieht ihm vieles nach, weil er ihr tüchtigster Schiffsführer ist. Außerdem hat er noch nie einen Tag versäumt, hat noch nie eine Stunde Verspätung verursacht.«

»Dank Ihnen wahrscheinlich, Maureen!«

Sie senkte den Kopf: »Dank mir, ja!«

Andrew sagte rauh: »Wenn Sie mich brauchen können, wenn ich Ihnen –« Er stockte. Sie blickte fragend hoch; ihre müden Augen lockten die weiteren Worte aus ihm hervor. Er vollendete heiser: »– helfen kann, Maureen –«

»Ich weiß. Ich gehe jetzt. Es ist besser. Hier haben die Wände Ohren.«

Sie reichte ihm nicht die Hand. Sie blickte sich nicht nach ihm um, als sie die Treppe hinunterstieg, als sie über den Kai davonwanderte. Der Bootsmann trug ihr ein Paket hinterher.

Andrew sah die Nacht über dem Kongo dunkel und groß erblühen; sah die Sterne über den halben Himmel wandeln, den schattensamtenen, sah sie sich im Kongo spiegeln, sah sie in den wallenden Wassern tanzen, in den ewigen Wassern, den strudelnden, die ewigen Sterne, die tanzenden.

IX

Als Andrew am späten Nachmittag vor dem Abfahrtsmorgen den Kapitän wiedersah, erkannte er ihn kaum. Andrew war den ganzen Tag über so angespannt mit der Annahme und dem Verstauen der Ladung beschäftigt gewesen, daß ihm die Rückkehr des Kapitäns und seiner Frau entgangen war. Corlay stand mit einem Male zwischen den Ballen und Säcken auf dem hinteren

Teil des Kesseldecks und blickte MacReanna aus blutunterlaufenen Augen an; sein sonst scharf gezeichnetes Gesicht war gedunsen, mit Umrissen, die wie verwaschen wirkten. Alt sah der Mann aus, uralt und zerstört.

Die Stimme des Kapitäns klang gleichsam geborsten; aber seine Sätze verrieten die alte Schärfe und Entschiedenheit: »Sie hätten das Kesselholz übernehmen sollen, bevor Rein-Schiff gemacht wurde. Jetzt können Sie den ganzen Dreck nochmals beseitigen lassen. Warum haben Sie nicht schon entsprechenden Befehl gegeben? Ist die Post schon an Bord?«

»Ich wollte das Kesseldeck heute abend noch einmal scheuern lassen, wenn wir mit der Fracht fertig sind. Die Post ist noch nicht eingetroffen.«

»Wenn Sie mit der Fracht fertig sind, legen Sie mir die Papiere vor. Oben auf der Brücke!«

Andrew beobachtete, wie der Kapitän noch einige Worte mit dem Ingenieur wechselte, der den Vorwurf des Kapitäns mit angehört hatte. Dann stapfte Corlay schwerfällig die Treppe zum Mitteldeck hinauf und zeigte sich nicht mehr. Der Ingenieur trat zu MacReanna und meinte bedauernd und vertraulich: »Sie konnten natürlich das Feuerholz gestern nicht an Bord nehmen, Herr MacReanna, weil ich nicht da war. Es tut mir sehr leid, verehrter Herr MacReanna –«

Andrew unterbrach den verlegenen indischen Mann, der allem Anschein nach zu einer sehr förmlichen Entschuldigungsrede ausholte: »Lassen Sie nur, verehrter Herr Bimlipotam. Ich hoffe, es braucht Ihnen nichts leid zu tun. Sie haben einen netten Tag und Abend gehabt. Ich bin Kummer gewohnt, und wäre ich nicht wegen des Holzes getadelt worden, dann hätte der Kapitän sicherlich etwas anderes gefunden, das mir anzukreiden wäre. Wir müssen ein wenig zusammenhalten, wir Offiziere auf diesem Schiff, meine ich, verehrter Kollege Bimlipotam!«

»Ja, besten Dank! Das müssen wir! Das müssen wir wirklich!« meinte der Inder eifrig und sehr beglückt; sein sonst so ausdrucksleeres, bräunliches Gesicht blickte mit einem Male menschlich und von innen her erwärmt. Herr Bimlipotam trat einen Schritt näher an MacReanna heran und murmelte: »Die Boys Muata, Ngolo und Loto hegen einige Besorgnis, daß Sie dem Kapitän melden werden, sie hätten bis heute früh blau gemacht. Ein Auge zudrücken, Herr MacReanna! Der Kapitän ist zu streng. Es sind gute Jungens! Ein Auge zudrücken, Herr MacReanna!«

»Zwei, Herr Bimlipotam! Es gibt schon sowieso genug Krach auf diesem Schiff! Ich bin für zwei Augen, wenn man schon zwei besitzt zum Zudrücken. Wenn ich drei hätte, würde ich drei zudrücken!«

»Ha, ausgezeichnet! Sehr witzig! Besten Dank, Herr MacReanna! Drei Augen! Ha, ha, ha!«

Sieh an, er kann sogar lachen, der wackere Maschinenonkel aus Madras mit der »Madras Mail«. Andrew war sich im klaren darüber, daß er einen Bundesgenossen gewonnen hatte, wenn er etwa gelegentlich einen brauchen sollte.

Herr Bimlipotam entschuldigte sich dann mit einem Reduktionsventil an der Backbordmaschine, das ihm schon seit längerer Zeit Sorgen mache; wahrscheinlich müsse er es doch noch auseinandernehmen. Andrew verabschiedete sich mit gemessener Anteilnahme an dem bockigen Reduktionsventil. Herr Bimlipotam war schon wieder so gut wie auf Fahrt; er tauchte tief in sein Kolben-, Hebel- und Pleuelstangendschungel hinunter.

Eine halbe Stunde später schickte Andrew sich an, seine Arbeit abzuschließen. Auch die Postsäcke waren an Bord gezählt. Ein kühles Bad jetzt – soweit das laue Duschwasser aus dem Kongo kühl zu nennen war – ein frisches Hemd – dann das Renkontre mit dem Kapitän wegen der Fracht. Und dann Feierabend! Andrew verspürte eigentlich Lust, an Land zu gehen und irgendwo ein Glas Bier zu trinken – aber kalt mußte es sein, kalt, daß sich das Wasser an der Außenseite niederschlug und langsam niederperlte; manchmal träumte man dergleichen in der Hitze, und oft genug wurden aus den Träumen Zwangsvorstellungen.

Als Andrew die Treppe nach oben stieg, hielt er von der dritten Stufe her Umschau, ob noch irgend etwas auszusetzen oder anzuordnen war. Dabei fing er die Blicke Muatas und Lotos auf, die nicht weit von der Kammer des Ingenieurs beieinanderstanden. Die beiden Augenpaare waren nicht mehr abwehrend und zurückhaltend, wie sie ihn, den »Neuen«, bisher stets betrachtet hatten, Andrews Augen verweilten für ein paar Sekunden in denen Muatas. In dem schwarzen Gesicht glomm ein breites, vergnügtes Grinsen auf, als wenn auf dem Pflaster einer Straße ein Ölfleck auseinanderläuft und glänzt. Die beiden Schwarzen blickten ganz vertraut herüber; Andrew wußte, daß sie ihm ebenso nachschauten, als er die Treppe weiter nach oben stieg. Jetzt hatten sie ihn also aufgenommen in ihren Bund. Jetzt gehörte er mit zu der Mannschaft dieses Schiffes wie Herr Bimlipotam, der schon genauso lange auf der »Albertine« kongoauf- und abwärts gondelte wie der Kapitän selbst.

Auf dem Mitteldeck kam dem Schotten von der Treppe zur Brücke her der Bootsmann Pierre Bourgand entgegen. Der Mischling blickte kalt, wenn er auch höflich an die Reling trat, um MacReanna passieren zu lassen. Ein Instinkt sagte dem Schotten, daß er diesen Menschen nie für sich gewinnen würde, wie er die groben, schlauen, gutmütigen Schwarzen und den holzsteifen, vom Heimweh geplagten und sicherlich sterbenseinsamen Herrn Bimlipotam für sich gewonnen hatte. –

Merkwürdigerweise fand der Kapitän nichts an den Dokumenten für die Ladung auszusetzen, die MacReanna ihm Stück für Stück reichte. Andrew hatte die Papiere zwar denkbar sorgfältig kontrolliert und in die Frachtenkladde eingetragen – aber er wußte, daß ihn das keineswegs davor schützte, an seine vollkommene Nichtswürdigkeit und Unfähigkeit erinnert zu werden.

Der Kapitän hatte drei geleerte Flaschen Mineralwasser neben sich stehen – und die vierte ging ebenfalls schnell ihrem Ende entgegen. Natürlich: den Brand, den Corlay hat, den möchte ich jetzt nicht haben –

Der Kapitän klappte die Kladde zu, lehnte sich in den Stuhl zurück und blickte zu MacReanna hoch. In den gedunsenen Augen flackerte ganz verborgen ein Ausdruck, den Andrew noch nie darin wahrgenommen hatte, eine Mischung von unterdrückter Verlegenheit und nicht eingestandenem Schuldbewußtsein. Der Kapitän räusperte sich hohl und sagte: »Meine Frau und ich wollten Sie eigentlich bitten, heute abend mit uns Abendbrot zu essen und danach eine Flasche Wein zu trinken. Jetzt hat sich aber meine Frau frühzeitig hinlegen müssen. Es geht ihr gar nicht gut. Die Nächte an Land strengen sie immer sehr an. Auf dem Fluß bekommt man doch mehr Luft. Wir müssen die Sache verschieben, bis wir in Léopoldville oder wieder hier sind!«

Der Kapitän erhob sich. Mit der Hand schon auf der Gittertür sagte er: »Die Navigation stromab ist schwieriger als stromauf. Wir legen um zehn vor sechs ab!« und verschwand.

MacReanna trank mehr an diesem Abend, als ihm gut war.

Als er wieder in seiner Koje lag, horchte er auf Geräusche, die vielleicht von oben herniederdrangen.

Nichts! Alles still!

»Es geht ihr gar nicht gut!«

Eine Mücke sirrte in der Dunkelheit. Andrew hatte sie mit unter das Moskitonetz schlüpfen lassen, als er sich, plumper und langsamer als sonst, in sein Bett gedreht hatte. Das Insekt summte aufreizend nah und laut. Andrew lag still. Jetzt ließ sich das Tier an seiner Schläfe nieder. Andrew hob langsam die Hand und schlug zu: getroffen! Die Mücke schwieg.

»Die Nächte an Land strengen sie immer sehr an.«

X

Auf der Rückreise ereignete sich nichts, was der geheimen Unruhe MacReannas neue Nahrung gegeben hätte. Diese Unruhe hatte sich so vorsichtig in sein Herz geschlichen, daß er ihrer erst richtig inne wurde, als sie ihm eigentlich schon ganz vertraut, beinahe selbstverständlich geworden war. Er fand es nicht weiter mehr unpassend, daß er jedes Türenklappen hinter seinem Rükken belauschte, jeden leisen Schritt verfolgte. Er bildete sich ein, allmählich unterscheiden zu können, ob die undeutlichen und vielfach ganz verwehenden Gespräche hinter der Holzwand heiter, gleichgültig oder zänkisch geführt wurden. Es wurde dem Schotten zur Gewohnheit, des Nachts, wenn alles still war, die Geräusche zu registrieren, die über seiner Kammer zu hören waren; meistens verweigerten sie sich der Deutung.

Er war viel mit sich allein, obgleich er fortwährend beschäftigt schien. Sonst war nur der Kongo da, das Schiff, die Fracht; die niemals abreißenden Klafter des Feuerholzes, das von den Holzplätzen für die Dampfer an Bord geschleppt wurde; die ewig schnatternden schwarzen Passagiere, mit denen der Bootsmann viel besser fertig wurde als MacReanna, und ab und zu auch weiße Passagiere, von denen MacReanna gern dies oder jenes erfragt hätte, die er aber oft genug nicht einmal kennenlernte; denn er stand vor Sonnenaufgang schon auf der Brücke und am Ruder, und abends hielten ihn die Fracht, die Kontrolle der Mannschaften, das Feuerholz und die seltenen Bekenntnisse des Herrn Bimlipotam in Atem, denen er sich nicht entzog, denn sie öffneten ihm eine fremdartige Welt, von der er sich nichts hatte träumen lassen. Auch Bimlipotam stammte von der Küste der hohen See, wenn auch aus tropischen Breiten. Aber er war dem großen Kongo im Laufe der Jahre verfallen wie einem Laster, das man täglich verflucht und das man zugleich mit einer niemals wankenden, niemals endenden Liebe in sein Leben hineingezerrt und hineingelockt hat, bis man damit verschmolz.

Andrew war viel mit sich allein. Und die Tage glichen einander zum Verwechseln: zwölf Stunden Licht, zwölf Stunden Dunkelheit; immer das gleiche! Andrew wußte schon nach der ersten Reise nicht mehr, ob daheim der Winter regierte oder der Frühling blühte. Hier flammte ein furchtbarer, ewiger Sommer, mit beinahe täglichen Gewittern von wütender, pomphafter Gewaltsamkeit. Und immer der Kongo, der ungeheure, der lebendige; träge bald und nachdenklich vor sich hinschlendernd; in den verwirrenden Landschaften bei Bumba und bei Umangi, die sich nicht entscheiden können, ob sie Land oder Wasser, Sumpf oder See oder Wald oder Röhricht sein wollen, auf dreißig Meilen Breite zerfließend, der Kongo, der sich hier beinahe selbst vergißt; dann plötzlich wieder sich aufraffend, die zerstreuten Wasser sammelnd, strudelnd, wirbelnd aus zehn, aus zwanzig Meter Tiefe, Gebirge spaltend, ein flüssiger, sprengender Keil, jagt er dahin, wälzt sich, wallt, der Kongo, als wäre er am Sieden; aber es ist nur die jähe in ihm erwachende Sehnsucht nach dem Meere, die ihn mit rasender Wucht vorantreibt; er wird zu einem wilden Tier in der Brunft; ein Büffel ist er, der vor sich niederbricht, was ihm widersteht, um dorthin zu gelangen, wo er sich verströmen kann, der Kongo, im Meer, im Meer, das er auf hundert Meilen vor der Mündung noch milchig färbt, das ihm nicht widerstrebt, ihm nicht die Gezeiten entgegenzudrängen wagt, das ihn willig empfängt, ihn, den Großen, den Einzigen, dem die hohe See ohne Sträuben den kühlen Schoß gewährt.

Andrew war viel mit sich allein – und doch nicht allein, denn wenige Schritte nur hinter ihm, während er am Ruder steht, durch eine dünne Holzwand nur getrennt, eine lockere Gittertür, ist zuweilen ein leichter Schritt zu hören, eine Stimme, die verhalten singt, als glaubte sie sich allein und unbelauscht.

Der Kapitän an seinem angestammten Platz vor dem Backbordfenster der Brücke beobachtet den Strom voraus, den Strom, der nun dem Schiff nicht mehr entgegenzieht, sondern das Fahrzeug auf seinem breiten Rücken talwärts trägt. Der Kapitän auf der Brücke beunruhigt den Schotten nur noch wenig; er ist zu einem, allerdings komplizierten, Teil des Schiffes geworden. Der Kapitän ist abweisend wie von Anfang an; aber er sucht nicht mehr Händel mit kaum verhüllten Beschimpfungen und grundlosen Beleidigungen, er erteilt seine Befehle karg und ohne Freundlichkeit, erklärt auch dies und das, allerdings stets so, als müßte er sich die Worte abringen. Manchmal bleibt er für Stunden, wenn der Strom kein Rätsel aufgibt, in seinem Quartier verschwunden. Er ist nicht umgänglicher geworden, aber wenigstens erträglich; er bindet auch den Schotten nicht mehr Stunde für Stunde an das Ruderrad, sondern erlaubt, daß auf unbedenklichen Strecken ihn ein schwarzer Rudergänger ablöst. Aber sobald das Fahrwasser unsicher, gefährlich, tückisch wird, muß MacReanna selbst das Rad in die Hand nehmen.

»Nur so bekommen Sie ein Gefühl für die Strömungen und wie der Sog auf das Schiff einwirkt!«

MacReanna hat längst erkannt, daß dies richtig ist. Der Strom, der Strom, dies unberechenbare, jeder Sanftmut bare, mitleidlose Ungeheuer, ist unablässig in seinen Gedanken; selbst noch dort in der Tiefe regt er sich, wohin die Gedanken gar nicht mehr hinabreichen. Der Strom hat sich schon einen Weg in sein Wesen gebahnt, fließt auch durch seinen Sinn, jetzt schon, nach den ersten vier, fünf Wochen, die er ihn befährt. Und mit dem Schotten gleitet über die unbekannten Tiefen das Mädchen dahin, nein, die Frau aus Donegal.

Einmal vor Jahren hat er mit seinem damaligen Schiff Londonderry angelaufen. Ach, er entsinnt sich genau der großartigen, wunderbar geschützten Meeresbucht des Lough Foyle, in deren Südzipfel der Hafen von Londonderry geborgen liegt. Im Westen der grünen, schimmernden, blitzenden Bucht kränzen wie veilchenfarbene Träume die hohen Berge der Halbinsel Inishowen den weiten, kühlen Horizont; dort beginnt Donegal, die märchenstolze Grafschaft im äußersten Nordwesten Irlands. Dort stammte sie her, die jetzt hinter der dünnen Holzwand den heißen Kongo hinauf und hinunter fuhr wie auch er.

Manchmal schreitet sie hinter ihm vorbei, wenn des Abends die »Albertine« schon am Ufer vertäut liegt und der Kapitän mit ihr an Land geht, um irgendwelche Bekannte zu besuchen, von denen MacReanna höchstens einmal durch Zufall den Namen erfährt. Andrew kommt in all diesen randvollen Wochen, aus denen langsam Monate werden, fast überhaupt nicht an Land; manchmal steigt der Verdacht in ihm auf, daß der Kapitän es mit Absicht so einrichtet.

Sie sagt dann laut und deutlich und mit spürbarer Wärme: »Guten Abend, Herr MacReanna!«

»Guten Abend, Madame!« sagt Andrew und wendet sich ihr zu. Der Kapitän hat ausgehfertig schon gewartet; er blickt kalt und ohne ein Lächeln beiseite und schwenkt hinter ihr ein, die

Treppe hinunterzusteigen. Andrew sieht sie hinabtauchen und auf dem Uferdamm entlang davonwandern. Manchmal kommt es ihm zu Bewußtsein, wie ganz anders sie geht und sich bewegt als die nackten schwarzen Mädchen und Frauen dieser heißen Welt, die eigentlich nur noch nackter werden, wenn sie sich ein buntes Baumwolltuch um die Hüften schlingen. Und er merkt nicht, daß ihn die Gegenwart und der Anblick dieser Frau davon abhält, die schwarzen Mädchen und ihre runden Schultern, die Haut aus sanftem Samt und die spitzen Brüste mit Blicken abzutasten. Bourgand schaut manchmal so den Weibern nach und auch die weißen Passagiere, die gelegentlich für ein paar Tage aufs Schiff steigen, um sich einige Meilen weitertragen zu lassen, zu Geschäften, zu lianenverhangenen Straßen, zu entlegenen Lichtungen im grünen Schlund der unermeßlichen Regenwälder, von denen Andrew nie etwas sieht als nur ihre hohen Fassaden am Wasser.

Immer wieder sieht sich Andrew gezwungen, die Meisterschaft anzuerkennen, mit welcher der Kapitän den Fallen und Fußangeln ausweicht, die der Strom ständig dem Dampfer vor den Bug hext.

Gespannt, als wäre er der Sekundant bei einem Duell, steht MacReanna auf dem Sprunge neben dem Kapitän, der selbst das Ruder genommen hat, als sich der Dampfer jener sanften, aber bei Niedrigwasser doch gefährlichen Unterwasserschwelle, jener verborgenen Sandbank hinter dem Felsenriegel nähert, vor welcher Andrew bei der Stromaufreise so jämmerlich versagte.

Eine Meile schon vor dem gleißenden Faden, der – aus der Ferne wie mit dem Lineal gezogen anmutend – fast die ganze Breite des Stroms versperrt, nimmt der Kapitän so viel Fahrt aus dem Schiff, daß der Dampfer nur gerade noch steuerfähig bleibt. Er sagt: »Diesen engen Passagen darf man nie trauen. Sie ändern sich manchmal in wenigen Stunden. Und was sich in ihnen verkeilt, läßt sich überhaupt nicht voraussehen.«

Die glatte Durchfahrt scheint noch genau an dem gleichen Platz dicht unter der nördlichen Uferbank zu verharren, an dem die »Albertine« sie auf der Stromaufreise gefunden hat. Gleich hinter der Durchfahrt muß der Dampfer zum Stehen gebracht werden und in der langen Mulde quer zum Strom vor der Sandbank die Dwarsfahrt über Backbord antreten, um den neuen Anfang der Fahrrinne zu gewinnen, die von hier ab auf viele Meilen etwa in der Mitte des Stroms verläuft.

Drei Schiffslängen vor der Passage gibt der Kapitän den Befehl: »Klingeln Sie hinunter: ›Beide Maschinen volle Kraft rückwärts!‹«

Andrew springt zum Maschinen-Telegrafen. Herr Bimlipotam muß unten auf dem Maschinendeck genauso gespannt bereitgestanden haben wie die beiden Männer auf der Brücke; er kann von unten auch den Strom voraus überblicken, denn auf diesen Dampfern kennen die Decks ja keine Bordwände.

Die Schaufelräder am Heck rauschen fast augenblicklich matter, klatschen noch einmal kraftlos aufs Wasser und stehen dann still. Gleich darauf schießt der Dampf mit lautem, bösem Zischen erneut in die Ventile und reißt die Schaufeln mit aller Gewalt in den Rückwärtsgang. Ein hartes, bebendes, ächzendes Schwirren rinnt durch den Leib des Schiffes, vom Kiel bis zum Dach der Brücke. Die Bronzefassung des Kompaßgehäuses klirrt scheppernd. Der Dampfer zittert wie ein Pferd, das hart zurückgerissen wird und sich auf die Hinterhand setzt und knirscht. Das Schiff verliert den letzten Rest von Fahrt, steht und will eben beginnen, sich mit dem Achterende voran stromauf zu bewegen, da sagt der Kapitän: »Nehmen Sie das Ruder, MacReanna! Sie haben gesehen, wie ich das Schiff heraufbrachte. Probieren Sie's jetzt umgekehrt hinunter!«

Andrew greift zu. Er überlegt blitzschnell: unterhalb der Barre stoppen, dann Steuerbordmaschine langsam rückwärts, Ruder auf Steuerbord, um ein Zuviel an Zug des Rades durch den Strömungsdruck auf das Ruderblatt auszugleichen –

Der Kapitän hat das Deckelchen vom Sprachrohr gehoben und ruft hinunter: »Nehmen Sie so viel Dampf weg, Herr Bimlipotam, daß das Schiff ganz langsam Fahrt voraus bekommt und sachte durch die Passage rutscht. Gleich unterhalb geben Sie wieder mehr Dampf rückwärts, bis das Schiff eben im Strom steht.«

Das Rauschen der rückwärts mahlenden Schaufeln läßt unmerklich nach; die Strömung vermag wieder wirksam zu werden und trägt den Dampfer, der sich mit höchster Vorsicht zügelt, glatt durch die schmale Passage. Kaum hat das Heck den Durchlaß hinter sich gebracht, so gibt der Maschinist ein wenig reichlicher Dampf rückwärts. Einen Steinwurf weit unterhalb der Barriere gelangt das Schiff zu einem schwebenden, leise tanzenden Stillstand. Der Kapitän sagt mit einem zweiflerischen und spöttischen Unterton in der Stimme: »Bitte sehr, mein Herr von der hohen See, bringen Sie das Schiff vor die Fahrrinne in der Mitte des Stroms! Wenn Sie hier der Nase nach weitersteuern, sitzen wir in bestenfalls zehn Schiffslängen auf dem Bauch. Oder wollen Sie wieder stehenbleiben und mir einen reitenden Boten nach hinten senden? Wie damals? Ich ziehe es diesmal vor, gleich anwesend zu sein.«

MacReanna hört schon nicht mehr zu. Er telegrafiert hinunter: »Backbordmaschine stopp! Steuerbordmaschine halbe Kraft rückwärts!«

Die Bestätigung klingelt prompt zurück.

Ja, die halbe Kraft reicht aus, das Schiff gegen die Strömung auf gleicher Höhe zu halten. Das Steuerbordrad zieht den Bug des Dampfers nach Steuerbord; die nun stärker angreifende Strömung drückt den Dampfer langsam erst, dann schneller nach Backbord. Andrew steuert gegen, als das Schiff zu breit vor die Strömung gerät und abwärts zu treiben droht. Der Dampfer wandert gehorsam weiter nach dwars, unsicher noch und in flachen Zickzacklinien, aber im ganzen doch in der geforderten Richtung.

Eine halbe Stunde lang vergißt Andrew die ganze übrige Welt. Er wird zu einem Tastorgan des plumpen Schiffskörpers. Er spürt, wie ihm der Dampfer unter den Füßen gehorcht, fühlt manchmal den Widerstand in seinen Fäusten am Rade. Der Kapitän lehnt über die Reling in der Kanzel an Steuerbord und behält den Abstand von der Barre hinter dem Heck mißtrauisch im Auge. Nur ein einziges Mal empfiehlt er: »Etwas mehr abfallen lassen!«

»Noch etwas!«

»Gut!«

MacReanna ist glücklich: er hat es begriffen! Was er da eben vollbringt, ist noch weit entfernt davon, vollkommen zu sein; aber er ist auf dem richtigen Wege. Er vergißt sogar den Kapitän. Nur ein einziger Gedanke, der nicht zu dem Glück des Augenblicks gehört, reißt eine schnelle Bahn durch das Hirn des Schotten wie eine Sternschnuppe: ob sie wohl merkt, daß ich es bin, der jetzt am Ruder steht? Die Frage huscht schnell vorbei; ein Wolkenschatten; schon vergessen, denn die »Albertine« ist unvermutet in einen stärkeren Sog geraten, und er muß ihr den Kopf frei geben. Gleich fängt sie sich wieder.

Endlich: die klare, blanke Bahn tiefen Fahrwassers tut sich vor dem Bug auf, schnurgerade auf jenen Punkt in der dunstigen Ferne weisend, wo die Wälderwände an den Ufern in eins zu verschwimmen scheinen. Die verdächtigen Trübungen und die Riffel an der Oberfläche der weiten Faulwasser gleiten an Steuerbord fort.

MacReanna faßt nach dem glattgegriffenen Hebel des Maschinen-Telegrafen: »Steuerbordmaschine stopp!«

Der Dampfer gerät sofort leise ins Treiben. Dann: »Beide Maschinen volle Kraft voraus!«

Ein milder Stoß fährt durch den Leib des Schiffes, als die beiden Heckräder ihren mächtigen Schaufelgang zu mahlen beginnen.

Der Kapitän räuspert sich und ordnet an: »Muata kann das Ruder nehmen. In drei Stunden machen wir fest. Kontrollieren Sie heute abend, ob der Bootsmann an alle schwarzen Passagiere ausreichende Fahrkarten abgegeben hat.«

Wie stets ohne Gruß verläßt der Kapitän die Brücke. Die Gittertür klappt hart hinter ihm ins Schloß.

Die »Albertine« hat unterhalb Lukolela schon die Bezirke der dichten Urwälder verlassen; Höhenzüge drängen den Strom für eine Weile auf zwei Meilen Breite zusammen, ehe er noch einmal auf Bolobo zu und die Flußpferdinsel versumpfte Ufer unbestimmt ins unfeste Land verschmelzen läßt. Die »Albertine« rauscht in tiefem, schnellem Wasser mit gut zwölf oder gar fünfzehn Knoten hin, als wenn sie schon probt für die Schußfahrt durch das Couloir oberhalb des Stanley-Pfuhls.

Der Kapitän hat im Passagiersalon einem Fahrgast, der ein wichtiger und angesehener Mann ist, persönlich die Honneurs zu erweisen. Eine Stunde wird wohl darüber hingehen.

MacReanna steht allein auf der Brücke am Ruder. Das nachmittägliche Gewitter ist schon verhallt, hat seine knisternden Blitze, seine dröhnenden Paukenschläge, seine schüttenden, prasselnden Wolkenbrüche verlohen, verrollen und vertrommeln lassen. Die Luft ist rein und frisch gewaschen. Der starke Duft aus den tropfenden Wäldern hinter den Ufern des wallenden Stroms flutet mächtig durch die Fenster der Brücke, über die offenen Seitenrelinge heran, wirbelt und tanzt ein wenig unter dem gekühlten Dach der Brücke. Dann wallt er, ein unsichtbarer, aber zärtlich zu spürender, köstlicher Gischt, durch den Treppenabgang zum Mitteldeck, über den Gang vor den Kapitänskammern an Steuerbord, über die Holzwand an Backbord achteraus davon – mit einem leisen, selbstvergessenen Raunen, als summte sich ein hier noch heiter verehrter Gott der Wolkenkühle schwermütig vor lauter Glück ein harfentöniges Lied zu seinem eigenen Lobe.

Mit nadelfeinem Griffel nachgezogen umschwingen die tiefblauen Horizonte das kleine, rastlos dahinpflügende Schiff in der Mitte des Stroms. Unwirklich klar bieten sich in der gespülten Luft auch noch die fernsten Wesen und Formen deutlich an: die Kronen der drei Riesenbäume, die auf der Kuppe jenes Hügels das verhalten wogende Meer des minderen Waldes überragen, sind ebenso zierlich aus dem milchigen Blau des Himmelsrandes gestochen wie die Schwingen des ruhevoll in großer Höhe kreisenden Fischadlers.

Andrew hat selbst das Ruder genommen. Muata verfügt sich gern nach unten, dort den Rest des Tages zu verschwatzen. Andrew spürt, ohne sich darüber Rechenschaft abzulegen, eine kräftige Freude an dem langsam sich zum Abend neigenden Tage, von dem die Schwüle fortgehoben wurde.

Das Schiff braucht kaum gesteuert zu werden. Es fegt eifrig stromab, als teilte sich auch ihm die Frische der Stunde nach dem Gewitter mit. Andrew kann seine Gedanken ungestraft wandern lassen. Noch zwei Tagesreisen, denkt er, dann sind wir in Léopoldville, und ich darf mich wieder einmal ausschlafen. Bin gespannt, ob der Kapitän die Einladung wahr machen wird, vor der er sich in Stanleyville noch drücken konnte. Madame wird es jetzt etwas leichter haben, Corlay benimmt sich zur Zeit ganz vernünftig, abgesehen von seiner angeborenen Ungeselligkeit. Maureen O'Toole – ob sie schon die Tropen kannte, bevor Corlay sie hierher versetzte? Wie lange eine weiße Frau es wohl aushält, diesen Strom zu befahren, niemals weit vom Äquator, ohne sich eigentlich viel zu bewegen, ohne etwas Wesentliches zu tun zu haben, als sich zu pflegen und dem Manne Gesellschaft zu leisten? Wie lange ertragen die Natur und die Gesundheit einer weißen Frau den Kongo? Und Corlay – der bleibt ein Rätsel für sich, an dem auch Madame wahrscheinlich jeden Tag herumzuraten hat.

Andrew fährt sich mit der Zunge über den Gaumen und schluckt. Ohne daß er es weiß, runzeln sich ihm die Brauen. Unbestimmte Vorstellungen wandern durch sein Hirn; sie peinigen ihn.

Sind es diese Gedanken, die sie herangerufen haben, oder verlockte sie die gute Gelegenheit (der Kapitän muß immer noch im Rauchsalon der Passagiere den Gastgeber spielen)?

Andrew wird mit einem Male steif und starr; er hat nichts gehört; kein Türschloß schnappte, keine Gittertür knarrte, kein leichter Schritt machte die Dielen knistern – aber er weiß: sie steht dicht hinter mir.

Das Fahrwasser ist vertrauenswürdig; er kann die Augen davon lösen. Er wendet langsam den Blick. Sie wartete darauf, sieht ihn an, nickt leise mit dem Kopf und lächelt. Von unten ist plötzlich der Kapitän zu vernehmen, wie er einer lauten, fetten Stimme ebenso laut Bescheid gibt. Dort wird natürlich getrunken, denn zu Honneurs an Bord eines Schiffes gehört Alkohol, soweit der Himmel reicht und die Wolken ziehen.

Andrew grüßt: »Madame –?«

Sie erwidert auf englisch: »Guten Tag, Andrew! Wie geht es Ihnen? Ich finde es auf die Dauer albern, daß wir unsere Tage so nahe beieinander verbringen, ohne wegen der sagenhaften Schiffsdisziplin miteinander sprechen zu dürfen. Ich habe meinen Mann schon mehrfach gewarnt, daß ich mich nicht mehr allzu lange darum kümmern werde. Schließlich muß man wissen, wo die Disziplin aufhört und das normale menschliche Leben anfängt. Und schließlich habe ich endlos lange keine echten, schottischen R's mehr rollen hören. Dabei ist dies Rollen so gut wie Medizin für mein kongomüdes Gemüt. – Sie werden also schon allein mit unserem Schiffchen fertig, sehe ich. Ich kann es Ihnen verraten; ich falle ja nicht unter die Schiffsdisziplin: Sie sind einer der anstelligsten Schüler, die mein Mann bisher gehabt hat, Andrew. Erst gestern hat er es mir wieder zugegeben!«

Sie sagt das alles auf eine schwerelose, liebenswürdige Art; es ist nichts Verstecktes dahinter oder Erzwungenes. Trotz einer ganz verborgenen Ironie in ihren Sätzen spricht sie so heiter wie ein Kind bei einem gutgemeinten Streich.

Andrew hat Sätze in so anmutigem Tonfall schon seit Ewigkeiten nicht vernommen, er weiß im Grunde überhaupt nicht, daß man auf so liebenswerte Weise von einer Frau angesprochen werden kann. Ihm ist, seit ihn die Nachkühle des Gewitters streichelte, nun erst recht, als führe er auf Wolken. Das reine Blau der Augen, die ihn freundlich anblicken, hebt ihn aus dieser dunkel glühenden in die ferne, leichtere Welt, aus der er stammt. Das warme Weiß und sanfte Rosa der Haut –! Daß es solche Haut überhaupt gibt neben dem samtenen Braun und schwellenden Schwarz anderer Haut –! Er hat es schon beinahe vergessen.

Sie tritt ein paar Schritte weiter vor, damit er sich nicht so weit von seinem Ruderrad abzudrehen braucht. Nun erblickt er ihren schmalen Kopf auch von der Seite: die zierlich feste Nase, die ohne tiefe Einbuchtung in die klare, ziemlich hohe Stirn verläuft;

das Ohr versteckt unter dem Rabenflügel des Haars; der schwere Knoten im Nacken; das klare, runde Kinn; die reichen Lippen; das Haupt eines keltischen Mädchens ohne Makel, nein, einer Frau; denn da sind ein paar Linien um den Mund, in der Haltung des weich gezeichneten Halses, auch am Ansatz der geschwungenen Nasenflügel, ein paar strenge Linien –

Andrew sagt: »Wir könnten es uns sicherlich sehr angenehm und vergnüglich einrichten auf diesem Schiff. Wenn nur Ihr Mann, Maureen, seine Pflichten nicht so gräßlich ernst und sachlich nähme! Er muß wohl besonders schlechte Erfahrungen mit seinen Untergebenen oder meinen Vorgängern gemacht haben –!«

»Mag sein. Ich weiß es nicht. Solange ich an Bord bin, hat er sich eigentlich nicht zu beklagen brauchen. Aber das ist erst zwei Jahre her, und zwischendurch waren wir auch noch eine Zeitlang am Kiwu-See zur Erholung; es ist sehr schön dort. Aber im übrigen kommt man ja von diesen tausend Meilen zwischen Léopoldville und Stanleyville nicht los mit ihren zwölf Stunden Licht und zwölf Stunden Dunkelheit, der ewigen Sonne und den ewigen Gewittern und Wolkenbrüchen, dem ewigen Tam-Tam des Nachts und dem ewigen, unverständlichen Geschnatter der Neger am Tage. Ich habe es mir anders vorgestellt, als ich vor zwei Jahren hier ankam.«

Sie unterhalten sich sehr friedlich, Andrew und Madame Corlay, wie zwei Menschen, die sich zwar schon kennen und sich erfreulich finden, die aber unbewußt angetrieben werden, sich weiter zu erforschen.

Andrew fragt zögernd: »Was haben Sie sich denn vorgestellt, Maureen?«

Sie erwidert ein wenig stockend: »Das ist nicht ganz leicht zu beantworten. Vielleicht mehr echtes Abenteuer, wilde Dinge, einen Rausch von Farben, vielleicht auch eine Parade von seltsamen und verrückten Schicksalen und Erlebnissen. Aber man fährt auf diesem Strom ewig an allem entlang und vorbei. Ewig stehen diese turmhohen Wälder an den Ufern, schweigen und tun so, als versteckten sie viel. Aber ich glaube nicht mehr daran.

Sie verbergen gar nichts außer den üblichen Erbärmlichkeiten, die man nicht erst am Kongo zu suchen braucht: Klatsch, Zank, Neid, Eifersucht, Stumpfsinn, Trunksucht, Faulheit, Geldgier und Geschäftemacherei. Aber ehe man noch recht dahinterkommt, ist man schon wieder abgefahren. Und hier an Bord – nun, ich werde Ihnen wohl nichts vorzumachen brauchen, Sie haben selbst Augen im Kopf.«

»Ja, ich habe selbst Augen im Kopf.«

Es ist ihm so herausgefahren; er erschrickt ein wenig. Aber sie scheint es nicht übel zu vermerken. Sie antwortet eine ganze Weile nichts, sondern starrt auf die leere Wasserfläche, die der Dampfer hinter sich schaufelt. Dann fährt sie halblaut fort, als spräche sie zu sich selbst: »Wenn ich mir vorstelle –«

Sie hält inne, als wäre sie mit dem, was sie zu sagen vorhat, noch nicht ganz im reinen. Aber die Frau verliert den Mut nicht; sie fährt nach einer Sekunde fort: »Wenn ich mir vorstelle, daß meine ganze Zukunft darin bestehen soll, auf diesen wenigen Quadratmetern Brückendeck den Kongo hinauf und herunter zu fahren, immer hinauf und herunter – Glauben Sie mir, Andrew, mir ist manchmal, als müßte ich zerspringen, wenn ich mir das vorstelle.«

Andrew zermürbt sich den Kopf, was er antworten soll; aber es fällt ihm nichts ein. Er bringt schließlich einigermaßen plump heraus: »Es ist nicht ganz so schlimm, Maureen, wie es am Anfang scheinen mag. Alle Seeleute fahren zwischen irgendwelchen Häfen hin und her; es wird ihnen gelegentlich langweilig; aber sie können es auch nicht lassen. Und sind dabei meistens allein und sehen das Wesen, mit dem sie verheiratet sind, nur jeden dritten oder sechsten Monat für wenige Tage oder gar nur Stunden. Auf dem Kongo brauchen Mann und Frau wenigstens nicht getrennt zu sein, wenn der Mann das Glück hat, es zum Kapitän gebracht zu haben.«

Die Frau ist noch nicht aus ihrer Abwesenheit erwacht; sie hat zwar Andrew zugehört, aber zugleich spricht sie eigentlich nur mit sich selbst. Sie sagt etwas, worüber nicht nur Andrew erschrickt: »Manchmal denke ich, ich würde mich selbst mit dem

Kongo abfinden, wenn ich ihn allein befahren dürfte.«

Vielleicht hat sie in dem Rausch, endlich einmal mit einem Dritten ohne Aufsicht sprechen zu können, etwas zum ersten Male ans Licht gebracht – auch vor sich selbst –, was sie bis zu diesem Augenblick noch niemals eingestanden hat. Sie schlägt sich die Hand vor den Mund, ihn zu schließen; aber es ist schon zu spät; die Worte, die ihr entschlüpften, sind nicht mehr zurückzufangen. Jetzt allerdings ist sie erwacht; sie blickt Andrew aus erschrocken geweiteten Augen an. Aber sie gehört nicht zu denen, die sich vor dem zweiten Schritt fürchten, wenn der erste getan ist. Sie läßt die Hand sinken; sie sieht um Jahre gealtert aus. Ihr Mund ist plötzlich in einen geraden, blassen Strich verwandelt. Sie muß sich räuspern, ehe sie fortfahren kann; ihre Stimme ist rauh und tief, als sie sagt: »Würde es Ihnen gefallen, Andrew, in diesem engen, heißen Käfig da« – sie weist auf die Wand des Kapitänsquartiers – »fortwährend über dem Kongo auf und ab geschlenkert zu werden, nur unter Aufsicht den Käfig verlassen zu dürfen, nur unter Aufsicht durch die Gitterstäbe sprechen zu dürfen?«

Ihre Stimme ist lauter geworden, beinahe schrill. Das Gespräch hat eine Wendung genommen, die keiner von beiden ursprünglich gewollt hat; es ist ihnen einfach aus den Händen geschlüpft und hat sich selbständig gemacht. Sie haben beide – jeder auf andere Art – eine ungewisse Sucht, die noch keinen Namen trägt, in sich zurückgedrängt; haben gemeint, es gäbe sie nicht, wenn sie nicht hinschauten. Aber nun ist sie da, ist ins Freie gesprungen und nicht mehr zu bändigen.

Andrew ist blaß geworden unter seiner braunen Haut; seine Hände pressen sich um das Ruderrad, als müßte er sich daran festhalten. Er sieht sie an, sagt nichts. Sie fordert noch einmal, herrischer: »Würde Ihnen das gefallen, Andrew? Warum antworten Sie nicht? Würde es Ihnen gefallen?«

»Nein!« sagte Andrew laut und hart.

»Es würde mir nicht gefallen!« fügt er leiser hinzu, als bedürfte es noch dieser Erläuterung. Ihre Augen gleiten wieder auseinander; sie sind plötzlich verlegen, auch erschöpft. Sie haben ihr ganzes Pulver auf einmal verschossen, diese beiden Kinder von den wilden Küsten im fernen Nordwesten Europas. Was nun?

Sie ist es, die einlenkt, damit ihnen das Gespräch und die Besinnung nicht völlig entgleitet; sie findet wieder in den Tonfall einer ruhigen, sich vorsichtig weitertastenden Unterhaltung zurück. Sie sagt: »Wissen Sie, Andrew, man muß natürlich meinen Mann richtig einzuschätzen lernen. Er hat fast sein ganzes Leben unter dieser Sonne verbracht. Man sagt, Weiße hielten es hier nicht aus. Er ist der lebendige Gegenbeweis. Wenn aber ein weißer Mensch mit seiner durchlässigen Haut, seinen wachen Nerven diese wilde Sonne, dieses Übermaß an Wuchs und Fruchtbarkeit und strotzender Üppigkeit ständig in sich aufnimmt, dann wird er sozusagen überfüllt, überheizt, überfüttert; und irgendwo kommt dies Zuviel zerstörerisch zum Vorschein, wie Krater oder Geyser an einem Vulkan Schlamm speien, wenn von innen der Druck zu groß wird; das ist wenigstens meine Theorie. Sie reicht aus, um mir meinen Mann zu erklären. In London erschien mir das ungemein aufregend und reizvoll; London gebiert die ausgefallensten Phantasien. In unserer engeren Heimat ist es so viel leichter, bei Verstand zu bleiben. Man läßt sich dort nicht gehen; man hält sich fest. Aber hier, wissen Sie, Andrew –«

Sie stockt, als suche sie nach Worten. Andrew bringt den Mut auf, den Satz zu beenden; er murmelt: »– ist es nicht so einfach, auf einem Vulkan zu leben.«

Sie flüstert kaum hörbar: »Nein, es ist oft zum Verzweifeln schwer.«

Plötzlich, mit einer ganz anderen, Auskunft heischenden Stimme: »Ich möchte einmal wissen, wieviel eigentlich von einer Ehefrau verlangt werden darf; auch dann, wenn ihr Mann sich um niemand anders kümmert als um sie!«

Andrew hört sich sagen – und ist ganz erstaunt, daß es abweisend klingt: »Darin habe ich nicht die geringste Erfahrung, Maureen, nicht die mindeste!«

Sie lenkt ab: »Natürlich nicht! Ich habe nur laut gedacht. Die Frage bereitet mir viel Kopfzerbrechen.«

Nach einer Weile des Schweigens fährt sie in alltäglichem

Tonfall fort: »Wir wollen wieder miteinander plaudern, wenn sich Gelegenheit bietet. Eine solche halbe Stunde nimmt ihm nichts weg; aber mir macht sie das Leben leichter. Das habe ich manchmal dringend nötig. Wir müssen natürlich vorsichtig sein, sonst bereitet er Ihnen die Hölle hier auf diesem Schiff.«

»Ihnen nicht auch, Maureen?«

»Mir?«

Sie lacht leise auf; Andrew vermag den Klang dieses Lachens nicht zu deuten; noch immer tief in der Kehle lachend, fährt sie fort: »Nein, mir kaum! Ich bin nicht so völlig wehrlos und ausgeliefert wie Sie, Andrew. Ich weiß schon, wie ich mich behaupte. Aber Sie haben mir nicht darauf geantwortet, ob Sie mit mir plaudern wollen, wenn wir wieder eine unbeobachtete halbe Stunde erwischen.«

»Muß ich das noch besonders bejahen, Maureen?«

Sie beugt sich vor, als gäbe es vor dem Bug etwas Ungewöhnliches. Mit abgewandtem Gesicht murmelt sie: »Eigentlich nicht. Ich wollte es nur ausgesprochen hören. Es tut so gut!« Dann, sachlich und bestimmt: »Wollen Sie nicht loten lassen, Andrew? Das Fahrwasser ist nicht mehr so eindeutig wie bisher.«

Jetzt erst wird er aufmerksam. Er hat über dem Gespräch den Kongo vergessen. Natürlich, sie wird mit der Zeit eine Menge Wissen eingesammelt haben. Hastig greift er nach der Klingel und drückt dreimal. Gleich darauf tritt Muata mit der Lotstange über den Bug und sticht sie weit voraus ein.

»Kein Grund!« singt er herauf.

Gott sei Dank! Andrew atmet auf. Die Frau sagt: »Ich ziehe mich jetzt zurück. Das Wasser wird schwieriger. Und außerdem wird –«

Eine knarrende Stimme schneidet ihr das Wort ab: »Ja, er ist sogar schon da, meine Liebe! Du weißt, daß es gegen jede Ordnung ist, dich während des Dienstes auf der Brücke aufzuhalten. Ich bitte dich, die Brücke zu verlassen!«

Sie wagt noch ein gewollt selbstverständliches: »Also auf ein andermal, Herr MacReanna!« und läßt die Gittertür hinter sich einfallen.

Corlay faucht den Schotten an: »Warum haben Sie nicht längst einen Mann zum Loten beordert? Haben Sie noch so wenig gelernt? Warum zwingen Sie mich durch Ihre Unaufmerksamkeit, das wichtige Gespräch abzubrechen, das ich unten geführt habe?«

Der Mann hat getrunken; über seinen Backenknochen steht je ein roter Fleck. MacReanna vermag nicht zu hindern, daß sich ein Klang von Verachtung in seine Stimme mischt: »Sie hören es ja, Kapitän, ein ums andere Mal: kein Grund! Ich habe nicht zu spät mit dem Loten begonnen.«

Der Kapitän brüllt: »Wollen Sie mich etwa belehren, Sie Sonntags-Seemann, Sie Grünhorn, Sie Einfaltspinsel! Halten Sie mich für vertrottelt?«

MacReanna erwidert vollkommen gefaßt: »Sie setzen sich ins Unrecht, Kapitän Corlay! Sie beschimpfen mich ohne Grund! Das wissen Sie! Der wahre Anlaß liegt ganz woanders. Und wenn Sie mich schon danach fragen: für trottelig halte ich Sie nicht, aber für betrunken!«

Die beiden Männer starren sich aus zusammengekniffenen Augen an. Kein Wort fällt weiter.

Der Kapitän stapft die Treppe schwerfällig wieder hinunter.

MacReanna bringt eine Stunde später das Schiff an seinen Liegeplatz für die Nacht. Das Kesselholz kommt an Bord wie jeden Abend.

MacReanna stellt Muata und Loto bereit. Sein Saka hat ihm verraten, daß die beiden darin Erfahrung haben: sie tragen gegen Mitternacht den Kapitän in seine Koje; die betrunkenen Passagiere finden den kürzeren Weg in ihre Kabinen aus eigener Kraft.

Am nächsten Morgen traut MacReanna seinen Augen nicht. Zehn Minuten vor sechs erscheint der Kapitän auf der Brücke wie alle Tage und befiehlt, tonlos vor Heiserkeit: »Lassen Sie die Leinen loswerfen!«

Dann: »Backbordmaschine halbe Kraft voraus!«

Die »Albertine« wendet sicher in den Strom.

XI

MacReanna vermochte zunächst keine Klarheit darüber zu gewinnen, ob der Kapitän Maureen dafür büßen ließ, daß sie seinen eifernden und eifersüchtigen Wünschen nicht entsprochen hatte. Hinter der Holzwand blieb es still; und auch des Abends vernahm MacReanna über seinem Kopfe nur selten einen Laut – und dann gewöhnlich keinen, der darauf schließen ließ, daß sich über ihm zwei Menschen aufhielten und nicht nur einer. Allmählich gelangte Andrew zu dem Schluß, daß der Kapitän zwar imstande war, seine Frau so entschieden von der Brücke abzuschließen, als läge eine mit reißenden Tieren angefüllte Schlucht zwischen dem Kapitänsquartier und dem Kommandostand des Schiffes, daß er aber nicht fähig war, seine Frau zu zwingen, ihm Gesellschaft zu leisten oder mehr als nur Alleralltägliches mit ihm zu erörtern.

MacReanna hatte sich entschlossen, es auf keinen weiteren Streit mit dem Kapitän ankommen zu lassen. Mochte er sticheln und fluchen – für ihn, Andrew, kam es nur darauf an: nichts zu sagen und nichts zu tun, was ihm bei der Reederei den Hals brechen konnte; alles in sich aufzunehmen und zu verarbeiten, und zwar so gewissenhaft und so aufmerksam wie möglich, was der Kongo ihm durch den Kapitän willentlich oder unwillentlich an Tücken und Geheimnissen offenbarte – und drittens, jeden Tag ein paar Male daran zu denken, daß die übelste Zeit im Arbeitsleben eines Mannes zu ertragen ist, wenn man nicht nur ihres Endes sicher sein kann, sondern wenn jenseits davon auch noch ein bestimmtes Ziel winkt.

Dies Ziel stand dem Schotten deutlich vor Augen: selbst imstande zu sein, eines dieser flachbodigen Schiffe den großen Kongo oder einen anderen der gewaltigen Ströme dieser üppigen wilden Welt hinauf und hinunter zu führen, ja, über diese träge, schwer und unbändig sich herwälzenden Flüsse hin, von denen Andrew bis jetzt wenig mehr kannte als ihre Mündungen in den Kongo oder auch nur ihre Namen; seltsam klangvolle Namen wie Kassaï und Ubangi, Sankuru, Itimbiri und viele andere.

MacReanna hatte nun zum erstenmal den Strom bis ins tiefste

Herz des dunklen Erdteils erlebt, und schon wuchs ihm heimlich das Begehren, entlegenere Winkel noch, geheimnisvollere, einsamere Wasserstraßen im unermeßlichen Ozean der schwülen Wälder zu erkunden.

Der nüchterne Verstand behielt in einem Manne wie Andrew MacReanna auf die Dauer stets die Oberhand: dieser halbverrückte Kapitän sollte trotz allen bösen Willens nicht imstande sein zu verhindern, daß er, MacReanna, zu dem frühesten Termin ein eigenes Schiff erhielt. Machte der Kapitän dem Schotten das Leben sauer, so machte der Schotte es dem Kapitän nicht leichter, ohne ihm je einen greifbaren Anlaß zur Beschwerde zu gewähren. MacReanna glaubte nun zu wissen, daß jeder seiner Versuche, eine erträgliche Form der Zusammenarbeit mit dem Kapitän zu finden, zum Scheitern verurteilt war.

Der Tisch zwischen den beiden Männern war blank; sie hätten sich wahrscheinlich auch gehaßt, wenn hinter der Gittertür auf der »Albertine«, hinter der Holzwand, keine Frau Corlay, geborene Maureen O'Toole, voller Unruhe gewohnt und die Tage vergrübelt, mit leisen, harten Schritten das Deck ausgemessen hätte, immer wieder, her und hin, auf und ab; auch wenn sie nicht manchmal vor ihrem Schlafraum an Steuerbord gestanden hätte, so zwar, daß der Kapitän von seinem Platz vor dem Backbordfenster der Brücke sie nicht mehr erblicken konnte, auch wenn er sich umdrehte – was er nie tat –, wo aber MacReanna am Ruderrad oder von seinem Platz am Steuerbordfenster der Brücke sie wohl gesehen hätte, wenn er, sich umzudrehen, so tollkühn gewesen wäre, was er nicht war.

Ja, sie stand zuweilen vor ihrer Schlafkammertür, und Andrew fühlte, wie ihre Augen ihm im Nacken brannten, wie ihre Blicke über sein Haar, über seine Schultern, seine ganze Gestalt glitten. Der Wunsch, die Begier, den Kopf zu wenden und diesen Blikken Antwort zu geben, wurde manchmal fast übermächtig. Aber Andrew bezwang sich.

Die »Albertine« hatte eine schnelle Reise ohne jeden Zwischenfall hinter sich gebracht, als sie in Léopoldville anlangte; sie könnte sich also vier Tage in ihrem Heimathafen erholen – hieß es –, als das Schiff an der Mauer festgemacht hatte und der Reederei-Inspektor an Bord gekommen war. Die Anwesenheit van Baestaelaers hinderte jedoch den Kapitän nicht, schon in der ersten Viertelstunde mit seiner Frau das Schiff zu verlassen, gefolgt von Ngolo, dem Kabinenboy, mit einem beträchtlichen Koffer.

MacReanna hatte den Abmarsch des Kapitäns und seiner Frau aus der Ferne mit angesehen, während er auf dem Kesseldeck darauf zu achten hatte, daß die schwarzen Passagiere vollzählig, ohne Aufenthalt und mit allem ihrem Gepäck – aber nicht mehr als das – vom Schiff kamen. Das dauerte seine Zeit. Die Ablieferung der Post erforderte kaum zehn Minuten. Dann konnte MacReanna den Laufsteg zum Kai mit einer Kette abschließen und den zuverlässigen Muata als Posten davor aufbauen mit der Weisung, ihm jeden weiteren Besucher zu melden. Schließlich stieg MacReanna wieder zur Brücke hinauf, um dort nach dem Rechten zu sehen und die Frachtpapiere für das Löschen der Ladung am folgenden Tag zu ordnen. Er fand auf der Brücke den Reederei-Inspektor van Baestaelaer vor, behäbig, kahlköpfig, mit scharfen Augen und einem Lächeln von wohlwollender Ironie. Van Baestaelaer begrüßte ihn mit Handschlag: »Wie geht's, Mac?«

»Danke, gut, Herr Inspektor!«

»Das höre ich gern, Mac! Hoffentlich nehmen Sie regelmäßig Ihre Pillen, Mac! Mit der Malaria ist nicht zu spaßen. Es empfiehlt sich, sie gar nicht erst zu kriegen, anstatt sie zu bekämpfen, wenn man sie erst hat.«

»Pillen gehören für mich zum täglichen Brot, Herr Inspektor!«

Die beiden Männer lachten sich an im fahlen Licht der Brükkenlampen; sie verstanden sich. Van Baestaelaer saugte schlürfend an seiner Pfeife und fuhr fort: »Und wie entwickeln sich Ihre Beziehungen zu unserem majestätischen Kongo, mein Herr?«

»Danke der Nachfrage, Herr Inspektor, vorzüglich! Ich glaube, daß ich nach zwei, drei weiteren Fahrten auch ohne Aufsicht ein Schiff auf diesem prächtigen Strom zu führen vermag.«

Der Inspektor puffte einige mächtige Wolken aus seiner Pfeife, zog die buschigen Augenbrauen erschreckend hoch und brummte: »Dachte ich mir doch gleich: an Selbstvertrauen fehlt es ihm nicht, dem Herrn André aus Nordwestschottland! Eine wertvolle Eigenschaft, in der Tat! Aber Schiffe sind noch wertvoller. Ich würde Ihnen doch vorschlagen, mein Lieber, daß Sie noch ein erstklassiges Hochwasser auf dem oberen Kongo mitmachen. Sie werden sich wundern! Immerhin freut es mich, daß Sie sich allem Anschein nach recht leidlich mit dieser üblen Bestie Kongo vertragen. Darf ich bei dieser Gelegenheit die Frage noch etwas erweitern, privatim sozusagen: wie vertragen Sie sich mit Ihrem gestrengen Vorgesetzten, dem Kapitän dieses vorzüglichen Schiffes?«

»Das kann ich mit einem einzigen Wort beantworten: schlecht, Herr Inspektor!«

»Ts, ts, ts, das ist ja sehr bedauerlich, aber –« mächtige Dampfwolken aus der Pfeife – »ich habe es mit der mir verliehenen Prophetengabe kommen sehen – habe es kommen sehen – leider –!«

Van Baestaelaer versank in ein tiefes Nachdenken über die Unzulänglichkeit dieser Welt im allgemeinen und des Menschengeschlechts im besonderen. MacReanna lehnte an der Reling und glaubte zu spüren, daß dieser rundliche, sicherlich einflußreiche Mann durchaus nicht gesonnen schien, ihm sein Wohlgefallen zu verweigern.

Mancherlei Ungesagtes webte in diesen wortlosen Augenblicken zwischen den beiden Männern hin und her. Der Inspektor hob für eine Sekunde seinen Blick und ließ ihn bis zu Andrews Augen hochgleiten, die ihm nicht auswichen; dann senkte er ihn wieder auf die qualmende Pfeife in seiner Faust.

Ein schneller Schritt eilte über das Mitteldeck heran und stieg die Treppe herauf: der Kapitän. Er hatte seine Frau wohl nur im Hotel abgeliefert, war aber doch nicht schnell genug zurückgeeilt, um das Gespräch unter vier Augen zwischen van Baestaelaer und MacReanna zu verhindern. Corlay schien etwas außer Atem; der Unmut, zu spät gekommen zu sein, stand ihm auf dem

Gesicht geschrieben. Der Kapitän entschuldigte sich: »Ich mußte nur meine Frau im Hotel unterbringen, Inspektor! Sie ist nun einmal versessen darauf, keine Viertelstunde länger auf diesen Planken zu verbringen, als unbedingt nötig ist.«

Van Baestaelaer gab mit milder Anzüglichkeit Bescheid: »Wer eben das Glück hat, mein lieber Corlay, mit der Erwählten seines Herzens durch die heißen Lande zu gondeln, der muß auch einige Launen in Kauf nehmen, wie diese heiße Gegend sie ausbrütet. Alles Gute ist nicht beisammen, verehrter Kapitän! Was sollen wir anderen erst sagen, die wir der Hitze völlig unbeweibt standhalten müssen? Uns bleibt als ungenügender Trost da nur: der Alkohol!«

»Allerdings, allerdings –!« knarrte der Kapitän; es wollte dem Schotten scheinen, als beherrschte ihn plötzlich eine versteckte Unsicherheit. Mißtrauen glimmte in dem Blick, mit dem er MacReanna streifte; Andrew ärgerte sich eine Sekunde lang: glaubt der Dummkopf etwa, daß ich klatsche? Der Inspektor nahm in leichtem Gesprächston wiederum das Wort – er legte offenbar Wert darauf, mit offenen Karten zu spielen und sich in keine Kulissenmanöver verstricken zu lassen: »Mac hier sagt mir, Kapitän Corlay, daß er nicht besonders gut mit Ihnen auskäme. Das heißt, damit Sie's nicht mißverstehen: ich war es, der ihn danach ausdrücklich gefragt hat.«

Der Kapitän erwiderte ohne jedes Zögern: »Schlecht miteinander auskommen, wieso? Nicht daß ich wüßte, Inspektor, nicht daß ich wüßte!«

»Nun, das ist ja sehr erfreulich, Kapitän Corlay. Ich muß mich natürlich auf Ihr Urteil verlassen. Ja, ich muß sagen, meine Prophetengabe hat mich das natürlich erwarten lassen. Was meinen Sie weiter, Kapitän: unser guter Mac hier glaubt, wir sollten ihn schon nach ein oder zwei weiteren Reisen auf eigene Faust gegen den Kongo loslassen!«

»Das wäre verfrüht, glaube ich. Herr MacReanna versteht schon eine ganze Menge; aber er sollte erst noch lernen, mit einem starken Hochwasser fertig zu werden. Ich will in absehbarer Zeit mit meiner Frau nach Süden auf Urlaub fahren. Ich denke, wir sollten noch vier Reisen gemeinsam machen. Auf ihnen werden wir genug Hochwasser zu schlucken bekommen. Wenn ich dann auf Urlaub gehe, haben wir wieder ruhiges Mittelwasser, mit dem Herr MacReanna und meine gut eingespielte Mannschaft sicherlich auch ohne meinen Beistand fertig werden. Vielleicht begleiten Sie ihn auf seiner ersten Alleinreise mit der ›Albertine‹, Inspektor! Sie können dann selbst sehen, daß er seine Lektion begriffen hat.«

»Das leuchtet mir ein, Kapitän. Wir wollen uns vorläufig auf Ihren Vorschlag einigen. Sind Sie einverstanden, Mac?«

Andrew, halb benommen, vermochte nur ein: »Natürlich, natürlich, Herr Inspektor!« hervorzustammeln. Der Inspektor lächelte belustigt, ließ sich aber nichts anmerken. Der Kapitän studierte angelegentlich einen kleinen Ölspritzer auf dem Ärmel seiner weißen Jacke, als könnte er sich durchaus nicht erklären, wie er dorthin gelangt sein mochte. Der Inspektor stopfte sich mit großer Sorgfalt seine Pfeife neu, ließ aber kein langes Schweigen aufkommen. Er wandte sich an MacReanna: »Darf ich Sie bitten, Mac, den Herrn Bimlipotam heraufzuschicken; er will mir sein Leid klagen wegen der Kessel, die dringendst gereinigt werden müßten, und wegen dieses elenden Reduktionsventils. Soll er ja alles haben! Wenn er sich nur kürzer fassen würde! Also gut! Ich fühle mich jetzt stark genug, nachdem ich festgestellt habe, daß hier auf der Brücke eine geradezu vorbildliche Einmütigkeit besteht.«

Van Baestaelaer nickte dem Schotten zu, sehr munter und verschmitzt. Kein Zweifel: Andrew war in Gnaden entlassen. Andrew stieg die Treppe zum Mitteldeck hinunter, wanderte das Deck entlang zum Achterende des Dampfers und tauchte tiefer noch zum Kesseldeck: »Herr Bimlipotam, der Inspektor läßt Sie bitten, auf die Brücke zu kommen; wegen der Kesselreinigung und der schadhaften Ventile!«

»Ganz vorzüglich, Herr MacReanna! Verbindlichsten Dank! Ich bin schon bereit!«

Ja, er war bereit. Der äußerst gewissenhafte Mann aus Madras hatte sich entgegen seinen sonstigen Ingenieursgewohnheiten in makelloses Weiß gekleidet; sein blauschwarzer, peinlich genauer Scheitel glänzte wie gelackt; unter seinem angewinkelten Arm schimmerte ein durchaus neuer knallgrüner Aktenhefter, in dem MacReanna endlose, höchst gewissenhaft geführte Register für Schmieröl, Feuerholz, Umdrehungen, dazu Reparaturberichte und Ersatzteilreporte vermutete. Ganz gewiß, dem Inspektor würde nichts erspart bleiben. Herr Bimlipotam in feinstem Landanzug schien entschlossen, sein Licht nicht unter den Scheffel zu stellen.

MacReanna rief den Bootsmann an: »Für heute sind wir wohl fertig, Bourgand? Ich bin im Passagiersalon, falls noch irgend etwas passieren sollte.«

»Ich habe landfrei, Herr MacReanna!«

»So –! Entschuldigen Sie! Dann sagen Sie Muata Bescheid.«

»Muata ist schon fort. Ebenso Loto. Ngolo ist im Hotel bei Madame. Ich habe Ndulu an den Laufsteg gestellt. Er ist langsam von Begriff, aber zuverlässig.«

»Ndulu? Ach, diesen riesigen Burschen mit dem gespaltenen Ohr –? Gut, ist mir auch recht!«

Als MacReanna endlich vor dem leeren Passagiersalon saß – dort kam der Kapitän nicht vorbei, wenn er wieder von Bord ging –, sagte er sich: jeder scheint begierig darauf, hier in Léopoldville an Land zu schlafen; nur ich nicht; es zieht mich nichts zu Pieter Heyst, dem Barmann; und auch nichts in mein damaliges Hotel. Ich habe keine Lust, Fragen zu beantworten. –

Die Steuerbordflanke des Schiffes, an welcher ganz vorn der Passagiersalon lag, blickte über den nachtdunklen Stanley-Pfuhl hinweg. MacReanna war allein, das Schiff fast leer – bis auf die Wachleute. Es wollte dem Schotten nicht gelingen, seines Staunens Herr zu werden. Andrew wurde aus dem Kapitän nicht klug; hatte Corlay Angst vor ihm – oder hatte Corlay Angst vor dem Inspektor? Oder war er trotz allem sachlich genug, zuzugeben, was er nicht leugnen konnte?

Wie dem auch sei: Andrew spürte festeren Boden unter seinem Schicksal; seine Zukunft in diesem Lande zeichnete sich ab. Es war, als gehörte ihm schon die Nacht über dem weiten, reglosen

See mit den unmerklich treibenden Inseln. Es war, als holte hier der Kongo noch einmal Atem, bevor er sich durch die Kristallberge gewaltsam eine Bresche ins Meer hinunterbricht. Und in der Ferne hinter schwarzvioletten Horizonten atmeten die weglosen, maßlosen Wälder. Ja, ein ungeheures, starkes Land, ein Land für Männer!

Saka erschien auf lautlosen Sohlen, um zu fragen, ob sein Herr noch Wünsche habe. Wahrscheinlich zog es auch ihn an Land. Andrew sagte: »Bring mir noch eine Flasche Bier aus dem Eisschrank, Saka. Und dann bist du bis morgen früh halb sieben entlassen. Ist außer Herrn Bimlipotam, mir und den Wachen überhaupt noch jemand an Bord?«

»Herr Bimlipotam nicht an Bord. Er gleich fortgehen nach Herr Inspektor und Herr Kapitän.«

MacReanna spürte in der Dunkelheit, obgleich er Sakas schwarzes Gesicht nicht erkennen konnte, daß sein Getreuer von einem Ohr bis zum anderen grinste bei dieser scheinbar harmlosen Mitteilung. Andrew wußte, daß er weiterfragen mußte: »Ich dachte, Herr Bimlipotam hätte noch die ganze Nacht mit seinen Ventilen zu tun?«

»In Léopoldville er hat nicht zu tun mit Ventil. In Léopoldville er hat zu tun mit Fräulein Abdullah. Kommt er morgen früh wieder; kann er schlafen. In Stanleyville Fräulein Mohammed, in Léopoldville Fräulein Abdullah. Er immer alles genau einrichten und Liste machen, Herr Bimlipotam!«

Der schwarze, schwere Schatten – viel mehr war von dem braven Saka Nganmsuata auf dem dunklen Decksgang nicht zu erkennen – gluckerte vor Gelächter. MacReanna, dem es selber nicht leichtfiel, sich das Lachen zu verbeißen, meinte mit schlecht gespielter Strenge: »Du bist und bleibst ein gräßliches Klatschmaul, Saka. Ich möchte gern wissen, was du alles über mich im Belgischen Kongo und den umliegenden Dörfern verbreitest!«

Sakas Stimme klang ehrlich gekränkt aus dem Dunkel: »Über uns ich niemals klatschen, Herr, niemals! Bloß über andere! Über uns niemals!«

MacReanna war beruhigt: »uns« hatte Saka gesagt. Mehr

konnte Andrew sich nicht wünschen. Er fuhr fort: »Gut, gut, ich glaube es dir, Saka! Aber woher weißt du alle deine Neuigkeiten?«

Saka gluckerte schon wieder: »Ich immer alles wissen. Ich immer schwatzen und fragen und Ohren aufsperren und Augen auch. Ich noch mehr wissen.«

Andrew tat dem Schatten den Gefallen zu fragen: »Was denn zum Beispiel, du Alleswisser?«

Saka beugte sich vor und sagte halblaut, als fürchte er, belauscht zu werden: »Madame sprechen nicht mit Kapitän. Madame weinen im Hotel. Ngolo mir erzählen; er zurückkommen für andere Koffer. Ngolo, er Madame gut leiden. Darum er mir erzählen. Kapitän er sagen kein Wort.«

Andrew fragte vollkommen ruhig zurück: »Warum glaubst du, Kerl, daß mich dieser Tratsch auch nur im geringsten interessiert?«

Es war nicht zu verkennen, daß Saka wohl etwas anderes erwartet hatte als die verärgerte Ablehnung, die deutlich in Andrews Frage mitschwang. Vielleicht glaubte er, mit der Wahrheit nicht hinterm Berge halten zu dürfen, wenn er nicht einen ernsthaften Tadel heraufbeschwören wollte, wie er ihn in den vier oder fünf Wochen seines Dienstes bei diesem sonst sehr umgänglichen und freundlichen Herrn noch nicht erlebt hatte; sein Instinkt sagte ihm wenigstens, daß MacReanna nicht allzuweit von echtem Zorn entfernt war. Saka brummte zögernd: »Ich denken: Herr immer sehen nach Madame. Und Madame immer sehen nach Herr. Und Kapitän, er böse. Und Loto: er sehen Frau auf Brücke, und Kapitän in Salon trinken mit Passagieren. Und dann großer Lärm auf Brücke. Kapitän, er schimpfen furchtbar. Und Ngolo mir erzählen: Madame sehr böse mit Kapitän und nicht sagen ›ja‹ und nicht sagen ›nein‹ bei Frühstück, wenn Kapitän fragen, ob noch Kaffee eingießen soll für Madame. Ngolo immer dumm aussehen, aber Ngolo sehr schlau und alles hören. Und er mir sagen: Saka, Saka, du haben Holz für Kopf, dein Herr immer oben auf Brücke, und Madame gehen immer auf und ab, und Kapitän, er bißchen alt – was du denken, Saka, Holzkopf?

Dein Herr, er nicht aus Holz, und Madame einzige Frau weit und breit. Was muß er werden, Saka, Holzkopf? Neidisch auf Kapitän, das muß er werden, du alter Buschneger. Jawohl! Buschneger er zu mir sagen, weil ich haben spitze Zähne. Aber spitze Zähne schön bei Niam-Niam. Darum ich denken, du kannst sagen zu Herr, daß Madame weinen im Hotel.«

MacReanna hatte den Atem angehalten, als ihm der Schatten, der Saka war, dies lange Geständnis ablegte. Aber gerade, weil es so lang war, hatte es ihm Zeit gelassen, seine Fassung wiederzuerlangen. Andrews Stimme war vollkommen ruhig und klang sogar heiter überlegen, als er sagte: »Wahrscheinlich erzählst du Märchen, Saka. Auf alle Fälle gehen sie mich nichts an, verstehst du, nicht das mindeste! Aber du meinst es sicher gut, wenn du glaubst, für mich die Augen offenhalten zu müssen. Hole mir jetzt die Flasche Bier und dann weg mit dir zu deinem Fräulein! Du wirst doch sicherlich eines haben, was?«

»Ich haben Frau, Herr!«

»Na, großartig! Also, wo bleibt das Bier!«

Der Schwarze konnte nicht verhehlen, daß er sich erleichtert fühlte: »Jawohl, Herr! Bier kommt gleich!«

Andrew hörte ihn einen Augenblick im Salon klappern; dann ging das Licht wieder aus. Die Flasche erschien auf dem schattenhaften Tisch, an dem Andrew neben der Reling saß. Mit feinem Zischen wie von einer erschreckten Natter bog sich der kalte Trunk ins Glas.

»Gute Nacht, Herr!«

»Gute Nacht, Saka!«

Der Schatten tappte geräuschlos davon; nur daß hier und da eine der Decksplanken unter dem Gewicht knackte –

MacReanna saß ganz still. Der Dunst über dem Horizont im Norden und Westen, den Andrew von seinem Platz übersehen konnte, schien sich verflüchtigt zu haben. Ein heller Schein glomm dort am Himmel auf: was konnte es anders sein als der Widerschein, den die Lichter der Stadt Brazzaville an den Himmel warfen?

Manchmal sprang ein Fisch und klatschte ins Wasser, unbekümmert laut. Der einsame Mann auf dem dunklen Deck des schlummernden Dampfers hörte es nicht; er saß so still, daß nicht einmal die Moskitos ihn fanden – dort, auf der Wasserseite des Schiffes.

Wenn man sich Mühe gab und horchte, wurde ganz schwach das dumpfe Tosen vernehmbar, das der Kongo sang, der bei Ntamo gleich unterhalb des Hafens von Léopoldville seine Bergeslasten von Wasser gut dreißig Fuß tief aus dem Stanley-Pfuhl über eine Felsenschwelle abwärts donnern läßt. Gefährlich und saugend ziehen deshalb die Strömungen durch manche Abschnitte des Hafens von Léopoldville. Wo aber die »Albertine« vor ihren festen Leinen lag, stand das Wasser beinahe still; so brauchte das Schiff nicht an den Pollern zu zerren.

MacReanna, dem das Bier im Glase warm geworden war, dachte darüber nicht nach, noch vernahm er das Brausen der Fälle bei Ntamo. Die Nacht hauchte allmählich Kühle aus; die Sterne flammten stumm am mondlosen Himmel.

Als Andrew sich endlich erhob, ächzten ihm die Glieder, weil er bis weit über Mitternacht hinaus auf seinem Stuhl gesessen hatte, ohne ein Glied zu rühren. Von den Kristallbergen her weht die köstliche Kühle der Nächte, pflegen die Leute von Léopoldville ihr Klima zu loben; deshalb wären die Nächte fast immer erträglich in Léopoldville, rühmen die Leute.

MacReanna tastete sich vorsichtig in seine Koje, ohne Licht zu machen. Es war besser, kein Licht anzustecken – wegen der Moskitos natürlich.

Wenige Tage später legte an einem unangenehm feuchten Regenmorgen die »Albertine« wieder ab – mit sorgsam gereinigten Kesseln, neuen Rosten und musterhaft gedichteten Ventilen.

Als MacReanna auf Befehl des Kapitäns die Leinen loswerfen ließ, wußte er nicht einmal, ob Madame überhaupt wieder an Bord gekommen war oder nicht. Gewißheit erlangte er erst eine Stunde später, als der Dampfer über die leere, sich eben erhellende Wasserfläche des Pfuhls rauschte: eine Stimme erscholl hinter seinem Rücken: »John, der Ventilator in meiner Kammer läßt sich nicht abschalten. Das Schnurren und der dauernde Zug machen mich halb verrückt. Kannst du jemand schicken, der das Ding in Ordnung bringt?«

»Ich komme schon!« erwiderte der Kapitän, wandte sich von seinem Standort am Brückenfenster und verschwand durch die Gittertür. Sie war also an Bord –

Aber sie hätte genausogut nicht an Bord sein können auf dieser zweiten Reise MacReannas von Léopoldville nach Stanleyville und wieder zurück. Denn MacReanna sah und hörte nichts von ihr auf der ganzen Fahrt, war er doch nie mehr allein auf der Brücke. Der Kapitän hatte gleich am Beginn der Reise, als er dem Schotten den Auftrag gab, das Schiff selbständig auf den Weg zu bringen, hinzugefügt: »Es steigt der zweite Akt, mein Herr! Sie werden von jetzt an nicht mehr selbst am Ruderrad stehen. Darüber sind Sie hinaus. Von jetzt an geben Sie dem üblichen Rudergänger Ihre Steuerbefehle. Sie nehmen meinen Platz hier vor dem Backbordfenster ein.«

MacReanna hatte nun also in seinem Rücken nicht mehr die Gittertür und den offenen Gang vor der Steuerbordseite des Kapitänsquartiers, sondern die hölzerne Wand. Stets stand Muata oder ein anderer schwarzer Matrose am Ruder, stumm, nie mehr als nötig sich bewegend, aber zugleich ein Zeuge und Lauscher für alles, was auf und hinter der Brücke geschah. Und von seinem Platz am Backbordfenster konnte MacReanna den Gang vor der Schlafkabine Madames nicht mehr hinunterblikken, selbst wenn er sich umdrehte. –

Ein winziges Ereignis nur während der ganzen zweiten Reise legte die Vermutung nahe, daß ein Feuer sich unterirdisch weiterfraß.

Als die »Albertine« in Stanleyville festmachte, stand MacReanna zufällig und ohne Absicht dicht neben der Holzwand und lehnte sich ein wenig vor, um zu sehen, ob die Achterleinen schon fest waren. Aus den Augenwinkeln nahm er um die Holzwand wahr, daß an ihrer anderen Seite der Kapitän und Madame standen, anscheinend schon zum Landgang gerüstet; sie blickten achteraus, sahen also den Schotten nicht, der auch gleich zurückzuckte.

MacReanna vernahm die Worte, die Madame gerade sprach, halblaut nur, aber sehr gereizt: »Als wir zum letzten Male hier waren, hast du ihn nicht eingeladen. Auch in Léopoldville nicht. Und jetzt willst du wieder nicht. Einer von uns beiden muß sich wenigstens anständig benehmen: ich lade ihn ein!«

Der Kapitän, knirschend fast: »Du tust es nicht, sage ich dir!«

»Natürlich tue ich es!«

Plötzlich bettelnd: »Maureen, ich bitte dich! Lasse es doch! Was soll schließlich –«

Mehr hörte Andrew nicht. Er wurde von Loto angerufen, der schon die Bugleine belegte.

XII

Auf der Rückfahrt von Stanleyville brauchte auch ein wenig aufmerksamer Beobachter nicht daran zu zweifeln, daß der Kongo im Steigen war. Jene Schwelle im Strom, die auf der ersten Reise dem Schotten einige unerfreuliche Erlebnisse beschert hatte, war an der Oberfläche des Wassers kaum noch zu erkennen. MacReanna hatte sich das Bild der Ufer an dieser Stelle eingeprägt; deshalb erkannte er den vor fünf Wochen noch gefahrvollen Ort ohne Schwierigkeiten wieder. Er zögerte nicht, die Barre schnurstracks zu überfahren. Das Wasser schob sich um einen guten Faden höher als damals über den Felsenriegel.

Fuhr auch das Schiff über Tag dem von Süden heranschwellenden Hochwasserberg stets davon, so holten es doch die Vorboten der nahenden Flut über Nacht wieder ein. Der Strom führte etwa Mittelwasser; die Navigation war einfach. Das Fahrwasser bedurfte keiner großen Sorgfalt, und die »Albertine« machte eine so schnelle Reise, daß sie sechs Tage in Léopoldville liegenbleiben konnte. Der Kapitän nahm diesmal mit seiner Frau auf der Nordseite des Stanley-Pfuhls, im französischen Brazzaville, Quartier.

Als MacReanna dies von dem allwissenden Saka vernahm, konnte er nicht verhindern, daß ihm der dumme Gedanke durch den Sinn fuhr: er bringt sie weit weg, damit wir uns ja nicht begegnen –

MacReanna durfte sich nach der zweiten Reise in Léopoldville das Leben leichter machen. Manches, was früher seine ganze Aufmerksamkeit beansprucht hatte, ging ihm nun wie selbstverständlich von der Hand. Er fand Zeit, einen Ausflug zu den Livingstone-Fällen unterhalb des Stanley-Pfuhls zu unternehmen. Er schlenderte des Abends, wenn es schon kühler wurde, durch die stolze, schöne Tropenstadt, machte sich mit Léopoldville-Ost und mit Léopoldville-West vertraut, das auch Kintambo heißt. Anspruchsvolle Automobile mit weißgekleideten Herren darin und gut angezogenen Damen kreuzten seinen Weg. Regelmäßig verschwatzte und vertrank er die Abende im »Hotel Anvers« bei dem Barmann Pieter Heyst.

Wenn ihn der maßvolle Lärm des Schankraums schließlich entließ, mochte Andrew die Abende noch nicht für beendet erklären. Er ließ sich durch die Straßen treiben unter dem hellen Silbermond. Süße, fast übersüße Düfte wehten ihn an aus den dichten Gebüschen und den schlafenden Gärten um die ruhenden, weitläufigen Häuser der weißen Herren dieser warmen Tropenwelt.

Auf halbem Wege zwischen den beiden Teilen der Stadt fand Andrew sich wie von ungefähr vor einem blassen Märchenschloß. Er konnte sich nicht erinnern, dies traumhafte Palästchen schon bei Tage erblickt zu haben, obgleich er doch schon mehrfach – natürlich: er war diese selbe Straße schon entlanggefahren. Es mußte das Haus des Gouverneurs sein – vielleicht war es ihm im grellen Tageslicht allzu pompös erschienen. Aber die Düfte der Tropennacht, die Gespinste des Mondlichtes betörten selbst ihn, einen Schotten – und er meinte, noch nie etwas Vollkommeneres erblickt zu haben als den Palast, von dem aus der Belgische Kongo regiert wird.

*

MacReanna unternahm auch einen Ausflug nach Brazzaville, der Hauptstadt von Französisch-Äquatorial-Afrika; warum sollte er nicht? Man stieg ins Motorboot und, siehe da, nach gut zehn Minuten gemächlich puckernder Fahrt über den abendlich lilafarbenen Pfuhl, der sich so träge regte, als sei er mit Palmöl gefüllt und nicht mit Wasser aus den fernsten Wäldern, nach hübschen zehn Minuten war man schon in Brazzaville, in Moyen Congo und folglich in Frankreich. Und wenn er auch wußte, daß es albern war, so glaubte Andrew doch zu merken, daß auf den weiten Alleen eine andere Luft wehte als in Léopoldville, eben eine französische.

Er schlenderte gemächlich über die Strandpromenade am Stanley-Pfuhl. Manche der Damen, denen er begegnete, waren geradezu atemberaubend gewandet – das ging selbst dem hochgewachsenen Manne von den schottischen Inseln auf. Ganz Frankreich schien auf dieser abendlichen Tropenstraße seine besten Künste zu entfalten. Junge, wunderbar gemalte Porzellangesichter schwebten über duftigen Spitzenkleidern in zartesten Pastelltönen – und Hütchen auf den Köpfchen mit den dunklen Augen: nur in Paris werden so zwecklos verrückte Traumgebilde zur Zierde weiblicher Häupter zusammenphantasiert! Dann wandelte wohl eine sehr dezent gekleidete Dame vorüber; der Clou war nicht sie selbst diesmal, sondern ihr Hündchen an hellroter Leine mit silbernem Halsband, ein schwarzes, zerbrechliches Tier mit rehbraunem Kopf. Gleich darauf zog ein Ehepaar daher. Es dunkelte schon, und Andrew vermochte nicht genau zu erkennen, ob die Frau nur so braungebrannt – oder ob sie vielleicht auch ohne Sonne bräunlicher Hautfarbe war. Ein Kleid, ein Mädchen, umsprang das Ehepaar mit einem großen Ball, unglaublich lustig und lebendig. So lustig und lebendig, wie es bei dieser Hitze nur Mischlinge sein können. Die Frage nach der Hautfarbe der Mutter war also entschieden.

Wie MacReanna so die sorglose Stunde genoß und sich gerade überlegte, wo er wohl hier in Frankreich ein auf französische Manier zubereitetes Abendessen bekommen könnte und ob er sich wohl eine Flasche Bordeaux dazu leisten sollte, wie er sich so des sorglosen Urlaubs, der einbrechenden Dunkelheit und überhaupt des Bewußtseins erfreute, daß er schon ein Anrecht darauf erworben hatte, sich in dieser Gegend um den lässig ans Ufer flappenden Stanley-Pfuhls ein wenig heimisch zu fühlen, in dieser Sekunde wurde er gewahr, daß ihm auf der gleichen Uferpromenade der Kapitän und Madame entgegenkamen; die eben aufleuchtenden Laternen verrieten es. Ein Ausweichen war nicht möglich; die Corlays mußten ihn schon erkannt haben; es wäre schmählich gewesen, jetzt noch vom Wege, von der großen Promenade, abzubiegen. Andrew wußte plötzlich, daß er nach Brazzaville gefahren war, damit gerade dieses Zusammentreffen passierte.

Man hätte natürlich aneinander vorbeigehen und sich höflich grüßen können. Aber man tat es nicht. Madame steuerte entschlossen auf den Schotten zu, und der Schotte steuerte ihr entgegen, als er es merkte.

»Das ist ja nett, daß wir Sie hier treffen, Herr MacReanna! Sie halten ein wenig in Brazzaville Umschau? Es gibt hier ebensowenig wie in Léopoldville, was das Ansehen lohnt.«

»Ich freue mich sehr, Madame! Guten Abend, Kapitän Corlay. Es ist nicht viel zu sehen, das ist wahr, Madame. Aber ich finde es auch so schön. Außerdem ist es das erste Mal, wie ich mir eben ausrechnete, daß ich tatsächlich in Frankreich bin – abgesehen von den französischen Kanalhäfen.«

»Wäre das nicht ein guter Anlaß, um zu feiern, Herr MacReanna? Sie könnten mit uns Abendbrot essen. Wir befinden uns ja sozusagen auf neutralem Boden; die Disziplin braucht keinen Schaden zu leiden.«

»Ich werde mich auch hier Ihren Befehlen beugen, Madame. Wenn der Herr Kapitän gleicher Meinung sein sollte, komme ich natürlich gern mit.«

Andrew richtete zum ersten Male seine Augen auf Corlay, der noch kein Wort herausgebracht hatte.

Der Kapitän erklärte übertrieben schnell: »Was sollte ich dagegen haben?«

Es klang dem Schotten wie Hohn; aber Madame schien es nicht zu bemerken; sie schwenkte zwischen die beiden Männer: »Gehen wir also!«

Sie redete ohne Unterlaß und machte dem Schotten das Gespräch so leicht wie möglich. Die vielen Menschen, die auf der Promenade vorüberflanierten, boten Stoff genug. Schwieriger wurde es, als die drei in einem luftigen, am Wasser gelegenen Pavillon Platz genommen hatten, um zu Abend zu essen. Auch hier sah man schöne Französinnen, weiße und weniger weiße, und noch schöner zurechtgemacht. Fast alles Prinzessinnen, stellte Mac bei sich fest und sagte es auch.

»Fast –«, meinte Maureen und lächelte. Die Worte wehten unverbindlich hin und her, wie die Schleier an den Hütchen der Damen vom Winde der Ventilatoren bewegt wurden.

Das Abendessen war köstlich. Corlay hatte sich wortlos in die Speisekarte versenkt und es zusammengestellt; das enthob ihn der Unterhaltung.

Madame Corlay wetteiferte unbewußt mit den Frauen ringsum, wetteiferte ohne viel Schminke, und es gelang ihr, wie Andrew festzustellen meinte, ganz vorzüglich. Das dunkle Blau ihrer Augen wurde durch den Widerschein der blauen Revers an ihrer Kostümjacke noch vertieft. So blau ist die kühle Irische See an einem Sonnentage, dachte Andrew.

»Der beste französische Wein scheint für die Kolonien reserviert zu werden«, meinte Andrew. Der Wein löste die Zungen. Der Kapitän verstand sich allerdings auch jetzt nur zu kühlen und merkwürdig distanzierten Bemerkungen. MacReanna wurde, zunächst leise nur, dann immer peinvoller von der Vorstellung beherrscht, er müßte sich sorgsam Mühe geben, den Kapitän nicht auszustechen. Maureen allein plauderte scheinbar mühelos und sogar heiter, als bemerkte sie gar nicht, wie sich der beiden Männer allmählich eine Art reizbarer Befangenheit bemächtigte.

Manchmal richtete Madame das Wort an ihren Gatten, wohl um die Kulisse aufrechtzuerhalten, daß man sich zu dreien unterhielt. Aber sie wartete nie ab, ob er die erwartete Antwort geben würde oder nicht, sondern redete sofort weiter. Sie wollte es nicht darauf ankommen lassen, daß der Kapitän den Anschein eines harmlosen, geselligen Beisammenseins zerstörte.

Sie ist eine gute Seiltänzerin, dachte Andrew; aber sie ist noch nicht ganz ihre Angst losgeworden.

Er saß an der linken Seite Madames; und da der Kapitän selten die Augen hob, so hatte Andrew ab und zu Gelegenheit, das Antlitz seiner Nachbarin mit einem prüfenden Blick zu streifen.

Je weiter der Abend sich dehnte, desto häufiger und forschender kehrten die Augen Andrews zu den Lippen zurück, die neben ihm ins Leere plapperten. Auch die Spannkraft Madame Corlays ließ allmählich nach. Um ihre Augen breitete sich ein Zug der Erschöpfung; ihre Lippen schienen zu zittern, wenn sie einmal innehielt, um eine Antwort des Gastes am Tisch abzuwarten. Ihre Finger zerknitterten das Taschentuch aus Batist, ohne daß sie es zu wissen schien. Einen ganzen Abend lang vorzuspiegeln, man plaudere gesellig und amüsant in einer Gesellschaft zu dreien, ging offensichtlich doch über ihre Kraft. Sie war mit einem Male erschreckend blaß, wenn sie auch scheinbar munter weitersprach.

Andrew dachte: keine Seiltänzerin! Sie ist einfach tapfer nach besten Kräften; sie will kein verrücktes Dasein führen, wie es der Mann führt, eingeklemmt zwischen dem wüsten, furchtbaren Strom und den wirren, unklaren Leidenschaften, die ihm selbst im Herzen wühlen; sie will ganz einfach mit mir, ihrem Landsmann, einen heiteren, angeregten Abend verbringen; deshalb gibt sie sich solche Mühe. Deshalb tut sie so, als wären wir beiden Männer ganz anders, als wir sind: ich ungeschickt und befangen, er, der da, der langweilige Bursche, sparsam mit Worten, als wären sie kostbar, zu keinem Lächeln bereit, so daß jedem Gutwilligen das Wort im Halse steckenbleibt.

MacReanna spürte die versteckte Demütigung, die der Kapitän seiner Frau zumutete, indem er sie reden ließ, reden, ohne ihr mit einem Scherz nur, mit einem freundlichen Wort beizuspringen. Je länger Andrew dort am Tische saß, desto heißer brannte ihn die Kränkung, der die Frau ausgesetzt wurde.

Madame schwieg ganz unerwartet still; sie setzte noch ein paarmal an; scheiterte kläglich. Sie wußte nicht mehr weiter. Sie hatte ihr Pulver verschossen. Ein verzweifelter Blick streifte Andrew. MacReanna glaubte zu spüren, daß in den blauen Augen sich Tränen ankündigen wollten. Mitten in das betretene Schweigen hinein ließ sich der Kapitän mit schnarrender Stimme vernehmen: »Du hast dir, denke ich, heute etwas zuviel zugemutet, meine Liebe. Du bist abgespannt. Wir gehen lieber! Herr MacReanna, es war ein reizender Abend! Ein sehr netter Abend! Leben Sie wohl! Auf Wiedersehen an Bord! Kellner, das Abendessen geht auf meine Rechnung!«

Er hatte sich schon erhoben. Der Triumph und der geheime Hohn in seiner Stimme waren unverkennbar. Auch MacReanna und Madame erhoben sich. Maureen bebte.

Sie murmelte hastig: »Du hast recht, John! Der Tag hat mich merkwürdig mitgenommen. Gehen wir also!«

Vor dem Ausgang reichte sie MacReanna die Hand: »Vielen Dank, Herr MacReanna! Vielen Dank, daß Sie uns Gesellschaft leisteten.«

Andrew brachte nichts weiter heraus als: »Da es Ihr Wunsch war, Madame, tat ich es gern!«, und das nur sehr stockend und heiser. Er verbeugte sich, wandte sich und ging davon. Ob der Kapitän noch danebengestanden hatte oder nicht, wußte Andrew hinterher nicht anzugeben.

Als Andrew sich eine halbe Stunde später über den nachtblauen See nach Léopoldville zurücktragen ließ, flüsterte er fortgesetzt ein paar lautlose Worte vor sich hin: »Ein unmöglicher Bursche! Ein ganz unmöglicher Bursche!«

Er hätte genausogut flüstern können – es wäre nur die andere Seite der Medaille seines Herzens gewesen –, hätte flüstern können: »Arme Maureen – arme, liebe Maureen!« Aber das – um alles in der Welt – tat er nicht!

XIII

Als sich auf der nächsten Reise stromauf die »Albertine« durch den Engpaß zwischen dem Stanley-Pfuhl und Tschumbiri kämpfte, das »Couloir«, mußte MacReanna, der zumeist mit dem Schwarzen am Ruder allein auf der Brücke stand, seine ganze Courage zusammennehmen, um angesichts des zu bestienhafter Wildheit entfesselten Stroms nicht die Nerven zu verlieren. Die Wasser mochten inzwischen um gut zwei Faden gestiegen sein und schossen dem Dampfer, der sich mit aller Kraft stromauf mühte, in rasender Hast entgegen. Schaum fegte überall auf den trüben, unheimlich brodelnden Wallungen zu Tal. Die saugenden Gewalten, Wirbel und Wasserflechten in dem ungeheuren, meerwärts drängenden Stromkörper bewiesen sich als so unbändig und unberechenbar, daß die »Albertine« ein ums andere Mal aus dem Kurs schwenkte. Die Rudermaschine hörte nicht auf zu zischen.

Wenn hier die Maschinen versagen, sind wir verloren, dachte Andrew. Gegen diese Strömung ist kein Kraut gewachsen. Wir sitzen auf den Uferfelsen, ehe Herr Bimlipotam auch nur daran denken kann, irgend etwas zu reparieren. Sicherlich ist Herr Bimlipotam genauso aufgeregt wie ich. Herr im Himmel, da lobe ich mir die offene See – wenn dort irgend etwas schiefgeht und das Schiff eine Weile treiben muß, dann ist wenigstens Platz dafür vorhanden, endlos viel Platz! Aber hier –?

Hier standen die Wände der Berge tief dunkelblau, finster fast auf beiden Seiten der eilends und überstürzt talwärts brodelnden Wassermassen. Die grauenvollen Gewalten, die verborgen in diesem jagenden Meeresarm – so ungeheuer erschien der Kongo nun – die Fangarme dehnten, kannten kein Erbarmen, keine Gnade.

Auch die schwarzen Passagiere auf dem Unterdeck spürten die Drohung, die aus den zornig und gierig raunenden Fluten aufstieg. Sie vermieden es, der Schiffskante allzu nahe zu kommen, hockten in sicherem Abstand von der Kettenreling auf ihren Bündeln oder den groben Kisten und Ballen der Fracht und schwatzten merklich gedämpfter als sonst. Als es Andrew während eines kurzen dienstlichen Besuchs bei Herrn Bimlipotam bemerkte, wollte es ihm sogar scheinen, als blickten viele dunkle Augen angstvoll über die unheimliche, rastlos lebendige Strudelfläche.

Herr Bimlipotam wußte wohl, daß alles jetzt auf ihn und seine Maschinen ankam. Er hatte den Kesseln mehr als den erlaubten Druck zuzumuten; die Zeiger an den Manometern schwankten und zitterten in bedenklicher Nähe der roten Striche oder auch darüber hinweg.

Das Schiff arbeitete schwerer, bebte und vibrierte heftiger und erregter als sonst, denn die Schaufelräder am Heck jachterten pausenlos rundum auf höchsten Touren; ganze Wolken von Schaum wühlten sie hinter sich her, die sich erst einen Steinwurf weit achteraus zu einem silbernen, schmalen, erst in der Ferne zerfließenden Teppich verflachten.

Als sei sie ein lebendes Wesen, so stemmte sich die »Albertine« mit höchster Anstrengung stromauf. Manchmal entsprach die Geschwindigkeit der meerwärts rollenden, wogenden Fluten der Geschwindigkeit, welche die vor Hochdruck schwirrenden Kessel unter ihren belegten Sicherheitsventilen der »Albertine« zu verleihen bestenfalls imstande waren. Dann kamen jene Augenblicke für den Mann auf der Brücke, in denen er den Atem anhielt: machte das Schiff noch Fahrt voraus oder wanderte es schon nach achtern ab? Andrew ließ dann den Dampfer – ähnlich wie vor der verhängnisvollen Barre auf der ersten Reise – nach seitwärts ausscheren und – als hinge sein Bug fest an einer endlos langen Leine – über die Breite des Stromes flanken, bis er einen maßvolleren Strang der Strömung gewonnen hatte, der es der »Albertine« erlaubte, sich wieder vorwärts zu schaufeln und zu wühlen.

Wenn der Dampfer in den vier mühseligen Tagen, die er brauchte, das Couloir zu passieren, endlich abends von vielen Seilen und Tauen sicher am Ufer festgemacht war, fühlte sich Andrew regelmäßig so erschöpft, als ob er das Schiff mit eigener Muskelkraft hätte stromauf bewegen müssen. Er hatte dann weder Zeit noch Lust, sich um irgend etwas anderes zu kümmern als nur noch um die Frage: wann liege ich endlich wieder unter meinem Moskitonetz?

Der Kapitän ließ sich während dieser vier aufregenden und anstrengenden Tage selten auf der Brücke sehen, aber er tauchte stets auf, wenn er nicht zu entbehren war. MacReanna hörte das leise Knarren der Gittertür; er brauchte nicht hinzusehen: er wußte, daß der Kapitän an das Steuerbordfenster der Brücke getreten war; gleich darauf ließ sich die unfrohe Stimme vernehmen, mit der sich Andrew nicht abzufinden lernte, da nicht nur Feindseligkeit aus ihr tönte, sondern stets auch etwas unbestimmtes anderes, das dem Schotten einen leisen Stich ins Herz versetzte, als wollte es sein Mitleid herausfordern; aber zu Mitleid verstand sich Andrew nicht mehr. Das war seit dem Abend in Brazzaville vorbei. Und zudem sagte die Stimme: »Setzen Sie den Kurs auf jene doppelte Kuppe dort! Sie gewinnen drüben ruhigeres Wasser. Wahrscheinlich meinen Sie, es koste nicht Ihr Geld, wenn die Kessel doppelte Feuerung verbrauchen!«

Sprach's und verschwand in sein Quartier, als wäre er nur zu dem Zweck erschienen, diesen Seitenhieb auszuteilen.

Trotz aller Spannung und Bedrängnis spürte Andrew, daß er jeden Tag sicherer Schiff und Strom zu beherrschen lernte. Er war dankbar dafür, daß sich der mißmutige Corlay auf der Brücke nur sehen ließ, wenn er als Kapitän nicht zu entbehren war. Andrew ahnte allerdings – nein, er wußte genau, daß der Kapitän Stunde für Stunde dicht an der Reling hinter der Holzwand saß und den Strom voraus beobachtete. Vielleicht notiert er sich, was ich falsch mache, dachte Andrew manchmal unsicher, wenn er hier oder da nicht gewiß war, wie er das Schiff am schnellsten und zuverlässigsten weiterbrachte – und reicht nachher bei der Reederei ein langes Sündenregister von mir ein.

Aber in Wahrheit blieb dem Schotten in diesen vier Tagen viel zu wenig Zeit und auch viel zu wenig Nervenkraft, seine Sinne auf anderes zu richten als nur darauf, das zähe Ringen mit dem wilden, keine Sekunde nachgebenden Strom zu bestehen.

Das Schiffchen – winzig auf der gestaltlos siedenden Wasserbahn – stromauf zu listen und zu zwingen, war eine zermürbende, aber zugleich berauschende Aufgabe, die den Schotten ganz und gar in ihren Bann zog. Er bewältigte sie, ohne auch nur einmal zu versagen.

Als das Schiff nördlich von Tschumbiri endlich aus dem Bergland austrat und der gefährliche, saugende Druck der Strömung versiegte, merkte auch Andrew selbst, daß er ein großes Examen der Natur bestanden hatte. Aber es dauerte nicht lange, und er wurde gewahr, daß er die Kriegslisten und Winkelzüge des Hochwassers noch längst nicht alle durchschaut und zu bestehen gelernt hatte.

Wo vorher Ebenen, hohe Dämme, ragende Wälderwände über dicht verwachsenen Ufern den Strom begleiteten, hatten fahlgelbe Fluten die Herrschaft angetreten. Niedrigere Ufer waren einfach verschwunden; das Unterholz an den Kanten des Stroms ertrunken; die Urwaldriesen ragten wie Säulen aus dem allgegenwärtigen Wasser. Nun begriff Andrew auch, warum die Hütten der Neger am Ufer so vielfach auf Pfählen errichtet waren. Jetzt schwappte das Wasser dicht unter ihren Fußböden.

Zweieinhalb Faden vielleicht lag der Flußspiegel höher als während der ersten Reise, die Andrew gemacht hatte. Und da das Land im großen Kongobecken tischflach sich breitet unter den Pflanzenheeren, so bot den quellenden, schwellenden Fluten nirgendwo eine Schranke Halt.

Jetzt bewährte es sich, daß der Kapitän stets eine Feuerholzreserve für ein, zwei Tage an Bord mitschleppte, denn bei Bolobo, in der tiefsten Gegend der Kongosenke, standen selbst die hochgesetzten Holzstapel unter Wasser; es erwies sich als unmöglich, sie an Bord zu nehmen.

Zwar wanderte auch hier die Strömung merkbar südwärts, doch bereitete sie dem Dampfer keine Schwierigkeiten. Das Fahrwasser aber mußte nach wie vor sorgfältig beobachtet werden, denn wo die Wälderwände den Fahrweg nicht bezeichneten, war das eigentliche Flußbett kaum zu erkennen unter der weithin und zeichenlos ausgespannten Stromfläche. Jetzt taten die Flußkarten gute Dienste; vorsichtig tastete sich Andrew über eine nach der anderen hinweg; gründlicher noch als bisher lernte er jetzt, aus der Oberfläche des Wassers und der Art seiner Bewegung auf die darunter verborgene Tiefe – oder Untiefe – zu schließen. Mehr als einmal gab ihm auch Muata mit ein paar geflüsterten Worten oder einem Wink mit den schwarzen, feuchten Augen einen Hinweis auf diese oder jene heimliche Tücke der Strömung; stets verhielt er sich ganz leise dabei, als wüßte er, daß der Kapitän hinter der Holzwand saß und spähte; und lauschte; und lauschte – Vielleicht auch fürchtete er die Geister der wütenden Wasser in der Tiefe unter dem Schiff.

Zuweilen, wenn das Fahrwasser es so wollte, daß sich der Dampfer in verschwemmter Niederung dicht unter einer Wälderwand entlangschob, vergaß Andrew beinahe, daß er wichtigere Aufgaben zu verrichten hatte, als nach dem Getier in den Baumkronen, denen er auf seiner hohen Brücke nun so viel näher gerückt war, Ausschau zu halten. Das Hochwasser hatte alle Lebewesen, die nicht schwimmen konnten, ersäuft oder ins Geäst der Bäume hinaufgetrieben.

Riesenschlangen hingen da, faul um eine Astgabel geflochten, armdick und auch dick wie eines Mannes Oberschenkel. Außer anderen Schlangen mied alles Lebendige sonst die Nachbarschaft dieser ekelhaften Ungetüme. Zweimal ereignete es sich, daß sich Giftschlangen auf das Schiff fallen ließen, während es unter überhängenden Kronen riesenhafter Uferbäume hinsegelte. Beide Male klatschten die Reptilien auf das Vorschiff über dem Bug. Andrew sah sie von seinem Postenstand abwärts stürzen und beeilte sich, Herrn Bimlipotam durch das Sprachrohr zu warnen. Aber stets verriet ihm das Getümmel, welches von unten heraufdrang, daß auf dem Kesseldeck das Gewürm nicht unbemerkt geblieben war und daß ihm die beherzten Heizer mit den Schürhaken schnell die Lust zu gefährlichen Streichen stillten – mußten die Männer vor den Kesseln doch ohnehin auf mancherlei Überraschungen gefaßt sein, denn mit dem Feuerholz gelangten oft genug ungebetene giftige Gäste an Bord, die in den kühlen

Höhlungen zwischen den großen Scheiten am Ufer ein Obdach gefunden hatten.

Und Affen! Winzige, blitzschnelle, wie greisenhafte, halb verhungerte Säuglinge, mit langen Schwänzen und andere größere mit Gesichtern wie Masken, die Furcht erregen sollten, mit lächerlich langen Armen. Sie pflegten den Dampfer mit kreischendem Geschnatter eine Weile in alberner Hast durch die Baumkronen zu begleiten, bis die »Albertine« auf dem Wasser das Rennen gewann und sich schneller zeigte als das durch die Zweige hangelnde Affengesindel; gewöhnlich schimpften die ganz außer Atem geratenen Tiere noch lange hinterher.

Anderswo hockten schneeweiße Reiher in den Bäumen wie kostbarer Zierat, Pelikane mit riesigen Schnäbeln, Flamingos auch mit unwahrscheinlichem Gefieder von zartestem, wie angehauchtem Rosa und andere Vögel von nie gesehener Form und Farbe, die Andrew nicht kannte. Muata vermochte ihm ihre Namen nur in seiner Muttersprache anzugeben, was für Andrew nur geringen Gewinn bedeutete.

Und niemals so sehr wie in den Vollmondnächten, die auf dieser, MacReannas erster Hochwasserreise stromauf die amphibische Landschaft in ein geheimnisvolles, von hauchzarten Silbernebeln durchwobenes, von Flußpferden panisch durchschnaubtes, legendäres Urgefilde verwandelten, niemals so sehr wie in diesen feuchtmilden, geisterblassen Nächten, in denen MacReanna nicht ahnte, wohl aber zu ahnen glaubte, daß eine Treppe hoch über ihm noch ein anderer Mensch den Schlaf nicht heranbitten konnte, obwohl er ihn ersehnte, niemals so sehr wie über den hundert Meilen weit und weiter sich durch Dickicht, Wald und urbare Lichtung hinschleichenden Hochwassern dröhnten dumpf und erregt die Trommeln, drang durch die Gaze an den Fenstern und Türen ihr Ton, strömten ihre eintönig wilden Takte ins Blut, bis jeder Nerv zuckte und Schweiß die Stirn bedeckte.

Nach zwei Tagereisen unterhalb Stanleyville hatte die »Albertine« den Hochwasserberg überwunden; je näher das Schiff seinem Endhafen kam, desto beruhigter flossen ihm die Fluten entgegen, wenn der Strom wohl auch noch für einige Wochen auf seinem Stand einige Fuß über Mittelwasser verharren würde.

Bis Stanleyville war alles gut und glatt gegangen. MacReanna konnte sich mit Recht sagen, daß er diese Stromaufreise so gut wie selbständig bewältigt hatte. Er gestand sich aber ein, daß er manches Manöver nur gewagt hatte, weil er wußte, daß hinter der Holzwand jemand bereitsaß, die richtigen Befehle zu erteilen, falls die seinen am Ziel vorbeischossen. Hätte er die Verantwortung auf dem Schiff allein zu tragen gehabt, so wäre er wohl manches Mal um guten Rat verlegen gewesen, einen Rat, den er diesmal gar nicht eingeholt hatte, da er ja den Kapitän ohnehin in Reserve wußte.

Gleich nach der Ankunft gingen der Kapitän und Madame an Land wie stets.

Die »Albertine« war mit zwei Tagen Verspätung in Stanleyville eingetroffen. Der Agent drängte darauf, daß sich der Dampfer schon am Tage nach der Ankunft, spätestens aber am übernächsten Morgen wieder auf die Rückreise machte, damit die Fahrpläne wegen des Hochwassers nicht allzusehr in Unordnung gerieten.

Schon am Tage nach der Ankunft wieder abzulegen, stellte sich als unmöglich heraus. Ehe die letzte Fracht verstaut, das Feuerholz ergänzt, das Schiff gereinigt und Herr Bimlipotam mit der Pflege und Kontrolle seiner Kessel und Compoundmaschinen fertig war, zeigte die Uhr bereits fünf. Der Dampfer wäre nicht mehr weit gekommen, selbst wenn er sich jetzt noch auf die Reise begeben hätte.

Am nächsten Morgen, so hatte der Kapitän angeordnet, als er gegen sieben Uhr abends von Bord ging, würde die »Albertine« um drei Uhr früh schon die Leinen loswerfen, denn der abnehmende Mond leuchtete noch taghell; außerdem ist das Fahrwasser gleich unterhalb Stanleyville nicht schwierig und läßt, besonders bei hohem Wasserstand, Fehler kaum zu, die verhängnisvoll werden könnten.

MacReanna hatte sich, wie er gern tat, wenn er als einziger

Weißer an Bord war, mit einem Glas Bier vor den Passagiersalon gesetzt, dem Ufer abgewandt, hatte das Licht gelöscht, um keine Insekten anzulocken, und blickte über den machtvoll vorbeiziehenden Strom; er dachte: sie muß morgen sehr früh aufstehen. Aber das huschte nur vorüber.

Lange wollte er nicht mehr in den Kleidern bleiben, denn die Hetzjagd des vergangenen Tages hatte ihn ermüdet, und obendrein stand ihm eine nur karge Nachtruhe bevor. Gerade hob er den letzten Schluck an den Mund, als er Saka herantappen hörte; er erkannte ihn an dem leisen und zugleich gewichtigen Schritt seiner nackten Sohlen. Er hatte den Schwarzen zu einigen Besorgungen in die Stadt geschickt und ihm aufgetragen, da Loto, der Läufer, die Nacht landfrei hatte, in der »Résidence Silva« nachzufragen, ob der Meister des Schiffes noch Befehle oder Wünsche mitzuteilen hätte.

Saka fiel gleich mit der Tür ins Haus: »Ich war Hotel bei Kapitän. Er bloß schicken Ngolo zu mir nach unten und sagen: drei Uhr morgens wie befohlen. Aber Ngolo mir erzählen, Madame machen Krach mit Kapitän wie noch nie; sie kommen nicht zum Abendessen; sitzen auf Zimmer und weinen; und sagen ganz laut, daß Ngolo vor Tür kann alles hören; er wollte klopfen, zu sagen, ich bin da. Madame schreien, daß nicht aufstehen um zwei Uhr morgens wie befohlen. Aber Ngolo mir erzählen, Madame sie kann nicht schlafen an Land, und Kapitän böse, böse. Und Kapitän kommen raus aus Zimmer, weiß wie Mond, sehen Ngolo an wie fremde Neger, und er gar nicht schimpfen, daß Ngolo horchen. Und Ngolo sagen: ich da. Und Kapitän bloß sagen: ›Drei Uhr Abfahrt‹ und gehen wieder in Zimmer hinein.«

MacReanna saß eine Weile so still, daß Saka unruhig wurde und verhalten mit den Füßen scharrte. MacReanna murrte halblaut zu sich selbst: »Das ist die Folge des Wahnsinns, eine weiße Frau auf diesem Strom –« Dann entsann er sich des Schwarzen: »Du bist noch da, Saka? Gehe nur gleich schlafen. Du hast ja gehört: Drei Uhr Abfahrt! Um zwei Uhr heißes Wasser für mich zum Rasieren! Hast du verstanden? Keine Minute später!«

»Ich weiß, Herr! Gute Nacht, Herr!«

»Gute Nacht, Saka!«

Der Schwarze tappte davon, und Andrew meinte, den zögernden Schritten anzuhören, wie enttäuscht Saka wieder einmal war, daß sein Herr ihn zu weiteren Kommentaren nicht aufgefordert hatte.

Sie muß vollkommen mit den Nerven fertig sein; diesmal ist sie im Unrecht; sie muß völlig fertig sein.

Andrew blickte auf die Uhr; zwei Minuten nach drei. Andrew stand an der Reling auf der Brücke der »Albertine« und wartete. Unten auf dem Kesseldeck – das wußte er – stand Herr Bimlipotam vor dem Maschinen-Telegrafen und wartete ebenfalls, wartete, daß ihm von oben das Zeichen für Abfahrt gegeben würde. Es kam nicht. Denn der Kapitän war noch nicht an Bord.

Neben Andrew lehnte ein junger Mann an der Reling, ein Angestellter des Reedereikontors, der kurz vor drei erschienen war, um dem Kapitän eine letzte telegrafische Weisung der Zentrale aus Léopoldville zu überbringen. Der junge Mann war sehr verschlafen und zeigte sich mürrischer Stimmung: »Wird man so früh aus dem Bett gejagt, und nachher ist es überflüssig! Das ist überhaupt noch nicht dagewesen, daß Corlay eine Minute später ablegt, als angesetzt ist.«

MacReanna wäre den gähnenden Herrn gern losgeworden: »Sie können Ihre Depesche auch mir anvertrauen; ich werde sie richtig abliefern. Aber ich nehme an, daß der Kapitän gleich erscheint.«

»Meinen Sie? Ich werde noch etwas warten. Aber höchstens zehn Minuten. Dann mache ich, daß ich wieder ins Bett komme«, erwiderte der junge Mann höchst ungnädig.

Fünf Minuten nach drei!

Vom Kesseldeck herauf war in der großen Mondenstille riegsum das verhaltene Schwirren der Sicherheitsventile zu vernehmen. Herr Bimlipotam hatte wie immer reichlich Dampf auf, genau zum befohlenen Zeitpunkt; nun waren die Sicherheitsventile dicht am Abblasen.

Die Kais neben dem wartenden Schiff lagen leer und nächtlich verlassen. Die schwarzen und die weißen Passagiere hatten das Schiff schon am Abend zuvor bestiegen und schliefen fest.

Abseits der Kommandobrücke brannte unter den hohen Bäumen der Allee am Rande der Stadt eine Laterne; ein zuckender Schleier von Insekten umtanzte sie lautlos. In dem Engpaß zwischen der Bordwand des Dampfers und der Ufermauer, in den sich die Strömung hineindrängte, rumorten zuweilen kraftlose Wirbel mit hohlen, schluckenden Lauten.

Die Stadt hinter dem schwarzen Wall der Alleen schlief; wer es nicht wußte, hätte sie nicht erahnen können.

Ein hochbeiniger, glatthaariger Hund trabte aus dem Dunkel der Gebüsche auf den mondbeschienenen Platz vor der Liegestelle des Dampfers und schnüffelte beiläufig an dem Abfall, der hier und da auf der Mauer den Tag und die Straßenkehrer erwartete (denn Stanleyville ist eine wunderbar saubere Tropenstadt). Das Mondlicht lockte Glanz aus dem glatten, hellfarbenen Fell des Hundes, als bestände es aus poliertem Metall. Andrew und der junge Mann blickten beide halb geistesabwesend auf das streunende Vieh hernieder. Es war, als spürte das Tier die starren, gelangweilten Blicke; es wendete seinen langgestreckten, dürren Kopf der Brücke zu, jaulte halblaut auf, klemmte den langen, kahlen Schwanz ein und stob davon wie gescholten.

Zehn Minuten nach drei!

Plötzlich und ohne jede vorherige Warnung zerstieß ein ohrenbetäubendes, schwirrendes Brausen die Luft. Es war, als schrumpfte die Nacht zusammen vor diesem erbarmungslos brüllenden Ton: die Sicherheitsventile an den Kesseln hatten beide zur gleichen Zeit begonnen, ihren nicht mehr zu bewältigenden Überdruck abzublasen. Der Lärm verschlang jeden anderen Laut.

Sowohl Andrew und erst recht der junge Mann waren heftig zusammengefahren, als die Ventile losheulten. Wir wecken die ganze Stadt – war das erste, was Andrew denken mußte. Der junge Mann bemühte sich, dem Schotten mit höchster Stimmkraft verständlich zu machen: »Das halte ich nicht aus! Das ist ja furchtbar! Hier ist die Depesche! Ich gehe jetzt!«

Andrew nahm das Papier entgegen. Er versuchte gar nicht erst, mit seiner Stimme gegen den unmenschlichen Lärm anzukämpfen. Er winkte nur mit der Hand ab; aber die Gebärde verwandelte sich in eine weisende, denn in den Lichtschein der Laterne am Kai war eilig ein Neger geschritten, der einen Koffer trug. Das mußte Ngolo sein; er steuerte auf das Laufbrett des Dampfers: es war Ngolo!

Der Diener hatte das Schiff noch nicht erreicht, als der Kapitän und Madame im Leuchtkreis der Laterne auftauchten. Die beiden Menschen hatten Arm in Arm gelegt und wanderten so mit großer Hast heran – es wirkte eigentümlich unbeholfen, als fiele es ihnen schwer, ihre Schritte in Einklang zu bringen.

Der Kapitän führte seine Frau bis vor den Laufsteg des Schiffes und ließ sie vorausschreiten. Dann winkte er zur Brücke empor und fuchtelte mit den Armen. Dazu schrie er etwas, was vor lauter dröhnendem Getöse der Ventile nicht zu verstehen war. MacReanna begriff auch das: Leinen los! Achtung, Maschine! MacReanna scheuchte den jungen Mann mit einer Handbewegung von der Brücke und vom Schiffe. Der Mund des Mannes klappte ein paar Male auf und zu. Andrew beachtete es gar nicht, war doch sowieso kein Wort zu unterscheiden. Der Mann wollte gerade die Treppe hinuntersteigen, als ihm Madame entgegenkam; er trat beiseite und ließ die Gattin des Kapitäns mit einer Verbeugung passieren; dann stolperte er die Treppe hinunter, eilig, denn unten wurden schon die Leinen losgeworfen.

Maureen bedachte Andrew im schnellen Vorbeigehen mit einem Blick, den er nicht zu deuten wußte. Ehe sie durch die Gittertür verschwand, hielt sie noch einmal inne, als wollte sie dem Schotten noch etwas mitteilen. Sie mußte einsehen, daß sie gegen den wüsten Donner der Ventile nicht anschreien konnte; sie machte eine wegwerfende, verzweifelte Gebärde, wandte sich abermals und griff nach der Gittertür. Ehe die Pforte hinter ihr zufiel, nahm Andrew, der ihr nachblickte, wahr, daß der linke Ärmel ihrer seidenen Kostümjacke in der Schulternaht unter der Achsel zwei Zoll weit aufgerissen war. Hatte sie sich die Reparatur für die langen, leeren Stunden der Schiffsreise aufgespart –

oder war der Schaden vor kurzem erst entstanden –?

Andrew fand keine Zeit, darüber nachzudenken. Der Kapitän war schon auf der Brücke und brüllte Befehle. Sie waren überflüssig, denn Andrew hatte die Nase des Dampfers in die Strömung gedreht, wendete, schon flußab treibend, in großem Bogen gegen die Mitte des Stroms und schickte das Schiff auf die schnelle Reise meerwärts.

Die Maschinen liefen nun und verbrauchten Kraft. Ebenso plötzlich, wie es begonnen hatte, verstummte das dröhnende Fauchen der Ventile. Die Stille danach war erschreckend. Allmählich erst machte sich das Rauschen der Schaufeln vom Deck her vernehmbar; noch länger dauerte es, ehe auch das Schäumen der Bugwelle den Ohren deutlich wurde. Die Nacht war wieder da, der Mond schüttete das Silber seines Füllhorns über den Strom; das Schiff glitt eilig dahin, als wollte es schamvoll dem Ort entfliehen, wo sein Gebrüll so rücksichtslos und knüppelplump die Stille zerschmettert hatte.

Andrew fragte sich, ob der Kapitän wohl mit einem Wort erklären würde, warum er sich um fünfzehn Minuten verspätet hatte. Aber Corlay tat nichts dergleichen. Er stand auf der anderen Seite des Rudergängers und starrte bewegungslos in die traumhaft milde, silberne Nacht, bis es hell wurde. Im ersten Licht des Tages erkannte Andrew das Gesicht Corlays. Es schien hager und fahl, als hätte der Kapitän eine übermäßige Anstrengung noch kaum verwunden.

Als die Sonne hinter dem westwärts eilenden Schiff über den Horizont emporprallte, räusperte sich der Kapitän mühsam, als müßte er sich aus weit abgewanderten Gedanken zurückrufen. Seine Worte standen in beinahe lächerlichem Gegensatz zu dem brüchigen Klang seiner Stimme: »Wenn Sie noch einmal wagen, Herr, auf mich zu warten, obgleich die angesetzte Abfahrtszeit bereits verstrichen ist, dann werde ich das als bewußte Beleidigung auffassen, und dann sehen Sie sich vor! Übrigens warne ich Sie: wenn Sie weiter den Dampfer mit voller Kraft der Maschinen stromab preschen lassen, obgleich das Hochwasser allein schon mit fünf bis acht Knoten läuft hier in der Enge, dann werden Sie diesen verdammten Kasten irgendwo in Scherben schmeißen. Wenn ich Ihnen einen Rat geben darf, Herr: lassen Sie die Maschinen nur mit halber Kraft laufen!«

Er hatte das beinahe gleichgültig wie etwas Auswendiggelerntes hergesagt. Er blickte Andrew gar nicht dabei an. Er wandte sich ab und schlug die Gittertür mit lautem Knall hinter sich zu; auf dem kurzen Weg dorthin schien er zu schwanken.

Andrew war wie vor den Kopf geschlagen. Hatte der Mann diesen irrsinnigen Anwurf drei Stunden lang in seinem Hirn gewälzt, um ihm die Sätze jetzt erst vor die Füße zu speien? Plötzlich wußte Andrew: Corlay hat getrunken, sich aber mit unheimlicher Willenskraft die drei Stunden bis zum vollen Tageslicht aufrecht gehalten, vielleicht um seine Zähigkeit zu beweisen – vor sich selbst, vor wem?

Andrew schaute zu Muata hinüber, der am Ruder die ganze Szene miterlebt hatte. Aber Muata blickte starr geradeaus, als hätte er nichts gehört.

Kaum waren seit dem Abgang des Kapitäns zwei Minuten vergangen, als der schwarze und der weiße Mann auf der Brücke erstarrend vernahmen, wie hinter der Holzwand anderes Holz berstend brach und splitterte; ein schwerer Fall folgte. Gleich darauf klappte auf der Steuerbordseite eine Tür; hastige, leichte Schritte wurden laut; dann erscholl aus weiblichem Munde ein unterdrückter Schrei.

Andrew zögerte nur eine Sekunde, dann stieß er die Gittertür auf und rannte um das hintere Ende des Kapitänsquartiers auf die Backbordseite. Der Kapitän lag zwischen den Trümmern eines Deckstuhls flach am Boden; aus einer Schramme an der Stirn sikkerte Blut. Über ihn gebeugt kniete Madame; sie hielt den Morgenrock, den Andrew schon kannte, mit der rechten Hand über ihrer Brust zusammengerafft. Über ihre Züge irrlichterten Entsetzen und Ekel in zuckendem Wechsel. Als Andrew sich über den Bewußtlosen beugte, roch er, was der Fahrwind auf der Brücke ihm bis dahin verweht hatte: den Dunst von Alkohol. Er verstand den Ekel auf Maureens Gesicht.

Sie flüsterte verwirrt: »Ist es – ist er –?«

Er flüsterte zurück: »Nur eine flache Schramme, Maureen. Es ist nichts weiter. Er ist nur betrunken!«

»Wir können ihn hier nicht liegenlassen.«

»Nein. Da ist Ngolo. Faß an, Ngolo! Wir tragen ihn auf sein Bett!«

Anscheinend hatte Muata aus eigenem Antrieb den Boy des Kapitäns zu Hilfe gerufen. Die beiden Männer trugen den Mann in seine Kammer und legten ihn auf sein Bett. Ngolo zog ihm die Schuhe aus und löste ihm den Leibgurt und den Hemdkragen. Das Blut an der Stirn stand schon. Als Maureen mit einem kühlen, nassen Lappen die Umgebung der Wunde reinigte, schlug der Kapitän matt die Augen auf; sie richteten sich auf Andrew. Der Kapitän erkannte den Schotten; er murmelte mit erschrekkender Wildheit: »Raus!« und nochmals: »Raus!«

Dann sank er wieder in die Ohnmacht zurück.

Madame und MacReanna standen sich für einen Augenblick vor der Tür der Kapitänskabine gegenüber. Aus den weit aufgerissenen blauen Augen unter den wirren Flügeln des schwarzen Haares, aus dem weißen, verstörten Antlitz mit den blassen Lippen sprach eine Bitterkeit ohnegleichen. Sie stöhnte kaum hörbar: »Was kann ich tun, Andrew?«

Sie wartete keine Antwort ab, sondern stolperte müde in ihre Kabine zurück.

MacReanna verharrte auf der Brücke wie ein Pfahl. Er zermarterte sein Hirn: ich muß ihr helfen? – Wie –?

(Geht es mich etwas an? Das fragte er nicht mehr.)

MacReanna ließ sich auf einer geraden, gefahrlosen Flußstrecke das Mittagessen in seine Kammer bringen, um sich danach eine halbe Stunde auszuruhen. Loto stand am Rad; auf den war Verlaß. Saka sagte: »Kapitän schon wieder ganz böse. Ngolo sagen, Kapitän bald wieder große Sauferei machen. Vielleicht schon diese Reise. Er dann vorher furchtbar verrückt. Er dann sich saufen alle Bösigkeit von Seele runter!«

»Mir genügt's schon jetzt!« knurrte Andrew und ließ sich todmüde in seinen knackenden Rohrsessel fallen. –

Am späten Nachmittag erschien der Kapitän auf der Brücke,

rasiert, in frisches Leinen gekleidet und viel wacher und ausgeruhter als der übermüdete und abgespannte MacReanna. Die Schramme an der Stirn war mit einem kleinen Pflaster überklebt und fiel nicht weiter auf. Nachdem sich Corlay eine Weile umgesehen hatte, blieb er neben MacReanna stehen: »Sie scheinen zu denken, daß Sie von früh bis spät auf der Brücke stehen müssen, um die Rudergänger zu bewachen. Leute wie Muata verstehen mindestens soviel vom Strom wie Sie. Warum stehen Sie sich auf glatten Strecken wie dieser die Beine in den Leib? Sie sehen aus, als ob Sie die ganze vergangene Nacht gesoffen haben und noch nicht wieder zu sich gekommen sind.«

Wie stets nach solchen Attacken wartete Corlay die Antwort nicht ab, drehte sich auf der Stelle um und verschwand in sein Quartier. Bald darauf trug Ngolo auf einem Tablett eine Flasche Whiskey und einen Siphon mit Mineralwasser schnell über die Brücke nach hinten. Daß er während der Fahrt im Quartier säuft, habe ich bisher nicht erlebt, dachte Andrew.

MacReanna brachte mit Muatas Hilfe das Schiff an den vorbestimmten Liegeplatz für die Nacht, kümmerte sich um die Fracht, kontrollierte das Feuerholz, wechselte ein paar Worte mit dem immer gleichmäßig zuverlässigen Herrn Bimlipotam und aß mit den vier weißen Fahrgästen zu Abend: zwei katholischen Missionaren, einem Geologen, der aus Moto kam und die leidliche Zivilisation des Schiffes in vollen Zügen genoß, und schließlich Herrn Postinspektor Philippe Marvejols, der den Schotten mit großem Hallo und wohl auch echter Sympathie begrüßt hatte, als er an Bord kam, um die Rückreise nach Léopoldville anzutreten. Andrew freute sich, daß der dicke, kluge Marvejols an Bord war, Menschenkenner, Genießer und ein guter Kerl. Für den Fall, daß der Kapitän wirklich wieder seine Zustände bekam, war es tröstlich, einen Zeugen in der Nähe zu wissen.

Keiner von den Passagieren fragte nach dem Kapitän; man schien alles zu wissen, ohne darüber zu reden. Offenbar bemühte sich nicht nur die Mannschaft des Schiffes, sondern auch die gelegentlich auf diesem Schiff stromauf oder stromab reisenden

Anwohner des Kongo, die Schwächen und Umfälle des Kapitäns nicht zu sehen, zu verdecken und harmlos erscheinen zu lassen. Damals fühlten sich die Weißen in einer Kolonie noch als große Familie, und die Schwarzen, die mit ihnen zusammen arbeiteten, gehörten dazu, und erst recht so unentbehrliche und hochgeschätzte Leute wie Herr Bimlipotam. Man zankte sich untereinander und beklatschte sich zum Gotterbarmen, aber man hielt auch zusammen wie Pech und Schwefel, besonders nach außen, deckte sich und ertrug sich. Man konnte sich ja nicht entbehren, besonders wenn man über so einzigartige Fähigkeiten verfügte wie Corlay, der Kapitän, der den Kongo kannte wie seine Tasche und mit der Zeit ebenso stark, wild, wüst und unberechenbar geworden war wie sein lebenslanger Gegner, der Strom. Schließlich war jeder zweite Kapitän, der die Ströme Zentralafrikas befuhr, auf ihren breiten Rücken hinritt wie die Mahours auf ihren Elefanten, ein Schüler Corlays gewesen. Corlay war ein Satan – wer zweifelte daran? Vielleicht wurde er deshalb so gut mit dem Satan Kongo fertig. Aber Corlay – »gehörte dazu«!

Leute wie der Postinspektor Marvejols sorgten dafür, daß auch ein Mann wie Andrew MacReanna – wenn er erst einmal gewogen und nicht zu leicht befunden war – allmählich »dazugehörte«.

Andrew empfand es unbewußt; er war nicht mehr so ganz und gar auf sich selbst gestellt – gerade auf dieser Reise, der jagenden, hinter dem nur langsam abschwellenden Hochwasser her, auf welcher der Dampfer, wenn das Flußbett auch nur um weniges verengt wurde, so unheimliche Fahrt gewann, daß man die Karten sehr genau im Auge behalten mußte, um das Schiff nicht in einem unvorhergesehenen, vielleicht besonders engen Flußbogen auf das äußere Ufer der Biegung zu schmettern, das vielleicht noch überschwemmt und unsichtbar war! Lieber ließ Andrew, um gefährliche Kurven sachte zu meistern, beide Maschinen in den Rückwärtsgang werfen und zwang so das sausend auf der sausenden Strömung hinfegende Schiff wieder an die Kandare.

Andrew nahm es in Kauf, daß ihn der Kapitän mit bissigem Hohn überschüttete, wenn er – zuweilen vielleicht übervorsichtig – den Dampfer bewog, an gefährlichen Stellen nur vorbeizuschleichen. Mit hals- und plankenbrecherischer Bravour den tobenden Strom hinabzupreschen, das mochte sich ein Mann wie Corlay leisten, der jede Meile und jede Windung auswendig kannte – aber nicht er, der Lehrling MacReanna!

Ja, Marvejols war dem Schotten auf dieser rasenden Reise eine brave Stütze; denn der Kapitän bereitete den Leuten auf der Brücke die Hölle – und keinem eine heißere als dem Schotten!

Trotz alledem huschte gerade in diesen Tagen ein Erlebnis vorüber, das der Schotte bei allem Eindruck, den es auf ihn machte, damals zwar nur für eines unter vielen ähnlichen hielt, das sich aber in späterer Zukunft als eines jener Erinnerungsbilder beweisen sollte, die gleichnishaft eine ganze Welt in sich begreifen – die sie erhellen, wie Blitze eine nächtliche Landschaft für Bruchteile von Sekunden überscharf sichtbar werden lassen; man vergißt sie ein ganzes Leben danach nicht mehr!

Das Schiff bewegte sich dicht am Südufer des Hauptstromes voran. Die Wasser schoben sich – immer noch weit über dem mittleren Stand – faul drängend flußab; auch an dieser Stelle waren die Ufer überflutet, so daß die Bäume, die Wirrnis des Unterholzes, die langen Seile der Lianen aus der schmutzigträgen Feuchte herauszuwachsen schienen, die sich in der ungewissen Dämmerung verschlammten Blattwerks verlor.

Die Könige unter den Gewächsen des Regenwaldes ragten als ungeheure, bis zu zweihundert Fuß hohe Säulen an den Ufern auf, ihre buschigen Kronen erst weit über dem Gewimmel des minderen Pflanzenvolkes in den freien Winden der Höhe entfaltend. Wie am Spalier einer Ehrenparade, gestellt vom Regiment der Riesen unter den Urweltbäumen, zog die »Albertine« mit qualmenden Schloten an der unendlichen Kette dieser grauen Pfeiler aus lebendigem Holz entlang.

MacReanna stand auf seinem Platz hinter dem Backbordfenster der Brücke, Muata handhabte das Ruder.

Ab und zu war die glatte Wand der Ufer durchbrochen, als würde aus der Front der Bäume eine zerfledderte Standarte gesenkt: das mächtige Astwerk eines gestürzten Giganten ragte weit über den Fluß hinaus. Die beiden Männer auf der Brücke sichteten die Hindernisse stets schon lange im voraus und umsteuerten die gesenkten Schlagbäume in flachen Bögen.

Muata nahm es als erster wahr: klar gegen den hellen Horizont gezeichnet lag auf dem kahlen Stumpf eines gefällten Goliathbaumes, der seiner Krone beraubt sich weit über den rinnenden Strom hinausreckte, ein Tier. Muata wies mit dem Finger voraus: »Ein Leopard, Herr, da!«

Das Tier war zunächst nur als Schattenriß erkennbar und bewegte sich nicht; Andrew begriff erst nach einer Weile, daß Muata recht hatte.

Als das Schiff sich näherte und Muata schon das Ruder ein wenig nach Steuerbord legte, um dem Baum auszuweichen, wurde auch das ruhende Tier aufmerksam, richtete sich halb in den Vorderläufen auf und blickte dem seltsamen Ungeheuer entgegen, das sich ihm da auf dem Wasser rauchend und rauschend näherte.

»Halte so dicht vorbei, wie du kannst, Muata!«

MacReanna war erregt. Zum ersten Male begegnete er einem freien, raubenden Tier der Wildnis, sah er es von Angesicht zu Angesicht.

Der Leopard schwebte etwa auf gleicher Höhe über dem Wasser wie die Kommandobrücke der »Albertine«. Andrew trat in die offene Brückenkanzel. Auch auf den unteren Decks hatte man die Bestie erspäht, wie der aufgescheuchte Lärm bewies, der zur Brücke nach oben scholl. Ob auch der Kapitän und Madame hinter der Holzwand –? MacReanna blickte sich schnell um: ja, die beiden waren ebenfalls an die Reling getreten und schauten voraus; sie standen weit getrennt voneinander; der Kapitän ganz vorn gleich hinter der Holzwand; Madame hatte sich ganz am Ende des Kapitänsquartiers über die Reling gelehnt, als wären sie unabhängig voneinander auf das bevorstehende Schauspiel aufmerksam geworden.

Inzwischen war das Schiff dem Baumstamm so nahe geglitten, daß MacReanna das mächtige Tier mit dem langen Schwanz, den kurzen, runden Ohren und dem breiten Katzenkopf deutlich erkennen konnte. Die Farbe des Fells war schwer zu beschreiben; schwärzlich schien es am langen Rücken und an den Pranken zu schimmern, aber an den Flanken ins Rötlichgelbe spielend; sogar grünliche Töne huschten darüber hin; an der Kehle und an der Vorderbrust schimmerte ein weißlicher Elfenbeinton; der noch halb auf dem Stamme ruhende Leib zeigte sich mit runden, matt erkennbaren Flecken übertüpfelt. Der Körper der großen Katze dehnte sich fast so lang – ohne den Schwanz natürlich –, als Andrew mit beiden ausgestreckten Armen hätte messen können: eine mächtige Bestie; sie war wohl durch das Wasser vom Boden vertrieben oder durch das Verlangen nach frischer Luft und Sonne auf den breiten Baumstumpf über den Fluß hinausgelockt worden.

Als das Schiff kaum noch einen Steinwurf weit entfernt war, richtete sich der Leopard auch in den Hinterläufen auf. Wie ein Standbild zeichnete sich das goldrote Tier gegen das dunkle Grün des Uferdickichts. Der Schwanz schlug einmal langsam einen hohen Reif und senkte sich dann mit leicht erhobenen, letzten Wirbeln schräg nach abwärts. Die wunderbar gewölbte Brust, der schlanke und doch unheimlich feste Leib stützten sich auf ziemlich hohe, senkrecht strebende Vorderläufe, die erst eng über den Pranken fast im rechten Winkel abknickten. Die Hinterläufe waren wie gespannte Federn leicht unter den Leib gewinkelt; man meinte zu spüren, wie die Sehnen den schweren, muskelbepackten Leib aufwärtsgestemmt hielten, wie sie spielten und verhalten bebten – und warteten –

Andrew schwebte dichter an der Bestie vorüber als alle die anderen starrenden Gäste des Schiffes; sie säumten so gut wie bewegungslos die Backbordreling. Andrew wurde auf seiner Brükkenkanzel dem Raubtier sozusagen entgegengehoben. Der Pardel hätte springen können, so nahe flog die Kanzel an ihm vorbei, und hätte den Schotten erreicht.

Des Tieres große, grüne, leere Augen bohrten ihren Blick in die stahlblauen Menschenaugen, ohne zu blinzeln; eine Ahnung von Abgründen glühte in diesen Augen, von gähnenden Tiefen einer urwilden Welt, in der es kein Gut und kein Böse gibt – wie im Paradiese – wie in der Hölle.

Das vollkommene Geschöpf Gottes regte sich nicht; nur mit Kopf und Augen folgte es den Blicken des unvollkommenen Geschöpfes, des Menschen, des gefallenen Engels, der verzaubert und gebannt vorüberglitt. Zwei Welten schwebten auf ihrer Bahn aneinander vorbei; ihre Kurven berührten sich fast für wenige rätselvolle Augenblicke; dann entschwanden sie sich für immer aus dem Blick.

So nahe war Andrew dem königlichen Tier, daß er die Barthaare an den Lefzen glänzen sah und auch das Stück Borke erkannte, das die eben aufgegebene Liegestatt im hellen Brustlatz der großen Katze hinterlassen hatte.

Es war nicht zu sagen, wessen Augen wen gebannt hatten: die des Tieres den Menschen – oder die des Menschen das Tier?

Als schon das Heck des Dampfers an dem Pardel vorbeischäumte, rührte sich das Tier zum ersten Male: es bog den Rükken zu einem runden Buckel wie eine vom Schlaf erwachende Katze; es reckte den Kopf und gähnte gewaltig, sein gelbliches Gebiß entblößend; es setzte seine vier Pranken auf einen engen Fleck zusammen, drehte sich um diesen Punkt, daß der eckige Katzenschädel nun dem Ufer zugewandt war, dehnte sich noch einmal auf das Doppelte der Länge, die es eben bei gekrümmtem Rücken aufgewiesen hatte, indem es einen Hinterlauf weit und flach über den Stamm rückwärts reckte, und trottete dann gelösten Schrittes, doch eigentümlich geziert dem Ufer zu, wo das Schattendunkel des Laubes den schwarzgefleckten Leib in sich aufnahm und verhüllte.

Ohne es zu wissen, atmete Andrew tief auf, als das Raubtier verschwunden war und nur noch der leere Stamm hinter dem Schiffe her grüßte. Ebenso erging es wohl den anderen Menschen allen, die gleich ihm erlebt hatten, wie die Tropenwildnis für einen Augenblick, wahrhaft für einen »Blick der Augen«, den dichten Schleier lüftete, hinter dem sie sonst das ungezähmte Spiel und Dasein, das Träumen und Wachen, das Morden und Hungern, das Wohlsein, Sattsein und Gestilltsein ihrer ahnungslosen, mit sich selbst vollkommen einigen Kreatur verbirgt. Die

Wildnis, die unverstörte, schöpfungsnahe, hatte dem Schotten ihre stillen Flammenzeichen zugeblinkt; aus den großen grünen Augen der gefleckten Katze hatten sie ihn angeleuchtet.

Andrew sah Madame vor Augen und den Kapitän, die beide gleich ihm immer noch das Schiff entlang nach achtern blickten, wo doch nichts mehr zu erblicken war als die stille, reglose Wand des Urwaldes. Madame war die erste, die sich umwandte; ihre Augen trafen die beiden Männer, die über der Bordwand hintereinander gestaffelt sich ihren Blicken boten. Ihre Augen hafteten für einige Sekunden in denen des Kapitäns und wanderten dann zum Antlitz Andrews. Die Augen blickten groß und fragend. Ihr schmales Haupt hob sich auf schlankem Hals weiß und schön neben dem Torso des Leopardenbaums. Auch nicht der Schatten eines Lächelns erhellte ihre Züge.

Dann wandte Madame sich ab und ging fort. Gleich danach drehte der Kapitän den Kopf, als suchte er den Schotten. Aber Andrew hatte es vorgezogen, schnell und leise aus der Brükkenkanzel auf das Deck zurückzutreten und wieder seinen alltäglichen Posten einzunehmen.

XIV

Die Nacht war mondlos. Die Sterne tanzten im Wasser, eifriger und zitternder noch, als sie am Himmel glitzerten. Der Himmel selbst wölbte sich wie über den Sternen als eine Kuppel aus allerdunkelblaustem Glas, nirgendwo ganz schwarz; und jenseits dieser Kuppel, über ihr, außer ihr, mußte ein großes Licht verströmen; aber durch die tiefgefärbte Kuppel drang es nur als eine unendlich matte Ahnung.

Der Kongo strömte still vorbei mit unermüdlich wandernder, wie polierter Fläche; er war ganz ohne Laut, als achtete er die große Nacht; aber er schlief nicht; er schlief ja nie.

Die kleine Stadt auf der Uferseite des Schiffes hatte nur wenige Lichter ausgesteckt. Der Äquator geht mitten durch sie hindurch; so verkündete es ein steinernes Mal, das sich in ihrer Hauptstraße bescheiden erhebt. Coquilhatville heißt die kleine Stadt. Der mächtige Ruki, der in einem verwirrenden Gerank von vielen Mündungsarmen sich hier in den großen Sammler der Tropenflüsse, den Kongo, hineinschleicht, wandert genauso lautlos durch die laue Nacht wie sein größerer Bruder.

Das Schiff schlief; nur unten bei den Kesseln hockten ein paar Neger von der Besatzung der »Albertine« und flüsterten miteinander. Herr Bimlipotam saß nahebei unter der einzigen flackernden Glühbirne, die auf dem Kesseldeck noch brannte, und las eine betagte Zeitung, die er zusammengefaltet auf den gekreuzten Knien liegen hatte. Herr Bimlipotam ruhte in seinem abgewetzten Lehnstuhl ganz bewegungslos, als wäre er erstarrt. Wer lange genug hinsah, mochte meinen, der gewissenhafte Ingenieur aus Madras schliefe fest. Vielleicht schlief er wirklich. Vielleicht war dies seine Art zu schlafen.

Auf dem Mitteldeck hockte vor dem Passagiersalon allein der Herr Postinspektor Marvejols bei einer Flasche Wein. Er hatte die Lampe gelöscht; um Flasche und Glas zu greifen, an die Lippen zu heben und wieder abzusetzen, wob das silberne Gespinst des Sternenlichts Helle genug in die samtene Nacht. Marvejols hatte sich seinen Stuhl dicht an die Reling gezogen; seine Augen ruhten sich aus in der träumerischen Sanftmut der dunklen Stunden. Die übrigen weißen Passagiere hatten sich schon zur Ruhe begeben; einer von ihnen pfiff im Schlaf leise durch die Lippen wie eine verliebte Fledermaus jedesmal, wenn er ausatmete. Marvejols konnte nicht erkennen, aus welcher der Kabinen am Promenadendeck der spaßhaft wehmütige Laut hervordrang.

Doch sich an diesem Pfeifen zu ergötzen, war der Postinspektor ebensowenig wach geblieben, wie etwa, um sich darüber zu ärgern. Er saß auch nicht da an der Reling über dem lautlosen Strom, um sein altes, gutes Herz von dem Frieden der Nacht umspülen zu lassen. Dort, wo er saß, saß er auf einem Horchposten; er horchte, ja, und war entschlossen, so lange zu horchen, bis die beiden gedämpften Stimmen über ihm auf der Brücke verstummten und die beiden Menschen, denen diese Stimmen gehörten, sich trennten, oder auch – nun ja, man würde achtgeben, um eine drohende Katastrophe schon im Auftakt abzuwenden.

Mitternacht hatte den letzten und den allerletzten Tropfen des vergangenen Tages schon ins ewig Gewesene verrinnen lassen; lautlos glitt der neue Tag in den Anfang der alten Bahn über den Abhang der Zeit und trat die Reise zu Tal gleich allen seinen toten Brüdern an, ohne auch nur einen Herzschlag lang zu zögern; moriturus te salutat.

Die beiden Menschen oben auf der Brücke merkten es nicht; es kümmerte sie auch kaum, daß vielleicht jemand ihre Stimmen vernahm; sie wußten aber, daß niemand ihre Worte verstehen konnte; dazu sprachen sie zu leise.

MacReanna hatte noch spät in dem Kartenschrank auf der Brücke gekramt, um die Route des kommenden Tages im voraus zu studieren und die Karten bereitzulegen. Auch hatte er übergewissenhaft noch einmal die Papiere der unterwegs aufgenommenen Fracht geordnet. Schien doch der Kapitän von einer krankhaften Sucht befallen, Tadelnswertes ausfindig zu machen und den Schotten mit schneidendem Ingrimm dafür zur Rechenschaft zu ziehen.

Plötzlich hatte Madame neben MacReanna gestanden. Gleich nach der Ankunft des Schiffes war der Kapitän mit seiner Frau an Land gegangen. Nun war Madame früher als sonst zurückgekehrt – aber allein.

Noch mit dem großen, modischen Hut auf dem Kopf sagte sie mit einer leicht heiseren Stimme: »Andrew, ich möchte Sie sprechen. Am besten wohl hier auf der Brücke. Könnten Sie zwei Stühle für uns holen? Vielleicht aus unserem Quartier. Ich zeige sie Ihnen.«

Er hatte die Stühle herangeschafft und auf der dem Ufer abgekehrten Seite dicht vor die Reling geschoben, so daß die Sitzenden den stillen, öden Strom überschauen konnten. MacReanna war zunächst zu verdutzt, ja, zu erschrocken gewesen, als daß er darauf verfallen wäre, nach dem Kapitän zu fragen. Madame hatte im übrigen nicht gezögert, ihm ohne Umschweife die Erklärung zu gewähren, die er erwartete. Es war kein unbedachter, plötzlicher Entschluß gewesen, der sie zu dem Schotten auf das Schiff zurückgetrieben hatte; vielmehr hatte es den Anschein, daß sie ganz genau wußte, was sie tat; daß sie ihren Schritt wohl schon lange heimlich erwogen hatte. Sie sagte: »Sie brauchen nicht zu fragen, Andrew, wo mein Mann ist. Sie werden es sowieso wissen. Er hockt vor der Bar im Hotel Globe und gießt das Zeug literweise in sich hinein. Gegen zwei Uhr morgens werden Ngolo, Loto und Muata sich aufmachen, um ihren geliebten Herrn steif wie ein Brett aufs Schiff zurückzutragen.«

Andrew gab keine Antwort. Die Stimme der Frau schien die gleiche schneidende Schärfe angenommen zu haben wie die ihres Mannes. Sie fügte leiser hinzu: »Bis morgen nachmittag, Andrew, sind wir so sicher vor ihm, als wäre er tot.«

Das Wort war wie der Stoß mit einem spitzen Messer.

Was und ob er antworten sollte, das wußte Andrew nicht. Er wußte auch nicht, wohin dies unerwartete nächtliche Gespräch zielte, oder ob es überhaupt auf ein bestimmtes Ziel gerichtet war. Aber ganz tief in seinem Innern hatte ein Nerv zu zittern begonnen, der schon lange gespannt gewesen war. Eine Ahnung, ihn wie ein nächtlicher Falter lautlos und nicht greifbar umkreisend, flüsterte ihm indessen zu, daß sich in dieser Stunde sein Schicksal aus der Zerblasenheit zu einer Wolke zu ballen begann – und du bist genauso machtlos dagegen, Andrew MacReanna, wie gegen die Wolke am Himmel.

Der Frau fiel es nicht leicht, weiterzusprechen, da Andrew sich nicht rührte. Aber sie setzte den beschlossenen Weg fort, auch ohne seine Hilfe und ohne sein Entgegenkommen. Sie räusperte sich. Zwischen ihren schwarzen Brauen stand ein schmaler Strich. Ihre blauen Augen blickten hart. Von ihren Nasenflügeln zu den Mundwinkeln zogen sich zwei strenge Falten, die Andrew noch nie darin wahrgenommen hatte; er streifte manchmal ihr Gesicht mit einem scheuen Blick.

»Wundert es Sie nicht, Andrew, daß ich hier zu Ihnen auf die Brücke gekommen bin? Bestimmt haben mich hundert Augen beobachtet, und vielleicht belauschen uns jetzt viele Ohren. Aber mir ist es gleichgültig, Andrew! Vollkommen gleichgültig! Verstehen kann uns niemand, denn wir sprechen ja englisch!«

Sie lachte ein leises Lachen. Kein Lachen konnte bitterer klingen. Sie fuhr fort: »Und da sitzen Sie nun, mein Landsmann von den Inseln, und sagen kein Wort. Wenn ich mich recht erinnere, Andrew, haben Sie mich einmal gefragt, ob Sie mir helfen können.«

Sie sagte es so, als erwarte sie keine Antwort. Ihre Worte brannten den Schotten. Hatte sie nicht damals – war es nicht schon eine Ewigkeit her? Nein, nur wenige Monate! – hatte sie nicht damals »Annie Laurie« gesungen? Sie hatte nicht vermuten können, daß er gerade dieses Lied über Gebühr liebte, wie manchmal nicht besonders musikalische Leute ihr Herz an eine bestimmte Melodie heften, die ihnen mehr sagt als alle anderen.

Andrew kam sich beinahe lächerlich vor, weil er nicht aus seinem Schweigen herausfand. Er raffte sich gewaltsam auf. Seine Stimme hatte einen härteren Klang als sonst; er sagte rauh: »Ich pflege meine Angebote oder Versprechungen nicht zurückzunehmen. Ich glaube zu wissen, wie es Ihnen geht, Maureen. Sie können sich auf mich verlassen, Maureen!«

Er merkte nicht, daß wie ein Hauch ein befreites Lächeln über ihre Züge wehte und gleich wieder verging; er blickte starr zu einer Schilfinsel hinüber, die als ein schwarzer Flecken im sternbeglitzerten Wasser sachte vorübertrieb. Sie erwiderte sanft: »Ich wußte es, Andrew. Ich will ja nichts weiter, als mich einmal nur mit einem Dritten aussprechen. Mein Französisch ist so jammervoll; es richtet eine Wand auf zwischen mir und allen anderen, die nur französisch sprechen. Deswegen legt er auch keinen Wert darauf, daß ich lerne, besseres Französisch zu sprechen und schwierige Dinge darin auszudrücken. Deswegen spricht er nur englisch mit mir. Deswegen hat er solche Angst, daß wir beide uns unbeaufsichtigt unterhalten.«

»Trotzdem säuft er jetzt, obwohl er wissen muß, daß er sich damit selber für vierundzwanzig Stunden außer Gefecht setzt. Aber er weiß natürlich auch, daß ihm hinterher berichtet werden wird, was sich inzwischen zugetragen hat.«

»Ich nehme es ihm nicht übel, daß er in größeren Abständen

immer wieder dem Zwange verfällt, die Qual in seinem Innern mit Alkohol zu löschen. Das geht vorüber, und ich habe ihm stets beigestanden und bin nicht von seiner Seite gewichen, wenn er seine Anfälle bekam – anders kann man es nicht nennen. Aber ich will Ihnen jetzt noch etwas erzählen, was Sie nicht wissen, Andrew: seit wann er nämlich trinkt! Seit ihm seine erste Frau davongelaufen ist. Was kann ich dafür! Von Zeit zu Zeit stößt es ihm wieder auf. Dann fühlt er sich gräßlich minderwertig und betrinkt sich sinnlos. Und auch aus Angst natürlich, daß ich ihn ebenfalls allein lasse. Es träfe ihn tödlich, den Rest von ihm, der noch lebt. Deshalb hält er mich unter Verschluß. Ich habe ja gewußt, was mir blühte, als ich heiratete. Ich habe ihn trotzdem geheiratet, weil ich – weil ich –«

Sie stockte. Es war, als hätte sie schon zuviel verraten. MacReanna wartete und fragte erst nach einer Weile vorsichtig und tastend: »Waren Sie ihm sehr zu Dank verpflichtet, Maureen?«

Die Frau fuhr auf, als sei in der Frage eine Beleidigung versteckt. Aus ihren Augen fuhr ein dunkler Blitz zu Andrew hinüber; er empfand ihn, obgleich auf dem Brückendeck keine Lampe brannte. Sie entgegnete scharf: »Was für Lügen hat man Ihnen über mich erzählt, Andrew? Glauben Sie kein Wort davon!«

Andrew war ehrlich bestürzt. Es hatte ihm völlig ferngelegen, seiner Frage einen Hintersinn zu verleihen: »Ich habe bisher keinen Menschen hier getroffen, der schlecht von Ihnen gesprochen hätte, Maureen. Im Gegenteil! Ich hätte es mir auch verbeten, wenn es einer etwa versucht hätte. Es ist aber gar nicht geschehen. Meine Frage war genauso gemeint, wie ich sie gestellt habe.«

Die Frau richtete sich ein wenig auf; sie blickte auf den Strom hinaus. Er sah die zärtliche Wölbung ihrer Brust als Schattenriß unter der Seidenbluse blühen. Es war ihm, als atmete sie leise auf. Aber er konnte sich auch getäuscht haben. So nahe war sie ihm im sternensanften Dunkel, eine weiße, warme Frau.

In ihrer Stimme schwang ein leiser Trotz, als sie fortfuhr, so als hätte sie diese Frage schon für sich selbst erörtert und wäre nach langem Hin und Her doch zu keiner anderen Antwort gelangt als eben der, die sie jetzt gab: »Wenn ich ihm einmal Dank schuldig gewesen bin – und ich war es wirklich; ich bin die letzte, die es leugnet –, wenn ich ihm dankbar zu sein hatte, so habe ich diesen Dank auf Heller und Pfennig abgegolten. Ich bin ihm nichts mehr schuldig. Ich habe bei ihm ausgehalten, habe ihm gehorcht und seine Anfälle gedeckt und vertuscht, und ich glaube, mit Erfolg! Aber ich meine, ich bin jetzt mit ihm quitt. Mir kommt es wie eine Ewigkeit vor, daß ich diesen Kongo hinauf und hinunter fahre, in diesen engen Käfig eingefangen, bei ewigem, glühendem Sommer, hinter dies Gitter gesperrt –!«

Sie stieß mit dem Fuß gegen die unterste Querstange der eisernen Reling, daß sie einen tiefen, schwirrenden Ton von sich gab. Der Postinspektor Marvejols, ein Stockwerk tiefer, fuhr auf bei diesem dumpfen Klang und lauschte angestrengt –: nein, nichts! es war wohl nur ein Zufall –!

Sie fuhr verhaltener fort, mit verengteren Lippen: »Ich halte es einfach nicht mehr aus, Andrew. Ich halte es nicht mehr aus!«

Der Notschrei war so echt, daß Andrews Herz wie von einer groben Faust ergriffen und zerpreßt wurde.

Er zauderte lange und stellte dann die einzige Frage, die sein gradliniger Verstand ihm jetzt erlaubte: »Warum gehen Sie nicht fort, Maureen?«

Er hätte das nicht fragen sollen, denn die Antwort klang noch viel trostloser als ihr erster Ausruf; ein Wort nur: »Wohin?«

Eine Aussage wollte sich ihm fast ohne sein Zutun auf die Lippen drängen; aber er fand die Worte nicht, in die er sie hätte kleiden können. So wiederholte er nur: »Sie müssen von ihm fortgehen, Maureen!«

Sie gab keine Antwort, führte nur den Gedanken weiter, der mit ihrem »Wohin« begonnen hatte: »Außerdem: er würde mich zu finden wissen, wohin auch immer ich ginge. Sie ahnen nicht die ungeheure Zähigkeit, die in ihm verborgen ist.«

»Liebt er Sie also, Maureen?«

Sie blickte sich nach Andrew um; er merkte den Spott, den seine Frage in der Dunkelheit hervorgezaubert hatte. Sie erwiderte: »Ob man das große Wort so mißbrauchen sollte, Andrew, weiß ich nicht. Sie sind ein braver Schwärmer. Gewiß liebt er mich, wenn Sie es so haben wollen. Er ist der Meinung, daß er ohne mich nicht leben kann. Sicherlich bin ich das wertvollste Stück seiner Besitztümer. Er gibt nie etwas auf, das ihm gehört.«

Andrew murrte: »Wenn ich Sie recht verstehe, Maureen, gehören Sie ihm gar nicht. Eher gehört er Ihnen, scheint mir.«

»Scheint Ihnen? So –?« spöttelte sie. Sie beugte sich Andrew zu, ganz nahe, daß er für den Bruchteil einer Sekunde ihren Duft wahrzunehmen glaubte. Mit einer leisen, aber unheimlichen Schärfe vollendete sie: »Vielleicht scheint es Ihnen sogar richtig, Andrew. Vielleicht haben Sie recht, daß er mir mehr gehört, als ich ihm. Aber darauf kommt es nicht an, denn –: ich will ihn nicht haben! Nicht mehr! Ich kann es nicht mehr. Selbst das Mitleid stirbt eines Tages.«

Andrew schwieg lange vor sich hin. Er sah den Kapitän vor sich: das tiefbraun verbrannte Gesicht, das nichts von der gedunsenen Schlaffheit aufwies, die sonst viele weiße Gesichter in den Niederungstropen schon nach kurzer Zeit annehmen; die kalten, grauen Augen; den harten, schmalen Mund; die fast zierliche, aber unheimlich zähe Gestalt; und dann die winzigen Fältchen um die Augen wie ein Netzwerk von Runen; und die roten Äderchen in den Augen; das leicht ergraute dunkelbraune Haar; und die lange, weißliche Schußnarbe am linken Unterkiefer; er hörte ihn sagen: »Mein verehrter Herr aus Schottland, wenn Sie weiter das Schiff –«

Fast verlegen meinte Andrew, von weit her sich wieder fangend: »Er versteht sich auf seinen Beruf wie wohl kein zweiter. Er ist ein großer Kapitän!«

Sie lachte ein wenig; gutmütig klang es: »Sie sind doch sehr ein Mann, Andrew! Gewiß, er ist an und auf diesem Fluß groß geworden. Und dabei hat sein Wesen die gleiche unberechenbare Wüstheit wie der Kongo angenommen. Die fortwährende Auseinandersetzung mit diesem fürchterlichen Widersacher macht sein ganzes Dasein aus. Er könnte ohne den Strom nicht leben.«

Andrew entgegnete: »Vorhin sagten Sie, Maureen, das gleiche; aber da waren Sie es, ohne die er nicht leben konnte. Wo bleiben denn Sie, wenn sich die Dinge so verhalten, wie Sie eben behaupten?«

»Ich?« fragte sie dagegen, und zum erstenmal während dieses Gesprächs schien ihre Stimme zu verraten, daß sie sich selbst vergaß, während sie sprach: »Ich? Ich, Andrew, werde zwischen den beiden zerstört und zerrieben; zwischen diesem Strom, den ich hasse, und diesem Manne, den ich –«

Sie stockte, bewegte sich ungewiß und schwieg.

Eine lange Zeit verging, ehe Andrew die vier kurzen Worte sagte: »Das wäre schade, Maureen!«

Eine leichte Hand hob sich einen Atemzug lang durch das Dunkel und deckte mit lindem Druck die Hände MacReannas, die er vor den Knien ineinandergelegt hatte; er stützte sich auf seine Ellenbogen. Er bewegte sich nicht; er saß ganz starr; aber die leise Berührung sandte ihm ihr sanftes Gift bis in den letzten Nerv, die fernste Faser. Auch als sie die Hand längst wieder in ihren Schoß zurückgenommen hatte, blieb Andrew lange Zeit so sitzen, wie er gesessen hatte, als wollte er nicht die zarte Empfindung verscheuchen, die noch auf seinen Fäusten verharrte.

Dann begann sie verhalten von neuem: »Manchmal fürchte ich schon, es würde sich nie mehr etwas ändern.«

Sie stockte; fuhr holpernd fort: »Aber es wird sich ja auch nichts ändern. Er ist allem anderen im Wege. Wie der Strom allem anderen im Wege ist, wenn man ein Schiff über ihn hinauf oder hinab führt.«

So schwang ihr Gespräch in den gleichen Kreis zurück, den es schon einmal beschrieben hatte.

Schwang in diesem Kreis mit geringen Variationen noch mehrere Male in dieser Nacht. Sie wußten beide nicht weiter. Ein Ausweg bot sich nicht. Der Kapitän stand vor allem.

Sie wurden schließlich müde. Maureen sagte: »Es muß auf drei gehen, schätze ich. Sie können jetzt Muata und die beiden anderen ins ›Hotel Globe‹ schicken, damit sie ihn holen. Die Boys warten gewiß schon darauf; sie sind ihm treu. Ich lege mich nieder. Leben Sie wohl, Andrew!«

»Gute Nacht, Maureen! Ich werde immer –!«

»Ach, versprechen Sie nichts, Andrew. Es hat ja alles keinen Zweck!« unterbrach sie ihn. Die Gittertür fiel – in der großen Stille laut hörbar – hinter ihr ins Schloß.

MacReanna stieg die Treppe zum Mitteldeck hinunter. Vor dem schmalen Gang, der zwischen den Kammern von Backbord nach Steuerbord führte, lief er dem Postinspektor Marvejols in die Arme, der sehr erleichtert endlich nicht mehr zu horchen brauchte. Die Belauschten hatten sich verhalten, wie er es eigentlich erwartet hatte –; aber wer wollte im voraus beschwören, daß die Menschen stets genau wissen, wie sie sich zu verhalten haben?

»Was, Sie sind noch wach, Herr Marvejols?«

»Warum sollte ich eher im Bette liegen als Sie, mein Bester? Dabei müssen Sie morgen ja viel früher aufstehen als ich. Meiner Sympathie und meines Beileids dürfen Sie versichert sein!«

»Vielen Dank, Inspektor! Hoffentlich haben Sie einen lustigen Abend hinter sich!«

»Leider nein! Vielmehr einen sehr langweiligen!«

»Das tut mir leid. Aber um so fester werden Sie schlafen!«

»Allerdings, allerdings! Gute Nacht, mein Bester!«

MacReanna war erstaunt, daß die drei Brückenboys sich schon zum Landgang anschickten, als er zum Kesseldeck hinunterstieg.

Er wartete die Heimholung des Kapitäns nicht ab. Er hörte auch nichts mehr von ihr. Denn als die drei Schwarzen ihren Herrn und Gebieter »steif wie ein Brett« an MacReannas Kammer vorbei zum Kapitänsdeck nach oben trugen, schlief Andrew schon fest, schlief so fest und schwer, als sei ihm ein schwarzer Sack über den Kopf gestülpt. Und außerdem hatten die Schwarzen schon gelernt, den schlaffen Leib so geschickt zu handhaben, daß weder die weißen noch die dunklen Passagiere dadurch gestört oder auch nur aufmerksam gemacht wurden. Denn diese Schwarzen standen für die Ehre ihres Schiffes ein und den Ruhm ihres Kapitäns, des besten auf dem großen Kongo.

Nur Herr Bimlipotam erwachte aus seinem steinernen Zeitungsschlaf und blickte dem unbeholfenen, lautlosen Leichentransport mit ebensoviel stummer Wehmut wie Mißbilligung entgegen. Er nickte Muata, der die beiden Beine unter seinen angewinkelten Armen trug, ernsthaft und in freundschaftlichem Kummer zu, ohne sich aber seiner »London Times« – diesmal war es die »Times« – zu entledigen.

Während der wenigen Tage, die auf dieser jagenden Stromabreise noch übrigblieben, ehe sich die »Albertine« in Léopoldville an die steinerne Pier legte, vermochte sich MacReanna nicht darüber klarzuwerden, ob der Kapitän von dem Nachtgespräch auf der Brücke etwas erfahren hatte oder nicht.

Als aber der Kapitän nach seinem Landaufenthalt in Léopoldville allein auf das Schiff zurückkehrte, als das Schiff dann zur maßlosen Beunruhigung MacReannas seine neue Reise stromauf antrat, ohne das Eintreffen Madames abzuwarten, brauchte Andrew nicht mehr daran zu zweifeln, daß der Kapitän mit dem Zweiten Gesicht – oder Zweiten Gehör – begabt war.

XV

Obgleich der Schotte auf den Reisen zuvor die Gattin des Kapitäns nur sehr selten zu Gesicht bekommen hatte, obwohl er auch damals manchmal meinen konnte, sie wäre gar nicht an Bord, erwies es sich nun als etwas völlig anderes, daß Madame wirklich nicht mehr mit leichten Schritten auf der Deckveranda vor dem Kapitänsquartier auf und ab wanderte. Obgleich sich äußerlich für den Schotten nur wenig oder gar nichts verändert hatte, verließ ihn doch keinen Augenblick das Bewußtsein, daß die Kammern hinter ihm, wenn er auf der Brücke seinen Dienst versah, leer waren, ganz leer und tot und ohne das stille, aber, ach, so unruhige Leben, das vorher darin gewaltet hatte. Denn auch der Kapitän verließ die Brücke kaum noch einmal für eine halbe Stunde. Wie auf der allerersten Reise kümmerte er sich um die kleinste Einzelheit, wählte aber, wenn er nicht rastlos auf und ab marschierte, seinen Standort stets hinter dem Steuerbord-, nicht hinter dem Backbordfenster der Brücke.

Es dauerte immerhin zwei Tage, bis MacReanna der Tatsache inne wurde, daß auch der Kammerboy des Kapitäns, Ngolo, die »Albertine« im Stich gelassen hatte. Loto, der Brückenläufer, hielt jetzt das Kapitänsquartier in Ordnung, servierte die Mahlzeiten, soweit sie der Kapitän nicht mit den Passagieren einnahm, und sorgte für die Wäsche des Kapitäns, dieses niemals endende Geriesel von weißen, steifgebügelten Jacken, weißen, steifgebügelten Hosen, hellen Hemden und Strümpfen und Unaussprechlichen, weißen Überzügen für die Mütze und weißgekalkten Leinenschuhen.

Saka wußte wahrscheinlich Bescheid, warum Ngolo in Léopoldville zurückgeblieben war; und Andrew zögerte auch nicht, seinen Diener zu befragen, als er erst gemerkt hatte, daß Ngolo fehlte. Aber selbst der sonst so wohlunterrichtete Saka versagte diesmal. Er zuckte mit den Achseln, als er abends in Andrews Kammer das Zeug für den kommenden Tag bereitlegte.

»Ich nicht wissen, Herr! Ngolo – er sagen kein Wort. Vielleicht auch nicht wissen, daß er nicht wieder auf Schiff zurück. Er einfach nicht da, wenn Schiff abfahren. Madame auch nicht da. Mir Muata sagen, das zum allerersten Mal passieren, seit Kapitän kommen zurück mit Ehefrau aus England. Ich nichts wissen, Herr! Erste Frau war niemals auf Schiff. Zweite Frau immer. Keiner etwas wissen auf Schiff. Ich sehr traurig, Herr!«

Ja, der Gute war sehr geknickt, daß diesmal seine Hintertreppenweisheit durchaus nicht Stich hielt. Offenbar war er seinem Kollegen Ngolo bitterböse, daß dieser ihn nicht noch im letzten Augenblick mit den neuesten Neuigkeiten ausgestattet hatte. Er fügte seiner Klage die Worte hinzu: »Ich ihm auch nichts mehr sagen, dem Ngolo! Kein Wort mehr! Schlechte Buschneger: Ngolo!«

Andrew vermochte ein Lächeln nicht zu unterdrücken: »Ihr macht wohl immer Tauschgeschäfte mit Nachrichten und Klatsch, was? Ich möchte einmal wissen, was du alles von mir verbreitet hast, Saka?«

Der Schwarze sah sich ertappt. Er zog die Augenbrauen hoch,

daß die weißen Augenbälle ihm fast aus den Höhlen zu kugeln drohten. Er stotterte beteuernd: »Ich muß alles immer wissen, wenn Herr MacReanna manchmal fragt – und sonst Ngolo mir nichts sagen, kein Wort! Böse Buschnigger, Ngolo! Aber wir niemals sagen an Fremde draußen, Herr!«

»Nun, hoffentlich bindest du mir keinen Bären auf, mein Bester! Du darfst jetzt verschwinden!«

»Gute Nacht, Herr!«

»Gute Nacht, Saka!«

MacReanna verriegelte die Gazetür von innen und war allein. Er setzte sich in seinen Lehnstuhl, weit zurück ins Dunkel des Raumes, daß ihn keiner bemerken konnte, der vielleicht noch an seiner Tür vorüberging. Andrew wollte sich eine Pfeife stopfen und wunderte sich, daß seine Finger unsicherer waren als sonst. Dann ärgerte er sich, denn sie zitterten sogar: »Erste Frau niemals an Bord, zweite immer –« So war das also –! Was, zum Teufel, hat der Bursche ausgeheckt? Wo, zum Teufel, ist Maureen geblieben? Hat sie meinen Rat wahr gemacht und ist »fortgegangen«? Ist dann dem Kapitän zuzutrauen, daß er sein abweisendes Gesicht tatsächlich so ehern wahrt, wie er es tut? Allerdings, Corlay ist noch verschlossener, noch bissiger als zuvor. Aber würde Maureen »fortgehen«, ohne mir nicht wenigstens einen heimlichen Wink zuzuspielen? Vielleicht hat sich das Verhängnis erst im allerletzten Augenblick vor der Abfahrt entschieden? Maureen hat vielleicht keine Zeit mehr gefunden, noch eine Nachricht zu senden. Fast ein Monat wird vergehen, ehe ich Gewißheit erhalte, wenn ich nicht von unterwegs den Telegrafen in Anspruch nehme. Aber an wen soll ich telegrafieren? An van Baestaelaer? An Pieter Heyst? Die würden mich für irrsinnig halten. Oder soll ich einfach von der nächsten Telegrafenstation, die der Dampfer erreicht, eine Depesche aufgeben: »An Madame Maureen Corlay, Léopoldville. Rückdrahtet, warum nicht an Bord. Gruß Andrew MacReanna«? Man braucht es sich nur vorzustellen, um zu wissen, daß dergleichen ganz und gar unmöglich ist. Einen Tag, ach, eine Stunde später wäre es ein offenes Geheimnis und ein verstohlenes Gelächter in der halben Kolonie, am ganzen Kongo hinauf und hinunter. Warum zerbreche ich mir überhaupt den Kopf –? Warum?

Doch nein! Es konnte nicht sein: sie ist nicht auf und davon gegangen, wie ich ihr geraten habe. Etwas anderes muß geschehen sein. Sonst wäre der Kapitän nicht pünktlich wie sonst in der Nacht an Bord erschienen, hätte nicht auf die Minute genau die Leinen loswerfen lassen und die Nase des Schiffes stromauf gerichtet, wie es geschehen war.

Vier Wochen werden vergehen, ehe ich die volle Wahrheit erfahre.

Andrew stöhnte, ohne es zu wissen.

Vier Wochen, es sei denn – das ist der einzige Ausweg –, ich frage den Kapitän selber, frage ihn ganz dumm. Er kann mich grob abfertigen. Auf ein Mal mehr oder weniger kommt es nicht an. Vielleicht erfahre ich etwas.

Zusammenhanglos dachte er dann: Maureen hat ihre Hand auf meine Hände gelegt; und unter ihrer seidenen Bluse – gegen den vom Sternenlicht blaß erhellten Himmel –; ach, Maureen, alles in der Welt –!

Tage kamen und Tage gingen, wuchsen aus den jadegrünen Dämmerungen in die glühenden, eilig verrauschenden Morgenröten, stiegen lohend auf, entflammten den Zenit zu weißer Glut, sammelten die Gebirge und Wolkentürme der Gewitter darin, verschleuderten und verzuckten die Bündel ihrer Blitze, verrollten ihre Donner, verrieselten ihre Kühle danach und stürzten sich schließlich nachthungrig in die purpurnen Abgründe des scheidenden Lichts.

Echsen wie borkige Baumstämme sonnten sich reglos an Uferbänken, auf Schlamminseln im wieder abschwellenden Strom. Flußpferde ließen sich träge und wohlig treiben, ganze Familien, in der niemals klaren Flut; nur ihre schwarzen Augenkugeln und die runden Kraterwülste ihrer Nasenlöcher ragten zollhoch über die Wasserfläche hinaus. Näherte sich der Dampfer und wurde die Angst der Tiere Herr ihrer Neugier, so klemmten sie plötzlich die Nasenlöcher fest zusammen – und ließen sich im gleichen Augenblick lautlos in die undurchsichtige Tiefe sinken. Weitab kamen sie nach langer Zeit prustend wieder zum Vorschein; wer vermochte dann anzugeben, ob es wirklich die gleichen Tiere waren; vielleicht lebten und webten noch viele andere in den trüben Fluten.

In den immer sternklaren Nächten kreischten zuweilen die Nachtaffen in den schweigenden Schattenfronten der Urwälder über den Ufern wie eine Rotte von verlorenen Seelen.

MacReanna versah seinen Dienst halb im Traum. Er schwankte lange, wie er es anstellen sollte, den Kapitän zu befragen. Er war uneins mit sich selbst. Die Leere der leeren Kammer auf dem Kapitänsdeck gähnte auch in seinem Herzen.

Wenn die beiden Männer auf der Brücke standen, der eine rechts, der andere links vom Rudermann, und sich manchmal stundenlang ausschwiegen – bis auf die seltenen Anweisungen, die MacReanna dem Schwarzen am Rad zu geben hatte –, wenn der große Strom mit seinen unruhträchtigen Wallungen ihnen fort und fort entgegenzog, immer entgegen, so wollte es scheinen, ob sie nun stromauf oder stromab gondelten, dann wurden im sausenden Wind auf der Brücke die Geister der beiden Männer miteinander handgemein und rangen verbissen, abwehrend und höhnend der eine, andringend und fragend der andere.

Als der Dampfer über den Pool von Umangi kroch und Muata das Ruder an MacReanna abgegeben hatte, um Loto abzulösen, der unten über dem Bug schon allzulange in der prallen, glühenden Sonne stand und mit der langen Lotstange das Fahrwasser voraus abtastete, da endlich bot sich die Gelegenheit, auf die Andrew gewartet hatte. Denn die Frage, die er an den Kapitän zu richten gedachte, konnte er nicht stellen, wenn neugierige Ohren zuhörten.

Der Kurs war gesetzt, die Peilung stimmte, die »Albertine« rauschte auf ein Strich Nord zu Ost dahin mit allem, was ihre Kessel hergeben wollten, jede Minute scholl es gedehnt vom Bug herauf: »Kein Grund!« oder »Zwölf Fuß« oder »Elf Fuß« oder »Kein Grund!« und dann wieder lange »Kein Grund!« Andrew war mit dem Kapitän allein; er stand hinter dem Ruderrad schräg rechts im Rücken des Kapitäns. Er räusperte sich und fragte mit einer Stimme, die heiser war vor lauter Mühe, mühelos zu klingen: »Madame ist diesmal nicht mit an Bord, Kapitän Corlay –? Sie will sich wahrscheinlich eine Reise lang in Léopoldville ausruhen, wenn ich mich einmal erkundigen darf? In Léopoldville wird es wenigstens nachts einigermaßen kühl –«

Andrew hatte sich jedes Wort dieser Frage lange überlegt und eingeprägt. Er betete die Sätze befangen herunter wie ein schlechter Schauspieler.

Das Schweigen nach der Rede des Schotten wuchs für eine Weile riesengroß an; Andrew hörte sein Blut in den Ohren klopfen. Der Kapitän hatte sich nicht gerührt und rührte sich nicht, so daß MacReanna schon meinte, Corlay hätte im Sausen des Fahrwindes gar nichts vernommen. Aber darin täuschte er sich.

Nach der Ewigkeit einer vollen Minute wandte der Kapitän ganz langsam den Kopf und bohrte seine Augen in die des Schotten. MacReanna hielt ihnen stand wie erstarrt. Die Lippen des Kapitäns waren und blieben zu einem schmalen Strich zusammengepreßt. Um die Augen und um den Mund stahl sich ein fahles Lächeln triumphierenden Hohns. Zwei verächtliche Falten senkten sich von den Nasenflügeln und zerrten die Mundwinkel unmerklich abwärts. Die Brauen hoben sich leicht in eisiger Schmähung, und aus den engen Augen glitzerte ein kalter, kaum gebändigter Zorn. Langsam wanderten so Hohn, Verachtung, Schmähung nacheinander über das Antlitz des Kapitäns wie Wolkenschatten.

Ohne ein Wort gesagt zu haben, wohl aber, nachdem er den Schotten schließlich mit einem nachlässigen Blick von Kopf bis Fuß gemustert hatte, wandte sich der Kapitän wieder nach vorn und blickte das Fahrwasser entlang wie zuvor. Er hatte nichts weiter bewegt als den Kopf.

Die »Albertine« zog unbeirrt ihre Bahn über den reglosen Pfuhl; ihre beiden Bugwellen hoben sich als zwei blendende Zeilen hinter dem Schiffe her wie das Gefieder eines ins Unendliche wachsenden, gläsernen Pfeils. Zwei helle Vögel auf Flügeln, die auf ihrer Unterseite in zartestem Rosa getönt waren, wallten gemach durch die weißliche Glut des frühen Nachmittags einem unbekannten Ziele zu: Flamingos. Über dem dunkelvioletten Wälderstreifen an den fernen Ufern waberte und flirrte die Luft.

MacReanna stand in Schweiß gebadet hinter seinem Ruderrad. Noch nie war er so gezüchtigt worden.

Nach einer weiteren Viertelstunde ließ sich der Kapitän mit freundlich hochmütiger Stimme vernehmen: »Ich glaube, Sie sollten jetzt auf zwei Striche Süd zu Ost abdrehen, Herr MacReanna. Wir stehen schon etwa vor der Einmündung des Hauptarms. Den Loter können wir abtreten lassen. Haben Sie sonst noch Fragen, MacReanna? Wenn nicht, dann ziehe ich mich jetzt für eine Stunde zurück, sonst schadet mir die Hitze auch noch.«

Andrew hatte keine Fragen weiter; er starrte auf die blendende Wasserfläche. Der Kapitän ließ die Gittertür nachlässig hinter sich offenstehen, als läge ihm nichts daran, sich abzuschließen. Die Tür schnappte erst in ihr gut geöltes Schloß, als MacReanna den Dampfer auf den neuen Kurs legte.

In den Tagen und Nächten, die folgten, bemächtigte sich MacReannas langsam eine vollkommen kühle Entschlossenheit. Er wußte nun, daß Madame nicht nach eigenem Willen in Léopoldville zurückgeblieben war. Allmählich, aber ganz unaufhaltsam, wuchs das Brausen des Schicksalswindes um ihn her. Bald würde er keine andere Stimme mehr vernehmen als die des Sturms, den er nicht gesät hatte, aber den zu ernten ihm bestimmt war.

Er wußte noch nicht, was und wohin er wollte. Aber nun endlich gelang es ihm, was ihm bisher nicht geglückt war: allem Hohn und jedem Zynismus des Kapitäns setzte er eine nicht mehr aus der Ruhe zu bringende, eiserne Höflichkeit entgegen, die den Kapitän zuweilen unerwartet matt setzte, was aber durchaus nicht dazu beitrug, ihn umgänglicher zu stimmen.

Seltsamerweise wetteiferten die beiden Männer mehr denn je miteinander, dem Dampfer, der ihnen anvertraut war, das höchste Maß an Pünktlichkeit, musterhafter Führung und Ordnung abzuringen, das mit seinen bescheidenen Mitteln und im ständigen Kampf mit dem ungezähmten Tropenstrom überhaupt zu erreichen war. MacReanna ließ sich von dem Kapitän nicht mehr übertreffen; er hatte die vielfältigen und verwickelten Aufgaben eines »Ersten« schon auf schwierigeren Schiffen versehen als der braven »Albertine«. Und in allen Dingen, die mit der Navigation auf dem großen Strom zusammenhingen, entwickelte er gerade auf dieser von unterirdischen Spannungen bebenden Reise jenen letzten seemännischen Instinkt, welcher die wahren Meister der Schiffe von dem braven Durchschnitt unterscheidet, der nur schlecht und recht sein Handwerk verrichtet. Es war, als drängte den Schotten die dunkle Wut, sich dem Kapitän gewachsen zu zeigen. Die »Albertine« hatte ihrem Ersten Offizier genauso prompt zu gehorchen wie ihrem angestammten Schiffer.

Allerdings war die junge und überraschende Meisterschaft, die MacReanna auf dieser Reise unzweifelhaft bewies, durchaus nicht dazu angetan, dem Kapitän die Vorwände zu entziehen, den Schotten anzufahren und ihn der Ungeschicklichkeit oder gar – viel verhängnisvoller! – der Feigheit zu zeihen. Die beiden Männer waren viel zu verschieden geartet, als daß sie unter dieser Sonne und auf diesem fessellosen Strom, der festen Regeln keine Minute lang Gültigkeit beließ, nicht ständig ganz verschiedenen Entschlüssen und damit Mißverständnissen verfielen.

MacReanna neigte seinem ganzen Wesen nach zu einer sozusagen kühnen Vorsicht. Da er von der hohen See her kam, wo ein Schiff fünftausend Meter tief versinkt, wenn es erst einmal unter Wasser geraten ist, mochte er nie etwas riskieren, was das Schiff in Gefahr bringen konnte. Wo er aber seiner Sache sicher war, gab er vollen Dampf voraus und zögerte nicht, haarscharf dem Teufel den Schwanz vom Leibe abzusegeln.

Der Kapitän jedoch lenkte sein Schiff, wie man dressierte Hengste vorführt: mit Bravour und Peitschenknall und einer rücksichtslosen weichen Hand. Er zauderte keine Sekunde, wenn es etwas zu riskieren galt; und er hatte stets Erfolg, verrechnete sich nie, weil vor dem schlechterdings Unmöglichen ihn sein Instinkt bewahrte.

So vermochten sich diese beiden geborenen Seeleute nie darüber zu einigen, was Ängstlichkeit war und was Vorsicht oder wo der Mut aufhörte und die Tollheit begann.

Andrew allerdings war gezwungen, ständig seinen Kopf hinzuhalten und die Streiche hinzunehmen, die Tag für Tag darauf einhagelten. Er durfte dem anderen nicht mit Widerreden im gleichen Tone heimzahlen, wenn er sein Ziel, diesen Strom auch als Kapitän zu befahren, nicht gefährden wollte. Dieser Corlay sollte ihn nicht daran hindern, Kapitän zu werden! Der nicht, der nicht, dieser Treiber, dieser, dieser – »Koloniale«, dem der Verstand von der Hitze und dem Alkohol zerfressen war und das Herz von dem tückischen Kampf mit dem Kongo!

Corlay hatte das bessere Los gezogen: er brauchte weder die Wut geheim in seinem Hirn zu stapeln noch der befriedigten Bosheit, die während der langen Reise anhielt, eine Maske vorzubinden.

Aufs Ganze gesehen, war es ein nur schwaches Hochwasser gewesen, das in diesem Jahr die Zuflüsse südlich des Äquators in den Hauptstrom hatte schwellen lassen. Das ein halbes Jahr später zu erwartende Hochwasser der Zuflüsse von Norden her lief stets weniger reichlich als das aus den mächtigeren Quellen im Süden.

Das Niedrigwasser, das für die nächste Reise zu erwarten stand, würde also sehr wahrscheinlich noch spärlicher laufen als sonst. Muata hatte es gemeint, als sich Andrew eines Abends mit ihm darüber unterhielt, während der Kapitän – es war in Lukolela – an Land gegangen war.

Bei diesem Gespräch öffnete sich dem Schotten zum ersten Male ein schmaler Spalt, durch den er einen kurzen Blick in die Welt der schwarzen Matrosen, vielleicht der Schwarzen überhaupt werfen konnte, jener Schwarzen, die ihn täglich, stündlich umgaben und die er doch so gut wie gar nicht kannte. Andrew sagte halb im Scherz zu Muata: »Du weißt so viel vom Kongo, Muata! Du solltest eigentlich selber Kapitän werden.«

Der dunkle Mann schüttelte langsam seinen wolligen Schädel:

»Ich niemals kann Kapitän sein, Herr!«

»Warum aber nicht?«

»Andere Neger mich nicht gehorchen, Herr!«

»Ich glaube, du würdest sie schon zum Gehorsam zwingen, wenn sie erst einsehen müssen, daß du deine Sache als Kapitän verstehst!«

»Nein, nein! Schiff ist Weißer-Mann-Zauber. Ich muß machen Schwarzer-Mann-Zauber, sonst nicht Gehorsam.«

Andrew schüttelte den Kopf und ließ die Sache auf sich beruhen. Er spürte kein Verlangen, sich mit den Menschen einer ganz fremden Welt zu befassen; war ihm doch die eigene Welt unverständlich genug.

Denn was auch immer an den Tagen vorgehen mochte, des Nachts hockte Stunde für Stunde die Frage an seinem Lager: Maureen – was ist mit Maureen?

Als auf der Rückfahrt nur noch eine Tagesreise den Dampfer von Léopoldville trennte, scheute sich Andrew nicht, Saka einen Auftrag zu erteilen, bei dem er sich den Anschein bloßer Neugier zu geben suchte.

»Wenn wir wieder in Léopoldville sind, Saka, mußt du versuchen, herauszukriegen, wo Ngolo und Madame geblieben sind!«

»Das werde schon erfahren, Herr. Wenn wir erst Léopoldville sind, erfahre ich alles. Dort ich überall Freunde.«

Nach der Ankunft am Ziel teilte der Reederei-Inspektor Jan van Baestaelaer dem Schotten noch spät am Abend offiziell mit, daß auf der übernächsten Reise MacReanna vertretungsweise das Kommando auf der »Albertine« anzutreten hätte, da Corlay dann »reif sei für einen längeren Urlaub«.

Andrew fragte dagegen: »Hält Kapitän Corlay mich überhaupt für fähig, die ›Albertine‹ zu führen?«

»Durchaus, durchaus! Was denken Sie! Er kann Sie ja gar nicht schneller loswerden, als wenn er Sie bis über den grünen Klee lobt; denn daß Sie unfähig oder ungeeignet sind für den Kongo, das würde dem Kapitän doch kein Mensch glauben. Immerhin werde ich mir erlauben, einmal mit Ihnen nach Stanleyville hinauf- und hinunterzugondeln. Man muß die sogenannten Dienstreisen feiern, wie sie fallen.«

»Wird mir eine Ehre sein, Herr Inspektor, Ihnen die alte ›Albertine‹ nach allen Regeln der Kunst vorzuexerzieren!«

»Ich sehe, wir verstehen uns, Mac!«

»Ich gestatte mir, ganz ergebenst zuzustimmen. Also übernächste Reise!«

»Jawohl! Und halten Sie bis dahin die Ohren steif. Lehrjahre sind keine Herrenjahre; Sie dürfen sich nur nicht provozieren lassen. Wenn Sie später an ihm vorbeirauschen, können Sie ihn auslachen, daß der ganze Kongo Blasen schlägt.«

»Vorzüglich, Herr Inspektor! Ich werde mir die größte Mühe geben!«

»Daran zweifle ich nicht. Gute Nacht, Mac!«

»Gute Nacht, Herr Inspektor!«

Auch dieses wichtige Gespräch vermochte nicht, in MacReannas Hintergründe vorzudringen; dort schwang in einem ungewissen, trüben Grau immer nur die eine monotone Frage um: Maureen – was ist mit Maureen?

Noch in der gleichen Nacht erschien Saka in MacReannas Kammer und machte sich am Kleiderschrank zu schaffen, als müßte er die weißen Jacken gerade jetzt noch ordnen. Andrew hatte auf Saka gewartet, ohne es zuzugeben, hatte also das Schlafengehen weiter hinausgezögert, als es sonst seine Art war.

Die beiden Männer spielten sich ihre Rolle in aller Ausführlichkeit vor, der eine, der nicht fragen konnte, der andere, der nicht mit der Tür ins Haus fallen durfte. Schließlich war es soweit; Saka erklärte: »Ich alles wissen wegen Madame und Ngolo. Ich ja gleich sagen: kommen nach Léopoldville und ich alles wissen.«

Er schaute seinem Herrn voller Stolz in die Augen.

»So?« machte Andrew nur; er war so erregt, daß er seine Blicke fortgleiten ließ, um sich nicht zu verraten. Saka bedurfte keiner besonderen Aufforderung; nur ein Knebel in der Kehle hätte ihn jetzt noch am Sprechen hindern können: »Kapitän – er mieten kleine Haus vor diese Reise, draußen hinter Kintambo, an Straße nach Stromschnellen. Da wohnen Madame. Und auch Ngolo da wohnen mit seine Frau. Und Kapitän heute abend gleich hingehen. Und schlafen er jetzt immer dort, nicht mehr in große Hotel. Ha, Ngolo, er jetzt glücklich. Brauchen nicht mehr fahren auf Schiff. Und kann wohnen mit Frau in kleine Hütte in Garten von Kapitäns Haus. Ngolo, er jetzt sehr stolz; sprechen nicht mehr mit arme Boy von Schiff. Aber Frau, die sprechen noch; muß sich aufspielen bei Freundin; und ihre Freundin ist Freundin von meine Frau; und ich gleich alles wissen.«

Es fiel dem Schotten gar nicht leicht, Saka mit guter Manier wieder loszuwerden. Der Schwarze platzte beinahe vor Stolz, bewiesen zu haben, wie gut sein Nachrichtendienst funktionierte. –

Andrew wälzte sich lange schlaflos auf seiner Lagerstatt. War das Haus ihr Wunsch gewesen? Hatte der Kapitän ihrer Abneigung gegen den Kongo nachgegeben? Hätte Maureen ihn dann ohne Nachricht gelassen? War er nur der Behälter gewesen, in den sie ihren Kummer und Unwillen entleerte, um ihn gleich darauf zu vergessen? Oder war das Haus eine Erfindung des Kapitäns, um Maureen bis zum Beginn des Urlaubs und damit schließlich überhaupt daran zu hindern, ihn, Andrew, noch einmal zu sehen und zu sprechen? Sollte er versuchen, sich mit Maureen in Verbindung zu setzen? Ob sie darauf wartete? Aber wie, wie sollte er sie erreichen?

Die Antwort auf alle diese quälenden Fragen flog ihm schon am nächsten Abend zu.

Über Tag hatten ihm seine Pflichten kaum Zeit zum Nachdenken gelassen. Abends fiel es ihm nicht leicht, eine Art Panik in Schach zu halten. Konnte er nicht kurzerhand in einer Taxe in Kintambo vorfahren und »einen Besuch machen«? Nein, das konnte er nicht!

Seine wütende Ratlosigkeit spülte ihn schließlich vor die Bar des Pieter Heyst im »Hôtel Anvers«. Alkohol ist ein zuverlässiger Seelentröster. Der melancholische Barmann begrüßte den späten Gast mit zurückhaltender Vertraulichkeit: »Wieder im

Lande, Mac? Was soll es sein? Whiskey! Gut –! Sagen Sie, wann –! Ist recht. So, bitte sehr! Gute Reise gehabt? Was für Passagiere haben Sie mitgebracht? Halt, damit ich's nicht vergesse! Da ist ein Brief für Sie. Kam gestern mit der Post. Muß jemand sein, den Sie hier im Hotel oder an der Bar kennengelernt haben; sonst hätte er ja wohl an die Reederei geschrieben. Also, prost! Lesen Sie nur erst, was drin steht. Ich muß die beiden Herren da drüben –«

Heyst drehte sich hinter seinem Bartisch hervor und wandte sich zwei neuen Gästen zu, die nicht vor seiner langen, hohen Theke, sondern ihr gegenüber an einem der kleinen Tischchen Platz genommen hatten.

Zuvor aber hatte er von der hölzernen, mit grünem Fries bespannten Tafel hinter seinem alkoholischen Kommandostand einen Brief gezogen und dem Schotten ausgehändigt. Die Tafel war stramm mit einem sehr weitmaschigen Netz aus roter Schnur bespannt, hinter und in welchem wohl ein Dutzend Briefe und einige Visitenkarten steckten; manche davon waren schon braun vor Alter und vergeblichem Warten auf die bestimmten Empfänger, die vielleicht längst wieder im heimatlichen Europa oder am fernen Mississippi oder Amazonas ihr Wesen oder Unwesen trieben, ohne zu ahnen, daß hier am Kongo unter dem zuverlässig wachsamen und verschwiegenen Auge des Barmannes Pieter Heyst eine vielleicht bedeutsame Nachricht auf sie lauerte.

MacReanna hielt das leichte Geschäftskuvert in der Hand; ein leiser Stich in seinem Herzen belehrte ihn sofort darüber, von wem der Brief stammte, obgleich die Anschrift mit der Schreibmaschine geschrieben war und der Umschlag keinen Absender trug; der Poststempel lautete »Léopoldville«.

Gerade kehrte der Barmann hinter seinen Schanktisch zurück. Andrew steckte den Brief mit gespielter Gleichgültigkeit in seine Rocktasche.

»Sehr neugierig scheinen Sie nicht zu sein, Mac!« murrte der Barmann und lächelte. Andrew nahm einen Schluck aus seinem Glase und meinte gelangweilt: »Was soll es schon groß sein? Eine Reklame oder irgend etwas Ähnliches! Meistens kann man die angebotenen Sachen hier bei uns doch nicht gebrauchen!«

»Da haben Sie recht, Mac. Aber ich höre, Sie reden von ›uns hier‹ –! Sie haben sich also mit dem Dasein hinter unseren Bergen abgefunden?«

»Warum auch nicht, Piet? Es gibt genug nette Leute am Kongo.«

»Allerdings – und ein Zuwachs an weiteren netten Leuten ist uns stets willkommen. Ihren Kapitän rechnen Sie wohl nicht dazu –?«

»Corlay? Wieso? Er ist ein erstklassiger Schiffsführer, und man kann so ziemlich alles von ihm lernen.«

»Das hörte ich schon mehr als einmal, Mac. Aber die Leute erzählen auch, Corlay wäre ein schwieriger Vorgesetzter. Er hat sich jetzt ein Haus gemietet, damit seine Frau an Land bleiben kann; draußen hinter Kintambo. Aber man sieht seine Frau nur sehr selten in der Stadt. Eine schöne Frau! Irisch soll sie sein von Herkunft. Ich dachte immer, die Iren wären gesellige und umgängliche Menschen. Frau Corlay ist eher scheu; sie hat kaum Verkehr in der Stadt, wie ich mir sagen ließ. Corlays erste Frau war ganz anders.«

»Mag wohl stimmen, Piet. Auch auf dem Schiff habe ich Madame nur selten zu Gesicht bekommen. Aber das will andererseits wenig heißen, denn an Bord und auf der Reise weiß man gewöhnlich von früh bis spät nicht, wo einem der Kopf steht.«

MacReanna saß wie auf Kohlen. War es Absicht oder Zufall, daß der Barmann das Gespräch auf Maureen gebracht hatte? Andrew verspürte nicht die geringste Lust, die Unterhaltung fortzusetzen. Als neue Gäste an die Bar traten, begrüßte er sie nur einsilbig und empfahl sich, ehe er zu einem Umtrunk eingeladen werden konnte.

Andrew saß mit dem Brief allein in seiner Kabine. Hier brauchte er vor ungebetenen Fragern nicht auf der Hut zu sein, denn bis auf die Wachen war das Schiff leer und still.

MacReanna hob den Brief noch einmal unter die Tischlampe und las:

»Lieber Andrew!

Sie müssen mir verzeihen, daß ich mich auf diesem Wege mit Ihnen in Verbindung setze. Ich weiß keinen anderen. Sie haben mir erzählt, daß Sie jedesmal in Léopoldville die Bar im ›Hôtel Anvers‹ besuchen; das Schiff wird morgen erwartet. Dieser Brief müßte Sie also bald erreichen.

Es war mir entsetzlich, daß ich Sie vor der letzten Abreise der ›Albertine‹ nicht benachrichtigen konnte. Aber der Umzug in dies Haus vollzog sich erst im letzten Augenblick, für mich ganz unerwartet und so schnell, daß es mir unmöglich war, Ihnen noch rechtzeitig Bescheid zu geben.

Ich sitze hier in diesem Haus weit vor der Stadt und sehe die Wände an oder die hohen Hecken, die so dicht sind, daß nicht einmal ein Vogel hindurchschlüpfen kann, höchstens eine Schlange. In der Stadt kenne ich kaum einen Menschen; und die wenigen, die ich kenne, sind Johns Freunde und behagen mir nicht. Außerdem würden sich alle danach erkundigen, warum und wozu ich in Léopoldville geblieben sei, wo wir doch auf der ›Albertine‹ ein so schönes Quartier hätten und so weiter und so fort. Was soll ich dann antworten? Etwa die Wahrheit? Daß nämlich mein Mann mich hier eingesperrt hat, weil ich ihm auf dem Schiff, wie er sagte, ›zuviel Dummheiten anrichte‹.

Er hat sich alles fein ausgedacht. Er hat mir ein reichliches Taschengeld bewilligt, aber mehr nicht. In den Geschäften darf ich ›anschreiben lassen‹, soviel ich will. Und Ngolo ist genau darauf gedrillt, mich zu ›beschützen‹. Wenn ich ausgehe, folgt er mir in respektvoller Entfernung, wenn ich in ein Geschäft, das Postamt, ein Hotel eintrete, wartet er, bis ich wieder zum Vorschein komme, und heftet sich mir liebevoll abermals an die Fersen.

Andrew, ich habe keinen Menschen zum Freund. Dieser Käfig hier ist noch schlimmer als der auf dem Brückendeck der ›Albertine‹, denn jener fuhr wenigstens, bewegte sich, und man sah wenigstens ab und zu ein paar Menschen.

Andrew, ich mag manches in meinem vergangenen Leben getan haben, was ich lieber hätte bleibenlassen sollen. Aber was mir jetzt geschieht, das habe ich nicht verdient. Ich möchte Ihnen das

Vergangene einmal erzählen, und ich weiß bestimmt, daß Sie mich ganz und gar verstehen würden, Aber vielleicht täusche ich mich da; vielleicht narrt mich das Gefühl, daß wir beide aus der gleichen Gegend stammen – und Sie finden diesen ganzen Brief albern und aufdringlich?

Aber es ist so schön, daran zu glauben, daß man vielleicht doch irgendwo einen Freund hat, einen Landsmann aus der alten, schönen Heimat, dem man ohne viel Federlesens gestehen kann, wie es einem ums Herz ist.

Manchmal denke ich, es kann kein Zufall sein, der Sie, Andrew, gerade auf die ›Albertine‹ geführt hat und nicht auf irgendein anderes Schiff. Ich bin ja ein bißchen auf gut irisch abergläubisch. Wie sollte es anders sein, wo ich aus Ardara in Donegal stamme. Ach nein, es darf kein Zufall sein, daß gerade wir zwei uns hier in diesem irrsinnigen und unerträglichen Lande getroffen haben.

Ich wage ja nichts mehr zu hoffen, und ich wage auch nichts mehr zu wünschen. Aber den Glauben, daß ich doch einen Freund gewonnen habe, einen Freund aus der Heimat, den will ich nicht aufgeben, denn sonst fehlte mir die Lust, weiterzuleben.

Wahrscheinlich lesen Sie diesen Schulmädchenerguß und lächeln! Dann bitte ich um Entschuldigung.

Ich wiege mich aber in dem Traum, Andrew, daß Sie nicht lächeln, sondern ahnen, wie es in mir aussieht. Träume sind nicht verboten, nicht wahr? Eine alte Frau bei uns daheim, die sagte immer zu mir, als ich noch ein junges Mädchen war: solange du noch träumst, beginnt das Leben erst morgen. Dann habe ich noch viel Leben vor mir –

Etwas muß ich aber zum Schluß noch erzählen. Es haben mich ein paar dumme Leute besucht, die nur aus Neugier kamen, und ich habe sie nicht ermuntert, wiederzukommen. Aber dann besuchte mich auch der Reederei-Inspektor van Baestaelaer. Das ist so ziemlich der einzige Mensch, den mein Mann nicht für einen kompletten Esel hält; allerdings nur deshalb, weil Baestaelaer mindestens ebensoviel vom Kongo versteht wie er selbst. Ich lud ihn gleich zu einer Tasse Kaffee ein, draußen in den Garten; da kann ich am besten darauf achten, ob jemand lauscht oder nicht. Er nahm gerne an und machte es sich behaglich. Wir sprachen über allerlei Gleichgültiges, bis er schließlich fragte: ›Gefällt es Ihnen allein hier draußen, Madame?‹

Was sollte ich darauf antworten? Ich erwiderte: ›Ich lebe hier nicht einsamer als auf dem Schiff, Herr Inspektor!‹ Warum soll ich immer alles vertuschen –?

›Das dürfen Sie nicht sagen, Madame!‹ ermahnte er mich. ›Schließlich haben Sie dort Ihren Mann, wenn er auch sehr beansprucht ist. Und dann Ihren netten Landsmann, den Schotten. Und auch Bimlipotam kann sehr amüsant sein, wenn man ihn richtig zu nehmen versteht.‹

Es wird wohl etwas spöttisch geklungen haben, als ich antwortete: ›Der Ingenieur wagt sich nie in unsere eisige Kommandohöhe; MacReanna steht vierzehn oder fünfzehn Stunden am Tag so unter Druck, daß er kaum zum Atemholen kommt, und mein Mann, Herr Inspektor – Sie kennen ihn ja; Ihnen brauche ich nichts vorzuspiegeln – mein Mann hat ewig etwas an mir auszusetzen, und seit der Schotte an Bord ist, erst recht, denn der nimmt ihm ja beinahe alle Arbeit ab.‹

Baestaelaer sagte lange gar nichts darauf, sondern paffte nur an seiner Zigarre. Dann knurrte er: ›Na ja, liebe Madame Corlay. Ich möchte mich nicht in Dinge einmischen, die mich nichts angehen. Wissen Sie, ich sprach neulich mit dem Postinspektor Marvejols. Das ist ein sehr kluger und rechtschaffen denkender Mann. Er hat mir gesagt: Sie haben da drei prächtige Leute auf dem Oberdeck der ›Albertine‹; aber muten Sie ihnen nicht zuviel zu, Baestaelaer! Das hat mir Marvejols gesagt, wollte aber weiter nicht mit der Sprache heraus. Auf alle Fälle, und deswegen besuche ich Sie heute, Madame, möchte ich mich bei Ihnen bedanken, daß Sie es vorgezogen haben, bis zu Ihrem nächsten großen Urlaub hier in Léopoldville Quartier zu nehmen. Denn wir möchten natürlich den Schotten in unserem Dienst behalten, von Ihrem unersetzlichen Gatten gar nicht zu reden. Sie sind eine sehr kluge Frau, Madame!‹

Und dann küßte er mir sehr chevaleresk die Hand, der

schwere, große Mann, und empfahl sich bald.

Ich hatte über manches nachzudenken nach diesem Besuch. Aber seitdem ist mir erst recht klar geworden, daß ich das abgeschmackte Spiel kaum noch länger aufführen kann. Und ich vertraue auch darauf, daß wenigstens ein Mensch die Zusammenhänge durchschaut, und das sind Sie, Andrew!

Ich vertraue auch darauf, daß Sie einen Weg ausfindig machen werden, mir zu antworten, wenn Sie mir antworten wollen, worauf sehr hofft

Ihre Maureen Corlay, geb. O'Toole.«

Der Brief war lang und wortreich, und dennoch stand mehr darin, als es auf den ersten Blick den Anschein hatte. Der stille Mann in der lautlosen Kabine hörte sein Blut in den Ohren pochen und rührte sich nicht. Nur ein einziges Mal lachte er kurz auf: das war, als er die Stelle bedachte, an der sie von einem »Schulmädchenerguß« gesprochen hatte – ahnte sie wirklich nicht, wie sehnsüchtig er auf eine Nachricht von ihr gewartet hatte?

Eine Weile lang verspürte Andrew das Verlangen, noch ein paar Worte mit einem vernünftigen Menschen zu wechseln, um die fast unerträgliche Spannung loszuwerden, die ihn in ihren Fängen hielt. Bimlipotam wäre sicherlich gern bereit gewesen, Rede und Antwort zu stehen. Aber Bimlipotam ließ es sich in so günstiger Nacht natürlich bei Fräulein Abdullah wohl sein –

»Ich kann den Brief auch gleich schreiben«, sagte Andrew laut vor sich hin.

Er kramte nach Papier und Schreibfeder.

Seine Erwiderung zeichnete sich durch Kürze aus; sie lautete:

»Liebe Maureen!

Ihr Brief hat mir auf viele Fragen eine Antwort gegeben, die mir der Kongo auf der langen letzten Fahrt nicht geben wollte. Die Reise war für mich sehr einsam. Wenn wir uns auf den vorherigen Reisen auch kaum zu Gesicht bekamen, so spürte ich doch Ihre Gegenwart, die Gegenwart eines Menschen, der wie ich ›von den Inseln‹ kommt – und der, glaube ich, gar nicht sehr viel anders denken *kann* als ich. Ich täusche mich gewiß nicht.

Schreiben Sie mir wieder!

Ich denke viel nach und überlege mancherlei. Noch sehe ich keinen klaren Weg. Aber eins weiß ich: ich werde Sie nicht enttäuschen, Maureen!

Richten Sie Ihre Briefe weiter an das ›Hôtel Anvers‹.

Ihr Andrew MacReanna.«

So –! Das war der Brief. Saka würde schon einen Weg wissen, ihn unauffällig in Maureens Hände gelangen zu lassen. Es kam nun nicht mehr darauf an, ob einer mehr oder weniger Bescheid wußte; van Baestaelaer wußte Bescheid und auch Marvejols, Ngolo natürlich, der schlaue Schleicher, und Saka – Saka auch – sowieso, längst!

XVI

Es war, als ob der Kapitän dem Schotten auf der letzten Reise vor seinem Urlaub beweisen wollte, daß Andrew noch gar nichts gelernt hätte, daß er noch nicht die geringste Ahmung von der Flußschifferei besäße. Zwar überließ Corlay dem Schotten das Kommando und zeigte sich auf der Brücke so gut wie überhaupt nicht. Trotzdem war Andrew keinen Augenblick vor ihm sicher; bald schickte der Kapitän ihm den Brückenläufer, Loto, mit der Anfrage, ob der Herr MacReanna nicht so freundlich sein wollten, mit dem Loten beginnen zu lassen; der Herr Kapitän ließe darauf aufmerksam machen, daß der Strom nur Niedrigwasser führte. Bald baute sich der Kapitän unten auf dem Kesseldeck über dem Bug auf, wo sonst der Loter stand, und schrie Fragen und Befehle zur Brücke empor, die MacReanna gar nicht oder nur unvollkommen verstand, denn der Fahrwind und das Rauschen der Bugwelle verwehten und verdeckten die Worte. MacReanna schickte seinerseits den Brückenläufer zum Bug hinunter und ließ sagen, daß er wegen des Windes nichts verstehen könne; er ließ um Übermittlung des Befehls durch den Brückenläufer bitten. Der Kapitän geriet dann gewöhnlich in eine ganz sinnlose Wut, stand unten über dem Bug und brüllte; Andrew zuckte oben bedauernd die Achseln. Es wäre sehr komisch gewesen, wenn es nicht gleichzeitig so aufreibend gewesen wäre.

Dann wieder blickte der Kapitän plötzlich um die Holzwand, die sein Quartier von der Brücke abtrennte, und wollte wissen: »Warum gehen Sie auf halbe Kraft herunter? Verlieren Sie schon wieder den Mut?«

»Ich folge nur Ihrer Anweisung, Kapitän Corlay, bei diesem Wasserstand nichts zu riskieren.«

»Riskieren? Sie – und riskieren? Sie haben in Ihrem ganzen Leben noch nichts riskiert. Geben Sie ›Volle Kraft‹ nach unten! Bis zum oberen Ende der Insel da an Backbord haben Sie nichts zu befürchten.«

»In diesem Falle muß ich Sie bitten, Kapitän Corlay, auf die Brücke zu kommen und das Kommando selbst durchzugeben. Ich möchte die Verantwortung nicht dafür übernehmen. Nach meiner Überzeugung ist das Fahrwasser ungewiß.«

Der Kapitän starrte den Schotten um die Kante der Holzwand her eine Weile wütend und wortlos an und zog sich zurück. Es erfolgte nichts weiter. Wahrscheinlich war es nur ein neuer Versuch gewesen, den Schotten unsicher zu machen und aufs Glatteis zu führen.

Aber alle diese Seitenhiebe trafen nicht mehr, alle Anwürfe flogen ins Leere, und die Schmähungen verpufften wie Seifenblasen. Der Kapitän war irgendwie ins Hintertreffen geraten; er spürte es, gab es nicht zu und zeigte sich deshalb um so ausfallender – womit er aber dem Schotten lediglich bestätigte, daß er, der Kapitän, im Grunde nicht mehr die Oberhand besaß.

Noch nie in seinem Leben war Andrew so wach gewesen; das Gebell des Kapitäns störte ihn nicht mehr als das Summen einer Fliege. Andrew war auf der Hut; irgendwann würde der andere sich eine Blöße geben. In diesem stummen, verbissenen Gefecht gab es kein Pardon. Die leisen, haarscharfen Klingen gierten danach, erbarmungslos zuzustoßen, wenn der Gegner auch nur für einen Herzschlag lang vergaß, sich zu decken.

Manche Nacht sagte sich Andrew: wenn er zu Hause auch nur

einen Schritt weitergekommen wäre, wenn er auch nur einen kleinen Erfolg für sich hätte buchen können, er würde jetzt nicht so vor Bosheit schäumen; er wäre gelassener und gleichgültiger. Er brüllt – ja! Aber er brüllt vor Angst! Er schreit – ja! Aber er schreit vor lauter Sorge, daß er alles verändert vorfindet, wenn er wieder nach Léopoldville zurückkehrt.

Andrew lag flach auf dem Rücken unter seinem Moskitonetz. Er drehte den Kopf zur Seite auf dem harten Kissen; er hatte die Augen geschlossen. In seinen Ohren rauschte es leise. War es der Kongo? Es konnte der Kongo nicht sein; der führte träges Niedrigwasser; die Uferbänke hoben sich fahl und trocken über den trüben Fluten –

Jähe fiel dann die Entscheidung, die völlig ungeahnte; hurtig stürzten die Würfel; das Urteil war schon vollzogen, ehe es die Männer noch begriffen.

Jene Barre im Strom, die dem Schotten schon auf seiner ersten Reise zu einer schweren Demütigung verholfen hatte – sie würde bei diesem niedrigen Niedrigwasser noch schwieriger zu überwinden sein als damals. Andrew machte es sich im voraus klar; er studierte heimlich die Flußkarte für den gefährlichen Abschnitt; er probte an zwei Abenden zuvor in Gedanken das Manöver durch, mit welchem er die »Albertine« vor dem langen Querbalken der Untiefen vorsichtig über dwars bis unter das Nordufer bringen wollte, wo die Strömung in der Flußkurve kräftiger über den Grund wusch, wo aber auch die steinerne Rippe plötzlich tiefer unter den Stromboden tauchen mußte.

Er wird natürlich wieder tanzen und toben wie ein Teufel. Mich soll er nicht aus der Ruhe bringen. Ich werde mein Examen vorexerzieren. Ich falle nicht durch. Ich kann ja gar nicht versagen, kann es gar nicht.

Die silbern blendende Querzeile der Felsenkante, von runden Wallungen überspült und angezeigt, taucht als feiner leuchtender Strich an einem glühend heißen frühen Nachmittag in der Ferne vor dem Dampfer auf. Ein Gewitter hat es an diesem Tage noch nicht gegeben; aber die ersten Türme der Wolken brodeln schon schwerelos und gleißend in den Himmel empor.

MacReanna sagt zu Muata, der am Ruder steht: »Über die Barre werde ich selbst das Ruder nehmen. Setze dich auf den Schemel da an der Holzwand, damit ich dich in meiner Nähe behalte. Vorn würdest du mich stören.«

Muata gehorcht offensichtlich nicht ungern. Er scheut die gefürchtete Passage.

MacReanna steht kaum am Rad, als der Kapitän aus seinem Quartier auf die Brücke tritt; die Gittertür läßt er achtlos hinter sich ins Schloß fallen. Der Kapitän wirft einen Blick voraus über den Strom und sagt: »Sie scheinen überzeugt zu sein, mein Herr, daß Sie mit der Barre allein fertig werden. Gut, wie Sie wollen! Machen Sie jedoch auf eigene Faust Bruch. Ich werde mich nicht einmischen. Ich werde mich auf dem Unterdeck aufhalten, vorn am Bug, falls Sie doch um Hilfe schreien sollten. Wenn's schiefgeht, habe ich's von da wenigstens näher zu den Krokodilen.«

Er stapft schwer die Treppe hinunter. MacReanna hört ihn eine Weile mit den beiden jungen Kaufleuten witzeln, die als Passagiere mitfahren und die den Schotten schon mehr gefragt haben, als er beantworten kann; er ist selbst noch zu jung in diesem Lande.

Der Kapitän taucht unten über dem Bug auf, wo der Loter mit seiner Stange hantiert und die Wassertiefen aussingt. Der Kapitän verjagt den Schwarzen. Er ruft dem Schotten auf der Brücke zu: »Ich hoffe, Sie haben nichts dagegen, Herr MacReanna! Außerdem sehe ich mehr mit meinen Augen, als der Bursche mit seiner Stange feststellen kann.«

MacReanna steht hinter dem Rad auf dem kleinen Podest und erwidert kein Wort. Wenn er sich etwas vorbeugt und der Kapitän ganz vorn über der vordersten Spitze des Buges aufrecht steht, dann vermag Andrew gerade den Kopf und die Schultern des Mannes da unten über dem schäumenden Wasser wahrzunehmen. Der übrige Körper des Kapitäns wird von der Unterkante des Brückenfensters verdeckt.

Andrew denkt: ich lasse mich nicht aus der Ruhe bringen; mag er den Loter wegschicken! Solange er da unten steht, wird mir das Fahrwasser keinen Streich spielen.

Es ist sehr still auf der Brücke. Muata rührt sich nicht auf seinem Schemel, starrt geistesabwesend über die Backbordreling auf den Strom hinaus.

Der gleißende Balken quer über dem Strom rückt schnell heran.

Ein Dutzend Schiffslängen vor der nun schon deutlich erkennbaren Kette der Wallungen mindert MacReanna beide Maschinen auf halbe Kraft. Er hat sich überlegt, daß er dann nur noch die Backbordmaschine zu stoppen braucht, um das Dwars-Manöver beginnen zu können. Der Kapitän pflegte seiner gewaltsameren Art nach mit voller Kraft vor das Hindernis zu brausen; dann »Beide Maschinen rückwärts« zu geben, bis das Schiff stand; und dann erst die Backbordmaschine mit halber Kraft vorwärtslaufen zu lassen, um den Dampfer mit Hilfe des gegensteuernden Ruders und der von vorn anrennenden Strömung über die Steuerbordseite dem Nordufer des Stromes und der Passage über die Barre zuzudrücken. MacReanna will das gleiche Ergebnis auf etwas sanftere Weise erzielen.

Der Kapitän schreit: »Was fällt Ihnen ein, schon jetzt den Dampf drosseln zu lassen! Sind Sie verrückt geworden da oben?«

Andrew spürt nun doch einen jähen Zorn. Er beugt sich vor und brüllt: »Ich soll das Schiff über den Riegel bringen. Ich tue es auf meine Art. Kritisieren Sie mich hinterher, Kapitän Corlay!« Dann verschließt Andrew seine Ohren für alles, was weiter von unten heraufdringt.

Wenige Schiffslängen vor der Barre läßt Andrew die Backbordmaschine stoppen. Das Schiff verliert weiter an Fahrt und wendet seinen Bug sachte nach Backbord, wohin die Schiffsnase von dem gemächlich weiter laufenden Steuerbordrad am Heck gedrückt wird. Die Steuerbordseite schwingt damit breiter vor die Strömung, und der Druck der Strömung nimmt dem Schiff schließlich jede Fahrt nach vorn; er würde das Schiff allmählich, unterstützt durch das Heckrad an Steuerbord, ganz zum Wenden bringen, wenn nicht Andrew das Ruder hart nach Steuerbord legte und damit dem Bug das Bestreben verliehe, sich wieder nach vorn in die Strömung zu richten. Dann gibt Andrew nach und hält das Schiff nur noch so weit am Ruder fest, daß es mit der Strömung einen ganz spitzen Winkel zum Nordufer des Stromes bildet – und schon beginnt die »Albertine«, sachte und gehorsam breitseits über Backbord abzugleiten, ohne sich noch weiter vorwärts zu bewegen.

Andrew frohlockt in seinem Innern: Es geht! Es geht! Gelungen! Nicht mit so viel Schmiß, wie es der Kapitän gemacht hätte – aber viel eleganter, verflucht, viel eleganter!

Der Kapitän steht unten über der vordersten Planke des ungeschützten Buges und sieht die blanke Kette der warnenden Wallungen vor sich nach rechts fortwandern. Er steht ganz still; er muß zugeben, daß er es selbst nicht hätte besser machen können.

MacReanna blickt auf den grau gesprenkelten Hinterkopf hinunter und die Schultern da unten. Er frohlockt innerlich: ich habe ihm endlich den Mund gestopft, dem Teufel!

Ohne Zwischenfall gelangt die »Albertine« vor die Passage am Nordufer des Stromes, durch welche sich ein glatter Weg ins freie Fahrwasser oberhalb der Barre öffnet. Aus den Augenwinkeln nimmt Andrew wahr, daß am leeren, zerfurchten Uferhang unter freigespülten Wurzeln des Urwaldes ein halbes Dutzend Krokodile dösen. Aber das bewegt ihn kaum. Er weiß nur: ich habe es geschafft – auf denkbar einfache und saubere Manier! Und im ersten Überschwang der Freude läßt er, als er die Passage und freies Wasser vor sich sieht, beide Maschinen gleich auf »Ganze Kraft vorwärts« werfen. Ein weiches Rütteln rinnt für einige Augenblicke durch den Leib des Dampfers; schon rauscht es wieder um den Bug, rauscht heller und kräftiger, die »Albertine« gewinnt schnell Fahrt voraus und bohrt ihre Nase in die scharfe, glatte Strömung der Passage.

Jetzt erst erwacht die reglose Gestalt da unten über dem Bug wieder zum Leben. Der Kapitän dreht sich zurück, wendet sein Gesicht zur Brücke empor; man könnte meinen, er reckte sich auf die Fußspitzen; er schreit: »MacReanna, hören Sie mich? Verstehen Sie mich? Nehmen Sie Fahrt aus dem Schiff! Diesen

Passagen ist nicht zu trauen!«

Andrew hört gar nicht hin; ihm ist schon viel zuviel zugerufen worden auf dieser Reise; er bohrt seine Augen in die Oberfläche des Wassers vor dem Bug, der ungestüm voranstrebt. Ist da nicht –? Hat sich da nicht –?

»Muata, schnell!« ruft Andrew leise.

Muata springt ans Fenster.

Der Kapitän schreit: »MacReanna! Befehl! Fahrt aus dem Schiff! Verflucht! Hören Sie nicht! Ich befehle es! Verdammt, wollen Sie endlich parieren!«

MacReanna weiß es mit einem Male: ein Hindernis dort im Strombett, ein verkeilter Baum, ein Felsen, irgend etwas! Wir laufen auf!

In diesem Augenblick vernimmt er die Stimme des Mannes, der ihn beschimpft, weiß, daß der Kapitän unmittelbar über dem ungesicherten Bug steht –: der Stoß, wenn wir auflaufen – Corlay wird hintenüberstürzen! – wird stürzen! – stürzen!

MacReanna zögert eine, zögert zwei Sekunden, als lähmte ihn das wilde Gebrüll des Kapitäns, das er nur halb versteht.

Muata erkennt das Hindernis nicht sofort; seine Augen müssen sich erst an das blendende Licht gewöhnen. Dann erfaßt er's, schreit: »Da! Baum unter Wasser!«

Der Kapitän fuchtelt wild mit den Armen zur Brücke empor. Ein Blitz des Hasses zuckt durch des Schotten Hirn und verlischt gleich wieder. Auch dieser Blitz braucht seine Zeit. Dann hat sich MacReanna endlich in der Gewalt, wirbelt das Ruder nach rechts, wirft sich vor, brüllt hinunter: »Festhalten, festhalten, Kapitän! Wir laufen auf! Festhal –!«

Zu spät! Denn schon geschieht es! Mit hartem Aufprall rammt der kupferbeschlagene Vordersteven den mächtigen, im Flußbett verkeilten Baumstamm. Das Schiff ächzt knisternd in allen seinen Aufbauten.

Andrew blickt in das wutverzerrte Gesicht hinunter, in welchem die Wut jähe in Entsetzen umschlägt. Der grobe Ruck läßt den Kapitän, wenn er nicht taumeln will, hinter sich treten. Er tritt, schlägt mit den Armen, tritt ins Leere! Seine Augen, sein

Mund, gräßlich aufgerissen: er stürzt; ein Klatsch im Wasser –!

Er ist verschwunden.

Muata läßt schon den Rettungsring ins Wasser wirbeln.

Der Sog der mit aller Kraft arbeitenden Heckräder reißt den Leib unter den Schiffskörper. Andrew vernimmt von den Heckschaufeln her einen dumpfen Aufprall. War das – Corlay?

Der Stoß des Dampfers hat den Baum von seiner unsichtbaren Verankerung gelöst. Der gewaltige Stamm treibt kollernd achteraus davon. Zwei, drei algengrüne Wurzelsparren recken sich zum Himmel – viel zu spät! Sie hätten die Männer auf der Brücke früher warnen sollen!

Erst als Andrew mit dem Schiff den Durchlaß durch die Barre passiert hat, kann er die Maschinen stoppen lassen und ankern.

Ein Boot wird hastig zu Wasser gesetzt. Andrew selbst steigt hinein. Die Uferbank, auf der die Krokodile lagen, ist leer.

Eine halbe Meile unterhalb finden die Suchenden eine Mütze ans Ufer geworfen. Sonst finden sie nichts weiter – trotz stundenlanger Nachsuche.

Der Kongo hat die Partie gewonnen, die Corlay ein Vierteljahrhundert lang gegen ihn gespielt hat.

Von Stanleyville aus gibt MacReanna eine Depesche an das Zentralkontor der Reederei in Léopoldville zur Post: »Kapitän Corlay verunglückt, über Bord gestürzt und ertrunken, drahtet Weisungen. MacReanna.«

Natürlich muß MacReanna eine Anzahl von Verhören über sich ergehen lassen, ebenso Muata, Bimlipotam und einer der Passagiere, der zufällig vom vorderen Teil des Mitteldecks aus den Unfall miterlebt hat. Aber sie wissen alle nur auszusagen, daß das Hindernis im Wasser nicht zu erkennen gewesen ist und daß der Kapitän seine aufgeregten Tänze mit unbegreiflicher Sorglosigkeit über dem ungesicherten Bug vollführt hat. Sein Gebrüll will niemand verstanden haben; er brüllte auch etwas zu häufig. MacReanna und Muata haben im übrigen den Kapitän noch im letzten Augenblick zu warnen versucht; davon hat der Unglückliche wohl seinerseits nichts mehr verstanden. Der Sachverhalt ist so eindeutig, wie er nur sein kann: ein bedauerlicher Unglücksfall, an dem aber der Betroffene selbst die Schuld trägt.

Von jenen winzigen Sekunden des Zögerns, die dem Kapitän das Todesurteil sprachen, weiß niemand etwas.

MacReanna erhält die Weisung, die »Albertine« nach Léopoldville zurückzuführen. Zuvor ist bei ihm angefragt worden, ob er sich dazu für fähig halte. Er telegrafiert zurück: »Halte mich für fähig. MacReanna.«

Auf der Brücke ist es sehr still. Das Kapitänsquartier ist von der Polizei für die Witwe versiegelt worden. Keine Gittertür schnappt mehr ins Schloß, kein Schritt ertönt mehr im Rücken des Rudergastes und des wachegehenden einzigen Offiziers. Es fällt kaum noch ein lautes Wort an Bord des Dampfers. Die Schwarzen gehorchen dem Schotten fraglos und mit einer versteckten Scheu. Manchmal erscheint jetzt des Abends Herr Bimlipotam auf der Brücke und weiß sehr klug und vernünftig über London und Madras und Léopoldville zu plaudern; er weiß auch, was sich gehört, vermeidet jede Peinlichkeit und empfiehlt sich stets nach angemessener Frist. Dann bleibt MacReanna mit seinen Gedanken über dem dunklen, wallenden Strom allein.

Die großen, schnellen Morgenröten, die Hitze, die mit Keulen schlägt, die Schwüle gleich einem Würgeband aus Gummi um den Hals, die Gewitter, ihre unerhörten Wolkenbrüche, die Salven ihrer Blitze, die tausend Kesselpauken des Donners, die himmlische Leichtigkeit der Lüfte, wenn die Gewitter ihren Jähzorn vertobt haben, und dann das verschwenderische Gold und Purpur, Jadegrün und Veilchenblau der Abende – und des Nachts tanzen maßlos die Sterne –

Die an den Ufern ewig vorübergleitende Front der Urwälder, stumm, in der Tiefe verschattet, türmehoch ragend – es ist dem Schotten, als erlebte er dies alles zum ersten Male – oder eindringlicher noch: zum letzten Male!

Und der Strom selbst, der Kongo, der ewige, drängende, von unermeßlicher Sehnsucht getriebene – unter dem Schiffe hinweg gleitet er ruhelos dahin, dem fernen Weltmeer entgegen, geheimnisvoll wild und lebendig.

HORK

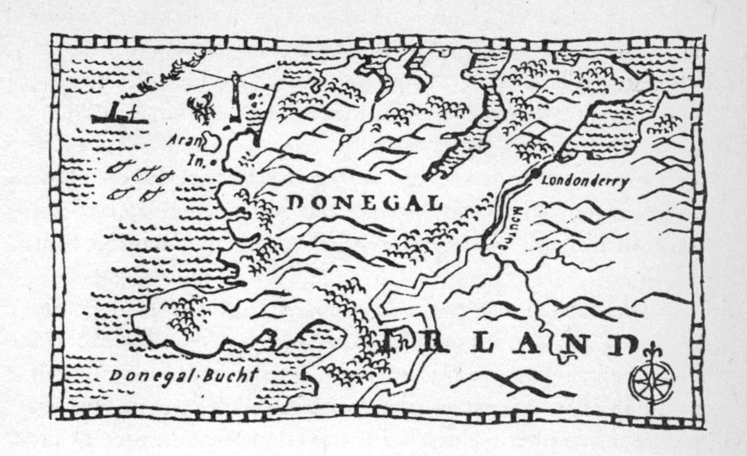

XVII

Die Insel ist fünf und eine halbe Meile lang und mißt an ihrer breitesten Stelle eine dreiviertel Meile etwa –: ein langer, schmaler Felsenriff ist sie und nicht viel mehr; vielleicht der Kamm eines versunkenen Gebirges, versunken in der grünen, der gläsern kalten See.

Die Insel heißt Hork.

Sie liegt ein Dutzend Meilen vor der Küste. Die Küste grüßt von Süden mit Gebirgen herüber, die wie dunkelfarbener Kristall erglimmen, wenn an dunstigen Sonnentagen das große Gestirn im Westen seinem kühlen Grab im Meere zusinkt.

Vor welcher Küste?

Es könnten die Berge Schottlands sein, blau und dunstig und leer und immer ferner blauend, bis sie irgendwo in ungewisser Ferne violenfarben kühl vergehen. Ja, die Berge Schottlands könnten es sein – da hinten!

Aber ebensogut auch die schwarzen Bastionen der norwegischen Küste.

Oder die silbrigblau verhangenen Gebirge des inneren Island.

Aber sie sind nichts von alledem. Hork lagert sich vor eine andere Küste, wallt ungeheuer und zerzackt von West nach Osten auf, als ruhte dort auf dem Grunde der See ein Drache aus Zeiten der Giganten – nur sein wüster Kamm ragt aus den Wassern –, und er schliefe da auf dem Grunde, ewig und immer.

Oder regt er sich manchmal?

Wenn er es tut, so geschieht es so traumhaft leise, daß die Menschen, die nun schon seit tausend und mehr Jahren sich dieses Felseneiland zur Heimat erkoren haben, nichts davon gewahr werden.

Der Kamm der Klippen und Gebirge ragt unvermittelt am Ostende der langgestreckten Insel – sich hoch und senkrecht schroff zu groben Spitzen türmend – aus der See empor; gegen die Mitte der Insel flacht er langsam ab, um sich dann im Westen unter der grünsilbern in den braunen Felsen schäumenden Brandung in die Tiefe wegzuducken und zu verschwinden – wie ja auch der Kamm eines Drachens über Kopf und Nacken am höchsten aufzudrohen pflegt, sich gegen das Schwanzende allmählich mäßigt und schließlich ganz abhanden gerät.

An der äußersten Westspitze der Insel erhebt sich der Leuchtturm, von einem breiten, runden Sockel sich aufwärts in schlanker, schöner Kurve verjüngend; an seinem stumpfen Oberende erglänzen die mächtigen Glasscheiben, aus denen des Nachts drei Strahlenbalken hervorbrechen; ruhelos durchkreisen sie das Dunkel wie die Speichen eines ungeheuren Rades, dessen Achse der feste steinerne Leuchtturm darstellt, dessen Felge jedoch im fernen, blauschwarzen Dämmern des Horizontes verlorengegangen ist.

Um den Fuß des Leuchtturmes geduckt, von einer hohen, klobigen Steinmauer gegen die ewigen Winde und Stürme aus dem westlichen Viertel der Windrose gedeckt, lagern sich eine Anzahl von Schuppen und Häusern – kaum wagen sie es, ihre Dächer über die Schutzmauer emporzuheben. In diesen Gebäuden stapeln sich Vorräte: Petroleum in schwarzen Fässern für die Glühlichter des Turmes, Treiböl für die mächtigen Antriebsmotoren der Stromerzeuger. Denn die Station Hork strahlt funkentelegrafische Peilzeichen aus, die den Schiffen weit, weit draußen den Weg weisen, selbst noch in ganz verhangener, allerschwärzester Nacht, wenn auch die Millionen Kerzen der Glühlichter oben im Turm den Vorhang aus treibendem Gischt, aus Dunst, aus nassen Nebelfetzen nicht mehr zu durchdringen vermögen. Die Sendemasten, dürre, eckige Skelette aus Stahl, recken ihre Spinnenglieder hundert Schritt abseits vom Turm über den Uferfelsen auf.

Natürlich lagern in den Schuppen auch Ersatzteile für die Maschinerie des Leuchtfeuers, des Nebelhorns, der funkentelegrafischen Anlage, der Dieselmotoren, der Dynamos, der Elektro-Batterien; da gibt es Ersatzbrenner für die Gasglühlichter des Turmes, Antrieb-Seile für den Linsen-Zylinder, der nächtens um das große Licht wandert und die drei Leuchtbalken durch die Finsternis kreisen läßt. Der drei oder vier Mann hohe Zylinder mit den drei schweren Linsen darin, die so breit sind, daß ein starker Mann sie mit ausgebreiteten Armen kaum ausmessen kann, kreist lautlos und spielend leicht in einem runden Trog, der mit Quecksilber gefüllt ist. Ein Fallgewicht an einem Seil, das sich langsam durch die ganze Höhe des Turmes nach abwärts bewegt, vermittelt dem Zylinder seine kreisende Bewegung. Alle Stunde muß das Seil wieder auf die Trommel unter dem Zylindersockel gewunden werden, damit das Gewicht seinen gehemmten Fall von der Höhe des Turmes in seine Tiefe erneut anzutreten vermag und die blinkenden, schimmernden Linsen nicht aufhören, sich zu drehen, zu drehen, zu drehen.

Und dann ist da noch Proviant für die drei Männer der Turmbesatzung. Zwar erscheint der Versorgungsdampfer alle vierzehn Tage vor der Insel und setzt alles über, was das Leuchtfeuer und seine Männer brauchen; aber manchmal erscheint er nur theoretisch, praktisch läßt er sich vier oder sechs Wochen lang nicht blicken – oder läßt sich zwar blicken, traut sich aber nicht, ein Boot zu Wasser zu lassen und in den kleinen Felsenhafen mit den haushohen Wänden zu schicken, wo die Lasten vermittels eines stämmigen kleinen Hebekrans aus dem Boot des Dampfers hoch nach oben auf den Felsenrand gehievt werden – gehievt werden können aber nur dann, wenn die See vernünftig genug ist, das kräftige, breitbäuchige Boot nicht an den starren Felsen aus Urgestein zu zerschmettern.

Eigentlich gehören vier Männer zu der Leucht- und Peilstation; aber auf der Insel sind nur immer drei davon zu finden; der vierte ist an Land für vierzehn Tage Heimaturlaub und kehrt erst mit dem Versorgungsdampfer auf die Insel zurück, um den nächsten an der Reihe abzulösen, der statt seiner auf den Dampfer übersteigt – aber wieder nur dann, wenn der kleine Dampfer überhaupt den Kampf mit der See hat aufnehmen können, wenn er überhaupt vor der Insel ein Boot zu Wasser setzen konnte. Da steht dann der Mann auf dem sturmumheulten, stahlbewehrten Rundgang, der sich hoch oben am Turm außen um die gläserne Kuppel schlingt, sieht den Dampfer, der ihn an Land, nach Hause, zu vertrauten Menschen tragen sollte, langsam wieder Fahrt aufnehmen und für weitere vierzehn Tage oder zweimal vierzehn Tage der dunstigen, grauen Kimmung zutänzeln – nichts weiter hinterlassend (und auch das nur für eine Viertelstunde) als eine schwarze, schnell im Sturm auseinanderfetzende Rauchfahne.

Dann knurrt der Kommandant, der alte, eisengraue O'Shonessy, wenn er es war, der da vergeblich auf die Heimfahrt gehofft hatte, eine unfreundliche Bemerkung zwischen den Zähnen hervor, klemmt sich durch die vom Sturm fast blockierte Stahltür ins stille Innere der Turmkuppel zurück und ist einen Tag lang schlecht zu sprechen, bis der in langen Jahren der Einsamkeit erkämpfte Gleichmut wieder die Oberhand gewinnt und »der Alte« fortfährt, sich in seiner Freizeit dem Studium der Seevögel hinzugeben – ist er doch nach einem langen, zumeist auf fernen Felsenriffen verbrachten Leben zu einer Autorität in allen Fragen der Lummen und Seeschwalben, der Möwen, Kormorane und Papageientaucher geworden und genießt als solcher unter den gelehrten Ornithologen der ganzen Welt beträchtliches Ansehen.

Damals war im Laufe der nicht allzu seltenen Rundum-Versetzungen der Leuchtturmleute ein neuer Kommandantstellvertreter nach Hork gelangt, den einige glückliche Umstände zuvor derart begünstigt hatten, daß er lange auf der Station vor dem Hafen von Cork und dann auf einer der Stationen vor Belfast seinen Dienst hatte verrichten können. James Burton hieß der Mann; und es ist kein Wunder, daß er nach so viel angenehmeren Posten dicht vor zwei Großstädten den Befehl, nach Hork zu gehen, wie ein Verbannungsurteil empfand. Wie leicht und gefahrlos war es dort gewesen, zur Stadt überzusetzen, sich einen vergnügten Abend zu machen, Freunde zu gewinnen oder auch Freundinnen und zu vergessen, daß man sich einem Beruf gewidmet hatte, dem sich nur Männer mit dem Gemüt eines Einsiedlerkrebses hingeben sollten.

Die beiden jüngeren Glieder der Besatzung der Station Hork, Pat O'Cleary und George MacGrath, stimmten durchaus mit Burton darin überein, daß sich auf Hork nicht viel unternehmen ließ und daß es sich empfahl, zu bleiben, wo man war, nämlich da am Westende der Insel, bei Radio, elektrisch Licht und Pfirsich-Konserven, anstatt den stundenweiten Weg zum Hafendorf oder noch weiter zum Riffdorf am Ostende der Insel zu unternehmen. Aber im übrigen waren Pat und George viel bescheideneren und geduldigeren Gemüts als der verwöhnte und anspruchsvolle Burton und hatten sich eben deshalb zu ihrem Beruf entschlossen. Burton war nur geworden, was er war, weil auch sein Vater zum »Dienst« gehört – und außerdem die Meinung vertreten hatte, daß sein etwas leichtfüßiger James auf entlegenen Eilanden weniger Gelegenheit finden würde, seiner Vorliebe für amouröse Streiche nachzugehen als an Land – ein frommer Wunsch, dem wie so vielen väterlichen Wünschen die Erfüllung versagt blieb.

Ja, und selbst wenn es viel einfacher gewesen wäre, an Land zu gelangen, als es war: drüben an der nordischen Küste fand ein abenteuerlustiger junger Mann nur ein paar bescheidene arme Dörfchen und ein paar winzige Städtchen vor, in denen das Leben nicht wesentlich ereignisreicher dahinfloß als auf Hork selbst – ganz abgesehen davon, daß es stets ein wenig riskant blieb, die zwölf Meilen wilder See zwischen den Inseln und der

Küste des Festlandes in einem offenen Boot zu überqueren.

Denn die Flutwoge der Gezeiten drängt von den unbehinderten Weiten des Atlantiks im Westen mit großer Gewalt in die Enge zwischen Festland und Insel und verstärkt noch hier ihren drängenden Sog zu unwilliger Strömung: wie Trittsteine nach Hork hinüber stemmen sich dicht nebeneinander drei kleine Inseln dem Gezeitenstrom entgegen. Die erste heißt Inishtunney, die »frisch-grüne Insel«, dem Lande am nächsten und bei tiefer Ebbe über feuchten, festen, goldfarbenen Sand vom Festlande her trockenen Fußes in einer Viertelstunde erreichbar. Die Leute aus Tippertully drüben, dem Dorf an der Küste, lassen sommers ihre Kühe auf Inishtunney weiden. Die mittelste der kleinen Inseln heißt Inishlee, die »graue Insel«; sie ist nicht weiter als ein grauer, flacher Felsenschild, auf dem ein wenig Torfmoor und Brombeerdickicht ansteht, sonst nichts. Und die äußerste der Inseln heißt Inishgarve, die »steinige Insel«, ein wüster, flacher Hügel aus toten Felsenblöcken der Vorzeit. Ein Kranz riesiger Steinklötze, unnahbarer Klippen, umwehrt jede der drei Inseln ringsum – bis auf die dem Lande zugekehrte Schmalseite von Inishtunney. Die felsigen Meerengen zwischen den Inseln sind voll tückischer, unwiderstehlicher Strömungen; und nur bei friedlichstem Wetter und nur dann, wenn die Tide gerade am Kentern ist, darf sich ein Boot in sie hineinwagen. Zwischen der äußersten Insel und Hork sind immer noch sechs Meilen See zu überqueren, sechs nur selten ruhige Meilen, die der Gezeitenstrom bei Flut ostwärts und bei Ebbe westwärts durchdrängt; eine gefährliche Fließung, mit der man sehr genau vertraut sein muß, wenn man nicht sich selbst und sein Boot mit allem, was darin ist, in Gefahr bringen will.

Ach, Hork ist manchmal so weltenweit vom Festland entfernt, als läge nicht nur ein Meeresarm, sondern ein ganzer Ozean dazwischen: im späten Herbst etwa oder im Vorfrühling um die Zeit der Äquinoktien, wenn die schweren Weststürme wehen, sich zu Orkanen auswachsen und Seen hoch wie Häuser, brüllende Berge aus grünem Kristall durch den Sund jagen. Mit ihren vorwegwehenden Fahnen aus Gischt gleichen sie einer von panischem Entsetzen gehetzten Herde riesiger Gigantenrosse mit fliegenden Silbermähnen; das heißt, wenn irgendwer bei solchem Unwetter überhaupt noch Lust verspürt, poetische Vergleiche dieser Art anzustellen.

Bei klarem, stillem Wetter, besonders aber nach einem Regen, ist der weiße Stumpf des Leuchtturmes – die Außenwand ist von oben bis unten weiß gestrichen – auch von Land her deutlich zu erspähen – wie ein klobiger, heller Pfahl weit, weit draußen im Meer. Denn die Felsplatte, auf welcher der Turm errichtet ist, der flache westliche Ausläufer von Hork, hebt sich, etwa von Tippertully aus gesehen, nicht mehr über den Horizont.

Toben aber zu Beginn oder gegen Ende des Winters die Stürme aus Nord- oder Südwesten heran, so vermag auch auf Hork selbst vom Hafendorf her, das gegen drei, oder gar vom Riffdorf her, das gegen fünf Meilen vom Turm entfernt liegt, kein Mensch mehr einen blassen Schatten des Turmes zu erkennen. Dann erfüllen die Luft so dichte Schwaden jagenden Gischtes und Wasserstaubes – von waagerecht treibenden Regenschwällen ganz abgesehen –, daß der Blick schon auf hundert Schritt im heulenden, grauen Nichts ertrinkt. Und doch verrät der Leuchtturm auch dann den Bewohnern der Insel, daß er noch steht und daß seine Besatzung unbeirrt ihren Dienst versieht: der Weststurm trägt in immer gleichen, kurzen Abständen die dumpfen Brüllrufe des Nebelhorns heran, das bei unsichtigem Wetter die Schiffe warnt – vor den Untiefen und den Felswällen am Westende Horks.

Bwwwwwwwwu dröhnt das Nebelhorn durch die kohlenschwarze, gestaltlose, heulende Meeresnacht, und wieder: Bwwwwwwwu. Die Leute in den Betten der zwei kleinen Dörfer vernehmen es noch über dem Gesang des Sturmes, der in den Kaminen orgelt wie ein teuflischer Tubabläser, und wissen: in dieser Nacht erreicht uns kein Mensch, kein Boot, kein Hilferuf; wir sind auf unserer Insel so allein und abgeschnitten, als trieben wir mitten im Großen Ozean auf einem steuerlosen Floß. Aber es ist unsinkbar, dies gute heimatliche Floß, und es gibt warme Stuben darauf und Betten, die kein Sturm erreicht – und alle Boote sind so hoch an Land gezogen, daß auch die wildeste

Brandung, die gierigsten Hochwasser der Sturmfluten sie nicht mehr erreichen.

Ja, bei solchem Wetter ist die gute Stunde schlechten Weges über Fels und Moor, die den Leuchtturm von den westlichsten Häusern des Hafendorfes trennt, kaum zu überwinden. Der Sturm weht nur allzu leicht den Wandernden davon wie welkes Laub; hat aber ein Fußgänger bei dunkler Nacht erst einmal den groben Steig unter den Füßen verloren, so mag er nur allzu leicht in ein Moorloch stolpern oder sich zwischen den groben Blöcken der Küste die Knochen brechen.

Der alte O'Shonessy hat Wache auf dem Turm. Die zwei jüngeren Männer hocken allein in der warmen Wohnküche, rauchen, trinken ihren Tee, trinken und vergessen den Sturm, der draußen um die hohen Schutzwälle johlt; hier in dem abgeschiedenen, großen Raum summt der Teekessel; die fürchterliche Wut des Wetters jenseits der Mauern und über den Dächern reicht nicht herein. Die beiden Stationsgefährten finden in eines jener locker gesponnenen, lässigen Gespräche, die für so einsame, auf sich selbst angewiesene Männer bezeichnend sind. Seit Burton der Station zugeteilt wurde, gleitet die Unterhaltung beinahe allzuoft um die Frage, warum wohl das schöne, neue Haus auf der Insel gerade zwischen Hafendorf und Riffdorf erbaut worden ist, gut zwanzig Minuten von dem einzigen, brauchbaren Hafen in der Bucht am Südufer der Insel und fast eine Stunde vom Riffdorf und seiner unerhört wilden und großartigen Klippen- und Felsenlandschaft entfernt. Warum die Leute, denen das Haus gehört, sich überhaupt auf dieser Insel niedergelassen haben; sie besäßen doch allem Anschein nach Geld genug, und es wären – wenn man die Wahl hätte – gewiß angenehmere Plätze längs der Küste zu finden gewesen, als gerade diese einsame Bastion im Meer, die Insel Hork?

»Der alte Jimmy McDoe hat mir neulich erzählt, sie soll was mit der Lunge gehabt haben, als sie mit ihrem Mann auf die Insel kam. Die Ärzte hatten ihr geraten, ein paar Jahre nichts weiter zu atmen als salzige Seeluft. Und sie ist ja wohl auch gesund geworden. Sie hustet schon lange nicht mehr, sagt Jimmy.« Der dies berichtet, ist George MacGrath, der jüngste der Turmbesatzung, ein langgliedriger, strohblonder Bursche mit blassen Augen.

James Burton, der Kommandantstellvertreter, sitzt abseits des Küchentisches in einem Lehnstuhl am leise sausenden, großen Eisenherd der Küche. Der Stuhl gehört nicht zur Stationsausrüstung; er ist Eigentum des alten O'Shonessy, der sich mit seinen Notizen über die Vögel der hohen See gern darin niederzulassen pflegt, um die Beobachtungen in sein Tagebuch zu übertragen. Aber O'Shonessy hat ja Wache oben im Turm, und es paßt ganz und gar zu Burton, daß er sich des Kommandantenstuhls bedient, als wäre es sein eigener: »Das kostbare Stück braucht uns nicht nur im Wege herumzustehen! Werde wohl mal darin sitzen können! Solange ich dem Alten nur seinen Stuhl und nicht seine Tabakspfeife ausspanne, braucht er sich nicht zu beklagen.«

Solche Redensarten entsprechen Burton durchaus. Die beiden jüngeren Glieder der Besatzung, MacGrath und Pat O'Cleary (der gerade Landurlaub hat), geben gewöhnlich gar keine Antwort darauf, weil sie erstens den ehrwürdigen O'Shonessy gern haben und weil sie zweitens nicht dazu neigen, streitbare Auseinandersetzungen zu suchen.

James Burton hat es sich also in des Kommandanten Lehnstuhl bequem gemacht; er hält eine große amerikanische Zeitschrift auf den Knien, wahrscheinlich eine abgestandene Nummer der »Saturday Evening Post«, liest aber nicht; er zieht das gemächliche Schwatzen dem Lesen vor: »Wie lange ist es eigentlich schon her, seit das Klippenhaus gebaut wurde, George?«

George gießt sich eine weitere Tasse des fast schwarzen Tees ein und nimmt einen langen Schluck, ehe er antwortet: »Als ich vor zwei Jahren hierher beordert wurde, stand das Haus schon fix und fertig da und war längst bewohnt, wenn wohl auch die obere Etage noch nicht ganz möbliert war. Es mag wohl drei, vier Jahre her sein, daß sie auf die Insel kamen. Ganz genau weiß ich es auch nicht.«

»Mir könnte einer noch was zuzahlen«, sagt Burton und wirft den Rest seiner Zigarette in den Kohlenkasten, »aber auf dieser gottverlassenen Insel würde ich mich nicht niederlassen. Ich verstehe die beiden nicht.«

»Wenn man krank ist –«, meint MacGrath gedehnt.

Darauf weiß Burton zunächst nichts zu erwidern. Aber er denkt nicht daran, das Gespräch versickern zu lassen; er versieht sich aus seinem anspruchsvollen, silbernen Etui mit einer neuen Zigarette, läßt sein großes Feuerzeug aufknacken, nimmt einen tiefen Zug, stößt den Rauch durch die beiden Nasenlöcher und fährt fort: »Sich so wegen der Krankheit seiner Frau auf eine einsame Insel verbannen zu lassen, dazu gehört schon allerhand für einen Mann, was?«

»Würden Sie wohl nicht machen, Jimmy, nicht wahr?«

»Für Sie, bitte, James, nicht Jimmy, George!«

Aber Burton ist nicht weiter gekränkt; er muß nur ab und zu die Jüngeren daran erinnern, daß er ihnen an Dienstrang überlegen ist. Den Spott in der Frage seines Kameraden scheint Burton geflissentlich zu überhören; er sagt weiter: »Es hat alles seine Grenzen, was das anbelangt. Auch die Liebe, mein Guter! Wahrscheinlich wäre sie auch gesund geworden, ohne daß ihr Mann ihr dabei Gesellschaft leistete. Deshalb braucht er sich nicht ein paar Jahre seines Lebens stehlen zu lassen.«

MacGrath dreht an seiner Teetasse und meint: »Wie man's nimmt –! Die Meinungen darüber gehen sicherlich weit auseinander. Schließlich stammen die beiden hier aus der Gegend. Er wird sich mit der Zeit ein ganz gutes Geschäft aufbauen. Schon jetzt profitiert die ganze Insel davon, daß er sich hier niedergelassen hat.«

»Sie meinen, George, daß er den Fischern hier die Hummern abkauft und sie in Sammelladungen nach Tippertully schafft, von wo sie dann geschlossen weitergehen. Mehr zahlen als andere Ankäufer kann er den Fischern auch nicht! Er ist davon abhängig, was in Dublin oder London oder Paris für frische Hummern geboten wird.«

»Gewiß, James! Aber früher segelte jeder Fischer einzeln über den Sund und mußte drüben um jeden Preis verkaufen, der ihm geboten wurde; das kostete ihn außerdem einen ganzen Tag.

Jetzt weiß er, daß er immer den bestmöglichen Preis bekommt, und braucht keine Zeit zu verlieren wie früher. Damals traute einer dem anderen nicht.«

»Manche Leute machen aus allem Geld, was sie anfassen«, meint Burton, plötzlich ohne Grund verdrossen. Und seine Verdrossenheit bessert sich nicht, als Georg erwidert: »Manche Leute lassen sich auch etwas einfallen, bevor es soweit ist; die Schotten ganz besonders. Wir Iren könnten eine ganze Menge von ihnen lernen.«

»Ich bin englischer Abstammung«, betont Burton – und dem Klang seiner Stimme nach zu schließen, versteht er darunter etwas sehr Bemerkenswertes.

»Allerdings!« murmelt MacGrath und zeigt nicht mehr die geringste Lust, das Gespräch fortzusetzen. Er erhebt sich und sagt: »Darf ich Sie darauf aufmerksam machen, Mr. Burton, daß es in zwei Minuten acht ist.«

»Verdammt!« knirscht Burton und springt auf. Er streift seine Handschuhe ab, fährt in die Gummistiefel und ist in einer Minute aus der Tür. Der Alte hat es gar nicht gern, wenn er nicht rechtzeitig abgelöst wird. Und die eine noch verbleibende Minute wird schwerlich ausreichen, das Wohnhaus zu verlassen, den weiten, regennassen Hof zu überqueren und sich die endlose, dunkle Wendeltreppe im Turm bis zur Lichtkuppel hochzutasten.

Der Kommandant O'Shonessy ist nicht gerade rosiger Laune, als er zehn Minuten später die Küche betritt; er schenkt sich zunächst eine Tasse Tee ein und läßt sich mit dem dampfenden Getränk in der Hand eine Weile in seinem großen Sorgenstuhl nieder, ohne ein Wort zu sprechen.

Laß ihn nur erst einmal zu sich selbst kommen, denkt George; er hat sich wieder geärgert, und die vier Stunden da oben um die Aufblendzeit sind gewiß auch kein Kinderspiel für den Alten. Er blickt zu dem Vorgesetzten hinüber, den er fast wie einen Vater verehrt, ohne allerdings je darüber nachzudenken. Der graue, tiefgefurchte Kopf mit dem scharfen Profil, in den bei aller Strenge doch auch viele Linien einer echten, menschlichen Güte eingegraben sind, die buschigen grauen Brauen über den tiefliegenden, sehr dunklen Augen von unbestimmter Farbe, die festen, knochigen Hände, die die Tasse halten – die Adern liegen auf ihnen wie lockere Schnüre –: gewiß, George glaubt es gerne, daß dieser Mann nicht nur als erfahrener Kommandant einer der wichtigsten Stationen rings um die irische und schottische Küste gilt, sondern daß in ihm auch ein Gelehrter verborgen ist, dessen Name von Fachleuten auf der ganzen Welt mit großer Achtung ausgesprochen wird.

George fragt, nachdem er sich zehn Minuten lang kaum geregt hat: »Darf ich Ihnen eine Büchse aufmachen, Kommandant, und ein paar Kartoffeln dazu braten? Wir haben noch Backpflaumen vom Mittagessen; ein paar frische Tomaten sind auch noch da.«

O'Shonessy blickt sich um; er lächelt, und die Abspannung weicht von seinem Gesicht: »Das wäre sehr nett von Ihnen, George! Aber die Büchse brauchen Sie nicht aufzumachen. Die Bratkartoffeln, ein paar Tomaten und die Backpflaumen hinterher – das genügt mir vollauf.«

George schüttet zwei Schaufeln Kohlen in den Herd, damit das Feuer heller und heißer brennt, schneidet die Kartoffeln in die Fettpfanne, Zwiebeln dazu, streut ein wenig Salz hinterher, gibt noch einmal Fett nach und hält dann die sich langsam goldbraun färbenden Scheiben mit einem großen Messer in Bewegung, damit sie nicht anbrennen. In der Küche verbreitet sich ein kräftiger Duft. Der Kommandant sagt: »Es riecht so gut, daß einem der Mund wässert, George!«

»Ja, gute Kartoffeln hat uns der Dampfer beim letzten Mal gebracht, Kommandant! Es ist soweit; wollen Sie sich an den Tisch herübersetzen, Kommandant? Dann tue ich auf!«

»Mit Vergnügen! Ich merke erst jetzt, daß ich hungrig bin!«

Die beiden Männer, der alte und der junge, essen bedächtig und mit großem Behagen.

Der alte lehnt sich in seinen Stuhl zurück, wischt sich die Lippen mit seinem Mundtuch und erklärt: »Ausgezeichnet, George! An Ihnen ist ein Chefkoch verlorengegangen. Aber ich muß Ihnen eine undankbare und traurige Eröffnung machen: ich werde Ihnen nicht beim Abwasch helfen können, denn ich bin noch ins Klippenhaus eingeladen. Ich soll die Fortschritte begutachten, die der Bau des neuen Motorkutters macht. Und das interessiert mich allerdings, muß ich sagen. Es wird wahrscheinlich spät werden, wie immer im Klippenhaus.«

Georg weiß nichts gegen diese Ankündigung einzuwenden. Er ginge selbst gern mit ins Klippenhaus: die einzige Abwechslung, die das Leben auf der Insel bietet. Aber er weiß zu genau, daß der Alte nicht damit einverstanden ist, wenn nur ein Mann auf der Station zurückbleibt; am Tage ist das etwas anderes. So sagt George nur: »Ist das Wetter nicht zu schlecht, Kommandant? Eine gute Stunde Weges hin und eine zweite zurück!«

»Nein, seit Dunkelwerden hat der Wind nachgelassen und wird weiter nachlassen. Es ist auch nicht sehr finster bei dem abnehmenden Mond.«

Der alte Mann wanderte den groben Pfad entlang ostwärts. Die Wolkendecke war aufgerissen; ab und zu blinkte ein halber Mond durch die eilig an ihm vorbeitreibenden Nebelfetzen, die sich mit silbernen Rändern kränzten, wenn sie in die Nähe des Nachtgestirns geblasen wurden.

Der Wind aus Westen preßte dem Wandernden den Regenmantel von hinten um die Beine; er schob den Kommandanten vor sich her. Der Wind weinte zwischen den groben Felsen und schlürfte raschelnd durch die hohlen Senken am Wege, in denen Wasser stand und matt den nächtlichen Himmel spiegelte, denn in den vergangenen Tagen hatte es schwer geregnet.

Zur Rechten, wo das Südufer der Insel einigermaßer flach in die See tauchte, murrte und stampfte die Brandung in den Klippen.

Der Wind und der Mond, die verrollende See, und über ihr die Heerzüge der blassen Wolken wie ein geschlagen fliehendes Heer – kein Zeichen des Lebens irgendwo; denn die geisterfahlen Balken, die im Rücken des Wandernden durch die Nacht kreisen, ungeheure Arme aus gedämpftem Glanz – meinte man sie nicht sausen zu hören, wie sie unablässig rundum fegten? –, die drei schmalen Strahlenbündel aus der Kuppel des Turmes täuschten Lebendigkeit nur vor, ebenso wie die ruhelos vor dem Mond vorüberfliegenden Wolken.

Auf halbem Wege zwischen dem Turm und dem Hafendorf näherte sich der grobe Pfad den Uferklippen auf Steinwurfweite, holperte gut hundert Schritt neben ihnen her und bog dann wieder ins Innere der Insel, um in einem weiten, flachen Bogen um eine große moorige Senke dem Nordwestausgang des Hafendorfes zuzustreben.

Hier, wo nahebei mit einer trägen und zugleich nachdrücklichen Lässigkeit die Brandung wühlte, mochten die Inselleute des Nachts nicht gerne vorübergehen. Uralte Märchen machten ihnen diesen Ort zu einem verrufenen Winkel, den man besser mied; denn noch immer umwogten ihn die Schatten längst verschollener, vermoderter und ertrunkener Übeltäter. Auf solchen Inseln stirbt die Vergangenheit nie; sie bleibt ewige Gegenwart; gestern – und vor fünfhundert oder tausend Jahren – das ist ein und dasselbe.

Der alte O'Shonessy glaubte nicht an Geister; er war davon überzeugt, daß die Verstorbenen friedlich und für immer in ihren Gräbern bleiben, wenn sie erst einmal hineingebettet sind; daß auch die grüne See sie nicht wieder hergibt.

Aber auch der alte O'Shonessy spürte in dieser Nacht mit dem allmählich verwehenden Wind und den treibenden Wolken vor dem halben Mond, wie die dumpfen Paukenschläge der atlantischen Brandung in den Klippen, die den Grund unter den Füßen fortwährend leise erbeben ließen, rechts und links vom Wege unendliche Einsamkeit und Verlassenheit in das menschliche Herz träufelten. Doch der Alte hatte schon so viele Nächte bestanden, in denen das Grausen die dunkle, heulende Welt regierte, daß er der sanfteren Totenklage dieser Stunden wie einem vertrauten und beinahe geliebten Liede lauschte.

Als auf seinem Wege fern ein Schatten wahrnehmbar wurde, griff ihm nicht die Angst nach dem Herzen, wie es wohl den Inselleuten ergangen wäre, den Brunes und den O'Cliscolls, den MacDergs und den O'Hagans. Ein Geist war es nicht, der ihm da entgegenkam, sondern ein Mensch, ein Mann, der zum Turm hinauswanderte, denn wohin sonst sollte er um diese frühe Nachtstunde auf dem Wege sein? Das war doch –? Ja, er war es! Der Mann rief dem Alten entgegen: »Genau, wie ich es mir errechnet hatte, Kommandant! Ich wollte Ihnen bis zu den Klippen entgegenkommen, damit Ihnen der Weg nicht so lang wird.«

»Das ist nett von Ihnen, Andy. Aber ist denn Ihre Frau damit einverstanden, daß Sie so früh am Abend das Weite suchen und sie allein lassen?«

»Sie wissen ja: nachts arbeiten wir am liebsten an dem neuen Boot, und da meine Frau keinen Spaß daran hat, bleibt sie dann allein zu Hause. Manchmal glaube ich, es ist sowieso besser, wenn wir nicht ständig beisammen sind.«

Die beiden Männer schritten nebeneinander her. Die Nacht war mit einem Male viel ferner gerückt, war nur noch Hintergrund. Der mit »Andy« Angeredete war ein hochgewachsener Mann; er ging barhaupt, trug keinen Mantel.

Der Kommandant erwiderte: »Das sollten Sie nicht sagen, Andy! Sie dürfen nicht vergessen, daß es nicht ganz einfach ist für eine Frau wie die Ihre, hier auf dieser wilden Insel unter einfachen Fischern und Bauern zu leben.«

»Das vergesse ich keineswegs. Aber es war ihr Wunsch. Und sie ist ja auch hier gesund geworden.«

»Was ich Sie immer schon einmal fragen wollte, Andy: wie kam es, daß Ihre junge, kräftige Frau überhaupt lungenkrank wurde? Sie macht nicht den Eindruck – wenn ich das so ausdrükken darf –, als ob sie aus Verhältnissen stammt, in denen eine Lungenkrankheit schließlich nichts Außergewöhnliches ist.«

»Nein, die Familie meiner Frau ist vollkommen gesund. Das ist es nicht. – Ich habe Ihnen wohl schon angedeutet, Kommandant, daß ich meine Frau in Zentralafrika kennenlernte. Dort muß sie sich angesteckt haben. Meine Frau glaubt sogar zu wissen, von wem; sie hatte längere Zeit als persönliche Bedienerin die Frau ihres Hausmeisters angestellt; sie wohnte damals am Rande von Léopoldville. Bei einer Reihenuntersuchung durch die Gesundheitsbehörde stellte sich heraus, daß die Schwarze an offener Tuberkulose litt. Meine Frau ließ sich, noch ehe wir in London heirateten, sorgfältig untersuchen. Mehr aus Vorsicht wohl rieten ihr die Ärzte zu einem mehrjährigen Aufenthalt in staubfreier Seeluft; ihre Lunge zeigte einen Schatten, wurde uns gesagt. Vor drei Monaten waren wir wieder einmal in Londonderry zur Nachuntersuchung: der Arzt glaubte seiner Sache so sicher zu sein, daß er die nächste Untersuchung erst für ein Jahr nach der letzten angeordnet hat.«

Der Weg, den die beiden Männer entlangschritten, hatte sich inzwischen von der Küste fortgegabelt und verlief nun am Rande jener moorigen Senke, die sich hier zwischen die Küste und das Inselinnere schob. Binsen raschelten sachte und verstohlen; zwischen ihren harten, spitzen Halmen glitzerte zuweilen stehendes Wasser, wenn irgendwo ein Mondenstrahl seinen Spiegel erreichte.

Der alte O'Shonessy schwieg eine Weile; er hatte sein Dasein auf entlegenen Eilanden und fernen Vorgebirgen verbracht, wo die wilden Vögel der See vieltausendfach zahlreicher sind als die Menschen. Aber gerade dort spielt sich die menschliche Komödie ab; in den wenigen Hütten und Häusern halten sich keine Geheimnisse; jeder kennt jeden gründlich mit all seinen Schwächen und seinen Vorzügen und muß ihn dulden, denn man kann sich nicht aus dem Wege gehen. Keine störenden und fremden Einflüsse von außen verwirren die Muster, zu welchen die einzelnen Geschicke verwebt werden. Und wer da die Lebensläufe sich entspinnen sieht, ohne sein Wohlwollen für das Menschliche und auch das Allzumenschliche einzubüßen, der gewinnt mit der Zeit eine Menschenkenntnis, wie sie nirgendwo sonst – ganz gewiß nicht im trüben Lärm der großen Städte mit ihrem niemals endenden Geschwätz – errungen wird.

O'Shonessy, der Kommandant, war alt und erfahren und wohlbewandert in allen Regungen des menschlichen Herzens – was noch seltener ist: er hatte sich dabei die Sympathie für die Menschen bewahrt. Das junge Paar aus dem Klippenhaus hatte der Alte, als er vor ein paar Jahren auf die Insel versetzt wurde, gleich von Anfang an gerngewonnen: die schöne schwarzhaarige, blauäugige Frau, der eine fortwährende leise Unrast das Blut zu erregen schien – oder war es nur ihre verborgene Krankheit, die sie so ruhelos machte, gerade weil sie so lange Zeit auf dem engen Eiland stillhalten mußte? –, der sehnige, knochige Mann mit dem rotbraunen Haar, der mit großer Geduld den Launen seiner Frau nachgab, der offenbar auf eine tüchtige Laufbahn verzichtet hatte, um ihr beizustehen, der hier auf der Insel sofort die Gelegenheit erspäht hatte, nutzbringend zu wirken – einer jener tätigen Männer, von denen es mehr auf dieser Erde geben sollte.

O'Shonessy wagte sich in dieser Nacht zu erstenmal einen Schritt weit über die Grenze bloßer unverbindlicher Bekanntschaft hinaus; er meinte zu spüren, daß sein nächtlicher Gefährte es vielleicht erwartete. Er sagte – die Nacht war ja leer und verbarg keinen Lauscher –: »Mein lieber Andy, wissen Sie, so ungern ich Sie beide von der Insel scheiden sähe, Sie sollten doch in Erwägung ziehen, Ihren Wohnsitz wieder einmal in eine Stadt zu verlegen. Ich glaube, Ihre Frau braucht andere Eindrücke, wenn sie nicht –«

Er zögerte, suchte nach einem vorsichtigen und doch deutlichen Ausdruck; aber ehe er damit fertig war, fiel ihm sein Begleiter ins Wort: »– wenn sie nicht die Lust daran verlieren soll, mit mir verheiratet zu sein. Ich weiß schon, was Sie sagen wollen, Kommandant!«

O'Shonessy wagte sich in dieser Nacht zum erstenmal einen diesen Worten schwang. Er zwang sich zum Widerspruch: »Unsinn, was reden Sie da! Sie beweisen mir nur damit, daß auch Sie schon unter dem Inselkomplex leiden. Nein! Ich meinte, wenn Ihre Frau nicht den Spaß daran verlieren soll, weiter auf Hork zu leben und Ihr schönes Klippenhaus zu bewohnen.«

»Wenn wir schon darauf verfallen wollen, diese Dinge zu besprechen, Kommandant – Es ist mir ganz recht, einmal mit einem vernünftigen Menschen darüber zu reden. Sehen Sie, wir haben hier unser großes, schönes Haus. In der vergangenen Saison haben wir an Sommergästen so viel verdient, daß wir gut ein halbes Jahr davon existieren können. Es wird sich unter den passenden

Leuten herumsprechen, wie schön es auf Hork im Sommer ist. Wir werden bald allein von den Einnahmen, die das Obergeschoß im Sommer erbringt, ein gutes Auskommen haben. Aber natürlich nur dann, wenn wir selber an Ort und Stelle bleiben. Weiter: Mein Hummerngroßhandel läßt sich günstig an. Die Fischer von Hork finden es schon selbstverständlich, mir ihre Fänge ungeschmälert zu verkaufen. Aber sichere und große Gewinne wird der Handel erst einbringen, wenn ich die Fänge in meinem eigenen Boot in Tippertully anlanden kann und nicht mehr von O'Keevans altem Kutter abhängig bin. Und dann, Kommandant: wenn wir wieder in eine große Stadt übersiedeln, was bliebe mir anderes übrig, als in meinen alten Beruf zurückzukehren? Die Aussicht lockt mich wenig, viele Wochen oder Monate lang irgendwo auf See umherzugondeln, schmutzige Häfen in Gott allein weiß welchen Ländern abzuklappern, während sich meine Frau in Liverpool oder Belfast oder sonstwo langweilt. Das gibt nichts Gutes, Kommandant! Nein, ich glaube, wir sollten mit unserem Los hier auf der Insel zufrieden sein.«

Das war eine lange Rede, und der Kommandant hatte sehr achtsam zugehört; er erwiderte ein wenig gedehnt: »Daß Sie selbst, Andy, damit zufrieden sein können, bezweifle ich nicht. Daß aber Ihre Frau es auch ist, möchte ich nicht mit der gleichen Bestimmtheit behaupten.« Der große Mann erwiderte in der Dunkelheit, und abermals erschrak O'Shonessy vor der Bitterkeit, die in der Stimme seines nächtlichen Gefährten schwirrte: »Ich möchte nur ein einziges Mal erleben, O'Shonessy, daß sich ein männliches Wesen nicht sofort auf die Seite meiner Frau schlägt! Schließlich –«, er versuchte einen Scherz, um den bitteren Ton abzuschwächen, der ihn wohl selbst überrascht hatte, »bin ich kein Unmensch und versuche angestrengt, meiner Frau das Leben erträglich zu machen. Was meinen Sie, Kommandant, wie ich mich gefreut habe, als die letzte Untersuchung negativ ausfiel! Sie sind nun ein weiser und gelehrter Mann, Kommandant! Von Ihnen wenigstens hätte ich ein wenig Anerkennung und Verständnis erwartet!«

Der Alte nahm den scherzenden Ton mit heimlicher Erleichterung auf. So sehr ihn das Schicksal der beiden Menschen auch bewegte, so ungern mochte er sich darein verstricken lassen. So versuchte auch er, seinen Worten einen heiteren Klang zu verleihen: »Da haben Sie es, Andy: Alter schützt vor Torheit nicht. Sie haben ganz einfach eine allzu reizende Frau geheiratet. Und jedes Vorrecht hat auch seine Plage. Da sind die ersten Häuser!«

Zwei gelbe Lichter waren tief am Boden vor den beiden Männern aufgetaucht: Fenster des Hafendorfes, hinter denen eine Lampe brannte.

Bald schritten die beiden Männer die abschüssige Dorfstraße hinunter, die zum Hafen führte. Der Hafen war nichts weiter als eine runde Einbuchtung im Südufer der Insel, die durch einen groben, hohen Wellenbrecher vor der schwersten Brandung geschützt war. Etwa zwei Steinwürfe weit reckte sich die gedrungene Mauer in einem schützenden Bogen in die See hinaus, die Bucht abschirmend. Sie schuf den Booten keinen unbedingt sicheren Liegeplatz; alle Boote wurden stets über ein steinernes Slip an Land gezogen, wenn dem Wetter nicht zu trauen war.

XVIII

Die beiden Wanderer traten in einen großen, steinernen Schuppen, in dem an Drähten von der Decke ein volles Dutzend kräftiger Petroleumlampen brannte. Die Ampeln verbreiteten ein starkes goldenes Licht mit nur ganz blassen Schatten, waren sie doch gleichmäßig über den Raum verteilt. Der Öldunst stach ein wenig in die Nase, und die Luft legte sich nach der Frische der herbstlichen Meeresnacht eng und warm um die Schläfen.

Aber die vier Männer, die in dem Schuppen arbeiteten, focht das wenig an. Auch bestand das Dach nur aus großen Wellblechplatten. Das Blech war zwar auf die Sparren genagelt und auch noch mit flachen Steinbrocken beschwert, um den Stürmen das Konzept zu verderben; aber dicht war das Dach keineswegs; durch die breiten Ritzen zwischen den Platten und durch die spitzen Luftlöcher in den Mauergiebeln entwichen Hitze und Petroleumdunst ungehemmt.

Inmitten des länglichen Schuppens und ihn fast erfüllend erhob sich auf schweren hölzernen Böcken der Leib des neuen Schiffes!

Die hellgoldene Farbe des noch ungebeizten Föhrenholzes schimmerte im gelben, warmen Lampenlicht wie die Haut eines lebendigen Wesens. Die Ampeln lockten Glanz aus den Bootswänden, als wären die Flanken des Schiffes mit einer faltenlos enganliegenden, feinen Seide bespannt. Wer des schönen Schiffsleibes ansichtig wurde, fühlte sich versucht, mit der Hand über das seidenglatte, so gut wie astlose Holz zu streichen; und nur wenige widerstanden dieser Versuchung.

Nichts aber konnte vollkommener sein als die sanft geschwungenen Umrisse des Bootskörpers. Lediglich der Bug bildete eine gerade Linie, die sich um einige Grad vorneigte; alle anderen Begrenzungen des Schiffes aber waren Kurven aus der vornehmen Familie der Kegelschnitte. Die Fischer und einfachen Handwerker der Insel, die Bohle für Bohle und Planke für Planke des Bootes einzeln zuschnitten, in kochendem Wasser zurechtbogen, einpaßten, hobelten, glätteten, mit Sandpapier polierten und schließlich zu ihren vielen, mit gleicher geduldiger Sorgfalt behandelten Brüdern fügten, wo sie mit kupfernen Nieten befestigt und vollkommen dicht gezogen wurden, ach, das halbe Dutzend kunstfertiger Männer der Insel, zu denen als gern bereiter Helfer noch mancher andere stieß, den es gerade danach verlangte, sich einmal für eine Stunde oder zwei an einem Langholz oder einer Spante zu versuchen – sie alle hatten noch nie etwas von Kegelschnitten vernommen. Sie verstanden sich aber alle von frühester Jugend an auf das Wasser; sie hatten die wilden Seen des Atlantiks tausendmal an den runden und den eckigen Klippen anbranden sehen, sie hatten ihre kleinen und ihre großen Boote durchs Wasser getrieben, hatten unzählige Wogen sich bäumen und in edlen Kurven verrollen und überkämmen sehen – sie wußten es einfach, ohne darüber nachzudenken, eine sichere Ahnung verriet es ihnen, wie ein Bug geformt sein sollte, um zwar leichthin die Dünung zu durchschneiden, sich aber gleichzeitig mit ihrem großen Atem zu heben und zu senken; wie weit der Leib eines Bootes über dem Kiel ausladen mußte, um breit und fest auf seinem untersten Element zu ruhen, wie er aber zugleich nach achtern und zum Bug schlank sich schwingen sollte, um dem Wasser nicht allzuviel Widerstand zu bieten. Das Gefühl sagte den Männern, die an und um das werdende Boot hantierten, wie stark das Heck nach hinten vorgezogen werden mußte, um einerseits der tief unten über dem Kiel vorgesehenen Schraube Schutz zu bieten und andererseits so weit hochgebuchtet zu sein, daß es bei achterlicher See nicht unter Wasser gedrückt, sondern leicht und beständig gehoben wurde.

O'Shonessy, der in seiner Jugend noch auf Segelschiffen die Meere befahren und dann seine Tage über der schlürfenden, brüllenden Brandung verbracht hatte, bewunderte immer wieder von neuem, wie die Männer ohne eine einzige Berechnung, ohne Plan, ohne Blaupause diesen Bootsleib formten, der in dem Betrachter das gleiche Entzücken auslöste und seltsamerweise auch die gleiche Erregung wie der Anblick einer schönen, lockenden Frau. Gewiß, hier kümmerte sich niemand um Arbeitszeit und ihre profitabelste Nutzung; hier kam es nicht darauf an, wenn der junge, geschickte MacBrian an einer einzigen Bohle für das Heck einen ganzen Tag lang und die Nacht dazu schnitzelte, feilte, schabte und glättete, bis das Holz ihm so anmutig warm und rund und fest in der ständig fühlenden Hand lag wie der Arm oder die Schulter seiner jungen, fröhlichen Frau des Nachts.

Es geschah wohl auch, daß die Männer plötzlich alle ihre Arbeit ruhen ließen und in einen bedächtigen Streit darüber gerieten, ob nicht die Buchtung über der Wasserlinie noch um eine halbe Handbreit weiter herausgezogen oder etwa das Heck um eine ganze erhöht werden sollte. Einer nach dem anderen stand dann auf, strich mit der Hand über die bezweifelte Stelle, visierte sie wohl vom Bug und vom Heck her an, auch zwei Helfer gaben ihr Urteil ab. Schließlich siegten dann, die da sagten: »Ein sicheres Boot ist es allemal. Wir müssen daran denken, daß es ein schnelles Boot wird.«

Seit hundert Geschlechtern und vielleicht seit noch viel längerer Zeit hatten die Vorfahren dieser Männer Boote gebaut, in denen sie sich der hohen See anvertrauen mußten, um ihre Nahrung zu gewinnen, um auf weiten Fahrten die Küste auf und ab zu streifen und um Strandgut zu bergen. Nun wußten sie, Enkel und Urenkel seefahrender Ahnen, wie ein Boot geformt sein mußte, je nach dem Zweck und der Arbeit, für die es gebaut wurde. Und wenn sie prüfen wollten, ob sie es richtig machten, so genügte ihnen der Tastsinn ihrer harten Hände, der Blick ihrer leicht zusammengekniffenen Augen und schließlich der Vergleich der eigenen Meinung mit der ihrer Gefährten.

Als der alte O'Shonessy und der Bauherr des Bootes den Schuppen betraten, blickte kaum einer der Männer von seiner Arbeit auf. Sie werkten hier ja nicht um des Lohnes willen; sie kamen und gingen, wann sie wollten; sie mochten wie die Künstler eine ganze Nacht und noch den Tag darauf fieberhaft tätig sein, weil ihnen vielleicht der schöne Schwung der Bordkante zum Heck hin plötzlich offenbar geworden war und danach verlangte, Wirklichkeit zu werden; oder sie mochten auch ein mißratenes Brett der Bilgenfütterung aus den Händen fallen lassen, sich einen Berg duftender Hobelspäne in einer Ecke oder im Bauch des Bootes zusammenscharren, um darauf für viele Stunden des Tages oder der Nacht ein Schläfchen zu halten, wobei die halblauten Gespräche der Genossen, das dumpfe Klopfen der Kalfaterhämmer, das Schlürfen und Rauschen der Krummhobel sie nicht im geringsten störten. Erwachten sie dann, so wußten sie gewöhnlich, warum ihnen dies oder jenes mißlungen war und wie sie es richtig und besser machen sollten.

Oder es blieb auch einmal einer ganz fort für ein paar Tage, weil es ihn zu seinen Hummerkörben vor der Küste zog oder weil ein Makrelenschwarm gesichtet war und ihm der Sinn danach stand, sein Vorratsfaß neu zu füllen. – Aber sie alle kehrten stets bald wieder zu ihrer Arbeit im Schuppen zurück, die gewöhnlich gegen zehn Uhr vormittags langsam in Gang kam, um dann bis spät in die Nacht hinein zu währen. Manchmal erloschen die Ampeln erst weit nach Mitternacht, manchmal mischten sie ihr Gelb sogar mit dem Grau des Morgens in den ungeputzten Scheiben. Denn diesen Männern galt es als das größte Glück, kein edleres Werk vermochten sie zu denken, als eben ein hochseetüchtiges Boot zu bauen, Stück für Stück aus der freien Hand.

Auf keine willkommenere Weise hatte MacReanna sich die Freundschaft der ganzen Insel erwerben können, als daß er den Männern aufgab, ihm ein Schiff zu bilden, mit dem er den tückischen Sund sicher und einigermaßen regelmäßig queren konnte, um die Hummerfänge schnell und günstig auf die fernen Märkte zu liefern; die Inselleute hatten längst eingesehen, daß sie selbst dazu nicht imstande waren; aber Andy, ja, der war weitgereist, kannte sich mit Papier und Tinte, Rechnungen, Kursen und Telefon wunderbar aus, Andy brachte nun endlich einmal etwas Schick in die stockenden Geschäfte des Inselvolkes, das aus eigenem Vermögen mit dem kurzatmigen Rhythmus der technisierten Außenwelt nicht mehr Schritt halten konnte.

Andy, ja, unter diesem Namen war Andrew MacReanna auf Hork heimisch geworden. Andy wandte sich an den alten Shan MacClellan, der, wenn überhaupt wer, der Vater des neuen, großen Bootes war und der gewöhnlich den Ausschlag gab, wenn die übrigen Männer sich über eine Schwingung der achterlichen Auflanger oder die Stärke der Beplankung am Vordersteven nicht einigen konnten. MacClellan rasierte sich nur ungern und deshalb selten. Gewöhnlich verschwanden seine Züge unter einem stachligen Pelz grauer Bartstoppeln. MacReanna fragte: »Haben Sie auch achtern stärkere Spanten und Fütterplanken eingezogen, MacClellan, wie wir abgesprochen haben? Sie wissen, der neue Motor ist schwer und darf nicht schüttern, sonst zerrt er mit der Zeit die Bolzen aus dem Holz.«

Der Alte kratzte sich in seinem Stoppelwald: »Habe ich schon bedacht, Andy. Der Motor wird so ruhig laufen, als stünde er auf steinernem Grund. Wie gefällt Ihnen das Boot jetzt, Donald?«

O'Shonessy, der sich von dem gleichaltrigen MacClellan gern beim Vornamen nennen ließ, entgegnete: »Mir gefällt es gut, Shan, sogar sehr gut. Das muß ich wirklich sagen. Ich glaube kaum, daß irgendeine große Werft in Belfast oder Glasgow ein Boot bauen könnte wie dieses. Das ist ein seegängiges Boot vom besten Schlag; ich habe selten ein tüchtigeres gesehen. Dafür lege ich meine Hand ins Feuer.«

Der alte Fischer und Bootsbauer erwiderte verächtlich: »Wie sollen die wohl auch Boote bauen können, wo sie niemals auf See fahren und nicht wissen, wie Wind und Wellen mit so einem Schiffchen umspringen. Ein gutes Boot kann nur bauen, der auch weiß, daß es unter ihm wegsacken wird, wenn er nicht noch die letzte Planke behandelt wie die Mutter ihr erstgeborenes Kind. Am Schreibtisch Boote bauen und mit der Rechentafel – bah!«

Er spuckte in einen Haufen Sägespäne und fuhr mit ganz veränderter Stimme fort, als spräche er von einem lebendigen, geliebten Wesen: »Boote kann man nur so bauen –!«

Er streichelte mit seiner zernarbten Hand über die herrlich schlanke Wölbung des Buges, zärtlich, stolz, liebevoll: »So, daß man es fühlt, daß man gleich spürt, ob die See daran vorbeistreichen wird, glatt und leicht –«

Er ließ die Hand schnell über das Holz gleiten, als wollte er probieren, wie sich der Bootsleib einer Welle anbieten würde, die herandrängte, ihn zu tragen.

»Ja«, sagte auch MacReanna, »das wird ein gutes, schnelles Boot und wird fest in der See liegen, auch bei schwerem Wetter. Es lohnt das Geld, das ich hineinstecke, und es lohnt auch die Mühe und Arbeit, die darauf verwendet wird.«

»In solch einem Boot, Andy, steckt immer viel mehr, als jemals mit Geld bezahlt werden kann.«

»Ich weiß, MacClellan, ich weiß! Es wird ja auch euer Boot. Die ganze Insel wird etwas davon haben. Und die Leute drüben auf dem Festlande werden sagen: Das haben die Männer von Hork ganz allein gebaut!«

»So ist es, Andy, so ist es! Wenn die Welt untergeht, wir auf Hork merken nicht viel davon. Wir brauchen uns bloß ein wenig Mühe zu geben wie die, die vor uns waren. Shemus, du kannst mal noch die Kupferleiste etwas aushämmern an den Kanten, unten am Vordersteven!«

»Das mach' ich, Shan, mach' ich gleich!« erwiderte der junge, schwarzhaarige Bursche, der bis dahin ganz versonnen und sachte an einem runden Brett geschabt hatte, als gäbe es nichts Wichtigeres auf dieser Welt.

O'Shonessy und MacReanna waren entlassen. MacClellan hatte sich wieder seiner Arbeit zugewandt. Er nahm das Brett auf, das der junge Shemus de Brune beiseite gelegt hatte, setzte den Hobel an, schüttelte dann den Kopf und nahm das Schnitzmesser. Es war besser und empfahl sich sicherlich, ihn nicht zu stören.

MacReanna zeigte dem Kommandanten den Motor, der das Boot treiben sollte; er ruhte in einer Ecke auf zwei festen Böcken. Von Motoren und Schrauben verstanden die Männer von Hork nicht viel; aber MacReanna wollte es ihnen beibringen, wie man einen Motor in ein Boot einpaßt und das Boot dann richtig eintrimmt. Die Schraubenwelle und das Ansetzen der Schraube vor dem Ruder, das Ruder selbst – das alles würde nicht mindere Sorgfalt erfordern als der Bau der Bordwände und des Decks. O'Shonessy und George MacGrath, ein vorzüglicher Mechaniker, hatten beide versprochen, Andrew bei der Montage des Motors zu helfen, wenn das Boot soweit fertiggestellt war.

»Was meinen Sie, Andy, wie lange wird es noch dauern, bis das Boot seine erste Probefahrt unternehmen kann?«

»Anderthalb, allerhöchstens zwei Monate, nicht länger, Kommandant!«

»Dann können Sie ja die Hummern für das Weihnachtsgeschäft schon mit diesem Boot drüben anlanden.«

»Das will ich auch, Kommandant, und denke, damit ein gut Teil der Baukosten zurückzuverdienen. Aber darüber können wir uns bei mir zu Hause unterhalten. Kommen Sie, meine Frau wartet gewiß schon.«

Als die beiden Männer wieder aus der schweren Luft des Schuppens in die feuchtkühle Nacht hinaustraten und zwischen den dunklen, einstöckigen Häusern ostwärts wanderten, sagte O'Shonessy: »Manchmal kommen mir der alte Shan MacClellan und die anderen, wenn sie da bei der Arbeit sind, wie Nachtwandler vor. Und sie treffen auch stets das Richtige, greifen keinen viertel Zoll zu weit und keinen zu kurz, wirklich mit nachtwandlerischer Sicherheit. Ob es das sonst noch irgendwo gibt in Europa? Es ist mir einfach unbegreiflich, was diese Bootsbauer an vollkommener Form zustande bringen. Und können kaum lesen und schreiben, und rechnen schon gar nicht.«

»Ja«, sagte MacReanna nur, »auf meiner Heimatinsel im Nordosten konnten sie das auch noch vor einem Menschenalter, hat mir mein Vater erzählt. Jetzt ist das vorbei. Es spricht dort auch keiner mehr den wortreichen Dialekt des Keltischen, der dort zu Hause war. Die Leute reden bei uns nur noch englisch.«

XIX

Die Stehlampe mit dem tief herabgezogenen Schirm brannte so milde, daß man durch die wandbreite Scheibe des Südfensters, die fest in die Mauer eingelassen war, den Mond draußen scheinen sah und auch immer wieder das geisterblasse Aufschäumen der gischtenden Brandung in den Klippen. Ja, da nach dem vielen Regen der letzten Tage die Luft vollkommen klar war, vermochte man in der dunkelblauen Nacht am fernen Horizont im Süden sogar die Gebirge zu erkennen, die sich dort hinter der Küste im Inland erhoben. Als noch dunklere Schattenrisse waren sie in den dunklen Himmel gehaucht. Manchmal, wenn das Spiel des Mondlichtes es gerade so wollte, spiegelte sich dort weit weg ein Strahl des Nachtgestirns in einem nassen, glatten Gipfelfelsen oder in einer vom ständigen Steinschlag und Kiesgeriesel blankgewetzten Bergflanke; dann flammte ein zarter Silberblitz über den öden Sund, als gäben die Geister der Berge ein Signal. Der Wind hetzte die Wolken nicht mehr durch das samtene Gewölbe der Nacht; er ließ ihnen Zeit; sie schwebten mit melancholischer Würde am Monde vorbei, der seinen Kahn unverdrossen wie seit je durch den Himmel westwärts lenkte.

Die Menschen in dem großen Südzimmer des Klippenhauses

hatten keinen Blick für die zauberhaft besänftigte Nacht vor dem großen Fenster; der Lichtkegel der Stehlampe, die ihnen leuchtete, war wie eine Kammer, welche sie einschloß und auf sich selbst verwies.

Unter der Lampe bot sich ein Tablett mit zierlich belegten Broten an. Auf dem Serviertischchen standen zwei geleerte Bierflaschen. MacReanna öffnete gerade die dritte und ließ das schwarzbraune Naß in das Glas des Kommandanten rinnen. Maureen hob noch einmal die Platte, die schon recht gelichtet war, und reichte die Brötchen dem alten O'Shonessy. Der wehrte ab: »Unmöglich, Maureen! Sie meinen es wie immer zu gut mit uns armen Einsiedlern von der Leucht- und Funkstation. Man braucht den armen, nach Hork verbannten Burton nur anzutippen, und er beginnt, von Ihrer Gastlichkeit zu schwärmen wie ein Matrose vom Heimathafen. Sie sollten uns ab und zu besuchen, Maureen, damit wir uns ein wenig revanchieren können. Wir würden Sie mit großen Ehren empfangen!«

Maureen lachte, und ihr schmales, helles Gesicht mit den schönen Farben leuchtete. Sie strich sich leicht verlegen über ihr schwarzes Haar. Sie trug das Haar locker nach hinten gekämmt und im Nacken zu einem schweren, glänzenden Knoten zusammengefaßt. Ihr klargeschnittener Kopf erinnerte mit dieser Frisur an eine alte, edle Kamee. O'Shonessy betrachtete sie gern; er gestand es sich lächelnd ein. Während Maureen die Platte auf das Tischchen zurücksetzte und dann das reine Blau ihrer Augen wieder dem Gaste öffnete, als wollte sie den alten eisengrauen Küstenwächter und Kenner der wilden Seevögel vollends verzaubern, dachte MacReanna: ich wünschte, sie sähe mich nur ein einziges Mal so an, wenn wir allein sind; aber diese Strahlenblicke werden nur an Fremde verschenkt.

Maureen sagte: »Es ist mir zu gefährlich, mich gleich von drei Männern auf ihrer abgelegenen Station empfangen zu lassen. Da kann eine arme, schutzlose Frau schreien, soviel sie will: es hört sie kein Mensch!«

O'Shonessy hob die Hand; das Gespräch gefiel ihm nicht schlecht; dies leichte Geplänkel hatte offenbar auch für ihn noch

Reiz: »Aber ich bitte Sie, Maureen! Sie verwechseln unsere kühle Insel Hork mit dem schwülen Land am Äquator. Dort soll manchmal die Hitze den Leuten so ins Blut fahren, daß sie ihre gute europäische Kinderstube in den Wind schlagen, den backofenheißen – habe ich mir erzählen lassen. Nein, nein, hier ist es viel zu kühl dazu. Wir verpflichten uns – ohne Gefahr, wortbrüchig zu werden –, ein gesittetes Benehmen an den Tag zu legen. Außerdem wären wir ja, sozusagen, entschuldigen Sie meinen Freimut, Wettbewerber untereinander und hielten uns also die Waage. Wobei ich alter Griesgram wohl von vornherein unter ›Ferner liefen‹ einzurangieren bin. Und deshalb versteige ich mich auch zu dem Ratschlag: kommen Sie doch mit Ihrem uns ebenfalls sehr sympathischen Mann. Mit Andy ist schlecht Kirschen essen, wenn er böse wird, glaube ich. Unter seinem Schutz könnten Sie unsere Willkommensschalmeien und Freudengetränke ungestraft genießen.«

Es entging dem alten Manne nicht – und auch dem zweiten Mann am Tisch nicht, daß der Glanz auf dem Antlitz ihrer Partnerin bei den letzten Sätzen verblaßte. Sie versuchte zu scherzen und sagte: »Ach, meinen braven Mann, den genieße ich jeden Tag, wenn er nicht im Bootsschuppen steckt. Es tut einer Frau manchmal ganz gut, sich von ein paar wohlerzogenen Kavalieren den Hof machen zu lassen. Es ist die zuverlässigste Verjüngungskur. Neulich habe ich mir sogar schon ein graues Haar ausgekämmt.«

»Wie entsetzlich, Maureen! Oder soll ich etwa annehmen, Sie fischten nach Komplimenten?«

Sie lachte freier: »Nehmen Sie es ruhig an, Kommandant! Ich bekenne, daß ich, je älter ich werde und je länger ich auf der Insel lebe, einen immer größeren Sack voll davon vertragen kann.«

MacReanna mischte sich ein, wobei er sich keine Mühe gab, seinen Sarkasmus zu verbergen. Offenbar gefielen ihm die Bemerkungen seiner Frau nicht besonders: »Als du das weiße Haar entdecktest, wurde natürlich ich dafür verantwortlich gemacht; genauer gesagt: mein werdendes Boot. Ich glaube, ich muß dich warnen, Maureen, der Kommandant ist ein unzuverlässiger

Bundesgenosse. Er findet das Boot großartig und hat nichts daran auszusetzen. Aber du willst es dir nicht einmal ansehen!«

Der Glanz und die Heiterkeit auf Maureens Antlitz waren ganz erloschen. Ihre schwarzen Brauen hatten sich unmerklich zusammengezogen, ihre Lippen sich verschmälert; um ihre Nasenflügel zuckte es verdächtig, als wäre sie bereit, zu zanken. Aber sie behielt sich in der Gewalt. O'Shonessy nahm die Veränderung auf ihrem Antlitz wahr; er sagte sich: vor mir haben sie keine Scheu; ich bin alt. Er versuchte, abzubiegen: »Wenn das Boot erst fertig ist, wird es Ihnen Freude machen, Maureen. Davon lasse ich mich nicht abbringen. Und im nächsten Sommer werden Sie Ihre Gäste auf angenehmere Weise vom Festland herüberholen können, als es in diesem Jahr mit O'Keevans altem Kutter möglich war. Das wird Ihnen mehr Leben und Abwechslung ins Haus bringen, als Ihnen lieb sein wird. Ich habe übrigens neulich im Radio gehört, daß man eine große Sendereihe über die Inseln hier im Norden plant. Gerade Hork gilt ja als ein Museum der alten Sitten und der Insulaner vom alten Schrot und Korn. Das wird uns also in den kommenden Wochen ein paar interessante Tage einbringen, obgleich ich mir von den neugierigen Reportern nicht allzuviel verspreche. Hoffentlich ist den Herren vom Radio unser Winterwetter nicht zu stürmisch.«

Maureens Aufmerksamkeit war sofort gefesselt. Sie rief: »Und das verraten Sie erst jetzt, Kommandant? Das ist ja wirklich eine große Nachricht! Und weiter wissen Sie nichts darüber, Kommandant? Sicherlich werden es aufregende Leute sein, die uns da besuchen. Auf alle Fälle sieht man endlich einmal andere Gesichter und hört etwas vom großen Leben draußen!«

»Gewiß, gewiß, Maureen, obgleich mit dem großen Leben draußen nicht viel Staat zu machen ist – wenigstens soweit meine eigenen Erfahrungen reichen. Aber wenn Ihnen so viel daran liegt, Maureen, will ich gleich weiter Farbe bekennen: ich bin schon offiziell über meine vorgesetzte Behörde gefragt worden, ob ich die Radioleute während ihres Aufenthaltes auf Hork bei mir auf der Station unterbringen kann. Ich habe geschrieben: ja, das könnte ich, aber ich riete davon ab; die Station läge am flachen, langweiligen Westende der Insel und damit allzuweit entfernt von den beiden Siedlungen und erst recht von den sagenumwobenen Hochklippen und Riffen, den Schluchten und Schlünden und Blaselöchern im Osten der Insel. Ich habe empfohlen, man möge bei Ihnen anfragen, ob Sie die Radioleute unterbringen wollen; hier säßen die wißbegierigen Brüder wie die Spinne im Netz und zugleich an einem der schönsten Punkte der Insel.«

Maureen war aufgesprungen: »Das nenne ich freundschaftlich gehandelt, Kommandant! Das vergesse ich Ihnen nicht. Natürlich nehmen wir die Leute auf. Und außerdem: eine bessere Reklame für unser Haus läßt sich gar nicht denken. Tausende von wohlhabenden Leuten werden dann hören, daß sie auf Hork ebenso zivilisiert unterkommen können wie in Portrush oder in Rosapenna.«

MacReanna warf ein: »Du übertreibst, Maureen! Wir haben nicht einmal elektrisches Licht. Auch wundere ich mich, daß dir so viel an Logiergästen gelegen ist. Wir können ja höchstens, allerhöchstens ein Dutzend Leute unterbringen!«

Sie schnappte zurück: »Wir müssen eben mehr Leute einstellen, die etwas davon verstehen, und einen Apparat aufstellen, der uns elektrisches Licht herstellt. Du verstehst dich doch sonst auf lauter solche Sachen!«

MacReanna lenkte ab. Er wollte sich in Gegenwart des Gastes nicht auf Auseinandersetzungen einlassen, die er schon bis zum Überfluß immer wieder durchgefochten hatte. Er sagte: »Ich muß mich jetzt wirklich Tag für Tag dem Boot widmen, Maureen, damit ich es schon ausgeprobt habe, wenn das Weihnachts- und Neujahrsgeschäft losgeht. Wir können mehr dabei verdienen als mit der Aufnahme von Gästen. Und diese Radioleute würden mich sicher von früh bis spät beanspruchen. Ob sich aber nächstes Jahr noch irgendein Mensch daran erinnern wird, daß er im Dezember oder November zuvor den Namen einer Unterkunft auf Hork vernommen hat, möchte ich sehr bezweifeln. Ich will jetzt bei meiner Sache bleiben, sonst wird nichts daraus. Ehe sich der Name einer Fremdenpension herumspricht – und dazu noch von einer so fernen Insel –, vergehen nach meiner Meinung Jahre. Meine Organisation für den günstigen Absatz der um Hork gefangenen Hummern steht aber schon jetzt auf den Beinen; sie fällt mir wieder um, wenn ich nicht gleich am Anfang zeige, was ich leisten kann.«

Maureen wandte sich an den Gast; ihre Stimme gewann einen scharfen Beiklang: »Da hören Sie es selbst, Kommandant: das Boot und immer wieder das Boot! Wozu macht er mich? Sie hören es ja, Kommandant! Zu einer Fischhändlersgattin! Früher hatte er wenigstens einmal die Absicht, Kapitän zu werden. Und wenn das Boot erst im Gange ist, das weiß ich ganz genau, dann kommen wir nie mehr von dieser schrecklichen Insel fort. Ich bin noch nicht einmal Mitte Dreißig! Soll ich mich hier lebendig begraben lassen? Auf diesem Felsenklotz im Meer? Wann immer ich aus dem Fenster sehe, habe ich Wasser vor mir, nichts als leeres, wildes Wasser! Dabei haben wir's doch gar nicht nötig, mit Fischen zu handeln. Wir könnten einfach so leben. Aber er muß ewig etwas unternehmen! Ich halte es nicht mehr aus –!«

Maureens Sätze hatten sich zu einer Heftigkeit gesteigert, die erschreckend wirkte. Fast mochte man meinen, sie wäre krank. Und als spräche er zu einer Kranken, klang MacReannas Stimme ruhig jetzt und begütigend: »Sie ist ja gar nicht so schrecklich, die Insel, Maureen. Wir haben ein schönes Haus; und welchen Spaß hat es dir bereitet, das Haus zu bauen, mit diesem großen Fenster, aus dem man den ewig wechselnden Sund sehen kann mit seinen Strömungen und drüben die hohen Gebirge. Und sie hat dir doch so gut getan, die Insel –!«

Sie fiel ihm wild ins Wort: »Du sollst mich nicht ständig daran erinnern, Andrew! Gut getan, gut getan – ich kann das nicht mehr hören! Und außerdem ist es vorbei! Es ist endlich vorbei! Warum erinnerst du mich stets daran? Aus lauter Dankbarkeit soll ich der Insel ewige Treue schwören, wie? Aber dazu überredest du mich nicht, nie und nimmermehr! Ich machte mich ja lächerlich vor mir selber!«

MacReannas Worte klangen bittend, bettelnd beinahe, als er erwiderte: »Du machst dich nicht lächerlich, Maureen! Und kein

Mensch will dich auf dieser Insel festbinden, ich am allerwenigsten. Sieh, wenn wir jetzt fortgehen, kauft uns kein Mensch dies Haus hier ab; und auch mein Fischhandel, den du so verachtest, ist noch längst nicht soweit, daß ich ihn verkaufen könnte. Wir würden unvernünftig viel verlieren, wenn wir jetzt alles aufgäben. Warten wir doch so lange, bis wir deiner Gesundheit ganz sicher sind. Ich verspreche dir, mich dann deinen Wünschen zu fügen, sogar gern zu fügen, Maureen! Aber lasse mich einmal eine Sache zu einem richtigen Ende und Erfolg führen. Ich bitte dich darum!«

Sie winkte müde mit der Hand ab und wandte sich wieder an den Kommandanten: »Ach, das Lied kenne ich in- und auswendig. Wenn er nur seinen Willen hat! Wenn er dann endlich einmal meine Wünsche an die Reihe kommen läßt, dann habe ich mich längst so abgekämpft, daß mir nichts mehr an ihnen liegt. Wahrscheinlich habe ich sie dann überhaupt vergessen. Vielleicht spekuliert er sogar darauf. Er ist ein kluger Mann!«

Der Alte erhob sich aus seinem tiefen Stuhl und begann, in dem großen Zimmer auf und ab zu schreiten. Auf dem dicken Teppich war er kaum zu hören. Aus der tiefen Dämmerung des Hintergrundes sprach er: »Ach, meine liebe Maureen, ich kenne Sie beide schon eine ganze Weile. Und ich habe Sie beide gern, das wissen Sie natürlich. Sie haben mich ins Vertrauen gezogen. Ich bin schon so schrecklich viele Jahre verheiratet, daß ich eheliche Erfahrungen reichlich habe sammeln können. Man streitet sich auseinander und streitet sich wieder zusammen, wenn man sich erst einmal gefunden hat. Darüber mache ich mir bei Ihnen beiden nicht viel Sorgen. Sie werden nicht von mir erwarten, daß ich alles, was Sie in der Erregung sagen, unbesehen hinnehme. Dazu bin ich zu alt. Ich meine, Sie sollten Ihrem Manne das Leben nicht allzu schwer machen. Er muß jetzt seinen Kopf beisammen halten. Das Boot würde Ihnen Freude machen, wenn Sie es nur einmal ansehen wollten! Ein wenig Geduld, Maureen, ein wenig Nachgiebigkeit! Es lösen sich solche Probleme gewöhnlich nach einiger Zeit ganz unerwartet von selbst. Wie wär's: soll ich Sie morgen einmal abholen, um Ihnen das schöne Boot in allen Einzelheiten zu erklären – ohne Ihren bösen Mann! Er muß ein ungeschickter Tölpel sein, daß es ihm nicht gelang, Sie für die glatten Planken zu begeistern!«

Aber der gutgemeinte Versuch des alten O'Shonessy fand nicht den Erfolg, den er anstrebte. Maureen blickte eine Weile auf ihre Hände hinunter. Sie saß ganz still. Die beiden Männer konnten die Augen nicht von ihr wenden. Ihr Antlitz war ganz entspannt, aber von einer maßlosen Trauer beschattet. Eine Träne löste sich von ihren Wimpern und fiel ihr in den Schoß. Sie sagte leise: »Nun preisen auch Sie mir das Boot an, Kommandant! Ich hasse das Boot. Aber Sie haben ganz recht: ich habe einen guten Mann! Natürlich! Glauben Sie, das wüßte ich nicht? Jetzt fange ich auch noch an zu heulen, nachdem ich uns den ganzen Abend verdorben habe. Ich sage lieber ›Gute Nacht!‹. Kommen Sie bald wieder, Kommandant. Dann besuche ich Sie vielleicht sogar auf Ihrem Turm!«

Sie reichte dem Gast die Hand und verließ den Raum.

Die beiden Männer schwiegen sich aus. Dann rüstete sich O'Shonessy zum Heimweg: »Es ist schon Mitternacht vorbei, Andy!«

»Ich bringe Sie noch bis zum Dorf, Kommandant!«

Als die zwei Männer durch die nun ganz stille Nacht wanderten, räusperte sich MacReanna: »Nachdem Sie so viel mit angehört haben, Kommandant, bin ich Ihnen eine kleine Erklärung schuldig. Schließlich kennt weder Maureen noch ich eine Menschenseele, der wir uns sonst anvertrauen können.«

»Schießen Sie los, Andy, ich bin Beichten gewohnt.«

»Das Haus gehört nämlich meiner Frau; es ist mit ihrem Geld gebaut. Und auch alles Geld sonst, das noch da ist, gehört meiner Frau. Sie hat es aus ihrer ersten Ehe geerbt, ehe wir heirateten. Ich wollte keinen Pfennig davon haben. Aber damals habe ich eine günstige berufliche Laufbahn aufgegeben. In London konnte ich wiederum nichts beginnen, weil sie krank war. Dann mußten wir hierher. Dann kostete es beinahe zwei Jahre, ehe ich ihr das Haus so zurechtgestutzt und -gezimmert hatte, wie sie es haben wollte. Dann hatte sie die Idee mit den Pensionsgästen, und ich baute die Zimmer im Obergeschoß aus. Ich muß endlich wieder auf eigenen Beinen stehen, Kommandant. Meine Frau versteht so wenig von Geld und Geldverdienen, daß sie plötzlich ihr Vermögen vertan haben kann. Dann muß wenigstens ich Boden unter den Füßen spüren.«

»Sie dürfen sich auch nicht beirren lassen, Andy! Aber zugleich sage ich Ihnen, seien Sie nachsichtig, Andy. Lassen Sie ihr Zeit! Werden Sie nicht zornig. Wahrscheinlich ist sie noch nicht gesund.«

»Ja, wahrscheinlich! Und ich gebe mir Mühe, nicht zornig zu werden. Ich liebe sie!«

»Ich weiß, Andy!« –

Wenn auch der Wind nur noch sachte fächelte und die am Nachthimmel vergehenden Wolken nur noch unmerklich langsam ostwärts schwebten, so schwieg doch der ewige rollende, raunende Gesang der Brandung in den Klippen nicht; ja, es war, als tönte er in der großen Stille donnernder als sonst und aufbegehrend ruhelos.

XX

Maureen O'Toole, die nun Frau MacReanna war, saß vor dem Frisierspiegel in ihrem Schlafzimmer. Das Fenster des Raumes wies nach Westen; man konnte von ihm aus den Weg übersehen, der vom Hafendorf zum Klippenhaus heraufführte.

Da der Frisiertisch rechts neben dem Fenster stand, hätte sich Maureen in ihrem dunkelroten, gesteppten Morgenrock nur wenig nach links zu wenden brauchen, um in einen der schönsten Tage hinauszublicken, den das allmählich dem Abklang zusinkende Jahr der Insel Hork noch schenkte.

Aber Maureen hatte die linke Hälfte der schwarzen, glatten Flut ihres Haares über die Stirn und die Augen herabgeschwenkt, daß ihr Antlitz ganz darunter verschwand, und bürstete die lokkeren, seidigen Strähnen mit hundert langsamen, festen Strichen wie jeden Morgen. Sie hielt ihre Augen geschlossen dabei und zählte nachlässig. Zwischendurch dachte sie: Es ist schönes Wetter heute, dreiundsechzig, vierundsechzig, fünfund –, er ist schon früh mit O'Keevans Boot nach drüben gefahren – kommt erst morgen wieder. Wenn das Wetter umschlägt, während er drüben ist, und – und O'Keevan traut sich mit seinem Boot nicht mehr über den Sund, dann kann ich hier allein sitzen, vierundsiebzig, fünfundsiebzig, sechs, sieben –, wie vor zwei Jahren, als der große Sturm war, und die dumme Deirdre langweilt mich zu Tode mit ihrem Klatsch und Geschwätz und paßt auf, daß die vom Leuchtturm mich nicht besuchen, sonst rennt sie zum Priester, und der kommt auch gleich und nistet sich hier ein, damit mir keiner was zuleide tut, neunzig, einund–, zweiundneunzig, Vater Hoey ist alt und fett und kennt, dreiundneunzig, von jedem Felsen auf der Insel eine fromme Legende, tatsächlich; wenn er sie bloß nicht immer alle an den Mann bringen wollte – Vater Hoey, Herr im Himmel! – Das wird also aus klugen Leuten, wenn sie ein Leben lang hier auf der Insel hocken, sechsundneunzig, sieben -, das Wetter ist schön, ich werde Deirdre im Laufe des Vormittags zum Leuchtturm schicken und meinen Besuch für den Nachmittag anmelden lassen, der gute O'Shonessy ist wohl alt genug zum Anstandsmarschall. Er kann mich abends nach Hause bringen, damit es kein Gerede gibt, hundert – so, diese Seite ist auch fertig.

Sie richtete sich auf. Es war ihr heiß geworden, sie hatte zu lange gebückt unter dem schweren Vorhang ihres Haares gesessen, und die vielen weiten Bürstenstriche strengten sie immer ein wenig an. Sie blickte sich um: das Feuer im Kamin brannte hell und hoch. Andrew hatte wahrscheinlich an das häßliche, kalte Wetter der vergangenen Tage gedacht, ehe er fortging, und hatte die Glut im Kamin kräftig geschürt. Nun war es beinahe überwarm im Zimmer.

»Der gute Andrew! Er ist immer so furchtbar vorsorglich. Ich habe wirklich einen zu guten Mann!«

Sie murmelte es vor sich hin, halb spöttisch, halb ernsthaft; sie wußte es selber nicht, wen sie damit kränken wollte, sich oder ihn. Mein guter Mann – klang das nicht eigentlich albern? Sie zog ihrem Gesicht im Spiegel eine Grimasse.

Pfu! Es ist wirklich zu heiß hier! Sie ließ den Morgenmantel von den Schultern gleiten, um Kühlung zu gewinnen, erblickte sich im Spiegel und betrachtete sich kritisch.

Ihre Schultern – rund und glatt – wie sie in den Hals übergingen – und der Hals selbst, glatt und ohne häßliche Senken – makellos – und mein Gesicht – und mein schwarzes Haar über der weißen Schulter bis – hierher – es ist nichts auszusetzen –

Ein eigentümliches Lächeln stahl sich um ihre Mundwinkel; als hätte sie eben einen geheimen Sieg davongetragen. Sie gestand sich: die Inselluft macht schöne Farben. So blaue Augen wie hier habe ich noch nie gehabt. Und alles für den »guten Mann«. Das Lächeln auf ihrem Gesicht erstarb und machte einem ärgerlichen Ausdruck Platz. Sie erkannte, daß sie nicht schöner davon wurde. Sie zog sich abermals eine Grimasse im Spiegel, wütend. Der »gute Mann«, der sie tagelang allein ließ – und »sein Boot«. Und wo blieb sie selbst bei alledem? Noch war sie schön; aber wenn sie sich weiter ärgerte, wurde sie häßlich. Daß sie mit jedem Tag älter wurde, war sowieso nicht aufzuhalten! Der gute Mann –! Aber nun bin ich ja gesund –! Bald bin ich wieder ganz und gar gesund! Damals – kam er gerade zur rechten Zeit. Ich bin noch nicht alt, noch lange nicht. Warum sollte es mir nicht nochmals gelingen –! Damals hatte ich ja auch –

Nein! Sie fröstelte plötzlich und zog sich den Morgenrock wieder über die Schultern. Damals hatte ich ja auch Glück, hatte sie vor sich hin flüstern wollen. Aber das letzte Wort wollte ihr nicht über die Lippen. Durfte man Glück nennen, wofür ein anderer mit dem Leben gebüßt hatte? Ach, es war wohl doch nicht allzu warm im Zimmer. Manchmal wurde sie von einer fliegenden Hitze angefallen. Und gleich danach von einer schleichenden Kälte. Bloß nicht husten müssen! Erkältungen sind entsetzlich! Fast ein ganzes Jahr lang habe ich keine mehr gehabt. Ich lege mich lieber noch für eine Weile ins Bett. Dann werde ich wieder warm.

Sie erhob sich, warf einen Blick aus dem Fenster in den himmelblauen, strahlenden Tag, trat vor das breite Doppelbett, löste den Gürtel des Morgenrocks und wollte schon die gefütterten Pantoffeln von den Füßen streifen. Ihr Blick fiel auf das Bett, in dem ihr Mann geschlafen hatte. Die Decken lagen in einem wirren Haufen am Fußende verknäuelt; eine der wärmenden Hüllen hing über die Bettkante auf den Boden hinunter. Das Laken war an jener Stelle, an welcher Andrew wahrscheinlich vor dem Aufstehen noch einen Augenblick gesessen hatte, von der Matratze verschoben; das rotbespannte Polster blickte merkwürdig prall und nackt darunter hervor. In dem Kopfkissen war deutlich die Mulde zu erkennen, die des Mannes Haupt hinterlassen hatte.

Maureen blickte ein paar Herzschläge lang auf das wüste, kalte Lager, das ihr Mann innegehabt hatte. Sie schauderte ein wenig. Sie wandte sich ab. Sie kroch mit fest zusammengepreßten Augen unter ihre Steppdecke; sie fand darunter noch eine Ahnung von Wärme; sie wickelte sich fest in ihr Pfühl; sie drehte dem Nachbarbett den Rücken zu. Sie hielt die Augen geschlossen; sie kniff ihre Lippen aufeinander; sie war gleich eingeschlafen – eine weiße Stirn und der flache Ansatz einer geraden Nase in einer Woge aus glänzendem Schwarz. Ihre geschlossenen Augenlider waren bläulich überhaucht – ein ganz zartes Blau wie das dünner, entrahmter Milch. Manchmal zuckten diese Lider mit den langen, schwarzen Wimpern. Aber sie schlief fest. Im Traum, ihr unbewußt, kräuselte ein verächtliches Lächeln ihre Lippen unter dem hochgezogenen Rand der Steppdecke. Sie murmelte undeutlich: »Mein guter Mann!« Dann rieselten ihr ein paar kichernde Laute die Kehle hinunter. Aber das vernahm kein Mensch. Nicht einmal sie selbst.

Maureen überlegte lange, was sie zu ihrem Besuch auf der Funk- und Peilstation anziehen sollte. Aber schließlich entschied sie sich für ein graugrünes Tweedkostüm, das ihr herrlich zu den schwarzen Haaren und den frischen Farben ihres Gesichts stand. Sie gefiel sich, als sie sich am Nachmittag, bevor sie ihr Haus verließ, noch einmal im großen Spiegel prüfte. In dieser Aufmachung konnte sie sich nicht nur auf Hork sehen lassen. Auch auf der O'Conell Street in Dublin oder auf der Piccadilly in London würden ihr die Leute nachblicken –

Eine leichte Brise aus Südwesten fächelte ihr entgegen, als sie aus ihrem Haus den Weg zum Hafendorf hinunter nahm, der sich nach hundert Schritten landein mit der Fahrstraße vereinigte, die vom Riffdorf zum Hafen führte. Die Luft ging samtweich und hauchte doch eine selige, unendlich reine Frische; jene Luft, die nur an diesen fernen Küsten zu atmen ist, Luft vom Golfstrom, der hier vorüberzieht, auf seinem weiten Wege schon kühl geworden ist, aber doch noch eine letzte, milde Wärme von den südlichen Meeren heranträgt, aus denen er stammt.

Wolkenflaum segelte träumerisch durch das tiefe Blau des Himmels, schien zuweilen stillzustehen, als vergäße er sein Ziel. In der klaren, stillen Luft konnte man unbeschreiblich weit sehen. Die hohen Berge des Festlandes schoben sich, eine leuchtend violette Kulisse, zu einer großartigen gewaltigen Versammlung einer vor den anderen. Das Grün von Inishtunney schimmerte herüber, glitzernd wie ein Smaragd, in das schwere Silbergrau der Klippen gefaßt und das strahlende Weiß der Brandung, die an den Ufern der kleinen Inseln im Sund aufschäumte. Über das Meer selbst wogte von Westen her eine mächtige, weitgeschwungene Dünung, mit riesigen Rücken glatt wie Öl, letzte Sendboten eines wohl schon vor Tagen weit draußen im großen Atlantik verwehten Sturms.

Die großen Möwen fingen nicht mehr genug Wind in der Luft, um auf gebreiteten Flügeln zu segeln. Unten im Schutz der Kaimauer schwammen sie auf dem ruhigen Wasser; und von dem hohen Wege her zum Dorf hinunter mochte ein poetischer Betrachter meinen, im Hafen wären unter der frühlingswarmen Spätherbstsonne Hunderte von schneeweißen Seerosen aufgeblüht.

Maureen nahm von all diesem Zauber nur wenig mit Bewußtsein auf. Aber der holde Glanz über dem unabsehbaren, leuchtenden Ozean durchschimmerte auch sie. Und es war angenehm, sich frisch gebadet zu fühlen, ein schönes, gelungenes Kleid zu tragen und einer Gesellschaft entgegenzugehen, in der man der bewunderte und von warmen Strahlen des Begehrens umspielte Mittelpunkt sein würde.

Im Dorf wurde Maureen freundlich gegrüßt. Beinahe jeder mochte sie gern, und die Leute freuten sich alle, daß sie auf Hork ihre Gesundheit wiedergewonnen hatte, als wäre sie eine bedrohte Schwester oder Tochter aus der eigenen Familie. Andy, ihr Mann, hatte große Pläne, die allen auf der Insel zugute kommen würden! Jetzt baute er noch das neue, starke Boot, ließ es hier auf der Insel bauen und kaufte es nicht irgendwo weit her, sondern hatte darauf Bedacht, daß der Verdienst unter Nachbarn blieb. Dann das schöne Klippenhaus! Vielleicht lockte es nächstes Jahr weitere zahlungsfähige Gäste an; dabei fiel für manchen, der sonst nichts mehr zu tun hatte, hier und da etwas ab: ein Schilling oder eine Krone, ein getragener Regenmantel oder sogar gelegentlich ein halbes Pfund Sterling. Ja, das alles war Andy zu verdanken, einem weitumhergekommenen Manne. Und Maureen war seine Frau. Und wenn sie auch manchmal ein wenig abwesend schien und nicht jeden Gruß beantwortete, so war sie doch immer freundlich, wenn man sie ansprach. Und etwas Geduld mußte man mit ihr schon haben, wo sie leider nicht ganz gesund war. Sie war eben Andys Frau, und Andy war in Ordnung, soweit überhaupt nach den Maßstäben, die auf Hork Geltung hatten, ein Mann in Ordnung sein konnte.

Der alte MacClellan stand vor der Tür des Schuppens, in dem das neue Boot gebaut wurde, und wärmte sich in der milden Sonne. Er war einer der wenigen im Dorfe, die sich nicht täuschen ließen; er kannte seinen Auftraggeber Andrew MacReanna genau und hatte allzuoft die tiefen Verstimmungen erspürt, von denen der Schotte zuweilen heimgesucht wurde; er glaubte zu wissen, wo diese Verstimmungen herstammten. Und da er den Schotten gern mochte, so hatte eben Maureen, die Ehefrau, schuld und niemand sonst! Sie war nicht so, wie sie sein sollte! Wie hätte man es sonst erklären sollen, daß der im allgemeinen selbstgewisse und ruhige Andy von Zeit zu Zeit von schweren Schatten belagert wurde und dann kaum fähig war, ein vernünftiges Wort zu sprechen.

So nahm MacClellan nur eben die Pfeife aus dem Mundwinkel und grüßte, ohne zu lächeln, mit einem knappen Wink der Hand. Maureen nickte scheu und ging schnell vorüber. Mußte der alte Griesgram auch gerade in der Türe stehen! Der mürrische, alte Klotz, der sie stets anstarrte, als wüßte er ein Schock Untaten, die sie begangen hätte, und überlegte sich, ob er sie anzeigen sollte!

Aber als sie den Rand des Dorfes erreichte, hatte sie den alten Mann mit der abgebissenen Pfeife bereits vergessen. Sie dachte: jetzt werden sie wieder in den Türen stehen und tuscheln, daß ich zum Leuchtturm gehe, während mein Mann nicht da ist. Mögen sie! Aber sie erschienen mir weder neugierig noch mißbilligend, wie ich es eigentlich erwartet hatte. Wahrscheinlich sind sie guter Stimmung wegen des schönen Wetters, und Deirdre hat ein nettes Wort für mich eingelegt; denn selbstverständlich hat sie meinen Besuch auf der Station längst ausgeplaudert, als sie durchs Dorf ging, mich draußen anzumelden.

Aber auch dies hatte Maureen schnell vergessen, als sie die offene Landschaft erreichte, die sich zwischen dem Hafendorf und der Station ausbreitete.

Zur Linken ruhte das Torfmoor mit seinen dunkelbraunen Tümpelaugen und den blanken Bänken des angestochenen Torfes. Zur Rechten stieg das Land, schnell steiniger werdend, in gekippter Mulde zu den nackten Felsentafeln an, die den überhöhten Nordrand der Insel bildeten; sie brachen allesamt lotrecht, manche auch gefährlich weit überhängend, zum Meere ab, das an ihrem Fuße mit abertausend rundgeschliffenen Steinbrocken spielte. Von der Oberkante her, bei stillem Wetter belauscht, klang es, als raschelten Erbsen in einer Büchse, die langsam geschüttelt wurde.

In der Ferne wuchs der Leuchtturm aus dem weiten Kranz von grauen Mauern an seinem Fuß weiß empor. In den Scheiben des Glasgebäudes an seiner Spitze blinkerte das Sonnenlicht.

Der Himmel glänzte wie blauer Atlas – die Schönwetterwolken wie große Silberblumen darauf gemalt. Eine Heidelerche hatte sich von der warmen Sonne täuschen lassen, hing einen

Steinwurf hoch mit schwirrenden Flügeln in der kristallklaren Luft und sang ihr süßes Zwitscherlied, als wäre der Frühling nicht mehr aufzuhalten.

Als sich der Fußweg um das Westende des Torfmoores zur flachen Südküste hinunterwendete, bot sich den Blicken Maureens das weite Meer jenseits des Uferstreifens. Eine gelassene Grunddünung rollte darüber hin, blanke, runde Hügel und dunkle, runde Täler dazwischen ohne Schaum. Aber über dem Schelf der Inselküste steilten sich die weiten, glatten Hänge mächtig auf und segelten als gläsern grüne Wände sausend heran, um in hohen Fontänen, Fahnen und Teppichen von blendendweißem Gischt zwischen den Felsen zu zerflattern und zerrinnen. Selbst Maureen, die dergleichen sonst nicht sehr beachtete, fragte sich, wie die zwar mächtige, aber doch sanfte Dünung eine so ungeheuer tobende und donnernde Brandung heraufbeschwören konnte –

Weit draußen im Westen, wo der Felsenrücken der Insel sich unter Wasser noch viele Meilen fortsetzte, ehe er endgültig abbrach in die lichtlosen Abgründe der Tiefsee, fleckten ein paar hellbraune Segel die glitzernde Wölbung des Weltmeers: Horker Fischer, die über den Hummerbänken ihre Körbe einholten und die groteske Beute bargen, die Körbe mit neuen Ködern versahen und dann wieder zu den Fangplätzen hinuntersenkten. Maureen dachte einen Augenblick: dort holen sie die kostbaren Tiere aus der Tiefe, an denen wir verdienen. Aber sie verstockte sich gleich wieder gegen diesen Gedanken: wozu der mühselige Umstand? Ich habe Geld genug!

Am hohen, eisernen Tor der Station begrüßte den Gast der junge George MacGrath. Maureen fühlte sich etwas ermattet nach dem langen Weg in der weichen, warmen Luft. Sie sagte es und freute sich, daß aus des jungen Mannes Stimme echte Sorge sprach, als er sie ein wenig linkisch begrüßte und gleich beteuerte, sie müßte sich erst einmal ein wenig ausruhen, ehe sie sich in ein allgemeines Gespräch ziehen ließe. Vielleicht wollte sie sich eine Viertelstunde hinlegen? In des Kommandanten Zimmer gäbe es ein bequemes Ruhesofa – Ja, meinte Maureen, das würde sie gern tun, wenn es O'Shonessy erlaubte.

Auf dem Gang vom Tor der Station in der hohen Steinmauer zu der von einem Portal gekrönten Vordertür des Wohnhauses spürte Maureen mit ihrem sicheren Instinkt für solche Dinge, daß der große junge Mann an ihrer Seite etwas sagen wollte, daß er sich aber vergeblich bemühte, die geeigneten Worte zu finden. So fragte also sie: »Was gibt es Neues bei Ihnen, George?«

»Oh, ja, was ich sagen wollte, Madame – der Kommandant hat gemeint, ich sollte Sie darauf vorbereiten: wir haben nämlich noch anderen hohen Besuch heute.«

»Das klingt ja nicht gerade ermutigend. Wer ist es denn? Kommen Sie heraus mit der Sprache, George. Wer ist es?«

»Vater Hoey, Madame!«

MacGrath blickte Maureen an, und sein Blick hatte etwas von dem eines Kindes, auf frischer Tat beim Honigschlecken ertappt. Maureen mußte über soviel jungenhaften Kummer, daß die Männer der Station nun ihrem schönen, eleganten Gast nicht ungestört den Hof machen konnten, laut herauslachen. Sie rief: »Und dabei machen Sie ein Gesicht, George, als sollte die schöne Welt schon in der nächsten halben Stunde untergehen. Vater Hoey ist ein ehrwürdiger und unterhaltsamer Mann, und ich freue mich, daß er da ist. Wir werden einen sehr gesitteten Abend miteinander verleben.«

»Das ist es ja eben –!« murmelte der große Bursche unwirsch. Maureen lachte noch lauter: »Hören Sie mal, mein Lieber! Sie haben doch nicht etwa erwartet, daß wir zusammen Karneval feiern! Oder was haben Sie sich vorgestellt? Ich hielt Sie stets für einen wohlerzogenen Menschen –!«

»Ja, ja. Ich dachte bloß – Und Burton meinte auch – Sogar der Kommandant hat sich darauf besonders gefreut, daß wir mal eine Dame bei uns – Und nun muß ausgerechnet heute –«

»Sie haben ein großes Talent, George, in halben Sätzen zu sprechen. Sie haben also den Pfarrer nicht eingeladen?«

Der junge Mann sah Maureen, schon unter der Tür, fast entsetzt an: »Wir? Nein! Er ist ganz zufällig gekommen. Wollte nach dem Rechten sehen, meinte er. Nein, wir haben ihn nicht eingeladen. Aber nun ist er da, und wir können ja nicht –«

»Natürlich könnt ihr nicht –!«

Sie legte ihm ihre leichte, behandschuhte Rechte in die Armbeuge: »George, es wird sehr nett werden! Trösten Sie sich! Kommen Sie! Gehen wir hinein!«

George war rot geworden, als er ihre Hand auf seinem Arm spürte; er war froh, daß sie sich nach einer halben Sekunde schon abwandte und in das Halbdunkel des Hauseingangs tauchte. Kaum klangen ihre Schuhe auf dem rauhen Estrich, als der Kommandant in den Flur trat und ausrief: »Schön, daß Sie da sind, Maureen! Zu Willkommenspforten haben Sie uns keine Zeit gelassen! Wir freuen uns sehr!«

Maureen begrüßte auch Burton, der in seiner besten Uniform nicht übel aussah, nichts weiter tat, als sich sehr weltmännisch zu verbeugen und zu murmeln: »Madame –!«

Er wußte so viel Bewunderung in die zwei Silben zu schmeicheln, daß Maureen ihm einen intimeren Dankesblick schenkte, als sie eigentlich vorgehabt hatte. Sie ärgerte sich sofort darüber, so daß ihr jeder die Abspannung glaubte, die sie vorschützte, um eine Viertelstunde in des Kommandanten Zimmer allein zu sein und zu ruhen. O'Shonessy deckte sie mit einem großen Plaid sorgsam zu auf dem lederbezogenen Sofa, das ringsum von vielen gelben Messingnägeln blitzte; er begütigte: »So! Machen Sie ruhig für eine Weile die Augen zu, Maureen! Es wird Ihnen gut tun! Wir warten gern!«

Er zog die Tür leise hinter sich ins Schloß, der alte Mann, und dachte: sie ist tatsächlich allein gekommen; gut, daß Vater Hoey da ist. Es wäre Andy wohl nicht recht.

Maureen lag mit geschlossenen Augen flach auf dem Rücken. Ihre Nüstern sogen den Geruch ein, der diesem männlichen Wohnraum anhaftete: aus kalten Tabakspfeifen, altem Leder und seewasserfeuchten Kleidern stammend. Ihre Lider bebten unaufhörlich; unter der zarten Haut rollten die Augenbälle unruhig hin und her; sie ärgerte sich maßlos, daß der Priester ihr zuvorgekommen war. An Zufall glaubte sie nicht eine Sekunde lang!

Deirdre hatte natürlich dafür gesorgt, daß der Anstand – nach Horker Begriffen – gewahrt blieb, und hatte des Pfarrers Köchin im Vorbeigehen mit ein paar Worten verständigt, ganz ohne Absicht natürlich! – Natürlich! Damit der Ruf meines guten Mannes keinen Schaden leidet! Und der Priester hatte seine zweihundert Pfund eilig in Marsch gesetzt. Damit Andy nicht gekränkt würde, Andy, den der Priester mehr als irgendeiner auf der Insel behalten wollte, damit er seiner hinter der Zeit herhinkenden Inselgemeinde neuen Auftrieb gebe. Und darum hatten ihr alle Leute im Dorf so wohlwollend nachgeschaut! Sie wußten schon, daß Vater Hoey zur Station vorausgewallfahrt war, und freuten sich im stillen, daß Andy nichts würde zu bemängeln haben, wenn ihm später jemand vom Ausflug seiner Frau berichtete. Immer Andrew! Alle schienen um Andrew besorgt zu sein, um Andy, wie sie sagten – scheußlich: Andy –! Als wäre er einer der Ihren! Diese widerliche Aufpasserei verdarb jeden Spaß. Keinen Schritt kann ich tun, ohne daß eine Gardine raschelt oder einer um die Hausecke späht. Widerlich! Aber ich werde machen, was ich will – und was mir Spaß macht! Ich lasse mich nicht mehr ans Gängelband nehmen, nicht mehr! Nie mehr!

Sie krampfte ihre Hände zu Fäusten: wenn ich will – wenn ich will –! Ich tue, was mir Spaß macht. Ich lasse mich an keine Leine legen, an keine!

»Bleiben Sie sitzen, Vater Hoey, bleiben Sie sitzen!« rief Maureen, als sie nach ihrem Erholungsschläfchen in die schmucke, große Wohnküche trat, welche den Leuchtturmleuten als Eß-, Wohn- und Empfangszimmer diente. Maureen hatte die Männer nicht die vereinbarte Viertelstunde, sondern fast fünfundvierzig Minuten warten lassen, das tat ihnen ganz gut –!

Der schwarzgekleidete, schwerleibige Geistliche mit dem gutmütigen, intelligenten Gesicht hatte sich aus seinem tiefen Ledersessel erheben wollen, um den endlich erscheinenden, weiblichen Gast zu begrüßen. Seine kleinen, braunen Augen funkelten vergnügt; er mochte Maureen gern, so wie sie war. Er wußte haargenau, was er von ihr zu halten hatte. Man konnte

Vater Hoey vielleicht ein wenig für längere Zeit oder gelegentlich auch kräftig für kurze Zeit hinters Licht führen; denn er war ein nachsichtiger Mensch, der gern ein Auge zudrückte, wenn es sich um läßliche Sünden handelte. Aber noch nie war es jemand gelungen, Vater Hoey kräftig und für lange Zeit zugleich an der Nase herumzuführen. Der Priester durchschaute die schöne Maureen, als wäre sie aus Glas – und Maureen wußte es. Aber sie wußte auch, daß der weise und auf der Insel fast allmächtige Mann sie gelten ließ, wie er alle Geschöpfe Gottes gelten ließ, auch die wunderlichen, solange sie die Schranken beachteten, welche die Kirche errichtet hat. Wenn aber Gefahr im Verzuge schien, so war dem schwerfüßigen Hüter des Anstands und der guten, katholischen Sitten kein Weg zu weit und kein Wetter zu schlecht.

Maureen las in seinen ironisch-freundlichen Augen: nun, mein schönes Kind, spielst du wieder deine alten Spiele?

Es kam Maureen so vor, als schüttelte der Priester kaum merklich in lächelnder Mißbilligung den Kopf. Sie lächelte zurück: ja, hier stand sie einmal einem klugen Manne gegenüber, einem unbestechlichen, der ebenso nüchtern rechnete und urteilte wie sie selbst. Sie fügte ihren ersten Worten hinzu: »Ich habe einfach ein wenig verschlafen. Das Ledersofa war allzu verführerisch! Hoffentlich hat man Sie nicht bis jetzt auf Speis und Trank warten lassen, Vater?«

Der Geistliche war der Aufforderung, sitzenzubleiben, gefolgt, ohne erst zu widerstreben. Er antwortete: »Aber wofür halten Sie mich, Maureen? Es war uns allen ein Vergnügen, mit dem Tee auf Sie zu harren. Nicht war, Kommandant?«

»Ganz gewiß, Maureen! Was meinen Sie, wie sich mein Plaid gefreut hat, daß es Sie wärmen, und mein wackliges Sofa, daß es Sie tragen durfte!«

Waren die beiden alten Männer, der sehnige, magere und der fleischige, lebhafte, im Komplott miteinander, sie durch die Blume zu verspotten? Sie parierte lächelnd: »Wenn Sie feurige Kohlen auf meinem Haupte sammeln wollen, meine Herren, dann gehe ich lieber gleich. Dazu ist mir mein Haupt zu schade.

Und Sie haben es dann zu verantworten, wenn ich vor Hunger und Durst kurz vor meiner Haustür zusammenbreche!«

»Das muß unbedingt verhütet werden, wenn wir uns nicht mit ewiger Schande bedecken wollen. George! Burton! Den Kessel aufs Feuer, die Eier in die Pfanne, den Tee in den Topf! Madame sind gekommen, Madame haben geruht zu ruhen, Madame wünschen auf der Stelle zu speisen.«

MacGrath und Burton machten sich mit klapperndem Eifer ans Werk.

Maureen ließ sich in dem zweiten großen Sessel nieder, dem Priester gegenüber. O'Shonessy saß zwischen ihnen, verkehrt herum auf einem Stuhl. Im Hintergrund zischte es heftig. Kräftige Düfte verbreiteten sich. Der Priester schnupperte.

»Aha –!« sagte er, nichts weiter. Er sagte es mit so vielsagender Miene, daß Maureen und der Kommandant laut auflachen mußten.

»Ich habe Sie doch auf die Folter gespannt, Vater«, rief Maureen. »Ich merke es jetzt! Sie haben sich verraten!«

Der Priester wandte sich mit gekränktem Gesicht an O'Shonessy: »Nun triumphiert sie natürlich! Sie will uns unbedingt an unser schwaches Fleisch erinnern, Kommandant! Wie finden Sie das?«

»Sie als Theologe, Vater, sollten eigentlich gar nichts anderes erwartet haben. Seit dem Sündenfall hat jede Tochter Evas durchaus recht, wenn sie die Söhne Adams an ihre Schwachheit erinnert. Wenn Adam wirklich ein Mann gewesen wäre, hätte er ja den Apfel nicht zu nehmen brauchen!«

»Wie wahr, Verehrter! Und ich beanspruche keine Sonderbehandlung für Theologen. Wenn nicht auch wir schwach wären, wie sollten wir die Schwachheiten anderer begreifen!«

Burton rief vom Herde herüber: »Solange es sich nur um guten Appetit handelt, Vater Hoey, kann kein großes Unheil angerichtet werden, von einem verdorbenen Magen abgesehen.«

»Burton, schweigen Sie! Sie als protestantischer Höllenbraten haben in Sachen des Seelenheils überhaupt nicht mitzureden, da das Ihre längst verspielt ist!«

Maureen warf ein: »Wenn das stimmt, Vater Hoey, dann ist Burton ja fein heraus. Da er auf kein Seelenheil mehr Rücksicht zu nehmen braucht, kann er in diesem Dasein sündigen, so viel und so oft es ihm gefällt.«

»Na und?« fragte der Priester mit gespieltem Erstaunen. »Tut er das etwa nicht?«

Er hatte die Lacher alle auf seiner Seite. Und Burton sonnte sich in seiner dergestalt aus dem Munde eines Fachmannes bestätigten Verworfenheit.

Unter solch anzüglichen Spiegelfechtereien verlief das Abendessen, das George mit vollendeter Kunst servierte. Es wollte Maureen so scheinen, als bemühte sich Burton, der an ihrer linken Seite saß, ihre Hand mit der seinen zu berühren, wenn er ihr eine Schüssel oder das Salzfaß weiterreichte. Maureen fühlte nach, als sie erst aufmerksam geworden war. Ja, es stimmte. Es war ihr gerade recht, den beiden alten Anstandswächtern ein Schnippchen zu schlagen, unmittelbar vor ihrer Nase. Und den öligen Burton in Aufregung zu versetzen – wenn es zu mehr als solchen Kindereien bei ihm nicht reichte –, das brachte heimlich ein wenig Pfeffer in die langatmige Feier.

Schließlich sagte O'Shonessy: »Es wird Zeit zum Aufleuchten. Die Sonne ist schon untergegangen. Burton hat Wache; er muß gleich verschwinden. Wie wär' es, wenn ich den Gästen zeigte, was es Neues bei uns gibt. Wir haben ein paar interessante Apparate vorzuführen. Währenddessen macht George hier etwas Ordnung. Und nachher wollen wir weiter sehen und Tee trinken.«

»Ich werde George beim Aufwaschen helfen!« erbot sich Maureen. Aber George lehnte aufgeregt und verlegen ab: »Das gibt es auf keinen Fall! Nein, das ist nicht nötig! Ich bin gewohnt, schnell damit fertig zu werden.«

Maureen gab sich nicht allzuviel Mühe, ihren Willen durchzusetzen. Burton, der sich schon zum Aufbruch fertig machte, sagte: »Man kann sich auch nur schwerlich vorstellen, daß Madame hinter dem Abwaschbottich steht oder jemals gestanden hat.«

Maureen erwiderte leichthin: »Sagen Sie das nicht, Mister Burton. ›Gestanden hat‹ mag nicht ganz unrichtig sein. Aber das ist schon eine Ewigkeit her und gilt höchstens für die Jahre meiner unschuldigen Jugend. Dann ist es mir so ergangen, wie es allen weißen Frauen ergeht, die in die Tropen versetzt werden. Dort ist es undenkbar, daß eine weiße Frau körperliche Arbeit verrichtet, es sei denn ein paar symbolische Handarbeiten, Stikkereien, ein wenig feine Näherei und dergleichen. Für alles andere gibt es Schwarze im Überfluß. Ich muß gestehen, man gewöhnt sich so gründlich daran, daß man es sich später nicht wieder abgewöhnen kann. Das Schicksal hat es gut mit mir gemeint: es hat mir hier auf Hork die gute Deirdre beschert, die mir wirklich alle Arbeit abnimmt.«

Diesem Bekenntnis folgten einige Sekunden des Schweigens. Die Frau, die hier mit ihnen in der großen Küche weilte, Tee trank, Spiegeleier aß und Toast mit Butter und bitterer Orangenmarmelade dazu, genauso wie sie, die Männer, jeden Tag, war in einer anderen, fernen Welt heimisch gewesen, von der sich vielleicht nur O'Shonessy eine matte Vorstellung machen konnte. Maureen war anders zu beurteilen als die meisten Frauen der hiesigen Bekanntschaft und Verwandtschaft.

Maureen lächelte leise in sich hinein; sie verstand es, sich zu drapieren. Der Priester war der einzige, der sich nicht von ihr täuschen ließ. Er fragte: »Ist es nicht sehr langweilig, Maureen, den ganzen Tag nichts zu tun zu haben, als in der Hitze zu schmoren?«

»Ach, man ist fortwährend damit beschäftigt, sich gesund zu erhalten. Und man hat alle Hände voll zu tun, seine Schönheit zu pflegen, denn so wollen es die Herren der Schöpfung. Und wenn man als Frau schon das Opfer bringt, in jenen Breiten zu leben, aus denen man selten ebenso gesund zurückkehrt, wie man hingegangen ist, dann will man wenigstens ein klein wenig auf Händen getragen werden. Das ist wirklich nicht mehr als recht und billig. Meinen Sie nicht auch?«

»Selbstverständlich, selbstverständlich!« entgegnete O'Shonessy an Stelle des Priesters. »Wo es doch sogar hier bei uns im kühlen Norden Frauen gibt, die da erwarten, daß man sie auf Händen trägt, obgleich es gar nicht so heiß ist wie am Äquator!«

»Ich glaube«, erwiderte Maureen heiter und nestelte unwillkürlich mit einer sehr anmutigen Gebärde ihrer Arme und Hände an ihrem Knoten im Nacken, »die Unterhaltung geht mir etwas zu weit. Schließlich tun die Männer immer das, was ihnen Spaß macht. Wenn es ihnen Spaß macht, uns zu verwöhnen, warum, in aller Welt, sollen gerade wir sie daran hindern? Wie wär's, wenn wir uns jetzt einmal die aufregenden neuen Maschinen anschauten?«

O'Shonessy stimmte eifrig zu: »Ja, gern!« und fügte hinzu: »Es ist allerhöchste Zeit für Sie, Burton!«

Burton murrte: »Es kommt ja auf die Minute nicht an.«

Der Kommandant überhörte diese Antwort geflissentlich und sagte: »Erlauben Sie mir, daß ich vorangehe, Maureen; ich zeige den Weg.«

Maureen warf beim Verlassen des Raumes Burton einen belustigten Blick zu, als wüßte sie sich mit ihm einig in der Auffassung, daß der Diensteifer des Kommandanten eine Winzigkeit lächerlich wäre. Der Priester registrierte diesen Blick, ohne daß Maureen merkte, wie scharf sie von dem alten, nur scheinbar plumpen Mann beobachtet wurde.

James Burton biß sich auf die Lippen und griff nach seiner Mütze: eine verflucht großartige Person! Ich scheine Eindruck gemacht zu haben!

Der Kommandant aber dachte, während er schnell vor seinen beiden Gästen den Gang zu den Maschinenhallen hinunterschritt: der Satan bringt mir meine beiden Burschen vollkommen durcheinander: George glotzt sie an, als sei er ein Schaf, das zur Schlachtbank geführt wird, und sie der Schlächter; und James macht Augen, als wollte er sie mit Zitronensaft schlürfen wie eine Auster. Sie hat den Teufel im Leibe. – Aber das meinte er trotz allen Ärgers bewundernd.

Und der alte, katholische Priester, der mit leisem Schnaufen hinter dem allzu fixen O'Shonessy herstapfte, zitierte bei sich in geliebtem Latein: Vanitas vanitatum vanitas! und ließ seine alten Augen nicht ohne Wohlgefallen auf der schlanken Gestalt mit den liebenswürdig angedeuteten Hüften verweilen, die vor ihm herschritt.

Als die drei Menschen auf den großen Hof hinaustraten, der, von der hohen, mächtigen Mauer eingefaßt, den Turm, das Wohnhaus, einige Schuppen und Speicher und die einstöckigen Gebäude der Peil- und Sendestation um sich her vereinigte, entschlüpfte ihnen wie aus einem Munde ein bewunderndes »Ah –!« Denn der Abendhimmel zeigte ein so leuchtendes Gold und Purpurrot bis hoch in den Zenit, daß die drei nach dem Dämmergrau des Ganges und des Innenraums für einen Augenblick jede Verwirrung und sich selbst vergaßen. Maureen rief laut:

»Das müssen wir von oben sehen, von dem Rundbalkon unter der Glaskuppel, Kommandant! Hier versperrt die Mauer den Ausblick auf die See!«

»Dann aber schnell!« sagte O'Shonessy. »Manchmal vergeht die Glut schon nach wenigen Minuten!«

Der Priester erhob keinen Einspruch, stöhnte aber nicht wenig, als er sich über die enge, steile Wendeltreppe im Innern des weißen Turmes vierzig Meter hochbefördern mußte. O'Shonessy und Maureen waren ihm weit voraus. Endlich trat er auf die stählerne Tafel unterhalb der Feuer-Drehbühne und zwängte sich durch die enge Doppeltür auf den schmalen, rund um den Turm laufenden Eisenbalkon hinaus, dem auf einem Seitenausbau die Heulanlage des Nebelhorns angeschlossen war.

Die beiden anderen standen schon an der Westseite des Turmes und blickten der Sonne nach über das Meer. Der alte Priester konnte sich nicht enthalten, ein wenig lehrhaft zu werden: »Wenn man nur die Menschen ansieht, möchte man manchmal an der Kunstfertigkeit Gottes zweifeln; nur gelegentlich gelingt ihm ein Mensch ganz und gar, wenigstens von außen.« Er ließ einen Seitenblick über Maureens Antlitz gleiten, welchem der schnellere Atem nach den vielen Treppen ein tieferes Rot auf die Wangen und die Lippen gezaubert hatte; eine Strähne ihres schwarzen Haares hatte sich im sanften Wind gelöst und zeichnete ihr einen dunklen Halbmond über die linke Hälfte ihrer hellen Stirn. Der Geistliche sah, daß seine Worte ein Lächeln um ihren Mundwinkel weckte; er fuhr fort: »Sieht man aber die Sonne im westlichen Meer versinken, dann steht nicht mehr in Frage, daß Gott der größte Meister in allen Künsten ist!«

»Ja«, sagte O'Shonessy, »da haben Sie recht, Vater Hoey. Ich habe wenig Grund, mich über meinen Beruf zu beklagen, welcher mich ins erste Parkett vor die großartigste Schaubühne gesetzt hat, die Gott nur irgendwo geschaffen hat.«

Wenn auch der Rausch des Sonnenunterganges schon nachgelassen hatte, während die drei die Wendeltreppe heraufgestiegen waren, so hatten sich Himmel und Meer inzwischen mit um so bunteren Farben geschmückt. Die See erglänzte ungeheuer weit und groß, mit einem maßlosen Gewimmel von Brillanten überpudert, die rötliche und blaue Blitze schossen. Kein Segel war mehr draußen unterwegs. Abseits dieser Funkelbahn, die in jene Gluthöhle am Horizont hineinzielte, in welche die Sonne fortgerollt war, huschten in mächtigen Teppichen, als vergösse sie der Abendwind, rote Töne über das Meer, königlich rot, smaragdene Grüns und solche wie Jade in wabernden Flecken, azurenes Blau und Pflaumenblau; aber weit im Norden und gegen Osten, wo taubengrau und rappenfarben die Nacht emporrauschte, ruhte ein amethystener Schimmer über den Wassern, der so völlig unglaubhaft schien, daß die Augen immer wieder zu ihm zurückkehrten, um sich an seinem samtweichen Feuer zu laben.

Und alle diese Farben kehrten im hohen Himmel wieder, denn von dort stammten sie eigentlich her; die See spiegelte sie nur zurück.

Tief unter dem Turm, nur knappe fünfzig Schritte von seinem Fuß entfernt, brüllte die Brandung in den groben Klippen. Weit draußen schon steilte sich die glatte Dünung, wuchs, wurde spitzer und stürmte schließlich in langen schaumgekrönten Zeilen gegen die Küste vor, weite, grüngläserne Wände aufrichtend, die erst über den Felsen zerbarsten; die Zungen des Gischtes schossen zwischen den Blöcken umher wie ein aufgestörtes Rudel riesiger Schlangen mit silbernen Köpfen!

Quer durch den Glast im Westen schwebte in sausenden Kreisen eine große Raubmöwe.

Die Küste des Festlands im Süden verschwamm und verrann in einem veilchenfarbenen Dunst.

Wie lange das Wunder dauerte? Ach, nicht allzulange! Dann sank der Zauber plötzlich dahin; die Farben erloschen; aller Glanz wurde stumpf. Der Tag war gestorben. Aber noch hatte die Nacht nicht ihre großen, dunklen Augen aufgetan.

Maureen fröstelte, denn der warme Anhauch der helleren Stunden war schnell verweht. Sie sagte: »Vielen Dank für das wunderbare Schauspiel. Ich wage anzunehmen, daß Sie es zu Ehren meines Besuches bestellt haben. Aber jetzt wird mir kalt, Kommandant!«

»Die Wärme war leider schon ausverkauft, Maureen. Sonst hätte ich natürlich auch für Wärme gesorgt. Widmen wir uns den Apparaten; bei ihnen ist es warm.«

Als die drei sich wieder in das Innere des Turmes gezwängt hatten, hörten sie über sich in der Leucht- und Linsenkuppel Burton rumoren, der die Glühbrenner kontrollierte, bevor er sie entzündete.

Der Priester, Maureen und der Kommandant stiegen die vielen Treppen wieder hinunter. Im Maschinenhaus war George MacGrath damit beschäftigt, einen der schweren Diesel anzuwerfen, deren Kraft die drahtlose Peilanlage mit Strom versah. O'Shonessy begann, einiges zu erklären, und der Priester hörte aufmerksam zu. Er wollte hier wie stets wenigstens theoretisch informiert sein, womit sich seine Pfarr- und Beichtkinder ihr tägliches Brot verdienten; sein Interesse war echt, und er bekundete es klug.

Maureen sagte schon nach fünf Minuten: »Ich verstehe kein Wort von alledem. Aber man braucht nicht alles zu verstehen. Mir gefallen die großen Schwungräder und der Lärm und die vielen Drähte und die kleinen, zuckenden Zeiger in den dicken Uhren. Gibt es keinen Stuhl in der Nähe, George? Ich setze mich hierher, von wo ich das eiserne Treiben gut betrachten kann, und freue mich an dem ungewohnten Anblick, bis Vater Hoey alle alten und neuen Apparate auswendig gelernt hat. Wollen Sie mir Gesellschaft leisten, George?«

»Mit Vergnügen, Madame!«

Sie fragte den jungen Mann nach seinen Eltern und Geschwistern. Das war sicherlich das einzige Thema, über das er ohne Stocken sprechen konnte. Sie hatte sich nicht verrechnet. George war beglückt, daß Maureen so reges Interesse für ihn und seine Herkunft zeigte, und verlor sich in eine wortreiche und nicht ganz klare Darstellung seiner Familienverhältnisse. Er redete sich warm und ahnte nicht, daß die schöne, dunkle Frau vor ihm im Stuhl nur ab und zu mechanisch »ja« oder »ach« sagte, aber kein Wort seines langatmigen Berichtes aufnahm. Tatsächlich ärgerte sie sich, daß O'Shonessy so viel Zeit auf die dummen und ihr gleichgültigen Apparate verschwendete und daß Vater Hoey so tat, als interessierte er sich wirklich für die komplizierten Kästen. Und dieser George mit seinen Geschwistergeschichten fiel ihr auf die Nerven. Sie erhob sich und schlenderte zur Tür.

»Der Lärm wird mir zuviel, George.«

George war mitten im Satz steckengeblieben. Er öffnete ihr den Ausgang zum Hof. Draußen war inzwischen die volle Nacht hereingebrochen; eine Nacht mit vielen Sternen ohne Mond.

Die Blicke Maureens wurden in die Höhe gelockt, ehe sie noch ganz im Dunkel stand. Der Leuchtturm ragte dunkel und riesenhaft hoch. Aus seiner gläsernen Kuppel brachen jetzt mit unerhört greller Gewalt die drei Strahlenbalken des Leuchtfeuers und fegten als Speichen eines himmelhohen, weißglühenden Rades, dessen Achse der Leuchtturm war, mit majestätischer Gelassenheit durch die stille Nacht, in der sich nichts weiter mehr regte als das dumpfe Paukenkonzert der Brandung. Jedesmal, wenn einer der Balken aus weißer Glut hoch oben über den Hof raste, rieselte ein fahler, geisterblasser Schein hernieder, in dem sich auch der gleichgültigste Gegenstand mit einer gespenstischen Aura umhüllte, als stamme er aus der Welt eines fahlen, ängstlichen Traumes. Und, seltsam: jedesmal, wenn einer der drei blendenden Arme hoch oben in unbeirrbarem Gleichmaß rundum fegte, glaubte man, ihn sausen zu hören, obgleich doch in Wahrheit das Licht vollkommen lautlos die mächtigen Kreise durchs Dunkel zog.

Maureen sprach es aus: »Hört man sie nicht sausen, George?«

George begriff nicht gleich; er lauschte angestrengt und höchst bereitwillig. Dann verstand er erst, was sie meinte: »Ach, der Dreistrahl –? Nein, der macht kein Geräusch. Da müssen Sie sich täuschen, Madame!«

»Wer weiß, George! Vielleicht sind Sie es, der sich täuscht! Wissen Sie, was ich möchte? Ich möchte einmal hinauf in die Kuppel, von der die Millionen Kerzen ausstrahlen.«

»Das darf ich leider nicht erlauben, Madame. Wir dürfen bei Nacht keine Fremden auf den Turm steigen lassen. Die Vorschriften verbieten es. Aber wenn Sie den Kommandanten fragen – er könnte Sie vielleicht mit hinaufnehmen.«

»Seien Sie nett, George! Gehen Sie in den Maschinenraum zurück und fragen Sie den Kommandanten für mich um Erlaubnis. Ich warte hier.« –

Fünf Minuten später stiegen Maureen und O'Shonessy zum zweiten Male die endlose Wendeltreppe empor. Der Priester hatte erklärt: »Noch einmal da hinauf, Kommandant? Ich weiß, Sie meinen es gut mit mir. Entbinden Sie mich von der Gewaltkur. Einmal genügt mir.«

Sie trafen unter der Leuchtkuppel auf der stählernen, runden Plattform, auf welcher der mächtige Linsenzylinder in seinem Quecksilberbade lautlos umglitt, den wachhabenden Burton, der gerade das Fallgewicht auf die Trommel drehte, das die »Optik« in Bewegung hielt.

»Madame möchte einmal an der Quelle des Feuers stehen, das ihr im Klippenhaus alle fünf Sekunden ins Schlafzimmer leuchtet, wenn sie nicht die Vorhänge zuzieht, Burton. Was meinen Sie, sollen wir es gestatten?«

Burton richtete sich auf: »Sicherlich, Kommandant! Wenn alle Wünsche Madames so bescheiden und leicht zu erfüllen sind –!«

»Sie unterschätzen meine Wünsche, James. Aber ich muß sie natürlich auf die Leute abstellen, an die ich sie richte.«

O'Shonessy lachte: »Da haben Sie die Quittung, Burton! An Madame haben Sie Ihren Meister gefunden.«

In diesem Augenblick klingelte das Telefon. Der Kommandant meldete sich, stand einige Sekunden bewegungslos, sagte: »Gut, ich komme!« in die Muschel und hängte den Hörer wieder in den Haken: »George meldet, unsere Sendefrequenz wäre nicht ganz gleichmäßig. Er kann den Schaden nicht finden. Ich muß der Sache auf die Spur kommen. Sie bringen Madame hinunter, Burton?«

»Gewiß, Kommandant!«

Die beiden waren allein. Über ihnen brauste das aus den Düsen strömende und verbrennende Gas. Die Schritte des Kommandanten hallten über die Eisentreppe abwärts.

Es war zu schnell und zu überraschend hereingebrochen, das Alleinsein. Beider bemächtigte sich eine merkwürdige Verlegenheit. Maureen wußte sie zu verbergen, indem sie möglichst wenig sagte. Burton verriet sie, indem er mit vielen Worten die verschiedenen mechanischen Einrichtungen ringsum erklärte. Maureen blickte ihn schließlich aus großen Augen und mit spöttischen Mundwinkeln an, und er verstummte. Sie fragte: »Nun, Burton –? Mich interessiert nur eines: wo brennt – Ihr großes Feuer –?«

»Wir müßten nach oben in die Leuchtkuppel klettern, Madame. Aber das ist gefährlich. Es ist sehr heiß da oben. Und der einzige Weg hinauf führt über die senkrechte Eisenleiter dort!«

»Steigen Sie als erster hoch. Ich klettere hinterher.«

»Gut! Wagen wir es! Ich will Sie vorher davor warnen, den Blick in einen der brennenden Glühkörper zu richten, Maureen. Sehen Sie auf Ihre Schuhe! Es tanzen einem sonst minutenlang rote Ringe vor den Augen, und man kann nichts mehr wahrnehmen. Kommen Sie auch den Glühkörpern nicht zu nahe; sie entwickeln eine fürchterliche Hitze, Maureen!«

»Maureen –?« fragte sie gedehnt. »Seit wann nennen Sie mich beim Vornamen?«

»Seit eben, Maureen. Sie werden es mir doch erlauben?«

Sie lächelte: »Hier oben auf dem Turm –! Sie sind der Wachhabende. Was bleibt mir anders übrig! Also für heute abend, solange Sie Wache haben, James, bin ich Maureen für Sie. Nun aber lassen Sie mich nicht länger warten, James! Hinauf!«

Burton kletterte die senkrechte Eisenleiter hoch, die durch eine runde Schlupföffnung auf die stählerne Bühne unter der Glaskuppel führte. Maureen folgte ihm geschickt. Als sie aber den Kopf durch das Einstiegloch steckte, mußte sie innehalten und die Augen schließen, so ungeheuer schwoll die Fülle des Lichts im Brennraum. Nicht in die Glühkörper sehen, dachte sie und stieg vorsichtig weiter empor, wobei sie die Augen auf einen möglichst schmalen Schlitz verengte. Burton half ihr von oben, indem er sie unter der Achsel stützte. Jetzt fühlte sie wieder ebenen, harten Boden unter den Füßen und konnte versuchen, sich in der weißglühenden Zauberkammer umzuschauen.

Aber kaum hatte sie den Blick von ihren Schuhen gelöst, an denen er sich festgehalten hatte, als ihr auch schon zu schwindeln begann: denn es war ja der rotierende Linsenzylinder, der die Wände des Brennraumes bildete! Drei mächtige, runde, geringelte Linsensysteme, jedes hoch wie ein Mann, wanderten in ihrer stählernen Fassung unermüdlich im Kreise um die Brennbühne. Diese Linsen faßten das unerträglich helle, weiße Licht der zwei, drei Dutzend sausenden Glühlichtbrenner, die rings um die Leuchtbühne angeordnet waren, zu jenen Strahlenbalken zusammen, die draußen durch die Finsternis fegten, verstärkten sie ungeheuerlich!

Maureen stand mitten im zischenden Quell von zehn Millionen Kerzen, die ihr von allen Seiten ihren heißen Atem zuhauchten: ein glühender Käfig aus Licht, der seine gläsernen Wände schnell gesprengt hätte, wenn die heißen Gase nicht ständig durch den Kamin in der Kuppelwölbung abgeflossen wären. Aber furchtbarer war, daß draußen um diesen Käfig, der weißglühende Flammen an Stelle von Gittern benutzte, die drei furchtbaren, glitzernden Linsenaugen, in ihren Strahlenzylinder gefügt, pausenlos umliefen, sich drehten, drehten, drehten und dem Menschen in ihrem Zentrum das entsetzliche Empfinden einflößten, nicht sie drehten sich um ihn, sondern er drehte sich um seine eigene Achse, unaufhörlich, konnte keinen Widerstand leisten, konnte nicht sich, nicht ihnen Halt gebieten, drehte sich, drehte, drehte sich.

Es war zuviel für Maureen. Dies hatte sie nicht erwartet. Wenn sie auch nur versuchte, die Augen zu öffnen und zu erheben, verlor sie sofort jeden Halt; es wurde ihr übel. Und selbst noch durch die geschlossenen Lider drang die Überfülle des Lichtes der in höhnischem Gleichmut weiterzischenden Brenner. Sie spürte nur den einen Wunsch: Fort von hier! Sonst stürze ich in die Flammen! Sie flüsterte: »James, ich kann nicht –! Halten Sie mich!«

Er hielt sie längst. Sie hing willenlos in seinen Armen. Aus ihrem Gesicht war alle Farbe gewichen; selbst ihre Lippen waren blaß. Ihr Haar und ihre Brauen waren schwärzer als schwarz. Er küßte sie durstig und war erstaunt, daß ihre Lippen sich nicht wehrten.

Plötzlich straffte sie sich in seinen Armen; sie drängte ihn fort, hielt ihre Augen geschlossen, schrie – denn sie mußte schreien, um sich über dem Zischen der Brenner verständlich zu machen: »Sind Sie wahnsinnig, James? Hier oben? Im vollsten Licht? Lassen Sie mich!«

Er lachte laut: »Ach, Maureen, Närrin! In die Strahlen kann niemand hineinsehen. Die Brenner sind zwischen uns und draußen. Und die Linsen!«

Er wollte sie gieriger küssen, aber sie wandte den Kopf beiseite und riß sich aus seinen Armen. Sie stampfte mit dem Fuß auf: »Bringen Sie mich nach unten! Nein, ich schaffe es auch allein! Lassen Sie mich los! Lassen Sie mich los, Burton!« Sie schüttelte ihn ab.

Sie beugte ihren Kopf und öffnete dann erst ihre Augen. Ja, sie vermochte ihre Schuhe ruhig zu fixieren. Sie suchte mit den Blicken über den Boden hin: dort war das Einstiegsloch und die beiden Griffe der daraus hervorragenden Eisenleiter. Vorsichtig, ohne den Kopf zu erheben, mit kurzen, schlurfenden Schritten, bewegte sie sich zu den festen Griffen, nahm sie in die Hände und suchte vorsichtig mit dem rechten Fuß nach der obersten Sprosse der Leiter. Als sie erst mit beiden Füßen unterhalb der Bühne Halt gefunden und ihre Hände das Leiterende fest gepackt hielten, wagte sie den ersten und einzigen freien Blick in den Brennerraum. Jetzt konnte sie die Linsen umlaufen sehen, ohne zu schwindeln, jetzt nahm sie auch die beinahe unerträgliche, seltsame Pracht des Kranzes der Glühlichter wahr. Bei einem zweiten Versuch, sich in den Käfig aus Licht zu trauen, würde sie nicht mehr schwach werden! Burton stand mitten auf der Bühne mit hängenden Armen. er machte ein Gesicht wie ein geprügelter Hund. Sie mußte lachen.

Unten auf der dämmerigen Plattform wollte Burton wieder nach ihrem Arm greifen: »Wie geht es Ihnen jetzt, Maureen?«

Sie ordnete ihr Haar: »Mir geht es ausgezeichnet! Lassen Sie das, Burton! ›Maureen‹ schaffen wir ab. Ich bin wieder ›Madame‹, nicht wahr? Burton, Sie haben damit gerechnet, daß mir oben schlecht werden würde, und haben die Gelegenheit wahrgenommen. Das war nicht nett von Ihnen, Burton!«

Sie wußte genau, daß dieser Vorwurf nicht berechtigt war. Burton beteuerte: »Es war keine böse Absicht dabei, Madame, wirklich nicht! Wie konnte ich vorher ahnen, daß Sie oben schwindlig werden würden! Als ich Sie dann erst hielt – lieber Himmel, kein Mensch hätte da widerstehen können.«

Das war geschickt verteidigt. Maureen lächelte – es war ja auch merkwürdig und aufregend gewesen – Sie sagte: »Gut, James, ich will keine Staatsaktion daraus machen. Ich bin Ihnen nicht allzu gram!«

»Maureen, wir müssen uns wiedersehen!«

»›Madame‹ meinen Sie! Gewiß werden wir uns wiedersehen. Das wird auf der engen Insel Hork schwer zu vermeiden sein.«

»Sie wollen mich nicht verstehen, Maureen!«

»›Madame‹ meinen Sie, nicht wahr? Die üblichen Antworten sind Ihnen sehr geläufig, Mr. Burton. Natürlich will ich Sie nicht verstehen. Wollen Sie mich jetzt nach unten begleiten?«

Auf der halbdunklen Treppe hatte einer hinter dem anderen zu gehen. Unten auf dem Hof drückte sie ihm zum Abschied die Hand überraschend warm und ging schnell davon. Burton stieg, von einem Sturm widerstreitender Empfindungen geschüttelt, wieder zu seinem Posten in die Höhe.

Auf dem Heimweg in den blutrot aufstrebenden Mond war Maureen mit sich und den Erlebnissen des Nachmittags und Abends durchaus zufrieden. Als O'Shonessy umkehren mußte – er hatte seinen beiden Gästen noch bis zum Rande des Moores das Geleit gegeben –, dankte ihm Maureen so warm und liebenswürdig, daß der alte Mann wider Willen sein Herz springen fühlte. Als er erst wieder auf dem Rückweg war, sagte er laut vor sich hin: »Die Hexe ist ein bezaubernder Satan!«, ohne zu merken, daß diese Feststellung sich nicht durch besondere logische Qualitäten auszeichnete.

Der alte Priester und Maureen wanderten einhellig durch die milde, fast windlose Meeresnacht. Die beiden Menschen redeten nicht viel miteinander. Einmal sagte der Geistliche unvermittelt: »Maureen, Sie sind von Gott mit der seltenen Gabe ausgestattet, das Leben anderer Menschen durch Ihr bloßes Dasein noch lebendiger zu machen, als es von Natur ist. Sie können diese Gabe zum Vorteil, aber auch zum Nachteil Ihrer Mitmenschen verwenden. Ich bin davon überzeugt, daß sich eine gute Katholikin wie Sie für den richtigen Weg entschieden hat.«

»Gewiß, Vater Hoey!« beteuerte sie bereitwillig.

Nach einer Weile fügte der Priester nachdenklich hinzu: »Sie haben einen sehr guten und sehr tüchtigen Mann, Maureen. Sie müssen ihm beistehen und gut zureden, damit seine klugen Pläne Wirklichkeit werden.«

»Gewiß, Vater Hoey, gewiß!« wiederholte sie.

Als der alte Seelsorger daheim in seinem Schlafzimmer kniend mit besonderer Inbrunst seine Abendgebete gesprochen hatte, stellte er seinen Wecker, damit er nicht versäumte, sich am kommenden Morgen rechtzeitig zur Frühmesse zu erheben, und legte sich schließlich seufzend in sein knarrendes Bett. Er fühlte sich so verzweifelt, daß er lange Zeit nicht einschlafen konnte.

Schließlich legte er nochmals die Hände aneinander und betete leise: »Et ne eam inducas in tentationem! Sed libera eam a malo!« Darauf konnte er endlich einschlafen.

Maureen dehnte sich in ihrem einsamen, breiten Bett. Sie hatte den Vorhang am Fenster nicht herabgezogen. Alle fünf Sekunden erhellte der bleiche Schein des Leuchtfeuers die vertrauten Gegenstände des Zimmers.

Sie lag auf dem Rücken mit hinter dem Kopf verschränkten Händen. Ihre Augen waren weit offen. Gedanken flatterten auf geräuschlosen Fledermausflügeln durch den auf- und abglimmenden Raum. Irgendwann – irgendwann – tue ich wieder, was ich will. Lange genug – lange genug – habe ich mich anderen angepaßt! Lange genug –! Aber nicht länger!

Ein Lächeln wie das eines Kindes umspielte ihre Mundwinkel. Sie schloß die Augen. Sie schlief.

Sie erwachte erst, als Andrew ins Zimmer trat, der am halben Vormittag des nächsten Tages bei immer noch glatter See vom Festlande zurückkehrte. Er brachte ihr aufregende Nachrichten.

XXI

»Auf, Langschläfer! Es gibt verschiedenes, was dir Spaß machen wird zu hören!«

Andrews Stimme klang vergnügt und aufgeräumt wie seit langem nicht. Er fuhr verwundert fort: »Wie, hast du bei offenen Vorhängen geschlafen? Sonst stört dich doch das Feuer des Leuchtturms?«

Er verlangte keine weitere Erklärung. Er sah nur Maureen, die sich langsam in ihrem Bett aufrichtete. Sie murmelte noch halb im Schlaf: »Du bringst lauter frische, kalte Luft ins Zimmer!«

Ja, sie strömte aus seinen vom Morgenwind durchpusteten Kleidern. Das rötliche, starke Haar stand ihm wirr um den wetterbraunen Kopf. Seine blauen Augen suchten die ihren. Sie sah entzückend aus, umzüngelt von ihren schwarzen Haaren. Sie trug einen weinroten Schlafanzug. Solche Extravaganzen hatte sie schon am Kongo geliebt und schon davor. Und Andrew war und blieb Seemann genug, solche Nachtgewänder höchst passabel zu finden. Wenn er seine Frau nach einem Tage Abwesenheit wiedersah, so war er stets aus voller Seele bereit, zu vergessen, wie oft sie ihn schon gekränkt hatte, war bereit, das Leben mit ihr noch einmal zu beginnen. Nein, er hatte wahrlich nichts zu bereuen!

Andrew setzte sich zu seiner Frau auf den Bettrand und berichtete: »Ich komme drüben in Tippertully an, da sagt mir der Postmeister gleich: große Neuigkeiten, Andy! Die Film-Wochenschau will ausgerechnet nach Hork kommen, um das Leben auf der Insel zu filmen, die Brandung, den Leuchtturm, die Peilstation und was ihnen sonst noch aufregend erscheint, sobald der erste schwere Herbststurm zu wehen anfängt. Und die Radioleute haben sich mit den Filmleuten zusammengetan – ich weiß nicht, ob es Zufall war – und wollen dann Hörbilder – so nennen sie es – von den Herbststürmen aufnehmen, um sie später den staunenden Leuten an Land im Radio vorzuführen. In diesen Tagen schon soll ein Mann namens Charles Egan auf die Insel kommen, als Quartiermeister sozusagen, soll sich umhören, was für die Zwecke des Films und des Radios interessant ist, soll wohl auch eine Art Spielplan entwerfen, soll Unterkünfte beschaffen, die technischen Fragen prüfen, wie es mit Elektrizität steht – damit kann nur der Leuchtturm aufwarten – und so weiter und so weiter. Dieser Egan soll ein wichtiger Mann sein, habe ich mir sagen lassen, eine Art Chef für aktuelle Sendungen dieser Art.«

»Woher weißt du das alles, Andrew?«

Maureen hatte längst alle Schläfrigkeit abgeschüttelt.

»Sie hatten bei dem Postmeister eine Telefonnummer hinterlassen mit der Weisung, er solle den nächsten vernünftigen Menschen, der von Hork herüberkäme, veranlassen, bei ihnen anzurufen. Das habe ich schließlich getan, obgleich mir anfangs die Sache nicht behagte. Aber als ich erst telefoniert hatte, merkte ich, daß du wieder einmal recht gehabt hast, Maureen.«

Sie blickte ihn fragend an: »Wieso?«

»Nun, du sagtest, eine solche Sache wäre eine Reklame für uns, wie wir sie uns besser und billiger gar nicht denken können. Das ist buchstäblich richtig. Diese Art von Leuten macht stets einen großen Wirbel um sich und beansprucht, daß jedermann sie wichtig nimmt; das habe ich am Telefon gemerkt. Wenn den Brüdern hier irgend etwas Eindrucksvolles gelingt, werden sie uns tüchtig in den Mund der Leute bringen, in ihrem eigenen Interesse, und weil bei ihnen das Klappern offenbar zum Handwerk gehört. Wenn sie nicht ständig laut heraussagen, wie wichtig sie sind, wie und wo sie gefilmt, gesendet, gewohnt und gearbeitet haben, dann sind sie auch nicht wichtig. Es wird der ganzen Insel zugute kommen. Der alte O'Keevan mit seinem Haß gegen alles, was von drüben ist, wollte erst gar nicht ran an den Speck. Er wird mit seinem Boot den größten Teil der Transporte bewältigen müssen. Herübersegeln wollen die Leute ihre Geräte nicht; sie verlassen sich lieber auf Motoren. Wenn jetzt mein Boot fertig wäre, könnte ich eine Menge Geld verdienen. Lange dauert es nicht mehr damit!«

Maureen vergaß, ihre Abneigung gegen das Boot zu bekunden. In ihren Augen glomm ein unruhiges Licht, das Andrew sich als Freude, Neugier, Erwartung deutete. Er mußte fortwährend in diese Augen blicken, deren starkes Blau unter dem schwarzen Haar ihn wie von je entzückte. Allmählich, ohne daß er es eigentlich merkte, sank die heitere, beinahe übermütige Frische, die er mitgebracht hatte, unter diesen Augen dahin, die ihm mit nervösem Eifer die Worte von den Lippen sogen. Sie fragte: »Hast du jenen Herrn Egan selber gesprochen? Gehört er zum Film oder zum Radio?«

»Nein, er selbst war nicht anwesend, sondern nur sein Vertreter. Und wohin er gehört, daraus bin ich nicht ganz schlau geworden. Es meldete sich ein Hotel in Belfast. Anscheinend sitzt da ein Vorbereitungskommando, wahrscheinlich nicht nur für die Pläne, die sie mit unserer Insel vorhaben.«

Sie fragte gedehnt und wandte ihre Augen ab dabei: »Wo sollen denn dieser Herr Egan und die anderen, die nach ihm kommen, wohnen?«

MacReanna schien die Frage erwartet zu haben. Trotzdem machte sie ihn verlegen. Er wurde sogar ein wenig rot. Wer ihm wohlgesinnt gewesen war, hätte ihn dabei sehr liebenswert finden können. Er war ein großer Junge, der ein Geständnis ablegt: »Ja, weißt du, der Mann am Telefon – er hieß Patterson oder ähnlich – bezog sich auf den Brief, den O'Shonessy geschrieben hat. Er fragte mich, ob ich wohl den Besitzer des Hotels auf der Insel kenne, Herrn Andrew MacReanna. Ich antwortete, der wäre mir leidlich bekannt; ich wäre es nämlich selbst. Aber ich wäre nicht der Besitzer, sondern Frau Maureen MacReanna – und soweit ich wüßte, wäre sie durchaus geneigt und imstande, bis zu sechs Einzelzimmer zur Verfügung zu stellen. Darauf sagte der Mann am Telefon: das wäre ja sehr schön und prächtig, und ob ich wohl willens wäre, zunächst ein Zimmer für Herrn Egan vorzulegen und weiterhin alle übrigen Zimmer für die Dauer ihres Aufenthaltes auf Hork zu reservieren. Ich sagte natürlich nicht gleich ja, sondern meinte, vorbestellte Zimmer müßten von einem bestimmten Tag an bezahlt werden, sonst entstände uns ein zu großer Verlust. Und da der gute Mann am Telefon offenbar der Ansicht war, wir hätten hier noch einen rauschenden Kurbetrieb, so ging er auf der Stelle darauf ein –«

Andrew blickte seitwärts auf den Fußboden und fügte leiser hinzu: »Was wir auf diese Weise mehr verdienen, Maureen, solltest du dazu verwenden, dir die Pelzjacke zu kaufen, die du schon lange haben wolltest. Ich wollte ja anfänglich nichts davon wissen, daß die Leute bei uns wohnen sollten. Das war nicht nett von mir gedacht, wo die Brüder aus der Großstadt dir sicherlich doch viel Abwechslung verschaffen werden. Zur Strafe für mich und zur Tröstung für dich sollst du das Geld haben, das sie uns einbringen.«

Sie lächelte ironisch, aber nicht unfreundlich: »Du bist ein Schotte, wie er im Buche steht: läßt dir die Trostpreise und Kavaliersgeschenke von ahnungslosen Tölpeln bezahlen. Mir soll es recht sein. Man sieht es der Jacke hinterher nicht an. Aber leider muß ich etwas Wasser in den schottischen Wein schütten: das

Pelzjackett wird kaum von dem Geld zu bezahlen sein, das du dir erwartest.«

Er meinte scheu: »Was macht es, Maureen? Ich habe drüben sehr günstige Abschlüsse wegen der Hummernlieferungen getätigt. Wenn wir nicht gar zu schlechtes Wetter bekommen, das Boot schnell fertig wird und dann kein Sturm den Fischern die Fangkörbe wegreißt, kannst du dir drei Pelzjacken anmessen lassen!«

»Viele Wenn –!« erwiderte sie, immer noch mit der gleichen unbestimmten Ironie.

»Ja, aber daß du dir den Pelz anschaffst, dafür gibt es kein Wenn mehr. Noch vor Weihnachten gondeln wir hinüber und fahren nach Belfast und machen den Kauf perfekt!«

»Ich wäre schön dumm, wenn ich ›Nein‹ sagte!«

»Das wärst du, Maureen! Aber so dumm bist du nicht!«

»Nein, so dumm nicht!«

Er lachte: war nicht wieder alles in bester Ordnung? Er täuschte sich nicht: schenken ist eine schöne Sache, und Maureen trug ihm nichts nach, wenn er sie durch ein Geschenk versöhnte. Ach, es würde sich alles mit der Zeit einrenken! – Er erhob sich, um für sie beide bei Deirdre ein großes Frühstück zu bestellen. Er nahm nicht wahr, daß sich Maureens Antlitz hinter seinem Rücken verhärtete.

Jeden Morgen erwachte Hork zu einem neuen, seligen, seidenen Tag. Schon zum vierten Male, seit Andrew seiner Frau die Nachricht von der bevorstehenden Ankunft der Radioleute gebracht hatte, spendete nun das Jahr seine verklärtesten Stunden. Und die Nächte, obwohl empfindlich kalt, dehnten ihre sternglitzernden Gewölbe hoch und friedvoll über der beruhigten See, auf welcher die schwere Grunddünung einem langen, flachen Wallen gewichen war. Über die runden, gelassen ostwärts ziehenden Wasserhügel glitten die Fischerboote schwerelos wie im Spiel.

Jeden Abend, wenn die Stille in der Luft noch vollkommener regierte, als sie schon am hellen Tage waltete, puckerte MacReanna mit einer vollen Ladung in O'Keevans Boot die zwei Stunden nach Tippertully hinüber, lud den Segen der Hummerbänke aus, verrechnete ihn mit dem dortigen Agenten, einem Bootsmann, und puckerte über die schlafende, leise atmende See nach Hork zurück.

So sehr ihn auch der kräftige Anlauf freute, mit dem sich die eben geschlossenen Verträge in die Wirklichkeit verwandelten, so sehr beunruhigte ihn auf der anderen Seite eine merkwürdige Veränderung, die er in Maureens Wesen wahrzunehmen glaubte. Sie hatte ganz im Gegensatz zu ihrer früheren, zuweilen unbeherrschten Launenhaftigkeit ein gleichmütiges, freundlich kühles Wesen angenommen, das ihm anfänglich wie alles Neue an ihr gut gefiel, ihm dann aber schnell unheimlich wurde.

Früher hatte Maureen sich oft voller Leidenschaft und Inbrunst mit ihm gezankt; es hatte zuweilen nicht weniger wilde Friedensschlüsse und berauschende Versöhnungen gegeben, die sich allerdings stets als bloße Waffenstillstände erwiesen. Jetzt war das merkwürdigerweise plötzlich vorüber. Sich mit dieser kühlen, wohlerzogenen Dame zu zanken, war völlig undenkbar; sie hielt ihn sozusagen ständig auf Armeslänge von sich fort – Andrew hätte sich wahrhaft erleichtert in einen gesunden Streit gestürzt, wenn sie ihm auch nur einen Schritt entgegengekommen wäre; aber sie hüllte sich in eine undurchdringliche Aura abgeklärten Gleichmuts, die ihn ebenso unsicher wie ratlos machte.

Gewöhnlich fand er abends Burton bei sich zu Hause vor. Der Mann vom Leuchtturm empfahl sich meist schon nach einer Viertelstunde; er schützte dabei den weiten Weg vor, den er zu bewältigen hatte – und daß er vor Antritt seiner neuen Wache um vier Uhr morgens wenigstens noch einige Stunden Schlaf haben müßte.

Maureen hörte gewöhnlich dem Bericht ihres Mannes sehr einsilbig zu, fragte ihn höchstens, ob er etwas Neues von Egan und den Radioleuten gehört hätte, und zog sich auf sein bedauerndes »Nein« bald zurück. Daß er nicht eingeladen war, ihr zu folgen, spürte Andrew bis in die Fingerspitzen. Er verhockte dann eine halbe oder ganze Stunde vor dem breiten Kamin in dem großen Südzimmer des Hauses, todmüde zumeist und nicht fähig, einen klaren Gedanken zu fassen. Er sagte sich: es ist ja nichts; wir sind uns nicht uneinig; ich muß ihr Zeit lassen.

Schlich er sich dann in sein Bett an ihrer Seite, wobei er das Licht vorher löschte, so schlief Maureen schon fest; ihre ruhigen Atemzüge schienen es wenigstens zu verraten. Und morgens schlief sie noch, wenn er schon aufbrach, um die Fischer zu sprechen, nach dem Bootsbau zu sehen – und auch ums Haus war noch manches zu versehen, wenn in nächster Zeit alle Zimmer besetzt werden sollten; Maureen kümmerte sich um dergleichen alltägliche Dinge überhaupt nicht. Und dann hatte jener Mann am Telefon noch einige technische Wünsche gehabt, die sich auf die Geräte der erwarteten Radioleute bezogen; diese Wünsche zu erfüllen und die Geräte über die ganze Insel transportabel zu machen, war gar nicht so leicht zu bewerkstelligen.

Nicht einmal im Traum verfiel Andrew auf den Gedanken, Burton mit dem ungewohnten Benehmen seiner Frau in Verbindung zu bringen. Er hatte noch nie daran gedacht, diesen windigen Kerl eine Minute lang ernst zu nehmen; Burton konnte nichts weiter als schwatzen und sich aufspielen. Solche Leute gab es eben überall. Man brauchte sie nicht gerade abzuweisen, da sie sich im allgemeinen ganz zivilisiert benahmen; aber man vergaß sie im gleichen Augenblick, in welchem die Tür hinter ihnen ins Schloß fiel. Auf alle Fälle sah es Andrew ganz gern, wenn einer der Leuchtturmleute, der Priester, der Besitzer der Schenke und des größten Kaufladens auf der Insel, oder wer sonst Lust dazu verspürte und sich einigermaßen auf einem Teppich bewegen konnte, seiner Frau Gesellschaft leistete. Die Männer kamen gern und halfen Maureen, halb täppisch, halb witzig, über manche leere Stunde hinweg. Die Frauen der Insel erschienen so gut wie nie im Klippenhaus; Maureen, die nichts weiter zu tun hatte, als sich schön zu machen, war ihnen beinahe unheimlich. Solch ein Dasein war ganz gewiß nicht nach Gottes Willen, mochte Maureen auch jeden Sonntag mit ihnen im Hochamt knien.

Schließlich behalf sich Andrew mit dem Gedanken, daß Maureen vor lauter Spannung auf den Besuch der fremden Gäste ihre alltägliche Umwelt nicht mehr zur Kenntnis nahm. Er wünschte diesen Egan herbei, damit sich der Schwebezustand endlich löste. Er hatte das Warten allmählich ebenso satt wie seine Frau.

Auch die ältesten Leute auf Hork konnten sich nicht entsinnen, je eine so lange Spanne schönen Wetters erlebt zu haben wie in diesem Herbst. Die köstlichen Tage, in denen die Spinnen ihre feinen Fäden über das Torfmoor und die immer noch saftig grünen, wenn auch von vielen groben Felsen überfleckten Wiesen und Wildweiden von Hork wehen ließen – die samtenen, friedvollen Nächte, in denen nach einer Woche der Stille selbst die Brandung zu einem träumerischen Raunen abklang, als murmelte das große Meer im Schlaf und hätte seine ungezähmte Seele ganz gesänftigt – ach, fast war das menschliche Herz nicht imstande, das Glück zu ertragen, das im gelassenen Wehen der Lüfte, im Glanz der Meereseinsamkeit, in der saphirfarbenen Tiefe des Himmels mit Engelszungen sang.

Ja, diese sechs Tage vollkommenen Friedens über der hohen See waren fast zu viel für die Menschen von Hork, die, an einer der ungebärdigsten Sturmecken des großen Atlantiks geboren, nichts weniger gewohnt waren als eine Folge von windlosen Tagen und die deshalb, bald hier einer, bald da ein anderer, halb ohne es zu wissen, halb unbestimmt beunruhigt, zuweilen innehielten, um auf die Brandung zu lauschen, die fast nicht mehr zu hören war und ihnen deshalb fehlte – als ob das Blut in ihren Adern nicht mehr klopfen wollte. In den kleinen schwarzen Ruderbooten, wie sie auf der Insel seit unvordenklicher Zeit im Gebrauch waren – sie gewährten nur zwei Ruderern Platz –, fuhren die Männer in den Sund hinaus und angelten wie auf einem stillen Süßwasserteich. Sie ließen sich dabei vom Flutstrom manchmal weit nach Osten versetzen und mit der Ebbe wieder zurücktreiben und brauchten kaum die Arme zu rühren. Um die schroffen Felsentürme der Klippen im Osten und Norden der Insel schmeichelte die See märchengrün in smaragdenen, jade- und malachitfarbenen Tönen, die, von der Höhe her betrachtet, weiter seewärts in ein vollkommen unglaubhaftes Schwarz mit veilchendunklen Schatten hinüberflossen.

Der alte Shan MacClellan, der mit unbeirrbarem, langsamem Fleiß an Andrews Boot hobelte, nietete und kalfaterte, trat, als geschähe es nach der Uhr, alle zwei Stunden vor die Tür des steinernen Schuppens, in dem das Boot entstand, blickte zum Himmel empor, schnupperte in die Luft nach Wind, wie ein Hund auf Jagd die Nase hebt, um seine Beute zu erwittern, schüttelte den Kopf, wenn der Rauch der Torffeuer aus den niedrigen Schornsteinen über den Strohdächern immer noch gemächlich aufstieg, kaum von einem sanften Zug verlenkt, und erklärte dann den Gefährten im Innern des Schuppens: »Das ist ein unnatürliches Wetter, sage ich euch. Der Wind sammelt sich irgendwo. Und je länger es schön bleibt, desto mehr Wind werden wir bekommen! Das schlechte Wetter lauert schon. Es sammelt sich ein ganzer Sack voll Wind, sage ich!«

Es widersprach ihm keiner, dem Alten, denn man widersprach ihm nicht.

Auch Andrews hatte sich trotz der beinahe überirdischen Schönheit jener Tage – oder wegen ihrer – eine ständig steigende Spannung bemächtigt, ohne daß er einen zureichenden Grund dafür anzugeben vermochte. Es war, als strömte aus den milde umdunsteten Horizonten eine namenlose Lockung, als träufle aus den schimmernden Himmeln der Tage und Nächte eine Sehnsucht, die wie ein leises Gift ins Herz drang, um es mit Unrast und Unzufriedenheit zu verstören.

Maureen saß in diesen Tagen manchmal vor ihrem Spiegel und blickte sich an; sie stützte dann etwa den Kopf in beide Hände, starrte sich lange ohne eine Spur von Wohlwollen in die Augen und mochte schließlich murmeln: »Ich zerspringe –«

Am Vormittag des sechsten Tages hatte O'Keevan die Post vom Festlande geholt und brachte ohne weitere vorherige Ankündigung Charles Egan aus Tippertully mit, einen Mann, mit einigen Kameras behängt und im Besitze eines höchst eleganten, mit vielen bunten Holzplaketten beklebten Lederkoffers. Als der

Fremde an der Hafenmauer die senkrechte Eisenleiter hochkletterte – es herrschte gerade Ebbe –, empfingen ihn die Männer von Hork mit neugierigem Schweigen; sie hatten sich zum Empfang des Postbootes wie üblich recht zahlreich an der Mole eingefunden.

O'Keevan rief aus der Tiefe vom Halbdeck seines Kutters nach oben: »Das ist Mister Charles Egan. Er will ins Klippenhaus zu Andy. Achtung, hier kommt sein Koffer!«

Der Koffer flog von unten hoch wie ein Kinderball und wurde von dem jungen Paddy Fitzsimmonds geschickt aufgefangen. Paddy wandte sich ohne weitere Zeremonien an den Herrn im rassigen Tweedanzug und sportlich steifen Wettermantel und sagte in seinem singenden, ungeschickten Englisch – denn bei den Fitzsimmonds wurde zu Hause nur gälisch gesprochen –: »Kommen Sie man, Mister. Ich bringe Sie ins Klippenhaus!«

Er hob sich den Koffer auf die Schulter, als wäre das schwere, überfütterte Behältnis ein leerer Torfkorb, und wanderte mit federnden Schritten vor dem Fremdling her, daß dieser, so lange Schritte und so steinige Straßen nicht gewohnt, zunächst zurückfiel. Er spürte auch, daß hinter ihm ein Flüstern aufraschelte, aus Spott und Neugier gemischt. Aber Egan hatte schon zu viele ähnliche Umstände erlebt, war auch seiner Überlegenheit zu sicher, als daß ihn solche Laute angefochten hätten.

Doch erstaunte es ihn nicht wenig, daß dieser junge, hübsche Bursche von der Insel in dem verbrauchten Sweater aus ungebleichter, grober Schafwolle, den formlosen Hosen aus Segeltuch und den schweren Gummistiefeln ohne jede Scheu und ohne viel Respekt ein Gespräch mit ihm begann, als redete er mit seinesgleichen. Auf der Insel gab es nur die natürlichen Unterschiede: die der Klugheit, der Kunstfertigkeit, der Kraft und des Alters; andere galten nicht, waren überhaupt unbekannt, obgleich in den weißgetünchten, kräftigen Steinhütten der Insel Abstufungen des Besitzes ebenso selbstverständlich von sich reden machten wie auf der ganzen Welt.

»Da ist schon das Klippenhaus!« verkündete Paddy seinem Schützling, der bei dem groben Weg bergauf etwas außer Atem geraten war. »Da wohnen Herr und Frau MacReanna. Wir nennen ihn aber meist Andy!«

»Und wie nennt ihr sie?«

»Oh –«, machte der junge Bursche. Die Frage brachte ihn offenbar in Verlegenheit. »Für sie haben wir keinen Rufnamen. Wir sagen eben ›Madame‹.«

»So, so –! Dann ist wohl Frau MacReanna nach eurer Meinung etwas Besonderes, wie?«

»Das ist sie auch, Mister! Das werden Sie schon sehen. Sie ist nicht wie unsere Frauen.«

Egan lächelte vor sich hin. Er erwartete keine besonderen Überraschungen, was die Weiblichkeit von Hork anbelangte; er pflegte im allgemeinen mehr Glück bei Frauen als bei Männern zu haben, aber hier und jetzt kam es ihm gewiß nicht darauf an. Ihn reizte es nur, den schönen, großen Plan vorzubereiten, der ihm schon lange im Sinn gelegen, den er mit viel Geschick und Zähigkeit bei seinen Oberen durchgesetzt hatte und auf den er sich wie auf jede neue, schwierige Aufgabe unbändig freute. Er war es auch gewesen, der den Gedanken gehabt hatte, Film- und Radioleute zusammenzuspannen. Er hatte oft schon die Erfahrung gemacht, daß die einfachen Menschen entlegener Gegenden um so besser mitspielten, um so unbefangener bei der Sache waren, je mehr und je Verschiedeneres von ihnen verlangt wurde, so daß jeder nach seinem Können und Geschick an der Arbeit beteiligt werden konnte. Und er versprach sich viel von den Tagen und Wochen, denen er voller Erwartung entgegenging.

Da war das Haus! Ein großes, schweres Haus aus groben Steinen, angenehm in den Maßen, mit blinkenden Fenstern. »Cliff-House« – Klippenhaus – stand in eine steinerne Platte gemeißelt über der kräftigen, bis auf einen blanken Türklopfer aus Messing schmucklosen Eingangstür. – Paddy Fitzsimmonds machte nicht viel Federlesens mit Tür und Klopfer; er trat mit seinem Gast einfach ins Haus, ohne den Klopfer zu beachten, und rief in den halbdunklen, breiten Gang, der sich hinter der Tür öffnete: »Hallo, Deirdre, hier ist jemand, der zu euch will –! Deirdre!«

Er wandte sich an seinen Begleiter und erklärte leiser: »Deirdre O'Keefe versieht nämlich das ganze Haus. An die müssen Sie sich halten!«

Und nochmals, sehr laut: »Deirdre! Ein Gast!«

Am Ende des Ganges, offenbar in der Küche, regte es sich. Eine Stimme, noch hinter der Tür, ertönte: »Ich komme! Gleich!«

»So«, sagte Paddy, »nun habe ich Sie richtig abgeliefert. Viel Spaß auf Hork wünsch' ich!« und wandte sich zum Gehen.

Egan griff in die Tasche und bot seinem fröhlichen Führer ein Geldstück: »Da! Fürs Tragen und den Weg, Paddy!«

Der junge Mensch blickte den Fremden und das Geldstück verwundert an. Dann begriff er, daß er entlohnt werden sollte. Mit einem breiten Lachen zeigte er seine gesunden weißen Zähne: »Nein, das behalten Sie man, Mister. Auf Hork freuen wir uns, wenn mal einer vom Festland kommt. Geld braucht er nicht dafür zu bezahlen!«

Paddy rief noch einmal den Gang hinunter: »Kommst du bald, Deirdre –!« und war durch die Tür und verschwunden.

Egan steckte die Münze wieder ein. Wahrhaft paradiesische Zustände hier, dachte er. Deirdre allerdings erschien noch immer nicht. Statt dessen öffnete sich unerwartet gleich zu seiner Linken nahe dem Hauseingang eine Tür, und heraus trat eine zierliche, mittelgroße, schwarzhaarige Frau in einem vorzüglich geschnittenen mausgrauen Kostüm. Neugierig kühle Augen blickten ihn an von einer strahlenden Bläue, wie er sie selten erlebt hatte. Und der leise Hochmut des hohen, ovalen Gesichts mit den zarten Farben der Wangen, den tiefroten Lippen, den stark gezeichneten Brauen traf ihn wie ein Schlag, traf ihn um so heftiger, da er alles andere eher auf dieser Insel erwartet hatte, aber nicht eine so gepflegte, selbstbewußte Dame. In einer Verwirrung, über die er sich sogleich ärgerte, wurde ihm bewußt, daß er sich nicht rasiert hatte, da er der Meinung gewesen war, er dürfe auf Hork »nicht allzusehr aus dem Rahmen fallen«. Und seine Hände hatte er sich beim Aussteigen aus dem groben Postkutter an der verschlammten und rostigen Leiter in der Hafenmauer übel beschmutzt. Und was seinen Anzug anlangte, so hatte er mit so simplen Umständen gerechnet, wie er sie auch tatsächlich angetroffen hatte. Er stammelte daher in einer ihm selbst unbegreiflichen und peinlichen Verlegenheit: »Madame, ich weiß nicht, ob der junge Bursche mich wirklich richtig dirigiert hat. Ich bin Charles Egan. Vielleicht ist Ihnen mein Name schon bekannt. Ich sollte mich an Herrn MacReanna wenden. Aber ich fürchte fast –«

Maureen lächelte ein leises, ganz unbestimmtes Lächeln, von dem sie nicht wußte, daß es ihr das geheimnisvolle und seltsam verführerische Aussehen einer unerhört wissenden, all ihre Empfindungen und Gefühle durchaus beherrschenden Frau verlieh. Der Mann gefiel ihr, sein kluges, etwas eingebildetes und eitles Gesicht; und am meisten gefiel ihr, daß er so vollkommen von ihr überrascht war, so verlegen – er konnte ihr nicht deutlicher huldigen als mit seiner stotternden Verwirrung, die ihr wie Balsam in die hungrige Seele träufelte. Ach, wie sie das entbehrt hatte –! Sie antwortete liebenswürdig überlegen: »Sie haben keinen Anlaß, sich zu fürchten, Herr Egan. Ich bin Frau MacReanna. Wir haben Sie schon seit Tagen erwartet. Ich nehme an, daß Ihr Zimmer bereit ist. Auch das Quartier für die anderen Herren wartet schon. Wann dürfen wir mit Ihren Kollegen rechnen?«

Egan faßte sich mühsam. Er kam sich vor wie ein Bittsteller in einem reichen Hause. Er beeilte sich zu erklären: »In einigen Tagen, Madame! Sobald ich mit der Bestandsaufnahme des Interessanten und Wesentlichen fertig bin, das sich uns hier auf der Insel bietet. Ich werde dann in aller Eile ein Manuskript und Programm für unsere Arbeit herzustellen haben.«

Maureen lächelte tiefer; er setzt sich ein wenig in Positur, dachte sie, damit ich merke, daß er nicht irgendein Handlanger ist; das schlug eine verwandte Note in ihrem Innern an; das war ihr von ihrem eigenen Wesen her vertraut. Sie erwiderte obenhin – dachte nicht daran, sich beeindruckt zu geben und sich den Vorteil abdringen zu lassen, den sie gewonnen hatte: »So soll das also vor sich gehen – Mein Mann wird Ihnen sicherlich viel helfen können. Aber jetzt wollen Sie gewiß endlich auf Ihr Zimmer!

– Deirdre!« rief sie.

Und diesmal erschien die brave, breithüftige Deirdre sofort. Maureen befahl: »Dies ist unser Gast für die nächsten vierzehn Tage, Deirdre: Herr Egan. Zeige ihm sein Zimmer! Wir essen um ein Uhr, Herr Egan. Vielleicht sehe ich Sie dann wieder und werde Sie mit meinem Manne bekannt machen.«

Maureen strich den linken Ärmel ihrer Kostümjacke mit einer zierlichen Bewegung der langen, weißen Finger ihrer rechten Hand zurück und blickte auf ihre Armbanduhr: »Ach, ich sehe, nicht einmal mehr eine Stunde bis zum Mittagessen! Entschuldigen Sie, daß ich Sie so lange aufgehalten habe.«

»Aber, Madame –«, vermochte Egan nur zu murmeln. Dann war Maureen vor ihm schon den halbdunklen Gang entlanggeschritten, gelassen und graziös auf hochhackigen, schmalen Schuhen, und war nach rechts in eine Tür getreten, die sich offenbar in ein riesengroßes Zimmer öffnete – soviel hatte Egan noch wahrgenommen, als ihn Deirdre am Ende des Ganges über eine Treppe nach links ins Obergeschoß geleitete. Er fühlte sich entlassen wie nach einer Audienz und fluchte innerlich: soll mich doch dieser und jener –!

In seinem Zimmer trat Egan ans Fenster. Der Blick über den gewaltigen, blitzenden Sund zu den ferne blauenden Gebirgen des Festlandes bot sich wunderbar und königlich. Egan dachte: er paßt zu ihr, dieser Ausblick. Er stand eine Weile still, der sonst so städtisch nervöse Mann, und lauschte aus dem offenen Fenster. Ach, die Brandung muß es sein! Auch jetzt noch ist sie in den Klippen unten zu hören, trotz des schönen, beständigen Wetters. Egan lehnte sich ein wenig ins Freie: von Westen her zogen sich drei schmale, blasse Wolkenstriche schnurgerade wie Pfeile in den höchsten Himmel. Eine ungewisse Ahnung wehte dem Manne durch den Sinn; er fragte nicht, wovon.

XXII

MacReanna hatte seine Frau mit Charles Egan und James Burton vor dem lodernden Kamin im großen Zimmer des Klippenhauses zurückgelassen. Er verstand diese Sorte von Männern nicht; sie kamen ihm wie Gockel vor, halbstark und einer echten Aufmerksamkeit nicht würdig, zum mindesten, sobald sie mit einer Frau zusammentrafen, die für sie Zeit zu haben schien. Ja, Männer solcher Art vermochte Andrew nicht ernst zu nehmen, und der Gedanke, sie gar als Nebenbuhler betrachten zu müssen, hätte ihn nicht einmal im Traum angewandelt, so selbstverständlich war er davon überzeugt, mehr darzustellen als sie, nicht nur mehr, sondern das Richtige zu sein gegenüber dem Falschen.

Eigentlich begriff er auch seine Frau nicht, daß sie so angeregt und lustig mit den beiden Schwadroneuren die Stunden hinbringen konnte. Aber in der Langeweile frißt sogar der Teufel Fliegen, und vielleicht amüsierte sich Maureen über die beiden wortreichen Peter und ließ sie gegeneinander aufmarschieren.

MacReanna neigte dazu, alles, was Maureen tat, zu verbrämen und zu entschuldigen.

Dabei hatte ihm der Fremde aus der fernen, großen Stadt durchaus Respekt eingeflößt, als Andrew am Nachmittag zuvor mit ihm über die Insel gewandert war, um ihm all das vorzuführen, was für die Absichten Egans von Bedeutung sein mochte. MacReanna hatte mit einigem Erstaunen begriffen, tatsächlich zum ersten Male begriffen, wie erregend die Insel mit ihren alten Sitten und Gebräuchen, ihrer großartigen wilden Natur und ihren urkräftigen, ureinfachen Menschen auf einen Betrachter von außen wirken mußte, der Augen dafür mitbrachte, ihre einmaligen Konturen nachzuzeichnen. Charles Egan verstand seine Sache, mochte auch MacReanna im übrigen mit seinem neunmalklugen Dahergeschwätz nichts anzufangen wissen.

Denn natürlich hatte sich Egan große Mühe gegeben, diesem hochgewachsenen, nicht allzu gesprächigen Manne von den Inseln mit den rotblonden, eigensinnigen Haaren – der weit in der Welt umhergekommen zu sein schien –, nachdrücklichst mit seinem Fachwissen zu imponieren; und hatte in Wahrheit mehr Erfolg damit gehabt, als er hoffen zu können glaubte; denn Andrew wünschte sich manchmal bitter, gesprächiger und unterhaltsamer zu sein, als er war. Vielleicht, daß dann Maureen –

Als sich aber nach dem Abendessen auch noch der unvermeidliche Burton vom Leuchtturm einstellte und sich um den Kamin ein rauschendes Gespräch entfaltete, in welchem Maureen so wohlig plätscherte wie eine Amsel im Vogelbade, hatte Andrew die Luft im Raum plötzlich nicht mehr ertragen. Maureen hatte ein paarmal so schallend und hell über witzige Bemerkungen Egans gelacht, daß Andrew sein Herz von einer sonderbaren Kälte überflutet spürte. Kannte er Maureen überhaupt –?

Er war also gegangen, wie jeden Abend »für ein, zwei Stunden nach dem Boot zu sehen«. Und während er zum Dorf hinunterwanderte – durch eine unnatürlich milde und weiche Nacht –, wußte er ganz genau, daß keiner der drei Leute, die er am Kamin zurückgelassen hatte, ihn auch nur einen Augenblick vermißte.

Der neue Kutter MacReannas war soweit gediehen, daß der Motor eingebaut werden konnte. Die Schiffszimmerer hatten den Bootsleib schon von seinen hohen Böcken auf den Boden herabgelassen; der Kiel ruhte auf einem halben Dutzend hölzerner Rollen. War das Schiff bis zur letzten Planke und zum letzten Kupfernagel fertig, so sollte die Giebelwand des Bauschuppens eingerissen werden, um das junge Geschöpf der hohen See dem kleinen Hafen der Insel zuzurollen, wo es dann über das zementene Slip in sein eigentliches Element gleiten sollte.

MacReanna und MacClellan waren schon seit Tagen damit beschäftigt, die Schraubenwelle des Bootes einzupassen. Die Arbeit mußte mit höchster Gewissenhaftigkeit und Genauigkeit ausgeführt werden, damit später die Welle ohne zu schlagen und zu schleudern arbeitete. George MacGrath hatte zweimal seinen Rat und seine Hilfe geliehen. An diesem Abend bemühten sich Andrew und der alte MacClellan gemeinsam, die Stopfbuchse zu richten, durch welche die Schraubenwelle am achteren Ende des Bootes ins Freie trat. Die beiden Männer ließen sich Zeit – denn Zeit war ohne Bedeutung auf Hork, wenn etwas Wichtiges vollbracht werden mußte. Andrew wußte sich nichts Lieberes als diese Arbeit; sie hatte Sinn, und man sah, was man geschaffen hatte.

Allmählich legte einer nach dem anderen der übrigen Helfer sein Werkzeug beiseite, stülpte sich die Kappe auf die blonden oder schwarzen Haare und machte sich mit kurzem Gruß heimwärts davon. MacReanna und der Alte beachteten es kaum; ihre Gedanken waren nur auf das Werk unter ihren Händen gerichtet. Es fiel kein überflüssiges Wort. Und MacReanna vergaß sogar, daß in dem Hause über den Klippen, das nicht das seine war, am Kamin in dem großen Zimmer mit dem riesigen Fenster zur See, eine Frau mit zwei Männern zusammen saß und schwatzte, schwatzte; seine Frau –

Aber schließlich war die Welle so vollkommen gelagert und ihr Austritt aus dem Schiffsleib so musterhaft abgedichtet, daß die beiden Männer beim besten Willen nichts weiter mehr an ihrer Arbeit auszusetzen fanden. MacReanna blickte nach seiner Uhr und rief entsetzt: »Schon nach Mitternacht, MacClellan!«

»Was macht es aus, Andrew? Wir haben die Stopfbuchse erstklassig eingelegt; keine große Werft in Belfast oder Glasgow könnte es besser machen! Das ist die Hauptsache. Aber für heute ist Feierabend.«

Die beiden Männer reinigten sich die fettigen Hände mit Putzwolle, so gut es gehen wollte. MacReanna schlüpfte aus seinem groben Arbeitsanzug. Dann traten die zwei vor die Tür des Schuppens und hielten Umschau, wie sich die Nacht für ihre zweite Hälfte anließ. Andrews Weg führte nach rechts, MacClellans nach links von dannen. Aber ehe sie sich trennten, standen sie stets noch ein paar Minuten zu einigen letzten, freundschaftlichen Worten beisammen.

Die Luft lag warm und dicht über Hork wie Watte. MacClellan sagte: »Wenn es nicht bald November wäre, sollte man meinen, wir bekämen ein Gewitter, so lastend und schwül, wie es ist –!«

MacReanna wollte gerade erwidern, daß bei solchem Wetter die Hummer in die Körbe gingen wie bei keinem anderen, als ihn

MacClellan am Arm packte und hervorstieß: »Hören Sie das, Andrew?«

Ja, Andrew hatte sofort, nachdem er mit dem Alten vor das Bootshaus getreten war, eine Veränderung gespürt, ohne sich gleich klarzumachen, was es war. Jetzt wußte er es plötzlich: die Brandung, die seit Tagen zwischen den Klippen am Strand nur dumpf gemurrt hatte, war in den Stunden vor Mitternacht zu einem donnernden Gesang erwacht, der vollkommen unerklärlich schien, denn die Luft regte sich nicht, wie sie sich in den voraufgegangenen Tagen nicht geregt hatte.

»Wir gehen zum Friedhof, Andrew, kommen Sie! Von dort können wir sehen, was am Strande vorgeht!«

Die beiden Männer eilten sonderbar erregt durch die reglose Dunkelheit, in der die Sterne wie verschleiert blinzelten – ganz anders als in den Nächten zuvor –, und erreichten die Felsenhöhe hinter dem engen Inselfriedhof, der auf einer Vorwölbung des Landes in den Sund hinausragte. In dem wüsten Felsengarten an der Westkante des Vorgebirges rannte die Brandung aus der Weite des Weltmeeres ungehemmt gegen das Land.

Beinahe den eigenen Augen nicht trauend, die sich schon an die Dunkelheit gewöhnt hatten, entgeistert und bald von einer unerklärlichen Furcht befallen, starrten die Männer auf das unbegreifliche Schauspiel hinunter, das sich ihnen von ihrem erhöhten Standort bot.

Die Fläche der See war nicht mehr blank und glatt. Das ließ sich ahnen. Vielleicht war sie noch blank – aber gewiß nicht mehr glatt. Eine ungeheure Grunddünung hatte sich draußen erhoben und rollte von Westen heran. In dem flacheren Wasser vor der Küste steilten sich die schwarzen Seen furchtbar, kämmten über und rasten, von weißen Schaumzeilen gekrönt, mit namenloser Wucht und Wut vorwärts. Die silbernen Kämme glimmten geisterblaß in der Dunkelheit, als wären sie von innen her durch ein Licht aus der Tiefe matt erleuchtet.

Zwischen den groben Blöcken des Vorlandes zerschellten und zerdonnerten die schaumgekränzten Wasserberge in riesenhaften Fontänen, die, von keinem Wind zerfledert, sich senkrecht in den dunklen Himmel hoben. Sie stiegen sonderbar langsam hoch, höher, Herr im Himmel, immer noch weiter! Verharrten einen bebenden Herzschlag lang und sanken dann, die nächtlich gespenstischen Schaumbäume, von hundert unsichtbaren Äxten auf einen Schlag gefällt, mit einem unheimlich brüllenden Getöse in sich zusammen; doch taten sie auch dies unerklärlich zögernd, gleichsam gemessen, mit einer drohenden, schreckenden, urfeindlichen Würde. Und gleich erhoben sich die gigantischen Gischtblumen anderswo von neuem, ja, sie wuchsen und stürzten in- und übereinander, als würden sie von zornigen Dämonen geschleudert und gehetzt. Die schwarzen Berge der Dünung rollten heran, rollten, rollten, um vor und unter den beiden gebannten Männern mit höllenhaft wildem Gebrüll sich selbst zu zerschmettern. Das grauenvolle Konzert klirrte und wogte in den Ohren, ging doch kein Wind, kein leisester Atem Wind, der es hätte verwehen und dämpfen können. Nur manchmal schickte ein sich überschlagender Wasserberg einen Luftstoß herüber: hart fuhr er den Männern um die Stirnen, als sei ein mächtiges Geschoß an ihnen vorübergesaust.

McClellan schrie dem Schotten irgend etwas ins Ohr. Aber Andrew verstand über den dröhnenden Paukenwirbeln kein einziges Wort. Er zog den Alten fort, den Weg zurück, den sie gekommen waren. Hinter der schweren Mauer des alten Friedhofs endlich vermochten die beiden Männer ihre eigene Stimme wieder zu vernehmen. MacClellan keuchte: »Ich verstehe das nicht, Andrew. Diese fürchterliche Grunddünung. Die Brandung laut wie bei einem Orkan; nur daß dann der Wind sie niederhält.«

»Es muß irgendwo entsetzlich geweht haben, Shan. Wo soll die Dünung sonst herkommen? Und hier ist nichts von Wind zu merken.«

Der Alte drehte sich dem Schotten zu und klopfte ihm mit steifem Finger vor die Brust: »Wir werden es schon noch merken, Andrew! Wir werden ihn merken, den Wind! Glauben Sie mir! Es ist nicht das erste Mal in meinem langen Leben, daß ich solche Brandung ohne Wind zu sehen bekomme. Die Brandung ist von einem großen Sturm nachgeblieben, meinen Sie? Vielleicht haben Sie recht. Aber ich sage Ihnen, sie ist auch Vorbote. Todesbrandung nannten die alten Leute sie früher, die allerschwersten Sturm hinter sich herzieht. Denn solchem Sturm war kein Schiff gewachsen damals! Wie viele sind in den Klippen im Norden und im Westen von Hork zerschellt! Das weiß niemand mehr zu sagen!«

Andrew brachte weder Verständnis noch Geduld dafür auf, wenn er einem alten Aberglauben begegnete, der noch für Ernst genommen wurde. Er erwiderte: »Ach, Shan, dummes Zeug! Die großen Dünungen ziehen hinter den großen Stürmen her, nicht umgekehrt. Natürlich werden wir bald Wind bekommen, kräftigen Wind. Um diese Jahreszeit ist schließlich nichts anderes zu erwarten.«

Der Alte entgegnete mißmutig: »Ich weiß, was ich weiß. Ich lebe seit bald sieben Jahrzehnten auf dieser Insel, während Sie, Andrew, gerade erst anfangen, warm zu werden. Sehen Sie sich den Himmel an! Und spüren Sie es nicht, in der Luft? Ich sage Ihnen nur eines, Andrew«, wieder tippte er dem Schotten mit steifem Finger auf die Brust: »Ich sage Ihnen nur eins: Ich bin froh, daß ich in den nächsten Tagen und Wochen nicht auf See zu sein brauche, sondern hier auf der festen Insel bin. Darüber sprechen wir uns noch, Andrew! Gute Nacht für heute!«

Er trabte murrend in die Dunkelheit davon, seinem Hause zu, das sich am Westende des Hafendorfs in eine schützende Felsenschlucht duckte.

Andrew wanderte nachdenklich durch das schlafende Dorf nach Hause. Allerdings: der sonderbare Dunst am Himmel, der die Sterne, und nur die großen, wie hinter einer Milchglasscheibe scheinen ließ, war ungewöhnlich so spät im Jahr und verdächtig. Dazu diese schwere, drückende Luft, die den Atem eng machte – was auf dieser Insel im kühlen, frischen Nordatlantik sonst nie geschah. Ich muß Burton nach der Wettervorhersage fragen, dachte Andrew. Die pflegt er ja von Dienst wegen zu kennen.

Als Andrew das Dorf hinter sich gelassen hatte und sein Weg zu steigen begann, drang das schwere Dröhnen der Brandung über die Dächer der Häuser hinweg ungehindert an sein Ohr, ein dunkel gewaltiger Gesang, der wie mit unsichtbaren, dichten Wolken die ganze Nacht ringsum zu erfüllen schien; kein Winkel, in den er nicht eindrang! Andrew wandte sich zurück: im Westen war der Himmel schwärzer, finsterer als anderswo; dort glimmte auch kein Stern durch den Dunst. Dort rückte eine dunkle Wand über den Horizont empor. Und es war dem nächtlichen Wanderer auch, als stünde die Luft nicht mehr so stille wie zuvor: ein unbestimmtes Wogen war in ihr wach geworden, als wüßte sie noch nicht, wohin sie sich wenden sollte.

Andrew beschleunigte unwillkürlich seine Schritte. Vor ihm auf der Höhe glimmte ein gelbes Licht. Seine Gäste waren also noch nicht schlafen gegangen. Oder vielleicht wartete Maureen auf ihn mit einer Tasse Tee. Früher hatte sie das manchmal getan. Andrew murmelte vor sich hin: »Ja, es wird Sturm geben, großen Sturm; MacClellan hat recht.«

Eine schattenhafte Gestalt kam Andrew vom Klippenhaus entgegen. Es war James Burton auf dem Heimweg zum Leuchtturm. Die beiden Männer standen voreinander in der Nacht. Andrew sagte: »Sie haben heute lange bei uns ausgehalten, Burton. Sie werden sich mit dem Ausschlafen gehörig beeilen müssen, wenn Sie um vier Uhr schon wieder Wache haben.«

Der Mann vom Leuchtturm erwiderte – und Andrew glaubte, seiner Stimme Mißmut anzumerken: »Dieser Egan, den Sie jetzt im Hause haben, weiß viel zu erzählen, was uns hier am Rande der Welt einigermaßen neu ist. So was hört man sich ganz gern einmal an, auch wenn es länger dauert.«

»Gegen so viel weltstädtische Erfahrung kommen wir armen Klippenbewohner natürlich nicht an, Burton. Wir haben auch nichts mit dem Radio oder dem Film zu tun, Burton. Wir sind arme Inselschlucker!« sagte Andrew.

Burton entgegnete in dem gleichen sarkastischen Ton: »Stimmt! Und ich freue mich, feststellen zu können, daß Ihre Frau offenbar die gleiche Meinung hegt wie Sie selbst, MacReanna!«

»Nun ja«, antwortete Andrew obenhin, »sie feiert die Feste, wie sie fallen, und Egans treten auf Hork nicht allzu häufig auf.«

»Das ist auch gut so! Wo kämen sonst wir anderen hin. Ich glaube aber, ich halte Sie zu lange auf, MacReanna. Sie wollen sicherlich noch für eine Viertelstunde dem Gespräch am Kamin beiwohnen.«

Am liebsten hätte Andrew dem Burschen ins Gesicht geschlagen. Aber hatte er ihn nicht selbst zu Anzüglichkeiten ermuntert? So fragte er nur: »Sagen Sie, Burton, was meldet der Wetterdienst?«

»Der Wetterdienst?« wiederholte Burton erstaunt. »Sturm natürlich. Schweren Weststurm! Dies verrückte, schöne Wetter ließ nichts anderes erwarten.«

Andrew antwortete erregt: »Haben Sie heute abend etwas davon verlauten lassen?«

»Nein, wieso? Sturm ist doch hier bei uns nichts Besonderes.«

»Sie sind ein Esel, Burton! Das muß ich schon sagen! Entschuldigen Sie!«

Andrew ließ den Mann stehen und wanderte mit langen Schritten den Weg hinauf, dem gelben, schnell heller werdenden Lichte zu.

Im großen Zimmer des Klippenhauses hatte sich inzwischen das Gespräch zweier Menschen auf eine weite, leere See hinausgewagt, ganz ohne Kompaß.

Maureen saß in einem tiefen, weiten Sessel vor dem Kamin und hatte ihre Füße auf den Ledersitz nachgezogen. Charles Egan lehnte an der Seite des Kamins, stützte sich mit dem Ellbogen auf das breite, gemauerte Sims und blickte in das bleiche, von der Glut zuweilen rötlich überflackerte Antlitz der Frau hinunter. War ihm schon je eine Frau so begehrenswert erschienen wie diese? Rief sie ihn nicht mit jeder Geste, jedem verhüllten Wort auf, sie zu beschützen oder gar zu retten? War sie nicht auf dieser primitiven Insel hilflos sich selbst überlassen? Oder war es nur der Gegensatz, gerade hier eine solche Frau zu finden, der ihn so verwirrte und erregte? Eine einmalige Frau, stellte er zum hundertsten Male fest, seit er zwölf Stunden zuvor Maureen zum ersten Male zu Gesicht bekommen hatte. Und dann sprach er aus, was unvermeidlich kommen mußte in einer Situation wie dieser: »Maureen, ich möchte Ihnen etwas sagen. Ich weiß, ich bin nicht dazu berechtigt. Aber wenn ich Sie so sehe, Maureen, kann ich mich nicht bezwingen, ich muß es aussprechen.«

Um die Mundwinkel Maureens schien es leicht zu zittern. Der Augenblick war also gekommen, den sie den langen Abend über beschworen und angesteuert hatte. Aber Egan deutete die zitternden Mundwinkel völlig anders, sehr klug und ganz dumm, wie er war. Maureen flüsterte: »Warum sagen Sie plötzlich ›Maureen‹ zu mir? Ich habe es Ihnen nicht erlaubt, Herr Egan!«

»Ich bitte Sie, Maureen, ich kann Sie nicht länger ›Madame‹ nennen. Ich glaube, noch niemand hat Sie in ihrem unnachahmlichen Wesen so gut verstanden wie ich. Und ich bin nicht ohne Erfahrung. Glauben Sie mir, wenn ich Ihnen sagen muß: Sie passen nicht hierher auf diese kahle Insel! Mit keiner anderen Gesellschaft als dieser fetten, arbeitsamen Deirdre und diesem albernen Dutzendkavalier Burton! Maureen, eine Frau wie Sie ist einfach zu schade für Hork!«

Maureen senkte die Augen und blickte auf ihre im Schoß ruhenden Hände hinunter. Sie flüsterte: »Sie vergessen meinen Mann, Charles. Ich liebe ihn. Ohne Andrew und diese Insel lebte ich wahrscheinlich gar nicht mehr.«

Eine ewige Minute lang war nichts weiter im Zimmer zu vernehmen als das Sausen der heißen Luft im Schornstein und das leise Knistern verglühenden Torfs. Maureen glaubte, in der Luft zu spüren, wie der Mann vor ihr all seinen Mut zusammenraffte. Gepreßt brachte Egan schließlich heraus: »Das glaube ich nicht, Maureen!«

Maureens Stimme klang mit einem Male unerwartet hell, beinahe erheitert, als sie entgegensetzte: »Eigentlich sollte ich Sie gleich aus dem Zimmer schicken für diese Antwort, Charles Egan! Aber ich bin vorläufig zu neugierig und möchte wissen: warum glauben Sie es nicht?«

Egan antwortete schnell: »Weil ich überzeugt bin, daß sich jede beliebige Zahl von anderen Männern bereitgefunden hätte, alles nur Erdenkliche für Sie zu tun, wenn Sie in Not oder auch nur in Unbequemlichkeiten gewesen wären, Maureen!«

Maureen ließ wieder eine ungewisse Zeit verstreichen, ehe sie antwortete. Als sie es dann tat, schien sich hinter ihren Worten ein ganz leises Gelächter zu verbergen, das den Mann aus der großen Stadt vollends in Harnisch brachte, schien es doch seinen Ernst und seine Ehrlichkeit in Zweifel zu ziehen. Maureen fragte: »Soll ich daraus schließen, Charles Egan, daß auch Sie damals bereit gewesen wären oder gar noch immer mutig genug wären, sich für mich in die Schanze zu schlagen?«

Charles Egan hätte jetzt zum letzten Male Gelegenheit gehabt, zu merken, wer dieses Gespräch eigentlich regierte. Aber er merkte es nicht. Er war von seiner Überlegenheit, seiner Fähigkeit, komplizierte Situationen zu meistern, seiner Unübertrefflichkeit als ein Kenner der Frauen derart überzeugt, daß er beteuerte: »Sie brauchen nur über mich zu verfügen, Maureen! Ich pflege in solchen Dingen nicht zu spaßen!«

»Das möchte ich auch nicht annehmen, Charles«, sagte Maureen sanft und unbestimmt. Sie lächelte nicht mehr. Ihre Züge waren mit einem Male todernst. Egan starrte fassungslos und hingerissen in diese blasse, schöne Maske hinunter. Ein paar Atemzüge lang beschlich eine gestaltlose, leise Furcht sein Herz. War er nicht ein Schwimmer, der sich schon zu weit hinausgewagt hatte? Konnte er noch umkehren? Aber er unterdrückte diese Empfindung sofort.

Maureen flüsterte, ohne den Blick zu erheben: »Lassen Sie mich jetzt allein, Charles. Es ist gewiß schon spät. Und ich möchte heute nicht weiter sprechen.«

Egan regte sich gerade, um ihrem Wunsche zu willfahren, als vom Gange her die Haustür zu hören war. Schnelle, feste Schritte näherten sich. Maureen streckte die Füße, die sie auf ihren Ledersessel gezogen hatte, wieder auf den Fußboden hinunter. Der Mann und die Frau in dem großen Zimmer blickten zur Tür. MacReanna trat ein. Er grüßte kurz und wandte sich sofort an Egan: »Wir bekommen Wind, Egan, um nicht zu sagen, schweren Sturm. Sie werden über mehr Sturm zu berichten haben, als Ihnen lieb sein wird. Ich würde Ihnen raten, möglichst sofort

Ihre Leute herüberzutelegrafieren, sonst wird es zu spät.«

Es klang grob und unhöflich, wie MacReanna seinen Ratschlag erteilte. Also gab auch Egan einigermaßen hochfahrend zur Antwort: »Jetzt? Mitten in der Nacht? Ich habe meinen Arbeitsplan noch längst nicht fertig. Ich habe meine Leute erst für übermorgen angewiesen, sich auf Abruf bereit zu halten. Wie sollten wir außerdem jetzt telegrafieren?«

»Hoffentlich haben Sie auch das Wetter angewiesen, sich noch zwei Tage lang brav zu verhalten. Wenn Sie das nicht getan haben, so werden übermorgen Ihre Leute nicht herüber und Sie nicht mehr zurück gelangen. Das kann ich Ihnen schriftlich geben. Sie können sich dann auf einige Tage oder Wochen Zwangsverschickung nach Hork gefaßt machen.«

»Wäre das so ein großes Unglück, Andrew? Wir leben ja immer hier«, ließ sich Maureen vernehmen.

MacReanna geriet einen Augenblick lang aus dem Konzept: »Das ist etwas anderes, Maureen. Herr Egan hat ganz bestimmte Aufgaben und Absichten, wie ich ihn verstanden habe. Ich weiß nicht, ob er sie dir auseinandergesetzt hat. Er kann sie nur ausführen, wenn er seine Techniker und seine Apparaturen bereit und in der Nähe hat. Wird er hier abgeschnitten, so ist er zur Untätigkeit verurteilt.«

»Ich fände das alles anders als schlimm. Dann haben wir wenigstens für einen Teil der leeren Wintermonate nette Gesellschaft.«

Andrew wurde unwillig: »Ganz schön und gut! Aber Herr Egan ist schwerlich herübergekommen, um uns Gesellschaft zu leisten.«

»Das würde ich nicht mit solcher Bestimmtheit behaupten, MacReanna. Natürlich konnte ich es vorher nicht ahnen. Aber jetzt, nachdem ich Ihre Frau kennengelernt habe –«

Andrew sah sich in die Enge getrieben. Er versuchte es mit einem anderen Ton: »Ich denke, daß wir morgen vormittag noch einmal hinüber- und herüberkommen, um Ihre Leute und Geräte zu holen. Danach garantiere ich für nichts mehr. Wir können den Postmeister wecken. Er hat noch genug Spannung in seinen

Batterien, um nach drüben zu funken, wenn auch der Windmotor in den vergangenen Tagen nicht geladen hat. Im Notfall schickt uns auch O'Shonessy vom Leuchtturm jede Nachricht drahtlos nach drüben, wenn wir ihn darum bitten.«

»Ist denn Wind draußen zu spüren, MacReanna? Es war vorhin noch ganz still«, wollte Egan wissen.

»Es ist auch jetzt noch still. Aber in den Klippen ist eine fürchterliche Brandung aufgekommen. Und Burton erzählte mir, daß schon Sturmwarnung ausgegeben wäre.«

Egan entschloß sich widerwillig, auf MacReannas Ratschläge einzugehen.

Maureen sagte: »Ich bin ja wohl überflüssig, wenn ihr beiden Männer unbedingt in der Nacht umhertelegrafieren müßt. Ich darf mich jetzt zu Bett legen?«

»Natürlich, Maureen! Lege dich nur hin! Wir werden kaum eher als in einer Stunde wieder da sein. Wenn wir zum Leuchtturm hinauslaufen müssen, dauert es drei.«

»Ich glaube, du machst die Welt wieder unnötig verrückt, Andrew! Du könntest ruhig bis morgen vormittag warten.«

»Morgen vormittag muß O'Keevan schon mit seinem Kutter in Tippertully sein und morgen mittag möglichst schon wieder hier samt Apparaten und Technikern; sonst lernen wir die Herrschaften vielleicht erst zu Weihnachten kennen.«

»Wie du meinst, Andrew. Du mußt es schließlich beurteilen können.«

Sie holten den Postmeister aus dem Bett. Ja, gewiß, er setzte sich gleich an die Morsetaste. Sie klopften O'Keevan heraus. Ja, sicherlich, er würde sich beim ersten Morgengrauen auf den Weg nach Tippertully machen.

Mehr war vorläufig nicht zu verrichten. Egan und MacReanna sanken todmüde ins Bett.

Am nächsten Morgen zeigte sich der Himmel von einem bleigrauen Dunst überzogen, den die Sonne auch im Laufe des Tages nicht zu durchdringen vermochte. Es herrschte noch immer eine lähmende Windstille.

Am frühen Nachmittag vernahm Andrew, der in seinem kleinen Kontor an der Rückseite des Hauses über einigen Abrechnungen saß, ein Seufzen vor dem Fenster. Andrew sprang auf und riß das Fenster auf: ja, der Wind strich um die Hausecken, unsicher noch, wie probierend; er kam aus Nordwesten.

Der Wind verstärkte sich bis zum Abend zu einer mäßigen Brise, die zwar die See ein wenig riffelte, aber noch längst nicht imstande war, den weitgeschwungenen, flachen Rollern, die durch den Sund wanderten, weiße Köpfe aufzusetzen. Es war ein frischer, leicht wankelmütiger Wind; nichts weiter.

Nach Einbruch der Dunkelheit erst kehrte O'Keevan von drüben zurück, allein. Sein Boot war leer. Statt dessen brachte er eine Depesche mit, die in Tippertully für Mr. Charles Egan eingetroffen war. Aus ihr ging hervor, daß die erwarteten Leute und Geräte erst am nächsten Tage frühmorgens in Tippertully eintreffen würden, da sie inzwischen an anderer Stelle gebraucht worden waren.

Egan sagte zu O'Keevan, nachdem er das Telegramm überflogen hatte: »Also morgen früh, O'Keevan! Tut mir leid, daß Sie den Tag umsonst verwartet haben. Morgen früh sind meine Leute in Tippertully.«

O'Keevan fuhr sich mit dem Handrücken über den Mund: »Warten? Das macht mir nichts aus, Mr. Egan. Wird ja bezahlt. Also morgen früh wieder hinüber, sagen Sie? Mir soll es schon recht sein, Mr. Egan. Wenn es nur geht, wenn es nur geht! Eine böse Küste hier, Mr. Egan, müssen Sie wissen.«

Der Alte sammelte umständlich den Speichel in seinem Munde und spuckte gewichtig ins unruhige Wasser des kleinen Hafens.

Es ging nicht mehr, am nächsten Morgen. Ganz und gar nicht!

XXIII

Schon am ersten Tage des Orkans, als sich die Kraft des Unwetters noch nicht einmal voll entfaltet hatte, wude der Mast umgeweht, der den Windmotor trug. Keiner hatte es vernommen, wie das viele Tonnen schwere Stahlgerüst in sich zusammenkrachte oder kippte, denn das heulende Gebrüll des Sturmes verschlang jeden anderen Laut; keiner hatte es gesehen. Die stählernen Eckstreben waren aus dem Zement gerissen; einer der Zementblöcke war mit aus den Felsen gewuchtet. Damit war Hork vom Festlande abgeschnitten, denn der Windmotor trieb die kleine Dynamomaschine der Poststation von Hork, die wiederum die Batterien speiste, welchen die Funkentelegrafie des Postmeisters den Strom entnahm. Die Batterien aber waren nach der langen Windstille so gut wie leer gewesen. Hork war wieder allein auf sich selbst gestellt, wie in den vielen tausend Jahren vor der Erfindung der Funkentelegrafie.

Die ungeheuer fest verankerte Sendeanlage der Leucht- und Peilstation hielt dem Sturme stand. Aber den Leuten von Hork nutzte das gar nichts. Denn kein Mensch, auch der stärkste und kühnste nicht, wäre imstande gewesen, die knappen drei Meilen über die flachen Felsenebenen des Westens der Insel auch nur zu durchkrauchen, geschweige denn aufrecht zu gehen. Der Sturm fegte lockere Kiesel bis zur Größe von Taubeneiern durch die Luft wie Regen. Er kollerte, wo sich nur ein halbwegs glattes Stückchen Boden bot, Gesteinsbrocken vor sich her, groß wie Kinderköpfe. Der Gischt und die Spritzer der Brandung, die gegen die Klippen im Westen vor der Inselspitze anrannten, preschten in so dichten, ätzenden, salzigen Schwällen durch die Luft, hatten so ganz von ihr Besitz ergriffen, daß nicht mehr zu sagen war, wo die flüssige See aufhörte und das feste Land begann. Die mächtigen Schaumflocken, die der Sturm von den Kämmen der Wogen oder von der weit ins Land vordringenden Brandung abriß, segelten pfeilgerade durch das heulende Chaos, das früher einmal Himmel gewesen war, ungestalte, plumpe, riesige Geistervögel ohne Kopf.

Wäre der Felsenrücken nicht gewesen, der das Hafendorf gegen das flache, westliche Vorland der Insel abschirmte, kein Haus hätte dem Sturm standgehalten und sicherlich keines der strohgedeckten Dächer, mochten die Strohlagen auch noch so fest mit engen Netzen aus zähen Hanfschnüren an den Hauswänden festgezurrt sein. Nun bedurfte es auch keiner Erklärung weiter, warum die Schornsteine der Inselhäuser kaum irgendwo höher als eine Handbreite über die Strohdächer hinausragten. Wären sie höher gebaut gewesen, der Sturm hätte sie einfach abgeblasen.

Die höchsten Fontänen der Brandung fegten bis über die gläserne Kuppel des Leuchtturms, wenn bei Flut die mächtigsten Brandungswogen erst am Fuße des Turmes verrollten, der an die fünfzig Schritt von der Hochwassermarke entfernt landein errichtet war. So dicht trieb die zerfledderte See durch die Lüfte, daß bei Nacht der Schein der Millionen Kerzen, der noch immer im gewohnten Gleichmaß dreistrahlig umlief, nicht einmal mehr das Hafendorf erreichte. Nur fahl, gespenstisch fahl flammte es alle fünf Sekunden hinter den treibenden Wassernebeln auf, blaß und ungewiß, kein Licht mehr spendend.

Die See hob Felsenblöcke, ungezählte Zentner schwer, aus ihren Betten, in denen sie vielleicht schon seit Jahrhunderten ruhten, und setzte sie, schleuderte sie, rollte sie spielerisch und fürchterlich in andere Lagerstätten. In diesen Tagen und Nächten des großen Orkans veränderte sich das Bild des westlichen Vorlandes der Insel bis zur Unkenntlichkeit. Fortab stand der Leuchtturm, standen die Mauern rings um die Peilstation keine fünfzig Schritte mehr, sondern nur noch zwanzig von der Grenze der See bei Flut entfernt. Dafür schoben sich nie gesehene Felsen zu einem breiten, flachen, halsbrecherisch groben Schutzwall vor der Westfront der Station zusammen.

Und auch vor dem Hafen der Insel beim Hafendorf türmte die See eine Felsenbarrikade auf, die den Hafen viel sicherer machte, als er zuvor gewesen war, da in dieser Barrikade fortab die Brandung zerspellte; die Wellen waren nach dem großen Sturm nicht mehr imstande, die Hafenmauer zu umrunden.

MacReanna brauchte für sein Dach nicht zu fürchten; er hatte glatte Kunstschieferplatten, die dem Winde keinen Halt boten und von denen jede einzelne fest vernagelt war, auf einem überaus kräftigen Dachstuhl auslegen lassen. Sein Haus bot dem Sturm im übrigen die Schmalseite, die Giebelwand, die klobig und fest aus groben Natursteinen gefügt war, wie sie die Insel bot; kein Sturm der Welt vermochte sie einzudrücken.

Auf dem hohen Schornstein über dem mächtigen Kamin – im großen Südzimmer des Klippenhauses – trommelte, blies, sang, brummte und johlte der Orkan wie ein betrunkener Riese auf einem verstimmten und verrosteten gewaltigen Fagott. Die Scheibe des breiten Aussichtsfensters wurde von dem Salz und Schaum der See bald so dicht verkrustet, daß sie den Blicken den Durchgang verwehrte. Sie verwandelte sich schon am ersten Tage in Milchglas, das nur noch ahnen ließ, wie draußen unablässig die Schwälle des Wassers vorüberstoben, Regen, Brandungsgischt und fortgerissene Wellenkämme zu rasend hinfegenden Schwaden miteinander vermischt.

Nicht nur die große Aussichtsscheibe, vor der tagsüber die Besitzer und Gäste des Klippenhauses gesellig zu sein pflegten, sondern schließlich sämtliche Fenster im ganzen Gebäude bezogen sich mit einer jede Sicht verwehrenden rauhen Haut aus dem Salz des tobenden Weltmeers. Das Haus verwandelte sich in einen ausblicklosen Käfig, in den das blaugraue Licht der Sturmtage nur karg und geizig hineinfilterte. Denn es war unmöglich, ein Fenster zu öffnen oder irgendwo vor die Tür zu treten. Ja, Andrew hatte sogar eine schwere Eisenstange von innen quer vor die Haustür gelegt und festgeschlossen (sie war für solche Sturmtage vorgesehen) und hatte obendrein die schweren Eichenflügel noch mit schräg dagegengekeilten festen Pfählen abgestützt. Die Fenster im Westgiebel, darunter das des Schlafzimmers der MacReannas, waren durch starke Läden aus Stahlblech gesichert. In diese Zimmer nach Westen drang auch am Tag kein Licht.

Das Klippenhaus war zu einem von allen Dämonen der wüsten Hochsee umheulten Gefängnis geworden. Was außerhalb seiner

Mauern vorging, war nur noch zu hören, grauenhaft laut zu hören – nirgendwo konnte man sich vor dem jaulenden Donner verbergen. Zu sehen war nichts mehr.

Gefangen hinter den bepelzten Milchglasfenstern saßen: Andrew MacReanna, seine Frau Maureen, der selbstgewisse Mann aus Belfast namens Charles Egan, Deirdre O'Keefe und ein ältlicher Mann namens Joseph Feehy, den ihr Andrew für die groben Handreichungen beigegeben hatte, als Hausdiener sozusagen; allerdings waren die vielen vornehmen Herren vom Festland, deren Schuhe Joseph hatte putzen sollen, wegen des Sturmes nicht erschienen.

Andrew saß in seinem Kontor und rechnete. Was anders sollte er tun? Das Haus war so sorgfältig verwahrt, daß ihm kein Schaden geschehen konnte. Sich durch diese wehende Welt, in der jeder Unterschied zwischen Luft und Wasser und Erde aufgehoben schien, zum Dorf hinunterzukämpfen, daran war nicht zu denken. So rechnete er also, brachte seine Lieferlisten und seine Buchführung in Ordnung, erledigte auch noch die gleichgültigste Korrespondenz und wußte schließlich nichts weiter mehr zu tun, als an seiner toten Pfeife zu saugen und in das milchige Viereck des Fensters zu starren, an dem, hier auf der Rückseite des Hauses, zwischen dem Salzbelag und dem hölzernen Fensterrahmen ein zwei Finger breiter Streifen des Glases durchsichtig geblieben war. Durch diesen schmalen Spalt war zwar nichts weiter als treibende Nässe zu erblicken – aber sie bewegte sich wenigstens, und wie sie sich bewegte! Sie ließ sich mit den Augen wahrnehmen und lenkte die Sinne ab. Das ewige, gestaltlose Dröhnen des Orkans, das Gebrüll der mißhandelten Lüfte und der Brandung ein paar hundert Schritt unterhalb des Hauses in den Südklippen war kaum noch zu ertragen.

Andrew hockte in seinem hölzernen, harten Lehnstuhl schräg vor dem nun allzu leeren Schreibtisch und fröstelte. Der Kamin im Arbeitszimmer zog schlecht bei Wind, und bei einem Orkan wie diesem rauchte er überhaupt nur nach innen und nicht nach außen. Andrew hatte also gar nicht versucht, ihn in Gang bringen zu lassen. Gewiß, es war nicht kalt; aber es war auch nicht warm.

Und der Sturm drückte stechenden Zug durch jede noch so schmale Ritze. Andrew legte die längst erloschene Pfeife beiseite, preßte seine Oberarme seitlich an die Brust, zog die Schultern hoch und rieb sich die Hände. Er überlegte: ja, es war der vierte Tag des Sturmes. Des Nachts schien das Wetter manchmal ein wenig nachzulassen, aber gegen Morgen entfachte es seine Wut zu neuer, unverminderter Gewalt.

Ein paar Gedanken holperten durch Andrews verhangenes Hirn:

Ich sollte das neue Boot »Albertine« taufen; die Leute auf Hork würden sich totlachen; solchen Namen hätten sie hier noch nie gehört.

Wenn ich mir vorstelle, daß der Bursche wieder vorm Feuer sitzt in dem großen Zimmer und schwätzt, schwätzt, schwätzt! Ich mag mich nicht dazusetzen. Hinauswerfen kann ich ihn ja nicht, leider!

Habe ich nicht alles getan, was ich tun konnte? Bin ich nicht bald soweit, daß ich Geld genug verdiene, ihr zu geben, was sie will? Aber ich muß mein eigenes Boot haben, sonst geht es nicht!

Sie ist ja nicht dumm. Sie wird es schon merken, wie es vorwärtsgeht, wenn das Boot erst da ist. Jetzt sieht sie nur das Geld und die Zeit, die es mich kostet.

Es geht vorüber. Der Kerl muß wieder von der Insel verschwinden; aber ich bleibe da. Sie ist meine Frau, und das läßt sich nicht von heute auf morgen –

Oder läßt es sich doch von heute auf morgen –? Der da am Kongo dachte auch –

Was war denn ich in seinen Augen damals? Ein vollkommenes Nichts –! Ich war nichts. Ich hatte nichts. Ich konnte nichts!

Soll ich hier wieder fortgehen? Vielleicht ist es das, was sie will. Als ob man jeden Tag woanders von neuem anfangen könnte –! Als ob es nicht überall Jahre dauert, bis man wieder Boden unter den Füßen hat!

Aber danach fragt sie nicht. Ob sie überhaupt ein einziges Mal in ihrem Leben gearbeitet hat? Sie hatte es nie nötig. Warum sollte sie also –? Es würde auch gar nicht zu ihr passen.

Wollte ich sie anders, als sie ist –? Aber ich kann sie mir gar nicht anders vorstellen, als sie ist. Mein Gott, und sie ist so, ist so, so hinreißend. Wie soll ich es nennen. Ich sah sie gestern – Ich komme nicht von ihr los. Ich will es auch gar nicht.

Nein, will es nicht!

Ich will sie behalten! Das ist es! Ich will sie behalten! Wenn ich denken müßte, es hätte sich sonst nicht gelohnt, daß ich damals –

Ach, am besten ist, man denkt nicht daran. Sonst verliert man zu guter Letzt den Verstand. Ich wollte es ja auch gar nicht, damals –! Es war nur so – es bot sich im Augenblick an – und dann hat man es eben getan.

Aber wenn es sich nicht einmal gelohnt haben sollte?

Jedesmal, wenn ich in das große Zimmer trete, fangen sie von etwas anderem an zu reden. Ich merke es genau. Ich bin kein Idiot. Mir machen sie nichts vor. Mir nicht!

Ich möchte wetten: wenn ich jetzt hinübergehe, verschlägt es ihnen wieder die Sprache wie ertappten Verschwörern –!

Ich glaube, ich bin ein gräßlicher Dummkopf, daß ich Maureen ständig der Gesellschaft dieses Burschen überlasse. Aber sie will es so. Soll ich sie mit Gewalt daran hindern? Das bringe ich nicht fertig.

Nein, das bringe ich nicht fertig!

Verdammt, mir ist kalt. Soll ich hier ewig in der Kälte hocken – und drüben brennt das große Feuer? Im Schlafzimmer ist es dunkel wegen der Läden. Wenn ich mir im Eßraum Feuer anzünden lasse, merken Deirdre und Joseph gleich, was die Glocke geschlagen hat – und es ist im Dorf herum.

Wenn es nicht sowieso schon herum ist –!

Verdammt, mir ist kalt! Ich gehe hinüber –! Ich brauche mich nicht wie ein gekränkter Schuljunge zu benehmen –

Andrew zögerte einen Augenblick vor der Tür, die vom Hausgang in das große Vorderzimmer führte. Wenn es auch seiner eigentlichen Natur durchaus nicht entsprach, so lauschte er doch ein paar gepreßte Atemzüge lang durch die geschlossene Tür. Er hörte nichts; kein Laut eines Gesprächs war zu vernehmen. Wie ein Stich mit einer feinen, langen Nadel fuhr ihm blitzschnell die Vorstellung ins Hirn: überrasche ich sie gerade, wie sie –; aber sofort schüttelte er diese unsinnige, qualvolle, kindische Ahnung von sich ab und drückte die Klinke der Tür hinunter.

Rechts und links vom Kamin, durch einen weiten Zwischenraum voneinander getrennt, dem getrübten, großen Fenster den Rücken zuwendend, saßen Maureen und Charles Egan in großen Sesseln und starrten in die unruhigen, bläulich zuckenden Flammen des Feuers; sie wendeten beide ihre Köpfe nach der Tür, als Andrew den Raum betrat. Der Anblick war so harmlos, wie er nur sein konnte: vor dem Feuer saßen zwei, die sich langweilten, und blickten sich nach ein wenig Zerstreuung um. Trotzdem waltete eine ungreifbare Befangenheit in dem großen Raum, als bewegten sich zumindest die Gedanken der drei Menschen auf Bahnen, die sie voreinander heimlich halten mußten. Andrew zog sich einen Stuhl mitten vor das Feuer und wärmte sich. Keiner sprach ein Wort. Draußen donnerte die jagende Luft mit anhaltend wüster, gleichbleibender Wucht vorüber; die Ohren hatten sich diesem namenlos eintönigen Gesang in den Stunden und Tagen zuvor schon angepaßt und schließlich gelernt, selbst noch das Knistern des Torfes und das leise Knarren des schmalen, schwarzen Schuhs an Maureens rechtem Fuß zu vernehmen. Maureen hatte ihr rechtes Bein über das linke geschlagen. Die edle, vollkommene Form ihrer Waden und Fesseln bot sich unverhüllt. Und unaufhörlich wippte sie mit dem frei schwebenden rechten Fuß, sachte nur, aber doch kräftig genug, um den einfachen, kostbaren Schuh daran ganz leise knacken zu lassen.

Dieser wippende Fuß zog die Blicke der beiden Männer an wie ein Magnet. Die matte, aber ständig im gleichen Takte wiederholte Bewegung irritierte den Schotten schon nach kurzer Zeit. Zudem belehrte ihn ein scheuer Seitenblick auf Egan, daß auch der wie gebannt dem sanften Zucken des Fußgelenkes zuschaute. Andrews Brauen zogen sich zusammen. Er ließ seine Augen zu Maureens Antlitz hinübergleiten. Sie reagierte sofort, hob ihr rechtes Bein von dem linken Knie, auf das es sich gestützt hatte, und stellte ihren rechten Fuß dicht neben ihren linken auf den Teppich. Egans Lippen entschlüpfte unbewußt ein Seufzer. Maureen hob um einen winzigen Strich ihre schwarzen Brauen; um ihre Mundwinkel huschte wie ein Hauch über einen blanken Spiegel ein verächtlicher Zug. Andrew nahm ihn wahr und fror.

Egan sagte schließlich: »Wir sprachen gerade darüber, MacReanna: bei Sturm sitzt man hier wie verhaftet und eingesperrt. Ich vermag nicht das geringste zu unternehmen. Dabei könnte man jetzt einiges festhalten, was noch nie mit solcher Stärke aufgenommen worden ist. Jetzt hocke ich hier umher ohne Apparaturen. Es ist zum Verrücktwerden!«

Andrew machte nur: »Hmm!«

Er hätte wohl einiges sagen können, aber er schluckte es lieber hinunter. Egan befand sich offenbar in angriffslustiger Stimmung; er fuhr fort: »Wie es eine Frau gleich der Ihren in dieser Verlassenheit aushält, MacReanna, ist mir ein Rätsel. Hausarrest schon seit vier Tagen –! Und selbst, wenn kein Sturm wäre, was bietet diese kahle Insel sonst? Eine Frau wie die Ihre, MacReanna, gehört in die große Welt – nach meiner Meinung.«

»So, meinen Sie?« sagte Andrew.

Maureen schien ihrem Manne beispringen zu wollen; sie warf ein: »Sie mißverstehen das, Charles! Sie kennen die Zusammenhänge nicht. Als wir vor drei Jahren – oder sind es schon vier, Andrew? – als wir hierherzogen und dies Haus bauten, lagen bestimmte Umstände vor, die uns diese Insel in sehr verlockendem Licht erscheinen ließen. Und die Insel hat auch durchaus gehalten, was wir von ihr erwarteten, Charles!«

»Seid ihr schon bei ›Charles‹, wie?« brach Andrew knirschend aus, als würfe er einen groben Pflasterstein mitten ins Zimmer. Jähe würgte ihn die Wut; er konnte sich kaum bezähmen, dem Kerl im tiefen Sessel nicht an die Gurgel zu fahren. Er bezwang sich gerade noch. Er stieß den Stuhl zurück, auf dem er gesessen hatte, und verließ das große Zimmer, das er erst zehn Minuten zuvor betreten hatte. Er hatte es gar nicht beabsichtigt; aber die Tür fiel so hart hinter ihm ins Schloß, als hätte er sie zugeworfen. Er mußte sich einen Augenblick an die Wand des Ganges lehnen.

Nach dem gräßlichen Zorn, von dem er soeben sinnlos geschüttelt worden war, spürte er eine lähmende Schwäche in allen Gliedern; ihm wurde mit einem Male siedend heiß. »Habe ich den Verstand verloren?« flüsterte er schließlich. »So geht es doch ganz gewiß nicht!«

Er raffte sich mühsam zusammen und ging in die Küche. Der große, blanke Eisenherd strahlte eine angenehme Wärme aus. Die Küche lag im Lee-Giebel des Klippenhauses. Hier merkte man am wenigsten vom Sturm, der die Welt draußen in eine heulende Hölle verwandelte. Deirdre saß breit am großen Küchentisch und schabte Mohrrüben; Joseph Feehy leistete ihr Gesellschaft, hockte schlotterig auf einem Schemel am Herd, erzählte eine höchst weitschweifige Geschichte und putzte dabei mit träger Ausführlichkeit die kupfernen Kamingeräte aus den Fremdenzimmern im ersten Stock.

Wieder richteten sich zwei Augenpaare auf Andrew, freundliche diesmal und dienstbereite.

»Joe«, sagte Andrew, »zünde mir doch im Eßzimmer ein Feuer an. In meinem Büro ist es mir auf die Dauer zu kalt, und im großen Zimmer störe ich nur mit meinen Büchern und Papieren. Wir sind ja nur drei Leute an dem großen Tisch. Da kann ich mich ruhig niederlassen.«

»Das können Sie ganz gewißlich, Herr!« meinte Joe Feehy und erhob sich.

»Sie sehen gar nicht wohl aus, Herr MacReanna«, sagte Deirdre besorgt. »Das lange Hocken im Hause bekommt Ihnen nicht. Jesus, Maria und Joseph, wenn doch der schreckliche Sturm bald nachlassen wollte!«

»Das gebe der allmächtige Gott!« bekräftigte Feehy und bekreuzigte sich.

Aber Andrew hörte die fromme Bitte nicht mehr. Er war ins Eßzimmer neben der Küche getreten und stellte sich vor das Fenster, als wollte er auf den Sund hinausblicken. Aber das Fenster war längst blind und undurchsichtig wie alle anderen. Andrew merkte es nicht, merkte auch nicht, wie sich Joseph Feehy, der im Kamin ein Feuer entfachte, mehrere Male verwundert nach ihm umdrehte. Na ja, dachte Feehy, irgend etwas ist wieder los; ich muß das mal mit Deirdre besprechen.

In der fünften Nacht versiegte die Kraft des großen Sturmes sonderbar plötzlich. Der ungeheure Vorrat an wilder Energie, der den Orkan bis dahin gespeist hatte, schien mit einem Male leergelaufen. Die Ohren hatten sich derart an den fessellosen Gesang des Unwetters gewöhnt, daß die Stille, die sich innerhalb einer knappen halben Stunde über die Insel senkte, fast erschreckend wirkte. Die Menschen erwachten und richteten sich in ihren Betten auf.

»Im Namen des dreieinigen Gottes, es ist vorbei!« sagte hier ein alter Mann ins Dunkel und ließ sich wieder in seine mageren Kissen zurücksinken.

»Heilige Mutter Gottes, bitt für uns! Jetzt und in der Stunde unseres Todes! Amen!« flüsterte in einer anderen Hütte eine junge Mutter, lauschte einen Atemzug lang auf die unglaubhafte Stille vor dem niedrigen Fenster, langte schlaftrunken mit dem Arm neben sich: ja, er war da, ihr Mann, und schlief; »Amen!« murmelte sie nochmals, und schon waren ihr die Augen wieder zugefallen.

Auch Andrew erwachte von der Ruhe, die sich auf den Dachfirst des Klippenhauses niederließ wie eine gesättigte Eule. Er richtete sich auf. Ihm war, als rollte eine Zentnerlast von seiner Seele. Er stieg aus dem Bett, tappte zum Fenster, öffnete es und schlug die eisernen Läden zurück; sie boten nur ganz geringen Widerstand. Die Nachtluft fiel über ihn herein mit salzig duftender Frische. Er sog sie tief in die gierigen Lungen. In der Ferne ließ der Leuchtturm seine drei Balken kreisen. Die Luft war noch nicht ganz geklärt, aber dem starken Licht vom Westende der Insel bot sie kaum noch Widerstand. Es war also vorbei, Gott sei Dank!

Andrew konnte sich nicht enthalten, in das nun wieder silbrig erglimmende Dunkel des Schlafzimmers hineinzusagen: »Es weht nicht mehr, Maureen!«

Aber er bekam nichts weiter zur Antwort als ein schlaftrunkenes Räuspern. Seit vielen Nächten erhielt er kaum je eine deutliche Antwort.

Andrew legte sich wieder zu Bett und fand vor ungewisser Traurigkeit, für die er keinen greifbaren Anlaß zu nennen wußte, lange Zeit nicht wieder in den Schlaf zurück.

Am nächsten Morgen jagte Deirdre sich selbst und ihren Helfer Feehy schon in aller Herrgottsfrühe aus dem Bett. Mit kräftigen Güssen süßen Brunnenwassers wuschen die beiden die Salzkruste von den Fenstern. Bald glänzten alle Scheiben blank.

Die Stille aber, die des Nachts für kurze Zeit gewaltet und die Menschen aufgeweckt hatte, war am neuen Morgen schon vergessen. Es wehte eine kräftige Brise. Der Wind hatte nach Südwesten gedreht.

Doch der Wind allein war es nicht, welcher dem großen Atemholen nach dem Sturm ein frühzeitiges Ende gesetzt hatte. Erst jetzt entwickelte sich in den Klippen die volle Brandung des Orkans; bis dahin hatte sie der ungeheure Druck des Sturmes niedergehalten. Durch den Sund rollte eine See, die in ihrer Ungeheuerlichkeit Furcht einflößte. Gewiß, der Sturm heulte nicht mehr. Dafür brüllte die Brandung, dafür donnerten die Seen mit so erbarmungsloser Wucht gegen die Felsenküste, daß das Klippenhaus unaufhörlich leise bebte. War es doch auf einem Gesteinsriegel errichtet, der sich von der hohen Nordkante der Insel bis zum Südufer hinunterzog, wo er etwa drei Mann hoch über der Flutmarke senkrecht abbrach. Gegen diese Felsenfront prallten nun, mit furchtbarer Gewalt vorgeschleudert, die abertausend Tonnen schweren, schäumenden grünen Wasserberge und ließen den gewaschenen Fels bis in die Fundamente des Klippenhauses hinein erbeben. Maureen sagte beim Essen: »Spüren Sie das, Herr Egan, wie die Brandung fortwährend das Haus erschüttert? Ich kann es kaum noch ertragen; es bringt mich um jede Ruhe. Wir sollten am Nachmittag zum Leuchtturm wandern und sehen, was der Sturm dort angerichtet hat. Hier im Haus wird man verrückt.«

Egan warf einen schrägen Blick auf MacReanna, der gerade

den Hammelbraten aufschnitt, und erwiderte: »Natürlich. Ich komme gern mit. Vielleicht ist von der Station her eine Verbindung mit dem Festland herzustellen. Ich muß meine Leute herüberbekommen. Ich muß die Sendung jetzt veranstalten. Solche Brandung gibt es nicht zum zweiten Male.«

Andrew meinte mit dem kalten Hohn, der nun beinahe jedes Wort durchtränkte, das er an Egan richtete: »Da müssen Sie Ihre sogenannten Leute schon herüberschießen lassen oder so etwas veranstalten wie einen modernen Durchzug durch das Rote Meer. Sehen Sie doch hinaus! Die See im Sund ist von keinem Boot zu bestehen, auch nicht von dem stärksten. Sie müssen sich mit dem Gedanken vertraut machen, mein Bester, daß Ihre Quarantäne auf Hork erst begonnen hat. Wenn eine solche See einmal im Rollen ist, dann genügt ein Wind, der nicht viel stärker zu sein braucht als der jetzige, sie in voller Pracht weiterlaufen zu lassen. Der Wind muß nur aus der richtigen Richtung kommen. Und das tut er ungefähr. Sehen Sie sich um, bitte sehr, ob Sie oder irgendeiner von Ihren gerühmten Leuten so irrsinnig sein würde, sich in den Tumult da draußen hinauszuwagen? Selbst wenn es so wäre, weil Ihre Leute keine Ahnung haben, sie fänden an der ganzen Küste hier keinen Fischer oder sonstigen Bootseigner, der bereit wäre, sich und sie und sein Boot da draußen im Sund zur Hölle fahren zu lassen. Eine verdammt naßkalte Hölle, kann ich Ihnen versichern! Sehen Sie doch hinaus! Da haben Sie die See, die Sie den Leuten in Film und Radio vorstellen wollten. Sie sind vom Schicksal dazu verurteilt, meiner Frau Gesellschaft zu leisten. Vielleicht tröstet Sie das über die entgangene Radiosendung hinweg. Bitte, sehen Sie hinaus!«

Es ging eine solche Gewalt, so viel verhüllte Drohung von diesen Worten aus, daß Egan tatsächlich den Kopf zu dem niedrigen, breiten Fenster wandte, welches das Speisezimmer von Süden her erleuchtete. Ja, wie ganze Herden von dickbäuchigen, schweren Schonern unter prallgeblähten Segeln, mit lauter silbernen und schneeweißen Flaggen über die Toppen geflaggt, rollten die Seen durch den Sund. Aber rückwärts fuhren die gedrängten Flotten, hatten jagende Fahrt über den Achtersteven, ein gespenstisch wüster Anblick! Kamen sich deshalb auch zuweilen in die Quere und überrollten sich. Die Wände und Hänge und haushohen Bäuche dieser fürchterlichen Brecher, die von Westen her aus der Tiefsee in den flacheren Sund vor Hork hineinrollten, schwarz waren sie, von einem unheimlichen, gläsernen lichtlosen Schwarz, gegen welches das makellose Weiß des Schaumes beinahe grell und augenschmerzend abstach! Keine Farbe sonst! Ganz verloren war das leuchtende Grün, mit dem die Gewässer um Hork sonst so verschwenderisch prunkten. Ganz vergangen war jeder Glanz des Himmels. Ja, es gab hier keinen Himmel mehr. Statt dessen wanderte ein regelloses, wüstes Gewimmel von Wolkenfetzen über Festland und See und Insel ostwärts, bleigrau oder schwärzlich fahl, ohne Ziel, gehetzt von nirgendwo nach irgendwo. Alle Trostlosigkeit der Welt geisterte stöhnend und verloren zwischen diesem freudeleeren Himmel und dieser haßvollen, wüsten See.

Eine Minute herrschte ein lähmendes Schweigen im Raum. Die drei Menschen starrten aus dem Fenster in den bäumenden, klirrenden Aufruhr der Tiefe; das Chaos wogte dort.

Plötzlich klapperte Maureens Gabel, die sie starr in der Hand gehalten hatte, mit hartem Geräusch gegen den Tellerrand und auf den Tisch. Maureen schluchzte maßlos auf mit einem Laut, wie wenn Seide zerreißt, preßte ihr Tuch vor die Lippen, sprang auf und stürzte aus dem Zimmer.

Egan erhob sich halb, als wollte er ihr nacheilen, faßte sich aber und sank wieder auf seinen Stuhl zurück. Andrew zerschnitt die dicke Scheibe Hammelbraten auf seinem Teller geistesabwesend in viele kleine Stücke, sah dann auf sein Werk hernieder wie auf ein ekles Tier, das, weiß der Himmel woher, plötzlich auf seinen Teller gezaubert war, legte dann Messer und Gabel vorsichtig beiseite, als müßte er unter allen Umständen jedes Geräusch vermeiden, sagte heiser: »Entschuldigen Sie, bitte!« und überließ Egan sich selbst.

Maureen hatte sich über ihr Bett geworfen und den Kopf in den Kissen vergraben. Andrew bemühte sich, ihr zuzureden, sehr ungeschickt und bald verzagend. Er brachte nichts weiter aus ihr heraus als immer nur die gleichen drei erstickten Worte: »Laß mich allein!«

Er ließ sie schließlich allein.

Ging zum Dorf hinunter. MacClellan war schon wieder eifrig tätig, die Wände des Bootes noch einmal mit größter Sorgfalt nachzukalfatern. MacReanna machte sich wortlos ans Werk, ihm zu helfen.

XXIV

MacReanna hatte richtig geweissagt: es wehte weiter aus West, bald heftiger mit der Stärke beginnenden Sturms, bald sanfter als kräftige Brise. Die Hummernsegler der Fischer von Hork wären wohl imstande gewesen, den Kampf mit solchem Wind aufzunehmen; sie mußten manchmal noch schlimmere Puster abwettern, draußen in ihrer windigen Ecke des Atlantiks. Womit sie es aber niemals aufnehmen konnten, das waren die steilen, kämmenden, zyklopischen Seen des vergangenen Orkans, denen der stetige, steife Wind aus Westen fortwährend neue Kraft zublies; sie rollten und rollten weiter durch den Sund.

Hork lag dem Festlande so fern, als wäre es auf einen anderen Stern versetzt.

Tag um Tag verging; eine Woche, zwei – schon hatte die dritte begonnen: immer der gleiche Wind!

Egan wurde von der erzwungenen Untätigkeit maßlos gepeinigt. Maureen steigerte seine wütende Verwirrung; und er die ihre.

MacReanna zwang sich zähe zum Ausharren: irgendwann wird der Bursche verschwinden; dann wird Maureen wieder zu sich kommen. Ich darf sie nicht noch mehr verschrecken; ich muß Geduld haben. Ich darf nicht aufbrausen. Ich muß die beiden sich selbst überlassen. Ich muß Maureen vertrauen. Sie fängt sich wieder. Sie wird früher oder später merken, daß dieser

»Charles« lediglich ein aufgeblasener Tropf ist, der nichts weiter gelernt hat als schwatzen und Mätzchen machen. Ich sitze am längeren Hebelarm, denn ich wohne und bleibe hier auf der Insel; aber er, er muß wieder fort. Und wenn er nicht geht, werde ich nachhelfen. Es kostet mich nur ein Wort, und die ganze Insel, Vater Hoey eingeschlossen, ist gegen ihn und seinen ganzen Klüngel vom städtischen Pack.

Ja, Vater Hoey, der wohlbeleibte, kluge und gütige Priester der Insel, strich voller Sorgen um den steinernen Schuppen, in dem MacReannas neuer Kutter schnell der Vollendung entgegenging. Andrew beobachtete es wohl und merkte auch, daß der Pfarrer eine Gelegenheit abzupassen suchte, mit seinem protestantischen Sorgenkind MacReanna wegen seines katholischen Sorgenkindes Maureen ein paar Worte unter vier Augen zu sprechen. Der alte römische Geistliche machte keinen Unterschied: wer auf der Insel lebte, der war seiner menschlichen und geistlichen Obhut anvertraut, nach welchem Ritus auch immer er getauft sein mochte.

Natürlich war Vater Hoey auf dem Umwege über seine Haushälterin längst darüber unterrichtet, daß im Klippenhaus heimlicher Unfrieden herrschte und daß dieser Herr Egan, der es bisher nicht für nötig befunden hatte, dem Pfarrer seine Aufwartung zu machen, die Rolle eines Ruhestörers oder Brandstifters spielte.

Vater Hoey schämte sich seiner Schwäche für Maureen keineswegs. Er, der die Menschen kannte in all ihrer Unzulänglichkeit und ihrer gelegentlichen Seelengröße, hielt Maureen nicht für jämmerlich oder böse, sondern für unstet und friedlos von Natur; man mußte sie deshalb leise leiten und besonders liebevoll und freundlich vor Fehlern bewahren – wenn sie sich nur leiten lassen wollte! Und Vater Hoey hegte auch eine Vorliebe für Andrew; der war tüchtig und unternehmend, ehrlich und anständig, ein Mann mit Energie und vernünftigen Plänen, die allesamt Hand und Fuß hatten. Andrew war nach des Priesters wahrscheinlich wie stets zutreffendem Urteil genau das, was der Insel fehlte, um sie aus ihrer verschlafenen und festgefahrenen Rückständigkeit zu wecken und ihr den versäumten Anschluß an die

Gegenwart zu ermöglichen. Und außerdem war Andrew ein guter, geduldiger Ehemann. Wenn die beiden wenigstens Kinder gehabt hätten oder noch auf Kinder hofften –! Dann wäre Vater Hoey beruhigt gewesen. Aber auf Kinder hatte das Paar bisher vergeblich gewartet. Wenn es überhaupt wartete –!

Aber MacReanna – so gern er auch den heiteren, weisen Priester mochte – verlangte keinesfalls danach, mit ihm zu reden und sich beraten und ermahnen zu lassen. Mit diesem Egan wurde er allein fertig –! Andrew fühlte sich von den Umständen, in die er seit der Ankunft Egans – nein, schon vorher! – geraten war, auf eine schwer zu erklärende Weise erniedrigt und verunglimpft. Einem Menschen seiner Art war es undenkbar, dergleichen zu besprechen, auch nicht mit einem so gütigen und wohlwollenden Beichtiger wie Vater Hoey. Andrew verschloß daher seine Augen, wenn Vater Hoey gerade vor dem Bootshaus seinen Nachmittagsspaziergang antrat und auch dort wieder beendete. Und auch sonst vermied er, dem Priester zu begegnen.

Maureen aber war niemals ohne Egan anzutreffen. Sie genoß seine glatte, geistreiche Gesellschaft wie ein lange entbehrtes berauschendes Getränk. Sie verspürte nicht die geringste Lust, mit dem »simplen Priester« dieser Insel zu debattieren und sich ihm gar zu erklären. Nein, es hatte alles seine Grenzen, und jetzt wußte sie Wichtigeres zu tun, als einem bejahrten Geistlichen von den Inseln Rede und Antwort zu stehen.

Vater Hoey vermochte also keine Gelegenheit zu entdecken, helfend oder hindernd einzugreifen. Die beiden Menschen, die er in seinem alten Herzen liebte, verweigerten ihm hartnäckig den Zugang zu ihren privaten Bezirken; Vater Hoey hätte ihn sich vielleicht gewaltsam oder mit List erzwingen können; aber er glaubte, in seinem langen, an heimlichen Enttäuschungen überreichen Leben als Seelsorger erkannt zu haben, daß weder Gewalt noch List sich empfehlen, wo es sich um vertrauliche Entscheidungen des Herzens handelt.

Da Vater Hoey weder bei Maureen noch bei Andrew zum Zuge kam, sprach er sich ganz gegen seine sonstigen Gewohnheiten mit einem Dritten aus: mit dem Kommandanten der

Leucht- und Peilstation O'Shonessy, als er ihm zufällig auf einem Gang zum Westende der Insel begegnete. Und es beruhigte den alten Priester sehr, daß der alte Kenner der Seevögel ihm erklärte: »Ja, Vater, die Leute im Dorf sprechen schon darüber. Alle wissen davon, nur MacReanna weiß nicht, daß sie davon wissen. Ich habe neulich einmal bei ihm angetippt, als er bei uns draußen war, um sich einen Spezialbohrer auszuleihen. Er hat mit den Achseln gezuckt und gemeint, der Orkan sei vorübergegangen, und einmal würde auch diese wahnsinnige Dünung vorübergehen und schließlich auch der Radiobesuch von drüben. Man müßte etwas Geduld haben. Die meisten Probleme lösten sich mit der Zeit von selbst, wenn man nur zu warten verstände. Die Frauen wären eben nicht alle über einen Kamm zu scheren. Viel Abwechslung gäbe es ja auf der Insel, besonders im Winter, nicht. Andere Leute hielten sich einen Kanarienvogel oder lernten Trompete spielen. Egan wüßte wirklich über allen Klatsch des Vereinigten Königreichs Bescheid und amüsant darüber zu reden; ein ganzer Zirkus in einer Person, das wäre er. Und Maureen hätte eben ein Dauerfreibillett, solange der Zirkus hier gastierte. Aber Zirkusse wären nicht zum Bleiben geschaffen, da sie ihre Kunststücke schnell verausgabten, und dann bliebe ihnen nichts anderes übrig, als ihre wackeligen Zelte anderswo aufzuschlagen –«

»Ja, ja!« meinte Vater Hoey. »Vielleicht hat MacReanna recht. Er ist kein Dummkopf. Vielleicht macht man sich unnötige Sorgen. Die braven Leute von Hork munkeln viel und gern.«

»Und ob, Vater! Und obendrein ist auch Maureen nicht dumm in ihrem hübschen Kopf.«

So trösteten sich die beiden alten Männer. Das Alter neigt dazu, von der rinnenden Zeit mehr zu erwarten, als sie zu leisten imstande ist. Und überdies hatten die beiden die überflüssige, ganz nutzlos schöne Blume Maureen so in ihr Herz geschlossen, daß sie ihr nichts Böses zutrauen mochten. Vater Hoey verbrachte nach diesem Gespräch endlich einmal eine ruhige Nacht und fand erholsamen Schlaf.

*

Am Ende der dritten Woche nach der Ankunft Egans flaute der starke Wind aus Westen merklich ab; und was schließlich von ihm übrigblieb, das wehte von Norden heran. Es wurde kalt. Zum ersten Male zeigte sich am Morgen Reif auf den Wiesen zwischen dem Hafendorf und dem Riffdorf. Der Sund glitt in den Windschutz der Insel. Der lange, hohe Felsenwall von Hork fing die Strömung der Luft auf und raubte ihr die geringe Kraft, die noch in ihr verborgen war.

MacClellan sagte zu Andrew im Bootshaus: »Wir sind soweit, Andrew! Wir können anfangen, die Giebelwand abzutragen. Was wir an dem Kahn noch zu machen haben, das machen wir lieber, wenn das Boot schon im Hafen zu Wasser liegt. Dann können wir auch gleich probieren, ob es überall dicht ist.«

»Ja«, erwiderte Andrew, »das können wir wohl tun! Und wenn der Wind so bleibt wie seit heute morgen, dann werden wir in drei, vier Tagen zum ersten Male nach Tippertully hinübergondeln.«

»Aber vorher müssen wir noch Schiffstaufe feiern«, sagte Shemus de Brune, der am Vordersteven pinselte.

»Das müssen wir!« sagten alle.

»Wie soll der neue Kahn denn heißen?« wollte Paddy Fitzsimmonds wissen.

»Das verrät man nicht vorher!« verwies ihm MacClellan die jugendlich voreilige Frage und enthob damit Andrew einer Antwort, die er, wenn er auch der Bootsherr war, nicht hätte erteilen können.

Trotzdem erfüllte es ihn als den Nachfolger ungezählter Fischer- und Seemannsgeschlechter mit einer verstohlenen, starken Freude, daß sein Boot, ein gutes, hochseegängiges Boot, bald mit dem salzigen Element Bekanntschaft schließen sollte.

Diese Freude trug ihn auch über die peinliche, ihm sonst so qualvolle Viertelstunde vor dem Abendessen hinweg, die er wie stets mit Maureen und Egan vor dem Kamin im großen Zimmer verbrachte. Egan sollte sich nicht einfallen lassen, zu denken, daß er, Andrew, etwa Grund hätte, ihn zu meiden. Wieder sah sich Andrew von dem gewollten Schweigen empfangen, das ihm wie stets einer absichtlichen Beleidigung gleichzukommen schien. Dabei hatte er die beiden laut lachen gehört, als er den Gang hinunter zur Küche gegangen war, um sich dort mit heißem Wasser, Scheuersand und Bürste die öligen Hände zu reinigen.

MacReanna ließ das Schweigen gar nicht wirksam werden. Er fing sofort davon an, daß endlich der Wind umgeschlagen hätte und daß in drei, vier Tagen wohl das erste Boot seit dem Orkan wieder den Sund queren würde. Er berichtete, daß sein neues Schiff schon morgen vielleicht oder übermorgen zu Wasser gelassen werden dürfte. Und wenn alles gut ginge, könnte es gleich mit O'Keevans altem Motorkutter eine Wettfahrt nach Tippertully veranstalten. Aber vorher müßte das Boot natürlich getauft werden. Ob denn Egan jetzt noch daran denke, die vor vier Wochen geplanten Aufnahmen zu machen. Egan antwortete steif: »Ich glaube, daran wird meinen Chefs nicht viel liegen. Durch meinen Ausfall für so lange Zeit ist sowieso ihr ganzes Programm durcheinandergeraten. Jetzt müßte man außerdem den nächsten Sturm abwarten. Ich habe aber keine Stimmung mehr für Hork. Das werden Sie schließlich begreifen, MacReanna!«

Andrew begriff bereitwilligst.

Dann gongte Deirdre zum Essen. Andrew hatte kaum gemerkt, daß Maureen reglos und wortlos daneben gesessen hatte, während er erzählte, als wäre sie in Gedanken ganz weit fort.

Nach dem Essen verfügte sich Andrew wieder zu dem Bootsschuppen. Bei den letzten Arbeiten an seinem ersten eigenen Schiff wollte er nicht fehlen.

Ziemlich spät kehrte er heim. Das Licht im großen Zimmer brannte nicht mehr. Um so besser! Dann war Maureen schon schlafen gegangen und er der Pflicht enthoben, noch ein paar Worte mit Egan wechseln zu müssen.

MacReanna verschloß die Haustür hinter sich und tappte vorsichtig durch das Schlafzimmer ins Bad, um sich dort auszuziehen und Maureen nicht allzusehr zu stören.

Als aber Andrew das Licht löschen wollte und schon die Tür zwischen Bad und Schlafzimmer geöffnet hatte, um leichter in sein Bett zu finden, nahm er zu seinem Erstaunen wahr, daß

Maureen nicht fest schlief wie sonst oder wenigstens zu schlafen vorgab wie in letzter Zeit, sondern daß sie die Hände hinter dem Kopf verschränkt hatte und mit offenen Augen auf dem Rücken lag.

»Du schläfst noch gar nicht, Maureen?« fragte er erstaunt.

»Nein, wie du siehst«, erwiderte sie mit unbewegtem Gesicht und wendete ihm langsam ihre Augen zu. Sie blickte ihren Mann mit leicht gerunzelten Brauen an. Nicht einmal die Ahnung eines Lächelns erhellte ihre Züge. In der Brust MacReannas machte sich eine seltsame Kälte breit. Er fragte weiter: »Willst du noch etwas, Maureen? Soll ich das Licht löschen?«

»Ich will nichts. Lösche das Licht aus!«

Andrew gehorchte und legte sich in das Bett neben Maureen. Wenn auch die Vorhänge zugezogen waren, so standen doch die Läden draußen offen. Die vorbeisausenden Lichtbalken des Leuchtturmes ließen alle fünf Sekunden eine matte Helligkeit in den Raum sickern und gleich wieder vergehen.

Auch Andrew hatte sich auf den Rücken gestreckt. Wollte sie noch mit ihm reden? Vielleicht wollte sie eine Brücke schlagen, eine Brücke zu ihm zurück – und wußte nicht wie? Ach, er war bereit, ihr goldene Brücken zu bauen, wenn es sein mußte, wenn sie nur willens war, sie auch zu überschreiten. Vielleicht hatte er sich doch vorhin in dem Ausdruck ihres Gesichtes getäuscht –? Vielleicht wartete sie auf ein freundliches Wort? Der Tag hatte soviel Gutes gebracht: besseren Wind, die Vollendung des Bootes, die Aussicht auf eine vergnügte Schiffstaufe und eine einträgliche Probefahrt – denn natürlich wollte er die ersten Fänge nach dem Sturm sofort drüben anlanden – warum sollte nicht zu guter Letzt an diesem Tage auch noch Maureen wieder Vernunft annehmen? Er glaubte es fast. Ja, er war dessen schon ganz sicher. Und plötzlich wußte er, was er ihr Gutes sagen wollte: das Beste, was er überhaupt zu sagen und zu verschenken hatte! Er mußte sich erst räuspern, um seiner Stimme einen einigermaßen alltäglichen Klang zu verleihen. Dann sagte er in das gerade wieder blaß erglimmende Zimmer: »Maureen, weißt du, wie ich unser Boot nennen möchte?«

Sie gab keine Antwort. Er wartete eine Sekunde. Vielleicht wollte sie, daß er weitersprache. Er tat es. Er beantwortete seine Frage selbst: »Maureen!«

Und da sie immer noch nichts verlauten ließ, auch kein Glied zu regen schien, bekräftigte er noch einmal: »›Maureen‹ möchte ich es nennen. Nicht ›Hork‹, wie ich anfangs vorhatte.«

Wieder verging eine Zeit, die ihn endlos dünkte. Sie war wohl gar nicht so lang. Er lag wie zu Stein erstarrt. Endlich raschelte sie ein wenig, hatte wohl ihre Hände hinter dem Kopf hervorgezogen und sie auf die Bettdecke gelegt. Sie flüsterte heiser: »Nenne es lieber ›Hork‹!« und fügte nach einer Ewigkeit, während welcher die Vorhänge dreimal hell wurden und wieder dunkel, ganz klar und deutlich hinzu: »Ich gehe fort, Andrew!«

Ihm stockte der Atem, als wäre ihm ein Geschoß in die Brust gefahren. Er richtete sich auf, stützte sich mit den Händen ab und fragte gepreßt: »Wie meinst du das?«

Er blickte dorthin, wo ihr Kopf in den Kissen ruhen mußte. Aber der nächste Blink des Leuchtfeuers verriet ihm nur den schwarzen Schatten ihres Haares gegen das weiße Kissen, sonst kaum etwas. Ihre Antwort kam ohne Zögern, verriet einen unverständlichen, aufreizenden Gleichmut: »Wie soll ich das meinen? Genauso, wie ich es gesagt habe: ich gehe fort von Hork, von dir, von allem, was gewesen ist.«

Andrew hielt sich lange fest wie erstarrt. Gedanken taumelten durch sein Hirn wie halb zerpflückte Falter über eine zugige Veranda; er vermochte keinen festzuhalten. Er wußte durchaus nicht, was er jetzt sagen oder tun sollte. Sie geht fort – fort – fort, hallte es durch seinen Kopf. Er hatte es eigentlich seit längerer Zeit geahnt, aber keine kleine Sekunde lang zugeben wollen. Nun war er gar nicht gefragt worden, sondern wurde einfach vor die vollendete Tatsache gestellt. Er wurde abgelegt, wie ein altes Kleid abgelegt wird, dessen man überdrüssig geworden ist und das nicht mehr »modern« ist. Er hatte seine Schuldigkeit getan. Gut! Und? – Nichts weiter! Sie ging eben fort; er wurde nicht mehr benötigt. Ging fort von Hork, wo sie wieder gesund geworden war, ging fort von ihm, der ihr und ihrer Gesundheit nicht nur seinen Beruf geopfert hatte, ging fort von allem, was gewesen, obgleich sie gar nicht wissen konnte, was die Zukunft ihr bieten würde.

Plötzlich stieg ihm ein Kloß in die Kehle und blieb dort stekken: oder wußte sie doch, was die Zukunft ihr bot, und ging deshalb fort? Sollte dieser geschniegelte Schurke –?

Und jäh floß die qualvolle Verwirrung und Not zu einem rasenden Zorn gegen Egan zusammen. Egan also! Natürlich! Der hatte ihr den Kopf verdreht! Hatte die Gastfreundschaft übel mißbraucht. Das sollte er büßen, der wichtigtuerische Lümmel! Hinaus mußte er, hinaus! Und das auf der Stelle!

Andrew war mit einem wilden Satz aus dem Bett, zog sich, nachdem er die Lampe angezündet hatte, mit hastigen Griffen im Badezimmer an, um Egan aus dem Schlaf zu holen und noch jetzt, mitten in der Nacht, an die Luft zu setzen.

Andrew hatte nicht daran gedacht, daß er Maureens gespielten oder echten Gleichmut nicht zuverlässiger zerbrechen konnte als durch sein plötzliches Aufspringen. Wahrscheinlich hatte sie damit gerechnet, er würde sich wie früher in ausgedehnte Wortgefechte verlieren – und hatte sich zurechtgelegt, wie sie ihn matt setzen wollte. Statt dessen sprach er kein Wort, sprang auf, riß sich die Kleider über, zerrte die Stiefel an die Füße – was, bei allen Heiligen, hatte er vor –?

Als Andrew mit der Lampe in der Hand aus dem Badezimmer trat, um ins obere Stockwerk zu steigen und Egan aus dem Bette zu befördern, war es Maureen, die aufrecht im Bette saß und, Furcht in den Augen, ihm entgegenblickte. Er wollte nicht hinsehen und stakste mit harten Schritten am Fußende des Bettes entlang. Aber als er schon die Klinke der Tür in der Hand hatte, ließ ihn ein Schrei innehalten (der ihn wider Willen rührte, weil so viel echte Angst in ihm zu schwirren schien): »Was hast du vor, Andrew?«

Er knirschte: »Das will ich dir sagen, mein Kind, wenn es dich so interessiert: Egan hinauswerfen, das will ich! Er soll dir nicht länger den Kopf verdrehen! Du wirst schon wieder Vernunft annehmen, wenn er weg ist. Mit dem ersten Boot, das wieder fahren kann, wird er nach drüben befördert. Und dich lasse ich nicht fort! Du weißt ja nicht, was du redest!«

Er hatte zu lange gesprochen, hatte ihr damit Zeit gewährt, sich zu fassen. Sie erwiderte mit einer überhellen Stimme, die er nicht an ihr kannte: »Du bist ein schlechter Verlierer, Andrew! Du machst dich zu allem Überfluß noch lächerlich. Kennst du mich so wenig, daß du glaubst, mir könnte irgendwer den Kopf verdrehen, wenn ich ihn mir nicht verdrehen lassen will? Egan will, was ich will, daß er will. Verführt bin nicht ich; verführt ist er! Erinnerst du dich nicht daran, wie es damals war, auf der ›Albertine‹ mit dir und mir? Wer verführte damals wen?«

Es war, als hätte jemand einen prallgefüllten Luftballon mit einer brennenden Zigarre berührt; übrig bleibt ein Häufchen schlaffer Haut am Boden; und der eben noch so stolze, unbändige Knabe und Ballonbesitzer heult kläglich wie ein vergessener Kettenhund.

Die Lampe in Andrews Hand hatte so zu beben begonnen, daß er sie kaum auf dem Tisch abstellen konnte. Er sank auf den Stuhl vor dem Frisierspiegel. Er beugte sich vor und preßte die gefalteten Hände zwischen den Knien zusammen, als wollte er sie zermalmen.

So saß er lange und rührte sich nicht. Sein rötliches Haar, noch nicht gekämmt, starrte ihm wirr um den Schädel. Die in der Eile anfänglich zu hoch geschraubte Lampe begann schnurgerade aus ihrem Zylinder einen dünnen, schwarzen Rußfaden emporzuschicken, der über dem Tisch in geschweiften Schlingen, Kurven und Kringeln verschwebte. Der Gestank des blakenden Petroleumdochtes erfüllte den Raum bis in den letzten Winkel. Andrew merkte es nicht.

Maureen merkte es, aber sie sagte lange nichts. Ihre Augen ruhten auf dem zerwühlten Haar, auf den gebeugten Schultern ihres Mannes. Von ihrem Antlitz, von den Winkeln ihres Mundes, den Brauen und der Stirn, der weißen, schöngewölbten Stirn unter den Rabenflügeln ihres offenen Haars waren die Zeichen des Mitleids abzulesen und auch einer Trauer, die ganz hoffnungslos erschien. Wem galt das Mitleid und wem die Trauer?

Sie galten keinem bestimmten Menschen und keinem bestimmten Ereignis. Sie waren nichts weiter als eine der vielen Spiegelungen des ewigen Jammers aller Kreatur.

Maureen entdeckte die ersten Rußflöckchen auf ihrer weißen Bettdecke; auch wollte der scharfe Petroleumgeruch ihr die Augen tränen machen. Schließlich flüsterte sie kläglich: »Die Lampe blakt so, Andrew!«

Er fuhr hoch.

»Entschuldige«, stammelte er dumm, schraubte den Docht herab, zog die Vorhänge zurück und öffnete das Fenster. Die Nachtluft brach mit sanften Stößen herbe duftend und frisch ins Zimmer.

Andrew setzte sich auf die Kante seines Bettes und blickte zu Maureen hinüber. Sie hatte sich wieder auf den Rücken sinken lassen und ihren Kopf ihm zugedreht. Ihre Augen hielten den seinen stand. Er begann sehr stockend und so undeutlich, daß sie vor lauter Anstrengung, ihn zu verstehen, die Augenbrauen zusammenzog: »Wenn du mich zu dir verführt hast, wie du es nennst, Maureen, damals auf dem Kongo, dann kannst du auch die ganze Wahrheit mitverantworten. Du glaubst, und alle Welt glaubt, daß es ein Unfall war, der deinen ersten Mann vom Leben zum Tode brachte. Nun ja, es war ein Unfall – aber ich hätte das Unglück im letzten Augenblick verhindern können. Ich hätte Corlay warnen können. Ich wartete zwei Sekunden. Dann war es zu spät. Ich bin es also gewesen, der ihn in Wahrheit den Krokodilen in den Rachen –! Ich –!«

Feine Schweißperlen zeichneten sich auf seiner Stirn ab. Maureen bemerkte es, denn der gelbe Schein der Lampe spiegelte sich in den Tröpfchen. Andrew gab sich abermals einen Stoß, richtete sein Rückgrat hoch, blickte steiler auf sie hinunter. Er fuhr fort: »Ich habe es für dich getan, Maureen. Ich glaubte, ich müßte dich befreien. Ich habe es noch nie bereut. Aber wenn du jetzt fortgehst, Maureen –«

Er wußte nicht weiter und sank wieder in sich zusammen.

Maureen regte sich nicht, ihr stilles Antlitz verriet kein Gefühl ihres Innern; sie erwiderte sanft, wie man einem Kinde zuspricht, das sich schmerzhaft gestoßen hat: »Weder damals noch heute – obgleich du es mit keiner Silbe angedeutet hast – war ich im Zweifel darüber, daß du bei Corlays Unfall mindestens nachgeholfen hast. Du hast es getan – nicht ich!« Sie betonte das »Du«.

Ihm war die vermeintliche Waffe, seine letzte, aus der Hand geschlagen. Er wiederholte stammelnd: »Du nicht – nein! Und du warst nicht im Zweifel –?«

Sie hob noch einmal an – einem Kinde muß man genau erklären, was es nicht gleich versteht – sehr milde: »Natürlich nicht, Andrew! Sonst hätte ich dich in London nicht geheiratet, als ich damals plötzlich krank war. Ich habe also meinen Teil an der Schuld abgeglichen und dich mit keiner Silbe verraten oder auch nur beunruhigt. Aber nun gehe ich fort.«

Es war zuviel, was sich ihm in diesen Worten grell offenbarte. Er konnte es nicht so im Handumdrehen begreifen, wie es gesagt war. Er war zunächst nur fähig, mit bitterem Klang zu fragen: »Jetzt bist du nämlich wieder gesund, nicht wahr?«

»Ja, ich bin nämlich wieder gesund –«, flüsterte sie kaum hörbar, schloß die Augen und drehte ihr dunkles Haupt seitwärts in die Kissen.

Andrew erhob sich mühsam von seinem unbequemen Sitz, als sei er um Jahrzehnte gealtert. Umständlich kleidete er sich im Badezimmer vollends an, löschte das Licht und tappte durch das Schlafzimmer zur Tür: vorsichtig, wenn auch ungeschickt, als gälte es, eine Schlafende nicht zu stören.

Unten im Dorf, auf den harten Decksplanken seines neuen Bootes, in dem dunklen Schuppen, worin es gebaut worden war, in einem Haufen von Hobelspänen, verschlief Andrew den Rest der Nacht bis in den hohen Morgen, schlief so traumlos tief, wie er seit ewigen Zeiten nicht mehr geschlafen hatte.

Erst als MacClellan erschien, der das Boot bereitmachen wollte, vom Stapel ins Freie gelassen zu werden, erwachte Andrew.

MacClellan sah dem Schiffseigner merkwürdig beklommen nach; aus der Bootstaufe würde nicht viel werden –!

Im Klippenhaus erfuhr Andrew – Deirdre berichtete es ihm

flüsternd; anscheinend hatte sie auf ihn gewartet –, daß Egan nach einer kurzen Aussprache mit Maureen samt seinem Gepäck abgezogen wäre. Sie selbst, Deirdre, hätte Herrn Egan geraten, bei O'Keevan Quartier zu nehmen; O'Keevan hätte früher gelegentlich Fremde beherbergt, als es noch kein Klippenhaus auf der Insel gab.

Wo seine Frau wäre, wollte Andrew wissen.

Die Frau wäre ins Riffdorf gegangen, um Eier einzukaufen. Es könnte sein, daß die Radioleute nun bald kämen, wo die See sich von Tag zu Tag wieder beruhigte – hätte sie gemeint.

Andrew ließ sich vor dem großen Fenster im Wohnzimmer in einen Sessel fallen und starrte auf den Sund hinaus und zu den fernen Bergen des Festlandes hinüber; er war dumpf und wie blind.

XXV

Als es dunkel wurde an diesem Tage, hatte der Bauherr und Eigner des neuen Bootes, Andrew MacReanna, schon mehr getrunken, als ihm gut war.

»Warum aber, Andrew«, wollte MacClellan wissen, wobei er dem Schotten nach seiner Art mit steifem, gekrümmtem Zeigefinger an die Brust klopfte, »warum, mein höchst ehrenwerter Kapitän, hast du das Boot gerade ›Albertine‹ getauft? Das mußt du uns noch verraten. Solchen Namen hat es noch nie auf Hork gegeben.«

Er schwankte und gluckste, der Brave, und das halbgeleerte Whiskeyglas, das er in der Hand hielt, schwappte über; er lachte unmäßig.

Paddy Fitzsimmonds entzündete gerade die Lampen in dem großen Schuppen, in dem das Boot gebaut worden war. Dem Schuppen fehlte ein mächtiges Stück aus der östlichen Giebelmauer. Durch die Lücke hatten die Bootsbauer nach so vielen fleißigen Wochen und Monaten die funkelnagelneue »Albertine«

ins Freie gerollt – das heißt, in jenen Augenblicken, als sich das Schiff zum ersten Male vorwärts bewegte, hieß es noch gar nicht »Albertine«, sondern hatte noch immer nur »das Boot« geheißen.

Andrew blickte den Fragesteller aus schweren Augen eine Weile an, als müßte er sich erst den Sinn der Frage überlegen. Er lehnte sich dabei an einen der zwei grobgemauerten Steinpfeiler, die den großen, offenen Kamin des Schuppens seitlich begrenzten. Er blickte sich in der Runde der Männer um, die rings um das hochlodernde Feuer der Herdstatt saßen und standen und entschlossen schienen, dem Dutzend Flaschen voll Whiskey in der Ecke und der Kiste schwarzen schweren Bieres den Garaus zu machen. Daß ihren vereinten Bemühungen Erfolg beschieden sein würde, war nicht zu bezweifeln.

Solange das Boot im Bau gewesen war, hatte es niemand gewagt, im Kamin ein Feuer zu entfachen. Aber nun schwamm das Boot im Wasser des Hafens; das große Loch in der Wand bot der kühlen Meeresluft offenen Zutritt, wenn es auch an der Leeseite des Hauses lag (denn der Wind hatte wieder auf Westen gedreht). Außerdem verlockten die vielen Sägespäne, die Bretter und Balkenreste, die den Boden des Schuppens bedeckten, die großen, dicken Splitter, welche die Äxte der Zimmerleute aus den Spanten und Planken geschlagen hatten – sie verlockten geradezu, sie in einem kräftigen Freudenfeuer durch den Schornstein zu jagen; das ersparte das Aufräumen.

Da MacReanna noch immer nicht antwortete, statt dessen bald diesen, bald jenen der Männer fixierte, die vor ihm am Boden hockten, als wollte er einem nach dem anderen an die Kehle fahren, erhob sich aus dem Kreise der Trinkenden Protest: »Raus mit der Sprache, Andrew! ›Albertine‹ –! So was hat es bei uns noch nicht gegeben! Wer hieß ›Albertine‹? Hoffentlich ist das kein britischer Name. Damit hätten wir nichts im Sinn. Warum hast du das verdammte Boot ›Albertine‹ genannt? Kein Wunder, daß sie sich gleich vor Schreck den Sterz abgebrochen hat!«

So ging es hin und her; der Alkohol hatte die Schranken des Respekts, mit dem der »reiche Andrew« sonst selbstverständlich rechnen konnte, brüchig werden lassen oder auch schon zum Einsturz gebracht.

Andrew hatte endlich die passende Antwort gefunden. Ein breites Gelächter zerrte ihm den schon sonderbar unbeherrschten Mund auseinander. Er beschrieb mit dem rechten Arm, in dem er das Whiskeyglas hielt, einen weiten Kreis, ohne zu beachten, daß die bernsteingelbe Flüssigkeit hinter dem Glase her einen blinkenden Bogen beschrieb und den vordersten Männern auf die Stiefel und Hosen sprühte – was die Betroffenen völlig in der Ordnung fanden. Andrew rief: »Freunde und Insulaner, warum ich unser neues Boot ›Albertine‹ getauft habe, wollt ihr wissen! Das will ich euch verraten. Aber sagt es keinem weiter, sonst denken die Leute, ich bin verrückt geworden. Am Kongo unten in Afrika, wo es hoch hergeht, da kannte ich eine Kuppelmutter. Die hieß Albertine. Das war die gerissenste Kuppelmutter unter der Sonne. Und ihr zu Ehren habe ich das Boot ›Albertine‹ genannt.«

Ein schallendes, alle Grenzen überschwappendes Gelächter beantwortete diese Erklärung; obgleich keiner recht wußte, warum er eigentlich so unmäßig lachen mußte. Aber Andrew hatte einen Witz gemacht, und dafür mußte er belohnt werden. Paddy stieß Shemus an, und der bohrte seine Faust Bryan in die Rippen.

»Kuppelmutter – ha, ha! Kuppelmutter am Kongo! Ganz schwarz! Pechrabenschwarz! Ha, ha, Schwiegermutter. Hast du gehört! Und gerissen!«

Und sie lachten und schrien doppelt so laut, um ihrem Mitbruder Andrew, den sie alle gut leiden mochten, zu beweisen, daß sie sich allesamt trotz der einigermaßen mißglückten Taufe königlich vergnügten.

MacClellan war vor lauter Gelächter erschöpft zusammengebrochen, hatte sich verschluckt und mußte, schrecklich hustend, vor dem Mauerloch in der kühleren Luft Erleichterung suchen. Dort traf ihn O'Keevan, der zwar um den Schuppen umherstrich, aber sich nicht hineintraute, so gern er sonst jede passende Gelegenheit wahrnahm, zu feiern und sich zu betrinken – möglichst auf anderer Leute Kosten. Der ehrliche MacClellan, der dem auf milde Inselweise geldgierigen, mißgünstigen und klatschsüchtigen Posthalter und Bootseigner O'Keevan nicht besonders gewogen war, griff den noch völlig Nüchternen auf der Stelle an, als ihn der Husten erst zu Atem kommen ließ: »Na, John O'Keevan, nun tut es dir doch wohl leid, daß du den Kerl, den Egan, in dein Haus genommen hast, was? Oder bist du neidisch, daß dein alter Kutter jetzt Konkurrenz bekommt? Wir tun dir nichts! Kannst ruhig hereinkommen. Ist genug Whiskey da, auch für dich! Andrew hat bestimmt nichts dagegen!«

MacClellan wandte sich dem Loch in der Mauer zu und schrie in den Schuppen: »Hier ist O'Keevan, Andrew! Er traut sich nicht herein! Er kann doch mithalten, wie? Oder sollen wir ihm das Fell versohlen?«

Ein trunken großartiger Lärm antwortete. Andrew aber rief mit einer weitschweifigen Gebärde: »Nur immer herein mit ihm! Jeder kann mithalten heute! O'Keevan ist ein guter Seemann! Wer ein guter Seemann ist, darf trinken, soviel er will!«

O'Keevan war der letzte, sich bei einer solchen Gelegenheit lange bitten zu lassen. Andrew gluckerte ihm ein Glas mit schierem Whiskey voll und reichte es ihm. O'Keevan nahm einen kräftigen Zug, schüttelte sich und sagte – wobei alle ihn beobachteten – mit säuerlicher Miene: »Schmeckt so schlecht und tut so gut! Teufelszeug!«

Alle lachten; es lag ein unfreundlicher Unterton in diesem Gelächter. O'Keevan schickte einen betretenen Seitenblick zu Andrew. Der war weit davon entfernt, irgend etwas krummzunehmen. Andrew sagte vielmehr: »Es wird also nichts mit unserer Wettfahrt nach drüben, O'Keevan. Der Wind hat wieder auf Westen gedreht und nimmt zu.«

»Ja, Ihr hättet nicht schon vor der Taufe mit dem Saufen anfangen sollen. Nun habt Ihr den Ärger!«

»Ist nicht so schlimm, O'Keevan! MacClellan bringt das wieder in Ordnung. Wir machen eben die Wettfahrt ein paar Tage später! Die ›Albertine‹ muß sich erst an die See gewöhnen. So viel Wasser um den Bauch, wie sie jetzt hat! Sie kann ruhig noch ein paar Tage warten – und morgen machst du die erste Fahrt nach drüben wieder allein. Und wenn Hummern da sind, kriegst du sie alle mit! Oder glaubst du an schlechte Vorzeichen?«

O'Keevan wiegte sein graues, stoppliges Haupt und nahm einen zweiten, langen Schluck, schüttelte sich abermals und sagte – abergläubisch waren sie samt und sonders, die Leute von der Insel: »Läßt der Tolpatsch, der Hugh MacDerg, das Achterende des Bootes von der Rolle rutschen; und der Schwanz schlägt auf die Steine; und das neue Ruder splittert; und das Schiff hat noch kein Wasser berührt! Wenn das kein schlechtes Vorzeichen ist, weiß ich überhaupt nicht, was ein schlechtes Vorzeichen ist.«

Die Männer hockten still und verzogen keine Miene. Er hatte ja recht, hatte also ganz genau begriffen, was passiert war, O'Keevan: auf dem schrägen Slip am Hafen zum Wasser hinunter war das schwere Schiff den Männern entschlüpft, war von den beiden hintersten Rollen gesprungen, ehe es wieder gebändigt werden konnte, und hatte sich bei dem harten Prall auf den groben Zement das Ruderblatt gebrochen.

O'Keevan genoß die Wirkung, die er in der Runde erzielt hatte. Der scharfe Trank in seinem Leibe, der ihm schon schwellende Hitze durch alle Adern jagte, machte ihn mutiger, als er sonst wohl in Andrews Gegenwart gewesen wäre. Er fuhr, sich den Mund wischend und die Brauen unter den Rand seiner schmierigen Kappe zerrend, geheimnistuerisch fort: »Es konnte auch gar nicht anders kommen. Ich wußte das gleich. Wenn ein Boot getauft wird, wenn es vom Slip gelassen wird, dann muß zuvor die Hand einer Frau den Schiffsleib unter der Wasserlinie berühren. Aber diesmal war keine Frau dabei. Keine Frau weit und breit! Und gleich fing das Unglück an. Eine Frau muß das Boot von der festen Erde freigeben, bevor es ins Wasser taucht, sonst ist ein Schiff nicht vom Lande in die See entlassen und will immer wieder an Land zurück, bis es irgendwo auf die Felsen läuft oder strandet. – Keine Frau war dabei! Ich sag's ja! Keine Frau! Und gleich fängt das Unheil an! Weil das Boot nicht ins Wasser wollte, ohne daß die Hand einer Frau es vorher verabschiedet hatte! So ist das schon seit ewigen Zeiten gewesen! Jawohl, seit ewigen Zeiten!«

Er hob sein Glas an die Lippen und wollte den Rest leeren. Aber bevor er sich das geliebte Getränk einverleiben konnte, schlug ihm Andrew das Glas aus der Hand, daß die Flüssigkeit dem Durstigen in den Ärmel spritzte: »Wenn das Boot verhext ist, O'Keevan, dann ist dieser Whiskey auch verhext. Brauchst ihn nicht zu trinken. Ist gefährlich für dich! Suche uns eine Frau, die das Boot am Bauch streichelt. Wir holen es dir extra wieder aus dem Wasser dazu. Bis dahin verschwinde lieber!«

O'Keevan blickte dem Glase nach, das in die Flammen gestürzt und verschwunden war. Dann blickte er seine Handgelenke an und den Ärmel seiner Jacke, die beide von Whiskey troffen, konnte schließlich dem Verlangen nicht widerstehen, leckte mit der Zunge seine Haut ab und sog das kostbare Naß vom Ärmelende.

Der Anblick war so zum Steinerweichen albern, daß selbst Andrew seinen trunkenen Zorn vergaß und in das johlende Gelächter der übrigen aus vollem Halse einstimmte, bis ihm die Augen übergingen. O'Keevan ließ sich nicht stören. Andrew japste schließlich: »Oh, da soll mich doch gleich dieser und jener –! O'Keevan, durstige Seele! Nein, du sollst dein Vergnügen haben, du elender Filz!«

Andrew griff hinter sich, faßte eine noch ungeöffnete Flasche »John Jameson« und stopfte sie O'Keevan in die Tasche seines Rockes; der griesegraue Kerl lutschte immer noch an seinem vor den Mund gehobenen Handgelenk. Er sah nicht hin, als Andrew an seiner Tasche herumhantierte. Andrew setzte dem Manne die hochbetagte Kappe, die er trug, verkehrt herum auf den struppigen Schädel und schalt vergnügt: »Abmarsch jetzt, Jonny O'Keevan! Wir wollen unter uns sein! Du hast nicht mit an meinem Kahn gebaut und willst uns bloß den Spaß daran verderben! Lutsche draußen weiter! Raus mit dir, ehe ich wieder wütend werde!«

»Ja, raus, raus, O'Keevan!« schrien die andern.

Der Posthalter entschwebte eilig, wobei er mit der rechten

Hand sorgsam seine rechte Jackentasche hütete.

Dieser ebenso jämmerliche wie erheiternde Abgang bewirkte, daß kein Mensch mehr die düsteren Prophezeiungen O'Keevans ernst zu nehmen vermochte. Eine ungemein zügellose Freude am Dasein brandete gleich einer bunten, federleichten Welle in den hohen, leeren, nach Holz und Kien und Pech duftenden Schuppen hinein und begrub die Männer alle, die alten und die jungen, unter ihren berauschenden Flügelschlägen. War dies nicht alles wunderbar und herrlich: das Boot zu Wasser gebracht, und jede Planke daran einzeln von Hand gefertigt und gestreichelt und gefügt! Und der Motor darin; schnurrte er nicht so sanft und sachte wie eine zufriedene Katze! Und hatte nicht jeder von ihnen ein Stückchen Lust und Mühe und Sorgsamkeit hineingegeben! Und sollte das Boot nicht ihnen allen besser zu verdienen geben! Und war es nicht ihr Andrew, der das Boot für sich und für sie geschaffen hatte! Andrew, ja, das war ihr Mann: großzügig, unternehmend für alle, freigebig und kein Spielverderber! Und wir müssen besonders lustig und munter sein, um Andrew abzulenken, denn er hat es nicht leicht bei sich zu Hause! Irgendwas ist da passiert! Die Frau nicht bei der Bootstaufe! Hat man je so etwas Böses erlebt! Ach, was denn, Andrew! Schiffe sind besser als Frauen. Ein gutes Boot läßt keinen guten Mann im Stich! Nein, ganz gewiß nicht, Andrew! Du bist unter Freunden und lauter Kameraden, Andrew! Wir fragen dich nichts! Wir halten nur zu dir, Andrew, sind auf deiner Seite mit Haut und Haar! Und den Burschen da, der jetzt bei O'Keevan im Hinterzimmer hockt, den schaffen wir dir schon vom Hals, damit deine Frau wieder zu sich kommt. Wie sollte sie nicht, Andrew!

Prost, Andrew!

Prost und alles Gute, Andrew!

Andrew taumelte durch das Loch in der Giebelwand und lehnte sich schwer an die Hausecke. Er brauchte frische Luft. Er hatte bei aller Benommenheit plötzlich gespürt, daß auch nur ein einziger weiterer Schluck ihn der Besinnung berauben würde. Er hatte das Glas mit dem scharfen Trank einfach in die Asche des

Herdes fallen lassen; der Geruch allein schon erregte ihm mit einem Male Übelkeit. Die Genossen des Abends hatten seinen Abgang kaum bemerkt; er würde schon wiederkommen –! Sie sangen fröhliche Lieder; mit lauter Stimme; und jeder ein anderes.

Andrew wollte nicht mehr weiterfeiern; er konnte es nicht mehr. Er wollte noch einen Rest von Verstand behalten. Wer war das, da vor ihm in der Dunkelheit? Da steht doch einer? Redet sogar. Was redet er? Das ist doch –? Wie heißt der Kerl –? Ich weiß, wie der heißt! Wie nennt er sich, zum Teufel –?

Andrew bemühte sich krampfhaft, die Gestalt in der Dunkelheit zu erkennen. Aber wenn auch alle fünf Sekunden die wandernden Strahlenbalken des Leuchtturms weißes Licht in die Dorfgasse schütteten, so schwammen ihm doch die Umrisse des Menschen unklar her und hin. Dabei redete der Mann immerfort. Verdammt noch eins, was läßt er mich nicht in Ruhe? Was sagst du da, Burton? Ja, natürlich, das ist Burton vom Leuchtturm! Was –?

Zwei Silben waren endlich bis in Andrews Hirn vorgestoßen. Die beiden Silben hießen »Maureen«. MacReanna biß die Zähne zusammen, daß sie knirschten. Sein Wille zwang mit einer Gewalt, die den Mann beinahe zerriß, die Trunkenheit zu Boden. Für die Dauer einer Minute wenigstens. Und das war lange genug, um zu begreifen, was Burton gehetzt und genießerisch zugleich verraten, dem großen, hochmütigen MacReanna versetzen wollte wie einen Schlag ins Gesicht: »Die wissen ganz genau, daß Sie sich hier um den Verstand saufen, MacReanna! Die sitzen beide in Ihrem großen Zimmer und reden und reden. Ich hab's durch das große Fenster gesehen.«

»Haben Sie gesehen, Burton –?« wiederholte Andrew dumm. Ihm fiel, während das Gift in seinen Adern ihm von neuem das Gehirn zu ertränken suchte, für ein paar Augenblicke das Kinn herunter. Dann bekam er sich endlich so fest zu fassen, daß ihm der Whiskey keinen Streich mehr zu spielen vermochte. Er wischte Burton mit einem weiten Schwinger des linken Arms beiseite und stampfte mit harten, kaum schwankenden Schritten die Straße durch das Dorf hinauf davon. Beinahe lief er schon auf halbem Wege zum Klippenhaus. Manchmal war ihm, als müßte er vorwärts zu Boden stürzen und liegenbleiben.

Für ewig liegenbleiben –

Aber er fing sich jedesmal. In seinem Kopf herrschte jetzt eine blasse, gleichsam gläserne Helle. Das weiße Licht vom Leuchtturm schien auch in seinem Hirn zu glimmen. Mit unwirklicher Schärfe wußte er, was er vorhatte. Hab acht nun! Keinen falschen Schritt! Er sah sie so klar vor sich sitzen wie zwei schwarze Schattenrisse auf einer Milchglasscheibe. Jetzt neigten sich die beiden Schatten einander zu. Jetzt –

Da war das Haus. Andrew biß sich so heftig auf die Unterlippe, daß er sogleich sein Blut schmeckte. Er mußte sich jetzt bezwingen! Er – mußte – sich – jetzt – zwingen, ja, zwingen, ganz leise zu sein, ganz leise, die beiden zu überraschen, ganz leise –!

Andrew wußte nicht, daß ihm ein Tropfen Blut aus der durchbissenen Lippe vom Mundwinkel abwärts rann. Ganz langsam und lautlos öffnete er die große Haustür. Ganz langsam und lautlos tappte er den Gang entlang. Er hielt inne vor der Tür zum großen Zimmer, lauschte. Die beiden da drinnen redeten, redeten halblaut; er verstand kein Wort. Warum redeten sie nicht lauter, so daß er etwas verstehen konnte? Was hatten sie vor ihm zu verbergen? Verdammt, warum redeten sie nicht lauter? Lauter!

Eine unheimliche Wut würgte den horchenden Mann so plötzlich, als hätte ihm ein Panther die Zähne in den Nacken geschlagen.

Er sprengte die Tür auf, stand im Zimmer, riesig, mit blutigem Kinn, wirren Haaren, roten Augen.

Maureen schrie laut auf. Egan saß einen Augenblick erstarrt.

Andrew griff nach einer mächtigen, fast zentnerschweren Vase aus lackiertem Steingut, die neben der Tür auf dem Boden stand, schwang sie mit einem furchtbaren Riß über seinen Kopf hinauf und stapfte auf Egan vor, ihm den Schädel zu zerschmettern.

Maureen schrie gellend, schrie: »Sieh dich vor, Charles! Er hat schon einen umgebracht.«

Dieser Schrei weckte den Mann aus seiner Erstarrung. Egan

warf sich jäh hoch, duckte unter MacReannas Armen durch, schlug dabei den Rasenden vor das rechte Schienbein, daß dem der Fuß wegrutschte, und war aus dem Zimmer!

MacReanna stürzte wie ein gefällter Baum. Das schwere Gefäß zerklirrte mit fürchterlichem Getöse. MacReanna richtete sich aus den Scherben wieder hoch, kam auf die Beine, blickte sich benommen um, sah sich Maureen gegenüber.

Nein, Maureen kannte keine Furcht.

Sie stand vor ihm, totenblaß. Ihre Augen loderten, zwei blaue Flammen. Unsägliche Verachtung kräuselte ihre Lippen. Sie sagte mit leiser, schneidender Stimme, die ihm die ganze Welt zu durchhallen schien, die ganze, hohle Welt, sagte: »Noch ein Trunkenbold! Immer nur Trunkenbolde!«

Damit ging sie dicht an ihm vorbei aus dem Zimmer, als ginge sie durch ihn hindurch. –

Er hörte die Haustür laut ins Schloß fallen.

Er schwankte in das Schlafzimmer und warf sich, so wie er war, quer über die Betten.

»Trunkenbold, schon einen umgebracht!« lallte er noch, erbrach sich würgend vor das Bett und schlief mit offenem Munde.

XXVI

Hinter seiner Stirn wühlte ein dumpfer, drückender Schmerz; aber der würde nach wenigen Stunden vergehen – das kannte er von früheren Erfahrungen ähnlicher Art. Der säuerliche Geschmack auf der Zunge war abscheulich, ganz abscheulich! Denken indessen konnte er wieder, klar und schnell, wie an alltäglichen Tagen. Er versuchte, seinen Kopf in eine andere Lage zu bringen, gab es aber sofort wieder auf, denn der Kopf schien aus empfindlichstem Porzellan zu bestehen und unzählige, nackte Nerven ins Freie zu stecken gleich feinen Stacheln bereit, bei der leisesten Bewegung abzubrechen.

Und es redet einer immerfort, irgendwo –? Das ist doch die

gleiche Stimme wie gestern? Nein, es sind ja zwei Stimmen. Wer war das gestern? Richtig, es muß Burton gewesen sein. Burton, natürlich, Burton redet – Was, hier im Schlafzimmer? Was soll denn das?

Ein Schreck durchfuhr den bewegungslos daliegenden Mann und bewog ihn, wenigstens die Augenlider zu heben. Tatsächlich, da standen Burton und Deirdre am Fußende der Betten im Schlafzimmer und redeten aufgeregt miteinander; sie beachteten Andrew nicht.

Wie wenn eine abgeprallte Welle wieder zurückbrandet, so gewaltsam kehrte ihm die Erinnerung an das zurück, was gestern abend geschehen war.

Pfui Teufel, er lag mit Kleidern und Schuhen in dem weißen Bett. Das bestürzte ihn derart, daß er sich aufrichtete, wenn ihm auch der Kopf abbrechen wollte.

Die beiden unzeitigen Besucher am Fußende des Bettes riefen aus einem Munde: »Er ist aufgewacht!«

»Was ist denn los? Warum schreit ihr so?« wollte Andrew wissen und faßte nach seiner schmerzenden Stirn. Er hatte sich doch gestern abend –? Er blickte mit einem scheuen Seitenblick zu dem Teppich neben seinem Bett hinunter. Aber der Vorleger war nicht zu entdecken, und die Dielen glänzten frisch gewischt und sauber. Gute Deirdre!

Burton sprang um das Bett und rüttelte MacReanna an der Schulter. Fast ging dem Hockenden der Schädel in Scherben dabei; aber er hielt stand. Burton redete hastig; seine Worte überstürzten sich: »Hören Sie mich, Mac? Hören Sie zu, Mac! Maureen und Egan sind mit O'Keevans Boot draußen. Egan versteht sich auf Motorboote, das ist nicht zu bezweifeln. Sie haben O'Keevan abgehängt und sind einfach losgefahren, als O'Keevan noch Maureens Regenmantel holen sollte, den sie wahrscheinlich mit Absicht bei ihm vergessen hatte. Der Priester hat sie zurückzuhalten versucht; vergeblich! Natürlich denken die beiden, es könnte ihnen keiner folgen. Die Segelboote sind zu langsam – und ehe sie klargemacht sind, kann das Unglück schon geschehen sein –!«

»Was für ein Unglück?« fragte Andrew, der langsam erst zum vollen Verständnis dessen erwachte, was ihm mitgeteilt wurde.

»Die Flut! Wir haben hohe Flut. Gestern war Neumond! In zwei Stunden ist Hochwasser! Wind aus dem Westen wieder! Eine gehörige See im Sund! O'Keevans Boot wird damit schon fertig. Aber die Brandung am Vorgebirge von Inishgarve! Der Strom läuft mit mindestens fünf bis sieben Meilen darauf zu. Wer nicht Bescheid weiß und nicht ständig Südwest steuert statt Süd, der scheitert! Der Sog wird furchtbar sein um das Vorgebirge, sagt O'Keevan, sagt Vater Hoey! Sie müssen Ihr Boot seeklar machen, um die beiden noch vor Inishgarve abzufangen und umzuleiten, MacReanna!«

Boot seeklar machen – das sind Worte, die in MacReannas Gemüt sofort zünden. Er ist mit einem Satz aus dem Bett, hält den Kopf eine Sekunde lang unter die Wasserleitung im Badezimmer, spült seinen Mund aus – ah, das tut gut! Ist fertig. Deirdre bringt ihm etwas zu essen. Aber essen – unmöglich. Die Speisen widern ihn an. Einen Topf Tee hinuntergestürzt – so, genügt! Leb wohl, Deirdre! Ja, ja, wir holen sie schon ein! Keine Sorge, Deirdre!

Drunten am Hafen setzen MacClellan, de Brune und O'Keevan der »Albertine« – kein Mensch nennt das Boot noch »das Boot« – ein Behelfsruder ins Heck. MacClellan ruft: »Gut, daß du kommst, Andrew! Wir sind bald soweit. Ich hatte nämlich dein Ruder nach dem Muster des Ruders an meinem Segler gemacht, damit Druck dahinter sitzt. Jetzt paßt mein Ruder in dein Boot! Es hält schon! Sind gleich fertig, Andrew!«

Es stehen nur wenige Männer am Slip des Hafens, auf das die »Albertine« wieder halb heraufgezogen ist. Die meisten haben die Nacht durchgefeiert und schlafen noch.

Vater Hoey ist da. Sein Gesicht ist grau vor Sorge und Kummer. Er zieht Andrew beiseite: »Andrew, seien Sie vorsichtig! Der Motor in Ihrem Boot ist noch neu! Daß Sie nicht unterwegs Havarie haben, Andrew! Andrew, behalten Sie Ihr Herz in der Hand! Maureen kommt wieder, ich zweifle nicht daran! Sie hätten gestern die Sauferei nicht mitmachen dürfen. Jetzt haben Sie Maureen verjagt! Aber ich weiß ja, wie es geht. Sie dürfen Maureen nicht gram sein, nicht auf die Dauer! Auch Sie haben schuld, Andrew!«

»Ich weiß, Vater!«

»Glauben Sie, daß Sie das Boot mit den beiden noch vor Inishgarve einholen, Andrew? Davon hängt alles ab! Der Sog und die Brandung um Inishgarve-Head, jetzt bei Hochflut – grausig!«

»Mein Boot muß etwa doppelt so schnell sein wie O'Keevans, wenn ich es ausfahre. Wir holen sie rechtzeitig ein, falls nichts dazwischenkommt. Ich fürchte nur, sie werden sich für verfolgt halten, wenn sie unser Boot hinter sich sehen – dann vielleicht erst recht den Kopf verlieren. Sie haben sicherlich gemeint, mein Boot wäre vorläufig nicht seeklar zu machen. Den Segelbooten wären sie natürlich samt und sonders davongelaufen!«

»Alle Möglichkeiten lassen sich nicht berücksichtigen, Andrew! Versuchen Sie, was zu retten ist! Sie lieben sie noch, Andrew?«

MacReanna zögert mit der Antwort; seine Augen haften am Boden; er stößt heiser hervor: »Ich weiß es wirklich nicht mehr, Vater!«

»Doch! Sie lieben sie! Ich weiß es! Gott segne Sie beide! Wir werden für Sie beten. Wen nehmen Sie mit?«

»O'Keevan muß ich mitnehmen, damit er sein Boot wieder zurückbringen kann, und de Brune, den jungen!«

»Gut, gut, Andrew! MacClellan ist fertig!«

Ja, das Ruder saß schon im Heck der »Albertine«, spielte leicht von rechts nach links; es würde auch im Wasser gehorchen. Andrew kommandierte: »Langsam! Langsam nachlassen! Noch eine Rolle unter! Mehr Leine geben! Gut so!«

Die »Albertine« glitt ins Wasser des Hafens. Der junge de Brune kletterte über die Eisenleiter in der Mauer abwärts und sprang an Bord, hielt das Schiff neben der Leiter still, bis Andrew und O'Keevan nachgestiegen waren.

Andrew tippte auf den Vergaser, ihn zum Überlaufen zu bringen, steckte die Kurbel ein, warf mit einigen harten Umdrehungen den Motor an. Ein paar erste Explosionen! Blauer Rauch aus dem Auspuff im Heck! Andrew gab eilig mehr Gas. Der Motor heulte auf. Zu viel Gas! Sachte! Langsam warmlaufen lassen. So, jetzt – etwas mehr Gas, vorsichtig einkuppeln! Es geht, geht. Läuft gut!

Die Schraube begann, sich gehorsam zu drehen. Das Boot bekam Fahrt voraus. Andrew schwenkte es mit dem Ruder von der Mauer fort, gab mehr Gas. Die Bugwelle schäumte allmählich auf. Hinter dem Heck quirlte es grün und weiß. Andrew blickte sich noch einmal um: da stand Vater Hoey in seinem schwarzen Rock, der ihm bis zu den Knien reichte, breit, gedrungen. Andrew hob noch einmal die Hand zum Gruß; so taten es auch die beiden anderen Männer im Boot. Der Priester winkte nicht zurück. Er bekreuzigte sich. Auch die übrigen Männer auf der Kaimauer bekreuzigten sich, einer nach dem andern, zogen die Kappen dabei. Dann sahen die drei im Boot nicht mehr zurück.

Andrew gab dem Motor die Zügel frei, soweit es die Drossel erlaubte, die ihm noch angelegt war. Als das Boot den Molenkopf umrundete, zog es schon in voller Fahrt dahin. Die drei Männer im Schiff hatten den gleichen Gedanken: wie wird es mit der ersten See fertig werden, der ersten, richtigen See draußen?

Aber noch waren sie unter Land. Der weite Westbogen der Bucht, an deren innerstem Winkel das Hafendorf lag mit der langen Mole, schützte sie noch. Andrew nahm wie stets den bläulich umdunsteten Gipfel des Mount Greenoge auf dem Festland drüben zum Richtpunkt. Das Boot zog in den Sund hinaus. Die See wurde ungebärdiger. O'Keevans Boot mit den beiden Flüchtlingen hatte kaum viel mehr als eine halbe Stunde Vorsprung.

Da waren sie, die ersten runden wandernden Wogen aus dem offenen Atlantik! Die Bucht lag hinter dem gleichmäßig nach Südwesten preschenden Boot. Mit langem Atem hob die Dünung den Schiffsleib von Steuerbord her; der mächtige, schwarzkristallene Berg schwoll heran, fraß den Himmel, ein Hang aus dunklem, flirrendem Glas. Das Boot legte sich weich nach Backbord, ließ sich spielerisch fast auf den Hügel heben, schwebte mit einer wunderbar sanften, beinahe flutenden Bewegung über die

Kuppe aus schwarzem flüssigem Kristall hinweg, neigte sich gleitend über den Bug nach Steuerbord und schwang in das Tal vor dem nächsten Berg.

MacClellan hatte ein Meisterwerk geschaffen. Die drei Männer vergaßen für einige Augenblicke, weshalb sie hier in den Sund hinausfuhren, zu gefährlicher Stunde, mit gefährlicher Aufgabe. O'Keevan und de Brune blickten sich um und suchten Andrews Augen. Die Schraube hatte das Wasser nicht verlassen. Kein Tropfen Wassers, kein leiser Spritzer war übergekommen! Ach, dies wunderbare Boot!

Die Augen der drei Männer lachten! Das ist ein Boot! Die Freude der Kinder des hohen Meeres erfüllte ihre Herzen. Sie ritten auf der mächtigen Dünung, wie sie noch nie geritten waren. Und wenn sie auch hinter den wandernden, dunklen Bergen aus kaltem Kristall fast verschwanden manchmal – mühelos hob sich ihr Boot aus den Tälern hinauf auf die Kronen der verhalten grollenden rundrückigen Riesen aus den weglosen Weiten des Weltmeeres im Westen.

De Brune konnte sich nicht enthalten, den scharfen Wind zu überschreien, der ihm die Worte von den Lippen schnitt: »Ein gutes Boot! Was für ein Boot, Boss!«

Zum ersten Male hatte ihn einer »Boss« genannt auf der Insel! Andrew ließ seine Augen nicht von seinem Kurse. Er nickte! Er lächelte! Ein herrliches Boot für die hohe See, ein Boot! Jetzt erst war er »Boss« geworden. Wer kein Boot hat, kann es nie werden! So war das auf der Insel. Ach, wie es ihm in der Hand lag, wie es sich steuern ließ, als könnte es auf der Stelle wenden, wie es die schwere Winterdünung nahm, ohne daß ihm ein Spritzer das Vordeck näßte. Und wie stark und ruhig der Motor drehte, und die Schraube lief so rund und glatt, daß man zuweilen meinen konnte, sie hätte ihren Lebenszweck plötzlich vergessen. Ein Rausch – berauschender als irgendeiner – so war es, dies Boot über die gläserne Tiefe zu steuern!

Wir fangen sie ab! Wir winken sie aus der gefährlichen Zone heraus! Wir holen sie ein!

*

Das Glück, sein eigenes Boot unter den Füßen zu spüren und in der Hand, die das Ruder regierte, flößte dem Manne, der nun zum Boss geworden war, neues Vertrauen ein. Er würde nicht versagen. Es war noch nichts verloren!

Jedesmal, wenn die »Albertine« auf der Höhe einer Woge schwebte, erblickten die drei Männer vor sich in der Ferne den Kutter O'Keevans. Er lag vor ihnen auf dem unruhigen Wasser wie ein großer, schwarzer Vogel, der sich auf die Wellen niedergelassen hat, um auszuruhen. Manchmal verloren sie das Schiff aus dem Gesicht; dann war es in ein Tal zwischen zweien der rollenden Kuppen hinabgesackt.

Die »Albertine« holte schnell auf. Schon vermochten die Verfolger deutlich zu erkennen, daß in dem Kutter vor ihnen zwei Menschen im Heck auf dem Ruderdeck hockten. – Und dann wurde es den drei Seefahrern in der gehorsam und eilig ihrem Kurse folgenden »Albertine« klar, daß sie trotz ihres schnellen Bootes den kürzeren ziehen würden. Andrew spürte von neuem die Nachwehen der Bootstaufe; er hatte schon gemeint, der harte Wind hätte sie verweht; hatte er sich doch seine Kappe längst in die Tasche gestopft; jetzt fielen sie ihn so heftig an, daß er kaum ein Würgen unterdrücken konnte.

De Brune blickte starr voraus, ließ die Augen nicht von dem schwarzen, tanzenden Fleck auf den wogenden Wassern, als könnte er so den Steuerer da drüben auf den richtigen Kurs drängen.

O'Keevan tastete sich in dem schwingenden Schiff zu Andrew zurück und klemmte sich neben ihn gegen die Bordwand vor das Ruderdeck. Hier konnte er sich verständlich machen. Von der Mitte des Bootes her verschlang das Brausen der See und das Jammern des Windes jedes Wort. O'Keevan schrie: »Sie schaffen es nicht, Andrew. Der Dummkopf steuert geradewegs auf Inishgarve-Head. Der Flutstrom läuft jetzt mindestens mit zehn Meilen durch den Sund oder mehr! Was machen wir, Andrew?«

Andrew zuckte nur mit den Achseln. Sein Gesicht war hohl und hager mit einem Male. Seine Augen hafteten an dem Boot in der Ferne, als zöge sie ein Magnet.

O'Keevan fuhr fort, laut zu denken: »Die Strömung preßt sie in die Enge zwischen Hork und Inishgarve. Und wenn sie es wirklich schaffen, sich noch vor Inishgarve zurückzukämpfen, dann geraten sie in den Sog und die Brandung vor dem Head und sind doch verloren. Mein Boot, Andrew! Mein Boot da drüben! Oder der Sog setzt sie gleich auf das Vorgebirge! Und mein Boot ist hin, Andrew!«

»Und meine Frau dazu!« brüllte Andrew durch den Wind in hilflosem Zorn.

Das stopfte O'Keevan den Hals. Er versuchte keine Silbe weiter.

Die »Albertine« hatte so weit aufgeholt, daß Andrew unterscheiden konnte, ob sich einer der Verfolgten vor ihm nach dem schnelleren Boot umdrehte. Aber ebensogut vermochte er auch die unheimlich brodelnden Brecher und die tückischen Kreuzseen um das nordwestliche Vorland von Inishgarve zu erkennen.

Das Felseneiland Inishgarve unterbrach nämlich den geraden Kurs zwischen dem kleinen Hafen von Hork und dem von Tippertully auf dem Festland. Inishgarve drängte sich nach Westen vor und zwang die Schiffe auf einen vor dem Eiland nach Westen gebrochenen Kurs.

Durch die Enge zwischen Hork und Inishgarve zog bei Flut die Strömung ostwärts, bei Ebbe westwärts. Wenn, wie an diesem verhängnisvollen Tage, der Neumond eine Hochflut hinter sich herzog und außerdem ein steifer Wind lange aus Westen geweht hatte, dann drängte die Strömung mit unheimlicher Gewalt in den Sund und in die Enge zwischen Hork und Garve, und an keiner Stelle sonst so unberechenbar und wild wie vor und um die nordwestwärts in die See hinausragende Felsennase von Inishgarve: um Inishgarve-Head.

Wenn die Leute von Hork bei Flut zum Festland übersetzen wollten, dann bogen sie ganz weit nach Westen aus, daß sie die Brandung von Inishgarve-Head nicht einmal zu sehen bekamen, gingen erst etwa auf der Höhe des gefährlichen Eilands auf Südostkurs und ließen sich dann von der Strömung ohne Not und Ängste in die Bucht von Tippertully treiben.

Bei Ebbe, wenn die Strömung von Osten durch den Sund lief, segelte man dicht unter dem dann ganz ungefährlichen Vorgebirge hin, und der Ebbstrom in der Enge half den Booten nach Hork hinüber.

Egan wußte zwar mit Motorbooten umzugehen, aber von den schwierigen Gezeiten, von den nur schwer zu berechnenden Strömungen und Winden im Sunde von Hork ahnte er nichts. Und Maureen hatte sich nie damit geplagt, sie zu begreifen.

Egan hielt also den geraden Kurs von Hork-Hafen auf das nordwestliche Vorland von Inishgarve und von dort in die Bucht von Tippertully für den kürzesten und schnellsten. Da Egan damals bei Ebbzeit mit O'Keevan vom Festland nach Hork herübergefahren war, dicht unter den Klippen von Inishgarve hin, so vermutete er in diesem Kurs den einzig richtigen überhaupt.

Zu spät erst merkte er, daß ihn eine stets heftiger ziehende Strömung nach Osten versetzte. Zu dicht schon lag ihm das Vorgebirge an Backbord. Zu spät erkannten die beiden Menschen die furchtbar um die Klippen auflaufende und wieder abwogende Brandung.

MacReanna war so nahe heran, daß er eine Leine hätte hinüberschießen können, hätte er einen Raketenapparat an Bord gehabt. Er hatte keinen an Bord. O'Keevan und der junge de Brune winkten verzweifelt hinüber. Sie brüllten, aber das Brausen der See übertönte ihre Stimmen. Egan verstand sie nicht. Und als er schließlich begriff, daß die Verfolger keine Verfolger waren, daß sie ihn warnen wollten –:

Zu spät, Egan, Charles, geistreicher Plauderer! Zu spät drehst du die Nase des Kutters in die Strömung! Der Sog unter dir ist zu stark, der alte, qualmende Motor in deinem Kahn zu schwach! Der Sog, der dich rückwärts zerrt, kennt kein Erbarmen, er ist unwiderstehlich, ist gierig und grausam. Da hebt dich von achtern schon der Rückprall der Brandung, wirft dich dann dem nächsten Brecher in den Schlund, der dich vorn begräbt. Kommst du noch einmal hoch – ha! Ein gläserner Teppich wird unter dir fortgezogen, nimmt dich mit, sausend. Reißt du den Mund auf, Maureen? Und du die Augen, Charles? Euer Kreischen hört niemand. Nur die hohl jaulende See, die euch in den kochenden Schaum kippt, die vernimmt euern letzten Schrei.

Maureen?

Da –! Ein schlaffer, lebloser Leib auf eine Klippe geklatscht – und gleich wieder fortgewaschen – hinabgespült – verschlungen für immer!

Die unberechenbare See wollte es, daß Egan eine Planke des zerschmetterten Bootes zu fassen bekam, an die er sich klammern konnte. Die Strömung trieb ihn um das Vorland nach Osten. Eine Viertelstunde nach dem Scheitern des Kutters fischten O'Keevan und de Brune den schon halb Bewußtlosen aus dem kalten Wasser, während MacReanna sein Boot beigedreht hielt und die schweren Seen, den rollenden Strom abritt als einer, der sein Handwerk verstand –!

XXVII

Auf der Kante eines Gasthausbettes in Tippertully – vierundzwanzig Stunden später – hockt Andrew MacReanna. Im Bette liegt Charles Egan; er hat noch die Augen geschlossen. Jetzt öffnet er sie, erkennt seinen Retter und erschrickt. Er flüstert: »Ich glaubte, ich müßte sie von Ihnen befreien, Andrew.«

»Etwas Ähnliches habe ich auch einmal geglaubt, Egan.«

Egan schließt seine Augen von neuem, fährt aber nach einer Weile fort: »Ob sie bei mir geblieben wäre, Andrew?«

»Nein, auch bei Ihnen nicht.«

»Warum nicht, Andrew?«

»Sie war unstet geboren.«

»Warum ist das so, Andrew?«

»Das müssen Sie sich von Vater Hoey beantworten lassen, der ist dafür zuständig.«

»Was würde er wohl antworten, Andrew? Können Sie es nicht wenigstens raten?«

»Raten kann ich schon. Wahrscheinlich würde er wieder sein geliebtes Latein zu Hilfe rufen und sagen: Requiem aeternam dona ei, Domine, et lux perpetua luceat ei!«

»Gib ihr die ewige Ruhe, o Herr, und lasse niemals endendes Licht über ihr leuchten!«

Als Egan nicht mehr weiter fragte und zu schlafen schien, tappte Andrew leise aus dem kahlen Zimmer.

In der Schankstube traf er O'Keevan, der im besten Zuge schien, sich aus Kummer über den Verlust seines Kutters einen fürchterlichen Rausch anzutrinken. Er fiel, voll, wie er schon war, über MacReanna her: »Ich war nicht einmal versichert, Andrew. Und den Postkontrakt verliere ich auch. Was soll bloß aus mir werden?«

Andrew ließ sich einschenken und erwiderte gleichmütig: »Was brauchst du versichert zu sein, O'Keevan? Und den Postkontrakt verlierst du? Wieso? Ist die ›Albertine‹ dir nicht gut genug?«

»Die ›Albertine‹?«

»Natürlich! Die trete ich dir ab als Ersatz für deinen Kutter.«

»Aber an dem ganzen Unglück hat doch Egan schuld, Andrew?«

»Egan? Du irrst dich. Meine Frau hat schuld! Und ein Ehemann hat für die Schulden seiner Frau einzustehen. So bestimmt es das Gesetz.«

MacReanna trank sein Glas aus und warf ein Geldstück auf den Schanktisch; er wandte sich ab und ging.

»So bestimmt es das Gesetz –«, wiederholte O'Keevan dumm und blickte dem Schotten nach.

Die Tür nach draußen, die Andrew hinter sich offengelassen hatte, knarrte ein paarmal jammernd.

Dann warf sie der kalte Zugwind plötzlich mit hartem Schlage ins Schloß.